谨以此书

献给砥砺奋进创新发展的共和国改革开放
四十周年！

献给不忘初心牢记使命的新时代地质事业
开拓者们！

长 篇 报 告 文 学

何建明 李炳银 杨晓升 联袂推荐

探秘第三极

——青藏高原地质大调查纪事

张亚明 著

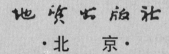
地质出版社
·北 京·

内容提要

本书以改革开放及西部大开发为宏阔背景，以真实的笔触、恢宏的气势、激越的情感，全方位报告了长达12年的青藏高原地质大调查的缘起、波澜壮阔的风雨历程与璀璨辉煌的科研成果，表现了党中央、国务院对历史方位准确的战略判断和正确抉择。大量地质人物的传奇故事、跌宕起伏的人生命运、撼人心魄的情节细节，阐释了"李四光精神""三光荣"精神的时代内涵。情境还原的艺术感染力、雄强峻拔的形象塑造力、内涵深蕴的思想冲击力，构成了作品深入地质科学内里、接近人类文明高地的时代格局与昂扬向上的美学基调。珍贵的国家历史记述和真实的文学表达，使这场跨世纪地质大调查的品质更加威严雄壮和大气磅礴，也更具有了真实纪事、彪炳史册的重要价值和深远意义。

本书不仅适合广大文学爱好者、科考探险爱好者阅读，而且对从事青藏高原理论研究、生态文明建设、地质调查、矿产勘查开发等科技人员、管理人员以及相关院校师生均有重要的借鉴与参考价值。

图书在版编目（CIP）数据

探秘第三极：青藏高原地质大调查纪事／张亚明
著 .— 北京：地质出版社 ,2017.12（2020.7 重印）
　ISBN 978-7-116-10547-8

　Ⅰ . ①探… Ⅱ . ①张… Ⅲ . ①报告文学 - 中国 -
当代 Ⅳ . ① I25

中国版本图书馆 CIP 数据核字 (2017) 第 221373 号

TANMI DISANJI：QINGZANG GAOYUAN DIZHI DADIAOCHA JISHI

责任编辑：郑长胜　唐京春　肖莹莹
责任校对：李　玫
出版发行：地质出版社
社址邮编：北京海淀区学院路 31 号，100083
电　　话：(010) 66554528（邮购部）；(010) 66554576（编辑部）
网　　址：http://www.gph.com.cn
传　　真：(010) 66554576
印　　刷：三河市人民印务有限公司
开　　本：700mm×1000mm $\frac{1}{16}$
印　　张：27.5
字　　数：500 千字
版　　次：2017 年 12 月北京第 1 版
印　　次：2020 年 7 月河北第 2 次印刷
定　　价：68.00 元
书　　号：ISBN 978-7-116-10547-8

编者的话

值此改革开放40周年之际，我们郑重推出长篇报告文学《探秘第三极——青藏高原地质大调查纪事》，以此记录和反映我国地质工作者在改革开放大潮中呈现的报效祖国、服务人民的爱国情怀，敢为人先、争创一流的创新热忱，难苦奋斗、挑战极限的奉献精神。正如习近平总书记强调的"广大科技工作者要把论文写在祖国的大地上，把科技成果应用在实现现代化的伟大事业中。"

青藏高原是国际地球科学界高度关注的地区，它蕴藏着许多与地球和人类息息相关的科学奥秘，直接影响着中华文明的形成和发展，青藏高原形成与演化的国际话语权不仅事关国家利益、国家形象、国际影响力，而且事关中华民族发展与生存。

青藏高原是中外地质学家的研究圣地。我国青藏高原地质大调查（又称"青藏专项"）始于1999年，是世纪之交中国地质调查局的重大布局，是一项牵一发而动全身的国家级重大活动，旨在填补我国区域地质调查空白区，摸清我国矿产资源家底，查明大地构造构架，全面提升我国地学研究水平，服务国家经济社会发展和生态文明建设。

积力之所举，则无不胜也；众智之所为，则无不成也。"青藏专项"历时12年，国家累计投入18亿元以上，全国25个省（区）、百余家单位、数万名地质工作者奋战在雪域高原，拉网式徒步穿越了昆仑山-羌塘-喜马拉雅，获得海量基础数据和一系列原创性的重大科学发现，厘定了全新的青藏高原地层、岩浆岩、构造格架，填补了诸多青藏高原地质调查空白，建立了大陆边缘"多岛弧盆系构造理论"和"陆缘增生-大陆碰撞成矿理论"，研发了一系列适合高寒缺氧环境的地质调查和矿产勘查关键技术，促进了找矿重大突破，发现了3条巨型成矿带，7个超大型、25个大型矿床，大幅增加了我国大宗矿产的资源储量，为西藏建立国家级矿产资源开发与储备基地，建设生态安全屏障提供了决策依据，为青藏高原开展资源环境承载力研究、减灾防灾、绿色发展提供宝贵的基础数据。项目成果荣获了2011年度国家科学技术进步奖"特等奖"。

古往今来，为英雄树碑立传，以历史镜鉴后世，既为中华民族之优良传统，也是世界通行之惯例。为启迪更多地质工作者传承和弘扬优秀的"李四光精神"和地质行业"三光荣"精神，践行"责任、创新、合作、奉献、清廉"的新时代地质工作者核心价值观，不忘初心、砥砺奋进，中国地质调查局成立了《探秘第三极》编委会和编委会办公室，并邀请著名报告文学作家张亚明担纲执笔。在编委会的组织领导下，编写组制定了详细的采访计划，从滇西北横断山脉到大东北林海冰域，从格桑花盛开的青藏高原到茉莉花怒放的八闽大地，作家张亚明不辞劳苦奔波采访，精益求精字斟句酌，历经数载数易其稿，今天终于定稿付梓，呈现在广大读者面前。

该书的采写，得到了国土资源部办公厅、科技与国际合作司、西藏自治区国土资源厅、西藏自治区地矿局、地质出版社及中国地质调查局直属的成都地质调查中心、航空物探遥感中心、中国地质科学院、地质研究所、矿产资源研究所等单位的大力支持！同时，很多领导、专家为本书的采写与编辑提供了宝贵的意见和建议，有的多次参与采写提纲及内容的讨论，有的在百忙中接受采访或提供珍贵的原始素材和基础资料，在此表示最诚挚的感谢。

鉴于地质调查时间长、业务领域跨度大、涉及人物较多，外加编者水平所限，书中难免存在不足之处，敬请广大读者批评指正、海涵为盼。

中国地质调查局
2017年12月18日

在世界屋脊上感受和抒写崇高

—— 序长篇报告文学《探秘第三极》

◎ 李炳银

我与张亚明是老朋友，早在2000年前就曾为他的报告文学集《歌颂与诅咒》作过序。此后这么多年，亚明以其现实的社会参与行动和审慎辨析考察活动，又创作了许多题材重大独特、宏阔深厚的中短篇报告文学。尤其是他担任中国矿业报首席记者期间，站在国家安全的角度，审视中国资源与环境，创作的不少作品以强烈的忧患意识、鞭辟入里的剖析特点，在社会上产生了较大反响，并曾经引起国家高层领导的关注和好评。

如今，读着这部书稿，我直接地感受到了张亚明和他报告文学创作的当代地位与价值，充溢于心间的不只是感动，而是震撼。这部气势恢宏、激情四溢的作品，可以说是对青藏高原地质事业的历史追溯和回顾，也是镜鉴过去、走向未来的现实诉求，更是对很多崇高纯洁和无私奋斗精神的动人接近，它具有较强的现实性教育意义，同时又具备鲜明的历史文化价值。

自20世纪中后期，以李延国《中国农民大趋势》和钱钢《唐山大地震》等为代表的长篇报告文学之后，很多作家纷纷自觉地将匕首投枪式的短篇换装成巡航导弹、核潜艇式等更具现代威力的中长篇，推出了一大批生动地演绎真实历史内容和现实社会矛盾生活事件人物的重要作品，有力地提升了报告文学的题材统御力、社会影响力和珍贵的史志价值。伴随着现实社会跨越的脚步，张亚明在丰富生活积累、知识积累的同时产生了创作长篇的冲动，他在《中国作家》杂志做编辑时，曾专门跑来与我探讨"青藏高原地质大调查"这个题材，认真地征求我的意见。上个月我因脚踝扭伤正在家里静养，好久没有信息的亚明突然出现在我面前，一下子捧给我四部砖块样的长篇书稿，其中有反映煤矿改革题材的《中国矿工》，有反映教育改革题材的《生命成长的伊甸园》《卓越的呼唤》，但更引起我注意的还是这部沉甸甸的《探秘第三极》。再没有比作家用自己的丰硕创作成果作为见面礼更开心的事情了，张亚明的到来使我愉快，也让我对他的付出和收获产生了钦佩。

优秀报告文学之所以产生轰动效应、引起强烈的社会反响和震动，缘于真实的魅力和独特社会作用。及时发掘和真实地保存并审视那些稍纵即逝的社会重大事件矛盾与特定历史时期的社会人生信息，是报告文学的神圣使命和价值所在。20世纪90年代末，来势凶猛的"亚洲金融危机"和"资源危机"对中国经济产生了全方位震荡，出于对国家现实及前途的严重关注，共和国开展了"摸清家底"的国土资源大调查，青藏高原打响了一场长达12年的"填补地质空白"的伟大战役。这是中国地质人对大自然的进军挑战，也是中华民族巨大潜能的伟大实践，作品以地勘单位属地化改革及西部大开发为宏阔背景，以真实的笔触、恢宏的气势、激越的情感，全方位报告了这场战役的缘起、辉煌的成果，以及缓解了共和国资源危机这一具有重大政治意义、经济意义和深远社会意义的客观存在，从中南海的战略决策到世界屋脊的鏖战硝烟，从国务院总理的牵挂到冰河遇险的科技人员，从学富五车的专家院士到刚出校门的高校学生，上百家地质勘查单位及科研院所开展了空前规模的产学研用联合攻关。这是一场中华民族面对历史与现实的国际话语权竞争，也是一场中国地质人立志振兴中华的现代与传统的奋争，表现了党中央、国务院对历史方位的战略判断和正确抉择，前线的艰巨鏖战和智慧的高层决策立体交叉，构成了民族崛起和强劲延伸的世纪交响，真实性产生的现场亲切感，情节故事传奇性、激动人心的震撼力、形象雄强峻拔的美感力，重大题材本身包含的民族自信及惊心动魄的表现，经张亚明真诚激情的文学表达，构成了这部作品深入地质科学内里、接近人类文明及人生追求的时代格局与昂扬向上的精神基调。这种带有珍贵的国家历史记述性质和文学真实表达价值，使这场滥觞于世纪之交的地质大调查的品质更加威严雄壮和大气磅礴起来，也更具有了真实纪事、彪炳史册的气魄和作用。

报告文学的题材对象，固然对作品具有很强的决定性作用，但作家将社会真实现象文学艺术化的能力和程度，艺术表现力和感染力的存在情形，也决定了作品的质地和品格。可惜，虽然很多国家的重大事变和矛盾变革几乎都有长篇报告文学的跟进记述，但不少涉及重大工程、科技领域题材的创作往往出现见事不见人的事务性流程展示，或者形成不伦不类的科普读物而欠缺文学特性的表达。要将真实的事实成功地进行文学表达，需要多方面的知识准备和文化修养，需要有将事实上升为艺术的智慧和能力。这部作品同样也躲不开这个难题，其中涉及地质矿产领域复杂深奥的理论与实践，涉及地学领域诸多方面的专业术语和知识，驾驭不好往往会出现无味的材料堆砌和"流水账"式记录。读了这部作品我却感到了释然，作者深厚的艺术表现力和感染力已经比较成功地将真实事实能动地变成了"艺术的资料"，使自己的作品更多地拥有了艺术生命和品格。在既不虚构又不能主观夸饰的前提下，作者没有匍匐在现实生活的平面，而是对大量材料进行了巧妙的概括和提炼，并采用多种文学表达方式，努力避开那些枯燥的专业名词、乏味的数据等知识性内容，更多地深入到了人物的行动表现、内心情感世界，以对人的国家民族情怀、责任担当、科学精神行为表现为中心展开叙述，既有全景式多方位的广角铺排，也有微观上的文学化描绘和科普知识性表达，真正艺术地传达了科技创新精神、生动地活化了地质人的坚毅性格与雄壮魂魄。宏大的叙事笔墨和激情绽放的理性见识理解抒写、跌宕起伏的生死顽强奋斗现场，以及生活工作情景所包含的浓厚情感浪花，使亘古荒原真实发生的众多奇特人物故事及其鲜活情节与细节成为作品富有特性的重要内容，一系列令人悸颤的雪峰峡谷、原始森林、湖泊纵横、沼泽丛生的无人区环境描写，中国地质人挑战生命极限、趟冰河、攀悬崖、跨峡谷、勇闯生命禁区的镜像集合，形象而逼真地构成了中国地质人以真正的主体姿态屹立高原的中国高度，一幅幅博大苍凉、险象环生而又雄浑壮丽的自然景象，给读者带来强大的视觉冲击，一个个无怨无悔的地质人由卑微走向崇高的英雄群像，折射出地质人身上丰富高尚的精神蕴含和品格质地。当中国地质人以4000米的间距在高寒缺氧的200多万平方公里的地质探点将"空白"填满，在"人类无法生存的地方"将最难的难题攻克，我们不难看到这些创新性重大理论成果和找矿实践的突破所释放的伟大民族精神。在社会急剧变化、人心浮躁、自我和物化的今天，地质人这种无私忠诚与坚定信仰、对国家责任勇于承当的"青藏精神"，这些伟大的事业开拓建设者的出色表现，无疑为读者丰富中华民族的文化精神和构建自己的人生格局提供了相当大的遐想空间。

我曾多次说过："真实性是报告文学的生命，现实生活是报告文学的舞台，理性精神是报告文学的灵魂，文学艺术性表达是报告文学的翅膀。"作家的理性精神和分析能力，可以说是报告文学的内功，一部优秀的报告文学作品，作家高屋建瓴的认识反思精神越突出，作品的理性思考越深刻，作品的个性独立品格就越突出，美学意蕴就越浓厚。阅读这部作品我感觉到，作者并没有仅仅停留在这场地质事件本身，而是避开当今某些文化时尚的喧哗，潜心搜寻、打捞和辨析历史的遗存，围绕青藏高原的前世今生以及近当代从孙中山到毛泽东、邓小平等几代领袖人物对中国西部设计的宏伟蓝图，围绕一系列国内外地质领域的科学事件和科学人物、纷繁复杂的历史现象和社会事理进行了理性的梳理、判断和把握，在纵横捭阖的文学叙事中着力于这场地质大调查"思想意义"和历史价值的探求和反思，字里行间饱含了强烈的国家忧患意识和清晰炽热的科学爱国情愫。譬如，他把地质人生存的卑微艰辛和曲折坎坷放到市场经济的波峰浪谷、青藏高原恶劣的生态生存空间考量，发掘出很多地质高级工程师在建筑工地搬砖、街头摆摊、菜场叫卖的尴尬境遇，工程院院士高原遇险、博士团队冰河陷车、教授野外自己注射胰岛素、不能为母奔丧的"专家高原跪拜"、身患肺水肿的"工程师遗书"等大量的生动情节与细节，对地质人真切的历史信息、追求科学的精神情感及多舛的人生命运故事的密集呈现和描述，呈现出一种激荡人们灵魂的人物的真实命运，充分阐释了"高原缺氧不缺精神"的时代内涵，表现了中国地质人为了祖国敢于与死神搏斗、敢于赴死、死中求生的悲壮与悲怆，也让我们看到了作者悲悯的人文观照和对生命的尊重敬畏。在科研人员经费奇缺不能正常开展科研时、在生命禁区地质队员生死大营救时、在总理为地质调查批示安全保障资金时……作者以崇尚正义的清醒自觉与鞭挞丑恶的精神力量，对弥漫社会的贪腐奢华、"三公消费"、滥用公权等腐蚀共和国肌体的丑恶现象时而直接站出来直抒胸臆、慷慨陈词反诘拷问，时而"托物言志""借景抒怀"抨击时弊，时而夹叙夹议、情理合一犀利解剖，这种对地质人生存的社会环境和人生命运富有智慧理性风貌的必要辐射和事实表达，注入了作家独特个性而具有鲜明现实指向性的理性议论与追问反思，较好地烘托了地质人的英雄主义血性和中华民族的精神维度，作品内容也因其深刻独到的理性表现而具有了非常智慧的风貌和撩拨心灵的冲击力量，从而在社会历史、文化心态、伦理道德等领域给读者提供了人文情怀的深层思考。

尤为值得关注的是，作品不仅释放出这场地质大调查不言自明的政治经济意义，还表现出现代思想观念给青藏高原带来的无形的文化冲击。作者将青藏高原与华夏文明的血脉有机地融入了作品叙事，既留下了汉唐文化的千年痕迹，又集聚了藏族文化的八面来风；既连接了丝路文化的世代更迭，又融合了中原地域的文化板块，表现出青藏与内陆诸多血缘的、知识的、习俗的区别与传承，既显示了地质大调查对传统保守的生活方式甚至是田园牧歌式的生存方式的猛烈冲击，又折射出大调查将对青藏高原经济发展带来的文化价值与文化意义。因此我感觉，这部作品尽管尚有可凝练规整的地方，某些观察和描述也略显匆忙，但是从史学价值、文学判断、社会功能等多方面深入剖析与解读，都不失为一部悲壮而豪放、成熟而大气的作品，也是意义深厚、现实性分明、背景深重、思考深邃、书写蕴涵的作品。作家对于这场大调查事实本真的自觉抒写与留存，无论是对于过去还是现实的中国，都是一种非常有益的作为，对于中国地质调查的历史，更是留下了不可多得的生动篇章。

　　"行走文学、在场文学"的文体特质，决定了报告文学是行动的艺术、见证的文学，也是思想者的载体，作者深入的采访、亲身的体验、真诚的表达，大大强化了作品的现场感和真实性。但在当今喧闹浮躁、媚俗功利的社会生活环境里，如果不是情之所至、心之所系，这样耗时费神的苦差事已经很少有人去做了。从这部作品中我们不难感受到一个作家强烈的家国情怀和使命担当意识。为了占有大量的第一手资料和素材，作者曾忍受着胃溃疡、高血压、关节炎的折磨，伴随着缺氧胸闷头痛耳鸣，从世界屋脊的西藏、青海到东海边的福建；从唐古拉山、昆仑山脉到横断山脉，横跨大半个共和国版图，执着地沿着地质人的足迹走向地质的高地、精神的高地。张亚明先后采访了大大小小30多个参战单位，200多名地质大调查的亲历者，翻阅了近千万字的直接和间接素材，经历了难以想象的艰辛，甚至付出了异乎寻常的物质和精神代价，但他创作的冲动与激情也愈发深沉和凝重。在河南采访返回途中突患肠主动脉血管夹层栓塞抢救，在医院治疗修养期间仍然坚持写作不辍，终于几易其稿完成了他带有生命意义的拔山扛鼎之作。这样严肃认真的创作态度，这样痴情的文学事业追求精神，这样顽强执着的行动坚持，非常令人钦佩。从这个角度上说，在社会担当意识已经被太多国人丢弃的今天，在人的利己私欲严重、一切待价而沽的时候，我们看到了作者为中国地质人树起的这座高耸伟岸的文学丰碑，也看到了作家不辱使命的文学抒写活动留下的真诚投入与敬畏崇高的大美意义。

　　是为序。

2016年7月6日于北京

作者为著名文学评论家
中国报告文学学会常务副会长兼秘书长
中国报告文学理论研究会会长

自 序

"未到西藏，西藏神秘，进入西藏，西藏神奇，走出西藏，西藏神往。"

此番精辟概括，出自国土资源部原副部长寿嘉华，这位国土资源系统的"女强人"曾经8次登上青藏高原、14次深入柴达木盆地。

青藏高原之于我，一直是一个梦幻般的诗意存在，历史的厚重深蕴谷壑，深刻的哲思银装素裹，亘古荒寂中充盈着"大音希声"的圣洁与唯美，绝杀冷峻中释放着"大象无形"的深沉与神秘，遥远得如同一个温馨的梦，神奇得犹如一个不解之谜，因而使我常常产生一种无法遏止的、想要走近青藏的冲动。

一场前无古人的青藏高原地质大调查，一批创造奇迹又改写了青藏高原地质史的人们，一个由总书记胡锦涛亲自颁发的国家科技进步特等奖，把我牵入了青藏高原的秘境。

2011年底的一天，手机里传来中国地质调查局一位负责人兴奋的声音："明天，国务院参事、国土资源部总工程师张洪涛同志有个重要论证汇报，国务院某高层领导也要亲自听。你问什么内容？'青藏高原地质专项'啊！假如不出意外的话，国家科技进步特等奖就水到渠成了。你别笑，这可是国土资源系统那么多年最高的奖项啊，徐绍史部长高度重视，说这个题材特别重大，要让地质人的'三光荣'精神'发酵'，张洪涛老总说，这次非你这个笔杆子莫属啦！"

结果实至名归——在2012年全国科技进步大会374个授奖项目里，"青藏高原地质理论创新与找矿重大突破"项目脱颖而出，荣获了当年唯一的国家科技进步特等奖。

那么多年的职业使然，我写了不少西部地质矿产领域的题材，总感觉西部地质人的生活是西部神韵的一种凝聚，西部底蕴的一种轰鸣，而这一次，将要面对的是闪耀着神性、圣洁光辉的青藏高原题材，重大的突破，重大的意义，重大的题材，加上青藏高原地质专项处在无可替代的区域位置"地球第三极"，无不撩拨着我急切走向青藏高原的神经。那一段时间，我不停地寻找纸质资料，搜索青藏高原地质大调查的相关信息。

因为"青藏高原地质理论创新与找矿重大突破"特等奖的众多获奖者基本上都去了野外作业，好几次联系采访对象总是不能落实，整整半年的时间都在等待中流逝，一天天蒸发的日子让我心疼不已又心急如焚。

终于等来了"青藏高原地质专项"报告文学采访协调会。

2012年7月的一天上午，会议在中国地质调查局六楼会议室举行，中国地质调查局党组副书记、副局长王研主持，国务院参事、国土资源部原总工程师、中国地调局原副局长张洪涛，以及与青藏高原地质专项相关的各个部、室、中心的负责人参加了这次会议。

为做好"青藏高原地质理论创新与找矿重大突破"特等奖项目报告文学的编撰工作，王研对采访事宜做了细致周密的安排，由局办公室负责做好各采访单位的沟通协调，张洪涛还专门给我提供了一份由严光生、陈仁义、翟刚毅、侯增谦等科学家制定的"报告文学采访方案"，以及一份详细的报告文学采访计划一览表，所要采访的单位、对象以及采访的内容和重点、获奖排名都列得清清楚楚。

王研说："地质工作要想更好地为经济社会发展服务，就必须让更多的人特别是各级政府部门了解，取得社会各界更广泛的支持。那么多的地质科技成果，你不宣传，社会上怎么能知道？连李克强副总理都为我们着急，在中国地质科学院视察时专门强调说，'你们这些研究成果要说啊！'国土资源部徐绍史部长也说，这是前无古人的大突破，必须宣传好，要让地质人的青藏精神'发酵'！"

"你们是未来中国地质科学的希望。""你们这些研究成果要说啊！"时任国务院副总理李克强在中国地质科学院考察时留下的这两句话，拨动了中国地质人内心深处最柔软的部位，一个尊重科学的民族，才有前途和未来。

地质人的思想终于开窍了。

我们的地质人太习惯了默默无闻地吃苦，默默无闻地找矿，默默无闻地奉献。公众享受着科技成果，却不知道科学家是谁，这是几乎所有科学家都曾遇到的尴尬。中国的地质事业、地质工作，中国地质人的"三光荣"精神，我们的国人又了解多少？作为国家和民族脊梁的科学家为什么被现代人冷落？

赵文津院士对科研成果的宣传深有感触，他主持的多国合作项目"喜马拉雅山和西藏高原深剖面及综合研究"，备受国际地学界瞩目，项目的部分阶段成果已进入一些国家的教科书。他说："要会做，也要会说，让世界听到中国地质科学家的声音，才能提升中国在世界地学界的地位。许多大的地质科学研究项目必须通过国际合作来完成，加强宣传还能让我们获得更多合作的机会。"

中国地质人留给我们的仅仅是一个个科研硕果、一座座呼啸喧腾的矿山吗？我们应该怎样认识新时期的中国地质人？怎样认识中国地质人对历史、对时代、对人类文明做出的特殊而巨大的贡献？什么样的理想信念支撑他们与亿万斯年的岩石矿藏苦苦相约？我们的媒体为什么不能跳出"娱乐泛化"的怪圈，多一些科技人物、科学精神的宣传呢？

在科学中国人（2008）年度人物颁奖盛典暨2009中国科技与经济论坛中，中国科学院院士赵鹏大曾经充满希冀地讲道："电视直播经常有大规模的明星的转播，比如奥斯卡。什么时候能够对科技界的颁奖进行电视直播，那个时候，我们就有广大的群众基础了，我们的科技创新也一定能够发展得更好。"

共和国领导人一直没有忘记地质人：

1965年秋天的一个深夜，著名作家刘白羽接到中南海电话，刚到西花厅，周总理就对他说："有一件事，我心里一直很不安，大庆石油会战当时没有拍下纪录片，找你商量一下，能不能补拍一部？"刘白羽心领神会，总理不想给历史留下遗憾，便立刻调来上海导演张骏祥组成最强阵容的纪录片摄制组，亲自带队奔赴大庆。后来电视或电影里王铁人跳进泥浆池和许多工人顶风冒雪开进大庆的场面，都作为经典画面永远镌刻在共和国的历史画卷上。

这个故事说明了什么？

一个重大的历史事件，不仅标志着一个国家一个民族在一定时期所能达到的思想高度，更会以其所蕴涵的精神、揭示的规律，成为后人的宝贵财富，成为发展的不竭动力。

文学是生命对生命的无限关照和启迪，也是时代精神的浓缩与折射，但我纠结的是，对这场举世瞩目的青藏高原地质大调查"是就事写事，还是要写历史"？

中国地质调查局副局长王研、李金发专门就作品性质和目标定位与我分别进行了探讨，最终达成了共识——站在民族的高度，写中国地质人的时代精神，写中国地质人的英雄史诗，"写出市场经济条件下的青藏高原地质大调查，与计划经济时代的地质大调查有何本质意义上的不同，写出新时期中国地质人'三光荣'精神的传承与特质"！

作品的"定位"就这样敲定——把青藏高原地质大调查放在转型期的中国和西部大开发的时代大背景下，全景式地展示当代中国地质人崭新的时代风貌和精神高度，要具有史诗性、长效性、深刻性、权威性和艺术感染力。

不知是好事多磨，还是因为采访对象耽搁了时日，直到2012年9月下旬，王研给中国地质调查局西安地调中心党委书记杜玉良、成都地调中心主任丁俊、西藏自治区地调院院长刘鸿飞等一个个电话联系、具体安排，才算真正进入采访程序，第一次的采访路线确定下来：西安——西宁——格尔木——西藏——成都。

一个颇具阵容的青藏高原采访小组迅速组成——国土资源部办公厅新闻处处长谢辉，中国地质调查局办公室副主任、综合处处长王丽，人民画报社编辑部主任王鹏程，加上我一共四人。

西行之前，我又来到王研办公室进行了一次具体事宜的沟通。

他谈起了布达拉宫金顶上的瞬间奇光，阿里地区独特的地质地貌，古格王国宫殿的神秘残迹，纳木错湖的秋色夕阳，珠穆朗玛峰的神幻和圣洁……从他的口吻里，我听到了一个中国人对青藏高原那种天生的情有独钟，那种与生俱来的民族自豪感。

王研认真地对我说："人为了信仰才会虔诚，因为虔诚，人才会那样干净和纯粹。你要写中国地质人在青藏高原的执着与奉献，就一定要亲自感受青藏高原。很多老地质专家宁愿冒着生命危险还是要去，你不知道吧，有的甚至背着氧气瓶到拉萨，一边吸氧一边开会。"

王研办公室不大，却装着整个世界。他望着墙上那幅世界地图，话语体系是思辨性的，"在先民的眼光里，青藏高原自古是我们民族的诺亚方舟。每当与那些外国友人提起青藏高原，他们马上就表现出极大的兴趣，神色中带有几分虔诚、几分敬畏！"

国土资源部原副部长寿嘉华接受采访时说，为了青藏高原理论创新与找矿重大突破，为了青藏高原地质专项的科学集成，为了平衡协调林林总总的关系，王研竟然能短短三个月跑了三趟西藏。

说不清到底是王研融入了青藏高原，还是青藏高原拥抱了王研，侃侃而谈的王研兀地站起身来，径直走向办公桌一侧，深沉地凝视着墙上那幅硕大的共和国地质图，目光在那只鸵鸟般的青藏高原上停留足有好几秒钟，尔后不无感慨地说，每一次去青藏高原，都会有不同的收获。

或许，共和国的平面地质图像在他的脑海中，会自动衍生出一系列立体的地质地理信息，也或许，这就是一个地质人对于青藏高原独特的心灵感悟？

"青藏高原是我国地质上的一大特色和一大区位优势，我们是这个'世界上最佳的野外实验室'的主人，有责任而且也有可能使青藏高原的地球科学研究达到世界领先水平。"

王研的话，代表了中国地质人的声音。

转型期的中国，市场经济魔方无限拉伸的丰富底蕴，超过以往任何一个时代。纵览12年青藏高原地质大调查，新旧交替的意识流在冲突，秩序重构的价值观在碰撞，地质人在市场经济漩涡里打滚……其中的呐喊、呼吁甚至属地化转型的阵痛、断裂，都是那样让人刻骨铭心。

他们的成败荣辱，给我们留下多少历史事实的反思？

在王丽的带领下，采访组就这样从首都北京出发，离开了浮躁的京华烟云，摒弃了霓虹闪烁、炫舞笙歌的诱惑，循着中国地质人探索奋进的脚步，我们走向了神秘莫测的青藏高原，一头钻进了那段云诡波谲的岁月。

第一阶段的采访，让我们在青藏高原地质大调查的史册上，看到一长串令人敬仰、赫然响亮的名字，然而，区域地质填图的阶段性告捷，暗淡了刀光剑影，远去了鼓角争鸣，来自25个省区100多个参战单位，大多已返回各自的工作岗位。如何真实地再现那段艰苦卓绝而又激情澎湃的历史？如何解决素材的深层发掘和选择？如何寻找那些留名或没有留名的英雄？

于是在第二阶段，我们沿着张洪涛、王研、李金发等领导在地图上勾画的众多地理方位，从滇西北横断山脉到大东北林海冰城，从格桑花盛开的青藏高原到茉莉花怒放的八闽大地……紧紧张张地进行了大跨度寻觅与采访。抚摸着地质人突突跳动的脉搏，一个个鲜为人知的故事，一个个令人仰止的主人翁，连缀成一段艰辛非凡岁月的光荣标志——所有的故事，都与青藏高原相关，都与万山之祖的古老褶皱相连；所有的人物，都伴随着风沙、尘暴、冰雪、悬崖上的月亮，伴随着朝暾晚唱的悲壮。

史无前例的青藏高原地质大调查，给西部高原带来了文化冲击、观念冲击、东部和西部地域文化的冲击，冲击的不仅是传统保守的生活方式，田园牧歌式的生存方式，更直接的是让西藏迎来了崭新的未来。张洪涛介绍了一个细节，西藏自治区一位副主席、一位地道的藏族汉子来京开会，一见面就兴奋地拉着张洪涛的手说，过去我们靠全国援藏"输血"过日子，地质大调查给我们找到这么多资源，今后我们要科学开发"造血"大发展，西藏也要争取为国家做贡献！

历史，从五千年弯弯曲曲的小路上走来。

现实，是中华民族文明基因传承的新篇。

波澜壮阔的青藏高原地质大调查，让我们认识到了历史文化的价值和政治经济意义的深远，也让我们看到地球之巅不甘平庸、自强不息的精神丰碑，这，正是一个伟大民族不朽的灵魂！

灯光在闪烁，天籁在飞泻。夜幕下的京城万家灯火闪烁，如瀑的交响穿透夜幕悠然而来。

烟雾伴咖啡，热血在奔涌。青藏高原地质大调查的风风雨雨，伴随着键盘穿透胸腔跃然纸上。

是为自序。

2017年6月18日

目 录

第三章　吹响集结号

撼人心魄的集结号在世界屋脊吹响。天上，航遥直升机凌空展翅，地上，一支支人马狂飙突进，卫星航片呈现的画面引起白宫和五角大楼的警觉："原本人烟稀少的青藏高原，怎么那么多的人、车和装备在攒动？"

第二部　恢弘的乐章

第四章　雅鲁藏布的舞步

这是一支功勋卓著的铁血劲旅，他们以舍我其谁的英雄气概，挺进雅鲁藏布大峡谷，鏖战羌塘无人区，深入珠峰纵深处，谱写了一曲感天动地的时代凯歌。

第五章　科学的曳光

一个个饱含创新基因的新技术、新工艺在区域填图中推广使用，一项项身披现代思维的新成果、新理论在钻台上试验开花，一簇簇科技之光在世界屋脊放射出炫目的光彩！

第三部 中国的高度

第十章 话语权之争 224

青藏高原在中国，居然14次青藏高原国际学术研讨会没有一次在中国召开。如何赢得青藏高原研究话语权？如何打破"西学东渐说"？ 一场青藏高原理论创新的综合研究就这样拉开了大幕！

第十一章 跋涉在朝圣路上 248

"特提斯海"为什么会裂变为世界"第三极"？板块碰撞为什么会发生？青藏高原为什么不停地长高位移？对全球气候变暖的影响又是什么？为了解码"第三极"，生命的"朝圣"成为这个群体的全部。

第十二章 走出"象牙塔"的人们 276

高等院校人才链、创新链和成果链的有效贯通，产、学、研为一体的科学体系，多学科交叉群集的综合研究，架构成青藏高原理论研究的一道道靓丽风景！

第一部

时代的抉择

Shidai de Jueze

楔子　最高的褒奖

作为"青藏高原地质理论创新与找矿重大突破"项目的代表，张洪涛脸上烙满了青藏高原特有的小麦红，双手接过了共和国的最高褒奖——"国家科学技术进步奖特等奖"证书，激动的泪水溢满了眼眶。

历史学家说："天安门是近现代中国历史风云变幻的晴雨表，是民族情感跌宕起伏的温度计。"

文学家说："天安门及其广场是有灵魂的。那是民族的灵魂，是和每一个关心国家民族命运的炎黄子孙休戚相关的灵魂。"

2012年2月14日。这是一个注定要载入共和国史册的日子。

这一天，首都的天空格外湛蓝，太阳格外娇艳，"神州第一街"车水马龙，天安门广场游人如潮。红墙、黄瓦、狮子、华表、金水桥、人民英雄纪念碑……沧桑岁月的年轮，民族智慧的印迹，都烙刻在世无其匹的广场之上。

这一天，广场西侧巍峨矗立的人民大会堂，春阳朗照，金碧辉煌。

这座风云际会的历史舞台，见证了一个伟大民族的崛起，留下了幽深的历史烟云，见证了一个伟大民族的文明衍进，也给世人留下了神秘的遐想空间。

一大早，世界最大的广场上轰响起中华复兴的铿锵脚步声，一个个来自不同领域的科技精英，迈着矫健的步履踏上了耀眼的红地毯。

　　统计显示，中国科技人力资源总量已从 2000 年的 2500 万人增长到 2010 年的 5700 万人，居世界第一位。自 2001 年始，每年春天，这里都有一场汇聚我国科技工作者最高成就与至上荣耀的盛宴，那就是每年的国家科学技术奖励大会。国家科技奖每年评选一次，分五大类：最高科技奖、自然科学奖、技术发明奖、科技进步奖和国际科技合作奖，其中最高科技奖和国际科技合作奖主要是奖励个人，其余三类主要是奖励项目。

　　这是对中国科技创新能力的一次大检阅。科技需要"顶天"，服务于国家战略；科技也需要"立地"，服务于民生需求。每年全国科技大会表彰的重大成果，无不成为"顶天""立地"彪炳史册的一个个精彩瞬间。

　　今天的大会堂格外庄严肃穆，"2011 年度国家科学技术奖励大会"会标高悬，鲜艳的红旗簇拥着国徽，主席台前摆放着盛开的鲜花。

　　环顾会场，灿若星河的科学群像让人顿生高山仰止之感，鹤发童颜的科学巨匠，技艺精湛的技能大师，一大批朝气蓬勃的青年骨干，老一辈德高望重风范伟岸，新一代活力四射生机盎然。这些八方才俊代表着不分年龄、性别、国界的科技创新在我国遍地开花。他们无与伦比的风采，正是中华民族复兴的希望所在。

　　当然，共和国的地质科技工作者不能缺席，不论是高级专家，还是高技能人才，一个个亢奋的脸上堆满了笑容，眼里溢满了激动的泪花。是啊，浸润着他们热血汗水的地质成果，不仅受到了国人的检验，今天还要接受众多中央领导的相继检阅，怎能不激动？

　　中央电视台、《人民日报》《经济日报》《光明日报》《工人日报》《中国日报》《财经时报》《科技日报》的媒体早早到来抢占有利的位置，长枪短炮武装起来的记者们已经对好了时代的焦距，一部部凝神屏息的摄影机伸长了脖子，一个个职业敏感的脸上瞪圆着眼睛。

　　时光的指针指向上午十时。

　　"现在我宣布：2011 年度国家科学技术表彰大会现在开始！"

　　中共中央政治局常委、国务院副总理李克强洪亮的声音撞击着人民大会堂的四壁，回响在 3300 名科技界代表的心中。

　　这次奖励大会授奖 374 个项目和 10 位科技专家。其中 36 项国家自然科学奖、55 项国家技术发明奖、283 项国家科学技术进步奖……这些来自不同领域的硕果勾勒出中国科技的成长轨迹——科研成果更加符合国家重大战略需要，产学研一体化更加紧密，民生需求得到满足，市场化更加贴近，产业的国际竞争力大幅提升！

中共中央政治局委员、国务委员刘延东在会上宣读了《国务院关于2011年度国家科学技术奖励的决定》。雄壮的国歌声响起，党和国家领导人开始为获奖代表颁奖。

这一刻，最为瞩目的是被誉为中国"诺贝尔奖"的国家最高科学技术奖，这是以国家名义对做出杰出贡献的科学家授予的最高荣誉奖励，由国家主席签署并亲自为获奖者颁发证书。

今年的科技最高奖花落谁手？

当两位白发苍苍、手拄拐杖的科学家走上主席台，从中共中央总书记、国家主席、中央军委主席胡锦涛手中接过红色奖励证书时，科技腾飞与民族复兴的梦想顿时在如潮的掌声中交叠对接。

这两位老人，一位是中国粒子加速器事业的开拓者和奠基人，中国科学院院士、中国科学院高能物理研究所原副所长谢家麟，一位是创造性提出"人居环境科学"理论体系、积极推进我国城市现代化进程的中国科学院院士、中国工程院院士、清华大学建筑与城市研究所所长吴良镛。

望着这两位令人仰视的科学巨匠，国务院参事、国土资源部总工程师张洪涛不由得两眼湿润了——这是中国地质人的骄傲啊，自己有幸代表中国地质人与谢家麟、吴良镛两位科学巨匠一同接受共和国的最高褒奖，怎能不心潮逐浪！

"现在请国家科学技术进步奖特等奖获奖代表张洪涛上台领奖！"

"哗……"热烈的掌声惊醒了沉思中的张洪涛。这掌声，有祝贺，也有欢庆，更多的则是信任和期望！

"青藏高原地质理论创新与找矿重大突破"重大专项，既有战略意义的"顶天"之举，又有民生意义的"立地"之气，成为2011年度国家科学技术奖励374个授奖项目里唯一的特等奖！

所谓重大专项，是为了实现国家目标，通过核心技术突破和资源集成，在一定时限内完成的重大战略产品、关键共性技术或重大工程，是我国科技发展的重中之重。而"唯一"，则是"独一无二""不可替代"！

雄浑的旋律响起来，激越豪迈、铿锵激昂，整个大会堂音乐在飞，乐曲在响。每一个人的胸中那股热情又一次被歌声点燃了，豪迈的旋律，铿锵的音符，释放着复兴中华的英雄气概！

张洪涛健步走上人民大会堂领奖台中心，双手接过了共和国的最高褒奖——"国家科学技术进步奖特等奖"证书。

镁光灯此起彼伏，摄像机镜头闪烁。

幸福和激动潮水般充溢在张洪涛的脸上。这是对中国地质人发扬"三光荣"精神、青藏精神的肯定，也是对中国地学领域科技创新的褒扬！这是给中国地质人的崇高荣誉，也是国家对知识分子的精神激励。

张洪涛两手捧着证书走下领奖台，他那浓眉下的双目掠过一个个与会代表，两眼似乎又湿润了，脑海中浮现出蓝天白云下相伴而行的好弟兄，浮现出旺秋、洛桑、多吉等藏族师友……这个特等奖来之不易啊！300 多名地质工作者立功受奖，受奖人背后还有无数默默无闻的地质人，其卓越功勋如巍巍青山，矗立雪域高原；其精神与日月同辉，永远昭示后人啊。

他似乎又看到了青藏高原那圣洁纯净的皑皑白雪，巍巍珠峰，又看到了无论是云遮雾罩的山峦峭壁，还是那高寒缺氧的冰雪世界，总有一条条迎风劲舞的"红飘带"——那是生命的火焰，那是逶迤的战旗，那是青藏高原最美丽的风景，黝黑的皮肤，皲裂的嘴唇，坚毅的目光，身着红色地质工作服，攀援蠕动在峭壁悬崖；那一簇簇的"中国红"犹如跳动的火焰，构成了最耀眼、最经典的中国元素，涂抹成中国当代文明史上新的文化图腾。

张洪涛看到，一个个地质人组成的团队，如同峰峦叠嶂的山脉，在广袤的青藏高原上，形成了一幕幕伟岸的风景，那是由潘桂棠、侯增谦为代表的理论创新团队；那是地质发现成果颇丰的王建平、黄树峰为代表的河南省地质矿产勘查开发局、中冶二局地勘院团队；那是由郑有业、张克信、刘文灿带领的中国地质大学科研团队；那是跨越"生命禁区"的中国地质调查局武汉地质调查中心姚华舟团队；那是身患糖尿病每天必打胰岛素而年年坚持上高原的吉林大学地质与环境学院教授李才；那是因陷车而感冒将生命留在藏北高原的西藏地矿局助理工程师邱中原……这个特等奖项目的哪一根经纬，不是这一条条的"红飘带"织成？哪一个环链，不带有中华民族的风华之姿、醇厚之味？！

"下面请张洪涛同志作为大会获奖科学家的代表，发表获奖感言……"

李克强洪亮的声音打断了张洪涛思绪的飘飞。张洪涛再一次走上了大会主席台，嘴角翕动了一下，抑制不住那发自内心的、充满激情的发言在人民大会堂回响，铿锵的声色里不乏中国地质人的骄傲与自豪：

"尊敬的胡总书记，尊敬的各位领导，同志们！

我很荣幸能够代表所有为青藏高原地质专项做出贡献的地质人来领取这个

奖，我所代表的"青藏高原地质理论创新与找矿重大突破"项目，是在党中央的英明决策下，落实西部大开发战略的重大行动。这一成果是全国上百个地质科研、教学和地质勘查单位的科技人员历经十多年的协同创新、挑战生命禁区、奋战雪域高原取得的，填补了我国最后一块地质调查空白区，攻克了一批重大科学难题，实现了找矿重大突破，对完善国家矿产资源战略格局具有重要意义，也将为促进青藏地区经济繁荣、社会和谐和边疆稳定发挥重要作用！"

张洪涛代表这届科技大会的全体获奖人员表示，伟大祖国为科技事业发展提供了前所未有的机遇和环境。我们要把荣誉变成新的动力，以优异成绩迎接党的十八大胜利召开。

没有沉湎于"小国寡民"的沾沾自喜，没有在赫然业绩面前的自我陶醉，中国地质科学家透着清醒与自信的声音，穿过电波回旋在广袤的华夏大地上，激荡在无垠的山川原野里，缭绕在滚滚的江河波涛里，也久久地萦绕在中国地质人的心窝里。

多少年没有鲜花的簇拥，多少年没有掌声的喝彩，中国地质人有理由为这一天鼓掌，为这一天欢呼！

张洪涛觉得喉咙发涩，透过朦胧泪眼，他看到了青藏高原团队里一个个熟悉的面孔，那是我国青藏高原理论研究专家潘桂棠、杨经绥、侯增谦、唐菊兴，那是地质学家丁俊、陈仁义、李荣社、庄育勋，紧挨着的是熊盛青、翟刚毅、王立全、谢国刚、薛迎喜、刘鸿飞……还有50位特等奖获奖者身后的"人梯"，谢学锦、肖序常、李廷栋、许志琴、郑绵平、陈毓川、裴荣富、赵文津、莫宣学、多吉等院士。一个个科技精英、一个个领军人物，代表着庞大的中国地质群体，齐刷刷地都在人民大会堂亮相了！

"没有事件，就没有历史和未来。"后现代思想大师德里达如是说。一个重大的历史事件，不仅标志着一个国家一个民族在一定时期所能达到的思想高度，更会以其所蕴涵的精神、揭示的规律，成为后人的宝贵财富，成为发展的不竭动力。

沿着时间的河流上溯到1959年。

9月26日下午4点，黑龙江省肇州县一个叫大同的小镇附近，位于松嫩平原腹地的第三口基准探井（简称松基三井）在距离地面一千多米的深度上，三个只有1.7米厚薄而小的油层经强烈诱喷喷涌出一股黝黑粘稠的工业油流。石破天惊的呼啸，爆炸性的喜讯，验证了我国著名地质学家李四光、黄汲清、谢家荣等人提出的陆相生油理论，黄皮肤的中国人终于看到了紫气东来的祥瑞！

1963年12月4日，在全国人大二届四次会议上，周恩来总理发出了震惊世界的庄严宣告：中国基本实现了原油自给，"贫油国"的帽子已被彻底抛进了太平洋！

西方专家歇斯底里的鼓噪，被站起来的中国人于谈笑间亮剑封喉！

一项伟大的地质发现，带来了大庆油田的诞生，这不仅是我国地质科学研究创新的里程碑，对当时乃至以后的中国经济发展都产生了重大的战略意义。

历史总在演绎着跨越时空的惊人相似。

西部热潮涌动，青藏鼓角相闻。从来不乏"自立于世界民族之林"的自信，也从来不相信"救世主"的华夏民族，从1999年开始，面向神秘的青藏高原开始了一场气壮山河、威武雄壮的地质攻坚战。一茬茬地质人的接力搏击、一叠叠梦想的厚积薄发，一座代表着划时代中国高度的丰碑，高高地竖在地球之巅，凝固的碑文里，镌刻着一串神话般的故事，记载着一段不同寻常的历史，轰响着一场惊天地、泣鬼神的英雄史诗。

曾几何时，青藏高原成了外国探险觊觎的乐园，青藏高原科学研究，中国竟然没有话语权。俄罗斯中亚探险队队长、军官普尔热瓦尔斯基于1870年至1880年曾三次带队到中国探险考察，他对塔里木盆地、柴达木盆地、西藏高原等做的探察，被称作是"伟大发现"。

今天，不忘初心的中国地质人终于扬眉吐气地告诉世界：我们，在自己的青藏高原上"伟大"了一次！井喷式的"伟大发现"，还在持续上演！

科技表彰大会颁奖结束了，一个感人的插曲出现了：

政治局委员、国务委员刘延东没有忘记中国地质人。她望着即将离开会场的张洪涛，感慨不已地说："青藏高原大调查太不容易了，今天我请客。"

午宴，刘延东请了10名获奖专家，让张洪涛坐在身边，她久久拉着张洪涛的手，说："当今社会一些人信仰缺失，还有这样一群人坚守青藏高原，这种精神太稀缺了，你们要好好总结，采取各种形式大力宣传，让这种精神发扬光大，影响社会！"说着，刘延东话锋一转："今天陪客的不是部长就是副委员长，你有什么建议和要求，都可以提出来。"

张洪涛凝神片刻，提出了一个恳切要求，"我作为地质人代表来拿这个奖，只想替我身后更多没有露面的同志们说句话，他们成天爬山过河，风餐露宿，时常带着伤痛坚持，甚至冒着生命危险，但野外补助至今执行的还是20世纪的标准，地质队员一天补助18元钱，低得可怜，今天只够买一份盒饭……"

在座的领导闻言无不动容，刘延东神情顿时严肃起来："地质工作太辛苦了！财政部长在不在？有事请假了？那就请科技部长传达，有关部委就这个问题要好好研究一下！"

全国科技表彰大会的第二天，中国地质人正在欢欣鼓舞地分享着这份殊荣之际，《青藏高原地质理论创新与找矿重大突破》这个激奋人心的新闻已经相继出现在各大报刊和新闻网站的显要位置。

新华通讯社说，中国科学家攻克一批重大科学难题，在青藏高原实现了找矿重大突破。青藏高原地质理论创新证明大陆碰撞过程可以成大矿，"大陆碰撞成矿论"突破了传统认识，阐明了大陆碰撞过程如何成矿、何处找矿问题，对区域成矿学做出重要贡献，被国际著名矿床学家N.Cook教授誉为"该研究领域令人钦佩的、具有国际影响力的成就"。

《人民日报》报道："青藏高原地质大调查一举填补了青藏高原中比例尺地质调查空白，创新性地提出了全新的青藏高原地质演化和成矿理论，建立了适用高寒特殊条件下的地质矿产勘查技术体系，实现了找矿重大突破，为确保国家资源安全、实施西部大开发战略、促进西藏经济跨越式发展提供了资源保障。"

《光明日报》报道："青藏项目对全球地学尤其是资源环境、全球气候变化研究具有重要意义，是国际地学界高度关注和激烈竞争的热点前沿领域。地球起源与演化、大陆构架形成及演变、成矿机理、环境保护、灾害防治以及气候变化，都可以从青藏高原的研究中找到相关的答案。"

《中国国土资源报》报道："青藏高原地质大调查以其4000米的路线间距，拉网式穿越整个青藏高原，填制了青藏高原面积220万平方公里的1：25万数字化地质图，首次获得海量野外数据，取得一系列原创性科学发现。"

《中国矿业报》报道："青藏高原地质大调查实现了找矿重大突破，科学预测并确定了3条具有巨大资源潜力的巨型成矿带，新圈定成矿远景区106个，异常矿点2000余处，新发现并评价7个超大型和25个大型矿床。"

《中国科技报》报道称："青藏项目解决了长期悬而未决的理论难题：建立的'多岛弧盆系构造理论'，重塑了青藏高原形成演化过程，确立中国科学家在青藏高原研究中的主导地位；建立的'陆缘增生－大陆碰撞成矿理论'，揭示出青藏高原的区域成矿规律，这一成果得到联合国教科文组织和国际地质科学联合会肯定，已被列入'全球对比研究计划'。"

中国军网摘要写道：中国西藏再次发现了超级大矿床，日本干看拿不着。"青藏高原地质理论创新与找矿重大突破"，创新性地建立了两大地质理论，大幅增加了我国大宗矿产的储量，改变了我国矿产资源勘查开发格局，为中央在西藏地区建设五大资源基地奠定了坚实的资源基础。

西陆网则这样说道："中国青藏高原突然传惊人消息，让全世界都血压飙升：历时十多年的国土资源调查研究，青藏项目对解决资源瓶颈制约具有重大意义。通过项目的实施，确认了冈底斯、念青唐古拉、班公湖—怒江三大成矿带，在西藏圈定了5大矿产资源勘查基地，同时还形成了在羌塘盆地找油的新认识。"

……

那些曾经悲观预言中国的人，重新将敬重的目光投向了世界的东方。

国内外地学专家纷纷发声，评价青藏高原地质专项为"中国地质工作的重要里程碑"，"国际上10年来推动喜马拉雅造山系研究做出的最重要贡献"。

2005年12月23日，格鲁吉亚总统萨卡什维利这样说："这个世界拥有共同的未来，中国在21世纪取得的成功，就是世界各国的成功。"

在共和国翻过一甲子的时候，古老的中国终于抖落一身历史的碎片，悄然崛起于世界的东方。

在孕育着火、放射着光、喷薄着惊雷的青藏高原，中国地质人上演了史诗般波澜壮阔的大剧。

现在，就请读者跟我一起撩开历史的帷幔，走向广袤的共和国热土，走向那段并不遥远的岁月。

第一章 共和国告急

资源危机的警报在新世纪门槛拉响。中南海第四会议室，朱镕基总理掷地有声地说道："地质调查工作当然要做！一年要多少钱，做个实施方案，专款专用！"一场跨世纪大调查拉开了帷幕。

第一节 轰鸣的警钟

历史，向来蕴藏着神秘与深邃。

史无前例的青藏高原地质大调查，这个撞击得中国地质人心潮难平的憧憬，从梦想变成悲怆而又英勇的伟大实践，从艰难起步到快速突破，取得了世人瞩目的重大成果，也留下了历史沉重的脚印。

当人们面对满目鲜花时，只有很少的人透过鲜花看到了风雨。这场历史壮剧的缘起究竟是什么呢？

追逐着东海岸的第一缕阳光，历史老人一路气喘吁吁跑到21世纪的门槛。

一个轰轰烈烈的千年即将随风而去，一个新鲜的千年姗姗而来，全人类都在准备为即将到来的新世纪剪彩。走过50年风雨历程的中国也不例外，所有的中国人都在浮想联翩，人们每天吃过晚饭就准时打开央视的《新闻联播》，仿佛都在期待着什么，又在渴望着什么。

每一个时代，都有迥异于其他时代的传奇与色彩，改革开放的春风春雨泼洒 20 年，中国由破冰之旅的"摸着石头过河"驶上了市场经济快车道，GDP 增长瞄准"10%"的诱人数字也一路狂奔了 20 年，仅 1994～1998 年五年间就箭头般地跃升了 10 个竞争位次，金蛇狂舞般的纷飞捷报，冒着"热气"的新鲜称谓，让辽阔的国土铺满了耀眼的金黄，也让很多国家的经济学家大跌眼镜。

波翻潮涌的 20 年，世界的东方演绎了一个共和国崛起的神话，一个曾经闭目塞听的民族推开了尘封网结的窗户，一个吐故纳新的胸膛隆起了文化多元的崭新肌骨，一个曾经积贫积弱的国家跃入全球经济发展的领跑行列，新世纪的太阳，就要跃出东方地平线，肥沃的土地有什么理由不绽放艳丽的花朵呢？

这是一个充满希望的时代，也是一个无法预知的时代。拉长历史的纬度，我们却不难看到，1998 年那个纷乱的春天，一场横扫亚洲的金融风暴给中国带来了惊心动魄的"黑色大幽默"："卖方市场变成了买方市场"，"市场疲软""总量过剩"和"欠债难要"，成了人们的口头禅，刹那间，不少企业折戟沉沙，地质矿产行业成了"重灾区"。

一个幽灵般的词汇结着暗红色的血痂，就像烙铁一样灼疼了我们的眼睛，这个词叫——危机。

共和国告急！

资源危机的警报在新世纪的门口拉响，一声声凝重而深幽的警钟轰响，猛烈地叩击着国人的心扉——

北京，首钢。首钢矿业公司总经理郝树华大声疾呼：找不到新资源，我们将无米下锅！旗下大石河铁矿拥有大石河、杏山、二马、杨庄等 8 个露天采区，数十年的开采，仅剩杏山、二马、孟家沟 3 个采区勉强维持。

湖北，大冶。铜录山南露天坑资源枯竭即将闭坑，生产开始变得相当被动。根据大冶有色金属公司提交的预测报告，按照矿山现有的年矿石采掘量计算，矿山的服务年限已不足 10 年。

安徽，铜陵。铜山铜矿是铜陵有色集团的主力矿山之一，50 年的风风雨雨，资源严重告急，企业 10 年亏损，高达 2 亿多元，很多职工只好摆摊卖菜打零工。

吉林，通化。开采了百年的矿山资源枯竭、煤价下跌，矿务局每年只发两个月工资，1995 年起开设了 11 个救急粮站，赊粮给特困家庭。几年过去，资金接续不上，11 个粮站关了 9 个，工会主席哭喊着："这可咋办啊，这可咋办啊！"

山西，大同。曾以"共和国的长子"而自豪的大同矿务局，一片凄凉。局长面无表情，与工人排队同领生活费，"人人二百三，集体渡难关"。

黑龙江，鸡西。一名矿工带着幼儿上街，走到一个肉摊，好多日子未尝肉腥的孩子哭着要买半斤肉，但父亲两兜空空，结果沮丧之极回家打开了煤气……

湖南、贵州、重庆、甘肃等地聚集上访、群体卧轨等突发事件屡屡发生。

值得警惕的是，国内外敌对势力开始趁机插手，人民内部矛盾极有可能演化成为敌我矛盾，资源危机将影响社会稳定和国家经济的安全运行已不是耸人听闻的预言。

马克思说过，问题就是时代的口号。当年，中国工人阶级跟着共产党，为了推倒三座大山，甘愿抛头颅、洒热血。今天，为什么他们又渴望找党、上访不断？为什么某些党员干部与群众由鱼水关系变成了水火关系？是什么原因使当年的矿工老大哥背离了我们？什么原因迫使他们欲走向另一个方向？……中国矿业到了冷静思考的关键时刻。

食古不化的年代虽已远去，但历史依然拒绝遗忘。

1949 年的新中国，是世界上最贫穷的国家之一。毛泽东主席跳下战马接管千疮百孔的江山时，蒋介石已先期将国库中的黄金 475.5 万两、银元 1640 万元、美钞 1537 万元分别劫运去台湾或美国。那一年，我国探明储量的矿产仅有两种，矿山 300 座，产量更是少的可怜。中国在世界上炼铁最早，但 1949 年的钢产量仅有 15.38 万吨，不到世界的千分之一。原油年产量仅有 12 万吨，原煤产量 3200 万吨，铁矿石 59 万吨，黄金 4.073 吨，10 种有色金属累计只有 1.3 万吨……昏暗的煤油灯、背着煤气包的汽车、衰败的矿井，是新中国成立初期的灰暗记忆。

毛泽东主席曾经感慨万千地说："现在我们能造什么？能造桌子椅子，能造茶碗茶壶，能种粮食，还能磨成面粉，还能造纸，但是，一辆汽车、一架飞机、一辆坦克、一辆拖拉机都不能造。"

强国求富、加快发展的强烈心态，让毛泽东无可选择地对中国经济建设进行了理论与实践的探索。优先发展重工业、地质"先行"的地位，让中国地质人迎来了"第一个春天"。

1950 年 2 月 17 日，毛泽东主席出访苏联接见中国留学生。在莫斯科地质勘探学院留学生任湘的笔记本上，他意味深长地写下了 4 个字："开发矿业"！

1952 年秋季的一天，毛泽东主席在一次会议期间接见了李四光。毛泽东问他："山字型构造"是怎么回事，你是不是给我讲一讲？

　　毛泽东主席高度关心地质科学的发展，1952 年 8 月地质部成立。1953 年，毛泽东指出，地质部是党的地质调查研究工作部。1956 年，毛泽东又指出：地质部是地下情况的侦察部，地质工作搞不好，一马挡路，万马不能前行。

　　1964 年，针对一哄而上的大跃进"办矿热"，毛泽东语重心长地告诉国人"要采矿先找矿"，"地质工作要提早一个五年、提早一个十年准备资源"。

　　在李四光任地质部部长期间，毛泽东主席先后多次对地质工作作出重要指示。1956 年 4 月 30 日，全国先进生产者代表会议开幕，仅地质部门就有 130 名代表披红戴花。地质工作的地位可见一斑。

　　遗憾的是，此后的几十年，不能搞"无米之炊"这一矿业活动的客观规律并没有得到很好的遵守。

　　1989 年 2 月 23 日，共和国第三任地矿部部长朱训请示李鹏总理后，言之凿凿地对外宣布："中国矿产资源形势相当严峻！"

　　《人民日报》以醒目位置刊出这一消息。中国经济界、工业界、金融界、社会学界迅即掀起了一场轩然大波，习惯于"莺歌燕舞"、沉醉于"地大物博"的学者、机构，甚至于专门从事国情学、未来学的研究机构和权威部门，似乎瞬间失去了心理的平衡，纷纷站出来发出了慷慨激昂地指责："我们是世界公认的地大物博之国，难道连地球留下的遗产都会贬值和消失？"

　　"资源危机"令人心忧，更可怕的却是浓雾般弥漫的"隔江犹唱后庭花"式的麻木。如同"人口危机论"的马寅初，朱训成了"资源悲观论"的代表人物。

　　强烈的忧思让朱训夜不能寐，他还是夹着个公文包到处奔走，不失时机地发声，终于，他的大声疾呼再一次惊动了共和国最高决策层。

　　1991 年的仲夏时节，中共中央书记处决定听取朱训部长的详细汇报。

　　这是一次别开生面的工作汇报——时任地矿部部长朱训把 45 种矿产资源保障图一张张分发给在座的每位中央领导，上面直观地显示出我国矿产资源总量丰富与人均资源不足、保障程度不乐观的现状。

　　中央领导同志表示，对中国地大物博的概念我们要重新认识，尤其对资源的人均水平很低要有清醒的认识。要加强这方面的教育，必须从小学开始。

　　认识自己不容易，否定自己更不容易。朱训曾对记者说："今天回忆起来，实事求是地说，从那以后，资源总量丰富、人均不足这一基本国情特点逐渐为社会所接受，但在当时的实际工作中，中央领导的指示并未能得到有效落实。"

　　中国矿业继续在高歌猛进的旋律里狂欢。黑头发黄皮肤的中国人在"高速度"繁殖人口、"每年出生人口相当于日本一个东京总人数"的同时，对矿产资源的狂挖滥采也出现了惊人的"高速度"，国有、集体、民营"大、中、小一起上"，"大矿大开，小矿小开"，超强度开采，掠夺式开采，越界开采……"有水快流"的捷报如同雪片飘飞，畸形的矿业繁荣掩盖了地勘业的巨大隐忧。

十年的岁月长河静静地流了过去，从历史沧桑、历史忧患中走来的共和国，严峻的资源危机和生态危机都在无情地印证着老地矿部长的预言——

在市场经济轨道上艰难爬坡的"中国号"列车驶入工业化经济高速增长期，但发展和危机暗送着秋波，铁、铜、石油、天然气等矿产资源的严重短缺，让东方巨人如同患了严重的"贫血症"，出现了明显力不从心的步履蹒跚。

资料显示，1999年全国即将闭坑或面临闭坑的矿山已有440多座，390座矿山城市面临"矿竭城衰"的威胁；一大批大中型国有矿山企业出现了"多米诺骨牌"效应，产能闲置、产量锐减、关井闭坑、工人失业；大庆、攀枝花、铜陵、伊春、抚顺、个旧等资源城市正走向转型之路，曾经的耀眼辉煌已成为往昔的记忆，矿竭城衰将一座座矿城变成了纪念碑一样令人心颤的废墟。

1956年8月30日，中国共产党第八次全国代表大会预备会议上，毛泽东就曾振聋发聩地说过："你有那么多人，你有那么大一块地方，资源那么丰富，又听说搞了社会主义，据说是有优越性，结果你搞了五六十年还不能超过美国，你像个什么样子呢？那就要从地球上开除你的球籍！"

改革开放之初，以国务院副总理谷牧为团长的考察团从西方考察归来，深为中国与世界差距之大而焦虑；而那位"打不倒的小个子"则为中国失去的机遇而揪心，来了一句颇具震撼力的话：中国再不改革开放，就要被开除球籍。

从1978年开始，我国城镇化、工业化进入高速发展期，仅10年就新增加了242个城市、8000多个县辖镇，不停歇的都市化风暴猛烈地席卷中国大地。站在21世纪门槛前，中国经济GDP以平均每年约10%的速度递增已经20年。

毋庸讳言，中国改革开放的经验式探索完成了一次惊世的华丽转身。但我们缺少应有的警惕，在我们拥抱暖流的同时，寒流已经悄悄涌来。在我们发展和占有的同时，危机已经悄悄到来。

20世纪是西方步入后工业社会的世纪，科技和物质极一时之盛，人类已经在太空行走，在月亮上留下了蹒跚的脚印。正在初级阶段行进的中国工业化步履却遭遇了警告的黄牌。高昂的GDP代价，换来的不仅仅是拔地而起的高楼大厦，涸泽而渔的发展理念正在"荒谬"着"二律背反"。50 年来，我国 GDP 增长了大约 10 倍，矿产资源消耗却增长了 40 倍。数十年的强力开采，有着中国经济心脏之称的"东部经济带"，矿产资源大多濒临枯竭，一座座矿城在输出资源、回笼成本的同时，不停地做着一道直到为零的减式算题，45 种主要矿产的保有储量到 2020 年仅有 6 种能满足需要，平均每年有 26 种以上的矿产保有储量入不敷出，面临资源枯竭的矿山比例高达 40%。

单纯从数量和种类上来看，我国有 176 种矿产资源，但再大的资源储量用 13 亿人来除，就会发现"地大物博"这个概念发生了多么巨大的变化。我国煤炭人均可采储量 98.94 吨，仅为世界人均水平的 53%。石油人均可采储量仅为世界人均的 15%。天然气人均可采储量仅为世界人均的 10%。铜和铝的人均占有量只有世界人均水平的 1/6 和 1/9。

看看消耗：投入高、产能低、消耗大、小产业过多的旧工业化模式，让我们每年消耗钢铁占了世界消耗总量的 25% 还强，我们消耗的水泥量占了世界水泥消耗量的 40%，我们消耗的煤炭超过了世界煤炭消耗量的 35%。

资源攸关着民族存亡。我们天天唱着"中华民族到了最危险的时候"，却仍然习惯于妄自尊大的盲目乐观，沉醉于"风景这边独好"。一方面是矿山资源供求严重紧缺，一方面是地勘投入和地勘人员锐减。1999 年，我国地勘投入的财政比例从 1990 年的 3.1% 降到 1.3%，地质工作进入 1956 年以来的"寒冰期"，几十年为共和国建设立下汗马功劳的地质人为了生存转向"三产"，在板块的挤压下步履维艰。

1999 年，我国 6350 亿美元的 GDP，虽然世界排名第七，也仅仅是美国的 10%；人均国民生产总值 800 美元，越过了世界银行划定的最低人均收入线，但人均仍处在低收入国家行列，位居全球 110 名。

东方列车上的人们终于发现冒烟的大脑应该降降温了。一群忧心忡忡的中国科学家从社会学、未来学、问题学角度，再一次擂响了"球籍问题"的警钟：

"中华民族又一次到了最危险的时候……"

《1999 年中国可持续发展战略报告》——中国科学院的一批精英们以一种复杂而充满希望的心态敲击着老祖宗发明的文字，也敲击着过于痴迷 GDP 增长的民族灵魂——我们当初为什么出发？山坳上的中国下一步又将去向何方？

全世界 26 个人口超过 5000 万的国家，我国人均耕地数量仅比弹丸之地的孟加拉国、日本略胜一点，排在倒数第三位。中国要真正进入可持续发展的门槛，就必须有序地通过三个基本台阶，实现三大基本目标。其一，到 2030 年，实现人口规模的零增长；其二，到 2040 年，实现能源资源消耗的零增长；其三，到 2050 年，实现生态环境退化的零增长……中国，在山穷、水竭、地少的边缘徘徊，并非是耸人听闻的盛世危言。

青黄不接的资源储量，"寅吃卯粮"的危机阴影，笼罩着一个伟大民族的敏感神经。经济发展犹如一只随着空中气流漂浮的风筝，无论飞得多高、飞得多远，永远有一根线系在地面上的矿产资源。纵观历史上几百次大小战争，一次次腥风血雨的战争背后，人们都能看到一个黑色的身影，那就是资源。资源的日益紧缺，让曾经安静了亿万年的世界充满了一片喧嚣，大国们抢夺资源时发出的恐吓声，小国保卫资源的奋起反抗声，富人们通过货币掠夺更多的社会资源之时的欢笑声，穷人们依靠出卖生存资源延续卑微生命之时发出的低泣声。

一部世界能源发展史，就是一部利益争夺的阴谋史和浸淌着鲜血的战争史。中东战火频繁，反恐是理由，目的却是掠夺资源和能源，无论是两次世界大战，还是美西战争，英阿马岛海战，海湾硝烟……无一不是土地、石油、矿产等资源能源引发的战争导火线。美国不惜 3 万多亿美元、4000 多条生命的代价，发动的伊拉克、阿富汗两场战争，也全是资源惹的祸。从 1931 年到 1945 年，日本侵华霸占中国煤矿多达 200 多处。

醒来吧，从多灾多难中走来的古老民族！

曾几何时，我们为了资源补充和调节，尝试"走出去"参与国际合作，西方发达国家却视中国崛起为洪水猛兽，在矿产资源的进出口领域联手一些国家在全球范围内围追堵截，给中国造成严重的安全危机。

曾几何时，我国一些思维紊乱、内心混沌的"专家"引经据典地奢谈"找矿不如买矿"的时候，国内出现的却是工业生产的矿产"粮食"严重短缺；转瞬即来的现实是矿产资源供给受制于人："中国买什么，什么就涨价。"

美国以强权致富，俄国以石油资源致富，发展中国家以资源开发加速致富，作为传统而古老的农业大国，中国正在瞄准现代化的目标加速和平崛起进程，幽灵般的资源危机却在共和国上空弥漫，高悬的达摩克利斯之剑，划出了一个个硕大无比的问号——

"几十年地质勘查积累的老本吃完了怎么办？"

"未来，谁给迅跑的中国供给资源？"

阴极而阳生，否极则泰来。东方哲学这一古老的命题将在转型期中国的变革实践中进行检验。

第二节 《纲要》诞生前后

危机，就是危险加机遇。

1998 年 4 月 8 日，这是一个注定要写进史册的日子——国土资源部成立大会在地质礼堂隆重举行，标志着我国国土资源开发利用、科学管理进入了一个崭新的时代。

一个时代的开始与一个时代的结束有时具有十分相近的特征，正如一场暴风骤雨的到来有一种突然的意味，传统体制的打破也仿佛有种倏忽的感觉。1998 年 3 月 10 日，九届人大一次会议第三次全体会议表决通过关于国务院机构改革方案的决定。土地、地矿、海洋、测绘集中统一管理，成立国土资源部；煤炭、石油、冶金、化工等管理部门撤部改局，归属国家经贸委（后又撤销）。过去那种分散的传统的部门管理体制，伴随着这一重大改革在我国基本结束。

伴随我国"大部制改革"，承载着国家期待与焦渴的中国地质人瞬间走向了历史变革的前台。

地质工作面临着一个重大的转折时期，地质科学发展也面临着一个重大的转折时期。

张洪涛披露了一个鲜为人知的细节，他在加拿大参加第 66 届加拿大勘探开发者协会年会期间，特地参观了多伦多和温哥华的股票市场，考察矿业市场和中小企业融资上市等情况，没想到会议结束，刚飞到北京机场，接机人员就告诉他，他已经摇身一变成了中国地调局筹备组的副组长，组长是国土资源部副部长蒋承菘。

历史总喜欢以尴尬的面孔谈论庄严的话题。世纪之交的中国，正处在一个困难与希望同在、风险与挑战共存的阵痛阶段，数不清的地勘单位已被市场经济这双"无形的手"推进了找米下锅的旋涡，正在筹建的地调局也陷入了无钱无人的窘迫境地。改革的突破口在哪里？

"应该说，谢学锦院士病榻上书写的一封'谏言书'，不经意间引发了我国地质史上一个大事件，也成了筹备组推进改革的突破口。"张洪涛介绍说。

1998 年 4 月 13 日晚，谢学锦在天安门东侧遭遇车祸住进了北京积水潭医院。

这一天，原地矿部总工程师、中国工程院院士陈毓川前来医院看望，寂寥、空阔的病房里，两位科学巨匠是聊不完的地质科学话题，他们时而开怀畅谈，时而轻声细语，思维的触觉一刻也没有离开过地质前沿、资源战略。

陈毓川个子不高却精神矍铄，几十年的地质生涯虽然在他额上刻下了道道沟壑，那双睿智的目光却依然那么灼人，他言语中透露的一个消息，犹如一道闪电划过夜空，让谢学锦眼前忽然一亮："国家对国土资源高度重视，国土资源部正在研究制定重点基础研究计划"。

谢学锦院士是一位具有宏观战略思想的地球化学家。父亲谢家荣是我国矿床学的主要奠基人，大庆油田的主要发现者之一。作为我国勘查地球化学的开拓者与奠基人，1951年，谢学锦受父亲的派遣，与徐邦梁在安徽安庆月山开展中国第一次地球化学探矿实验，发现了国际公认的铜矿指示植物——海州香薷，探寻到原生晕找矿规律，由此揭开了我国勘查地球化学发展的序幕。

1998年6月26日。阳光透过窗枢，射进积水潭医院四壁皆白的病室一隅。75岁高龄的谢学锦戴着眼镜，忍住双腿穿通钢钉的疼痛，趴在病床专用的小桌上伏案疾书，一份洋洋洒洒近三千字的"谏言书"就这样问世。

"这是一封带有史料价值的'文物'啊，因为你写这部报告文学，我专门给你复印了一份"。张洪涛伸手递给我这封珍贵的"谏言书"。

作为全球地球化学填图分析技术委员会主席，谢学锦尖锐犀利的开篇上来就那么吸引眼球："过去多年原地矿部进行的大多是纯理论研究，对矿产勘查不能起到多少关键性作用，能在国际科学前沿占一席之地的亦不太多。""与世隔绝多年的中国矿产勘查要走向世界，必须具有别人所无的出奇制胜高招。"

谢学锦提议，国土资源部"在制定基础研究规划时，应注重应用基础性研究"，用科研成果指导生产。从"地球化学"的角度，搞一次全国性的"地球化学科学大调查"，为未来的矿产勘查和国民经济发展提供基础性资料与信息，在社会发展中发挥更大作用！

没有首鼠两端的躲闪，没有英雄迟暮的意象，谢学锦认为，这种研究不是实验室的小打小闹，要调动千军万马来干。他从地质科学讲到认识论、方法论，从宏观思维讲到技术路线，精确的数据、资料，严密地论证了战略决策的可行性之后，谢学锦写道："应该珍惜这来之不易的成就，利用它带来的巨大机遇与优势，继续猛烈前进，提出新的'大科学'计划。"

国土资源部副部长蒋承菘意识到，这份建议对于中国地质事业的发展具有不可低估的历史份量。他在部领导班子讨论会之前，特地在"谏言书"空白处写下了"画龙点睛"的几行字：

"谢院士是国际有名的地球化学家。他倡导的区域化探工作不仅为世界各国地质找矿提供信息，还将为国土资源规划提供信息。信中提出的三项建议都很有意义，我想在今后地调工作与科研工作一并考虑。"

大调查，可以加速寻找后备资源，公益性地质工作得到延续，也可为最困难时期的全国地勘队伍送去"聊补无米之炊"的"救济粮"，保留一支精干的、能打仗的"国家队"！

"组织新一轮的地质大调查"，就能在困境中"杀开一条血路"——这就是历史与现实得出的结论！

认识在深化，内涵在提升，由谢学锦的"地球化学勘查"到地质学家袁道先的"地质环境调查"建议，继而上升到了将基础理论研究与地质调查相结合的"新一轮国土资源大调查"……

天地间渐渐亮起的一抹曙色里有了响动。长期以拥有青藏高原研究权威自居的太平洋彼岸的"大鼻子、蓝眼睛"们，惊奇地听到了东方大国挺进世界屋脊的呐喊声！

遵照邓小平"胆子要更大一些，步子要更快一些"的教诲，国土资源部党组"三个抓紧"的指示迅速下达：

一是抓紧抽调部机关三分之一的干部，组成 15 个调研组，分别到 26 个省区市近 200 个市县，就国土资源系统一系列重大问题进行三个月的调研，尽快把地勘队伍的真实情况向国务院汇报；

二是抓紧筹备中国地质调查局，尽快发挥地质"野战军"的战略攻坚作用！

三是由张洪涛具体负责，起草一个《新一轮国土资源大调查纲要》(简称《纲要》)，国庆节拿出来进行最后论证！

国土资源大调查犹如一列高速奔跑在共和国版图上的火车，前进的轨道就是《纲要》。

"《纲要》科学是最大的效率，《纲要》失误是最大的浪费，《纲要》折腾是最大的忌讳。必须高起点定位、战略性布局、前瞻性思维！"

中国地质调查局六楼一间办公室，围绕《新一轮国土资源大调查实施方案(送审稿)》出台经过，我同与共和国同龄的张洪涛进行了两个多小时的长谈。

端详这位年逾六旬的老人，我立刻想到了"慈眉善目"这四个字。是的，慈眉善目，魁梧宽肩，架在鼻梁上的眼镜，衬托着他专家学者的儒雅风度；特别是他谦和的微微一笑，有种难以形容的魅力，给人一种平易近人的亲切感和信赖感。只有无情的岁月和山谷的野风，把无数个科技攻关和拼搏呐喊，无声地记录在脸颊皱纹中，默默地让人去解读！

"我自幼就酷爱读书，还是上海市少年宫文学组的一员呢，我写的那些'豆腐块'，常常贴在学校文学专栏里，做梦都在想着当个作家、历史学家什么的……"

透过张洪涛谦逊而又富有磁性的声音，你会不由地得出结论，儒雅内秀的张洪涛本应属于文学艺术。

然而，失与得，永远是一个无法求解的算式。1977年，张洪涛从长春地质学院毕业，成为中国地质科学院著名地质学家郭文魁、裴荣富的学生，科学严谨的学风、孜孜不倦的治学态度都给了他深刻的影响。第二年，他跟芮宗瑶老师上了青藏高原。

"我与青藏高原，或许是冥冥之中的一种结缘吧，地理书上有西藏的介绍，恰好我家附近有条百年老路'西藏路'，每次上学走在这条路上我就会想起地理老师对西藏的讲述，世界屋脊那么神秘，什么时候能够去看看啊！没想到我'文学梦'没圆，却圆了'青藏高原梦'，我的一生都有青藏高原的影子，哈哈……"

生命遇到了使命，谁能知道会演绎出什么样的人生交响曲？张洪涛远去了一场"作家梦"，却歪打正着成就了中国地质学界一位时代精英。

"你看，这是'新一轮国土资源大调查实施方案编写人员名单'。"张洪涛递给我一份纸页已然发黄的文件。

翻开这份"人员名单"，我犹如走进一个中国地质精英的人物长廊，除了排在前面的国土资源部副部长蒋承菘、地勘司周家寰、土地利用司胡存智，以及曾绍金、刘连和等领导的名字之外，还有一个庞大的团队：

在填图组，我看到了刘聪、庄育勋、唐兰、彭齐鸣；

在矿产组，看到了王保良、田素军、张海啟、韩英哲；

在技术组，看到了牟绪赞、申勤、刘纪选、胡茂焱；

在综合组，看到了陈仁义、刘勇、李明祥；

在预警组，看到了樊春福、叶建良、邱心飞；

在信息组，看到了叶茂、姜作勤、李晨阳……

《纲要》必须体现改革开放精神，体现宏观性、战略性。今天，回首这份1999年描绘的地质事业的画卷，色彩依然那么绚烂。然而在当时，《纲要》出台的幕后有哪些鲜为人知的故事？专家在规划中到底起了多大作用？

1999年初，一个以张洪涛为组长的30多人的"大调查纲要"起草小组迅速成立，一群高智商、复合型科技人才汇聚而成一个高科技含量的科学群体。

《纲要》成了一面高高飘扬、响应者云集的旗帜，起草过程也成了一个立足国情、民主决策的过程。据《纲要》起草小组综合组的陈仁义介绍，相关高校、社会研究机构、各地质学会，还有包括国土资源部、财政部、中国科学院、中国地震局、国家海洋局、国家测绘局、核工业地质局、冶金地勘局、化工地质总局等在内的40个科研、教学、生产单位的业务精英参与其中。

旗帜就是方向的引领，就是目标的汇聚。陈仁义说，地质大国要走向地质强国，就必须学习世界地质领域的文明成果和发达国家的先进经验。于是，美国、加拿大、瑞典等地质调查局的专家和学者被邀请访华，发达国家地学研究与国土资源调查的成功经验得以充分吸收和借鉴。

位于北京市三里河路1号的西苑宾馆，述说着起草小组通宵达旦的300多个日日夜夜，党中央国务院高度重视、多个部门通力合作、专家学者献计献策、广大公众热情参与——109份书面建议材料，其中包括15个单位的22位中国科学院、中国工程院院士专门提供的29份书面建议材料，从不同领域、不同角度积极出谋献策，勾画新一轮国土资源大调查的总体轮廓。中国地质科学院、中国地质大学、中国地质学会、核工业地质总局等部门的36个直属科研教学单位的58份书面建议材料，统统汇集到起草小组。

国务院领导直接指导了《纲要》的起草进程，对地质工作的方针、国土资源大调查任务、地质"野战军"组建等先后做出一系列批示，对《纲要》的框架结构、重点内容和表述方法等，都提出了明确要求。

时任国务院副总理曾培炎等中央领导同志对《纲要》的具体制订、起草衔接、实施评估等分别以书面意见、批示等多种方式进行指导，提出了意见和建议。

《纲要》是社会主义市场经济体制下的产物，必须区别于计划经济。因此，每一个小组的调研资料都有好几万字，最终能体现在文本中的，可能只有成千上百个字。"当年《纲要》起草的"技术组"成员刘纪选告诉我们。

"从初稿到最终审议稿，到底修改了多少遍，现在很难说清楚，从内容、结构到具体表述，乃至具体用词，都是反复推敲，既要有战略性意图，又要有约束性指标，既要表述清楚，又要准确到位，起草组成员连天加夜连轴转，几乎都脱了一层皮。"《纲要》编写"填图组"的彭齐鸣这样介绍。

《纲要》"地质矿产"部分执笔人王保良介绍说，无论是年过花甲的老专家，还是年富力强的博士生，《纲要》完稿时，起草小组成员有的瘫倒在椅子上，有的累得直不起腰，有的手拿着筷子硬是抖得夹不住菜，有的本来圆润的脸庞生生瘦了一圈……

"这一年的时间，我们30多个人就做了这一件事。"张洪涛感慨不已。

谁能知道，"这一件事"里隐藏着多少观念碰撞的思想风暴？又蕴含着多少影响共和国发展进程的幕后故事？

"社会主义市场经济条件下地质工作怎么做？高新技术情况下地质工作怎么做？经济全球化前提下地质工作怎么做？这些问题，我们都融入到了地质大调查之中。"张洪涛很欣慰地说。

《纲要》的起草过程，张洪涛体现出科学家的远见卓识，许多具有高度和深度的意见和建议，为我国海洋科学、矿产勘查、地质科技事业的发展发挥了独特的重要贡献：

首先是"一项计划五项工程"出台的幕后故事。原计划的"一项计划四项工程"，经张洪涛提议改为"一项计划五项工程"。"一项计划"就是国家填图，这是最为基础性的地质工作，后来变更为基础调查计划。五项工程就是土地资源监测调查工程、矿产资源调查评价工程、地质灾害预警工程、资源调查与利用技术发展工程和数字国土工程。

"数字国土"背后也有故事：这一年2月，美国副总统戈尔首次提出"数字地球"概念。张洪涛灵机一动，国土资源部的信息化工作，何不归纳成"数字国土"？从那时起，"数字国土"新概念就伴随着经济全球化和信息网络化的进程全面推广，由时任福建省省长习近平挂帅的"数字福建"信息化管理体系，成为我国网络信息化的排头兵。

"可燃冰"的立项与发现，应当是张洪涛引以为自豪的精彩之笔。1994年初，张洪涛调入地质矿产部，就根据邓小平"经略海洋"的思想，把目光瞄准了"后石油时代"这个重要替代能源进行研究。起草时经张洪涛提议，"天然气水合物勘探"成了《纲要》的重要内容。地质大调查开展仅仅四年，南海海底、青海高原就相继传来捷报，中国成了世界上第4个发现天然气水合物的国家。当然，这是后话。

......

万山磅礴必有主峰，龙衮九章但挚一领。青藏高原是中华民族崛起与复兴的重要环链。

青藏高原的隆升，是地球近千万年来发生的最大地质事件之一。开展青藏高原地质调查与研究，对于地球科学研究、生态环境保护、国家后备资源以及边疆经济发展具有极为重要的意义。尤其是一个多世纪以来，特提斯成矿域的西部和东部，发现了世界级的天然气田，土库曼斯坦、塔吉克斯坦与东南亚国家，数以万计的牧民或渔民摇身一变，成了采气工人，坐地收钱。地处特提斯成矿带的青藏高原，是研究东特提斯形成演化和发展的理想"窗口"，既然几十年前可以在特提斯成矿带找到玉门油田，难道就没有深藏不露的大型矿田？

填补青藏高原地质图空白，被起草小组列入国土资源大调查规划中的一项重要基础地质工作。张洪涛提出，西部地质工作"空白区"要率先消灭，包括云南南部1幅图、大兴安岭9幅图，重头戏则是青藏高原118个图幅。

"青藏高原地质大调查，是代表中华民族整体形象的'国家名片'，也是反映我国地质领域整体素质和技能的'民族品牌'"

张洪涛汇集42位院士近百位专家学者提交的39份书面建议和250余条修改意见，确定在基础调查计划总体框架中，"青藏高原及周边地区综合调查评价"被列为9个一级项目之一，辽阔的青藏高原荣幸地纳入国家计划。

《纲要》对青藏高原地质工作进行了这样的战略部署：

——开展青藏高原空白区1：25万区域地质调查，重点对重要地质走廊进行综合考察和专项研究工作；

——开展大陆碰撞作用及青藏高原隆升机制及其资源与环境效应研究；

——开展区域地壳稳定性、地质灾害、水土流失等方面的调查研究。

任务目标是：

——实现中比例尺综合地质调查工作全覆盖，基本了解矿产资源地质背景和潜力；

——获得有关青藏巨型复合造山带演化与造山机制、流体作用与成矿、青藏高原隆升机制及其环境资源效应等重大地学问题的基础地质、地球物理和地球化学资料；

——开展青藏高原格尔木—拉萨新建铁路干线地壳稳定性、环境地质调查评价。

《纲要》对青藏高原空白区地质填图、青藏高原东北缘地质填图、青藏高原东南缘地质填图分别做了技术路线的详细部署……

1998年10月，《纲要（讨论稿）》和反映世界地质调查发展趋势及我国地质调查工作成果的7件背景材料形成；

随即，广泛征求意见的120余套《纲要（讨论稿）》及背景材料寄到了部内外专家手中；

一个月之后，《纲要实施方案（讨论稿）》的出炉，标志着这份不同寻常的《纲要》进入了最终成型的冲刺阶段。

面对这样一个涉及支撑国民经济发展的大命题，起草小组能否交出一份令人满意、高水平的答卷？

1998年12月21日至25日。

我国地质事业发展史上又一个具有里程碑意义的盛会——"新一轮国土资源大调查科学技术座谈会"，在北京人民大会堂召开。

这场少见的高等级"科学头脑风暴会"，将从中国经济与世界格局的坐标上来定位我国国土资源大调查。

中国地质领域120名不同学科、不同年龄的院士、专家群雄荟萃，规模之大，档次之高，在共和国历史上堪称少有。年届86岁高龄的中科院院士叶连俊在家属搀扶下准时参加开幕式；南京大学83岁的院士郭令智在女儿陪同下专程赶来；腿部骨折的谢学锦院士坐着轮椅从积水潭医院赶来；89岁高龄的孙殿卿院士因重感冒咳喘不止不能到会深感遗憾……42位院士和近百位专家学者结合新视角、新理念、新战略，又提交了39份书面建议，内容涉及填图、矿产、土地、海洋、环境、勘查技术、信息等领域。

地质科学家围绕《纲要》的战略议题，以势如醍醐灌顶、状似酒热衷肠的赤子之心，从大调查模式、区域划分、科技创新等方面，以各具特色的科学体系、独特的思维方式，为共和国经济版图进行了高屋建瓴地张弓搭箭。

沈其韩院士认为，"新一轮大调查""计划具体、基础牢靠"。

袁道先、张宗祜、卢耀如院士等专家认为，新一轮国土资源大调查强调资源和环境并重完全正确。

常印佛、肖序常、李廷栋等院士提出，大调查要面向社会经济建设、面向全局、突出重点，有所为有所不为、量力而行，工作任务和目标的阶段性更加明确了……

浓缩地质人心路历程的《纲要》送审文本终于形成。洋洋洒洒 1.7 万字，回答了新一轮国土资源大调查要举什么旗、走什么路，确定什么样的目标，通过什么途径来实现目标等一系列人们关注的问题。

回忆当年《纲要》起草过程中西藏战略高度提升的细节，张洪涛至今历历在目，话语一字一顿，是那样郑重，那样坚毅：

"历史和现实都告诉我们，青藏高原是中国的象征。青藏高原研究，中国怎么都不应沉默。在世界地学领域，中国地质人必须发声！"

第三节　关键的抉择

1998 年岁尾，来自西伯利亚的阵阵寒流猛烈地冲击着京畿高耸的红墙。

参天古柏掩映的中南海，愈发凸显着历史的厚重。穿过洞开的新华门，毛泽东手书"为人民服务"五个鎏金大字在影壁上熠熠生辉。

中南海，历来被视为是中国政治高层的象征。一个个决定中国命运的重大战略在这里诞生，一个个关乎国计民生的重大决策在这里形成。

12 月 2 日下午，国务院第四会议室散发着阵阵暖气。

国土资源部领导班子成员已经提前来到这里，等候的过程，大家都充满了激动和兴奋，因为，这是国土资源部成立之后一次极其重要的工作汇报会。

这次汇报会，后来被人解读为"第九届全国人民代表大会后中南海向地质界释放的改革信息"，是"一次预示中国地质事业未来走向的节点性会议"。

地勘系统改革即将进入"深水区"。早在 1994 年 8 月，朱镕基同志就曾明确批示："地质队伍要逐步划分为'野战军'和'地方部队'，'野战军'吃中央财政，精兵加现代化设备，承担国家战略任务。"

而寿嘉华在《我亲历改革中的中国地质工作》一书中，有这样难忘的一幕：

1997 年 11 月 12 日，时任国务院副总理朱镕基在中南海再次听取了时任地矿部部长宋瑞祥、副部长寿嘉华关于机构改革的想法和组建"野战军"的贯彻落实情况，并对下一步的机构改革谈了看法。

他说，找油的前期工作十分重要，需要专业地质普查队伍去做，前期的发现工作应由国家投入。其他各方面的改革到位了，我们就可以拿出更多的钱投入到前期的公益事情。

......

新成立的"野战军"，需要高水平、大规模的地质项目来支撑。《新一轮国土资源大调查纲要》即将出台，青藏高原地质大调查牵一发而动全身，涉及的问题和需要解决的矛盾太多；中国地质调查局即将成立，级别如何定位？编制如何设置？人员如何配备？机构的衔接以及政策的协调等诸多方面，处处需要党中央、国务院的导向和助力。

下午3点整。伴随一阵节奏明快的脚步声，会议室两扇门被缓缓打开，新任国务院总理朱镕基健步走来，69岁的人了，依然那样精神矍铄，活力四溢，生命的每一秒钟都充满了急骤的旋律！

幽默、睿智又有几分政治浪漫的朱镕基面色清瘦，刚进门就微笑着打招呼说：

"国土资源部是新成立的部，本来我应该登门拜访一下，没去成。所以把你们请来了。"

在驱车中南海的路上，大家心里本来还有些忐忑不安，朱镕基总理生活中慈祥幽默，工作中要求严谨，性情率直举世皆知，在会议上也曾"太过严厉""不留情面"，今天会问一些什么样的问题？会不会挨批？

眼前总理的轻松活泼、亲切自然和善解人意，一下子赶跑了大家的些许拘谨，紧张的气氛不见了。

"张登义、金祥文在机构改革时多次见面，蒋承菘、寿嘉华恐怕都见过，但没对上号，今天都对上号了。"

总理一边与大家握手，一边关心地问："你们现在哪里办公？还是原来的地矿部吗？"

总理一句温暖的问候，让大家心里荡起了阵阵涟漪，党组成员杨朝仕、董道华、鹿心社都笑了。国土资源部新成立，没有办公场所，开初在原地质矿产部办公楼凑合，因面积太小，最近刚刚搬到一栋简陋的办公楼，但仍是拥挤不堪，部领导班子正有向国务院申请立项新建一栋办公大楼的动议。

闻听总理发问，副部长蒋承菘、寿嘉华眼睛一亮，不失时机地说道："在官园那个旧居民区小胡同里租的房子，条件太差了，1.1万平方米，挤得一塌糊涂，一间屋子两个处啊。"

朱镕基露出睿智的微笑："庙小和尚多，那不正好精简机构吗！"

总理诙谐而幽默的话语，引来一阵笑声，也折射出这位大国总理时时不忘的改革心迹——就在 1998 年 3 月 5 日那场亿众瞩目的记者招待会上，新科总理把改革之路喻为"地雷阵"，以万死不悔的悲壮表示了敢蹚改革"地雷阵"的历史担当。于是在上任伊始，便大刀阔斧进行了"大部制"改革，国务院机构由 40 个减为 29 个，400 位部长和副部长退位，全国精简各级官员 400 万，引起了国内外社会的强烈共鸣。

简短地寒暄过后，朱镕基总理微笑颔首示意大家落座，右手的水笔轻轻地敲了敲会议桌面："现在开始吧。"

泱泱华夏大国，要办的事情太多了，对日理万机的总理来说，时间是用分钟计算的啊。因此，对这次专题汇报，国土资源部党组要求"观点必须鲜明，论据必须充分，措施必须稳妥，避免空话套话"。有些"重点问题既要尽量写详尽，既要说到位，又要简明扼要"，写好后党组成员相互传阅轮番修改，几易其稿，反复修改、补充、推敲。

国土资源部负责人从前瞻性、战略性的高度，客观地汇报了我国国土资源可持续发展的历史、现状和未来，其中包括地勘队伍属地化改革、"野战军"的组建这些具体而敏感的问题。

不到半个小时的时间，部领导用精确的数据、资料，结束了前三部分内容的工作汇报，总理的脸上露出了满意的神色。

"今天最好能在原则上解决一些实际问题。"朱镕基总理灼人的目光扫视一下与会人员，而后充满信任的微微一笑：

"需要解决哪些难题，你们就一个一个地端出来吧。"

部领导出口就吐出一个敏感的主题："首先是地勘队伍管理体制问题。"

朱镕基总理问道："全国地勘队伍一共几十万人？"

"总共 50 万人，包括离退休 18 万人。"

"衙斋卧听萧萧竹，疑是民间疾苦声。"朱总理严肃的脸上掠过一丝沉重：

"那就是说，去掉离退休还有 32 万人。准备多少人进'野战军'？多少人下放下去？"

会议室突然静了下来。这些数字，大家早就了然于胸："'野战军'编制 2 万人，30 万人下放下去。"

地质队伍'野战军'，到底多少人合适？在市场经济条件下，世界多数国家都采用公益性与商业性地质工作分体运行的模式。汇报会上，大家通过对美国等发达国家以及印度等发展中国家地质队伍规模的分析得出，公益性地质工作主要由国家负责，设有独立运行的地质调查机构，拥有一支稳定的高素质专业实体队伍。美国的地质调查已经进入以环境保护为主的阶段，它拥有全球化的资源，但美国地质调查局仍有一万人的规模；而印度则有一万六千人搞地质调查。

结合国土调查和人口比例考虑，朱总理若有所思地微微点头："'野战军'只有2万人，也够精简的了。中国是个地质大国，两万人不算多啊。"

总理不时插话对汇报内容提出自己的见解——对国土资源的管理和利用，对地质人的牵挂和关心，都浓缩在一次次的插话、一个个的指示里，话语透出的自信，毋庸置疑的说服力令举座叹服。

谈到中国地质调查局的规格问题，朱镕基总理沉思片刻，不紧不慢地说："'野战军'要有管理单位，就叫地质调查局。这个机构在'三定'方案中批了。你们提出要把地质调查局作为副部级事业单位，我觉得，这个问题早提出来好点。"

温家宝这时插话道，"新的国土资源部是四块，土地、地调、海洋、测绘，现在他们提出要把地质调查局作为副部级事业单位，有个规格便于协调开展工作。我原则赞成，有这么一个单位，全国基础性、公益性、战略性的地质工作就管起来了。"

"副部长兼可以，'中国'的字头还是要的。"有人插了一句。

朱镕基总理欣然赞同，他风趣地对蒋承菘说，"新成立的中国地质调查局可以变通啊，职位可以高配，副部长兼中国地质调查局局长，级别不就上去了吗？"

总理话音刚落，在场人员全都开心地笑了。

看来，简单套用任何一种西方的理论进行中国的改革都是不科学的，中国有中国的国情，中国有中国的特色——共和国的当家人既坚持了组织的原则性，也不失操作上的灵活性。

蒋承菘副部长趁热打铁说："我们也不想给领导出难题，不一定非要一个副部级，只要批一个单位，给一些司局级职数就行了。"

朱镕基总理强调说："司局级多给点职数没有关系，增加工资也有限，但机构不能增加，总人数不要增加，不然没有效率。不要一说副部级，就副部级、司局级、处级一大堆，官太多，都在机关，真正搞地质调查就没有人了。"

"好吧，第二个问题，地勘费管理还有什么问题？"

朱镕基总理一项一项地仔细询问，他谈问题，谈原因，谈对策，谈要求，条分缕析，睿智与纯朴并存，理性与感性汇流，部长们无不心悦诚服。

按照国土资源部原来预算，新一轮国土资源大调查项目资金需要 180 亿元，为了争取一些资金，寿嘉华发言了："目前美国等世界各国对地质调查工作投入逐年加大，去年美国地质调查局的财政直接拨款就是 7.6 亿美元，比上年增长了 30%，我们哪怕是他们的十分之一也好啊……"

任何人都有权利为自己所在的群体殚精竭虑。过去靠"国家"供养生存的中国地质大军，每年人均 1 万多元"人头费"，既包括工作费用，也包含了日常开支。显然，这样少的资金投入新一轮地质大调查，远远不足。因此，分管财务的国土资源部副部长寿嘉华就不时插话补充，总想多争取一些资金额度。

从基层一步步上来的寿嘉华，对于不少专家由于缺少科研经费，只得吃方便面、啃冷馒头的情景，她都记忆犹新。这次采访时，她深有感慨地介绍说，中国的科研经费之低，在全世界恐怕都很典型，外籍华人科学家李政道曾经算过这样一笔账：在美国的大学里，如果有 800 万美元的基础科研费，只提供给 17 个科学家享用，而在中国，却要由 100 多名科学家分享；美国一位科学家从事基础研究时，可获得 47 万美元的资金支持；而中国每一位科学家平均却只有 684 美元来从事必须领先于世界的科学研究。也就是说，中国科学家每人所能获得的科研经费，仅仅是美国科学家的 1.46%……

一切的社会进步，都不能无视金钱的存在。其实，为了争取大调查能够快速突破，国土资源部在汇报之前曾拿出个初步方案，12 年国家专项，需要 170 亿元。于是便有了"一毛不拔"的小插曲——他们专门把共和国"财神"、财政部长项怀诚请到了部里，打起"温情牌"，但项怀诚生生地软硬不吃，指着自己闪光的秃顶戏谑地说，"不要再诉苦了，你们看，急得我头发都脱光了……哈哈……别说我一毛不拔，按照统筹安排，我只能给你们保证每年 10 个亿！"

项怀诚说："国家资源危机，你们急我很理解。可是，这边要应对亚洲金融风暴，那边又要抗洪重建，这边既要保证吃财政饭的这块饭钱，那边还要拉动内需保证国民经济健康发展，各行各业、方方面面，囊中羞涩啊，同志们。"

……

因此，说到大调查经费问题，朱镕基总理的答复掷地有声：

"资源形势严峻，地质调查工作当然要做，做到什么程度，需要几年，一年要多少钱，做个实施方案，专款专用，打入财政预算。"

跨世纪国土资源大调查的经费原则就这样确定下来——买醋的钱不能买酱油,买酱油的钱不能再买醋。

寿嘉华回忆说,总理在汇报会上确定,属地化管理的地勘队伍,经费仍以1998年的预算为基数,由中央财政划到省级政府财政,预算单列,全额到位。总理还专门强调,任何部门不得截留或挪用,要首先用于保证离退休人员的工资和福利,其余用于地质勘查工作费用和经常性费用支出。总之一句话,"属地化改革的根本目的,就是搞活地勘单位"。

窗外,寒凝大地;室内,春意融融。

足足两个小时的汇报,大家都很轻松,没压力,都能随时插话,畅所欲言。

这次座谈会,明确了原地矿部分布在31个省、市、区近40万人的地质勘查队伍转由地方政府管理;国家抽调精干力量组建负责公益性地质勘查和基础研究的中国地质调查局、中国地质科学院。与此同时,国家出台地勘队伍走向市场的6条优惠政策,包括地勘单位享受事业单位的各项税收优惠政策,安排职工再就业等工作的银行贷款,财政继续给予贴息扶持等。

人民总理人民情,跃然充盈天地间。

人们不会忘记,1998年的中国,面临一系列严峻的挑战:通货膨胀、投资过热、三角债……寿嘉华感慨地说,"在这种背景下,能一下子拿出120个亿来用于'摸清资源家底',多么不容易啊!须知,这个钱是从国家极其困难的财政收入中一点一点地'抠'出来的,每一分,每一厘都渗透着全国人民的血汗啊!"

"总之,对你们希望很大,要求不小,信心很高,大有可为。"

总理深知"攻坚期和深水区"的纷繁复杂,话语里饱含着对"开除球籍"的忧思,对"中兴伟业"的热望,对地质"野战军"的殷切冀盼。

"如果没有什么问题,今天就这样吧!"

面对全球化的"战国时代",面对严峻的资源危机,中国的政治家以其睿智的目光和坚定信念,异常艰难而又果敢地推开了地质领域尘封网结的窗门。

小车缓缓驶离中南海,长安街上车水马龙,一片生机勃勃的繁华景象,国土资源部的领导成员欣喜地看到,冬日的阳光正酽。尽管离开春还有两个多月,春天婴儿的骚动似乎已在母腹颤动——"杀出一条'血路'来!"大家不约而同发出了自己的心声。

时隔不久,国土资源大调查《纲要(送审稿)》经国务院批准实施。整个大调查计划 12 年完成，国家财政拨款 120 亿元，每年 10 亿元。除去土地资源监测调查工程所需资金，地调局每年项目费用 8.7 亿元。

　　一场前所未有的春潮从中南海开闸了。中国最高层的政治家与最基层的地质人，共同翻开了转型期中国地质领域大变革的宏伟篇章！

　　山坳上的中国，终于从一个梦里醒来，走向了另一个梦。

第二章　神圣的使命

浴火中走来的地质"野战军"开始了新时期的大考，多元的国际合作，科学的运行机制，"里程碑意义"的填图试点，波澜壮阔的青藏高原地质大调查即将冲上既定的轨道。

第一节　破冰的涛声

1979 年，注定是一个充满想象的年份。一个世纪伟人的巨手在南海挥动，共和国版图顿时风生水起，无数华夏儿女以其非凡的智慧和勇气，演绎了中国改革开放的"春天的故事"，开启了高蹈宏阔的华夏新时代。

20 年后，又一个春天来临，再一次见证了东方古国之大变局。改革大潮猛烈地冲击着连接两个千年的坐标点，不同的板块在移位、在碰撞，共和国的版图上处处是新的崛起、新的组合、新的高山和湖泊。

"1999 年是我国地质工作历史上划时代的一年，也是改革创新、大变动的一年。"驻足在北京西城区阜外大街 45 号中国地质调查局的大门口，我仿佛又听到了当年叶天竺在中国地质调查局成立大会上的声音。

1999 年 7 月 16 日这一天，太阳的脚步跟跟跄跄穿越大洋的风暴，出现在东海地平线上，属于中国地质人的新的一天开始了。

这一天，北京城的现代时尚与历史沧桑均被酷热点燃。一大早，北京街头的老百姓在一股股奥热的风里穿梭前行，地质礼堂附近的居民或在早市上忙于购置蔬果，或匆匆行进在上班途中。

上午 10 点。在北京西四附近的羊肉胡同里，地质礼堂前却热闹异常，似乎连空气都飘洒着热烈喜庆的迷人味道。

原地矿部老领导、国务院有关部门负责人、在京有关地学领域的两院院士来了——一个个容光焕发，步履矫健，欣慰之情溢于言表；

国土资源部机关各司局负责人、中国地质科学院下属各个研究所负责人来了——一个个群情激奋，精神抖擞；

在京的地勘系统和中国地质大学的领导、学者、探矿精英来了——一个个带着憧憬和未来，热血激荡，笑逐颜开；

全国各省（区、市）国土资源厅、地勘单位负责人来了——一个个不顾长途奔波的劳累，一到北京就急匆匆赶到这里，风尘仆仆的脸上写满了喜悦和祈盼；

……

仿佛一切重生都是从灼热的浴火中走来，被誉为恢弘乐章指挥枢纽的中国地质调查局带着艰苦创业的鲜明印记，隆重登场了。

这一天，无疑是中国地质事业转型的一个符号。以成立中国地质调查局、重组中国地质科学院、中国地质环境监测院、中国地质博物馆、中国地质图书馆和全国地质资料馆为代表的"一局两院三馆"的格局正式形成，一支精干、高效、装备精良、承担国家任务的地质调查队伍在世人面前正式亮相。

这一天，承担着"开展地质调查和矿产资源勘查新技术、新方法、新工艺的研究、引进与推广"职能的中国地质调查局，一下子跨入中国新一轮地质大调查的最前沿，承担起组织实施国土资源大调查中约占整个国家专项 75 % 的地质调查工作。

就在这一天，中国地质调查局这个名副其实的"野战军"司令部，无论是将还是帅，都齐刷刷地在历史的聚光灯下亮相——我国著名矿产勘查学家、李四光奖得主叶天竺为中国地质调查局第一任局长，王达为党委书记、常务副局长，张洪涛、刘连和等为副局长。

诚如温家宝同志所说，中国地质调查局的组建，标志着地质队伍"野战军"的建设进入了实施阶段，改革的洪流，猛烈地冲击着桎梏已久的中国地勘队伍。

为了解这段历史，我来到了北京黄寺大街 24 号——北京地质研究所大院。

　　进了大门不远一个右转弯，就是国土资源部矿产勘查技术指导中心找矿突破战略行动办公室（以下简称"找矿办公室"）办公楼，叶天竺是"找矿办公室"技术专家组组长。

　　三楼，叶天竺办公室。不大的办公桌上，墙边的书橱里，到处堆满了我看不懂的地质书籍和资料。有的资料已经泛黄，散发着历史的气息。有的图纸线段模糊，却依然顽强地昭示着什么。

　　地质科学，在叶天竺心里是何等神圣崇高，何等至高无上？虽然他2001年已经退休，却一直没有离开他为之钟情的地质事业，"全国危机矿山接替资源找矿项目"，之所以演绎得轰轰烈烈，战果辉煌，就因为陈毓川运筹帷幄，叶天竺成了领衔主演；现在又积极为地质找矿突破战略行动"出谋划策"。用他自己的话来说，"作为地质战线的一名老兵，总想为党和国家多做一些事情"。

　　"从1999年上任到2001年11月退休，我在地调局工作将近3年。这段时间，我主要做了两件打基础的事情：一件是把国土资源大调查中的一项计划、五项工程全面落实下去，保质保量地完成国家地调任务；另一件则是把中国地质调查局的队伍构架搭建起来。"

　　或许是英雄暮年已经退休的原因，当年激情燃烧、大气豪放的叶天竺如今低调的近乎"保守"，静水流深地不愿谈及他个人的任何故事。"我现在只是发挥点'余热'了。长江后浪推前浪，大作家还是多写写那些年轻人吧，他们正在创造新的历史……"

　　其实，我对叶天竺上任之初的背景大致了解一二。叶天竺是我国著名矿床学家，曾是原地矿部直管局副局长，在第二次体制改革的时候，曾先后担任地矿部地调局副局长、储量司司长和副总工程师。1998年3月，国土资源部成立后，成为第一任储量司司长。

　　地质调查局成立之初的那段日子，可谓困难重重。

　　本来，中国地质调查局应紧随国土资源部的成立挂牌运行，但方方面面的矛盾纠葛，尤其对组建什么样的队伍、应用什么样的模式存在很多分歧，一种意见是"地调局应办成一个机构"；另一种意见则认为，应遵照朱镕基总理1994年分头组建"野战军"和"地方部队"的指示，建设好一支装备精良、能打硬仗的国家地质工作"野战军"。各执己见，定位不准，加上与财政部沟通不畅，组建工作迟缓，导致全国地质工作经费没有着落，国家地质工作难以正常开展。

　　就在这个关口，1999年5月28日，叶天竺走马上任了。

其实，仓促上阵的叶天竺并不是名正言顺的"局长"，而是有着"救火"的意味，直至 6 月 22 日，国土资源部才下达 18 号文决定，"叶天竺为中国地质调查局局长"。

叶天竺的压力可想而知。总理多次提出要建立一支地质"野战军"，部领导高度重视，蒋承菘、鹿心社、寿嘉华几位副部长专门强调，精兵加现代化，现代化就是装备，可现在机构要重建，设备缺资金，连办公地点都是租的；尤其是他还有两年就到了退休年龄，组织上却又委以重任，工作千头万绪，一旦延宕时机，怎么面对组织、面对国人？

尤其是他想起不久前的 3 月 13 日，在中央人口、资源、环境工作座谈会上，刚刚履新的共和国总理朱镕基又发出了焦灼的声音：

"我国地大物博是事实，但人均资源严重不足，特别是资源损耗和浪费严重，国土资源特别是土地资源、水资源和矿产资源的问题尤为突出，再这样下去几乎要发生危机。"

岂止是"几乎要发生危机"？从原地矿部地调局局长走来的叶天竺对共和国的矿产资源状况了如指掌，危机早就如影相随，新增储量青黄不接"寅吃卯粮"，寒流早就悄悄涌来了。

叶天竺愈发清楚自己肩上的沉重，作为中国地调局的掌门人，如何使地勘队伍走出生存困境，又有利于中国矿业的健康发展？他要拿出什么样的动作、什么样的成绩向总理交代？

"不用扬鞭自奋蹄"。自上任那一天起，叶天竺的脚步就匆匆行走在中国地调局租用的办公场所。过往的行人并没有谁对这个行色匆匆的壮年人多看上一眼，因为他普普通通。但是，正是在这个普通人身上凝聚着历史所赋予的使命，就连他的匆匆脚步似乎都带着使命，不知他是在丈量他脚下的土地与世界先进国家的距离，还是在想怎样缩短这种距离？只知道上任仅用半个多月时间，叶天竺就在国务院批复《新一轮国土资源大调查实施纲要》的基础上，积极向财政部汇报并深入沟通，国土资源大调查的经费预算方案，以及相应的经费管理机制、管理办法全都完成。1999 年 6 月 21 日，财政部就把国土资源大调查的任务经费批了下来，6 月底，实施纲要所确定的全国地质工作任务全部落实，国家地质工作终于可以正常推进了。

但叶天竺仍没有感到丝毫的轻松，成天像一只飞旋的陀螺，寿嘉华副部长对叶天竺评价时用了"呕心沥血"这个形容词，可谓恰如其分。

国土资源大调查几乎与地勘单位属地化改革同步。曾经是"中央军"的地质大军下放到地方，青藏高原地质大调查能不能快速调集、快速组织、快速推进？这是心存疑虑的问题之一。重要的是，如何根据国家需求和重大任务目标，组建新时期的中国地质调查局？新成立的中国地质调查局如何与国际接轨？中央高度关照的这支"野战军"如何能够成为"精干的、能打仗的'国家队'"？

行动发轫于思想。曾在新中国建设中功勋卓著的"地质尖兵"，站在 21 世纪的天空下，该如何廓清历史与现实的方位，有所为有所不为？如何描绘转型"路线图"，在"地球村"闯出"中国式"？一串串问号让叶天竺逡巡在转型变革的十字路口，他想起我国改革开放后第一个对外科技合作项目——邓小平亲自批准的"中法合作青藏高原地质科学研究"项目，开创了我国地质科技国际合作的大好局面。他下定了决心："走出国门，以他山之石，攻己之玉！"

叶天竺介绍说，1999 年 8 月，中国地调局党组书记王达、副局长张洪涛随同国土资源部副部长蒋承菘率领的国土资源部代表团访问了法国、德国、意大利三国，与法国地质调查局签订了《两局地学合作谅解备忘录》，与德国初步达成了开展大陆深钻国际合作项目的意向。

时隔不久，美国地质调查局恰好给中国地质科学院发来了邀请函，叶天竺灵机一动，"到美国看看，建立起业务对等的地学领域交流渠道"。

学其所长，避其所短，缩小差距，力争在我们有优势的领域有所突破！叶天竺决心以他勇敢的探索和全新的姿态去撞击传统文化与经济体制的封闭之门——确定最高的目标，从最低点起跳。

新中国成立 50 年，我们从地球科学研究到野外地质调查，形成了一支庞大的专业队伍，堪称地质大国，但却称不上地质强国；在地质科学技术、地球科学的一些研究成果上，差距却显而易见：在世界经济强国之林里，人均矿产资源又是实际意义上的"小国"。这种既大又小的心理与现实矛盾，让中国地质人具有了加倍的复兴渴望。

11 月 26 日，北京首都机场。

伴随着震耳欲聋的声音，波音 747 箭头般直刺蓝天，叶天竺率领中国地质调查局访美代表团 5 名成员飞向了太平洋彼岸。

万米高空，阵阵云海扑面而来，时而像群山在游走，像万马在奔腾，时而像羽毛在飘浮，像鱼鳞在排列；叶天竺凭窗鸟瞰，透过云层洋面浩淼碧波清晰可见，太平洋似乎平静无波，叶天竺心里却并不平静，碧蓝的洋面下面，是什么呢？

　　坐在飞机上看云，本是一种非常惬意的享受。壮观的云海并没有遮住叶天竺的目光，他的思绪早就飘向了那个既熟悉又陌生的世界，再过几小时，就要到达目的地了。然而，美国地质调查局长期只与中国地质科学院保持着业务往来，与中国官方机构从没有过联系，这次出访会顺利吗？

　　叶天竺在飞机上的预感并不多余。鉴于东西方意识形态不同，美国的业务部门注重业务而淡化政治，加上对中国政治体制不了解，致使对方误以为中国官方机构来访，如此一来，刚开始便出现了一个有意思的小插曲。

　　弗吉尼亚州雷斯敦，一个仅有 6 万人口的美丽小城，拥有一万多人的美国地质调查局总部就坐落其间。这次中国地质考察团到来，美国地质调查局仅仅是安排了一般礼节性的接待，局长查理·觉特也因事去了纽约。然而，得知代表团成员都是地质专家，团长叶天竺也是一位著名地质学家后，局长查理·觉特便立即赶回，以相当规格和极高礼仪，举行了隆重的欢迎仪式。

　　为了尽可能多了解对方的运作机制及经验，叶天竺、张洪涛和翻译蒋仕金一行 5 人从美方的管理部门到科研单位，天天活动安排的满满的，每逢美方一个部门进行总体情况介绍，叶天竺往往会干脆利索地打断说，"不好意思，面上的基本情况贵局局长已经介绍了，请你谈谈你们的具体业务情况好吗？"

　　"请你把负责经费的负责人请来，我想了解一下美国地质调查局资金来源与使用情况，好不好？"

　　"好了，资金情况我清楚了，请你们分管组织和人力资源的负责人谈谈吧，我要了解美国地质调查局各区域中心的定位和组织情况。"

　　"下一个，我们想了解一下你们地质调查以及地质填图的一些技术问题……"

　　这次美国之行，让叶天竺一行脑洞大开——在我们的科研人员拿着钢笔日记本、重复着大量低水平劳动"滚石上山"的时候，美国地调局的工作人员正坐在电脑前，点着鼠标做着"前人没有做的事情"。在我们的地质人带着"罗盘、铁锤、放大镜"野外工作的时候，国外地质调查已经普遍采用了通信卫星、全球定位系统、地理信息系统、地质三维可视化等高新技术……

　　中国地质调查局代表团成员看到了中国与发达国家的距离，也看到了科技领域的差距，因此，白天，考察团紧锣密鼓、争分夺秒参观交流；晚上，集中讨论、对比分析归纳总结，就连旅馆附近游人如织的喷泉广场也无暇观赏。

　　中国人的敬业精神和务实作风，让那些素以节奏快、效率高而自豪的美国人深感惊诧，美国地质调查局局长查理·觉特多次向叶天竺竖起了大拇指。

透过叶天竺率团赴美考察的点点滴滴，足可窥见中国地质人追赶世界的急促脚步。叶天竺说，美国是个开放的国家，并不介意几位来自中国的地质专家与他们平起平坐地待在一个研究室里，共同品尝一只壶里煮出的咖啡，美国地质调查局表示，他们希望到中国访问，也希望在青藏高原科研中寻求双方合作。有备而来的叶天竺代表国土资源部与查理·觉特局长就有关合作事宜探讨之后，以《中美两国地质领域加强合作科学交流备忘录》的签署为标志，中国地质调查局与美国地质调查局正式建立了国家间的地质科学合作关系，为双方开展项目合作、深化和扩大合作领域搭建了框架和平台。

竞争，推动合作；合作，推动发展。叶天竺认为，列宁"在狼群中要学会狼叫"这句话，说明我们既然要与资本主义国家打交道，就要懂得它们的那一套。通过国际合作，中国不仅可以在能源资源勘探与地质探测方面服务于经济社会发展，同时可以对地学基本知识做出突破性贡献。

中美地质发展史上的这个重大转折，对扩大国际视野、建设我国一流的地质野战军，有着极为重要的意义。

开放，打开了全新的视界；改革，激发了新生动力。考察归来，叶天竺整理了一个详尽的考察报告，字里行间弥漫着一股不可遏制的跃跃欲试、冲锋陷阵的渴望情绪。梳理美国地质调查局（USGS）、加拿大地质调查局（GSC）等发达国家成熟经验，借鉴"美国地质调查局核心科学体系战略"大数据时代下地质调查工作的走向，一切用国际化视野分析，一切用国际化标准衡量，一切围绕一个目标——建立一个与中国经济发展相适应的、国际一流水平的中国地质调查局！

采访结束时，叶天竺一再叮嘱我说："一定别忘了，在中国地质调查局筹建以及大调查初始阶段，蒋承菘副部长功不可没！"

改革是触其根本、伤筋动骨的革命，国土资源部副部长蒋承菘作为中国地质调查局筹备组组长也倍感头疼，如何落实国务院地质"野战军"组建方案的要求和"三定"精神？如何统一思想、优化人员组合，加快业务支撑体系建设？如何根据国家需求和重大任务目标，提高装备水平？

面对这场强烈的改革飓风，一系列的矛盾交融交叉，扯不断，理还乱。传统的思维方式、行业文化、职工自身与家庭利益、职工与单位的关系等，构筑在积淀深厚的土壤上的传统堤坝，在汹涌的时代激流冲击下倾塌、崩溃了。一个个在转型期的变革中找米下锅的地质人露出了迷惘、困惑的眼神：为共和国的发展献了自身献子孙，到头来怎么成了没人疼的孩子？

改革就是利益格局的再调整，就是对传统思维方式、行为方式的尖锐挑战。蒋承菘常常在办公楼后面漫步沉思。他的衣着很普通，但正是这个普通人的身上，凝聚着历史所赋予的使命，就连他的脚步也好像带着思索：中国的改革已进入不进则退的关键时期，不改革有可能"沉船"，乱改革则可能"翻船"，改革的"深水区"到底有多深？

改革触及的层次越深，震动就愈强烈、愈复杂。客观地说，当时的地质科研气氛非常活跃，压抑已久的地质人在皇城根下已呈龙吟虎啸之势。以20多名院士为首的一批老专家废寝忘食，潜心砥砺，对地学科研已达到尽情挥洒、出神入化的地步；以一批博士、研究生为代表的年青科研人员不甘雌伏，深测精蕴，几年艰苦的磨炼和实践，潜在的知识爆发力已如封堵的山泉，只消捅破一个小孔就会汩汩喷涌。然而，那么多的职工子女向何处分流，职工的情绪如何安定？人事更迭、世事沧桑的历史原因，总有一些人瞻前顾后，顾左右而言他。

堵塞与疏导，改革与稳定，作为这场改革的决策者、管理者，蒋承菘自有他稳步推进改革的艺术。比如说找人谈话，你愿谈，他很欢迎；你不说，他也不勉强。和他呆的时间一长，他的真诚就会让你对他心服口服，愿意把心里话通通告诉他。所以，蒋承菘获取了大量来自基层的真实"情报"，为中国地调局的顺利组建，提供了可靠的前提保障。

当你听听蒋承菘在改革动员大会上的讲话，看看他对具体情况的了如指掌，他对改革步骤的精心运筹，就会明白，他的讲话为什么在渴望革故鼎新的地质人心灵会产生一道道冲击波：

"中国地质调查局机构设置，应当是从项目的立项、组织实施、质量监督、成果验收和社会服务各阶段出发，设立各业务管理部门和综合管理部门；一是按照项目管理为核心，坚持精干、统一、效能的原则来组建，筹备组现有工作人员中，有一大批博士、硕士，都是学有所长，这是中国地质调查局的资本，要发挥他们各自的专长，把好业务关；二是采用市场用人机制，引进、聘用一批技术过硬、愿为大调查作贡献的仁人志士，参与到大调查中来，成为中国地质调查局的业务骨干；三是加强培训，增强业务技术力量，可以有计划地选派一些人员出国，学习西方国家的先进技术、方法以及成功管理经验，服务于大调查；四是中国地质调查局要加强与改革后的三大院、土地规划研究中心、部高咨中心等单位的联合，形成技术合力，逐步形成适应新一轮国土资源大调查的技术业务体系，增强大调查的创新能力。"

成天连轴转的大会小会，蒋承菘的嗓子有点哑了。讲到中间，他坐在椅子里的身躯微微前倾，把话筒朝跟前拉了拉，并努力提高自己的音量。

其实这是多余的，他的每一句话人们都听得真真切切。这不是一个会让人打瞌睡的报告啊，谁不知道这次改革牵动着上上下下的神经？

就在不久前的一天晚上，明亮的灯光下，看着国土资源部的汇报，温家宝充满地质情怀的批示出现在汇报信笺的天头：

同意。既要积极、又要稳妥。周密细致地做好各方面的工作，及时解决改革中出现的各种问题，保证改革的顺利进行，保持队伍的稳定。

温家宝

1999 年 3 月 20 日

中国地勘史上一场空前变革顿时风生水起。

高效快捷的"绿色通道"一扫"公文旅行"的陈规陋习，决胜千里的运筹帷幄轰响着革故鼎新的主旋律。遵照国务院办公厅《关于印发地质勘查队伍管理体制改革方案的通知》，即著名的"37 号文"，全国地勘队伍开始按照"地方部队"和"野战军"进行改革：

一是原地质矿产部所属的在各省（区、市）的地质勘查单位统一划归到各省（区、市），由省级国土资源主管部门归口管理，并逐步实行企业化经营；

二是冶金、有色、轻工、化工、建材、核工业地质等各工业部门所属地质勘查队伍，根据不同情况有的下放地方、有的改组进入企业集团；

三是组建中国地质调查局，作为国土资源部所属的、组织实施国家基础性、公益性地质调查工作与战略性矿产勘查工作的事业单位。

1999 年 4 月 20 日，中编办专门下达了《关于中国地质调查局职责任务、内设机构和人员编制的批复》，即"三定方案"。

为什么中国地调局的"三定方案"还用"专门"这个字眼？

按照常规，成立一个事业单位，中编办只给登记就行了，根本用不着批什么职责、任务、编制，考虑到中国地质调查局肩负着双层任务，一层是承担着组织实施国家基础性、公益性、战略性地质调查工作，另一层又承担着很大的管理任务，属于一个准政府的机构，这便有了特事特办的"专门"批复。

天下大势，分久必合，合久必分，《三国演义》中这句话就这样应验了。

沉寂了30多年的中国地质领域，终于奏出了大变革、大改组的雄浑乐章——

以中国地质调查局机关为核心，由6个区域性地质调查、3个专业地质调查、1个公共服务等单位组成的公益性地质调查工作体系——总共才3000多人，虽然没有达到总理答应的"野战军2万人编制"的设计，中国地质调查局整体框架总算搭起来了。

1999年7月初，伴随国土资源部与西藏自治区人民政府在拉萨举行交接仪式，实现了原地质矿产部驻西藏地质勘查队伍的"属地化管理"。至此，原地质矿产部所属、分布在全国各地约40万人的地质勘查队伍管理体制改革走向了尾声。与此同时，27个省（区、市）的地调院相继成立，为地质大调查项目实施组建起一支支精干的队伍。

这就有了中国地质人值得纪念的日子。

1999年7月16日，中国地质调查局以全新的姿态闪亮登场。从传统体制下走来的中国地勘业，终于来到了告别过去、连接未来的结合点。

第二节　全新的机制

板块的碰撞，应力的爆发，重组后的中国地调局，完成了近乎完美的起飞准备。扶摇于九天的大鹏鸟，可谓是胸怀天下、目及万里了。

中国地调局成立大会上，蒋承菘对大调查工作进行了全面部署，强调要做到"综合调查与专项调查相结合，资料继承与开发创新相结合，野外调查与专项研究相结合，国内矿产资源勘查与国外风险勘查相结合"。

没有枯燥的说教，没有空洞的套话。讲到最后，他对新成立的中国地调局提出了"四点希望"：一是要落实好1999年的项目计划；二是要尽快建立大调查的运行机制，以项目管理为中心，出台各项管理措施，在重要项目实施上成立试点项目办公室；三是尽快制订各项工作规范、指南；四是强化质量监督和成果管理，探索建立有效的项目质量管理监督体制……

1999年7月16日至18日，中国地调局趁热打铁，召开了参加揭牌仪式的全国各省、自治区、直辖市地勘单位负责人座谈会。

"条件具备、环境有利、时机成熟。我们必须抢抓机遇，乘势而上！"

叶天竺的开场白溢透着火一般的豪放与热烈，他那炯炯的目光扫描了一下会场，声调猛地提高了几个分贝，释放出一个重要的信号：

　　"地质大调查，重点在西部，特别是青藏高原地质调查，我们一定要从政治的高度，精心组织，发展我们自己的地质理论和开发技术，蹚出自己的路子！"

　　座谈会开成了动员会，会场上群情激荡，叽叽喳喳地热闹起来。

　　我们有得天独厚的青藏高原，但80%面积的中比例尺地质调查工作还没有开展，科研也仅限于几个中外合作项目，虽然有综合国力的因素，也有技术装备的制约，作为中国地质人，每逢坐在外国科学家唱主角的青藏高原研讨会上，面对某些国家代表的傲慢与偏见，谁不心存那份难以排遣的"结"？千载难逢的圆梦机遇，自然会让全国各省地勘单位的头头脑脑们表现出异乎寻常的兴奋。

　　叶天竺感到一种欣慰的快乐，他比谁都了解这些充满血性的地质人，他还要继续"加温"：

　　"中央领导迫切想知道的是我们共和国到底有哪些资源，资源储量到底有多少！我们在座的都是老地质，摸清共和国的'家底'，我们应该最有发言权！"

　　换个角度看，市场经济的狂飙突进，改变了人们的物质世界和精神处境，但从计划经济国家"包养"到市场经济的夹缝中"找米下锅"，让这些地勘单位的头头们却饱尝了仰人鼻息的滋味；青藏高原大调查有活干、有钱拿，谁愿意轻易错过这个集政治效益、经济效益于一体的机遇呢？

　　不愧是"半军事化"的地质"野战军"，快速高效的作风表现得淋漓尽致，有人会议期间就和单位打起了电话，通报情况，布置任务。散会后，这些负责人急如星火，马不停蹄赶回单位，紧锣密鼓落实措施，立足抢占先机，搭班子、调队伍、拆钻机、运设备。

　　假如我们撩开历史的帷幔，近距离感受1999风云激荡的骚动时段，就会发现，强烈的变革意识已经渗透到中国地质调查局的每根神经，似乎连呼吸的空气中弥漫的都是创新、创新、再创新的味道。

　　这一天，夜幕下的北京寂静下来，中国地调局会议室依然灯光如昼。茶杯泡满了让人亢奋的浓茶，墙上悬挂着一幅幅不同区域、不同类别的"中国矿产资源分布图"。叶天竺、王达、张洪涛、刘连和……个个班子成员神情严肃。

　　巍峨雄伟的雪山，宁静幽深的高原湖泊，蜿蜒不绝的大河……长久以来，青藏高原不仅一直为世人所向往，同样也是科学家的"宠儿"。因为它的起源、现状等都与人类的生存和发展息息相关，青藏高原就成了国际科学研究的"必争之地"。作为地质科技的国家队，中国地质调查局必须科学布局，提前落子。

　　"在国民经济建设中，地质工作必须先行。普查是战术，勘探是战役，区域调查是战略。"毛泽东主席的这句话，叶天竺最喜欢。青藏高原专项是国土资源地质大调查的重中之重，这个仗到底怎么打？

　　三峡工程上引发的那场旷日持久的激烈争论已为众人所熟知。有关青藏高原地质大调查的争论，其规模也许没有那么浩荡，但争论的程度却毫不逊色。从国家经济的宏观，到地勘领域的微观，从国际的大环境，到中国地质科学技术的现实——围绕青藏高原地质大调查，一场激烈的"头脑风暴"正在进行。

　　"蒋承菘副部长要求我们'突出重点，实现目标，加强西部，统筹安排'，咱们就开门见山，讨论讨论怎么干！"叶天竺讲话向来干脆利落：

　　"这次大调查是国家战略使命的需求，更是国际科学研究发展的必然趋势。工作部署如何呼应西部大开发？怎么创新管理体系，具体方案怎么决策，较大难度的项目怎么拍板？大家畅所欲言，都谈谈自己的看法。"

　　"青藏高原地质大调查必须认真落实国务院领导的指示，把战略、战役、战术结合起来，科学组织，点面结合，突破瓶颈，整体推进。"文质彬彬的刘连和接着发言。

　　"青藏高原地质大调查，是一场前无古人的攻坚战，必须确定重点难点，选好突击方向；布局，要把地质条件与经济地理条件结合起来考虑，合理安排轻重缓急和先后主次；方法，要采取科学的办法搞地质填图，不能用旧观点、旧办法看待和解决新问题。"这是张洪涛的声音。

　　……

　　正如一台好戏，在暴雨般的掌声中，人们欣赏的往往只是那些丰富的情节、高超的演技，又有谁知道在幕后发生了多少故事？有过多少次思想撞击？

　　北京的8月，股股热浪冲击着一切，会议室里涌动的热流似乎比暑热更火更热。围绕如何开展区域地质填图，理念创新成为时代的点睛之笔，一个个时代科技的巨子，一位位中国地学的精英，把青藏高原放在纵向历史与横向世界的交叉点上，分析它的现状，预测它的未来。

　　他们集中讨论、酝酿着人事，勾画着崭新蓝图，集思广益，集腋成裘，调集精兵强将，调配最好设备，调整全局人力、物力、财力，充分发挥"野战军"的中坚力量，当好地质大调查的"排头兵"。

　　"无论如何，地质调查局必须建实建强，特别是自身业务建设。我的设想是，各直属单位都要发挥原有的人才和学科优势，组建技术业务中心，以成为我国国家地质调查工作领头羊为目标，加强内功，不仅要完成生产任务，还要在国际国内的学术上占有一定地位。"

在叶天竺的提议下，几个区域直属单位的工作定位确定下来：

成都所，以青藏高原地质研究中心为平台，加强对整个青藏高原的地学研究；

西安所，建立造山带研究中心，统领我国造山带地学研究工作；

天津所，建立前寒武纪研究中心，把我国前寒武纪地质研究提升到新水平；

宜昌所，组建地层古生物研究中心；

广海局，组建海洋地质调查中心；

青岛所，建立海岸带地质调查研究中心；

南京所，建立城市地质研究中心等。

以这些业务中心为平台，汇聚了我国行业内相关领域的顶级院士、专家，为国家地调工作的高起点奠定了基础。

青藏高原大调查既要站在国际前沿，又要结合中国的国情，把地质科学的理想与实际科技能力结合起来，不仅要有技术的创新，也要有组织的创新，管理的创新。地勘单位"属地化"，中央财政和地方财政分灶吃饭，"中央公益性地质工作、地方公益性地质工作和商业地质工作"分得清清楚楚，中央全部出资开展地质工作的状况一去不复返了，项目的竞争就是不容置疑的现实，地质大调查项目如何部署？如何组织？如何管理？

委托加招标的办法确定了下来，据统计，当时承担大调查的队伍多达 60 多家——中国地质调查局从东部地区调集了大批队伍去西藏，河南、吉林、河北、福建、山西、四川、云南等省也都派出了地勘队伍，全面开展中比例尺地质填图、1∶20 万区域化探、1∶100 万航空磁测、1∶25 万区域重力测量等全方位基础地质调查，以及青藏高原的矿产资源调查等工作……

火花连着火花闪烁，发言一个接着一个。当思维的翅膀在自由的空间尽情翱翔之时，一个个智慧的大脑爆出了创新的火光——

改革思想观念，改革管理模式，改革传统形式；一切遵循市场法则运作，一切围绕项目科学规范，一切从解放生产力出发。

破陈规陋习，立新章新规；破平衡照顾，立重奖重罚；破各自为政，立全局观念；破小步慢走，立快速发展。

突出效能和效率，整体规划、统一部署、集中投资、科技支撑、科学分工，集团化运作，参战单位可以在竞争中合作，在合作中竞争，在竞争中"共赢"。

一个个切实可行的方案浮出水面，实行施工作业市场化运作，通过招投标选择施工作业单位，并对工程项目实行项目管理……

中国地质人以其走向市场经济的新跨越，赋予了青藏高原地质大调查以新的内涵。一种与传统体制迥然不同的崭新管理模式，也就毫无疑义地载入了中国地勘史的史册。

担当青藏高原地质大调查的一线总指挥，张洪涛倍感压力沉重，责任重大。他说："用最好的施工队伍，用最好的技术手段，用全新的管理机制，这就是青藏高原地质大调查的准则。"

一个个创新措施让人眼花缭乱，一个个实施方案推向前台，项目法人制、工程招标制、合同管理制，一系列适应市场经济规律的机制运行起来，公益性和商业性分体运作，对一级项目下设的二级或三级项目由项目办公室提出设计、预算，进行委托或招标，经中国地质调查局审批后组织实施。凡有地质调查资质和能力的地勘生产、科研、教学单位，均可单独或联合承担大调查的项目。

商品经济的法则摒弃了施舍的概念，打开 1999 年 6 月 11 日的《中国国土资源报》，我们不难发现，早在中国地质调查局的筹备阶段，大调查的项目竞争就在燕山山麓的天寿山上激烈展开：

1999 年 6 月 7 日一大早，26 家来自全国各地的地勘单位、科研院所及高等院校代表就赶赴北京国土资源部十三陵培训中心，竞争东天山地区矿产资源调查评价项目的承担单位。

有关人士强调，采用全新机制选择项目承担单位要面向全行业，体现资料共享。中国地质调查局已于 5 月 22 日通过《中国国土资源报》向全社会发布公开选择项目承担单位的公告，这次评议会，让 26 家参评单位公开介绍自己的资质、在东天山所做的工作以及对承担新项目的想法。会议邀请了 7 名资深专家对参选单位进行评议。

国土资源部副部长蒋承菘参加了评议会。他说，"东天山地区矿产资源调查评价项目，是中国地质调查局按国民经济建设需要组织的一场大的战役，它是各个兵种、各个有资质能力单位的联合作战，既要遵循市场经济法则组织实施，又要依照国家的法律法规办事。具体地说，一是要保证公平、公正、公开；二是要确保质量，要审查项目承担单位的资质；三是要依照《矿产资源法》及其配套法规办事；四是要注意产、学、研的结合。"

这条消息一经披露，立即吸引了无数惊愕的目光。

十三陵，不愧为皇家圣土。国家民族的兴亡盛衰，都在这里淋漓尽致地展示。我想起游览清东陵时看到的清代皇帝"功德碑"，发现如今的政绩考察古来就有，配受此殊荣的皇帝仅有5个。虽然这些功绩卓著的皇帝们业已"身与名俱灭"，他们的历史贡献却推涌着华夏江河不息奔流……

今天，为了国家民族的利益，仰天静卧着的天寿山麓，又成为硝烟弥漫的招投标角逐场。中国地质调查局的一个个战略举措，创新的一个个管理机制，无疑为青藏高原专项的推进提供了保障，为地质丰碑耸立"第三极"奠定了基础。假如我们用今天的标准评价，是不是应为中国地质人竖上一座"功德碑"？

全新的现代地质勘查项目管理机制，并不仅仅表现在上述内容。再看看资金管理。"专款专用"，朱镕基总理的一番叮咛，一直响在中国地质人的耳边。如何把有限的资金花在刀刃上，如何避免"跑冒滴漏"，取得效果的最大化？

"说实话，我们没有交学费的权力。用好资金，管好资金，是对总理的负责、对国家的负责、对项目的负责，也是对我们自己的负责，最起码，我们不能出现'项目上了马，干部拉下马'吧！"

没有含蓄，也没有过多的语言修饰，张洪涛的话就是那么干净、实在。

穷，是我们的国情。经费少，那就少花钱，多办事。专项资金使用和管理采用"三会两审"制，"三会"是指"专家咨询会、国家需求联席会、项目安排上下协商会"，两审是指"中国地质调查局审、国土资源部审"。"项目管理、专款专用、突出重点、公开透明、监管有力、讲求效益"的资金管理机制，决不允许层层分包、层层剥皮。施工队伍争质量、争速度、争形象、争效益，为高水平、高效率的地质大调查注入了源源不断的活力。

翻阅1999年《中国地质》第八期刘凤山、张茂林撰写的《做好新一轮国土资源大调查质量管理工作》，对当时的管理创新也可窥见一斑，专家监审制度可谓是又一大亮点。28个项目管理制度和办法建立起来。中国地质调查局聘任的898名技术类监督审查专家、经济类监督审查专家履行受其委托的技术经济监审职责。立项论证、设计审查、实施监督、成果验收等各个环节，都在专家监理机制的运行中科学实施。他们寓管理于服务之中，集审查监督于一体，立项论证、设计审查公平公正；质量、进度现场监督，技术指导一丝不苟……

信仰和理想永远是催人奋进的号角。接到中国地质调查局"关于成立区域地质调查项目监理专家组若干问题的通知"，几十名有着"监理"之称的科技精英几乎没讲任何条件，就爽快地答应了。

望着手头青藏高原监理专家组长长的名单，我肃然起敬：

西南地区：夏代祥、王义昭、雍永源、李木、姚冬生、王立亭、秦德厚、魏家庸；

西北地区：张栓厚、王克卓、郑健康、李天斌、朱伟元、张克信、张雪亭、王根宝。

……

哪个不是我国地质界的科技精英？哪个不是身怀"点石成金"的秘招绝技？虽然大都退休或离休，有的在家享受天伦之乐，有的身患多种病症，有的面临着地矿企业高薪聘请的诱惑。然而，一听说是"青藏高原项目"，一听说是为国家找矿，魂牵梦绕的青藏情结便催动了他们的脚步，一个个钻进了苍莽的大山深处、生命禁区，去寻找他们的梦想，实现他们的追求。

西南地区组长的夏代祥就很典型，这位西藏地矿局原副总工程师说出了很经典的一句话："平平庸庸也是一生，轰轰烈烈也是一世，青藏高原大调查千载难逢，趁着胳膊腿还灵便，干么不再搏它一把？有苦、有累、有险，地质人的生命才完整，是不是？"

夏代祥着实不可小觑。早在 1978 年，他担任 1 ： 100 万日喀则—亚东幅区域地质调查技术负责人，便在申扎一带首次发现了一套包括冈瓦纳—古特提斯相石炭—二叠纪的古生代地层；首次在雅鲁藏布江一带发现篮片岩相及混杂岩堆积；首次运用板块构造理论编写区域地质报告——《1 ： 100 万日喀则幅、亚东幅区域地质调查报告》，推动了板块构造学说在西藏区域地质方面的运用和发展。他主编的《西藏区域地质志》《西藏区域矿产总结》《西藏岩石地层》《西藏雅鲁藏布缝合带—喜马拉雅山地质》等一批重大基础地质勘查和科研成果，极大地推动了青藏高原的地质研究程度，得到了国内外专家的赞誉。

评价已经过去的历史，也许并不是那么神秘。历史曾把号称"百万大军"的地勘单位推向波峰，又是历史的车轮把这些为共和国立下赫赫战功的人们轧入过迷茫的谷底。但是，地质人永远可以自慰：不论在波峰，还是谷底，他们始终没有放弃那份割舍不掉的地质情结！

新与旧的此消彼长，在温和改良中走向了二元互补和谐共存，管理水平在一个个机制创新中体现。专家论证立项制度、项目实施单位资质管理制度、质量体系认证制度、项目经费预算监督管理制度、项目管理监督审查专家聘任制度……现场管理、技术管理，资金管理、合同管理都在创新过程中趋向完善，人、财、物、机等在项目之间合理流动，在动态调整中寻求平衡；质量、工期、成本、安全四大目标控制体系，都为青藏高原地质专项的健康运转做了规范。

青藏高原地质大调查，打破了地质科研与勘查"两张皮"的局面。科研—勘探—开发一体化，以科研指导勘查，勘查验证科研，推动科研进步和发展，反过来再指导勘查，这种认识——实践——再认识——再实践的飞跃，符合市场经济规律的"三位一体"新模式，科研、勘查和多部门开发形成了一个有机统一的整体，加速了地质科研成果转化为生产力的进程。

机制创新的前奏曲，撕开了罩在中国地质大军头上几十年的传统幕布，地质人看到了新班子的魄力与胆识，看到了灿烂的希望和未来。

中国地质的航船从封闭、保守、落后的浅水岸边，终于浮上风光无限的广阔洋面。中国地质人的大脚，即将在青藏高原开始不可逆转的壮行。

第三节 "里程碑式的试点"

北京的初秋，清晨的高温虽然略有下降，外面仍是少有纳凉的人们。一大早，叶天竺就来到了办公室，只见他敦实的身躯靠在窗前，双眉颦蹙。

想想，再想想，还有什么没有想到的地方？

青藏高原地质大调查的构想即将走下宏伟蓝图，叶天竺才真正发现，要落实部领导"抓出一批新成果、建设一个新体制、形成一个新机制、树立一个新形象"的要求，要做的事情太多太多。这场转型期的地质大合唱，每个系统和环节都关系整个战役的成败。未来可能会出现什么问题？一旦出现怎么处理？

大多数单位和人员首次在青藏高原开展地质调查工作，对青藏高原地质构造并不了解，对沉积岩、蛇绿岩等填图方法不掌握，对青藏高原气候、地理、交通、人文等缺乏认识，大调查的方案能不能顺利实施？

"只能成功，不能失败，也绝不能有五十步和一百步之差！"

叶天竺把久久凝视窗外的视线收了回来，转身在记事本上挥笔疾书："野外调查手册"要抓紧时间编制！前无古人的青藏高原地质填图，必须拿出来一个科学规范的技术标准、安全措施，作为地质工作者的技术指南。

叶天竺的脑海中浮现出一个人物——张克信，中国地质大学响当当的地学教授，《野外调查手册》非他莫属。

叶天竺为什么会条件反射般地想到张克信？下面说一段并非多余的故事。

　　一个国家掌握自己领土的基本情况，至少需要两张图——地形图和地质图。地形图就是我们日常所见的地图，反映土地的高低起伏和基本地貌特征，基本比例尺为 1 : 5 万；另一张是地质图，它能讲清我们脚下大地的物质组成、结构和地下的宝藏，基本比例尺为 1 : 20 万 - 1 : 25 万，也称为中比例尺。

　　1 : 25 万中比例尺地质调查有什么特殊意义？张洪涛揭晓了答案：

　　"中比例尺区域地质工作，是世界各国对所栖息的国土认知程度的基本标志，是全球的地质工作程度高低的重要标准，也是衡量一个国家经济发展程度和综合国力的主要标尺。世界主要发达国家和重要的发展中国家早已完成了中比例尺区域调查，欧洲、美国、俄罗斯等地区和国家还完成了国土的大比例尺地质填图。甚至，美国把月球上的中比例尺区域地质图也填完了。"

　　然而，1999 年时，中国陆域中比例尺区域地质调查只完成了约 72%，尚有近 270 万平方公里是地质空白区。青藏高原至今还开着一个大"天窗"，面积达 152 万平方公里，为 110 个国际标准地质图幅。

　　尴尬的是，区域地质研究是我国地质科学的薄弱环节之一，地质填图一直落在别国后面，尤其是青藏高原这片地质"空白区"，让身为中国地质调查局掌门人的叶天竺实在感到汗颜。

　　往事并不如烟。早在 1992 年，一位享誉国际地质学界且身为几个国家科学院士的美籍华人曾经走进中国地质人的视野。这位美籍华人应邀到中国地质科学院、青岛海洋所进行学术讲座，他的"地质板块构造填图理论"明显处于世界地学理论的前沿。原地质矿产部部长宋瑞祥提出，是否由此人运用"板块地质构造理论"，在青海搞一幅"1 : 25 万的地质填图"试点，为中国消灭青藏高原这个地质填图的"空白区"提供借鉴。

　　不料，对方提出的相关条件让宋瑞祥倒吸一口气——首先要付 200 万元人民币的咨询费；二是由中方负责填图全部资金及后勤保障；三是填图成果与专利均与中国无关！

　　按照国际惯例，这些条件或许并不算苛刻，但我们的地质科学家却唯有说"不"——20 世纪 90 年代初的中国，一幅 1 : 25 万区域填图的成本不过 100 多万元，那么高的要价，要被外国人捞走多少个亿？更让人难以接受的是，"填图成果与专利均与中国无关"，严重地伤害了中国地质人的尊严！

　　在青藏高原这块特殊的土地上，无论从经济、政治、军事、科学等战略角度，中国地质人有太多的理由去"填补空白"；也有太多的理由使这张图的标准与世界接轨，让"第三极"去定义世界地学研究中的"中国高度"。

然而，两年过去了，中国地学界却出奇地沉默。

这一切，都源于深层次的体制性障碍——有些科研不会直接创造效益，或近期内看不到效益，就很难申请到科研经费。尤其是中国科研经费本就不多，科研管理上，采用工程项目的简单管理办法；科学评价上"重物轻人"、急于求成、急功近利，大部分科研经费用于支持短期即可获利的应用性研究项目，造成了基础科学研究经费的严重不足，加上重数量不重质量、重项目不重人、重短期不重长远的考核方式，便直接影响了重大的科研突破。以863计划的经费为例，虽然从1987年到20世纪末，国家准备拿出100亿元，可偌大一个中国，如此投资若与西方国家相比，实在是杯水车薪！据有关数据表明，中国整个863计划所使用的经费，不如美国一家公司一年的科研投入，不及日本一年高科技研究经费的1/340！于是，在强大的生存压力下，科技人员就不得不拿出主要精力四处奔波找课题、找项目、找钱，何谈重大原始性创新成果大批涌现？

囊中羞涩的现实，又要开拓未来创造辉煌，青藏高原区域地质调查到底搞不搞，当时就出现了两种尖锐对立的意见：一种认为，中国现在没钱，没有条件投入大量人力、物力、财力，今后有了钱再搞；另一种认为，全世界都在搞高科技，中国抓不住机遇，下世纪恐怕就很难再有立足之地了。

1994年4月22日至25日，"大陆构造学术讨论会"在北京举行，到会71人，收到论文摘要161篇，宣读交流81篇。论文反映出中国构造地质学家们已不满足于简单引用国外现成的流行模式，而正试图总结出符合中国这一块处于特定构造背景基础上的大陆的各类构造单元的形成机制和发展规律。

于是一年后，青藏高原区域填图再次被中国地质人提了出来。

时任地矿部部长宋瑞祥在工作办公会上两眼直直地射向了叶天竺和张洪涛，问道："青藏高原不能总留着'天窗'！难道填图工作我们自己就不能做？"

看似征询的口气，并没有回旋余地。那时的地矿部地质调查局，局长由地矿部总工程师陈毓川兼任，常务副局长叶天竺主持日常工作，张洪涛是副局长。听到部长再次提起这个话题，叶天竺和张洪涛对视了一下，举重若轻地说道：

"我们主动申报，争取项目资金吧。困难肯定有，但只要下决心，我们一定能完成！不就是爬爬山、吸吸氧，再加一个睡袋吗？"

叶天竺简炼而富有幽默感的回答真是空谷足音，世纪绝唱！其实，爬山、吸氧、住睡袋，在叶天竺和张洪涛身上并不稀罕，这次办公会之前，叶天竺带领一批地质专家在云南省地矿局副总工程师周耀军的陪同下，对"三江并流"的神秘峡谷进行了一个多月的野外勘查，在川滇交界的德钦县羊拉山铜矿区，往返10天都是拉着马尾爬山、雪地睡袋宿营……就是这次行程，为国家高层出台意义深远的"西南'三江'特别找矿计划"提供了理论和实践的科学依据。

因此，叶天竺在会议上看似"狂人"之语的宣示，代表了地质人的性格，也是叶天竺最真实、最直率的心灵武装。于是，以科技为先导的"第二代填图计划"就这样列入了地质矿产部"九五"计划。

然而，青藏高原环境恶劣，大规模的1∶25万地质填图没有先例，必须有技术规范。试点怎么做，由谁来做，能不能顺利完成这个重任？

"中国有的是人才，地质人有的是智慧！"叶天竺脑海中将地质精英过了一遍，瞬间露出了微笑，中国地质大学（武汉）是全国开展地质填图最早的单位之一，从1958年至今已有40年历史。

"就是他了，殷鸿福！"叶天竺大手朝桌子上一拍，对分管业务工作的张洪涛说："让殷鸿福院士牵个头，在青藏高原造山带先做填图试点！"

1956年5月毕业于北京地质学院地质系的殷鸿福，1993年获"李四光科学研究奖"，同年当选中国科学院院士，不仅担任着中国地质大学（武汉）校长，还是国际地层委员会三叠系分会副主席、国际二叠—三叠系界线工作委员会主席。在叶天竺看来，殷鸿福的大脑是特殊材料制成的，没有完不成的任务。

几天后，叶天竺来到了武汉，亲自"拜望"殷鸿福。几句问候、几句寒暄，叶天竺便直入正题："部长有令，要我们做造山带1∶25万地质填图试点。你是这方面的权威，你看谁来负责组织实施最合适啊？"

殷鸿福太熟悉叶天竺了，表达方式和思维方式一如他的做人那样都是直的，不会拐弯抹角，不会遮遮掩掩，眼前蹩脚的含糊其辞让殷鸿福忍不住笑了，"哈哈，还给我绕圈子啊！有话直说，是不是给我下任务来了？"

"不需要讨价还价吧！"叶天竺也笑了，"需要我配合做什么，尽管说！"

"放心吧，既然国家需要，那就干呗！"殷鸿福瞬间背上了沉甸甸的使命。

他的得意门生张克信成了首选助手——时任中国地质大学（武汉）区域地质调查研究所所长的张克信，1982年北京大学地质地理系毕业，曾在殷鸿福院士和杨遵仪院士指导下，从事"全球二叠—三叠系界线层型研究"。领受任务的当晚，便急急忙忙找来地质专家陈能松、王国灿等教授共同研究，召开了科研团队的紧急会议。一连多少天挑灯夜战，不知道修改了多少遍，不知道多少次推翻重来，一份科学、严谨的造山带填图设计方案形成了。

1995年6月8日至13日，第三届全国地质制图学术讨论会在四川乐山召开，89名专家学者一致认为，必须实现计算机技术人员、地质人员和制图人员三结合，从作者编图、数据采集、数据组织与管理、图形处理，直至图形输出等各道工序把好质量关，编制出符合国家要求的高质量图件。

叶天竺对"第二轮填图计划"作了安排，"1：25万区调填图方法研究项目"重点在青藏高原不同的地理景观区进行中比例尺填图的方法研究——

在三江奔流的滇西北，云南省地矿局铺开了1：25万中甸县幅、贡山县幅区调填图的方法研究；

在川西横断山脉，四川省地矿局开展了1：25万甘孜县幅区调填图方法研究；

在青南高原，青海省地矿局开展了1：25万兴海幅区调填图的方法研究；

中国地质大学（武汉）由院士殷鸿福率领张克信、陈能松、王国灿等知名教授组成的团队，开展了1：25万冬给措纳湖幅区调填图的方法研究……

这次会议刚结束，张洪涛便在云南省地矿局副局长费宣、副总工程师丁俊、周耀军的陪同下，拉着马尾，背着睡袋，翻着雪山，也来到了羊拉矿区，根据大量勘查资料和地面露头，基本确定了里农矿段的矿床特征、铜矿资源的远景，为羊拉大突破指明了方向。

1996年春天，以张克信教授为首的科研团队，一马当先奔赴平均海拔4500多米的东昆仑造山带，开始了长达5年的艰苦探索。

《中国地质》第二期发表姜作勤《新一代地质填图所面临的挑战》一文，指出："许多发达国家如美国、加拿大、英国等都实现了物理、地球化学、遥感及其他地学彩色图件的野外数据采集、建立数据库、信息综合分析、交换互求。俄罗斯和澳大利亚分别推出或实施了国家地质生态学系列填图计划和国家环境地质科学填图计划……"

毋庸置疑，把当时的填图试点比作"第一次吃螃蟹"实不为过，从起飞翅膀的沉重来看张克信团队的实践勇气，也实实在在不是数学家的方程式可以抽象的。从1996年开始地质填图试点直到1999年，中国地质科学院的正研究员月收入最多为七八百元，即使是院士，月收入也不过千把元，而一位出租车司机每个月可以挣3000元。那时一些年轻科学家曾经抱怨：在我们这个年龄，欧洲的海森伯们引发了物理学革命，创立了量子力学。而我们呢？每天考虑的是柴米油盐，上下班接送孩子，买便宜一点的菜和衣服！

张克信顾不上考虑这些柴米油盐，他的团队经历了多少艰难困苦，有过多少次分析论证，攻克了多少技术难关，出现了多少悲壮故事？只知道，每一次奇峰攀越都有惊心动魄的故事，每一次艰难跨越的细节都充满了精密的科学。

"1：25万冬给措纳湖幅区域地质调查与东昆仑造山带非史密斯地层区1：25万区域地质填图方法研究"的科研成果，撩开了青藏高原神秘的帷幕，也赢得了验收评审组科学家们的高度评价。

这次填图，张克信团队一开始就站到了时代的高起点，力求以先进的填图方法技术与国际接轨，实现了"三化"：一是"星空地"的空间一体化，二是"地物化遥"的方法综合化，三是"野外室内"工作的数字化。

专家评审中，这项成果以优秀级全票通过，评语这样写道：

殷鸿福、张克信主持完成的青藏高原首批1：25万试点填图和填图方法研究，提出了造山带物态、时态、相态、位态、变形、变质历程分析填图法，发展了大地构造相方法在造山带填图中的应用，解决了一批重大疑难地层和地质构造问题，为造山带1：25万区域地质调查开辟了新的方法和途径。

中国地质大学（武汉）青藏高原团队以自己的科学实践证明了这样一个事实——中国人不比外国人笨，中国科学家的脑瓜跟外国科学家没有什么区别！

重提历史是为了今天。这个小插曲并不多余。殷鸿福、张克信团队具有"里程碑意义"的填图试点，为青藏高原地质调查专项全面启动提供了有益的借鉴。

中国地质调查局决定：由基础部牵头，以张克信、王国灿、朱云海主持研制《青藏高原艰险区1：25万区域地质调查技术要求》和《青藏高原区域地质调查野外工作手册》为基础，组织野外工作手册的升级、换版，全面推广应用。

《青藏高原艰险区(B类区)1：25万区域地质调查技术要求》拿出了15章的书稿。中国地质调查局局长叶天竺为《青藏高原区域地质调查野外工作手册》写下了激情四射的序言："我们正在走着前人未走过的路，进行着前所未有的工作。青藏高原连绵的雪山将铭刻我们的奉献和功绩！"

写到这里，我又从案头采访资料中取出张洪涛给我的那本书，那是16万字的青藏高原区域调查《野外工作手册》，扉页上赫然出现一串中国地质人熟悉的编著人员名单：张克信，庄育勋，李超岭，于庆文，王国灿，喻学惠，齐泽荣，李长安，其和日格，罗建宁，莫宣学，朱云海，赵凤清，陆松年，杨振升。

我随意翻阅着里面的内容，在我这个门外汉眼里不啻为一部"天书"，沉积岩、造山带混杂岩、岩浆岩等调查要点，第四纪地质、构造地质、遥感地质数字填图，以及野外记录与整理的工作要点，等等。我仿佛进入了一个浩繁的科学迷宫：一项项技术规则，缜密而细致，一组组数据要求，严谨而准确。

我想起张洪涛的一番解释。他说："这本书的内容，为青藏高原全面实施1∶25万地质填图起到了引领与规范作用，设计编审、调查内容、技术方法、工作程度、精度要求、资料综合整理、地质调查报告编写、质量监控和成果验收等，都是开展1∶25万区域地质调查的主要依据……"

随着悠远的新千年钟声敲响，1999年成为中国地质人不可磨灭的记忆。

电报、电话、电讯、指令，无形的电波在天空中飞来飞去，编织着中国地质发展史的一段风云。

会议，措施，方案，细则，科学的大脑在审慎中翻来覆去，运筹着青藏高原大调查的辉煌未来。

巨大的信息量和工作量，常常压得一个个工作人员喘不过气来，用青藏高原一线总指挥、中国地调局副局长张洪涛的话说：几乎连上厕所的时间都没有。

一切为了科学的探索！一切为了探索的科学！

2000年3月，成都、西安、天津、沈阳、南京、宜昌六大区地调中心的地质大调查项目办相继组建。"项目办"与相关省区地调院、项目承担单位保持"项目联系、业务指导、合同管理"关系，主要负责属地项目管理。

采访时，薛迎喜是中国地调局资源评价部主任，儒雅质朴，坦诚务实，是他的性格特征。据薛迎喜介绍，项目办的职能颇多，压力也显而易见，既要负责辖区地调项目的合同签订、设计审查与认定、野外原始资料质量检查及项目成果验收等，还要组织编制各种专题报告、工作报告（月季报、年报）；新开项目的野外调研、立项材料初审以及有关项目承担单位资质调研等。

各大区项目办成员如下：

成都地调中心项目办主任丁俊，技术处长王全海，区调主管王大可。

西安地调中心项目办主任杜玉良，技术处长翟刚毅，区调主管李荣社。

沈阳地调中心项目办主任邴志波，技术处长邢树文，区调主管朱洪森。

南京地调中心项目办主任骆学全，技术处长刘闯，区调主管包超民、程光华。

宜昌地调中心项目办主任潘仲芳，技术处长齐先茂，区调主管伍光英。

天津地调中心项目办主任张文秦，技术处长苗培森，区调主管谷永昌。

2000 年 4 月中国地质调查局印发了《中国地质调查局地质调查项目管理制度汇编》。

强有力的组织管理体系，高效率的文件"绿色通道"，青藏高原大调查的各个环节进入了"高速运转"阶段。

万事俱备，蓄势待发。青藏高原的历史，来到了一个极其重要的转折点，一切的一切，都在按照历史设定的程序悄然运行。

悠悠千载的苦苦等待、志士仁人的千呼万唤，青藏高原云开月明的日子不再遥远！

第三章　吹响集结号

撼人心魄的集结号在世界屋脊吹响。天上，航遥直升机凌空展翅，地上，一支支人马狂飙突进，卫星航片呈现的画面引起白宫和五角大楼的警觉："原本人烟稀少的青藏高原，怎么那么多的人、车和装备在攒动？"

第一节　历史咏叹调

一部人类的历史，就是一部惊心动魄的穿越史。

提及青藏高原地质大调查，人们脑海中难免会条件反射般地闪现出一组组蒙太奇画面：

万山之尊，地球之巅——雪峰峡谷、重峦叠嶂，原始森林、生命禁区，湖泊冰川，峨冠博带……神秘壮美而又遗世独立，美轮美奂而又人迹罕至；一座座奇峰剑崖在白云下昂首狂奔，一条条大江大河在幽谷中歌哭吐纳；亘古荒寂中充盈着"大音希声"的圣洁与唯美，绝杀冷峻中蕴涵着"大象无形"的深沉与神秘……多元素的冷凝与活力滋养铸就了瞬间永恒，无序的和谐，沉雄的图腾，视觉的震撼力直溯人们癫狂的心灵河床。

威震寰宇，气贯长虹——一片横无际涯的棕褐色高地，犹如一条穿云破雾的巨龙，蜿蜒盘旋在共和国版图的西部边陲，东连云贵高原和四川盆地，西达万山之宗的帕米尔高原，北邻塔克拉玛干大沙漠，南眺热带、亚热带风光的印度大平原，包括西藏、青海全部和云南北部、四川西部、甘肃西南部和新疆南部等广大地区；长近 6000 公里的边境线，绵延逶迤在印度、尼泊尔边缘，同时接壤地带还有缅甸、不丹、阿富汗、塔吉克斯坦以及吉尔吉斯斯坦等国；这条风华正茂的巨龙，吸纳日月之精华，凝聚华夏之力量，将一个古老民族的魂魄，挥写于亘古苍茫之上！

这就是青藏高原！这座举世公认与南北极齐名的地球"第三极"，面积相当于 4 个法国、9 个英国，或者大于 11 个湖南省。

这里因其绝美风景集于地球之巅，因其奇诡浓郁的宗教氛围，因其神灵文化的杂揉，因其恒久封闭的人文地理，愈加让世人充满了神秘憧憬，洁净的水，碧蓝的天，灿烂的阳光和未受工业污染的耕地、大气和草原，于是，无数虔诚的朝拜者便纷纷从遥远的国度走来，到青藏高原寻找生命的另一种颜色。

一千个人，就有一千个哈姆雷特。

有人说，青藏高原是一个诗意栖居的圣洁高地，空灵绝伦，人神共处；

有人说，青藏高原是一个扑朔迷离的魔幻高地，禅意玄机，摄魂荡魄；

有人说，青藏高原是一个鬼魅聚居的蛮荒高地，狰狞恐惧，险象环生；

有人说，青藏高原是一个远离尘嚣的唯美高地，激浊扬清，厚德载物。

我们的地质学家则以为，青藏高原是一个民族魂魄的精神高地，元气浑成，遗世独立！

青藏高原的天，奏响着远古天籁；青藏高原的地，生长着原始魔方。

青藏高原成了真相难辨的"罗生门"，有人说是美丽的天堂，有人说是心悸的地狱。无论是魏晋的散淡、唐宋的高蹈还是明清的哀婉，利益相悖的观点与逻辑，大相径庭的争论与反复，到底哪一种观点更客观？

当人们对海洋演化史无法解释的时候，便借用古希腊神话故事进行了描述。1893 年，英国地质学会举办的研讨会上，奥地利地质学家休斯发表了一个世界著名的演讲——《海洋的深度是永恒的吗？》，他把科学的求证与浪漫的神话结合在一起，将横贯欧洲大陆的巨型山系及两侧地区描绘成波澜壮阔的海洋，并以希腊女神的名字为其命名——特提斯。

不能不佩服特提斯女神的魅力——众说纷纭的传说和故事，天堂化、妖魔化的解读与演绎，全世界那么多智慧的大脑全被她搞得晕晕乎乎。

让我们步入时空的隧道，走向两亿年前的远古时代——

云水苍茫，罡风浩荡，特提斯海洋波涛汹涌。一个个巨大地球板块形成的岛弧如同一艘艘巨轮，正在忍受着撕裂的阵痛。巨澜翻江倒海，惊涛喷涌嘶鸣，漂移的大陆板块在弧形的洋面上剧烈地颠簸着，痛苦地扭曲着，激烈地撞击着。遮天的岩浆在飓风中肆虐飞旋，起伏的板块在烈焰中激烈交锋，印度板块猛烈地向北俯冲，斜插入欧亚板块下，塔里木板块又向南一头扎到昆仑山脉之下。一场场震撼寰宇的板块大碰撞，一个个惊世骇俗的板块大俯冲，蔚蓝色的海洋在愤怒的咆哮中，隆起了一个苍莽雄浑的庞然大物。

一场诡谲而又悲壮的俯冲与碰撞，一场孤独而又狂放的毁灭与新生。

沸腾的海洋逐渐远去，燃烧的熔岩凝成板块。岁月的利刃切割着无数异彩纷呈的盆景，青藏高原在悄无声息中完美着自己独具的造形，"欲与天公试比高"的奇峰剑崖，确立了鸟瞰地球"舍我其谁"的霸主地位。尤其是 2400 公里长的喜马拉雅山，壁立千仞的珠穆朗玛峰，以雄视千古的精英主义姿态铸就了中华民族坚挺的象征。

往事越千年，一个个朝代折叠成了一页页发黄的历史。

青藏高原的隆起，成为地球上新生代最壮观的历史事件和地质事件，那些因地球扭曲形成的大小长短或方或圆的断片，分别被埋在深浅不同软硬各异的地层里，雄奇的地貌景观，特殊的几何形态，记录了青藏高原岩石圈构造演化的丰富信息，一条条裂痕，一轮轮波纹，深藏着地球板块的构造奥秘，便让它拥有了诸如"最高、最新和地壳最厚"等一系列"世界之最"，成为中外地学家尊崇的地学"麦加"。

第三极犹如一个迷幻莫测的巨大磁场，牵动了人类的解读雄心和探索脚步。

1877 年，七次踽踽独行考察中国的德国人李希霍芬，站在挥洒着五千年玄黄的河西走廊，看到一串串深深浅浅的脚印伸延到了中亚、波斯湾，大批丝绸、茶叶、玉器、漆器，从长安走向了欧洲，于是提出了"丝绸之路"的概念。

1899 年至 1908 年，瑞典人斯文·赫定三次深入青藏高原腹地考察，他的巨著《亚洲腹地旅行记》《南藏》及数本地图册，记录了他在青藏高原多次科考的经历。

1909 年开始，英国植物学家金·沃德多次走上青藏高原考察，发表论文 70 余篇。1911 年他在上海出版《在去西藏的路上》，第一次提出澜沧江、金沙江与怒江"三江并流"这一地理奇观，由此被誉为"三江并流发现之父"。

……

1903 年，"中国的脊梁"鲁迅就曾以"索子"为笔名，在日本东京出版的《浙江潮》杂志第八期发表了世界上第一篇中文地质论文《中国地质略论》，阐述了中国地质之特点及其发育史。

1905 年 7 月，鲁迅与顾琅合著、附有中国矿产全图的《中国矿产志》由上海普及书局出版，这是中国第一部全面记述我国矿产资源的专著。

他在文中发出了愤怒呐喊："中国者，中国人之中国，可容外族之研究，不容外族之探险；可容外族之赞叹，不容外族之觊觎。然彼不惮重茧，入吾内地，狼顾而鹰睨，将胡为者？"

鲁迅孱弱的声音，没有挡住西方觊觎窥视的眼睛，20世纪初，青藏西部昆仑山、喀喇昆仑山和喜马拉雅山交汇处，留下了西方探险家纷至沓来的脚印。

1888年和1903年，英国两次武装入侵西藏。1903年12月12日，一支打着英国国旗、携带先进武器的万人侵略军由边境亚东入藏，沿途大肆屠杀西藏军民；英国军官弗朗西斯·荣赫鹏骑着高头大马，长驱直入西藏首府拉萨。

到1881年，沙皇俄国占领了中国西北、东北多达150万平方公里的领地，西部也扩张到了青藏高原边陲。沙皇欲与盘踞印度的大英帝国争夺西藏，从1870年开始，40年间先后派出了13批"西藏考察队"，主角是帝俄地理学会的专家，如先后任考察队队长的普尔热瓦尔斯基、波塔宁、科兹洛夫等人，配角却是荷枪实弹全副武装的士兵。

1903年英军入侵西藏，与两位"兼职"的地理学家直接相关。一是印度人萨拉特·钱德拉·达斯，1879年翻过青藏高原的南墙潜入西藏，在前庭秘密勘测20个月，写了一部《拉萨及西藏中部旅行记》，绘制了从亚东经江孜到拉萨的地图，为20年后英军入藏提供了最简短的路线，还在1902年出版了一部《藏英词典》。另一位是印度出生的英国地理学家荣赫鹏（1863～1942），著有《入藏地理调查》，晚年登上英国皇家地理学会主席的宝座。

1903—1905年，德国陆军中尉菲尔希纳到新疆南部、青海进行测量工作，为该区获取了历史上重要的地形资料。而来自美国的藏学家尼古拉斯站在西藏历史上最早种出五谷杂粮的第一块农田，啧啧赞叹：你这吐蕃王朝的粮仓，你这藏族和藏文化的发源地，怎一个"古"字了得呵……

历史总是留下诸多遗憾。

青藏高原的主体在中国，但现有几十本青藏高原的旅行游记证明，早期探险者、"发现者"大多为外国教士、商人，以及外交官、军人和冒险家。其中有英国人，过去的一个世纪属于这个国家，世界三分之一以上的商船飘扬着他们的米字旗；有瑞典人，东南亚丛林里布满了他们的身影；有德国人，他们在中国山东建起了欧式洋房；还有俄罗斯和亚洲新崛起的日本，他们正在中国的东北开战。有人说，这是一批最惊人的探险者、地质学家、考古学家、历史学家；也有人说，是盗贼，是骗子，是青藏高原的魔鬼。

20 世纪 30 年代的旧中国也曾掀起一个科考的小热潮，一批抱着为国纾困、"科学救国"之志的中国地质学家，步履蹒跚地走向了青藏的边缘和腹地：

植物学家刘慎谔，从法国学成归来，担任了北平植物学研究所主任，30 年代初只身前往西藏，过昆仑，越藏北，沿青藏高原西侧经克什米尔抵达印度，历尽千难万险，带回了两千多块标本。

与此同时，中山大学组织了中外科学家前往东部横断山脉主峰贡嘎山进行地理与生物考察，不畏艰险开展资源勘查活动，从实践到理论作了有益探索。

气象学家徐近之受中央研究院气象研究所所长竺可桢委托，跟随西藏致祭 13 世达赖喇嘛巡礼团自青海进藏，一蹲就是 3 年，出版了《青藏高原及毗连地区西文文献目录》，以及有关地质、水文、气候、植物的 4 册考察资料。

1937 年，黄汲清担纲中央地质调查所所长，翁文灏建议选派孙健初与两位美国专家以及顾维钧的"中国煤油勘探公司"组成西北石油考察队，结果孙健初发现了中国第一个工业油田——玉门油田，为中国现代工业初创建立了殊勋。

采访中，我徜徉在拉萨大昭寺门前，似乎感受到千百年的历史在这里沉淀、弥漫、氤氲、发酵，一个地名，一条街道，一片砖瓦，老街深巷，古旧与破落，都似乎向人喁喁诉说着曾经的沧桑。凝望着直刺苍天的"长庆会盟碑"，似乎透过汉风唐雨，仍能隐约发现公元 7 世纪以来唐蕃双方 8 次会盟的历史烟云。

个性决定魅力，魅力来自地域特色与文化传承。我看到，去汉地与去印度的历程，正重合在唐蕃古道和古丝绸之路上，中原洁白的丝绸汇成了哈达的河流向着佛与雪山滚滚而来，中原文化、佛教文化与高原地域文化在这里演绎出绝美的对接与交汇。

从蛮荒到开化，炎黄子孙始终没有忘情于那一片高原。

1900 年前，汉武帝的大将军霍去病在西宁修筑军事据点击败匈奴，中原人第一次在城墙保护下稳固地定居。从此以西宁为分界线，湟水谷地成为汉文明向西传播的一个基地。

1300 多年前，大唐王朝与藏族历史开始了两个文明的第一次融合。文成公主、金城公主入藏与吐蕃国王松赞干布、赤德祖赞的通婚，密切了西藏与内地的政治、经济、文化交流。唐太宗以释迦牟尼像、经书、经典 360 卷作为文成公主嫁妆，带去可治疗 400 多种疾病的 100 多种医方、四部医学论著和各种医疗器械，赠送了大批丝绸、农作物种子、宝器；和平时期两国互派来使 142 次，从唐朝引进的酿酒、碾磨、纸墨等先进生产技术，直接促进了西藏经济的发展。

元帝国兴起后，西藏萨伽派高僧更噶坚赞和八思巴在凉州与元王朝蒙古军将领阔端汗互赠一条哈达，西藏便纳入了中央王朝的版图，皇室派出测绘人员考察藏地山川，在考察中确认了黄河的源区。世祖忽必烈也并非仅是"只识弯弓射大雕"，他策动的扩张牧马一路狂奔，中亚和欧洲边缘的青藏高原也便整体进入了元帝国的版图。

此后的 700 多年，青藏高原就在中国统一的多民族家园中发展着自己独特的经济文化。

明代洪武四年，文成公主走过的"唐蕃古道"成了汉藏交往的"热线"，18 次汉藏骡马交易，80 万匹马、9 万余匹布，成交银元 40 万锭。每驮茶从西宁运至拉萨，成本为 30 两白银。一匹好马换茶 120 斤，中等马换茶 70 斤，马驹可换茶 50 斤。

350 多年前，西藏的五世达赖为了朝觐顺治皇帝，脆弱的马、驴、骆驼驮着大量的贡品，历经千难万险，行走 3 个月方才到达北京。

为了安定西北，清王朝在青海境内修建了桥梁和渡口，到 1840 年时，青海境内已有桥至少 30 座。清康熙年间，中国第一次运用西方先进的勘探和测绘技术制作地图，《皇舆图》因此成为中国第一张科学意义上的地图。在这张地图上，有史以来第一次在喜马拉雅山最高峰标注了"珠穆朗玛"，比西方人命名的"动乱佛勒斯峰"提前了 141 年。

1902 年，清驻藏大臣有泰经川入藏，4 年写了 32 册 40 万字的日记，详细记述了沿途及西藏的景观和气象情况，为后来气象和气候学研究提供了翔实资料。1988 年，中国藏学出版社的《有泰驻藏日记》记载了这段历史。

福康安年代，乾隆皇帝用金碧辉煌的雍和宫浓缩了对西藏的想象，驻藏大臣用"金本巴"瓶把西藏的生死轮回表达为一个神圣仪式……

青藏高原博大的胸怀里，究竟蕴藏着多少历史的奥秘？目睹过多少朝代的兴衰，评点过多少历史的变迁？

古老的道路从内地缓缓向高原移动，沿着峡谷蜿蜒走向喜马拉雅高原，文明在沟通中渗透，生意在走动中活跃，不同地域不同人群的生活方式及其风俗、神话、宗教观念，都在走动中得到融会贯通。

推翻帝制以来，青藏高原的发展一直是中央和相关地方政府的重要议程。20 世纪初的 1919 年，如同三峡工程一样，忧国忧民的民主革命先驱孙中山在《建国方略之二——实业计划》中，描绘了一幅意义非常的民族振兴蓝图，建设拉萨至兰州、拉萨至成都、拉萨至于田等铁路的宏伟设想跃然纸上。

民国时期，西藏时局风云变幻，1930年，国民党中央政府曾提出："开发西北，建设西北，到青海去"，结果所修公路只能以通行马车为度。马步芳用两年多时间由西宁向西修路，也仅仅是把青藏公路修到青海湖畔的倒淌河。

青藏高原烙满了太多的悲怆和无奈。国力贫病羸弱，国运凋敝多舛，加上连年内忧外患、战火动荡的时局，注定一切蓝图都只能是镜花水月般的梦幻！

1933年12月17日，十三世达赖喇嘛土登嘉措在拉萨圆寂。12月22日，民国政府追封"护国弘化普慈圆觉大师"封号，国民政府派军事委员会参谋本部次长黄慕松于1934年4月26日从南京启程使藏致祭，此行在拉萨设立了无线电台和常驻官员，结束了辛亥革命以来中央在藏没有常驻机构的历史，维护了祖国的主权和领土完整。

被拿破仑称为"睡狮"的东方巨龙在睡眼朦胧中，艰难走过了百年沧桑的风雨路程，终于睁开了大眼睛。1949年10月1日，中华人民共和国成立，宣告了一个历史的终结，一个时代的开始。

"尔来四万八千岁，不与秦塞通人烟。"李白笔下由于蜀道艰难而不与外界相连的情景，用在青藏高原更为贴切。有人比喻这时的西藏犹如一个与世隔绝的"铁皮西瓜"，封闭、落后、原始，仅有1公里的便道可以行驶汽车，水上交通工具只是溜索桥、牛皮船和独木舟。仅有的两辆车，一辆道奇，一辆是奥斯汀，由尼泊尔进口时部件拆开用骡马驮到西藏组装而成。

一些外国预言家发出断言，新生的共和国对这块高原鞭长莫及。少数分裂主义分子也蠢蠢欲动，试图把中国约八分之一的土地划出中国版图。

共和国开国的那年冬天，北国大地银装素裹，轰隆隆的专列喷云吐雾行驶在北方大地上。应苏维埃社会主义联邦共产党中央和苏维埃联邦政府的邀请，毛泽东主席亲率中共代表团，前往莫斯科给斯大林元帅祝寿。

飞奔的列车驶出山海关，毛主席的思绪却飞向祖国大西南的神秘高原。雄视千古的开国领袖比谁都清楚，地缘政治常常是血缘政治的延伸。当长城作为人们游览的古迹无言地证实着历史时，青藏高原依然像一座俯瞰世界的瞭望塔，承担着共和国政治经略、经贸之路、文化交融的梦想。作为亚洲进可攻退可守的战略制高点，以青藏高原为源头的奔腾的黄河，浩荡的长江，雄伟的珠峰，是我们输不起的天然安全屏障，也是华夏民族不容亵渎和染指的信仰与精魂！

"进军西藏，对党的事业、人民的事业好处很多，是党员的都要举手！"就在前几天党的一次高级会议上，面对"应迅速进军西藏"和"进藏条件暂不成熟"两种不同的意见，毛主席一言九鼎，带头举起了右手。

是啊，东方雄狮已醒，哪怕是一头文明狮，也依然是一头雄狮。毛主席亲自起草了一份给党中央和西北的彭德怀，西南的刘伯承、邓小平、贺龙等人的电报，明确指出："进军西藏宜早不宜迟。""西藏人口虽然不多，但国际地位十分重要……就现在情况看，由西北的青海、新疆向西藏出兵，困难很大。则，向西藏进军及经营西藏之任务，应确定由西南担负。"

车过满洲里出境之前，毛主席写下了最后落款："1950 年 1 月 2 日于远方。"

2 月 15 日，以邓小平为第一书记的西南局和以他为政委的西南军区联合发出了《解放西藏进军政治动员令》，并亲自主持拟定了关于和平解放西藏的 4 项条件，起草了同西藏地方当局谈判的十大政策。这份凝聚了邓小平智慧和创造的历史性文件，成为《十七条协议》的基本框架和基础。

1950 年 10 月，针对外国势力和藏军对和平进军的阻挠，毛泽东主席以其高瞻远瞩的战略眼光，再一次明确指出："西藏是中国领土，西藏问题是中国内政问题。人民解放军必须进入西藏。"

10 月 6 日的昌都战役，人民解放军消灭了阻挠和平进军的藏军主力，打开了进军西藏的大门。石破天惊的伟大壮举，改善藏族人民的衣食住行等基本困难，提到了中国共产党和中央人民政府的议事日程。

我们拥有道路，才能拥有西藏，道路是西藏的定盘星。1951 年 5 月 25 日，毛泽东主席发布《训令》，中国人民解放军第十八军和西北军区分别投入了修筑川藏、青藏公路的铁血大调查。

这一年，国家下令西藏运输总队政委慕生忠将军动用骆驼向西藏运输物资，付出的代价是，平均行进 1 公里留下 12 具"沙漠之舟"的尸体，三次进藏大驮运，马和骆驼死了 8 万匹，相当于死掉了 20 个国营大农场的牲畜。

如果没有道路向西藏运货，中国的马、骆驼、骡子死光也不能满足西藏需求。1953 年，慕生忠将军率领数万名战士和工人打通了青藏公路，平均每修一公里就倒下一个生命。而修建另一条川藏公路，4000 多名解放军官兵献出生命。

1954 年，在"二（也么）二郎山，高（也么）高万丈"的歌声中，康藏公路、青藏公路相继通车。

1957 年，新藏公路穿越千山万水，由新疆叶城，直达西藏的噶大克。

　　"二战"时声名赫赫的空中驼峰航线，就是损失飞机约 500 架的滇藏线。1956 年 5 月 29 日，中国飞行员潘国定驾机首次试航，西藏与外界的"空中走廊"凌空而起，1965 年航线正式开通。

　　青藏高原一步步向中原走近。

　　一个东方大国的视野和脚步绝不允许稍作停顿。1959 年周恩来总理在一次谈话中动情地说，内地再苦，也不能苦了西藏。在内地汽车都很少见的情况下，他一次性拨给西藏解放牌汽车 800 辆，以解决交通运输难题……

　　1973 年深冬，中南海游泳池。接见尼泊尔国王比兰德拉时，已是暮年的毛主席以傲视寰宇的英雄气度，流露出建设一条跨越喜马拉雅山、直达尼泊尔的进藏铁路。20 多天后，国家建委将落实毛主席指示、上马青藏铁路的报告呈报党中央和国务院，"1974 年内开工，1983 年或 1985 年完成"。29 个省（市、自治区），唯有西藏不通铁路，一直是大国总理的一块心病。身染沉疴的周恩来总理深感十年工期太久，便忍着病灶的痛楚，在 305 医院病榻上大笔一挥，争取 1980 年通车，最晚不能晚过 1982 年！

　　上万年堆积的烟尘，给青藏高原留下的是苍凉的历史和触目惊心的现实，高原、冻土和盐湖等技术难题以及其他因素的制约，项目最后停摆了。

　　所有的文明都缘于河流，所有的河流都源于高山，但文明的背后却引起人们的震撼——它把繁荣送给了中游，送给了下游，自己却厮守着贫瘠，厮守着孤独。仅以世纪之交的煤炭资源为例，西藏人均产煤量只有 6 千克，在高寒缺氧的雪域高原能够增加多少热度？依托青藏公路运达，每吨煤炭成本竟高达 600 多元，而在西宁，这一价格仅为 160 ~ 200 元。昂贵的煤价，农、牧区主要生活能源唯有木材和畜粪，藏北地区燃料主要靠砍伐坡地的爬地松，几十年才能长成的爬地松逐渐消失，无疑雪上加霜地破坏了脆弱的生态环境。

　　我们的先祖怎么会想到，在他们曾经繁衍生息的"风水宝地"上，几十万年之后的子子孙孙竟仍然陷在贫穷的漩涡里不能自拔？

　　青藏高原在祈盼，在呐喊。

　　西部兴、天下兴，西部衰、天下败。1980 年和 1984 年，总设计师邓小平的目光多次向中国西部眺望，中央先后两次召开西藏工作座谈会，为西藏制定了一系列特殊政策和灵活措施，也为西藏发展注入了活力。

　　1987 年 6 月，邓小平提出检验西藏工作的标准："关键是看怎样对西藏人民有利，怎样才能使西藏很快发展起来，在中国'四个现代化'建设中走进前列。"

1992 年初，深圳湾畔。新时期总设计师邓小平驻足在"锦绣中华"微缩景区的"布达拉宫"前，感慨地对陪同人员说："这辈子我是去不了西藏了，就在这座'布达拉宫'前照张相，权作纪念吧。"

这张特殊的照片，凝聚了以邓小平同志为核心的第二代党中央领导集体对中国西部难以排遣的深情。

1992 年 12 月 22 日，第 47 届联合国大会把"消除贫困"列为世界三大主题之一。贫困和反贫困成为 20 世纪 90 年代国际社会共同关注的重大问题！

西部是中国的西部，西部的历史必须改写！共和国决策层的目光再次投向西部：东部的资本、技术与西部的资源对接，必定是烟霞遍地。

1994 年 7 月，中央召开第三次西藏工作座谈会，确定了对口援藏方针。

1996 年，八届人大四次会议通过《国民经济和社会发展"九五"计划和2010 年远景目标纲要》，提出了"进藏铁路论证工作"。

同年 9 月，中国共产党十五届四中全会，确立了"国家实施西部大开发战略"。

1997 年 9 月 12 日，中国共产党第十五次全国代表大会在北京人民大会堂开幕。大会报告中指出：中西部地区要加快改革开放和开发，发挥资源优势，发展优势产业。国家要加大对中西部地区的支持力度，优先安排基础设施和资源开发项目，鼓励国内外投资者到中西部投资！

西部大开发的宣言在共和国大地上回荡。资源和环境成为重要着力点，西部大开发之初，仅直接援藏建设项目就达 117 个，组织对口援藏项目 70 多个，总投资 400 多亿元……可靠的地质图标，可靠的水文资料，是科学利用国土资源的关键，而填补青藏高原这块地质领域的空白区，则是重中之重。

诚如国务院参事张洪涛所说："无论是西部大开发，还是青藏高原地质大调查，地质工作者都是当之无愧的侦察兵！"

一场惊天地、泣鬼神的青藏高原地质大调查，伴随着西部大开发的浪潮拉开了序幕。

第二节　"井字形路线图"

1999 年，20 世纪的最后一年。

这一年，以美国为首的北约悍然对主权国家南联盟进行了野蛮的军事打击，在"拉链门"中胜利大逃亡的克林顿却在千禧年贺词中宣称，要在21世纪带领世界走向繁荣昌盛。

就在这一年，从来不相信"救世主"的华夏民族打响了一场众志成城、振兴中华的攻坚战，一个敢于敲响命运晨钟的东方民族开始了强劲的延伸。

这一年，人们的视线沿着呼啸奔流的长江黄河溯源而上，直至8000多米的世界屋脊，发现青藏铁路、西气东输、南水北调、三峡工程、欧亚大陆桥的蓝图、涩宁兰输油管道的铺设……广袤西部烈焰升腾，巍巍青藏如火如荼。

1999年冬天，恭贺千年之喜的爆竹声在北京四合院欢笑着。举国上下合家团圆享受天伦之乐，中国地调局基础调查部区域地质调查处却格外地忙碌。

处长庄育勋和副处长于庆文、刘凤山连同身心一起豁了出去，一个个如同高速旋转的陀螺，墙上悬挂着大幅青藏高原地质图，办公桌上堆着半尺高的各类资料，面前的电脑在闪烁，手中的鼠标在移动，一个个"假想敌"被消灭，一次次险情被排除，一次次精心选线，一次次反复论证。一串串思想的火光在云遮雾绕中不断爆响，一道道鲜艳的红蓝箭头在经纬线上穿山越岭。

效率，激情，都在"井字型网状覆盖"的"战略路线图"中喷涌。

何为"战略路线图"？"路线图"又是如何产生的？"路线图"设计者庄育勋，时任国家地质实验测试中心主任，百忙之中接受了我的采访。

1999年，身为中国地质科学院地质所所长助理、党委委员的庄育勋被叶天竺"点将"，担任了中国地质调查局基础调查部区域地质调查处处长，先后参与了全国区域地质调查与研究、全国区域地球物理、区域地球化学、遥感地质、海洋地质工作的规划、部署、组织实施工作。

聊起那段值得回味的日子，庄育勋时而情绪高昂，时而喟然感叹。他展示了一张大调查路线图，只见红红绿绿的路线曲折交错，每条路线上都有若干个点。庄育勋说，地球的生命充满了神秘，这些"点"都是高危地带，只要地球打个喷嚏，伸个懒腰，这些"点"就往往会给人类带来灭顶之灾。

这就给大调查的组织者提出了一个更高的要求。青藏高原区域填图方案，必须科学制定，绝不可凭空编制。地质填图面积广阔，地形地貌各异，几十支地质队伍的项目如何分布？纵横交错的工作路线如何确定？生命禁区危机四伏，地质队员的安全如何保障？

叶天竺给刚刚上任的庄育勋下达了任务：青藏高原大调查迫在眉睫，必须抢时间、争速度，尽快拿出一个"战略路线图"！

　　2000 年春节转眼过去了。根据青藏高原构造格局基本东西向的地质特点，一个"井字型网状区域填图"的战略路线图拿了出来。

　　中国地质调查局领导班子一致认为，这个战略图很有科学见地，既科学又周密，既细致又大胆——总体设计就这样敲定：

　　"先吃骨头后吃肉，先打框架后连片"，以青藏公路和新藏公路为基准参照，是两条南北向 1 ∶ 25 万区域地质调查走廊带；青藏高原北缘和南缘，作为两条东西向带的基准线，形成一个由众多"井字形"构成的"网状"战略布局。

　　民族崛起的情怀，大国经纬的编织！

　　采访时，庄育勋看我似懂非懂的神态，便指着墙上的"青藏高原地质图"对我说，打开任何一张地图，或者转动任何一个地球仪，上面都有一条条纵横交错的经纬线。以四条经纬交叉的"井"字形地质调查路线为基准框架，即可从宏观上控制地质空白区的大构造，然后以平均每 4000 米一条地质调查路线网状推进，经纬相交，纵横相连，就实现了青藏高原中比例尺地质填图的全覆盖。

　　"简单说来，就是地质路线形成'田字形'格局"，庄育勋指着《中国地图》上的青藏铁路说：

　　"你看，这一条线，是沿青藏铁路穿过昆仑山—可可西里—唐古拉山—羌塘高原—念青唐古拉山脉；另一条线在这里，沿新藏公路线穿越昆仑山、喀喇昆仑山、冈底斯山、喜马拉雅山。同时，沿喜马拉雅山—冈底斯山和北昆仑山—阿尔金山两条地质路线进行东西横向穿越。这样，一方面两条南北向走廊带可以控制青藏高原地质构架，两个东西向带呢，又便于相邻的地质调查项目互相借鉴。就是现在看来，这个布局都是比较科学合理的……"

　　作为这场史无前例的大调查的参与者、组织者，庄育勋留下了刻骨铭心的永久记忆，我与他的交流可谓海阔天空，话题随意而放达，心情也随意而放达。他说："当时青藏高原大调查，难度之大、困难之多、自然条件之恶劣，都是难以形容的，地质队员以很低的待遇，高昂的代价，创造了惊人的成果，真是太了不起了！"

　　聊起青藏高原地质大调查中可歌可泣的故事，庄育勋眼里含着泪花对我说，每次遇到青藏高原的弟兄我都会一醉方休，为的是弟兄们感情的那份真诚，为的是弟兄们青藏的那份忘我！

　　庄育勋突然神情凝重起来，沉默了片刻，他接着说："28 个单位的区域地质调查骨干和精兵，这样一场大跨度、大范围的空白区 1 ∶ 25 万填图，那么庞杂的系统工程,那么低廉的成本费用,那么广泛的参加单位,都是新中国成立以来前所未有的,可以说,这也是国际地质界的伟大壮举。"

他喝了几口水,缓缓地放下茶杯,又接着说:"无论怎么说,这场大调查都值得大书特书,值得让后人铭记!"

庄育勋的一番话,让我想起了地质人的卑微,也让我仰视着地质人的崇高。

青藏高原一线总指挥张洪涛说:"区域地质填图项目做好、做精,做成世界一流,是中国地质人的责任和使命。但填图是严肃的科学活动,要对地质队员的生命负责,不能随便把队伍漫山遍野撒出去。地层序列、构造/地层区划、地质/路线剖面设计,这些都需要一一规范,必须技术培训!"

战前培训,摆上了中国地质调查局的重要议事日程。

这方面的内容要采访资源部、基础部。资源部主任薛迎喜、基础部副主任翟刚毅,都是青藏高原地质专项国家科技进步特等奖的获得者,都是大调查的亲历者、参与者。

当我找到薛迎喜,让他谈谈青藏高原大调查期间的亲历故事,不料紧随他满脸的诚恳和温润的微笑,送来的却是谦恭:"我主要是为青藏高原大调查服务,不值一谈,还是多写写那些野外一线的地质人,让翟刚毅给你提供一些大调查的原始素材吧……"

我就像一只皮球,被薛迎喜踢给了翟刚毅。

翟刚毅说他正忙着工作移交,还要制定一个摸底南方十几个省份的页岩气资源评估、规范制定、综合研究、有利选区等诸多任务的一个计划方案。

原来,翟刚毅刚刚调任中国地调局油气调查中心任副主任。中国新能源页岩气是国内科技界以探索前沿科学为目标的行动,具有划时代意义,无疑要加强力量。

青藏高原地质专项启动时,翟刚毅是西安地调中心技术处处长,全面负责青藏高原北部片区的技术指导和业务培训。而今已近知天命之年,神情里依旧是那份对事业富于挑战的激情。他一边飞快地移动着鼠标在电脑搜索,将涉及青藏高原大调查的大量资料,毫无保留地拷在我的U盘里,一边不停地讲述着关于培训班的故事,给我留下深刻印象的,是他对杜玉良那些逸闻趣事的生动介绍。

翟刚毅说,为了把培训工作落到实处,时任西安地调中心党委副书记的杜玉良组织人员紧锣密鼓开始了筹备,所有参与者都加班加点,熬通宵是家常便饭。有人强调好不容易过个节假日,有人强调手头工作忙,总之,是实在抽不出身。杜玉良眼睛一瞪:"青藏大调查马上就要打响了,还讲什么清规戒律,传统习俗?

一切都要服从青藏大调查，懂吗？就这么干！"还有，培训班即将结束时，杜玉良感冒发烧没有痊愈，还非要坚持参加青藏高原踏勘，同事们劝他不要去了，他却诙谐地说："如果我能在青藏高原'光荣'了，我的坟墓还是第三极的风景呢，这个难得的机会，你们不要得'红眼病'啊！"

回忆那段往事，翟刚毅如数家珍，他说，根据中国地质调查局的统一安排，2000 年 4 月下旬到 5 月初，参加区域地质调查的项目负责人全部集中起来，潘桂棠、李兴振、罗建宁、夏代祥等青藏高原专家全力以赴，编制了《青藏高原区域地质与若干重大问题》培训手册，对青藏高原构造单元划分、各单元地层系统、岩相古地理、岩浆作用类型与期次、变质作用类型与期次、大地构造演化分别进行了系统介绍。为切实保证艰苦地区野外地调人员的健康和安全，分青藏高原南部和青藏高原北缘两片，对参加区域地质调查的单位项目负责人进行了业务技术培训，并签订了《野外地质工作安全管理责任书》。

翟刚毅递给我一个青藏高原大调查期间的相册，端详着当年培训班成员的合影，他不胜感慨："这些参加培训的学员可不得了啊，个个都是这个行业顶尖的专家，个个都是藏龙卧虎啊！"

据翟刚毅介绍，培训内容涉及面很广。其中对基础调查项目明确要求：建立严格的填图小组、项目组、地调院三级质量监控体系，各填图小组 100% 自检与互检，项目组不少于 30% 抽检，上级组织专家进行不少于 10% 的抽检。此外，专家组还要进行野外现场检查验收，确保野外手图、实际材料图、野外记录本、剖面图、地质图的质量与一致性。

一个个专家的诱导式"讲座"，富有丰富的知识性、趣味性和哲理性，通过潜心培训和努力学习的互相渗透，使学员们追来溯往，对比参照，融会贯通，许多没有高原施工经历的人都觉得，原来神秘困惑、含混不清的问题，经专家们轻锣或重鼓地一一开导后，心中好似洪炉点雪，倏地就亮堂了起来。

事实证明，两期"地质大调查培训班"是一个重要的战略部署，为青藏高原地质大调查提供了一个质量、安全操作的综合参照系，50 多名接受培训人员把大调查操作的精义、精奥、精髓全部括入囊中，在青藏高原地质专项中发挥了不可估量的重要作用。

培训是战前演练的开始，野外踏勘是大战的前奏。

踏勘，犹如血火之战前夕，指挥员首先深入即将形成的波澜壮阔的战场，去做实地考察和勘验。山有多高，水有多深，坡有多陡，林有多密，天文地理，风土人情……都要了如指掌，才能运筹帷幄，决战决胜。

地质人对"踏勘"都不陌生。有位"老地质"对"踏勘"曾作过一番绝妙的诠释，他说，踏，是一个动作；勘，又是一个动作，两种不同的行为组合，就具有了双重意义，也具有了双倍的载荷。勘而必踏，踏而必勘，踏，要踏到实处；勘，要勘出精微，一踏三勘，或者一勘三踏，都要靠一双血肉脚板行走，才能完成对山山水水的丈量和透视……

新千年的第一个春天，北京正是春暖花开、踏青赏花的好时节，十几辆越野车却箭头般驶出了京城。

这是中国地质调查局组织的青藏高原野外路线踏勘先遣队，包括富有野外作业经验的规划、水文、地质、测量、环保等方面的专家。

张洪涛正襟危坐，凝目窗外，刚才还空廓高远的天空，大片大片絮状的乌云诡异地飘滚过来，如此环境与天气，仿佛在暗示张洪涛——作为青藏高原地质大调查总指挥，他肩负的使命是神圣的，面临的考验也是多舛而严峻的！

此行任务很明确：青藏高原地质工作的设计和部署是不是符合实际？"井字形穿越"的"战略路线图"是不是切实可行？这次踏勘，就是要穿越不同类型的地质体和自然景观区，全面收集调查青藏高原人文、地理、气候、交通等方面资料，为野外工作开展提供必要的地形、道路、物资供应、营地设置、安全保障等参考资料。

车队穿河北，跨陕西，越西宁，车至"戈壁新城"格尔木已是暮霭升腾，远处昆仑雪峰已成碳笔勾勒似的山影，夜总会的霓虹早将格尔木的夜色调和成葡萄酒色的眩晕。

公元前854年的西周时期，择水草而居的羌族部落来到这里，游牧繁衍生息。但格尔木作为一座城市出现在中国地图上，是1953年以后的事。刚刚解放的西藏军民吃粮告急，西藏工委组织部长慕生忠担任政治委员的运输总队进驻了格尔木，他面对广大干部、工人有力地挥动着铁锹说："不走了，我们要做格尔木的第一代祖先！"

这次青藏高原采访，站在海拔2800米的格尔木河畔，我仿佛看到了慕生忠将军铁锹猛插黄沙的瞬间定格，立马感受到了两个格尔木的并存，一个是往事里的，那是一个还没有汽车、火车、飞机的荒漠时代；一个是现实中的，慕生忠的铁锹在这里播撒的工业文明气息。

张洪涛、庄育勋带领的这队踏勘队伍，在格尔木休整了一天，也忙碌了一天，食品、饮用水、药品等生活保障用品全部配足。时隔一天，晨曦初露早早起床，顾不上五更寒透淫浸骨之冷，迅疾分兵两路：

南部集体踏勘由庄育勋、刘凤山、潘桂棠等带队，从拉萨经曲水、神木、南木林、日喀则、定日、聂拉木，一直到达尼泊尔边境。

北部集体踏勘则由张洪涛亲自带队，从西宁出发，经都兰、香日德、纳赤台到昆仑山口。

踏勘，是不舍昼夜千里奔波、翻山涉水的苦差险差。庄育勋介绍说，地图上任何一处的标识，都会在踏勘路途上突兀而起，还原放大成壁立千仞的巅峰、呼啸奔走的河流、凶险四伏的泥淖；任何一个坐标原点，都会瞬间变成山体的滑坡，泥石流的滚动，悬崖颤动的危石，野兽出没的吼叫……

莽原无边，经幡似魂，一边通向地狱，一边通向天堂。随着庄育勋的娓娓叙说，一幕幕异域风景和天地浩歌向我们走来——

"我们一行出了格尔木20多公里，就进入了昆仑山，车窗外的景色无不让人沮丧，怪石嶙嶙，寸草不生，空旷的山谷连个生命的影子都不见。向那曲前进，车轮滚滚一整天，到了五道梁。人说一到五道梁，头疼只喊娘，面前除了荒山、盐湖和大片沼泽地外，到处是死一样的寂静……刚才还是阳光高照，忽然阴云密布，电闪雷鸣，雪夹着冰雹，打在脸上就像刀割一样，这就是青藏高原的一日四季。唐古拉山，藏语里是山鹰飞不过的地方，人迹罕至，飞鸟了然。每登高一米，都是对生命和健康的严峻考验，电话打不通，睡觉有风险，艰难困苦真是无法想象……"

因了这次采访，我踏上了青藏高原这块神秘的高地。然而，世易时移，我们的高原之行与张洪涛、庄育勋带队的踏勘相比，岂可类比？我们坐着通往"天路"的火车卧铺，喝着清凉可口的矿泉水，沿途尽情欣赏着雪山草原、大漠戈壁、盐泽湖泊等绮丽的风光，还看到一批已经建成的资源开发项目：木里煤田的开发建设日新月异；德令哈碱厂在戈壁中巍巍矗立；锡铁山铅锌矿焕发青春；还有蒸蒸日上的百万吨钾肥厂、蜿蜒的涩—宁—兰天然气输气管道……

张洪涛、庄育勋带队踏勘的时候，青藏铁路刚刚提到议事日程，遑论今天的风景？只能是面对空寂、落寞、一望无垠、人迹罕至的荒漠大山，无论是自然景物、情感心境，肯定与我们采访组的体验感受截然不同。

先看看庄育勋一行。

公路如同一条黑色的彩带在戈壁滩上飘摇抖动，好像随时都会被弥漫的风沙卷走，他们开着老牛喘气般的越野车，举目望去，远山苍茫，近景荒凉，疾驰的汽车轮胎与路面之间摩擦出皮肉撕裂般的沙沙声。疾风吹过茫茫天际，零零散散、孤单无助的骆驼刺，在风沙撕扯下索索发抖。公路两侧，一坨坨芨芨草，一片片粗砺的戈壁石，一道道起伏的沙岭峰谷，间有风蚀坍塌的古堡遗迹，构成西部独特的风景。戈壁滩特有的飞沙走石和尽快完成踏勘任务的急切心情，将庄育勋那张圆圆的脸打磨出坚硬粗狂的线条，就连性格也大变了，泼辣火爆取代了沉稳文静，他催促着司机。"伙计，还能再快一点吗？""这已经是最快的速度了，再快就要飞起来！"司机半开玩笑地说道。

再看张洪涛这一路。

车队在绵亘逶迤的崇山峻岭中穿行，远处的昆仑巨丘在目光尽头如残破的城垣时隐时现。架在鼻梁上的眼镜，衬托着张洪涛的儒雅风度，他微眯着双眼，心里在盘算着踏勘的事，海事电话铃声时而响起，不是庄育勋一路通报沿途情况，就是他向踏勘人员叮嘱注意事项。眼前不时掠过的一个个公路里程碑，让他脸上呈现出凝重的神情，是啊，古老的丝绸之路承载着人类无尽的梦想，在悠远、浑古的马蹄与驼铃声中，世界的东方与西方紧密牵手，流淌着千载琴声、欢笑、友谊，而与丝绸古道并存的青藏公路却忠冢重重，每一块里程碑都是一个生命的代价啊，762名烈士用自己年轻的生命铸就了历史延伸的里程碑！

车轮沙沙一路疾行，望着车窗外皲裂的土地，裸露的岩石，荒凉贫瘠的景色让张洪涛浮想联翩，张骞出使西域，古道衷肠十三年，持旌节而返；玄奘朝圣天竺，历经艰险十六载，取真经而归，这条令世界垂青的丝绸之路，已成为中国人无畏、勇敢、勤劳品质的象征。今天，当我们炎黄子孙为东部大陆富庶自豪、骄傲的时候，是不是应该为羸瘦孱弱的西部感到一些愧疚？我们地质人如何在西部大开发的洪流中承担自己的历史责任？

张洪涛看了看手表，对身旁的杜玉良发出了感慨："西部是贫穷的，也是富饶的。西部的资源是丰富的，但地质勘查工作是薄弱的。在资源危机的背景下，党中央、国务院决定开展这次地质大调查，我们这次踏勘，责任重大啊！"

杜玉良点了点头道："是啊！既然是前无古人，肯定是一场苦战、恶战啊！"

20多个太阳送走了。20多个月亮碾碎了。

大规模集体踏勘，为四条纵横交叉的"井"字形地质调查路线做最终的选址和定位，就像是天地间的一杆大秤确定了一颗定盘之星，像是为一条巨龙勾勒出了一副脊梁。

　　集体踏勘，各支队伍基本了解了青藏高原构造分区、地层特征、混杂岩带等特征；

　　集体踏勘，各支队伍了解了青藏高原的气候环境、生活条件，了解了必需的装备和注意事项，为进军青藏高原奠定了坚实的基础。

　　一道光照亮了风舞的经幡，无与伦比的热能击碎了厚厚的云层。放眼天高地阔的西部原野，苍鹰在天空盘旋，牦牛在安详地啃草。透过千年不朽的挺立胡杨，似乎依稀看到了茫茫戈壁上的驼队商旅。张洪涛追昔抚今，不胜感慨。

　　羌笛一曲丝绸路，胡马千年五彩弦。

　　新的时代，新的血液，新的理念，新的生命力，蓬勃的朝气，青藏高原即将点燃起遍地的烟霞。

第三节　铁流涌高原

　　一条条路，通向密林深处、高山之巅、戈壁大漠。

　　一座座山，陡峭险峻、蜿蜒曲折，伸向天际云端。

　　天上，似雷霆万钧的轰鸣，壮志凌云的雄姿。中国国土资源航空物探遥感中心的直升机与蓝天浑然一体，与大地遥相呼应。

　　地下，如江河奔腾的浪花，大沙漠流动的铁骑，疾驰前行的车厢里挺立着一座座钻塔，犹如倚天长剑直刺苍穹！

　　车轮滚滚，风雨兼程，一支支"精锐之师"钢铁长龙般地在中国大西南的版图上飞奔，人员、物资和机械设备源源不断地运向青藏高原。

　　在西部大开发的滚滚洪流中，一支支狂飙突进的人马吸引了世人的关注目光。

　　他们从白山黑水的北国边陲走来，从台海边缘的八闽大地走来，从辽阔的华北平原走来，从巍巍太行的山区走来……曾经满眼苍凉和洪荒的西部旷野，汇成了"一江春水向西流"的澎湃铁流。老一辈"烈士暮年，壮心不已"；中年人"年益壮，志益大"；小青年"虎豹驹未成文，而有食牛之气"。沿线每一个驻地，每一处工点，无论是大小帐篷，还是简易板房，都有飘扬的红旗，机械的团队，奔驰的洪流，嘹亮的号子。

　　《洛杉矶时报》曾这样提醒："中国是一个既让人害怕，又让人着迷的国家。"卫星航片呈现的画面引起了白宫和五角大楼有关部门的警觉。

　　"人烟稀少的青藏高原，怎么那么多的人、车和装备在攒动？"

"中国人在青藏高原难道有大的行动？黄皮肤的中国人想做什么？"

改革开放 20 多年的中国，追赶世界的脚步进入了快车道，国内生产总值比 1978 年增加了 20 倍，经济总量跃居全球第 7 位，财富像发了酵的面团似的急速膨胀，着实让那些怀有"中国威胁论"的西方政治家们读不懂、看不透、判不准了——时间和命运，为什么这么惠顾中国？

还是美国地质学家看出了门道，一次国际论坛上，美方代表与张洪涛交流时问道：贵国是不是在青藏高原部署了大的地质调查动作？

"中国要消灭 1∶25 万区域地质填图空白区！青藏高原正进行地质大调查！"

张洪涛浅浅地微笑作答，充满了"大国底气"，让这位"大鼻子"专家惊愕不已：你们？生命禁区填图？还要不留空白区？简直不可思议！

美国一直视中国崛起为洪水猛兽，总是联手一些国家在全球范围内围追堵截。如今，青藏高原行动怎能不让这些"大鼻子"感到忧心忡忡？

撼人心魄的集结号在世界屋脊吹响，中国地质人以惊人的爆发力、凝聚力，打破了亘古荒原的宁静与恬谧，看，一支支气势如虹的"混编"团队，上至六七十岁的专家、院士，下到二三十岁的硕士、博士生，有父子，有翁婿，还有亲兄弟。然而，集结在这里，他们的关系瞬间变成了战友，设定的目标只有一个，那就是在世界最高峰，点燃民族复兴的火炬，放飞中国地质人的梦想！

青藏高原，勇敢者的事业，角斗士的舞台。按照中国地质调查局的分工，各路人马各就各位，争分夺秒奔向自己的阵地。几十支队伍"群雄逐鹿"，阵势绝不亚于当年大庆石油大会战的气壮山河大场面。

1999 年 8 月，第一批青藏高原大调查的队伍汇聚在西北重镇格尔木。

"你也去青藏高原啊？"

"你们拿到的哪个项目？"

"青藏高原"成了熟人打招呼的兴奋"热词"。

作为内陆与高原"中转站"的——"八一兵城格尔木"再一次热闹起来，一时间旌旗招展，人喊马嘶，穿梭街头补充油料、食品的，都是背着地质包的"地质尖兵"。本来沉寂的小城，到处挤满了琳琅满目的车牌号，到处是急着赶路的鸣笛声，俨然一部波澜壮阔的现代兵车行。

谁说这是个消失了激情的时代？每一个中国地质人都在热血沸腾！

难怪一位美国专家发出了惊诧的声音："中国人一瞬间由一盘散沙凝聚成钢板一块，真是太可怕了！"

　　中国人就是这么不可思议！按人的心跳次数决定生命时间的说法，我们在低海拔生活的人们，即使可以很适应地生活在高海拔的青藏高原，他的生命也会因此而缩短——至少 20%。然而，在市场经济的夹缝里左冲右突的中国地质人却点燃起心灵的活火，把磅礴的悲壮汇成了一片潮涨的海洋。

　　天津地调中心基础院走来了。

　　刘永顺、辛后田带领着队伍日夜兼程，在西宁、敦煌补充了生活用品，便直奔青藏高原北端的三角滩，他们首次承担的"石棉矿幅数字填图"项目，地处塔里木盆地和柴达木盆地，是研究青藏高原北部地壳结构、高原隆升及其周缘效应、阿尔金断裂带的活动历史及其运动学、动力学特征等重大地质问题有利的地段，但 40 多摄氏度的高温、深陷脚脖的黄沙，却让他们经受了严峻的历练。

　　贵州省地调院走来了。

　　正当江南"阳春三月下扬州"，地处世界屋脊的贵州省地调院西藏分队一马当先，已经站到中国西北边陲的中昆仑之巅。27 名地质队员的"第一块蛋糕"，就是奥依亚伊拉克、羊湖两幅 1∶25 万区调填图，第二个战场，则是到藏北无人区，完成丁固、加措两幅 1∶25 万区调填图。

　　湖北省地调院走来了。

　　2000 年 4 月 26 日，对于朱杰等 20 位地质队员来说，无疑也是一个值得纪念的日子。尽管祝福和壮行的话语此起彼伏，尽管腰鼓队的鼓声震天动地，面对 1∶25 万拉孜幅的区调任务，每个赴藏队员的脸上却似有"风萧萧兮易水寒，壮士一去兮不复还"的悲壮。

　　安徽省地调院走来了。

　　自古江淮出豪杰。童劲松博士高擎英雄团队的战旗，克服了难以想象的困难向藏南挺进，越过白雪皑皑的荒原戈壁，跨过渺无人烟的冰山峡谷，终于来到了洛扎幅的战场……他们承担的 5 个 1∶25 万图幅的区调战场，都是在西藏最艰苦的藏南藏北无人区。

　　广西的两只舰队联合出海了。

　　区域地调研究院 23 位勇士、地球物理勘察院的 17 位勇士从南宁驱车 3000 多公里来到青海格尔木，真正的考验才刚刚开始，他们穿越了苍茫昆仑、雄奇的唐古拉山，终于会师在西藏北部的"生命禁区"——羌塘高原。

　　福建省地调院从八闽大地走来了。

　　从地处共和国版图的东南沿海，到号称世界屋脊的青藏高原，一边是郁郁葱葱的青山绿水，一边是白雪皑皑的苍茫大地，横跨上万华里，跃升三大梯级，福建省地调院一路翻山越水，终于跨过了3600多米的海拔落差，把英雄的人生定格在地球第三极。

陕西省区调队走来了。

2000年7月6日，陕西省区调队韩芳林带着项目组24名组员乘5辆大小车辆浩浩荡荡一路西进，在叶城完善装备、充实物资后，7月9日沿新藏公路继续南上，越达坂、过库地，夜宿姗里营房兵站，又经大红柳滩，过死人沟。

宜昌地矿研究所、成都地矿研究所、西安地矿研究所、地科院地质力学所，一个个地学研究机构的专家学者走出了"象牙塔"，走进了"世界地质博物馆"……

一队队地质人就这样高唱着战地进行曲走来，带着剥离旧体、更换新魂的阵痛和考验走来；一个个地质人踌躇满志豪情满怀地走来，带着时代的使命义无反顾地走来。一时间，原本人迹罕至的深山峡谷中帐篷点点，旗帜招展，"气死猴子吓死鹰"的悬崖峭壁上，人影晃动，硝烟弥漫。

绝大多数年轻人从繁华都市里走来，对大漠戈壁的印象和理解仅限于书本"黄河远上白云间，一片孤城万仞山。羌笛何须怨杨柳，春风不度玉门关"这些慷慨悲壮的诗句……队伍进入戈壁滩，数百公里不见一棵树影，只有零散无助的骆驼刺在风沙撕扯下索索发抖。正当那些年轻人搜肠刮肚地思索着"大漠孤烟直，长河落日圆"的大气磅礴印象时，往往突然一阵遮天蔽日的风沙尖叫着扑打车窗，顿时太阳无影无踪，整个大地像被装进了弥勒佛的"乾坤袋"。

四川省冶金地勘局的队伍风雨前行。第一次翻越海拔5231米的唐古拉山时，天正渐渐地黑下来，狂风暴雪疯狂地袭来，剧烈的高原反应让所有队员都受到了巨大的生理和心理挑战。就连身壮如牛的小伙子也开始了呕吐、胸闷、流鼻血。这是一场人与自然的较量，也是一场意志与毅力的考验。领队强打起精神，给大家鼓劲："关键时刻共产党员首先要顶住，要当好汉，绝不能当逃兵。"他们终于闯过了进藏的第一关。

广西地球物理勘察院的17位勇士，刚刚走近青藏高原，就领教了她独特的"魅力"。40多岁的司机甘胜光，血压有点高，平时就有头疼毛病，高原反应特别强烈。他只好一边吸氧一边把着方向盘，虽然呼吸顺畅了些，但剧痛仍阵阵袭来，平时操作自如的方向盘似有千斤重。"我不能倒下，我一定要坚持！"甘胜光这样一遍又一遍地对自己说，硬是凭着坚强的毅力，越过了这道鬼门关。

成都理工大学乌兰乌拉湖调查队一行18人走来了，项目负责人和总指挥是时任成都理工大学校长王成善教授，队长伊海生教授和林金辉博士。他们从2001年4月10日启程，首先到达海拔2900米的格尔木市，沿天路——青藏公路翻越巍巍昆仑山脉，神秘的雪域高原展现在眼前，"到了昆仑山，气息已奄奄，过了五道梁，哭爹又喊娘，上了风火山，三魂已归天"。但他们硬是凭着惊人的毅力，到达了目的地可可西里，未知的艰难险阻顿时呈现在眼前……

地质大调查无疑是一个特殊的战场，绝不是靠看屏幕、按电钮就能打赢的"电子游戏"，它考验着意志，拷问着信仰，也验证着精神。

祖国一声召唤，市场经济波峰浪谷里沉浮的地质人抚摸着满身伤痕腾身跃起，义无反顾地打着背包出发了。几千人的队伍克服重重困难，犹如神兵天降，短短时间里全部开进青藏高原，到达指定区域位置。

这是一次理想信念的伟大远征，是一次地质精神的伟大远征，是一次前无古人的伟大远征。危机与挑战，责任与义务，改革与创新，前进与保守，都在地质大调查的风雨中浓缩，都在中国地质人的精神世界中浓缩——这是何等的气度，何等的情怀！

我想起采访翟刚毅时的情景。

他打开当年自拍的"青藏高原地质大调查"影像资料，然后又让我观看了敬一丹在《焦点访谈》栏目主播的《科学征服高地》。不停闪回的画面里，我看到了张洪涛、唐菊兴、翟刚毅等接受央视记者采访的同期声画面，也看到了翟刚毅在生命禁区攀岩查勘的身影。他指着不停闪回的画面，兴奋地与我分享着他拍摄的那些珍贵的经典：

"你看，这是地质队员在深山无人区原始森林用砍刀'砍路'，这是河南地调院在大峡谷溜索过河，这是成都理工大学教授团队冒雪作业，这是陕西地调院在湍急的冰河里挖车，这几个蹲在戈壁上冒雪吃方便面的是中国地质科学院博士团队，冰川下面那个半卧姿势戴着毡帽啃面包的是肖序常院士，那个满脸络腮胡子的，就是三个月没有水洗脸的唐菊兴……他们太苦了……"

翟刚毅唏嘘的声音戛然而止。这个"他们"，当然也包括了翟刚毅自己。

翟刚毅的性格很开朗，他一边发着感慨，一边又打开一个录像资料，我看到了西安地质矿产研究所的地质队员们，他们面对的是"千山鸟飞绝，万径人踪灭"的生命禁区，是荆棘丛生、野兽出没的无人区，是雷电冰川、愤怒沙暴的险恶自然环境，以及迷宫般复杂的地质情况。

西安地质矿产研究所负责了苏吾什杰幅和玉树幅两幅1∶25万区域地质

调查，身置"一天一场风、从春刮到冬、风吹石头跑、天上无飞鸟"的恶劣环境，他们创出了可喜业绩。在施工苏吾什杰幅时，他们将阿尔金造山带合理划分为4个次级构造单元系统，首次在测区发现了高压－超高压变质岩石，成果获国土资源部科技进步二等奖，为填补青藏高原基础地质调查空白做出了贡献；而后一鼓作气，开展了青藏高原北部1∶100万地质编图与综合研究，建立了青藏高原北部区域地质构造格架，提出了青藏高原北部地质攻关研究中应关注的重大科学问题，实现了高原北部地区基础地质成果的初步集成，为深化基础地质理论奠定了基础；开展了青藏高原前寒武纪地质、古生代构造－岩相古地理综合研究，提出了青藏高原形成前特提斯"一个大洋、两个大陆边缘"的构造格局，为青藏高原特提斯"多岛弧盆系"构造观理论创新与完善，做出了重要贡献。

在翟刚毅的PPT演示里，每一个珍贵镜头都犹如一扇窗，记录了青藏高原地质大调查最鲜活的历史、最典型的人物、最精彩的瞬间。我们看到，逢山劈路、遇水架桥是野外地质工作的典型场景，桥可能是临时砍下来的树干，滚圆的树干架在石头上滚来滚去，人只能匍匐着小心翼翼地挪到对岸，地质队员稍不留神就会滚落江中。有的桥只是一道滑索，我看到一名地质队员在藏族老乡的帮助下，用绳索将手脚固定，正在凌空飞渡……

手机没有信号，有的队伍配备了卫星电话，有的队伍因囊中羞涩就没有配置，想打个电话，有时要跑到几公里外的山顶上。

没有电，有的是自备电池，自备蜡烛，有的是自备发电机，确保生活和施工照明。

没有水，就冰河取水，冰川化水，或者租用牦牛或专车高价买水，往返驻地常常需要两三天。

上山、攀登、填图、陷车、挖车，成为地质队员不可或缺的生活内容，汽车在青藏高原行驶，车辆仪表盘往往一个星期就被颠坏停摆了。

在青藏高原，人要么失眠或嗜睡，要么血压过高或偏低，要么便秘或腹泻。职工每天都面对着极端的高原反应对健康的挑战。肠胃功能的降低，人的饭量逐渐下降，有些职工一个月下来掉了20斤肉。人在那里只有70%的体力，机器只能发挥70%的功能。高原肺水肿和脑水肿更是发病急、病程短、恶化快。救治不及时，轻者留下严重的后遗症，重者就有生命危险。曾有一支地质队刚进藏北无人区，就因一人肺水肿去世，从而导致整个队伍无功而返。

天地与我同根，万物与我一体。在如此恶劣的环境里，地质人用智慧和热情汇成了拍天巨浪，一个个战场同时打响，一面面战旗燃烧着烈焰，在这里，你看不到世俗的喧嚣浮躁，看不到城市白领的衣冠楚楚，也看不到装腔作势的道貌岸然，只能看到地质人忘我劳动的豪情在流泻。地形陡峭、天气骤变、野外迷途、山洪突袭、车辆瘫痪、动物攻击……都挡不住地质人矢志前行的脚步。经常可以看到，有经验的地质员搀扶着年轻的地质员过险山、越洪流；大家背着十几斤至几十斤的各种样品一路山歌到驻地；五六人推着吉普车在茫茫土砂中艰难行驶；卡车上大家紧闭双眼酣然入睡；一簇人群、一团篝火至天明……这一幕一幕，足以让"江洲司马再湿青衫"！

在冰峰雪岭、原始森林、沼泽地带和泥石流区，地质人背着地质包，手持GPS 导航仪，跑路线、测剖面，认真考察每一个地质现象，做好每一个野外编录。他们挥着地质锤，敲击着各类岩石，仔细地辨别长石、石英、角闪石；矿化、蚀变、外生晕；构造带、接触带、矿化带，采集每一块岩石标本……

共和国永远不会忘记，在她的历史上，有一支英雄的队伍，是怎样以自己的忠诚和勇敢，伴随着她走过了将近半个世纪的风风雨雨。更不会忘记在那激情燃烧的岁月，一次次的地质大调查为我国经济发展起到的强力助推作用：

当年"多见石头少见人"的平顶山，经过广大地质职工的找矿大调查，一座现代化的新兴工业城市屹立在中原大地。

小秦岭金矿的探明和建设，使河南成为全国第二大产金基地，一座"金城——灵宝市"也展现在豫西大地，带动了三门峡市的经济发展。

安林铁矿的探明以及舞阳铁矿的开发，不仅支撑了我国现代化钢铁企业安阳钢铁厂成为河南省钢铁企业的龙头，也加速了河南省机械制造业的发展。

两淮煤田、永夏煤田的勘查和开发，不仅有力地支援了华东的工业建设，而且造就了一大批煤业集团，改变了几个省份的经济结构和城市面貌。

……

如果说，被称为"天路"的青藏公路、青藏铁路使"世界屋脊"上世代牧民与外界的距离不再遥远，那么，这次青藏高原地质大调查，则必然是西藏人民从温饱走向富裕、从落后走向繁荣的新起点。

如果说，在李四光理论的指导下，中国甩掉了贫油的帽子；在青藏高原地质大调查的基础上，中国也将赢得世界地学领域理论创新的话语权。

伴随这场改写中国地质史的攻坚之战，昔日沉睡的高原即将树起的是更具现代气息的崭新地标！

恢弘的乐章

第四章　雅鲁藏布的舞步

这是一支功勋卓著的铁血劲旅，他们以舍我其谁的英雄气概，挺进雅鲁藏布大峡谷，鏖战羌塘无人区，深入珠峰纵深处，谱写了一曲感天动地的时代凯歌。

第一节　勒青拉大捷

在中华民族抗战的炮火硝烟中，装备低劣的 300 万川军将士硬是凭着顽强斗志与牺牲精神，谱出了"川军能战""无川不成军"的慷慨壮歌，用燃烧的生命证明了他们对祖国的铁血忠魂。

而在和平年代的青藏高原地质大调查中，一支训练有素的科研团队，以"百舸争流、奋楫者先"的态势，腾射般地率先冲上了莽莽青藏高原，骄人的业绩彪炳着中国地质史册——这还是"川军"！

青藏高原地质大调查，他们是见证者、组织者，西南项目办公室就设在这里，那些重大技术难题、工作部署、找矿方向、勘查方式，他们运筹帷幄，科学运作。项目办主任王立全作为东特提斯成矿带大型资源基地调查工程负责人，立足青藏高原区位优势，构建"项目为牵引、平台为支撑、团队为载体、产出大成果"的科研创新格局，推进了青藏高原地质理论的创新，国家地质工作技术标准、技术培训指导和技术质量检查，无不在他匠心独运的指挥下得到完善。仅在 1999 年至 2000 年，项目办就组织 32

个项目承担单位完成项目初审 240 个，签订合同 43 项，开展项目 236 项，资金总额达 2.28 亿元。

他们是青藏高原大调查的参与者，也是收获者，作为国家科技特等奖得主的李光明，现任矿产资源研究室主任，他在大调查中负责矿产勘查项目工作部署、质量检查和成果汇总，从事青藏高原区域成矿规律、成矿预测和矿产资源勘查与评价等方面的综合研究，解决了制约西藏铜铅锌评价的若干重大找矿疑难问题，建立了重要矿床成矿－找矿模型和预测指标体系，为青藏高原理论创新做出了重大贡献，先后主持和完成的省部级以上科研项目就有 13 项，发表论文 20 篇、出版专著 2 部。

这是一群纵横驰骋无人区的雄狮，不仅全面完成了青藏高原空白区工作量巨大的地质填图工作，还发现和评价了驱龙、厅宫等 10 余处特大型、大型矿床，为建设西藏藏中地区国家级有色金属矿产资源开发基地提供了资源基础。

这个团队的总部——中国地调局成都地质调查中心（成都地质矿产研究所），坐落在成都市一环路北三段 2 号大院。

这是我国部署在西南地区综合地质研究的一支专业地质调查研究机构，50 年的风雨兼程，他们以习以为常的方式、习以为常的节奏，释放着一波又一波磅礴的激情，书写着一个又一个无愧于时代的豪迈故事。打开百度百科网页，读者就可以看到这样的介绍，"长期以来，这个中心与 30 多个国家、地区的地学机构开展联合研究、互访、考察等多种方式的合作交流，先后承担 500 余项国家攀登、攻关、部攻关、国际合作、地方等科研项目和区域地质调查任务，获得 424 项具有国内外一流水准的成果。"

这是一支实力雄厚的科技团队，364 名职工里面，各类专业技术人员占了 311 人，享受国务院特殊津贴者 27 名，硕士以上学历 189 人，高级职称 98 人。几十年的发展，他们承担了全国或区域的公益性、基础性重大科技攻关项目，开展大区综合地质调查研究工作，解决区域性国土资源调查、规划和长远发展需要的重大地球科学技术问题，形成了地球科学研究、矿产资源研究、盆地分析与油气评价、区域地质调查、矿产资源勘查与评价等方面的研究特色；在沉积地质与能源地质、青藏高原地质、矿产资源调查与评价等方面做出了开拓性、奠基性的贡献，成为中国地调局最重要的地质技术力量之一。

这个团队的领军人物是博士生导师丁俊，在他之前，先后为刘宝珺院士和著名青藏高原研究专家潘桂棠。

早在 1999 年 9 月至 10 月，青藏高原地质大调查刚刚进入起步阶段，时任所长潘桂棠就亲自带队，以青藏高原资深专家为顾问，各个项目负责人、青年骨干为主体组成了青藏高原国土资源综合考察队，对青藏高原进行了历时一个月的大范围地质考察，为即将开展的大规模地质调查奠定了良好基础。

2001 年 8 月的一天，成都地质矿产研究所副所长丁俊办公桌上电话骤然响起：

"丁俊同志吧？请速来北京，有关青藏高原项目的事情需要沟通一下！"电话里传来时任国土资源部副部长寿嘉华的声音。

正为西藏甲玛铜多金属成矿带资源调查评价项目立项而焦急的丁俊，从心底里发出会心的微笑："一定与冈底斯成矿带有关！"

丁俊一行带着相关资料急风晓雨地赶到了北京。

"你们看，能否尽快拿出一个方案，以寻找和评价近期可开发利用的大型、超大型矿床为目标，以铜为主攻矿种，在全面收集、综合分析工作区地、物、化、遥资料和前期矿产勘查成果以及科研成果基础上，对墨竹工卡县驱龙斑岩铜矿进行重点解剖，总结区域成矿规律和找矿模式，带动整个冈底斯成矿带的铜资源潜力评价工作，并对冈底斯成矿带东段铜多金属资源潜力做出初步评价？"

没有任何客套，副部长开门见山，向一行风尘仆仆的地质科学家讲明此意。

"放心吧，一定打个漂亮仗！"望着充满期待的眼神，丁俊信心十足地向副部长做出保证。

他的脑海里，浮现出去年的一次西藏之行。

神秘的冈底斯啊，你到底埋藏着多少秘密？张洪涛、王保生、陈仁义、丁俊……一双双目光齐齐地聚焦冈底斯，向着地球深处发问。

这几位不同寻常的地质精英，都有扎实的理论功底，加上长期的地质实践，每看到一块异样的岩石，马上就会条件反射般地思考，这是什么样的物质组成，是什么样的晶体结构，可能含有什么杂质，反映了什么样的生成环境和地质变故，等等。任何一种有奇异结构和形态的岩石和矿物，都会吸引他们的注意力，让他们俯身拾之，视如瑰宝。

尼木县厅宫、冲江铜矿、甲玛铜铅锌矿、拉孜县拉抗俄铜矿、扎囊县克鲁铜矿、乃东县冲木达铜矿……找矿方向，在他们的脚步延伸中渐渐明晰。

"特提斯洋的多次俯冲，欧亚板块的碰撞，发育了青藏高原规模最为宏大的岩浆岩带，地球内动力和外动力的碰撞作用引起的中酸性岩浆活动，对大型斑岩型铜矿床的形成十分有利，从上地幔或下地壳带来了有大量的铜元素，极可能在地壳的浅部发生富集和成矿，形成具有大型以上前景斑岩型铜矿床！"

这一次西藏考察，成了青藏高原找矿的转折点。

"根据成矿理论研究，甲玛深部必有大矿！"说起多年前的往事，年近甲子的丁俊依旧感慨万千。

青藏高原从地质学上分为东西两个构造结，东构造结主体在中国的云南、四川和西藏；西构造结在印度、巴基斯坦境内。多年潜心研究成矿理论的丁俊，一直将他的研究重心放在东构造结的西藏，放在了冈底斯。

因此，丁俊荣任成都地质矿产研究所副所长兼青藏高原地质大调查西南项目办主任不久，就与项目办技术处处长王全海、研究员雍永源等人组成了调研组，奔赴地处冈底斯山甲玛矿区考察。无论白天还是黑夜，高原反应始终困扰着丁俊，但他顶着肆虐的狂风和漫天大雪，在项目工区的车里短暂吸氧后，继续跋涉在崎岖的山路，亲临问题现场指导，耐心细致地给项目技术人员讲解地学知识，帮助判读地质现象。其科学、严谨的工作作风让人肃然起敬。

甲玛山区地处拉萨河流域，气势磅礴的冈底斯山脉在境内如一条巨龙绵延纵横。攀上一座座雪山，越过一道道深沟，探究一片片遗迹，抚摸一块块岩石，许多迹象表明，甲玛地区在历史上可能开采过铜矿！

"西藏冈底斯东段的甲马－日多盆地所处的特殊构造位置决定其异常复杂的演化历史，造就了优越的成矿条件。"甲玛项目技术负责人范文玉进行了认真地汇报，

范文玉谈起甲玛矿区详查后向外围扩展的意见："较西藏其他地区而言，地质工作程度相对较高，水系沉积物测量结果表明区内存在多处铜多金属异常，如夏马日、同龙卜、甲玛、驱龙、拉抗俄、曲木拉等异常区，空间上各成矿元素异常套合好，并与构造和岩体等成生关系密切。"

范文玉的汇报条理清晰，思维缜密，丁俊不由得心中暗赞：是个不可多得的地质人才！

翔实的汇报，美好的预景，让丁俊兴奋地扭转身来，对时任西藏地调院院长程力军说："你们院尽快编制出《西藏甲玛铜多金属成矿带资源调查评价》的立项申请报告，这里很可能找出一个'金娃娃'！"

很快，一份立项申请报告送至西南项目办公室丁俊办公桌上。

然而，好事多磨。由于 2001 年度大调查专项资金缺口较大，新开项目向

矿体控制程度较高的找矿远景区倾斜，"西藏甲玛铜多金属成矿带资源调查评价项目"的建议未能顺利通过专家评审。

"决不，决不放弃！"丘吉尔讲述自己成功经验时说过的 6 个字，同样适用于丁俊。轻言"放弃"不是丁俊的性格。那么长时间，他与西南项目办的同事们一直奔走于成都、北京、西藏，以期找到解决问题的办法。因而，这次听到寿嘉华副部长的电话，不由得怦然心动："甲玛铜多金属成矿带资源调查评价"的立项，或许有希望了！

因势而谋、乘势而上、顺势而为，是丁俊的特征。从寿嘉华那里接受了任务，丁俊便雷厉风行，一支由青海地矿局、西藏地矿局、西安地质矿产研究所、成都地质矿产研究所共十多名专家组成的考察团队，两个多月的时间足迹遍布冈底斯山脉，最终拿出了被寿嘉华首肯的方案——《雅鲁藏布江成矿区矿产资源调查评价》。

2002 年，"西藏雅鲁藏布江成矿带东段铜多金属矿勘查"作为国土资源大调查项目正式实施。

风雷动，旌旗奋。面对时代的大考，一个由成都地质矿产研究所牵头，以西藏地矿局为主体，西藏地调院院长程力军为项目负责、总工李志为技术负责的找铜队伍，星夜兼程向着铜的目标奔去，驱龙铜矿勘查的序幕正式拉开……

仲秋时节的成都，透着沉甸甸的成熟。为了采访这段历史，我乘坐从拉萨起飞的波音 747 航班，来到了成都双流国际机场。

暮色四合，接机的小车拉着我一路疾驶，来到了成都地质矿产研究所。刚踏进办公楼大厅，丁俊就笑容可掬地迎了上来：

"欢迎，欢迎作家朋友！"

不高的个头，瘦瘦的体型，一头自然卷曲发，戴着一副高度近视眼镜，又有着异乎常人的气质。

我打量着这位领军人物，只觉得比我半年前采访时又瘦了些，溢着笑容的皱纹好像也深了些，那双伸过来的大手，食指与中指间愈发地泛黄，我似乎看到了他静夜读案时指间散出的袅袅轻烟。

"作家也那么辛苦啊！高原刚下来，现在先吃饭，今晚好好睡一觉，休整一下，好不好？"丁俊一边说着，一边陪我走向职工餐厅。

没想到，第二天一大早，丁俊失踪了。

办公室主任孙清元一脸歉意地解释："丁所长让我代为致歉！最近太忙了，

每一个项目的立项、组织、协调、统筹，大小事他都要过问，一直没有来得及去看病重的老母亲，昨天晚上他连夜飞去昆明了，你们的采访我来负责安排。"

原来，丁所长年逾八十的老母亲近几天都在云南老家医院抢救。难怪昨晚他在饭桌上总有几分心神不定。我为他的真诚而感动，也为自己的粗心而自责。

2002 年底，48 岁的丁俊掌起了成都地质矿产研究所的帅印。那时，适逢青藏铁路开工在即。面对机遇，丁俊调整思路，重拳出击，推出了一系列重大举措。在全所会议上，丁俊自信满满地给大家鼓劲：

"我们所的战略重点，要放在青藏高原地质调查研究、沉积地质与能源地质调查研究、矿产资源勘查与评价、地质灾害调查与评价上！前三项研究，是咱们的强项，有老所长刘宝珺、潘桂棠打下的坚实基础，有全所同志们的共同努力，前景大有可为！"

超前的预见，总会有重大的发现与丰厚的回报。

勒青拉大型铅锌矿床的发现，是丁俊上任后科学地将理论付诸找矿实践的一大杰作，也是成都地质矿产研究所由基础研究走向寻找固体矿产的里程碑。

勒青拉矿区地处冈底斯腹地，地势陡峻，海拔 4500 ~ 5500 米。丁俊在做"西藏一江两河地区成矿规律与找矿方向研究"时，就将勒青拉锁定为重点研究目标，时间过去了两年却没有实质性进展，丁俊一筹莫展。

成都地质矿产研究所一直从事基础性理论研究，从来没有真正去找过矿，青藏高原地质大调查要求既要搞好基础理论研究，又要实现找矿大突破，但一群理论工作者要实现固体矿产的找矿突破谈何容易？谁能担纲这个项目？谁是合适人选？

他想到了那有着深厚的矿产地质功底，而又谦逊有礼见识独特的甲玛项目的负责人范文玉。

这个范文玉本来是安徽省地质矿产勘查局 311 地质队的高级工程师，地质工作处在低谷，为了生存，全队职工只好外出"打工""聊补无米之炊"。范文玉也真是个"范儿"，在西藏地质六队完成了甲玛铜铅多金属矿的详查报告，交出一个大型矿区；西藏地质二队聘了他，负责藏南金锑多金属成矿带资源调查评价工作，又交出一个大矿！

"找来范文玉，让他挑大梁！"丁俊下定了决心！

于是，2003 年 9 月丁俊亲赴西藏，演出了一幕当代"追韩信"的故事。

"什么？范文玉已回了安徽原地质单位？"丁俊飞到了西藏，时为西藏地矿局地调院院长苑举斌的回答让他有些急眼。

他找到了范文玉的联系电话，马上拨了过去："范文玉吗，我是成都所丁俊，现在有个大项目，你愿意来么？当然，是作为专业技术人才招聘进所！"

电话的那端在沉默。

这几年地质队没有活干，范文玉作为总工程师饱尝了寄人篱下仰人鼻息的滋味。听着丁俊坦诚的声音，范文玉当然高兴，成都地矿所是一座基础理论的科研高地啊。但担心的是，他一甩手走了，妻子怎么办？

"你考虑一下，有什么要求和困难，都可以提出来，凡事好商量。"

范文玉做出了决定：就冲着丁俊这份信任，这份真诚，去！

然而，听说所里要聘用一名在西部打工的地质队工程师时，一时众说纷纭：

"天方夜谭吧？咱这是科学研究单位，怎么能进个打工的？"

"他什么来头，听说还是夫妻俩一起进来？"

"他与所长什么关系？背后有什么猫腻吗？"

"什么打工的？人家可是地质高级工程师呢，年轻轻的就拿了安徽省地矿局化探找矿成果奖、成了'安徽省有突出贡献青年地质工作者'，想做大做强事业，这样的人才，我们为什么不能用？"

丁俊没有因为少数人的怀疑和猜测动摇，他的头脑很清醒。解释说服，力排众议，在丁俊亮起的绿灯中，2003年11月，范文玉与妻子一同调进了成都地矿所。

"知恩图报"是范文玉当时的真实心态，他特别珍惜这个人生的舞台。2004年春节的爆竹还在空中炸响，范文玉就和项目组成员一头钻进一间办公室，以前所未有的热情开始了勒青拉靶区的设计工作。

6月，他和4名项目组成员进驻了勒青拉，住窝篷、嚼咸菜，因高原缺氧，温度不够，冰天雪地，水烧不开，饭也煮不熟，海带费劲也嚼不烂。但他们热情高涨，连天加夜总结成矿规律，科学建立靶区，一次次认识和推理被推翻，一个个新的设想又产生。所有的白日，都在雪山上寻求地下秘密；所有的黑夜，都伴着发电机的轰鸣，整理资料、分析样品、编写报告。

丁俊慧眼识珠，范文玉不负众望。

2005年5月，中国地质调查局传来令人振奋的消息：勒青拉报告被评为优秀地质找矿成果，认定55.31万吨铅锌金属量——一个大型铅锌矿就此诞生！

勒青拉项目组当年成为先进集体，范文玉也成为所里4名先进工作者之一。

西藏勒青拉金属矿产的重要发现，成为成都地矿所产学研相结合的重大转折点。范文玉不负众望，此后又先后主持完成了4个重要的金、锑、铜多金属大型矿床普查、详查项目，完成区域矿产资源评价项目2个，主编各类地质报告20余份，优秀成果报告5份，如今已是成都地矿所资源评价与矿床研究室副主任。

那些曾经的质疑与不屑，都变成了对丁俊唯贤是举、唯才是用的敬佩与赞叹。

第二节　鏖战珠峰北

1999年，新成立的中国地质调查局，首批推出38幅青藏高原1∶25万地质调查图幅进行竞标。

最后剩下了两幅。一幅位于长江源头赤布张错幅，一幅位于中尼边界的聂拉木幅。

"聂拉木幅？我们来做吧！"

1999年，潘桂棠接下了这块难啃的骨头："给所里年轻人一个实战的场地，让他们读读那本无字天书！"

聂拉木藏语意为大象颈脖的意思，人们通常理解和汉译为"地狱之路"。

聂拉木幅，位于喜马拉雅山中段北坡，地处冈瓦纳古陆与欧亚大陆的缝合线上。其图幅东侧是海拔8848米的珠穆朗玛峰，西侧是世界第14高峰的希夏邦马峰，东南侧则是海拔8201米的世界第六高峰卓奥友峰。填图区冰峰林立，山峦叠嶂，沟谷幽深，终年高寒缺氧。据说生存和死亡的比率大约是6∶1！

就在这片令人谈之色变的死地，却保存了6亿年沉积记录的"无字天书"。研究世界少见的完整海相沉积地层，揭示出6亿年来地史演化、生物演化、环境变迁、全球气候变化的奥秘，无疑具有深远的意义。近百年里，无数的地质科学家，都在试图走近它，读懂它，破解它。

重任在肩，谁来挂帅？老所长睿智的目光，投向了最年轻的研究员朱同兴。

潘桂棠用他那早已被大家听习惯的浙江台州话温和地说道：

"你在青藏高原跑了6年，野外工作有经验，现在决定由你牵头，啃掉聂拉木幅这块硬骨头，你看怎么样？"

1962年出生于江苏靖江的朱同兴，有着江南男人的文雅、隽秀和细腻。望着老所长祈盼的眼光，朱同兴紧抿着双唇，半天没说话。从毕业就跑野外，结婚后一直与妻儿聚少离多，他多想给家人一些时间啊，何况他正准备读博？

"不要认为这是个'烫手山芋'！机会难得，你回去再考虑考虑……"看到朱同兴在沉默，老所长忍不住强调了一句。

"听老所长的，我干！"朱同兴下了决心。

"呵呵，这就对了么！"潘桂棠开心地笑起来，"所里给你配好了精兵强将，相信一定能打个漂亮仗！"

朱同兴接过老所长递过来的人员名单，微微一笑，真是集所里强将为一体了：

老研究员贾宝江负责野外生产管理，古地磁专家庄忠海、古生物专家陈永明负责协助填图，外聘四川地调院高级工程师朱家刚、贵州地调院高级工程师何熙琦……项目首席顾问——聂拉木幅立项的主体设计师周铭魁，做聂拉木幅图的总监与技术指导。周铭魁，那可是专门从事大地构造、区域地质研究的老专家！

2000 年 5 月，一个 15 名技术人员、4 名司机、3 名炊事员组成的项目组，来到珠峰北坡安营扎寨。

海拔 4700 米的营地，可以看到世上海拔最高的寺庙——绒布寺，可以欣赏世上最壮美的世界奇观——珠峰旗云。轻如薄纱的白云，似一面面旗帜在珠峰顶端随风飘动。

为了赶进度，项目组分为 3 个片区。邹光富博士、高工何熙琦、高工朱家刚分别为片长，带领各自的人马，开始了紧张的填图工作。

5800 米的雪线之上，连条藏羚羊走的小路也难找到，南北穿越垂直的地质构造线，队员们的耐力达到极限。头胀，乏力，恶心，呕吐，腹泻，一同袭击着扑上高原的人们。

三天下来，工作的难度与繁重，远远超过了朱同兴的想象，如果不加时加力，将很难在工作期内完成任务。

"今天两个组跑的路线都是 12 公里，大伙既要完成任务，又要注意安全。"这天一大早，朱同兴就开始了任务分配。

6 日清晨 6 时，司机温建柱将两组人送到线路起点，并商定晚上 7 点来接他们回营地。

攀上 5600 米的三座山，二组队员们才发现，地形图不准确，一些微地形没有反映出来。科学来不得半点虚假，一切都要从头来过，这无疑会增加工作量。

时间到了。司机却没有在商定的时间里接到人。他们去了哪里？现在怎么样了？温建柱焦急地四处张望着，大声地呼喊着。

风将他的声音撕扯着抛向雪山。

原来，跑完地质线路的朱同兴与李建忠，发现地形图与实际地形地貌不符。两人决定去追索线路的终点。晚上9点，两人找到了路线的终点，却发现早已错过接应时间。无奈，两人只能再翻过三座山，步行20多公里向着营地返回。

深夜的高原，寒风如刀，几乎将人的脸割裂。没有了水，没有食品，两人搀扶着跟跟跄跄地走着，已是凌晨三点，就在两人要绝望时，一束灯光，让他们看到了生命的希望。

原来，寻找他们的车陷在了沼泽里。还没有来得及回味获救的喜悦，朱同兴却听到驻地周铭魁的呼叫："何熙琦病重。"

在沼泽里冻了一夜的朱同兴，一到营地急急地扑进帐篷，只见何熙琦双目紧闭，不时地抽搐。何熙琦被辗转送回了贵州，阴影却笼罩了整个项目组，高原缺氧、疾病、风雪、迷路、陷车……不幸随时都会不期而至啊。

朱同兴知道，这个时候所有语言都是苍白的，唯有加倍工作早出成绩，才能缓解队员紧张焦虑的情绪。每天他最早起床，又最后一个休息，高原反应强烈，也只好默默地坚持。

跑地质路线的队员，获得了突破性进展。

他们在35公里的穿越中，于吓龙背斜核心部发现了上三叠统的地层，复杂的褶皱内部构造，不仅改变了前人公认的"吓龙背斜是十分简单的构造"的错误认识，严谨认真的周铭魁在联图时还有了新的发现：背斜沿轴向有多处起伏，形成几个高点和低点，而且构造的西端明显昂起。

周铭魁判断，"昂起端应该有比上三叠统更老的地层出现才比较合理。"

果然，在4800米的扎郎山垭口，又发现了大量菊石生物群化石，这既修正了地层的时代，也使吓龙背斜形态和结构趋向完整。

这时的周铭魁不再满足于营地联图了，他每天跟着年轻队员一同上山跑线路，每晚回到帐篷却要为自己悄悄地打一针胰岛素。周铭魁的精神感召，让队员们终于驱散了心理阴霾，一个个大发现接踵而至，奥陶系底砾岩、二叠系裂谷玄武岩、早白垩世岛弧火山岩等地质体……

惊人的秘密仍在一个个被揭开。

2000年6月8日清晨，朱同兴和周铭魁、唐继荣在珠峰北坡，发现了一片保持完整的侏罗纪生物礁！

生物礁是寻找石油的重要线索，这次发现在青藏高原还是首次。

"喜马拉雅山区侏罗纪生物礁的发现，表明侏罗纪是一个全球造礁高峰期，这对研究喜马拉雅地区侏罗纪沉积环境、古地理以及古海水温度、盐度和古海平面变化，都具有十分重要的意义。"朱同兴兴奋不已。

2001年，又一个春天来临，朱同兴和他的队友们又一次整装出发了。

很久以来，喜马拉雅地区的结晶基底与沉积盖层之间的接触关系，一直没有被地质学家发现，有关冈瓦纳北缘的珠峰地区由大陆转为海洋及海侵范围与海陆转换的过程，一直是地质学家悬而未决的问题。

2001年5月20日，朱同兴与青年工程师王安华在珠峰北坡海拔5300米处发现了底砾岩转石。

这一重大发现，揭示出结晶基底与沉积盖层是不整合接触关系，解开了又一个千古之谜。

令人振奋的消息，穿过电波越过高原被送至中国地质调查局专家们的案头。

"仅有底砾岩转石还不够，必须找到底砾岩的原生露头，不整合接触关系才能得到确认。"

根据专家意见，朱同兴迅即做出新部署：不惜一切代价，不计成本，一定要找到底砾岩的原生露头！

6月下旬，海拔5200米高的珠峰西北坡的雪山上，蠕动着三个攀援而上的身影。第三片片长邹光富博士与研究员贾宝江、地质工程师冯学诚历经三天拉网式寻查，27日这一天，将寻找靶区锁定在了海拔5800米的扎西宗雪山深处。

7月1日——中国共产党80周年华诞。

这天清晨，三人钻出帐篷，向着升起的太阳祈祷：但愿如愿以偿，找到底砾岩的原生露头，向党的生日献出一份厚礼。

哪想到，三人刚刚爬到雪线，高原的天就变了脸，鹅毛般的雪花顷刻之间把他们扑打成了雪人。

"不能无功而返，让冯学诚把采集的样品先送到汽车接应地点，咱俩再向上走一走，没准还会有新发现。"邹光富与队友商量说。

邹光富与贾宝江沿着雪线向上追索，直至晚上7点多仍是一无所获。两人在黑暗中继续摸索前行，转来转去大半天，硬是找不到汽车接应点，只好拖着磨出血泡的双脚，一步一瘸地向着营地走去。

回到营地，两人更加不安起来，接应他们的司机与冯学诚为什么没有回来？邹学富与贾宝江辗转反侧，怎么也难以入眠，干脆起身去寻找司机与冯学诚。早上7点，四人终于紧紧地抱在了一团。

新的一天、新的路线又开始了。洋洋洒洒的雪花在飘落，邹光富与贾宝江磕磕碰碰地前行，下午2点，两人体力消耗到了极限，每迈出一步，心脏都像要跳出来一样，两人相互鼓励着，"坚持，坚持就是胜利！"

底砾岩转石隐隐约约地显现，让他们加快了脚步，骤然，隆隆轰响的闷雷声响由远而近地传来。

"不好了，雪崩！"天啊，掩埋了我们锁定的靶区，那就前功尽弃了。两人双手合十，为那片千辛万苦圈出的靶区不停地祷告着。

10分钟，仿佛一个世纪那么长。雪山终于回复到那令人心悸的静寂。

下午4点50分，他们终于爬到海拔5700米的冰川高处。映入眼帘的山体让他们欣喜若狂，那不就是他们苦苦追索的底砾岩层吗？

足有2米多厚的底砾岩层，确定了两者之间的不整合关系，为研究青藏高原演化史找到了确切的地质证据，对研究地球的演化具有重要意义。

这一重大发现，是朱同兴和他的队友为解读"无字天书"交出的一份重量级答卷。2003年，朱同兴负责的《聂拉木县幅地质调查新成果及主要进展》一文发表，为世人打开了聂拉木这部"无字天书"的容颜。

三年的时间，在谜一样的高原群峰，朱同兴团队穿越了无数的风风雨雨，历经了无数的艰难险阻，也取得了骄人的业绩，有人说，朱同兴可以喘口气休息一下了。然而，当藏北双湖地区1：25万吐措幅、江爱达日那幅、黑虎岭幅和多格措仁四幅联测区调项目开幅之时，一双充满期待的眼睛又投向了朱同兴。

依旧是那间所长办公室，不同的是，当年的老所长已经让贤给丁俊。

接到丁俊的电话，朱同兴就知道他没有选择的余地了：曾经六年羌塘盆地从事石油地质勘探的经历，喜马拉雅解读"无字天书"的战绩，生命禁区的丰富勘察经验……挂帅羌塘四幅图非他莫属，只是对妻儿的承诺又要食言了。

刚进所长办公室，朱同兴就微微一笑说道："所长，布置任务吧！"

2003年4月，朱同兴团队驱车北上，直抵羌塘腹地的双湖。

羌塘，藏语是"北方的空地"之意，羌塘腹地双湖，则被称为"双湖无人区"，除却高山、湖泊、草原和凶猛的野生动物，几乎荒无人烟，更是一片"生命的禁区"。

"我们该不是到了月球吧？"环目四顾，到处没有些许的生命迹象，让第一次走进它的张启跃发出惊叹。

羌塘高原用它特有的暴戾迎接了这群不速之客。令人心颤的高原之夜。帐篷外冰寒刺骨，帐篷内呵气成冰。风，困兽般发出怒不可遏的吼声，刀针般切割着人们的每一寸肌肤。战战兢兢熬到天亮，钻出帐篷一看，积雪覆盖下的羌塘高原，就像藏起心事的女巫，斑驳神秘，又带着几分凶悍。

羌塘地体内的中央隆起带将盆地分为南北两个盆地，在张启跃、李宗亮的带领下，两个小组分别进入了工作区。

调查羌塘中央隆起的深部结构特征及其与南北两侧的盆地间的构造关系是认识羌塘盆地基底性质及其油气远景的关键科学问题。

李宗亮带领他的小组一路查到达纳若，发现了一组板岩。李宗亮躬下身细细观察，"嘿，这组板岩看样子一直延伸到了崎嵘山。"

经验丰富的李宗亮判断，"如果真是这样，我们就可以追寻到中央隆起带的北部边界啦！"

然而，司机阎勇拿着地图对他说，前方是一片片沼泽地，凶险叵测；绕道，多跑200公里不说，谁知路上又有没有沼泽呢！

沼泽地的威胁远远大于高原缺氧反应。李宗亮盯着阎勇看，似乎要从他那里找到出路，"试试吧，大不了挖车！"

阎勇深悉李宗亮脾性，便手握方向盘，脚踩油门，两眼直视前方，左避右躲，车开得上下蹦跳，摇摇摆摆，犹如黄土地上打腰鼓的陕北汉子。辗转腾挪间，已是下午5点多，望着前方凶险叵测的大面积沼泽地，阎勇踟蹰不前了。

"到了这地方再放弃，可就太不划算了，也许这辈子都没有机会去了！"

李宗亮与赵云江一商量，"下车，步行！"

在海拔5000米的羌塘沼泽地，每走动一步，都有可能付出生命的代价，胸闷，让人恨不得把心吐出来，腿沉，沉得像灌了铅。李宗亮与赵云江一步一挪两个多小时，夕阳西下时分，两人兴奋起来——中央隆起带的北界找到了，还发现一套变质的复理石。

"哈！中央隆起带曾经是一个已经消失的洋盆，这是洋盆边缘的一个有力证据，证明中央隆起带是一个结合带！"

重大的新发现，驱走了徒步穿越沼泽地的疲惫与恐惧。

今天是昨天的继续。采样，跑路线，测剖面，记录地质现象……双湖——

多格措仁——冬布勒山脉。

青藏高原是由若干条缝合带和所夹的沉积盆地构成，金沙江缝合带就位于羌塘盆地的北部，为查清颇有争议的金沙江缝合带，朱同兴决定加密路线，再做冬布勒与狮头山两个剖面。

2004 年 5 月底的一天，负责该图幅区调的于远山与剖面工作组的全体人员在艰难地行进。

下午 4 时，前测手李鸿睿首先登上 5600 多米的剖面丫口，准确定位后，分层人于远山、记录员金灿海、采样人石文礼、后测手欧春生等沿着导线跟进分层、测产状、观察描述、记录和采样，顶着猎猎劲风，他们向山下延伸测去。

"那是一个分层采样做得非常翔实精细的剖面，后经室内岩矿鉴定确认，狮头山一带变质基性火山岩中存在极具构造意义的高压变质矿物蓝闪石，显示狮头山地区洋岛火山岩后期经历了较强的俯冲挤压与构造改造变质作用，为研究那一区域大地构造演化史提供了扎实的基础资料。"

说起多年前所做的成绩，朱同兴清瘦的脸庞显出淡淡的笑意与欣慰，"我提出的二叠—三叠纪整合界线和侏罗—白垩系假整合界线的新观点，在调查中也得到了证实！"

2004 年 7 月，羌塘高原的雨季即将到来。

"必须抢时间，在雨季之前完成多格措仁到普诺岗日的 5 条地质路线调查！"朱同兴暗下决心。

披着纷扬的雪雾，5 个野外地质调查组出发了。由东向西，每个组按 U 形线路行进，总长度 160 多公里。

普诺岗日冰川主峰海拔 6482 米。朱同兴带领的小组在最西边，调查线路紧贴着普诺岗日雪山余脉。第四天，朱同兴与田应贵到达了普诺岗日冰川边缘。

这一次，朱同兴带领的团队创造了连续野外填图 10 天的纪录！

在成都地矿所工作的 18 年里，朱同兴在青藏高原度过了 12 年。从世界第 14 高峰西夏邦马峰，到世界第一高峰珠穆朗玛峰，从巍峨雄壮的藏南喜马拉雅山脉到荒无人烟的藏北羌塘可可西里高原，从长江源头格拉丹东到青藏高原最大的冰盖普诺岗日，这些人迹罕至之地都留下了他的足迹。

在才多茶卡等地，他和团队新发现了蓝片岩；在角木茶卡、才多茶卡等地，新发现了放射虫化石；在龙尾错、那底岗日及马牙山，新发现了大规模的沥青脉；在西长梁和江爱达日那地区，他们又新发现稠油显示点 2 处、油页岩显示点 1 处。

一位地质权威曾经说过，如今所有的研究成果都好比是"大地上一个浅浅的划痕"。

遥望一座座云遮雾罩的高原群峰，一项项前无古人的重大发现，朱同兴知道，这部折叠数亿年的"无字天书"还有更多的谜团，正等待他们求解。

第三节　挥师大峡谷

1999 年，成都地质矿产研究所的青藏高原 1：25 万区域地质填图，增加了雅鲁藏布江大峡谷所在的墨脱幅。

让谁去负责呢？

潘桂棠思来想去，抄起了电话："小郑，过来一下！"

"墨脱幅填图为啥不报名？难道你真的不想再进大峡谷？"潘桂棠一双锐利的眼神，直直地射向刚进门的郑来林。

"不是！我今年要写博士毕业论文了……"

"写论文不能闭门造车吧？这幅图正在喜马拉雅山的漂流大拐弯地区，是'地球上最后的秘境'，世界地学界都在研究这个'构造结'，那里地幔的岩性是怎样从地球深部折返到地表上来的？这难道不是个很好的大题目？'象牙塔'里写不出好文章，碰撞，是国际前沿性的科学问题，我认为，你的博士论文应该写这个！"

一口气说了这么多，潘桂棠端起茶杯"咕咚咕咚"地猛喝几口，不容置疑地说道："墨脱幅这个项目，非你莫属！"

郑来林瞪着眼睛默默地望着潘桂棠，既是老领导，又是自己的博士副导，激将也好，武断也罢，自己已别无选择！

"有什么困难，要什么人，你只管提。"潘桂棠脸上露出了笑意。

回到自己的办公室，站在硕大的西藏地质图前，郑来林持着放大镜，在一个个地名上掠过。波密—兴凯，兴凯—格当—崩崩拉—贡堆神山，清拉—仁钦棚，最后到达雅鲁藏布大峡谷之地的墨脱——这注定是一场充满艰辛、苦痛、危险的战斗，必须组建一个过得硬的团队。

首选对象是副研究员耿全如。他曾经 6 次带领国外探险科考队进入大峡谷，有着丰富的野外独立作业的能力。并且熟悉雅江大峡谷的道路，与那里的向导、背工还有村干部都有着很好的人际关系。

"老同学，你来做项目的第二负责人吧，穿越大峡谷最重要的地质路线交给你！"郑来林与耿全如一拍即合。

纵观古今，事业的成败，关键是人才。项目组迅速组成，不仅有副研究员付恒、孙志明、李生，沉积岩专家楼雄英，还有大侠之称的老研究员廖光宇，高级工程师董瀚，郑来林顿生如鱼得水、如虎添翼之感。

2000 年仲春，郑来林、耿全如带着一支地质技术、计算机、遥感、制图、司机、炊事员等配备齐全的队伍，挥师进入大峡谷。

发源于杰马央宗曲的雅鲁藏布江，犹如一条银灰色的巨龙，由西向东游走在高山大谷之间，历尽万苦千辛，直奔印度而去，遥远的孟加拉国孟加拉湾，是它的最后归宿。在匆匆奔跑的行程里，它环绕号称"冰山之父"的藏东南第一高峰——南迦巴瓦峰，转了个马蹄形的大拐弯，从此急转南下，横冲直闯，穿山凿壁，形成了一个巨大的峡谷，这就是著名的雅鲁藏布大峡谷。

探索大峡谷，既是诱人的自然之旅，更是诱人的文化之旅。近百年来，一群又一群地质学家、民俗学家，慷慨悲歌、义无反顾地进入神秘的大峡谷，以期抢救濒临消失的"人类童年记忆"，破解原始人生存的"文化密码"。

其实，对这个"隐藏在云雾雪山密林中的人间绝境"，郑来林、耿全如都不陌生。早在 1997 年，成都所承担了地质矿产部雅江大峡谷基础攻关项目，郑来林与耿全如、刘宇平一道进入大峡谷地质考察，当他们历尽艰险完成考察任务从大峡谷走出来后，郑来林曾经赌咒发誓："再也不会回来了！"

哪想到，2000 年注定又要在这里渡过了。

大峡谷是出名的"无人区"。由甘肃地调院选派的高级工程师董瀚，是项目组最年轻的工程师，为了寻找确定无化石依据的浅变质地层时代和不同时期侵入的花岗岩的接触界线，他率 5 名队员经过九天长途跋涉，来到兴凯。

兴凯，孟加拉虎繁衍生息之地，时有老虎的足印与动物遗尸骨骸出现。有一次，队员们刚刚爬上山顶，发现了一大片基岩露头，也同时发现不远处站着一只比人还高的马熊……就这样，董瀚和他的队友每天与岩石对话，与野兽相伴，40 天完成了 260 公里的地质路线考察。

大峡谷地处雅鲁藏布缝合线上，被称为"颤动的陆地"，地震多发。正值易贡河大滑坡之际，郑来林和董瀚带领的小组小心翼翼行进在危机四伏的大峡谷，沿着雅江支流艰难地翻过蚂蟥山，直到第五天才走进一个仅有几户人家的村庄。

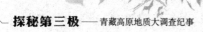

村外不远处，董瀚发现了很大一片泥石流冲积扇和坍塌点，他带领几名队员观测、取样，对这些地质灾害与所处的地层及其地质构造进行综合研究，在"颤动的陆地"上寻找着"安全岛"。站在坍塌的地面上，董翰似乎看到了滔滔而来奔涌而下的泥石流，看到了泥石流摧毁山体、席卷山林的力量。

"那片山地处在断裂构造带上，是地质灾害多发区，那一带不宜种田，放牧。"董瀚将自己的考察结果向格当乡书记索朗曲杰作了汇报。

"哦，原来是这样，不是山神发怒？"地质队员的讲解，让从未走出过大山的牧民们恍然开悟。

爬上格当的山，才知毒蜂的厉害。

这儿是茂密的原始森林，蚂蟥多但不大，半根火柴粗细，与树干树叶混为一体很难发现，钻到身上会释放一种麻醉液体，它吸多少血，你便会再流多少血，凡来墨脱幅的人无不谈蝗色变。

"大家用绳子系好裤腿与袖口，别让蚂蟥钻了空子。"董翰提醒大家道。

大伙一边小心行走，一边观察那些岩石、岩层的特色，还有脚下山崖的形状，或者树木野草的长势，都是"地质语言"，除了解读这些"地质语言"，还要小心翼翼地躲避蚂蟥的袭击。

"妈呀，蚂蟥……"董翰不经意间看到自己的手背，已经密密麻麻地附满了又柔又软的墨绿色虫子。扎得紧紧的袖口、裤脚，不知什么时候都被荆棘拉散了，手臂上、大腿上，黑压压一片蚂蟥，有的成为一团，有的笔挺地伸直。

董翰脑袋嗡的一声，神经似乎短路了，头发竖立起来了，鸡皮疙瘩从脚底蔓至头顶。他咬咬牙，双手齐下，使劲抽出几只，扔掉，再抽出几只，又扔掉。

"这样抓，几时才能抓完？"干脆取下藏刀，在全身各个部位一刀挨一刀地刮下去，宽宽的藏刀上，沾满了蚂蟥的躯体，有的成为圆形，有的残留半截在挣扎。能刮的地方，都被他刮完了，看不见肌肤，只看见一股股的鲜血流淌。

郑来林也没能独善其身。他只顾观察裸露岩石、记录地质现象，只觉被针刺了一下，头部、眼睛就肿了起来，只好半闭着眼走在狭窄的山脊、细窄的板桥、滑湿的泥路上，真如闯进鬼门关，踏上生死桥。

十一天的时光里，饥饿、寒冷和疲劳如影相随。他们在崩崩拉山脊梁上奋力攀爬，终于站在了仁钦朋，看到了墨脱县城的灯光。

"墨脱"，这个颇具墨香又带点脱俗、还带点凝寒味道的离群索居者，安放于雅鲁藏布最深、最长的峡谷之中，颇有现代社会"孤岛"的意味。这个从游加拉村至八玉村一带最险要的地方，虽说是个县城，有路却路面太窄，无法通车；有山却极不稳固，乐于奔泻滑坡；有水却又恣肆狂澜，动荡不安。

就是这样一个无人敢问津、无人敢攀登的偏远一隅，却诱惑着成都地矿所的新老地质人，从兴凯到格当、崩崩拉、贡堆神山，再折返至日清拉、仁钦棚，最后到达墨脱，来回月余，构成了郑来林团队生命中最为艰苦卓绝的经历。

回首雪峰，年届五十岁的汉子夏金钢说：我搞了近 30 年的地质调查，跑过好多地方，早知道是这样的地方，你给我多少钱我都不来。

"我也这样发过誓，可我还是来了。"

郑来林说："再有这样的机会，我相信你还会来。谁让我们吃了这碗饭！"

6 月底，郑来林亲领 1 名炊事员，11 名背工，又带队进入图幅南部，预备穿越一条 210 公里的地质路线。

这是一条要多荒芜有多荒芜，要多幽深有多幽深，要多诡秘有多诡秘的路途。途上，怪石嶙峋，连山夹岸，波涛滚滚。山洪一旦暴涨，泥石滚滚，野兽出没，飞虫肆虐，蚊蚋猖獗，毒蛊横行，沼泽蜿蜒，冰封果冻，应有尽有。

经历了泥石流的震撼，山洪的冲刷，饥渴的纠缠，郑来林一行来到了一条浪涛滚滚的江流之前。大家七手八脚地将自己捆缚好，互相检查绳子是否结实。郑来林让一名有经验的背工先进行滑动示范，自己进行过溜索的要领解说。

没有溜索，滔滔江水就是天堑，不能跨越这山与那山的阻隔，就无法抵达目的地。

易广科背着行囊被牢牢地捆着，他望一眼两百多米长的溜索，再望一眼江底，一个漩涡接着一个漩涡，浪花撞击在石头上，发出清脆的轰鸣，一个大浪一个大浪地翻滚，一块一块的或树叶，或树枝，瞬间无影无踪。

"妈呀，掉下去还有命啊？"他倒挂在溜索上，一边轻轻地惊呼，一边闭上了眼睛，额上已不自觉地冒出了虚汗。猛地一滑，再次睁眼已是身居江中间，他眼盯着滚滚江水，发出了声嘶力竭地呐喊：

"不行了！不行了！快来……救我！"

"别怕，小易，等我。"一名同伴箭头般地溜到小易面前，将一根绳子牢牢地栓在他背上，又飞快地溜回对岸。

小易被拉过江来，一屁股坐在地上，失神地回望着波翻浪涌的江面，脸，比绿叶还绿，半天也吐不出一句话来。

雨雪的浸袭，蚂蟥的叮咬，溜索的考验，饥饿的难耐……两个多月的时间，郑来林与队友克服了常人难以想象的困难，一路上走烂了 3 双胶鞋，衣服被树枝剐烂，最后是一个个拄着木棍，嘴里数着数，走完最后的几个地质点。

9 月初，艰苦跋涉换来了丰硕成果。

210 公里的地质路线，他们采集了 400 多块孢粉、微古生物化石及腕足类等各种化石、岩石标本；在岩浆岩体里发现沉积岩捕荡体，并且发现了 3 条韧性剪切带，填补了这片空白区。

这次走进大峡谷的耿全如，再一次经受了炼狱般的考验。

2000 年春，带领着第三组队员，从一个叫派乡的地方出发，经西兴拉雪山到大峡谷外的排龙乡，全程 110 公里，这是图幅中最为重要的一条地质路线，中段要横穿雅江大峡谷最艰险地段，大部分都在无人区。

5 天艰难地跋涉，他们来到世界第 15 座高峰——南迦巴瓦峰西边的山脚下。

海拔 7782 米的南迦巴瓦峰，箭镞状的雪峰直插云天，当地人称这里是神居住的地方。雅江围绕南迦巴瓦转了一个马蹄形的大拐弯，山顶四周发育着 49 条海洋性冰川，洁白的冰舌一直伸到原始森林之中……

置身于壮美的景色，队员们全然忘怀了海拔五六千米高度背后的艰险。

"快看！韧性剪切带！"正在欣赏壮美奇景，地质队员们猛地听到地质工程师欧春生一声惊呼。只见他手握望远镜，正全神贯注地望向江对面的石壁。

江对面石壁上，是一条 30 多米宽的黑色剪切带。

突然，又有人惊呼起来："快看，江这边也有啊！"

队员们这才发现，江岸这边相对应的位置上，一条宽宽的剪切带赫然醒目。

一行人忘记了疲惫，耿全如一马当先，一个个系上安全带，下到石壁上记录、素描、采集定向标本。

"看来佛祖在保佑我们，这次收获会大大的。"一个年轻工程师一边欢快地说着，一边敲打着岩层。

南迦巴瓦地区是印度板块东北顶点的一个拐点，这一带地质板块的挤压，地壳隆升的作用，所以形成了高耸入云的南迦巴瓦峰。这里的缝合线，便成了雅鲁藏布大拐弯。

潘桂棠来项目组检查工作时曾指出："南迦巴瓦变质岩群是怎么解体的？这幅图必须回答这个问题。还必须准确地搞清二块（印度板块、欧亚板块）一带（结合带）地质体的物质组成及大地构造属性。"

为了找到这些设问的准确答案，2001 年 4 月 30 日，耿全如带着队员们又一次从派乡出发了。

这是一次几经生死的极地穿越。从派乡始，耿全如和队员沿雅鲁藏布江北上，经格嘎、加拉，再沿江向东，从大龙松龙离开雅鲁藏布江，翻西兴拉雪山，再穿越雅鲁藏布江到甘代回波密。线路全程 200 多公里，绝大部分是地形险峻的无人区。

一个多月时间，16 名地质队员一边与死亡做着殊死的搏斗，一边寻找记录着一个个地质现象。耿全如与身患疾病的楼雄英在峡谷中一住四天，他们沿着现代冰川爬到海拔 4200 多米的山顶裸露的山岩上面定点，终于搞清了岩层的产状，找到了石炭纪和二叠纪地层接触界线。

当他们背着山一样的岩石标本走出峡谷，看到了接应的车辆，看到了熟悉的脸庞，一声"我们活着出来了"，道出了大家死而复生的欣喜。

三十多天的"无人区"穿越，他们终于来到了热萨乡的当昂村。

值得振奋的是，在藏族群众供奉的一块块色彩绚丽形状奇特的石器与奇石中，耿全如又有了重大发现：

"石斧！新石器时代的石器，这是古人类生存的遗迹！"

耿全如惊喜万分，"真是意想不到的收获，它的发现对我们了解和研究青藏高原的人类起源与发展有很大意义！"

四十余天的考察，耿全如和队员发现了雅鲁藏布江主干道上两个从未发现的大瀑布，在南迦巴群内分出三个填图单元，确定了结合带北部的边界……大峡谷神秘的面纱，被一双双普通而坚硬的手一点点地揭开。

回首来路，耿全如的心如鼓荡的风帆。他和伙伴们唱起了他们最喜欢的《西游记》主题曲：

风云雷电任叱咤

一路豪歌向天涯向天涯……

"地质科学就像登山，既要有群体精神，又要有必胜的信念。"谈及青藏高原地质大调查，谈及可歌可泣的感人事迹，成都地调中心党委书记王剑感慨万千。

致力于沉积能源与大地构造学研究的王剑，可谓成都地调中心的中坚，稍黑的皮肤，给人以结实感。一对深藏在浓长黑眉下的眼睛，放射出有些犀利的光芒，仿佛能够透视人的灵魂。自 1988 年 7 月研究生毕业分配至成都地矿所工作，就全身心地投入到科学研究中，如今已是地质学科的博导了。

　　诗是会呼吸的思想，能燃烧的文字。王剑是将吟诗作赋与地质工作巧妙地融合在一起的高手。他在《永遇乐·夜住长江源》中，将现实主义和浪漫主义较为完美结合在一起，表达了作者于艰苦环境中自得其乐的生活态度和超然世外的精神境界。

永遇乐·夜住长江源

巍巍丹冬，

谁人敢觅，

河通天处？

玉洁冰山，

雪原莽莽，

静谧清寒路。

融冰汩汩，

沱沱源入，

道是江隈水曲。

踏一朵、白云脚下，

今夜玉清宫宿。

……

　　这个静夜里，听着王剑用诗的语言讲述那些青藏高原上并不遥远的故事，我的眼前不断地幻化着一个个真实的场景，每一座雪山，每一道深谷，每一条江河，都留下了成都地质人的足印。

　　"作为一个地质人，每一次走进高原，就是一次生命的洗礼；走出高原，就是一次人生的蝉变。有了高原经历的地质人，人生才完美。"

　　王剑的话语里，充满了诗意与哲理。

第五章　科学的曳光

一个个饱含创新基因的新技术、新工艺在区域填图中推广使用，一项项身披现代思维的新成果、新理论在钻台上试验开花，一簇簇科技之光在世界屋脊放射出炫目的光彩！

第一节　天路在呼唤

200 年前，人类社会迎来了工业革命。

100 年前，人类社会迎来了电气革命。

假如说前两个世纪我们错失了机遇，站在 21 世纪门槛上的中国地质人，再也不愿与电子信息革命失之交臂了。过去只认马克思加地质锤、放大镜的中国地质人，今日对爱因斯坦、牛顿们的科学崇拜与追求似乎比什么时候都强烈。

12 年的青藏高原地质大调查，先后投入高精度重力仪等先进的地面物探设备 120 多台套、航空物探设备近 20 台套，星—空—地立体调查技术体系基本建成，七大系列勘查技术全面应用，卫星和航空对地观测技术、勘查地球物理技术、勘查地球化学技术、钻探技术等勘查技术和地质分析测试技术，中国地质人正在大步追赶世界科技发展的潮流！

科学的本质是创新，变化的本质是发展。可以说，一支支科技团队注重调查与研究相结合，形成了实践与理论螺旋式提升的良性循环，区域填图的顺利实施为获得资料和样品提供了保障，

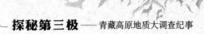

新理论新技术的研究,又持续推动了地质领域自主研制的设备在青藏高原地质大调查中的应用。

下面的科研精英团队,就是青藏高原理论创新群体中的突出代表。

让我们走近他们,来一次近距离聆听吧,拂去岁月的风尘,撩开时光的帷幕,你会发现英雄壮年的心音,依然是那么激越澎湃,依然是那么音韵铿锵!

2006 年 7 月 1 日,凝聚着中华民族智慧与血汗的青藏铁路全线通车。

格尔木出发,向南。一条举世瞩目的钢铁巨龙,翻越昆仑山,穿越唐古拉,飞架裂谷天堑,横跨永久冻土,风驰电掣地驶向雪域圣地拉萨。

无论是政治家、军事家,还是经济学家,都会在这一历史事件中找出它的不朽的价值。著名报告文学作家徐剑在《东方哈达》里这样写道:公元 8 世纪,吐蕃王朝的一位智者向赞普赤松德赞献策,吐蕃民族未来的发展有四条路可走,向东是佛法之路,向南是森林之路,向西是青稞之路,向北是钢铁之路。

一次震撼时空的伟大穿行,见证了一个千年梦的实现,也铸成了一部穿越世界屋脊的格萨尔王般的英雄史诗——

青藏铁路建设者挑战生命极限,依靠智慧与勇气,破解了多年冻土、高寒缺氧和生态脆弱三大世界难题,将无数奇迹定格在雪域高原!这个震惊寰宇的盛世壮举,牵动了多少人的心,唤起了多少人或悲壮或凄凉或激动的回忆?

站在整装待发的列车里,仰望是蓝天如洗、白云如纱,眼前是闪亮的铁轨,参加通车庆典的吴珍汉竟凝噎无语。

为了这一天,中国地质人行进了很久、很久。20 世纪 70 年代,中国地质科学院地质力学研究所老一辈科学家胡海涛、易明初、吴锡浩、钱方等就高擎科学的火炬,在青藏高原上进行了溶洞灾害与工程地质条件调查,考察新构造与活动断裂,研究冰川,寻找水源。

为了这一天,地质人付出了太多、太多。一个个科研工作者张扬着追赶太阳的信念,冶炼着登天揽月的毅力,发出过拼搏的呐喊,攻关的争论,对抗着洪水、风沙、野兽,体会了恐惧、孤独、无助。

为了这一天,青春释放出一种不可思议的伟大力量。青藏铁路所以能连连折樽冲俎,青年无疑是摧城拔寨的生力军,而中国地调局那些品学兼优的年轻科研人员无疑是这支生力军的中坚。

这条跨越"世界屋脊"的铁路,被西方舆论称为"堪与长城媲美"。铁路全程 1956 公里,从青海省会西宁至格尔木段已于 1984 年通车。经格尔木至拉萨段最为神秘，它的神秘在于沿线 1142 公里，大都是人迹罕至的高海拔，空气密度仅为平原的 75% ~ 80%，含氧量最多的地带是平原的 70%，高海拔地区只有冬夏两季，冬季长达 7 ~ 8 个月，年平均气温 -4.4℃，极端低温 -45.2℃。

　　如此严酷的自然环境，以至于我们沿着青藏铁路采访期间，几十公里甚至数百公里不见人影，偶尔看到的只有奔跑的藏羚羊、藏野驴和野牦牛。不知道车行至什么地方，已是落霞如瀑，夕阳映射的山坡上呈现一条公路，三五个背着书包的小学生，突然停下脚步，朝着火车的方向抬起右手，齐刷刷地敬起礼来。死寂的列车厢内起了一阵小小的骚动，眼尖的人隔窗惊呼起来，像哥伦布无意间发现了美洲新大陆。

　　修建青藏铁路的艰难，仅仅"世界上最高的海拔"这一条，就足以构成了世界级施工技术的挑战，严峻的是，青藏铁路堪称冻土工程的"博物馆"，格尔木至拉萨段，海拔 4000 米以上的区段 960 公里，近半是亿万斯年的冻土地段。

　　冻土，是铁路施工的"拦路虎"和主要技术难题。

　　提起青藏铁路，人们往往会瞬间想起那刷新了一系列世界铁路的历史纪录：世界海拔最高、线路最长、穿越冻土里程最长的高原铁路；拥有世界海拔最高的铁路车站及冻土隧道；青藏铁路冻土地段时速将达到 100 公里，这是目前火车在世界高原冻土铁路上的最高时速。

　　提起青藏铁路，人们也往往会条件反射般地想到称雄中国半个多世纪的铁老大——铁道部，人们就会赞美将铁轨一节一节铺成天路的铁路工人，脑海就会闪现出参与建设的中国军人，很难会想到默默无闻默默奉献的中国地质人！

　　有谁知道，在青藏铁路的每一个节点，像燃烧的红玛瑙一样频频闪烁的，是青年地质工作者的智慧之火、灵感之光、悟性之波？

　　"在青藏铁路工程地质勘查的重要环节，我们中国地质科学院都没有缺席，都发挥了我们的科技优势，做出了积极贡献！"说这话的，是地质力学所原副所长、现为中国地质科学院副院长的吴珍汉——个子不高，却神清气爽，儒雅翩翩。热情与冷静，自信与谦和，真诚与坚定，似乎都融合洋溢在他那双藏在眼镜后面充满活力的眸子里。

　　在中国地质科学院三楼，我们进行了促膝长谈。

　　聊起青藏高原地质大调查，聊起地质构造、矿产资源、地质灾害，他了然于胸；回想高原攻关的艰难时日，吴珍汉露出了欣慰开怀的浓浓笑意：

　　攻克冻土冻融的难题，有我们地质人；

观测铁路沿线地震活动，有我们地质人；

调查铁路沿线活动断层；有我们地质人；

勘测分布于铁路沿线威胁铁路工程安全的冰丘、地裂缝、滑坡、泥石流，还是有我们地质人！

人类文明的每次飞跃，都与工具紧密相连。英国人斯蒂芬森发明火车机车后，随着“铁路时代”的到来，带动自然资源的开发与利用，实现了人流、物流的现代革命，铁路为人类现代文明的发展奠定了坚实基础。

一部铁路发展史就是一部中国近代史。从詹天佑完成了中国人自己的铁路梦之后，呜呜鸣叫、咔切哐切的火车作为一种文化意象，就深深根植于国人心中。然而，几乎在人类所有辉煌的背后，都凝聚着苦难和疼痛。资料显示，仅毛泽东主席亲自起草有关西藏的文稿、电报就有 100 多件。1973 年，他在北京会见尼泊尔国王时，仍是念念不忘那条“天路”：“青藏铁路修不通，我睡不着觉！”

青藏铁路是包括藏族群众在内的全体中国人的百年梦想。20 世纪初，中国革命先行者孙中山在《建国方略》中描绘中国发展蓝图时，除了修建三峡水库，还专门提出“十年修建 20 万里铁路”，其中就包括青藏铁路。西藏和平解放之时，西藏 100 多万平方公里的土地上没有一条现代意义的公路，仅有从达赖的夏宫罗布林卡到他的冬宫布达拉宫的一条 3 公里沙石路。那时，十三世达赖所拥有的 3 辆汽车，都是从印度开到边境，拆成零件后，由苦力用牦牛翻山越岭驮回，再组装起来的。因此，进藏的中国人民解放军唯有以生命为代价，喘息着一步步艰难地向着西藏挺进，他们曾一天数次为战友举行葬礼。赴藏科考的地质人因无路，只能拽着牦牛的尾巴，在牦牛踩出的雪地上一步步艰难行进。这一切，无不成了共和国的缔造者难以排遣的心结！

梦想与渴望，在青藏高原上不息地生长。

历史从来不会用直线来完成自己的运动。当铁路的历史性作用跟军事价值越来越紧密地挂起钩来之后，改革开放驶上了“快车道”的中国铁路，连篇辉煌之中仍是透着几分尴尬，运营里程尽管达到了 10 万公里，位居世界第二位，但人均铁路却只有 7 厘米左右，相当于一根香烟的长度；每万人拥有铁路仅为 0.7 公里，在世界上排在 100 名以后；每平方公里国土拥有铁路 0.01 公里，在世界上排 60 名以后，每平方公里铁路密度只及印度的四分之一（《世界人文地理手册》）。虽然连续进行了 6 次铁路大提速，但仍然追赶不上经济发展的步伐，与社会发展需求难以同步。尤其是中国广袤的西部地区，更是令人堪忧。

　　采访时，我们听到这样一个个令人心痛的故事：唐古拉山乡原党委书记芮藏，曾因为风火山上的铁路试验兴奋得天天梦见火车。后来看到 500 米的铁路路基实验段静静地躺在那里，那些搞铁路试验的人走了；钻台钻塔不见了，为修铁路收集基础数据的钻探人也走了；接着又听说风火山的土层下全是冰，修不了铁路，芮藏潸然泪下，一哭就是几天几夜。

　　还有西藏自治区副主席巴桑，曾亲自找到中科院兰州冻土研究所的吴紫汪教授，哭着问他："你是最权威的冻土专家，你说说青藏铁路到底能不能通过冻土关？要是能看到西藏有铁路的那一天，我死而无憾。"

　　尽快将铁轨铺上青藏高原，成了共和国几代领导人高瞻远瞩、总揽全局的决策焦点，也成了西藏同胞渴望走出高原走近中华文明的期盼。

　　然而，550 公里的冻土，影响着亚洲乃至世界生态变化的高原环境保护，加上 960 公里都处在海拔 4000 米以上的高寒、缺氧地区，世界级的三大难题，让这一宏伟计划一次次被提起，又一次次被搁置。一些西方国家幸灾乐祸地断言："有昆仑山脉在，铁路永远到不了拉萨。"

　　高原在呐喊！西藏在冀盼！西部呼唤高速度！

　　时光的年轮碾进 21 世纪的大门，青藏铁路建设终于被重新提上议事日程。2001 年 2 月 7 日，国务院第 93 次总理办公会，审议通过了青藏铁路项目建议书。

　　信息传到了中国地质科学院，一颗颗不甘寂寞的灵魂骚动起来：

　　"我们地质力学所有'三光荣'的优良传统，有工程地质领域的科研优势，青藏铁路建设，我们不能缺席！"面对青藏高原的历史大穿越，谁不渴望实现自身的价值，活出科学家的本真意义呢？

　　2001 年 3 月 5 日，兰州。

　　"非常好！"在铁道第一勘查设计院召开的"青藏铁路主要技术标准及格尔森到望昆段可行性研究预审会"上，地质力学所代表的发言，令铁道部有关负责人和工程技术专家频频颔首："好！我们还需要更为详尽的勘测资料。"

　　几天后，铁道部鉴定中心地质专家丰明海高级工程师来到地质力学所，进行了多方位交流和立项讨论。

　　从 3 月底到 4 月中旬，吴珍汉团队先后与保定方法所、成都工艺所的专家对青藏铁路沿线进行了野外踏勘。

　　5 月 8 日，地质力学所一份"青藏铁路沿线断裂活动性与地质灾害分布"的专题介绍，给参加"青藏铁路全线可行性预研究评审会"的专家与领导留下了深刻印象。历经多轮协商，吴珍汉终于拿下了铁道第一勘察设计院"青藏铁路沿线地质灾害评估、活动断裂勘测与地应力测量及工程应用"项目合同。

这就是地质科学家的风采。科学的精神和科技的力量，让他们拒绝了"象牙塔"的安乐与清闲，选择了雪域高原的艰苦与奉献；拒绝了悠哉悠哉的学者生活，选择了如履薄冰的高原探险；拒绝了昨天的挽留，选择了天路的召唤。

合同规定，力学所要于2001年12月31日和2002年分别提交重要隧道周边地应力测量报告，于2002年4月至2004年分别提交青藏铁路沿线8条活动断裂带的结构、空间分布、分支断层位置、活动方式和对铁路工程的影响等研究成果。

时间紧迫，吴珍汉项目组的脚步在高原匆匆穿行。

2001年8月底至9月初，研究员廖椿庭项目组在青藏铁路隧道应力测量过程中，在划分中国南北构造区的昆仑山带发现一个诡异现象——昆仑山隧道处地应力数值异常高，原因不明。

神秘的昆仑，在检验中国地质人的能力！

2001年11月14日，东昆仑发生了8.1级强烈地震。在昆仑山南缘形成长达350公里的地表破裂带，横切青藏公路和青藏铁路。

地震发生后的第二天，中国地质科学院迅速行动，组织地质力学所专家冲向地震现场，调查地质破裂、地质灾害及工程影响。廖椿庭和课题组骨干人员采用先进的压磁法地应力测量技术，对青藏铁路昆仑山隧道地应力进行复测，发现震后地应力数值只有原来的1/3，方向也发生了偏转。

这是一个不可小觑的数据！也是地质人非同凡响的贡献！它的重要意义在于"第一"的唯一性——这是全世界唯一在大地震前测得的地应力数据。

因了这一次8.1级强震，也因了这一次吴珍汉团队有关"地应力"数据的重大发现，为地球、地震科学的研究提供了一个千载难逢的机会，中国地震局地震研究所博士生谭凯带队的科研小组，在昆仑山400多公里的地震断裂带一下子设置了20多个观测点。

据青海省格尔木地震局局长常振广介绍，2001年以来，围绕青藏高原东昆仑地震带开展科考活动的海内外专家学者蜂拥而至，每年都有五六十人。作为划分中国南北构造区的昆仑山带南侧的活动断裂带，成为包括美国、法国、日本、德国、俄罗斯等和国内知名的地球科学家天然的理想地震实验场。

这一次，专家组组长吴珍汉把现场观测资料详细整理汇总，及时向铁道第一勘察设计院提出要加强青藏铁路沿线活动断层研究与地应力复测的建议。

青藏铁路建设领导小组和工程设计部门对地震活动断裂高度重视："请中国地质科学院地质力学所加强力量，尽快对青藏铁路望昆—唐古拉—拉萨段全线开展活动断裂系统勘测，为优化设计施工方案和病害诊治提供科学依据！"

"时间不等人！你们务必抢在 2002 年 3 月 1 日前提交，否则将影响青藏铁路的设计和实施！"

2001 年 12 月底，铁路建设部门发出了言之凿凿的声音。

时间要求如此急迫，真可谓史无前例！

唐古拉以北至昆仑山一带近 400 公里的 1：2000 活动断裂分布图，仅给两个月时间？谁不知道一二月份是青藏高原最冷的季节，冰雪封山，无法进入工作区？零下 30 多摄氏度的高寒，动辄七八级的大风，生存都是问题，怎么能开展大规模的野外地质勘测？

时任地质力学所副所长的吴珍汉临危受命，担任了项目负责人。2002 年 1 月 20 日，由研究员、博士、博士后、博士生导师组成的队伍匆匆奔赴青藏高原。

在高寒环境从事地质调查与科研工作，地质力学所已经积累了不少经验。1998 年与 1999 年夏季，吴珍汉曾带领美国、德国等联合科考队两次穿越羌塘高原和可可西里无人区，完成青藏高原深部探测项目地质观测研究课题任务，受到项目首席科学家赵文津院士和尼尔逊教授的高度评价。2000 年春天以来，吴珍汉又和孟宪刚率领数十人克服艰难险阻，高质量完成了西藏当雄幅 1：25 万区域地质调查任务，最终成果均被中国地质调查局评定为优秀级。

而这一次，冬季野外作业条件更为艰苦，时间的紧迫也超过了想象——沿着铁路沿线开展 1：2000 活动断层与地质灾害勘查，意味着地质图上标注的 1 厘米相当于实地 20 米，图上误差要求不能超过 1 毫米，反映到实际不超过 2 米。对青藏高原脆弱的地质环境来说，勘查误差超过实地 1 米，就可能使桥墩、隧道落到活动断层或冰丘上，从而使铁路工程安全受到地质灾害的严重威胁。

自古以来，人们对"飞起玉龙三百万，搅得周天寒彻"的昆仑山充满了无限遐想与莫名敬畏，就连藐视一切权威的毛泽东也只能用商量的口气劝说："不要这高，不要这多雪。"如此复杂的地貌和地缘环境开展地质工作，要在一年半时间里，查清铁路沿线有无地壳断层、有无地质灾害、地应力以及可能影响铁路建设的所有问题，绝非易事。应该说，这是一场恶战硬仗！

2002 年春节，项目组很多人在海拔 4800 米的沱沱河镇渡过了除夕之夜，藏族司机和民工们在沱沱河度过了藏历除夕。

大年初二，紧紧张张的野外工作便开始了。吴珍汉根据工作量，把队员分成了七个工作组：

第一活动断裂勘测组，由吴树仁研究员、何峰博士和3位工人组成，承担青藏铁路格尔木—清水河段活动断裂1：2000勘测和1：10万调查研究任务；

第二活动断裂勘测组，由胡道功研究员、吴中海、韩金梁博士和6位工人组成，负责青藏铁路清水河—沱沱河段活动断裂1：2000勘测和1：10万调查研究；

第三活动断裂勘测组，由刘崎胜副研究员、叶培盛博士和3位工人组成，负责青藏铁路沱沱河—唐古拉山北缘活动断裂1：2000勘测和1：10万调查研究；

第四活动断裂勘测组，由张永双博士、吴珍汉研究员、夏浩东工程师和6位工人组成，承担青藏铁路唐古拉山—安多—那曲段活动断裂1：2000勘测和1：10万调查研究任务；

第五活动断裂勘测组，由江万博士、柯东昂教授级高级工程师与2位工人组成，承担青藏铁路那曲—拉萨段活动断裂1：2000勘测和1：10万调查研究任务；

第六组，是地球物理勘探组，由彭华研究员、宋国明工程师、李国歧工程师与8位工人组成，承担青藏铁路沿线桥梁、隧道地基与断裂深部探测任务；

第七组，是综合研究与质量监控组，由吴珍汉与赵希涛研究员和2名工人组成，承担综合研究和野外质量监控等任务。

吴珍汉把自己安排在条件最艰苦、海拔最高、地质构造最复杂的唐古拉段，所有的鉴定都要自己动手，所有的数据都要亲自综合，所有的报告都要亲自审定。既要统筹整个项目组的科学活动，又要保障地质队员的人身安全；既要参加具体的科学考察，还要兼顾所里的很多具体事务。从格尔木的驻地到昆仑山口的考察点，每一处都有他的身影，每天他都要工作到深夜。结果，肺水肿缠上了他，脸色苍白，咳嗽不止，嗓子疼痛，胸闷气短，被人连夜送往格尔木救治。第二天早晨，吴珍汉刚刚醒来张口就问："那几条路线进展如何，有没有新的发现？"就这样，手机成了他指挥"作战"的武器。病情刚刚好转，便迫不及待地赶回了野外勘测现场。

有这样的带头人，什么困难不能克服，什么难关不能攻克？

青藏铁路史上记载着吴珍汉团队的业绩：

按期完成了青藏铁路格尔木—唐古拉段铁路两侧各 500 米范围 1 ∶ 2000 活动断层填图、铁路沿线 1 ∶ 10 万活动断裂调查与综合研究；

野外调查了 343 条不同时期、不同性质、不同规模的断裂构造，观测并鉴别规模不等的 114 条活动断层，对重要断层的地质特征、活动时代、位移速率及对工程的影响进行了分析评价；

依据断层的分布密度及其活动强度，在青藏铁路望昆—拉萨段沿线圈定出 6 个不稳定地段；

详细调查了青藏铁路望昆—拉萨段铁路两侧各 500 米范围内与活动断裂可能相关的冰丘、冻胀丘、地裂缝，以及滑坡和泥石流的分布，测量了 364 个冰丘和冻胀丘、24 条构造裂缝带、14 个滑坡体、7 个泥石流多发地段，对活动断层及相关地质灾害的工程影响进行了评价；

发现 17 个分布于铁路线上威胁工程安全的冰丘，论述了沿活动断层分布移动冰丘的工程危害……

2002 年 9 月 14 日，受铁道第一勘察设计院委托，中国地质科学院主持的《青藏铁路望昆—拉萨段活动断裂勘测成果报告》评审会议上，院士、专家和甲方技术负责高度评价了地质力学所勘测研究成果：

"你们开创了青藏高原冬季大规模野外地质施工的壮举，高质量、高水平完成了合同任务，为青藏铁路设计、施工、病害诊治和沿线地质灾害防治提供了科学的地质依据！"

2005 年 2 月 20 日春节刚过，吴珍汉带领 6 位专家和 4 名后勤服务人员，又向着高原进发了。他们要在青藏铁路沿线进行冬季地质灾害观测、高精度遥感现场校正、活动断裂 GPS 监测部署与地应力综合监测选点踏勘。

青藏高原"乱石纵横，人马踏绝，艰险万状"。忍受着白天零下 10～15 摄氏度，夜晚零下 20 多摄氏度的极低气温，胡道功研究员负责活动断裂与地震破裂观测，苗放教授负责卫星雷达遥感的地面校正及高精度遥感解译资料的野外验证，吴中海博士负责 GPS 监测选点踏勘，叶培盛博士进行构造变形分析。为了完成任务，他们在湍急的河流溜索，在悬崖峭壁上攀援，在生命禁区里穿行，在茫茫沼泽地涉险，不仅需要良好的身体素质，还需要高度的责任心和使命感……

艰难的穿越只是一种手段，终极目的还是对雪域高原的地质构造进行不懈的科学探寻。2005年3月，一份《关于青藏铁路沿线若干灾害隐患》的报告书，呈送到青藏铁路项目办公室和铁道第一勘察设计院。

"雅玛尔河南侧83道班断裂破碎带移动冰丘""牦牛过铁路威胁铁路运输安全""断层活动与列车震动诱发移动冰丘"……灾害隐患调查评价，活动地层与地应力监测数据，清晰的图例，减灾防灾建议，为准确掌握冻土的变化情况和冻土工程措施的有效性，积累了大量科学翔实的宝贵数据，为把青藏铁路建成世界第一流的高原冻土铁路奠定了坚实的理论和实践基础。

2005年8月，吴珍汉团队完成了首期GPS测量任务，现代地壳变形和断裂运动高精度观测资料的获取，为地壳稳定性评价和地质灾害防治提供了新数据。

地质力学所研究员胡道功这样介绍：

"我们采用三维有限元数值模拟方法，计算分析了移动冰丘和强烈地震对线路工程的破坏机理，分析表明地震灾害与路基高度、路轨结构、同震位移都存在密切关系。2006年，成功实现了青藏铁路沿线的地应力自动监测和数据的远程传输，坐在北京就可以知道青藏高原各测点的地应力变化。"

有"高原活地图"之称的彭华研究员补充说："以前地应力测量，是打一个孔、测一次数据之后就报废，无法实现连续监测。我们研究了一个地应力综合监测系统，除了能够实时监测地应力和地形变外，还能够进行孔隙压力、地表大气压、气温、地下水位及地温等参数的自动采集和远程传输，在地震监测预报、地壳稳定性评价、地质灾害防治、环境监测等方面应用前景非常广阔……"

火车汽笛声在世界屋脊上的壮美雪川间回响。

从牦牛到火车的历史飞跃，使西藏具有了拉动区域经济社会发展的强大"引擎"功能，一下子变成了我国西部地区对南亚地区开放的前沿，向东可融入"成渝经济圈"，向北可融入"陕甘宁青经济圈"，向西又打通了与印度、尼泊尔等南亚国家的经贸通路。

"中国共产党领导我们创造了西藏'天堑变通途'的人间奇迹，架起了西藏各族群众致富奔小康的'金桥'，'自我造血'功能的增强则使西藏社会发展驶上现代化的快车道！"谈起青藏铁路，西藏自治区第一位中国工程院院士、西藏地质矿产勘查开发局总工程师多吉激动不已。

透过中国地质人骄傲而自豪的神态，我似乎又看到了那条天路——一条辐射幸福光芒的"金桥"架在雪山草原中，犹如一条钢铁锻制而成的吉祥"哈达"，飘荡着伸向美丽的圣地布达拉……

第二节 地球化学的魅力

"什么是地球化学勘查？就是采集地球各类物质，分析元素含量，进行研究、开发与利用的学科。哈哈，我说了你也不一定能听得懂啊……"

中国地质科学院地球物理地球化学勘查研究所（下称物化探所）教授级工程师张华一边笑着，一边用专业而又科普的语言向我讲起地球化学勘查知识：

"简单说来，地球物理勘探好似给地层做 X 光检查，分析、推断、解释地质构造和矿产分布的情况。如果把大地比做人体，地球化学勘探就是对人体的不同部位或器官采'血'，进行各种化验分析，对人体的状态进行评价，根据天然物质如岩石、疏松覆盖物、水系沉积物、空气或生物中的地球化学元素的含量和性质，发现与矿化或矿床有关的地球化学异常。"

张华说，谢学锦院士曾在一次学术会议上讲过"三只老鼠"的故事。他借前人的一幅漫画，把地质、物探、化探比作三只"找矿"老鼠。谢学锦院士说："这三只老鼠谁来领路呢？化探！因为化探提供的是物质信息，是矿床的直接物质显示——物质第一性。"对地球进行采"血"化验，就能系统地测量出天然物质中所含元素的含量和地球化学性质，发现与矿化或矿床有关的地球化学异常。

说到这里，张华从包中掏出厚厚的一摞资料："看，这就是我们多年来在青藏高原的化探资料，不知对你的写作有没有用？"

《青藏高原物化探勘查方法技术研究成果报告》《我国青藏高原西北部干旱荒漠景观区域化探方法技术研究》《青藏高原地球化学勘查技术及资源潜力评价方法研究成果报告》，一部部报告记录着这个科研团队十多年的成果。

"我们之所以能够获得国家科技进步特等奖，是因为我们把地球化学勘查方法技术及其研究成果，及时有效地提供给了承担地球化学勘查任务的单位，为青藏高原的地质与矿产勘查和地球化学勘查的填图工作提供了有力的技术支撑，让他们获得令人满意的效果。"

张华如数家珍般地介绍，让我聆听了一段不寻常的历史。

勘查地球化学是 20 世纪 30 年代诞生的新学科。我国是开展区域地球化学勘查最早的国家之一。1951 年谢学锦、徐邦梁发现了铜矿指示植物海州香薷后，地矿部设立了由谢学锦为首的地球化学探矿室。经谢学锦多年研究，勘查地球化学由战术性原生晕找矿方法上升为战略性层面。1979 年，谢学锦院士提出"区域化探全国扫面计划"。1988 年，开始推动国际地球化学填图的标准化。后又致力于研究找寻我国隐伏巨型矿床的新理论、新方法、新战略及全球大陆环境地球化学的监控。

"区域化探全国扫面计划,简单说,就是用化探的方法,把全国'扫描'一次,通过采样,分析 39 种元素,最终获得覆盖全国的化学元素分布图,通过研究这些元素的地球化学异常,各种类型矿藏分布的可能性也就一目了然了。"

"作为国际地球化学填图的三位主要倡导者之一,谢学锦院士独自完成了《中国地质词典》中地球化学勘查部分 300 多个专业词条的注释,提出了极具重要意义的'区域化探全国扫面计划',如今,共分析各类地球化学样品 142 万件;取得原始测试数据 5540 万个;首次建立了全国区域地球化学勘查数据库,编制出 39 种元素全国地球化学图和图集,为基础地质研究提供了重要依据。这 30 年来我国找到的各类矿床大部分是根据这项计划提供的线索找到的。"

张华介绍说,我国"区域化探全国扫面计划"延续了 30 年,迄今已完成中国大陆 700 多万平方公里的扫面工作,为寻找我国矿产资源发挥了重大作用。据中国地质调查局 2005 年统计:勘查地球化学共发现各类异常 58788 处,在 4218 处异常中有 3349 处异常找到了矿。尤其是发现金矿近 1000 处,占新发现金矿 80% 以上,其中大中型金矿 700 余处,总探明金资源储量 4000 余吨,占全国已探明的黄金资源量 9000 余吨的近一半,为中国成为世界第一黄金生产大国做出重大贡献,因此,中国地球化学的金矿化探,成为国际公认的地球化学找矿三大贡献之一。

那么多枯燥的数字,那么多深奥难懂的术语,从他嘴里吐出来变得入情入境,抑扬顿挫,不仅彰显着一个地质工作者严谨的治学态度,也透着蒙古族同胞的豪爽,"我很庆幸,遇到了好时代,遇到了适宜事业发展的开拓者、引领者"。

1977 年,长春地质学院综合找矿专业毕业到物化探所的张华,与第一任区域化探组组长李明喜一道,在治多县及尕龙格玛进行水系沉积物及土壤测量方法试验,同时利用任天祥、陈其昌等 1967 年所取得的化探资料进行采样密度试验研究,开启高寒山区化探方法研究的前奏。

1978 年,任天祥又与李明喜等人在青海南部纳日贡玛、尕乌促纳幅、陆日格等地开展高寒山区化探方法研究,为高寒山区制定了区域化探方法技术,成为我国特殊景观的第一个系统研究成果。

张华眼中显出对往昔时光的回味与留恋:"科学研究就像马拉松,任天祥、李明喜的言传身教，使我从地质勘探专业顺利转向地球化学勘查专业……这一干，就是20多年。"从他爽朗的笑声里，我听到了一种地质人的自豪。

1983年，脱颖而出的张华担任了区域化探组第三任组长，由此开启了他人生重要的"攻坚旅程"。

1987年、1995年，张华、杨少平在西藏阿里开展矿产普查时进行了小规模化探方法试验研究，提出了采集−4～+40目粗粒级水系沉积物测量采样粒级。为了攻克技术难关，他曾连续工作三天两夜；为了协调解决一个个难题，他曾上午还在办公室，晚上已经站在高原山巅……凭借一股子不怕累不怕苦的精神，他带领团队翻越了一座座"高山"，攻克了一个个难题。

这次闻讯获奖，素以"硬汉"出名的张华流下了激动的热泪："青藏高原就是我们研究的主战场！在青藏高原大调查中，化探有了突飞猛进的发展！"

"高寒山区区域化探方法技术研究""我国青藏高原西北部区域化探方法研究""青藏高原资源潜力评价与化探方法技术研究""青藏高原物化探方法技术研究"……张华团队先后完成的这些研究，已被收录到修订的《区域地球化学勘查规范》《地球化学普查规范》《土壤地球化学测量规程》三个地球化学勘查主体规范中，成为我国地球化学勘查的主体方法技术。

"这些地球化学勘查的方法技术研究，基本形成了具有我国特色的地球化学勘查方法技术体系，成为我国地球化学勘查具世界领先水平的一个重要方面。"说起青藏高原，张华有着不可抑制的激动。

"那是1999年，'青藏高原西北部区域化探方法研究'项目立项……"，张华娓娓道来。

这年9月，中国地质调查局发布信息："新疆尼雅河地区1∶20万区域化探"、"新疆玉龙喀什河地区1∶20万区域化探"、"新疆叶尔羌河地区1∶20万区域化探"，三个招标项目，面积约11万平方公里，全部分布于青藏高原西北部新疆境内的西昆仑山地。

然而，这个地区属高寒山区，海拔超过1000米，一部分地区海拔高达5000米以上，南背昆仑高峰，北面塔克拉玛干沙漠，一年有近三分之一的天数沙尘弥散，通常的化探扫面技术不适用。没有适宜该区的技术，西昆仑的化探扫面工作无法开展。怎么办？

中国地质调查局奚小环处长召见了张华：给你们一项技术研究任务，一要配合三个招标项目，明年5月份拿出西昆仑的技术方案；二要研究阿里高原的化探方法技术，两年内完成。

"这项研究是地质大调查方法技术研究的重中之重，中标单位在等米下锅，你们既要抢时间，又要确保方法技术的正确性！"时任中国地质调查局化探主管牟绪赞副总工程师斩钉截铁地说。

三个招标项目，必须赶在 2000 年 4 月大调查全面开展野外工作之前完成，还要拿出方法技术，难度极大，风险也极大，时间和研究的回旋余地为零。

怎么办？有条件要上，没有条件，创造条件也要上！

1999 年 11 月末至 12 月中旬，项目负责人张华派杨少平、刘华忠踏上了北京开往乌鲁木齐的火车，继而转乘汽车进入西昆仑的和田，驻扎和田的新疆第十地质大队紧密配合，要人给人，要车给车，直奔奥依且克和杜瓦两个实验区。

时值隆冬，昆仑山上积雪盈尺，河床结冻，恶劣的高原气候随时可能引发肺水肿、脑水肿等危及生命的高原病。恰恰在奔赴工作区乘坐乌鲁木齐至和田穿越沙漠公路的大巴汽车期间，由于天气骤变和水土不服，杨少平、刘华忠两个人同时出现了严重的腹泻。

回到北京，张华团队的所有成员一头钻进了工作室，样品数量大、分析元素多，他们便把资料全部翻出来，通宵达旦挑选、整理、归类，对 39 种元素的大量化验数据和分布规律进行了仔细分析。

为了提供的方法技术在使用中万无一失，2000 年 2 月 27 日春节刚过，张华与刘华忠再次踏上高原。这次的研究区，是在喀喇昆仑山南侧的坦木地区。虽然严冬即将过去，但喀喇昆仑山冰雪尚未消融，山里天气多变，与山外两重天。

由于是短期野外工作，炊事用品没有准备，他们只好请当地居民做饭。住在村委会简陋的会议室，简单的木板床和一床棉被。这里的居民为塔吉克族，民风淳朴，但生活很贫穷，做面食找不到木案板，就用一块帆布铺在平地上。每顿面食再简单不过，一天三餐盐水煮面片。吃了 7 天的盐水煮面片，张华与刘华忠两人完成了预定任务。

4 月下旬，张华将初步研究结果提交到中国地质调查局，经过专家组讨论评议，张华研究组提供的方法技术被确认使用。5 月，这一方法技术便在西昆仑地区三个招标项目中大规模实施。

"中国地调局决定：现由张华任组长组成专家组对三个招标项目实施野外质量检查。"

2000 年 8 月，张华接到通知，与刘应汉立即出发。当时，西昆仑任务完成后需进入藏西北羌塘高原。返回路上恰逢连降大雨，几次车陷急流，几次从车内爬出，几次找车将车拖出。一次陷入较大河流，水流湍急，车行河中央，汽车变速箱却出现故障……如此反复折腾，平时两天的路程，足足半个月才到达新疆叶城。野外质量检查的结果，让张华特别兴奋——全部符合质量标准！

2002 年 3 月，为了编写《青藏高原化探方法研究》设计书，杨少平和刘华忠二人踏上了青藏高原。

在开展青藏高原地球化学勘查方法技术研究前，西藏地勘单位在区域化探中统一使用 −40 目（少量使用 −20 目）采样粒级时，认为采用这种方法技术效果很好，无须再做方法技术研究，对普遍存在的风积物全然无察觉，认为西藏化探不存在风的干扰问题。

在青海，20 世纪 80 年代地质人就认识到风积物干扰问题，但解决风积物干扰难题时，每个 1∶20 万区调图幅或几个图幅采样的粒级不一致，导致全省72 万平方公里范围，以一个或几个 1∶20 万区调图幅（约 0.64 万平方公里）为单元形成了无序分布的花格图案，采样的粒级不统一，使图幅间资料拼接困难，导致全省区调资料使用、研究困难。

因此，张华叮嘱杨少平、刘华忠："先从确认风积物是否存在及其分布特点的研究入手，开展关于方法技术的基础理论研究和方法技术的研究。"

虽说从 70 年代中期以来就 10 余次进入西藏和青海唐古拉山等地区，自认为适应高原的气候和缺氧条件，但这次，杨少平反应却出奇地强烈，头疼、恶心、浑身无力。但为了赶时间，调查风成沙分布特点，杨少平和刘华忠二人乘越野车从拉萨西进，经日喀则→拉孜→狮泉河→尼玛→安多→那曲→拉萨，整整转了大半个西藏，途中取采样点 51 处，取得风积物证据 51 处。最终使西藏地勘单位各方认定，西藏全境风积物普遍存在，且在千年以前的风积物分布范围应不逊于当前，由此打开了方法技术研究和成果推广应用的大门。

2002 年春，在《青藏高原地球化学勘查技术及资源潜力评价方法研究》中，在驱龙、甲玛等研究区工作期间，刘应汉不幸患上了雪盲症，眼睛红肿，视力下降。而在青海省内驼路沟研究区，在野外采集样品期间，沟内陡坎、悬崖多有分布，张华不慎从一处五米多高的陡坎滑落，脚腿严重挫伤，几乎是用一条腿蹦着与孔牧、刘华忠一起坚持完成了采样。

每一个人都在奉献，每一个人都在成长，张华团队为了共同的目标和理想，为了使化探方法技术更适合于青藏高原的特殊景观，为青藏高原的地质调查、矿产勘查铺好路、修好桥，每个成员都在默默地坚持，他们 16 次进出青藏高原，从喀喇昆仑、西昆仑到东昆仑，从可可西里、阿里高原到藏东谷地，处处都留下了艰难跋涉的足迹。

艰辛的付出取得了地质与找矿的丰硕成果。实践证明，区域化探研究组提供的方法技术符合景观特点，排除了风积和机械分散与分选产生的干扰！

实践证明，那种"青藏高原风积物对水系沉积物干扰不强"的传统论点，也被他们大量精准的科学数据否定！

实践证明，新疆尼雅河地区、新疆玉龙喀什河地区、新疆叶尔羌河地区 1：20 万区域化探的三家中标单位使用后，在 11.3 万平方公里的西昆仑山采集水系沉积物样品 18917 件，圈定异常 195 处，查证 25 处，发现了黄羊岭、长山沟锑汞大型以上规模的矿产地 2 处，发现了甜水海、叉路口等地多处具大型规模的铅锌矿床，圈定了甜水海—叉路口这一重要成矿区带，是寻找大型 - 超大型有色金属矿床的有利地区。

"青海省沱沱河巨型铅锌银多金属矿集区的发现，得益于我们研制的地球化学勘查方法技术。"张华介绍说，2002～2003 年，张华区域化探方法团队完成试验点、异常追踪和查证采样面积 3280 平方公里，采集各类样品 6061 件，整理区域化探资料 4 万平方公里，全面超额完成了设计任务。

2003 年的夏季，张华站在奔腾不息的沱沱河岸边感慨万千。

地处"三江源"唐古拉山主峰格拉丹冬主峰西南侧姜根迪如雪山群的沱沱河是长江正源，在流到青藏公路的沱沱河沿时，它已是深 3 米，宽 20~60 米的大河了。长江、黄河孕育了感性的苍凉和深厚的华夏文明，著名的万里长江第一桥就飞架在沱沱河沿的河滩上，古往今来奔腾不息，流动着的仅仅是水么？

诚如原水电部长钱正英的叹息："万里长江滚滚流，流的都是煤和油。"

张华沿着老水电部长的思维通道，正在从能源的角度解读长江。

沱沱河巨型铅锌银多金属矿集区是三江成矿带的北西段。在发现前，我国一些知名地质学家认为三江成矿带西北缘在治多—扎多县附近，尚无向西北延伸至沱沱河的证据与可能。因此，三江成矿带西北界划在治多—扎多附近。这一巨型矿集的发现打破了地质界关于三江成矿带西北段的界线，使其向西北延伸约上千公里，发现了远景储量巨大的沱沱河矿集区。

甜水海巨型铅锌多金属矿集区位于喀喇昆仑东段，与西昆仑相连。

1999~2001 年招标项目使用区域化探组研制的方法技术，圈定了巨型铅锌多金属异常。

区域地球化学调查发现的异常，大致由三方面因素引起：一是主要成矿元素异常多数与矿化、矿体、矿田有关；二是部分微量元素和常量元素（化合物）异常反映岩浆岩、地层、构造等；三是少数地区的少数元素异常由矿山开采、工业污染、人为引起。因此，要解释研究区域化探异常，就必须认真、详细地分析、解释、检查或验证每一个异常，搞清异常的性质、来源和地质意义。

甜水海铅锌多金属矿经 2008 年以后几年查证，发现数个前景很大的铅锌多金属矿床。"在这之前，没有人认为该区具有找矿前景，勘探单位使用地球化学勘查新方法揭开了该区矿产资源面纱。"所长韩子夜掰着指头夸赞道：

"孔牧、杨少平、刘华忠、孙忠军、杨帆、喻劲松、徐仁廷、张学君、刘应汉、王乔林……个个都是我们所的主力，没有他们数十年的艰苦钻研，就不会有今天的成就。下一步，我们将把提高科研创新能力和成果质量摆在核心位置，全面提高科技创新能力，助力找矿突破。"

铿锵有力的话语，在明媚的春天里回荡。

适合各种特殊自然地理景观条件下的区域化探扫面及异常源追踪、查证技术，厚覆盖区地球化学调查和评价方法技术研究，使地球化学勘查在大调查中作用凸显，地球化学调查的思路和技术从地质找矿逐步拓展延伸到土地利用安全、生态环境质量评价等领域。

据不完全统计，1999 年地质大调查以来，我国运用联合国教科文组织全球尺度地球化学国际研究中心常务副主任、首席科学家王学求团队具有自主知识产权的系列深穿透地球化学技术，发现大型以上金矿 16 处、银矿 3 处、铜矿 21 处、铅锌矿 7 处、锡矿 7 处，大大提高了我国资源保障能力，研究成果也获得国家科技进步二等奖，国土资源科技成果一等奖。

地球化学目标——从战术地位提升到战略性走向世界前列，中国地质人已经抵达！

第三节　数字高地的音符

1、2、3、4、5、6、7，经过作曲家之手，变幻出扣动心弦的乐章；

1、2、3、4、5、6、7，经过数学家之手，精确解读、解答、解决世界的变化与玄机；

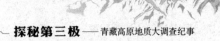

0、1、0、1、0、1，经过计算机专家之手，除了计算还可做画笔。

伟大而简洁的阿拉伯符号，引领着人类走向实现理想的梦境！

……

就在这个数与形的奇妙世界里，他举手投足的每一个动作，都给中国地质人留下了深刻的印象。他的推理，震动着、激荡着数字王国里善于精算和推演的人们。他舞动着带有中国地质人思维特征的长袖，击鼓长鸣于数字长河，引领着一代地质工作者登上了数字的高地。

21 世纪的一天，人们发现在中国地质科学发展的史册中，赫然出现了"李超岭"这个名字：

——由中国地质调查局发展研究中心信息工程室李超岭带队研发的、获国家发明专利的"对等式结点管理器及对等式结点管理方法"支撑的中国地质调查信息服务"云"基本形成。

——中国地质调查信息服务"云"目前包括分布在全国大区地调中心、省地调院、专业单位的 17 个结点群，已连入的数据资源相当于 6000 亿个字节的数据量，数据内容包括矿产地、自然重砂、同位素、1∶50 万环境地质图、1∶20 万地球化学图和我国地质工作程度等数据库基础数据，数据条目超过 6 万条。

——"对等式结点管理器及对等式结点管理方法"实现了跨平台、高扩展性 GIS "云"服务的超级引擎，用户在轻松实现不同地点之间数据或应用共享的同时，还可根据需求定制"云"计算或"云"服务。

——该专利还基于北斗与 IP 卫星技术的集成与应用，实现了对野外一线人员、野外驻地、地调院院部或野外工作站、大区地调中心等多级野外地质调查管理与安全保障服务。

2011 年 10 月 25 日，《中国国土资源报》一篇题为《中国地质调查信息有了'云'服务》的短讯，让中国地质人感到了由衷的骄傲：

"一台电脑将全国地质调查数据'一网打尽'"，则标志着中国地质信息技术的成熟与进步，为全国地质调查工作部署提供了决策参考，避免了有关地调项目的重复设置。

所谓"云"，其实指的是后端（服务器端）。正因为平时我们难得看到这"一端"，就有了一种虚无缥缈的感觉，或许这就是被称为"云"的缘故吧。

"云计算号称是继大型机、客户端/服务器之后的第三次技术体系革新浪潮。云服务，就是从以设备为中心转向了以信息为中心。"李超岭如是说。

　　为了捕捉这片"云"，中国地质调查局发展研究中心信息工程室主任李超岭和他的研究团队，走过了漫长的科研之路。巧夺天工、意味隽永的"云"杰作，也为他的人生增添了一抹抹绚丽的光彩。

　　"开发思路正确，技术起点高，软硬件设计和配置先进，总体达到国际先进水平，3S 集成程度、数据采集等模型以及实际应用方面处于国际领先水平。"

　　2004 年 3 月，以李廷栋院士为主任的 15 人专家鉴定委员会，对以李超岭为主的项目组开发的数字区域地质调查系统，做出高度评价。

　　由此，中国地质调查局决定：所有区域地质填图，彻底告别传统的工作方式，代之以现代化的数字化填图技术。

　　中国区域地质调查数据采集方法，从此发生了革命性变化——现代化的数字化填图技术，改变了传统的工作效率和劳动强度，实现了区域地质调查全过程中 3S 集成的地对地、空对地观察、历史专题图与现势地图的多源地学信息的整合与再现，也改变了传统的地质成果表现形式，创建了 PRB 区域地质调查与填图的可视化过程及其相应的数据模型，可快速、准确编绘出新一代的数字化实际材料图、编稿地质图及地质图。

　　中国地质人丢掉了几十年的"铅笔、记录簿、纸图"，操纵起小巧精致灵便的野外数据采集器（手持计算机、GPS、数码相机，数码录音笔、数码摄像机），展示出 21 世纪数字化地质队员的新形象。

　　回首数字化地质填图软件开发之路，李超岭心中涌起了由衷的欣慰之情。需求导向、原创优势、体制优势，让"改变传统地质填图方式"的"初心"，得到了"数字化地质填图"的"始终"。

　　时代会选择人，人也会选择时代。从 1997 年起，李超岭潜心于计算机辅助地质填图技术方法研究，取得了令人瞩目的成就。

　　1999 年 6 月底，《新一轮国土资源大调查纲要》颁布，"五项工程"之一的"数字国土"让李超岭眼球猛地一亮："开发相应的信息采集、建库、综合管理与分析的计算机辅助系统，实现国土资源大调查主要工作流程的信息化。"

　　1999 年，是李超岭色彩斑斓的一年，机遇挑战并存的一年。

　　这一年，李超岭作为享受国务院特殊津贴的专家、福建省劳动模范代表，出席了国庆 50 周年庆典的观礼活动。

　　这一年，基于 20 年地质填图中计算机野外数据采集技术的研究，中国地质调查局启动了一系列数字填图技术及其应用的攻关和试验。

这一年，青藏高原"计算机辅助区调填图系统"的项目第一批下达，刚刚获得"计算机技术应用专业"硕士学位的李超岭就上前揭了榜！

这一年，作为地质信息化专家的李超岭，带着"计算机辅助区调填图系统"研究项目，调进了中国地调局发展研究中心。

"我们在超岭主任带领下，从那时就开始了'数字化地质填图技术项目'这一难题攻关研究。"中国地调局发展研究中心副总工程师杨东来由衷地赞叹。

不少科研人员曾经有过这样的记忆，在中国的地盘上，有一间屋子中国人却不能进去，因为里面是"洋人"卖给我们的高性能计算机，操作人员也全是"洋人"，出于技术封锁，机房实行 24 小时监控。

在河北的涿州石油物探局、中国气象局，这样的场景，深深刺痛了李超岭的神经，他清楚，眼前面对的是一个此消彼长的力量世界，资本的力量，科学的力量，知识的力量，信息的力量，决定着一个国家、一个民族的尊严。

数字区域地质调查技术研究，是当时国内外地学界研究的热点和难点。这时的美国已成功研制了"GsMCad"、加拿大有了"Fieldlog"、澳大利亚也有了"AGSO Fieldpad"，既是地质人员的"野外随身带"，又是室内与大型计算机或工作站相互通讯的终端设备，大大提高了室内、室外地质工作的效率。

与"好奇心驱使的自由探索"不同的是，李超岭的科研之路则更多的是"需求导向"。在当时，改变地质工作"铅笔、记录簿、纸图"的传统方式，还是一个梦幻，区调工作的信息化、数据化和现代化，涉及计算机图形学、数据库系统、数学地质等几大学科的难题，地质学界少有人涉猎。

困难如山一样横在李超岭面前。然而，外国人能做，中国人为什么做不到？

从零到"中国创造""中国速度"乃至"世界一流"中，每一步的迈进都不是简单的模仿。如何让自己的科研成果接地气，真正为地质大调查服务？能不能做出来？能做到什么样子？

高原、雪域、丘陵……复杂的地质情况，使李超岭不得不思考：如何把地质工作与现代计算机应用结合起来？如何把地质语言与计算机语言结合起来？是以软件开发人员的习惯为主还是以地质人员的工作习惯为主来设计程序？

这都是李超岭研究组需要厘清的思路，也是系统成败的关键！

没有参考资料，没有现成的经验借鉴，他们就像黑暗中的一群赶路人，在一步步摸索着向前迈着。

2000 年，"计算机辅助区调填图系统"项目初获进展，野外数据采集系统初步形成：手持计算机、全球定位仪、数码相机、数码录音笔、数码摄像机联成一体，手持计算机上区域地质填图所需要的地质词典数据库、地理信息管理系统均可以运行，区域地质填图初步实现了全流程的数字化工作——项目取得了可喜的进展！

喜讯传到中国地质调查局，指示立即下达：

"计算机辅助区调填图系统"的成果，一要及时应用于如火如荼开展的青藏高原地质大调查，提供技术支撑；二要结合区域地质调查，边试验、边完善。

李超岭的科研成果在青藏区域地质调查的 25 个单位试用了。然而，四川省地质调查院在色达县幅、中国地质大学（武汉）在民和县幅的试验，野外项目组的反馈却不容乐观：数字化填图系统尚不完善，还没有原来手工作业的效率高，软件的核心技术亟待突破。症结出在哪里呢？

杨东来研究员、张克信教授、于庆文博士都成了李超岭项目组重要成员，每天跟着填图人员在高原上奔跑，为了找出野外数字采集仪的"梗阻"所在，或跑路线，或测剖面……他们都在用自己的姿势奔跑。他们都清楚，只有用自己的姿势奔跑，才会跑出属于自己的成功轨迹，跑出自己的人生价值。

一天深夜，李超岭透过帐篷的缝隙，望着深邃的天空，点点繁星构成了有点有线、疏密有致的图案让他灵感忽生："整个区调填图过程，不就是对地质点（Point）、分段路线（Routing）、点间界线（Boundary）的观测和描述过程吗？三者抽象出来（PRB），就是软件的核心技术，软件版本升级就有希望！"

李超岭相信自己找到了地质填图与数字化的结合点！

项目组讨论会上，一场"头脑风暴"再次掀起，面对一整套烦琐的数据采集表格，研究员杨东来、地质专家于庆文，大学教授张克信，野外一线的技术负责王国灿……个个争得面红耳赤，激烈争论过后，李超岭、张克信等人提出了一个全新的理论："PRB 过程"——即"点、线、面"构成体系。

无疑，这是对已有数字填图理论与技术的又一次超越。

整整一个月，项目组成员全身心扑到了"PRB"上：理清 PRB 理论、建立 PRB 数据模型和 PRB 数据字典，充分尊重地质一线的工作习惯和要求，重新修改以前数据采集的一系列表格、界面和平台，一个全新的野外数据采集系统亮相了。

"任何一项研究，如果没有争吵，肯定出不了成果！"李超岭爽朗地笑着。

李超岭的理念得到了众人肯定。后来，进一步把"PRB"表述为数字化填图的核心技术，并成功地将其转化为计算机语言，编写成了新的软件程序。

谈起野外地质填图数字化，张克信有着说不完的话题，"青海省民和县幅填图，是全国开展 1：25 万数字地质填图设立的试点性项目。"

"我们在计算机辅助下，通过野外观测路线的调查，对地质、地理、地球物理、地球化学和遥感等多源地学数据进行综合分析和地质制图。在掌上机 WindowsCE 平台上，实现了数字填图所需基本 GIS 基本功能，也实现了遥感系统与数字填图系统的一体化整合。"与张克信一起共同主持完成首批 1：25 万数字填图试验图幅的教授朱云海感慨颇多。

第二年，四川省地质调查院在 1：25 万阿坝县幅进行试验，项目组的理想变成了现实：3579.8 公里的"PRB 地质路线"顺利建立，地质填图任务全面告捷！

2003 年，"PRB 数字填图基本理论与技术方法"获得了专利，成了中国地质领域的十大新闻之一。

"PRB"风光起来，影响也走向了世界：在丹麦地质调查局格陵兰数字填图计划中推广试验，主办了"东盟国家地质填图能力建设培训班"，为非洲、拉丁美洲以及东盟约 40 个国家举办数字填图技术讲座。

2004 年 5 月，李超岭、于庆文等一行 4 人，来到英国地质调查局进行学术交流，双方确定的交流主题是：区域地质调查方法、数字化填图、地质图空间数据库建设以及成果表达和发布。

有百年历史的英国地质调查局，可谓人才济济，那些专家根本就不把中国地质科学家们放在眼里，只顾喋喋不休地讲着自己国家地质工作的辉煌历史。

"2003 年前，我们已经验收了 4 幅 1：5 万数字填图，今年将验收 3 幅 1：25 万数字化填图，并且将有 15 个省开展 40 幅 1：25 万数字化填图……"

于庆文见状，故意轻描淡写地将中国地质人取得的成就告诉英国专家。

"什么？你们同时开展这么多图幅，如何把握？有统一标准、统一的技术要求吗？弄不好会乱套的呀！"英国专家一脸惊讶。

当李超岭把"中国数字化区域填图系统"投放在洁白的大屏幕上时，傲慢的英方专家不得不惊叹："中国的数字化填图成果出人意料！"

就是这项出人意料的成果，获得了 6 项国家发明专利与 1 项外观设计专利。

"区域地质调查中的数字填图方法"一脚踹碎了地质领域传统的障碍，率先实现了区域地质调查全过程的数字化，地质填图和地质图生产告别"手工式"，迎来了"光与电"的数字化时代；

"低成本高精度高集成的定位定向数字地质罗盘"发明专利和"数字地质罗盘"外观设计专利，将产状信息结果显示到屏幕上或传送到接收终端，实现了数据采集源头的数字化；

"国家地质图类数据模型系统"实现了数据库建设流程与具体的地质找矿业务工作充分融合，大大缩短了原始资料的系统整理时间；

"国家地质空间数据网格服务系统"实现了对资源统一分类描述的对等式结点管理及一站式服务；

"对等式结点管理器及对等式结点管理方法"实现了全局资源的同步更新，为无中心架构提供了机制。

2010年，中国地质调查局发展研究中心集6项专利为一体，开发建设了"数字地质调查系统"和"中国地质调查信息网格"，中国实现了地质填图、固体矿产勘查全过程的数字化和空间信息网格环境下分布式数据的互连互通和计算处理，为地质大调查全面提供了信息服务与技术支撑。

我想起在采访李超岭团队时，有些年轻人往往一边笑嘻嘻地移动着手中的鼠标，一边用电脑桌面上一行行跳跃的数字符号回答我的问题，那稳定清晰的一组组数据展示，让我清晰感受到了青藏高原的信息脉动——大数据开启的重大时代转型，改变了中国地质人的工作、生活以及理解世界的方式。

谁能否认这一点呢，中国的地质信息化走进了世界同行的前列！

假如说青藏高原填图是几代地质人的梦，那么圆梦最得力的就是科学技术。

"数字化地调系统开发研究，离不开各方的支持。既有软件开发的技术人员，也有野外一线的实践舞台，数字区域地质调查技术规范的编写，相关技术要求的制订，软硬件的定型与测试……都需要广泛的大协作！"李超岭如是说。

中国地质调查局深谙人才的重要性。在区域调查开始之际，就以区调为核心，快速调集了各地调院的区调专家和技术力量，组织实施了试点项目，解决了数字区域地质调查野外数据采集，为项目的研究和成功奠定了基础。

"'数字区域地质调查系统'的研制，是一项庞大、艰难而又历时漫长的工程，参与单位多达12个，参与人员120多人，李超岭、张克信，于庆文，杨东来，邱丽华，葛梦春，朱云海，覃小锋，孙广瑞，刘畅，陈斯盾，谢启兴，谢忠，赵海宾……每个人都能写成一部书啊！"

李超岭掰着手指，一个个历数着那些湮没在岁月长河中的无名英雄。

他们无法忘记，当研制工作遭遇瓶颈时，科研人员封闭攻关，严格作息，每天 6 点开始工作，晚上 12 点才睡觉。这期间，家里出了任何事情，他们都无暇顾及。

他们无法忘记，为数字化地质填图系统的采集、存储、管理、描述、分析等所有细节的研究，在四面透风的帐篷里，他们伴着"嗡嗡"作响的发电机，就着昏黄的灯光，不停地搓着冻僵的双手，一遍遍地核对那一组组的数据。

他们无法忘记，于庆文的献身精神。2001 年 3 月，乍暖还寒。刚参加完全国地调工作会议的地调局区调处副处长于庆文风尘仆仆地赶往西藏，却因高原反应陷入重度昏迷。西藏地调院院长刘鸿飞曾经专门给我写了有关七个半小时紧急抢救的惊险过程。然而，获救后的于庆文仍是一次次奔赴高原，主持完成了首批 3 幅 1：25 万、4 幅 1：5 万数字填图试验图幅。与李超岭、杨东来等共同主持建立了 PRB 数字填图基本理论与方法，与张克信等共同主持完成了"数字区域地质调查技术要求"的研制。

……

在"数字区域地质调查系统"研制中，哪个参与者没有骄傲的资本呢！作为新生力量的 80 后占据了数字化高地，25 名硕士、博士研究生脱颖而出，个个独当一面；众多科研人员在国内外知名学术会议与刊物公开发表论文 60 多篇；出版专著 1 本；核心期刊《地质通报》专辑 1 本；核心技术获国家发明专利 2 项。

青藏高原造就了灿若群星的科学家群体，成就了众多院士，也给年轻一代地质人淬进了科学的品质。让我们为李超岭和他的创新团队喝彩吧——他们挑战自我，战胜自我，终于跨越了神秘莫测的数字高地，为中国地质人锻造出攻进地球胎心的科技利器，也为地质工作方式带来了一场意义深远的革命。

第四节　"空地一体"写忠诚

什么是奇迹？

奇迹的意义在于不平凡。在于对社会、对人生具有不平凡的锻炼、引领、提升的价值和意义。

青藏高原地质大调查，无疑是中国地质人创造的奇迹。

镜头一：2003 年 10 月，青藏高原。一个个野外地质工作者，熟练地操作着掌上电脑和 GPS 等高科技仪器，将采集的地质数据和相关资料迅速进行数字化处理。这是我国地质工作者首次实现 1：25 万数字化野外填图。

镜头二：2007 年 9 月，一架橘红色小型直升机在地形多变的苍茫群山中超低空极限飞行。机腹中的先进仪器"嘀嘀"鸣叫着，地层深处的磁场信号尽收眼底。这是中国地质人自主研发的硬架式直升机航磁测量系统——第四代氦光泵磁力仪，正在对地表以下近千米深的矿井进行高精度航空物探测量……

一个个饱含人类智慧的新技术、新工艺在大调查中推广使用，一项项身披现代思维的新成果、新理论在高原上试验开花。科学技术在世界屋脊的上空发出了荡气回肠的笑声。

2006 年 12 月 29 日，"青藏高原生态地质环境遥感调查与监测"成果汇报会在北京举行，国家发改委、财政部、环保总局等相关部委领导参加了会议。

国土资源部总工程师张洪涛首先致辞：

"4 年来，我们首次利用多时相遥感监测技术，系统查明了 30 年来青藏高原冰川、雪线、湖泊、湿地等的变化规律及其影响因素；全面研究了青藏高原的地质、环境变迁演化规律；首次建立起青藏高原生态地质环境遥感监测信息系统……"

第二天，中央及港澳各大媒体纷纷推出赫然醒目的标题："我国首次实现对青藏高原遥感监测全覆盖""中国使用遥感系统查明青藏高原生态地质环境状况""青藏高原冰川消减加速，到 2050 年面积将减少 28%"……

"遥感"，即"遥远的感知"之意。几百米、几百公里甚至几千公里之外的物体，利用航天、航空等平台上的红外线、微波等探测仪器，都可以进行远距离探测和感知其物质特征。

在一组组仪器、一架架飞机背后，是怎样的一支队伍在辛劳、奉献？

我来到了中国国土资源航空物探遥感中心（以下简称"航遥中心"）。

听我说明了采访意图，党委书记温国勇、中心主任王平异常热情，马上组织一批航遥专家召开座谈会。谦和诚朴的温国勇告诉我说："我们航遥队伍有着光荣的传统，辉煌的业绩，青藏高原地质大调查出现了大量可歌可泣的人物和事迹，航遥人王平主任是这方面的专家，让他给你多介绍介绍……"

王平如数家珍般地介绍起来："自 1953 年这支队伍成立，从内蒙古白云鄂博出发至今，已经完成近 500 个测区的航空物探测量，总工作量约为 1620 万测线公里，相当于环绕地球 405 圈，覆盖面积约 2300 万平方公里。"

一双深邃有神的眼睛，一张略显消瘦的脸庞，一身洗得有些发白却又合体的休闲装，诚厚质朴的人品与严谨务实的态度在王平身上得到了和谐。

航空物探，是地球物理勘探技术与航空技术相结合的一门高新技术。王平介绍说："50 多年的历程，航空物探覆盖了 934 万平方公里的大陆国土和 210 万平方公里的海域面积，航空遥感覆盖了 420 万平方公里的国土面积，积累了海量的航空物探数据和遥感基础信息资料，共发现航空物探异常 3.2 万余处，直接或间接找到固体矿床 480 余处，其中大中型固体矿床 140 余处。"

2005 年底，在航遥中心主任位置上呕心沥血 13 年的张晓山退休，王平走马上任。中国地质调查局副局长王宝才在航遥中心干部会上介绍，"王平是物探专业博士，此前为中国地质调查局基础调查部主任，具有扎实的专业理论基础和较强的业务管理能力，熟悉基础地质调查、农业地质、城市地质等基础地质工作，作为国家专项的办公室主任，科学部署，精心组织，在天然气水合物、海洋油气调查评价以及海洋地质基础调查等方面获得了一批重要成果。"

上任伊始，王平就信誓旦旦："21 世纪是个什么概念？信息爆炸时代，科技创新时代。因此，必须打造一支国土资源调查中不可或缺的地调空军！"

然而，多年来航空物探与地面查证工作没有形成有效衔接，许多航空物探资料在资料库里一躺就是多年，如何有效利用似乎成为难以破解的瓶颈。

"要打赢青藏高原地质大调查这场硬仗，就必须以科学的态度优化安全生产布局！"王平在中心物探部率先启动了"空地一体化找矿机制"。

王平介绍说，从地质工作角度来看，过去地质人拿着铁锤、罗盘、放大镜，背个小包就上山，"不识庐山真面目，只缘人在此山中。"现在我们遥感上去了，借助装置在人造地球卫星上的传感器所获得的图像资料，无论是航空或是航天遥感资料，都能不同程度地显示出地面地质的图像。由于各种地质体和地质现象在岩石成分、结构、构造断裂、构造型式及一系列地貌景观特征存在着差别，航遥人根据平面图像上的影像色调、轮廓以及某些相关要素，建立直接或间接解译标志，再结合已知的地质资料，利用各种（数字的或图像的）遥感资料，解决了许多地质找矿问题，获取了一大批地质找矿成果。

我们在遥感部动态监测机房，看到一名工作人员轻点鼠标，高分辨率影像及调查监测成果在一块 15 平方米的大屏幕上清晰展示——那是源自世界屋脊的一条条成矿带，一片片的矿床，一处处的矿化点。

谈及这种机制的成效，平时不苟言笑的王平露出了灿烂的笑容，语气里洋溢着内心的愉悦，"这种机制取得了立竿见影的效果。我们通过对资料的解释处理展现出青藏高原一个现实的变化，科学家拿着这些东西再结合地学规律，把青藏高原进一步演化的规律展示出来，连续五年实现了'当年飞行、当年查证、当年见矿'。5 年时间，我们累计发现航空物探异常 1.53 万处，圈定找矿远景区、找矿靶区 500 多个，发现矿化点近 120 处。"

这的确是值得大书特书的五年——每一年都腾起一串串龙飞凤舞的数字，每一串数字都彰显着科技创新的魅力，科技的神威。

王平充满自信的介绍，让我们看到了航遥人埋头苦干的身影，他最为欣慰的是，"我们培育了一支具有丰富实践经验和开拓创新能力的专业技术队伍，熊盛青就是一位杰出的代表"。

我来到了熊盛青办公室，像老朋友一样聊了起来，聊航遥中心的历史及辉煌业绩，聊举世瞩目的青藏高原地质大调查，也聊了他的人生阅历、人生感悟。

熊盛青，航遥中心副主任兼总工程师。16 岁报考大学就选择了"放射性物探专业"。他认为："勘查技术进步是提高矿床发现率的决定因素，我国复杂特殊的地质、地貌和资源特点，迫切需要提高勘查技术速度、精度、深度和适应复杂地质的能力，迫切需要以航空地球物理为主的快速、高效勘查技术。"

是他，主持和参加完成了 20 多项科技项目，在航空物探遥感技术前沿领域与勘查等多方面取得重要成果，先后获得国土资源部及国家科技进步奖 10 多项。

是他，完成青藏高原航磁调查，解决了一系列航空物探关键技术问题，实现我国大陆航磁全覆盖，使我国航空物探技术保持国际先进水平。

还是他，作为专家组组长，国家 863 计划项目"航空地球物理勘查技术系统"的研发，以及"航空物探遥感综合勘查系统集成"课题都取得了重大突破。

那是 2001 年，中国地质调查局启动了"遥感异常提取扫面"计划，要针对我国陆域其他基岩裸露、半裸露区，逐步从西向东、从北向南展开，预计五年时间实现首次全国性覆盖。

早在 1998 年，熊盛青率先在全国地勘系统组织建立了航空物探遥感 ISO9001 质量管理体系，组织编写了 28 个作业指导书，全面规范了航空物探和遥感勘查工作，显著提高了成果质量和单位的管理水平。

"作为一个地质大国，几乎没有一个全球流行的矿床模型和有效的找矿勘查仪器设备，我们为什么就不能自主研制开发？"

从 2001 年春天开始，熊盛青几乎把所有精力都投入到了这个国家科技攻关重大项目中。26 家"产、学、研、军"科研单位的协作，百余位科技人员的指导、统筹，一个个理论和技术的难关的组织攻克……从策划立项到编写可行性报告和总体实施方案、制定技术方案，从分解项目到质量监控、总结阶段性成果，熊盛青五年的日程表上，都写满了工作、工作、工作。

理念创新成为拓展天地的点睛之笔，短短几年，"高灵敏度 HC-2000 型航空氦光泵磁力仪""AGS-863 全轴航磁梯度勘查系统""全数字化航空伽马能谱测量仪"等先进仪器，均以填补国内空白的角色亮相。

"我们的全轴航磁梯度勘查系统，不仅具有完全独立知识产权，填补了国内的空白，相关技术指标也达到了国际领先水平。"遥感部主任方洪宾解释，"这一'新式武器'参与'找矿突破战略行动'，在西藏、新疆赞坎等地方都找到了大型超大型铁矿。"

方洪宾亲自担任"1：25 万基础调查中遥感方法技术研究"项目负责，选中的是青藏高原和大兴安岭两片空白区。新疆阿尔金、内蒙古得尔布干这两个试验区，张瑞江、刘刚分别负责实施，结果"1：25 万基础调查中遥感方法技术研究"顺利告捷，"影像单元法""影像岩石单元法""单元剖面法"等遥感地质填图的工作方法总结出来，一套系统完善的 1：25 万遥感地质填图的方法体系就此形成，《1：25 万遥感地质填图指南》成为青藏高原遥感施工的标准规范。

区域地质填图在加速，地质找矿在加速，科技创新在加速，整个航遥中心如同一架高速运转的庞大机器，每个齿轮环环相扣，每个系统和谐奏鸣，遥感人将地质大调查从一个高潮推向了另一个高潮。

青藏高原地质空白区 117 幅 1：25 万图幅，航空物探遥感中心完成整整占三分之二。唐文周、于学政负责的"青藏高原 1：25 万区调联测前期遥感地质解译"，于学政主持的"西藏羌塘地区 1：25 万区调前期遥感地质调查"，刘刚、赵福岳、张瑞江实施的"西昆仑区调空白区 1：25 万遥感前期解译"，陈显尧组织的"西藏 1：25 万区调空白区遥感地质前期解译"均如期完成。

勘查技术的每次进步都带来了一大批矿床的发现。饱和式磁力仪的研制与应用，促进了一批铁矿的发现；激发极化法的发展与应用，导致一批斑岩型铜矿床的发现；区域地球化学技术的进步，促进了大批贵金属和有色金属矿产的发现。这场以航空重力、大深度电磁技术为代表的新一轮勘查技术"革命"，改变了传统的矿产勘查工作思路和找矿方式，也使矿产勘查空间不断向着深度和难进入的地区拓展。

在青藏高原中西部地区，他们先后完成了 1∶100 万航磁勘查，测量面积达 114 平方公里，填补了我国航磁工作的最大空白区，取得了青藏高原迄今最完整的一份基础地球物理资料，实现了中国大陆航磁的全覆盖。依据航磁调查成果，他们系统评价了青藏高原油气和矿产资源远景，圈出 11 个含油气盆地、14 个与找油气关系密切的局部凸起，21 个金属矿产找矿远景区和 5 个地热资源远景区，为青藏高原的资源评价与开发提供了科学依据。

于学政是我国首批遥感地质人员，1978 年以来数不清多少次进藏，先后主持青藏高原地质大调查"一江两河"与羌塘地区 30 个 1∶25 万图幅的遥感编图工作，飞行时因地表冰雪覆盖看不到岩石露头，硬是以最丰富的地质信息，高质量地完成了藏东和新藏公路沿线地区 50 余万平方公里矿产资源的遥感预测。

长期以来，人们往往用"经验"找矿：第一步，地表地质、物探、化探资料信息集成、综合分析；第二步，选区；第三步，异常查证；第四步，矿区勘查。但在老矿山深部找矿的实例中，针对有的矿区"只见星星不见月亮"，久攻不破的挫折对找矿信心的动摇，航遥人勇于探索，严格论证，工艺、方法不断革新，并在科学上攀登高峰，他们一丝不苟地记录和描述每一地质观察点的数据和现象，严肃认真地分析研究资料，一些找矿新线索被发现，一些老矿点起死回生。

"航空物探采集系统向着高精度、数字化、小型化、智能化、集成化、实时化、海量收录方向前进了一大步，调查能力有了较大提高。"

中国地球物理学会副秘书长、航遥中心原物探部主任周坚鑫自豪地说，工欲善其事，必先利其器。一系列自主研发的先进航磁探测仪器为地质大调查提供了高新技术支撑，航空重力、航空电磁、航空放射性测量系统与国际先进水平保持同步，瞬变电磁仪推断解释系统和引入高温超导技术，为寻找深部隐伏矿及对其准确定位提供了高新技术手段。自主研制的大探测深度阵列式轻便电磁法技术系统，可满足复杂地理地质条件下多参量、大深度、多目标探测的需求。高精度井中质子磁力仪填补了我国高精度井中磁测仪器的空白。遥感技术的使用，不但凸显出经济和社会双重效益，更彰显出它的巨大威力——

2003 年，航遥中心完成的西南岩溶石山地区石漠化遥感调查与演变分析，查明了我国西南地区石漠化发展的历史、现状与趋势。

2005 年，历时 4 年完成的青藏高原生态地质环境遥感调查系统，查明了近 30 年来青藏高原生态地质环境变化特征及其影响因素情况。

2006年9月,中心承担的"西部主要成矿带遥感找矿异常提取及应用研究"项目,完成了天山—北山、昆仑山、冈底斯山等成矿带面积达150万平方公里的遥感找矿异常提取,划出39片找矿远景区和61处找矿靶区,新发现矿(矿化点)24处,其成果在西部找矿中已经得到推广应用。

"集成创新,汇集融合各种相关技术成果,研制成领先国际水平的尖端'武器',可以说是'站在巨人的肩膀上跳跃',省时、省力,易出成效。"

熊盛青摊开了航磁图,指着青藏高原东部的几条线告诉我们:

"青藏高原的航磁测量工作不仅填补了空白区,勘测了经济带,还发现了缝合带上方的磁异常双带结构,以及青藏高原的双层楼构造!这个意义很大。如果说,缝合带的磁异常为青藏高原提供横向的地质研究,那么,深部负磁异常带则将为青藏高原的地质研究提供了纵向的、深部的资料。"

这是在青藏高原东部发现的一条北北东向深部负磁异常带,其中心在尼玛—双湖—花土沟一线,东西宽300～400公里,长达1200公里,浅部磁性强且磁异常走向为北西北、深部磁性弱且走向呈北北东,这种双层"立交桥式"结构,全球极少出现。这个发现为青藏高原理论创新研究提供了新的基础资料。他还说,根据青藏高原航磁资料解释圈出的11个沉积盆地、12个最有找油远景的局部凸起、21个找矿远景区、8个重点找矿区和5个地热资源远景区,为实现青藏高原找矿快速突破、为青藏高原的经济建设都提供了重要的科学依据!

"航空物探是集艰苦与高风险于一身的行业。那些驾机奋战在第一线的航遥人,像宋燕兵、石磊呀,都值得你多写。"熊盛青语气恳切地说。

航遥人在青藏高原上空航测,雪光刺得眼睛发痛,高空气流颠得人恶心难受,只见莽莽雪原起伏不断,弯弯曲曲的河流错综交叉,地图标注的内容跟实际的景物常常对不上号。操作员要全神贯注地观察、测量和计算,利用仪器和山川、湖泊等自然标志反复检查飞机航迹,校正地图的准确性。这就令操作员格外辛苦,不但要有过硬的技术,强烈的责任心,更要具备良好的心理素质。

操作员宋燕兵最喜欢的就是挑战极限。他曾先后八次到西藏、云南等地执行任务,这一天,飞机正在高原上超低空飞行,机身剧烈地颠簸着,宋燕兵两眼紧盯着各种仪器盘。他操作的是综合站航空物探仪器系统,这种仪器系统综合了航磁、放射性、航空电磁三种方法,飞行一次能够探测到6～7

个参数。

11 月的雪域高原，飞机在海拔 3700 米的崇山峻岭上空起伏飞行，宋燕兵正在从杂乱纷繁的曲线、数字中搜索、识别磁场、重力、放射性以及电磁等有用数据。突然，飞机犹如悬在空中随风飘荡的树叶，一个急转弯，倾斜的舷窗射进一道强烈的白光，原来，机翼下方正挺立着一座雪峰。

"啊，好悬呀！"机上的人都发出了惊呼。

自 1998 年参加工作以来，宋燕兵以 3000 多个小时的低空飞行，出色地完成了 73 万公里的航空物探测量任务，相当于围绕地球 18 圈。仅 2004 年，作为航空物探野外分队副队长，宋燕兵与同志们凝心聚力，完成了 24 万测线公里的航空物探数据采集任务，创造了航遥历史上单工区年工作量最高记录。

航磁异常暗示了什么？有什么实际意义？一江两河、青藏铁路沿线航磁测量项目负责王德发，走过了 8 年的探索之路。

2001 年 6 月，王德发和同事乔春贵、西藏地质二队李国梁、张华平一起，去日喀则地区谢通门县检查"C-2000-3"异常。早在 1998 年的航磁概查项目，时任项目监理的欧介甫高级工程师就认为这里可能是"铁矿异常"。2000 年，刘志强等人再次获得了更为详细的信息。能不能确认是"铁矿异常"？有没有工业意义？这一次，王德发决定要探出一个究竟。

"C-2000-3"异常中心位于雅鲁藏布江北岸春哲乡北约 30 公里的"恰功"。在海拔 5400 米处，磁法专家乔春贵根据磁力仪液晶显示屏数据，发现了数十米外测点磁场强度的明显变化，判断"矿异常无疑"。王德发、李国梁等则在冰层上发现了一块乌黑发亮的岩石，王德发试图把石头抱起来，没想到石头太重，竟纹丝不动，他便想用磁铁测试。没想到，磁铁片刚从工具袋取出，便从手里径直飞向"乌黑的石头"。

一个磁铁矿就这样诞生了，"恰功铁矿"成为谢通门县经济发展的增长点。

连续 8 年跑青藏高原，王德发与同事发现了青藏铁路沿线的 6 个铁矿异常带。2010 年 1 月，王德发退休时，他负责的一江两河、青藏铁路沿线地区的 7 个航磁项目的评价都获得了"优秀"。

"我一定要成为一名优秀的空勤操作员，只要有信心、肯付出、能坚持。"这是航遥中心"80 后"空勤操作员马佗的心声。

天山的冬天，室外气温零下三十多摄氏度。飞行大都从漆黑的清晨开始准备，厚重的棉衣挡不住刺骨寒风。每次从将电瓶车推来，眉毛上就挂满了白霜，通电，加温，检查仪器，马佗一丝不苟。剧烈变化的切割地形，飘忽不定的气流，都会对飞机造成影响。特别是穿越山脊和深沟时，急剧变化的切面风，会使飞机高度几秒钟内变化几十甚至上百米以上，每一次飞行，都会让人产生恐惧，但马佗习以为常，他说："空勤操作员不就是要吃苦吗？"

刘志强，也是航遥人的骄傲，1992 年北京无线电工业学校一毕业，就当上了空勤仪器操作员。他的青藏高原"第一飞"是在 2000 年，跟着宋燕兵当助手。

第三次进藏，是 2002 年 11 月底，对一江两河北部和申扎－那曲飞行。这次的跨年飞行，任务 8 万公里。他们两个工区一起飞，为的是省去飞机进场、出场和仪器测试、调试的时间，提前拿出航磁的基础数据。

刘志强与项目负责王德发、野外队队长范子梁、中飞公司孔祥勤、刘选利就这样飞上了世界屋脊。两个月时间紧张过去了，2003 年 1 月 30 日是除夕前一天，他们以 36 架次、4 万公里的飞行，顺利结束一江两河北部的航磁测量。

在举国上下阖家团圆觥筹交错过大年之际，谁会想到雪域高原有一群航遥人正在翻山越岭忙于转移战场？谁会看到冰天雪地里那面红旗和那顶旧帐篷？

大年初一，他们来到了申扎－那曲工区安营扎寨，立即进入了飞行作业。

3 月 24 日，刘志强报喜的电话传到了北京：52 天时间，飞行 32 架次，再飞 4 万公里，提前完成了这次飞行任务！

"选择了航遥地质勘探这个职业，就意味着奉献和付出。"已有 20 年空勤操作经历的刘志强感慨不已地说，从 1957 年我国航空物探中心建立以来，已经先后失去 9 名操作员、13 名驾驶员，与他们相比，我们幸运多了。

此言并不是危言耸听。2008 年 6 月 15 日，正在内蒙古赤峰作业的飞机撞上了山头，3 名机组成员不幸罹难，仅有严重昏迷的仪器操作员石磊危在旦夕。

20 多年来，石磊在空勤岗位安全飞行 4000 多小时，完成 25 个测区的航空物探测量，飞行里程约 80 多万测线公里，相当于环绕地球 20 多圈。但这次遇到的却是致命性空难，仪器柜沿从石磊额头和下颌猛烈切入，鼻梁粉碎性骨折，手腕手掌骨折，脚腿肌肉多处撕裂。经紧急抢救，石磊奇迹般地保住了性命。然而，2009 年 5 月，航遥中心接到邻国核试验应急监测紧急任务，正在康复治疗的石磊闻讯主动请战，不顾领导的多次劝阻，毅然决然地重返了蓝天！

　　壮哉，地球之巅的勇者！在广袤的"世界屋脊"上，我国航遥人以热血、汗水和生命，谱写了一曲曲生命不息奋斗不止的奉献之歌，也标注出了一座"挑战极限，勇创一流"的"精神高原"。

第六章　极地大穿越

前十年为了生存，风雨兼程，步步艰辛；后十年，踌躇满志，收获金黄。二十年的浴火涅槃，思想者的宏观视野，王建平和他的团队所向披靡，青藏高原再著风流就是一种必然。

第一节　夹缝中突围

2012 年金秋十月的一天，随着波音 747 的一阵轰鸣，飞机降落在地心胎动的中原古都郑州。

按照国务院参事、国土资源部总工程师张洪涛的采访安排，我即将谋面的将是一个具有浓厚传奇色彩的人物——他生在平原、长在平原，却在世界屋脊的高山丛林中一拼 13 年，在艰险和生死考验中创造着事业和人生的高峰；他被誉为"新时期的王铁人"，不同的是，33 岁就被破格评为教授级高级工程师，学术成果和工作业绩同样不凡，成为年轻的优秀地质专家。

金水路 28 号，河南省地质矿产勘查开发局办公大楼，一如踏实肯干的中原人，阳光下呈现出一派质朴与厚重，又如同一座历史性丰碑，镌刻着河南地质人的风雨历程。

刚走进 9 楼办公室，当他匆匆走来，彼此以亲切的目光和话语互致问候时，1.75 米的个头与宽厚的双肩，真诚的双眼，低沉的嗓音，毫无张扬的个性……我看到了一个久经生活锤炼而今也在锤炼生活的人。

踏着人生进步的旋梯一路走来，如今的王建平已是身兼数职的人物——河南省地质勘查局副局长、常务副书记，豫矿集团副董事长。在他热情地伸出右手的瞬间，我看到青藏高原紫外线在他脸上留下的烙印，微黄的国字脸上泛出黑黝黝的亮色，而引起我注意的，是他那微微抖动的手指。

"在青藏高原天天爬山，天天在冰冷的水里抠石头，就成了这个样子。"王建平明显察觉出我的惊诧神色，一边哈哈说笑着，一边给我让座，不疾不徐的谈吐里透溢着一个科学工作者骨子里的倔犟。

这个不起眼的细节，让我内心深处顿生悸颤，王建平和他的团队在青藏高原发生了多少感人的故事，故事背后又隐匿着多少浓厚的悲壮色彩？我想起采访我国唯一的藏族工程院院士多吉的一幕——拇指在我的掌心微微抖动，食指只剩半截，在纵横交错的青筋支配下，中指明显地骨节隆起……他那拇指的抖动与王建平何其相似乃尔？

"接到中国地质调查局的通知，说要采访撰写有关青藏高原地质专项的报告文学，我就想，谈些什么呢？干脆，就从我们的创业历程说起吧，我想了几个小题目，先聊聊'我们的奋斗'，怎么样？"

在青藏高原地质大调查的战场上，河南省区调队演绎出了怎样豪迈奋进的故事？这些故事与王建平的人生有着什么样的必然联系？

随着王建平记忆的河流缓缓打开，一串逶迤前行的足迹清晰地闪现在我的眼前——有风有雨有雷电，有歌有泪有欢乐。

人生的拐点，往往在历史的一瞬间。1998 年 7 月，河南省区调队总工程师王建平正在西藏施工现场，突然接到来自"老家"的通知："你被任命为队长兼总工程师。"

10 月下旬，西藏归来的王建平并没有升官晋爵的喜悦，金秋阳光下却是满脸的凝重与沉思。或许这就是命运的安排，现实的严峻要对王建平的能力和意志进行考验。当时的地勘业还在困难中摸索"一业为主、多种经营"的求生之路，区域地质调查队既无矿山、又无可以到市场上打拼的手段，出路在哪里？

回眸过去，一观商海，王建平得出结论：隔行不取利，地质人距离主业越远越不靠谱，闯市场必须干自己的强项！

新班子毅然做出一个个大胆的决定——停办那些赔钱赚吆喝的机修厂、冰糕厂、养猪场、养鸡场，成立一个"遥感 GIS 所"！

年轻、灵巧的搞地质技术、业务研究，另一部分到钻机干钻工；冰糕厂的女工全去学电脑，考试合格后再上岗；以后手工绘图一律改用 MapGIS 描图……

也许王建平的过人之处就在这里——他是一个理智的现实主义者，又是一个充满激情的理想主义者。高度的政治敏感和对市场经济的准确把握，敢于决策、敢冒风险的胆略和气魄，使他和区调队新班子一亮相就站到了时代的前沿。

于是，一台台崭新的电脑搬进了区调队。

于是，一双双包冰糕的手指敲起了键盘。

想人所未想，发人所未发，市场就会频频礼遇。

青藏高原地质大调查呼啸着跃出地平线。中国地质调查局面向全国公开招标，拉开了大峡谷地区大规模、深层次、全方位的资源大调查工作序幕。

第一批项目亮相——800 万元的青藏高原遥感项目开始招标了。

谁都清楚这块蛋糕意味着什么——全国地勘业无活可干，一支支队伍都在找米下锅啊。面对撩人的诱惑，王建平只觉得浑身的神经都被刺激得跳动了起来："全力以赴，决战决胜！"

各个业务部门都在高效运转，人人废寝忘食，个个挑灯夜战，桌子上、地板上，到处摆满了图纸资料，地质资料综合整理，投标方案精心设计。过去区调队绘图室人员手工作业一年才能绘制 6 幅图，现在是计算机制图，短短一个星期，几十幅图组成的高质量项目申报书和投标书就拿了出来。投标书里一幅幅色彩分明的设计图，立体、直观、清晰……

虽说是沧海横流，群雄蜂起，却也是风云奇诡。一番龙争虎斗，锥出囊中，王建平一举拿下标底 800 万元的青藏遥感项目，又拿下国家地质重大专项——西藏雅鲁藏布大峡谷核心部位"1：20 万波密幅、墨脱县幅区地球化学测量"。

机遇垂青了有准备的河南地质人。一鼓作气，势如破竹，全国第一批区域地质调查的 6 个任务标段，河南省区调队竟然一举拿下了 5 个！

在王建平谈及他走马上任区调队队长的时候，我提出了一个脑中盘旋了许久的问题："那时区调队为什么一定要上遥感所？当时地质领域前途还很渺茫啊！"

"这个问题涉及实践论和认识论。"王建平微笑的神色略带幽默的口吻，侃侃而谈：

"你想啊，与狼共舞，只有拿自己的长项去拼，才会赢。区调队干的就是地质填图的活，但长期以来，我国地质找矿从设计、原始编录、绘制图纸，到完成地质报告，全靠手工完成，效率低下且不说，不能与国际接轨啊！现在天上已经摘星逐月，科技日益走向尖端，你还老牛拉破车不行啊！有了电脑制图这个本事，我们就能抢占先机形成竞争力。我们的老书记李玉昌曾经问我，区调队没有钻机、没有设备、要啥没啥，那么区调队的优势是什么？我说，优势在区调队员的肩膀上扛着呢，脑袋里装的都是知识、都是智慧。"

王建平用弯曲的手指点点自己的脑袋，笑了，笑得有几分天真，几分醇厚，几分欣慰。

"我们的底气就在这里！你想想，大调查之前，我们就有了十年高原奋战的经历，又有了现代化的制图技术，参加青藏高原地质大调查，大伙都很自信，再险的路都走过，再高的山都翻过，什么样的困难还能够难倒我们？"

王建平陷入了前 10 年的青藏回忆。

那是 1989 年，国家项目西藏东部"三江地区"区域地质调查项目招标，河南省区调队中标"1 ∶ 20 万西藏丁青县幅、洛隆县幅区域地质调查项目"。

此时区调队成天找米下锅。西藏项目，可聊补全队断炊之虞。队长谷德敏宣布："班子决定，刘彦明任西藏分队分队长，王建平为副技术负责！"

这一年，王建平 25 岁，刘彦明 24 岁。两个年龄相差无几的毛头小伙，从队领导手中接过了重担。

王建平 16 岁考入长春地质学院地质系古生物专业，本想毕业继续深造读硕士，不料 1984 年考研前夕却生病住院，只好服从分配到了河南省地矿局区域地质调查队。那时的区调队驻登封县卢店镇的队部大院，父亲陪他报到那天，面对几排破旧的平房和一地荒草，年仅 20 岁的王建平流下了失望的泪水。

一年的区调填图过去了，第二年，王建平参加了河南省寒武系、奥陶系断代项目的研究，一忙就是三年，1989 年，《河南省寒武系和奥陶系》学术专著出版，王建平是第二作者，该书获地质矿产部科技成果三等奖。几年的历练，王建平头角崭露，成了单位里"年轻的业务骨干"。

西藏项目涉及大量地层古生物工作，谁来担纲？崭露头角的王建平成了最佳人选。

1990 年 5 月 28 日，随着队长谷德敏"出发"的号令，车队驶向凶险莫测的西部高原。从这一天起，王建平的人生、事业就与雪域高原结下了不解之缘。

十几天的艰难跋涉，进藏分队终于踏上了神秘的西藏大地。山越来越高，路越来越窄，汽车挨着山边的悬崖嗖的一声穿过。眨眼的瞬间，一个轮子悬了空，轮下正是万丈深谷里咆哮着的雅鲁藏布江，像魔鬼一样张着血盆大口。

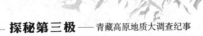

这是生命的盲区，更是死亡的深渊。

这就是他们的工作区域——丁青、洛隆两个图幅覆盖的区域，地处于三江上游海拔 4300 米的高山峡谷区。

这里最直观醒目的形象，深幽的 V 字形峡谷又由无数个小峡谷叠套组成。念青唐古拉山、他念他翁山在此转弯，山势如巨兽狰狞；怒江、澜沧江在此汇聚，江水如野马脱缰。平均海拔 4300 米以上，高寒缺氧、人烟稀少、交通闭塞、气候多变，每个人都经历过程度不同的胸闷、恶心、头痛欲裂、脸色铁青等高山反应。

王建平日记中这样记载了初进工区的印象：在这里，说是马路，就是连马都不能走的路，到处是密林野兽，满目是雪山冰川，随处是江水轰鸣……

这边是深不可测的峡谷，那边是壁立千仞的悬崖，王建平手拄藤杖，有时和队友相互扯着向前挪动，有时手脚并用贴着地面猫蹿蛇行。突然，只听王建平"啊"的一声，一个趔趄，全身倾向深谷，生死瞬间，手中藤杖弯成圆状后的坚韧反弹力托住了他，大伙迅速将身已悬空的王建平拉出险境。

"只要有王建平在，我们就不心慌。他总是把最难走的路线留给自己，一次急流把他和马一起卷走，漂下去 100 多米，幸亏马腿踏着江底的石头才猛地跳上了河岸，把他甩在岸边昏迷了 10 多分钟。"岳国利如是说。

自 1989 年毕业，岳国利就与王建平一同在高原奋战，此次承担大峡谷以西无人区的水系沉积物取样工作，岳国利带领队员时而穿梭在原始丛林，披荆斩棘，时而趟过冰河，采集样品，一次翻越绝壁时他仰面跌下悬崖，崖壁上的灌木和竹子，救了他的性命。

就在这里，王建平与刘彦明带领队员们度过了刻骨铭心的岁月，他们在山坳间支起了帐篷，夏天，晒得皮肤上渗出了脂肪油；冬天，朔风吹裂手指渗出了血。一个个汉子咬紧了牙关，与恶劣的环境对抗着，与生理的极限抗衡着。

五年时间，他们完成的 1：20 万西藏丁青幅、洛隆幅区调，被国内专家评审组评为内地援藏的五省区第一：

——"沉积盆地分析方法"首次引入地质填图，为造山带沉积岩填图提供了借鉴，受到国内专家的好评；

——对蛇绿岩套中三叠纪化石的发现及其上、中侏罗统盖层的确定，改写了班公湖－怒江结合带的发生发展史；

——对活动型石炭系、活动型三叠系的发现，为澜沧江缝合带往西北延伸提供了确凿证据；

——建立了丁青地层区中晚侏罗世的地层系统，并重新完善了唐古拉山地区的地层层序；

——在测区发现了 15 个矿种 70 余处矿产地，划出了 7 个金属成矿带和 13 个找矿远景区，为三江地区北段地质构造演化规律和矿产远景研究提供了宝贵的地质矿产资料……

短短 5 年，河南地质人经历了一场场风雪的洗礼，也在王建平的身体上刻下了不可更改的纪念：一年四季都要穿着袜子睡眠，那是天天登山靴里结冰碴造成的后果；10 个手指关节沾不得冷水，一沾冷水便像针刺一般疼痛，这是常年雪山冰河取样带来的后遗症。

1995 年，交出完美答卷的河南地质人，又面临艰难的抉择：

随着藏东地质填图工作的结束，"候鸟式"进藏工作的其他内地队伍相继退出西藏，河南省区调队怎么办？是走还是留？

留下吗？国家项目没有了，只有赤手空拳打拼找饭吃；回去吗？还有没有自己热爱的专业？面对妻子幼女的长期分离，面对一些单位条件舒适、高薪聘请的诱惑，王建平舍不得离开这个艰苦的环境了！

王建平在与刘彦明交流："咱们这班人马寄托了全队的希望。这几年咱们在西藏已经站住了脚，只要咱们跟西藏的同行共担风险，就能实现互惠双赢！"

正是这种信念和责任，才让舒适、艰险甚至生死都成了他们的第二考虑。

在世界屋脊的蓝天下，在高原凛冽的寒风中，两只结满老茧的大手链条般地紧紧扣在一起。两个患难与共的年轻人用眼神、用心声读懂了对方。

他们留了下来，连同他们的青春。他们要追逐高远绚烂的梦。

1995 年，他们承担了西藏地矿局安排的化探异常查证项目，并与丁青县政府签订了长期合作协议。分队长刘彦明又果断拿下藏北一个铅锌矿矿权，矿石运到 2000 公里外的格尔木，赚了第一桶金。

1996 年，已是区调队总工程师的王建平接手了"西藏措勤盆地石油地质路线调查"，完成了西藏"丁青县八达菱矿详查"等任务，筹集资金开展藏北金矿调查，组建了"西藏资源公司"。

1997 年，他们合作投资 1200 万元购置了设备，建成了三条中型砂金生产线，形成了年产 60 千克生产能力的黄金矿山。同时，和中国石油大学合作，在措勤盆地开展了大规模石油地质填图工作。河南省区调队西藏资源公司正式成立，员工增加到 100 多名。

1998、1999 年两年再传捷报，找到了一个中型以上储量的铜矿，建成了母子结构的公司，承揽了国家计委"西藏自治区国土资源遥感综合调查"的大型科技项目，完成了该项目的总体设计和子课题分项设计，并在北京和成都经专家评审通过……

10 年，艰苦创业，走出了成功之路；

10 年，化蚕为蛹，赢得了发展先机。

"不堪回首啊！彦明我们俩每逢与青藏高原项目的弟兄们在一起吃饭，就会想起那些令人心酸的日子，不停地给他们碰酒……"

"有一年，我记得很清楚，11 月 16 日撤退回家，一群队员头天晚上 12 点才从雪地里回来，嘿，你没见，一个个弟兄哪还有个人样啊，浑身上下就像泥巴猴，我扭着脸，那个泪啊硬是擦不干！你想想，弟兄们跟着彦明我们俩，一个个抛妻离子，一个月就拿几百块钱，吃不好，睡不好，连个澡都洗不上，随时还有丧命的危险，图个啥啊！就这样硬是撑过来了！"

王建平唏嘘不止，顿了片刻，凝重的脸上又恢复了平静：

提起当年绞尽了脑汁，挖空了心思，使出浑身解数筹集砂金生产线建设资金的情景，王建平至今感慨万千："创业难啊，当时急得满嘴都是泡，血压一下子上来了，到现在都降不下来。"

购置生产技术装备，组建了自己的施工队伍，别看管理人员只有十几个人，金矿有鼻子有眼地办起来了，"三条生产线热火朝天，场面可壮观了。"

我想起了现在地勘领域"回归主业"的矫枉过正之举——"勘查开发一体化"，王建平他们 15 年前就在藏北高原当了先行者！

当年砂金矿负责人边彦明，与队长刘彦明仅一字之差，他在"青藏高原琐记"里的一段叙述，印证了王建平的叙述，照录如下：

"水源不足，砂金矿就无法规模化生产。藏北干旱缺水'滴水贵如油'，很多砂金矿常常为争水发生械斗。我们就在玛尔下矿区筑了两三米高的大坝，建了蓄水池，用卡车拖着油罐到几公里外的河里拉水。生产时机器轰鸣，尘土飞扬，水浆四溅。挖掘机伸出巨臂和钢爪一斗子一斗子装进自卸车，运到选厂倒进溜槽，再用高压水泵冲洗，推土机排渣，人工淘洗，24 小时作业。"

"1999 年 8 月 16 日下午 5 时许，我同司机范胜启从热嘎巴矿区返回工地，刚走到蓄水坝前，看到坝体上向外冒水，我急忙跳下车，边跑边喊人加固坝堤。开始是两处小口流水，我想伸脚去踩，一脚下去半个身子就陷进了水洞，及时赶到的颜秋锋一把将我拽了出来。”

“决口越冲越大，洪流汹涌，几个月积存的生命之水无情涌出……怎么办？”

“险情就是命令！职工紧锣密鼓装沙袋，搬石块，推土机的巨掌推着几吨的沙土堵向决口，但水泄流急，沙袋打水漂似地漂走了。我一边大喊‘跳下去’一边率先跳下水，李大勇、何会民、余建民、于海平、谢朝勇、毛平安等二十多个同志也同时跳下齐肩深的蓄水池，在刺骨湍流里，我们手挽手，肩搭肩，组成了一道人墙，其他职工急忙扛来沙袋堵住决口。一个多小时的紧张战斗结束了，决口堵住了。”

什么是风流？这就是风流。何会民、毛平安患有高原性心脏病，余建民严重感冒，还有职工患有关节炎，关键时刻个个奋不顾身，用躯体和生命挡住了生命之水的流失，谱写了一曲壮丽的英雄主义诗篇。

一个人最可怕的是心灵发霉；一个民族最危险的是精神缺钙。

20 世纪 70 年代的大庆铁人王进喜在井喷的关键时刻，零下 30 多度跳进泥浆池，深深感动了一代又一代人。今天，边彦明身上传承的“铁人精神”和无数像边彦明这样的河南地质人，又以贲张的血脉，奏出时代的交响，筑起了一个民族的脊梁！

第二节 留在无人区的足迹

历史的车轮呼啸前行，跑到了新世纪的门槛。

2000 年 3 月的中原大地，浓浓的春意释放出不可遏止的生命力和创造力。

20 日上午，平顶山地质工作者纪念碑前，一面书有“雅鲁藏布大峡谷科学考察队”的旗帜，在春风抚动中发出“猎猎”声响。37 名地质队员整装待发。

乍暖还寒的春风中，中共河南省委、省政府和中国地质调查局以及平顶山四大班子的领导，风尘仆仆赶来参加送行。

“10 年前，你们在困境中走向青藏高原，成为一支地质铁军！10 年后国家地质调查招标，你们又一举夺魁，不愧为河南人民的骄傲！我代表省委、省政府和家乡父老，希望你们再接再厉，打个漂亮仗，家乡人民等待着你们凯旋！”

河南省委常委、宣传部长林炎志充满激情的欢送词，如同一股股热流冲击着地质队员心灵的河床。

“出发！”王建平铁棒般的右臂空中一挥，载着 37 名地质队员的车队，便

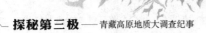

满载着领导的期望，满载着亲人的嘱托，向着西部，向着高原，一路疾驶。

还是这条路，还是这队人马，不同的是心境。10 年前为了生存，步步心怀忐忑，不知前路几何；10 年后的今天，是踌躇满志，充满憧憬。

不知道经历了多少次爆胎、多少次陷车，不知道跨过了多少的河流、泥沼、沙梁、沟壑，伴着汽车里程表上公里数的跳跃式增加，20 天的风雨兼程，"雅鲁藏布大峡谷科学考察队"的旗帜插上了雅鲁藏布大峡谷的雪壁。

王建平团队拉开了青藏地区地质调查的序幕。

雅鲁藏布大峡谷最险处峡谷幽深，激流咆哮，其诡谲与危险，堪称"人类最后的秘境"。此地的南迦巴瓦峰海拔 7782 米，而最低海拔只有 550 米，真可谓"千山鸟飞绝，万径人踪灭"。地质队员认真细致地观察岩层的变化，背着三四十斤的干粮、水和沉重的仪器，翻越一道道山岭，蹚过刺骨的河水，一走就是十几公里，有几位员工，一个月下来就瘦了十多千克！

一次，副领队、高级工程师赵凤勇和队员董海敏、杨明一起，一步一滑地向着采样点行进。下午 2 点多，远方传来隐约几声闷雷，接着轰隆隆、咕咚咚，如天塌地陷、丘峦崩摧，赵凤勇大声疾呼："快撤，雪崩！"话音刚落，一浪又一浪的雪团、砂石翻滚着呼啸而来。三人转身闪在大树背后，匍匐于地，雪团、砂石铺天盖地，四处飞溅，击打在身上生疼生疼。半个小时后，响声渐小，雪雾渐消，蠕动着的雪石流徐徐滑落。三人从树后爬起，面面相觑："好险！"

这一天，王志坤和几名科考队员来到神秘的珞巴村寨。一听要进娘弄藏布，村主任吃惊地摇着头，说着不熟练的汉语，做着夸张的"坠崖"动作，一个劲地劝阻着科考队员们。

曾祥，这个年轻的小伙子，回忆起与刘彦明一起穿越多雄拉大峡谷的场面，至今仍心有余悸。曾祥说，20 天的化探取样，他们每天在央朗藏布一条 50 多公里的深沟攀上跃下，横穿冰川、冲过滑坡体、爬过树干搭起的小桥、走过遍布苔藓的山道……每天都经历着生死考验。

"别怕，蚂蟥咬了不会得癌症。曾祥同志亲自到央朗藏布视察，要有大家风度啊……"刘彦明一边像老大哥一样鼓励安慰着队友，一边又以幽默的调侃让大家放松绷紧的神经。

"还有，在峡谷中走吊桥，没有极大的勇气是不敢走的，那桥也就是在江面峡谷上铺着的一块很窄的板子，江心下面是湍急的江水，连马都吓得老老实实。现在，我晚上几次做噩梦，都梦到那种战战兢兢的场景。当时也没有想自己有恐高症，不知哪来的精神，竟然走了过来。"

曾祥说起他的那些战友们，说起过去的时光，是那样的激动感慨。

200 多天的艰难跋涉，中原汉子收获了一份份沉甸甸的果实，记录了一组组翔实的数字——

在 5550 ~ 7700 米高海拔地区，王建平领导下的英勇团队穿密林、涉激流、攀悬崖、走绝壁、过溜索、越深河，风餐露宿，爬冰卧雪，经历了一次次惊心动魄的生死考验，对大峡谷地区进行了网格式全面考察，行程 26000 余公里，完成测量面积 7938 平方公里，系统采集各类地球化学样品 2102 件，获得基本数据 63252 个。新发现综合地球化学异常 98 处，显示出大峡谷地区具有极大的找矿潜力；圈定了印度板块与欧亚板块碰撞结合带的确切位置，从地球化学角度解读了雅鲁藏布江缝合带和"南迦巴瓦构造结"演化特征及分布位置；初步查明了大峡谷地区生态地球化学背景，查清了生活在峡谷深处的珞巴族、门巴族患骨骼、生育疾病的原因。

雅鲁藏布大峡谷长 504.9 公里，平均深度 5000 米，最深 6009 米，最窄处 21 米，以世界上最长、最深、最窄的峡谷入选"世界第一大峡谷"——这是迄今为止对雅鲁藏布大峡谷最准确的描摹。

这是人类历史上首次对大峡谷地区进行的大规模、深层次、网格式、系统性地质大调查！

"他们的采集样品到位率 100%，样品准确率 100%，是一份珍贵的基础地球化学资料，成果达到了国际先进水平！"这是中国科学院院士谢学锦、肖序常为首的专家组，为中原地质人做出的评价。

"他们的调查研究，为制定大峡谷地区资源保护与开发利用规划，地方病防治，以及促进少数民族地区社会经济发展提供了科学依据！"这是西藏自治区人民政府领导发出的赞扬。

"从第一次带队去高原，20 多年也没有觉得时间多漫长。因为高原研究就像打仗，一个项目快做完了，就会想着下一个项目，唐古拉山跑了，又会想着冈底斯山还没跑，一个地方发现找矿线索了，又会想能不能扩展出矿床、大矿床。就这样，一年年过去了，从青年到壮年。"

王建平再次举起弯曲的手指，抚抚鬓边的几根白发，继续述说着他们的故事。在高寒的冈底斯山采样，王建平和队友曾被困三天三夜下不了山，只靠河里捞的小鱼充饥。翻越冈底斯山时，一个有运动健将称号的年轻硕士生和王建平同时背样品下山，运动健将再也挪不动脚步，王建平便把他背的样品分过来一些继续下山，直到深夜2点多钟才遇到打着松明火把营救他们的藏胞……

"你这作家啊，真该去大峡谷！没去过大峡谷，就体会不到冰清玉洁、玲珑剔透的真正含义，体会不到瀑布成群、万壑争流的雄伟气势，也就不知道什么是白云缥缈、变幻莫测的人间仙境！"王建平的目光透出了年轻人的那种浪漫。

"在地质科学上没有最后"，王建平喜欢巴基斯坦大地构造学家塔克赫里的这句话，他的目标永远都在下一个，他的目光永远都在瞄向新的突破口。

当雅鲁藏布大峡谷科学考察队驶向中印边陲之际，河南省地调院承揽的基础地质调查、矿产资源评价项目也在念青唐古拉山等地区陆续展开。

念青唐古拉山，横穿西藏中东部，为冈底斯山向东的延续，仅次于唐古拉山脉，在新近纪末和第四纪，受东西向的怒江断裂带和雅鲁藏布江断裂带的控制挤压断裂褶皱，断续而强烈地上升，形成了海拔6000米以上的高大山系。

挤压，隆升，这样的地质条件，会不会形成大矿？王建平团队在寻求证据。

"我们在调查区内发现了古大洋残片、蛇绿岩，碰撞的岛弧链，挤压形成的混杂岩，为潘桂棠先生提出'特提斯洋陆转换多岛弧盆系演化模式'的研究见解找到了证据。"原河南省地调院总工程师燕长海，一脸天真的笑容犹如孩童：

"可以说地理上的硬骨头也是地质上的硬骨头，地貌上的奇特也是地质上的奇特所致，就在那片奇特的冈底斯山上，我们为侯增谦开展的冈底斯成因研究提供了最为关键的证据。"

燕长海递过来一本厚厚的科技成果汇总表。《西藏当雄县拉屋—嘉黎县同德一带铜铅锌多金属矿评价报告》《西藏念青唐古拉地区铜多金属找矿的有效找矿技术方法组合》……我翻阅着厚重的科技成果表，心中充满了敬意。

当雄—嘉黎一带铜铅锌银矿产资源评价，一举将王建平团队的高原事业，带入了新的辉煌。

自2000年起，河南省地调院承担了中国地质调查局先后在西藏自治区部署的"当雄县拉屋—嘉黎县同德一带铜铅锌矿产资源调查评价""当雄—嘉黎铅锌银矿产资源调查评价""念青唐古拉山地区铜铅锌银矿产资源调查评价"三个地质大调查项目。

2001年，杜欣与导师燕长海一起主持"西藏自治区当雄县拉屋—嘉黎县同德一带铜铅锌矿产资源调查评价"工作，一块块岩石，一组组数据，一次次对比，最终提出了晚古生代念青唐古拉山地区由断隆、断坳相间分布的地质构造格架至中生代转换为新特提斯构造背景下的岩浆弧后盆地的新认识，首次提出研究区的两大成矿系列，建立了念青唐古拉山地区热水沉积－岩浆热液叠加改造成矿模式，并探索出一套适合当地找矿的有效技术方法组合。

在念青唐古拉地区首次发现了拉屋层状夕卡岩型铜锌多金属超大型矿床，探索出适合于西藏念青唐古拉地区铜多金属找矿的有效找矿技术方法组合。2003 年，杜欣又在念青唐古拉地区新发现大、中型铅锌多金属矿产地 10 处，提交铅锌资源量 737 万吨、铜 42 万吨、金 22 吨、银 8332 吨，成果荣获了 2010 年国土资源部科技进步一等奖。

冈底斯山脉是青藏高原南北重要的地理分界线，大地构造位置独特，成矿地质条件优越。该区域内拥有良好的物化探异常，特别是铜、铅、锌等元素综合异常规模大、元素组合好、异常强度高。然而，该区域跨越冈底斯山—念青唐古拉山，那里海拔在 4459 ~ 6170 米之间，矿产资源主体多分布在 5000 米以上，高寒缺氧，沼泽密布，巨大的资源就埋藏在这片"生命禁区"里面。

已是豫矿集团总经理的刘彦明，与我相对而坐，低沉而又有些沙哑的语调在缓缓地述说着梦幻般的往事。

有人说，无论是事业还是人生，刘彦明和王建平都是一对优势互补、躬耕前行的绝配搭档。刘彦明性格内敛，讷言敏行，每次座谈时他都紧握着放在腹前的一双手，瘦削的身板微微向前探着，泛黄的面孔总是显露出认真聆听的神态。

就是这个刘彦明，带着队员一步步踏进无人区的那曲县境内。在 4500 ~ 5000 米的海拔高度，他们一路艰难跋涉，沿线经过扎加藏布江、怒江等数十条河流和湖泊，砂砾石、砂卵石等土质加上多年冻土、风沙、湿地、地震液化层、风吹雪等不良地质交织，可以说，他们每前进一米，每完成一条路线的填图，都要付出平原地带代价的几倍，在这里，考验的不仅仅是身体素质、技术水平，更是人类能承受的最低生存极限。

"只要在这里坚持下来了，世界上就没有什么困难能够吓倒你！"当年的地调院办公室主任柴文杰插话介绍，在藏北，每年春暖花开进藏，青藏高原的冰雪也开始了融化，于是，便有了躲不尽的沼泽，走不完的泥泞。在海拔 5000 米的高度上，搬石头垫陷住的车，那感觉像填海，随时都可能付出生命的代价。

"赶在开冻之前，提前进藏开工！"这就是王建平、刘彦明的过人之处！

"我们冰天雪地进去车陷得少，但有利有弊，最低气温零下 20 多度，常常拿起岩石标本就被冻粘在手上，拿起修车扳手却把手上的肉血淋淋地粘了下来。

一开始住单布帐篷，外面多冷，里面就多冷，后来用上棉帐篷，晚上还是冷，所有能盖的东西都盖在身上，光露出鼻子和脸，队员不敢洗脸，洗脸蓄冰胡子结出'白花'，毛巾从水里提起来就成了'冰棍'，人人冻得皮肤开裂，个个大便带血；王建平的'冷痛症'就是那时用冷水洗手洗脸落下的。"

看着变形的手指，王建平苦笑了，"我们提前进藏，也提前完成任务，等别的队伍天暖再进去，我们已完成大部分工作！"

这里高寒缺氧最典型，烧水只能烧到70℃，馒头蒸不熟，饭是夹生的，胃病成了"职业病"。遇到大雪封山，他们还要忍受缺水、少粮的生活。刘彦明有多年的胃病，加上跑路线填图工作没有规律，老犯胃疼，只有抱着肚子忍。

谈起那段难忘的岁月，他们说，高寒不要紧，可以多穿衣服挺过去；缺氧不要紧，意志坚强可以忍过去；吃得差也不要紧，上了高原就没打算享清福，最难忍受最可怕的就是孤独！

"不到高原你就不知道什么是'家书抵万金'"。说起书信，刘彦明满肚子都是话：每次生活车一来，大家都蜂拥而出，争抢家信，围着司机问长问短。收到家信的人兴高采烈，甚至热泪涟涟，不少人攥着信舍不得马上看，拿回帐篷慢慢品味，没有收到家信的则黯然神伤。

"在高原，通信联络靠藏族群众一站站地往前送，一封信从家乡寄出，辗转千里要一两个月。大家有伤有病，听天由命，你无法给家里人说啊，全靠自己挺过去。家里有啥事，你也想最早知道。所以，谁要是收到家里的信，那个高兴劲啊……"说到这里，泪水已在这个中原汉子的眼中打转了。

"你知道在高原的人兜里都揣着什么？"刘彦明接着说：不少队员都随身揣着一样东西，什么？亲人的照片！人长五脏六腑，孰能无情寡欲？对家的牵挂，让他们常常与思念"相伴"，常常与幻想"抵抗"，常常看着照片与回忆"缠绵"，想女儿、想儿子，掏出来亲亲；想父母，掏出来看看；想老婆了，也拿出来瞧瞧，疲惫了，往石头上一躺，抽支烟，看看照片就提起了精神。一位队员看着女儿"爸爸、妈妈和我"的图画说，看到这幅图画心里就甜甜蜜蜜的……

如同从卑微走向崇高一样，于平凡中挑战了极限这个似乎让人难以理解的悖论，在河南地质人面前也就变得如此简单：极限是什么？极限又算什么！

听听王建平怎么说吧：

"我们是青藏高原大调查这一伟大壮举的见证者、参与者，更是青藏高原地质调查史的抒写者，同时也是西藏发展的建设者！我们填了10万平方公里的地质图，如果按 10 平方公里的精度画一个'点'，那就有 20 万个'点'。然后再通过这个地质点来观察、拍照、定位、采样和描述它。可以说，我们河南地质人干了青藏高原最难干的活！"

我的眼前幻化出一个个闪回画面：空旷冷峻的青藏高原，一群如蚁般的工作者，背着沉重的样品，脸色紫胀、手臂冻裂、咳着喘着，用双脚一步步丈量着高山峡谷、沼泽急湍，十年如一日，卧冰雪、被严寒、抗缺氧、忍寂寞，淋漓着鲜血和泪水，终于绘制出一幅 10 万平方公里、20 万个红色"点"的地质大图！

这，给我们心灵带来的是怎样的冲击，怎样的震撼?！

那景象里，有队长刘彦明带着队员在冰冷的水中取样，冰凉的雪花不断飘落在手上，冻裂的口子长了又裂，裂了又长，丝丝鲜血在冰水中飘荡。

那景象中，有背着沉重的样品从山上下来，在黑暗中艰难返回营地的王建平和队员们。走啊走，猛抬头一弯明月像极远处的车灯一样，闪着诱人的光，在晃动，晃动……

那片奋斗了 20 年的土地，成为他们生命的一部分，那块土地也给了他们丰厚的回报——涉及地质、地理、矿产、水、生态环境、土地、森林牧草、旅游、地质灾害、遥感、地理信息系统等 11 个领域、18 个学科的"西藏自治区国土资源遥感综合调查"项目，十余套国土资源系列图件及评价报告的编制，为西藏自治区制定国民经济和社会发展中长期规划，以及国土资源综合开发整治规划等提供了基础资料和决策依据，项目成果经专家鉴定达到国际先进水平。

他们洞开了地球深处的大门，埋藏亿万年的秘密展露出了真容：

——海拔 4459～6170 米之间的冈底斯山—念青唐古拉山，是令人心悸的生命禁区。三年多时间，他们完成调查面积 31896 平方公里。新发现班公湖－怒江结合带内部发育的构造混杂岩带，提出雅鲁藏布江板块结合带在晚侏罗世—晚白垩世和晚白垩世—始新世曾两次向北俯冲的新认识，为青藏高原地质演化研究提供了新资料。

——唐古拉山南麓 1：20 万区域化探，完成调查面积 39070 平方公里，圈出有重要找矿价值的单元素异常 984 个，综合异常 78 处；新发现多处铜铅锌多金属矿（化）点。

——覆盖西昆仑西段全部地区的 1：25 万区域地质调查工作，面积达 64577 平方公里。四年时间，他们对著名的"帕米尔构造结"进行大规模调查与研究,在西昆仑南缘发现早古生代蛇绿混杂岩带,并在基质中采到志留纪笔石化石。

对于这一发现的重大意义,外行或许并不了解,作为地质专家的刘彦明专门给我进行了科普式的诠释,他说,这一发现将改写西昆仑构造演化史,对研究古特提斯演化有着极其重要的意义:

——他们首次在分布长达 120 公里的古元古界中深变质岩系中发现厚度大、品位富、延伸稳定的磁铁矿层;在下古生界变质岩中发现长达 40 公里的块状硫化物型铜铅锌矿化带,提交新发现矿产地 3 处,控制资源量:铁 6109 万吨、铜 32 万吨、铅锌 95 万吨,预测铁矿远景资源量超过 10 亿吨,显示出西昆仑地区铁铜多金属矿产巨大的资源潜力。

——"西藏昌都、山南等地区遥感地质综合调查",于 1∶25 万及 1∶1 万矿产资源规划调查与监测中,圈定了 12 处成矿远景区,其中 3 处 I 级成矿远景区,8 处 II 级成矿远景区和 1 处 III 级成矿远景区,为矿产资源勘查工作部署提供了重要依据。

每一个数字,每一个新发现,每一个重大突破,都为青藏高原研究理论创新提供了确凿的证据。

说起他们的地质发现,王建平简直是眉飞色舞,他说,大量的岩石样本,证明了潘桂棠、侯增谦等地质科学家的理论的正确性,"'理论——实践'是众多地质人的贡献!野外是找地质界限,把变化的界限点找到。按岩性,定年代;一个界限点、一个界限点,都得清楚,相互求证。"

"班公湖–怒江结合带,我们跑了 3 次才结合起来。青藏高原板块构造形成,最早认为是两大块形成一条缝合线,原来叫'特提斯海',很多专家提出猜想,有的说是在金沙江边缘,有的说是雅鲁藏布江,有的说是班公湖–怒江结合带,有很多推想。到底有没有缝合带,缝合带在哪儿?"

就是这样一群人,以刑天舞干戚的悲壮舞蹈,捧出一大批翔实的地质基础资料,为青藏高原地质理论的研究做出了最好的注脚。

第三节　高昂的跨度

一个人能走多远,就看他的思想能走多远,看他的境界能有多高。

从 1989 年 12 月原国家计委、地质矿产部和西藏地矿厅在北京联合招标中标，到 1994 年 12 月 1：20 万丁青幅、洛隆幅区调报告在成都验收，河南省区调队完成了进军世界屋脊的第一步——他们是时代的先行者！

从 1999 年 12 月区调队以第一名的成绩再中五标，到 2011 年中原地质人站在"国家科学技术奖励大会"的领奖台上，河南省地矿局完成了由生存到发展的华丽转身——他们是生活的强者！

东起藏东三江流域的密林峻岭，西至巍巍昆仑的荒漠冷岩，南起雅鲁藏布大峡谷的无人秘境，北至藏北无尽的沼泽泥泞，王建平、刘彦明的队伍从前期采样到后期项目论证、评价等重大决策全程参与——他们又是青藏高原地质大调查的记录者。

青藏高原的风雨历程，使王建平的地质人生跃上了一个崭新的高度。

2001 年 12 月，37 岁的王建平升职为河南省地矿局局长助理、河南省地质调查院院长，调河南省地质调查院工作。

王建平似乎可以欣慰一下了——河南省地调院以内地在青藏高原地区工作时间最长、投入人员最多、工作区域最广、专业领域最全、取得成果最为丰富的地质调查队伍之一，跨入了全国省级骨干地调院前列。

"建平特别注意人才培养，我们有与栾川县人民政府共同建立的矿产资源与地质环境产学研基地；有博士后研发基地和院士工作站，这为开展地学前沿研究和技术攻关奠定了基础。"

地调院原总工程师燕长海介绍说，他们在 2000 年、2003 年就与中国地质大学（北京）联办了两届在职地质工程硕士班，57 名专业技术骨干全部以优异成绩毕业！杜欣就是燕长海的开门弟子，做博士时就在水文队当了总工。

"每人每天写一篇日记，记下一天的工作。"王建平要求他的队员们。

王建平培养人才，有自己的独到之处，为了把地质报告写得客观、严谨、规范、准确，他要求地质队员人人都要有文字功夫。

团委书记傅昌武，地质队员展峰、胡永华……一个个地质人在洁白的纸页上记下了自己的发现，点点滴滴的心灵轨迹，链接成青藏高原的风雨历程。

"2001 年 5 月 29 日，晴。任务：金异常区土壤测量及水系积物测量。展峰、巴安氏、吕宪河、杨怀辉及民工采土壤样，宋克金沿河流的支流采水录样。"

"2001 年 8 月 3 日，多云。在挡穷经过几个月地毯式的工作，最终查明该处金异常是银铅矿伴生金……"地质员展峰在日记中记道。

翻阅着一本本日记，我的眼前似乎走来一群群河南地质人，疲累黝黑的面孔烙满了无怨无悔；一步步艰难行进在神秘的生命禁区，躬身驼背风雨兼程；一个个几个月不能洗澡，片片鱼鳞状的垢痂布满全身。

翻阅着一本本日记，我还看到了猎猎高扬的党旗。河南省区调队用镰刀铁锤凝聚着力量，点燃了青藏高原的烽火烟霞，"冰雪中的一团火，黑夜里的一盏灯"，是群众对党员最形象的称谓。"党员队伍无后进，党员身边无落差，"成为共产党员的常态。队长刘彦明，教授级高级工程师刘国印，都在率先垂范诠释着"一个支部一块阵地，一名党员一面旗帜"的内涵。在艰苦的施工现场，在抢险救灾的关口，党员的身影总是冲在最前面，扛岩石标本最多的是党员，救援跑得最快的是党员，第一个跳到水里推车的是党员！

这就是旗帜的力量——旗帜就是信仰，旗帜就是形象，旗帜就是方向！

王建平给我述说了这样一个小故事——

青藏高原险象环生，确保一线队员的安全，是第一要务。河南省地调院率先全国同行拨出十几万元专款，安装了海事卫星电话，每天下班之前，各个施工点都要汇报工作进展、职工安全情况。

这天傍晚6点多，刘彦明刚从山上跑线路回到驻地，值班员汇报"卫星电话机没有电池，无法通话"。刘彦明急了，新发现一个重要的地质构造带，急需向中国地质调查局的专家汇报；两个应该回来而尚未回来的施工分队，还需要了解情况；一个地质队员老婆住院，急盼着给家里打电话……

"抓紧时间找个地方充电！"队长刘彦明叫上一名队员立即下山。忍着扑面的沙尘，缩着脖子逆风前行，他俩跌跌撞撞终于来到一个小镇的餐厅。

满身泥垢，饥肠辘辘的两个地质专家，丐帮式装束引起了服务人员的警觉，鄙夷的眼神伴随着厉声呵斥："有钱吗？包间100元，一杯水2元！"

刘彦明面面相觑，他们要了一个小包间。饥肠辘辘，渴饿冷累，为了省钱，连杯水也没敢要。

身居荒原的河南地质人谱写了一曲凄美歌谣。听着一间间包房传出的歌舞声，那些一掷千金的"土豪"调笑声，一股酸楚涌上刘彦明的心头，他的眼角湿润了。在高原，他落过水，掉过沟，滚下过山，多少次命悬一线，他没有流泪；惦念父母，想念妻儿，那样的孤独，那样的无助，他没有流泪，这一次，泪水却止不住，流向了心里，流到了心中最疼最软的地方。

望着眼前充电的仪表，刘彦明脑子里装满了地质队员的身影——他们流汗流血，吃的是最简单的饭菜：半生不熟的饭菜，每天米粥咸菜，从缺氧的山上下来，能喝一碗绿豆汤，那就是天下最好的饮料；他们奉献，不求回报，要的就是一声亲人的问候。进点后，千方百计买了这部卫星电话，每分钟 6.8 元话费，每个职工每月可以给亲人免费通话三分钟。

别看这短短的三分钟，队员们可特别珍惜，有的队员会用手机把通话录下来，工作之余听听家人的声音鼓舞自己。也有队员听到家里有难事却无能为力而放下电话，叹着气默默离开。一个小伙子新婚燕尔便来高原，当他拨通了心中熟悉的号码，最先出现的不是卿卿我我倾诉衷肠，而是瞬间的哽咽安慰，他边哭边说："请你千万照顾好老人！等我回去，家里的一切我来承担！我在这里挺好，就是好想你……"说着说着含泪跑开了。

苦，不一定是坏事，它将人的意志磨炼得钢铁般坚强。

哭，不一定是悲伤，青藏大调查中的哭也是一种悲壮。

刘彦明带着一种伤感、一种惆怅迅速离开了餐厅，回到驻地第一个电话直通北京："今天我们又有了新的重大发现……"

司机穿着厚厚的大衣和上小学的儿子通上了电话：儿子，家里热吧？开空调了没有？老爸现在雪原和你通话，我们这里是天然大冰箱，酷吧儿子……

酷，不一定为都市新人类所独有，在"生命禁区"填图，"史无前例"，"舍我其谁"，这本身不就是一种伟大而又充满豪气的"酷"吗！

亲爱的读者，当你读到这里，当你知道寻寻觅觅的重大地质发现这一天得到确认，当你知道一个个地质人的父母、妻子、儿女正在千里之外翘首等待着亲人电话，你不为我们共和国的地质人而感到骄傲和爱怜吗？

刘彦明的故事是一种个性化的创造，他在青藏高原留下了许许多多动人的事迹，他的实实在在，他的脚踏实地，他对职工的思想感情……都为地质人的"三光荣"精神、"青藏精神"做了感人的注释……

一堆采访素材里面，我看到了一份简报，2005 年 3 月，王建平被中共河南省委先进性教育活动领导小组树立为全省优秀共产党员先进典型。

《大河报》专门刊发了这一《决定》，其中有如下要点：

——向王建平同志学习，要学习他与时俱进、争创一流的进取精神。他领导开展的豫西南多金属矿产资源勘查项目取得重大突破，找矿成果被列为"国家地质工作十大进展之一"；他开展了黄淮海平原农业地质调查工作，为我省农业结构调整、土地合理利用、城乡发展规划、绿色农业等提供科学依据；组织开辟了地质旅游服务新领域，焦作云台山世界地质公园、济源王屋山国家地质公园等申报工作的圆满成功，取得良好的社会经济效益，而且有力地带动和促进了我省旅游业的发展；他围绕中原崛起战略，向省人大、省政协提出了为推进城镇化进程开展城市地质工作的建议，也已得到采纳。

——向王建平同志学习，要学习他对技术精益求精、对学术锲而不舍的刻苦钻研精神。他 2003 年 9 月考入中国地质大学攻读地质学博士学位，继续深造。公开出版 4 部专著；20 余篇论文发表在国内外核心期刊，其中《班公湖 – 怒江蛇绿岩带东段古特提斯蛇绿岩》《班公湖 – 怒江缝合带东段地质特征：特提斯洋演化》2 篇论文分别入选第 30 届、第 31 届国际地质大会论文集，《西藏措勤盆地上二叠统的发现及其地质意义》在《科学通报》上发表；直接主持完成的 20 余项地质项目，均取得优异成果："西藏国土资源遥感综合调查""西藏措勤盆地石油地质调查"项目成果被中科院院士等专家鉴定为国际先进水平；"西藏 1：20 万丁青幅、洛隆幅区调报告"获原地质矿产部勘查成果二等奖。豫西南银铅锌资源调查评价项目成果被列为 2001 年度国家地质工作十大重要进展之一。

2005 年 6 月，河南省地矿局党委做出了《关于向王建平同志学习的决定》，王建平先后被授予河南省地矿厅十佳青年、劳动模范，河南省"五四"青年奖章、河南省科学技术带头人、河南省劳动模范，全国国土资源系统十佳科技工作者、全国先进工作者等荣誉称号。

"众人拾柴火焰高！我只是其中的一个代表而已，我们那些弟兄们，个个都可爱，也最可敬！"

王建平不是礼貌谦辞，透过他恳切的神色，我看到了一种思想，一种境界。

王建平如数家珍似的，给我介绍了一个个感人的故事：

曾经，因口腔溃疡不能吃东西，杜欣患上了低血钾症，几次四肢麻木瘫在地上，依然坚持一线指挥参与地质工作，对重点路线和重要矿点进行勘查研究；

曾经，为躲避山上滚石滑落而摔倒的李新法，为完成坑探编录任务，强忍着肋骨骨折的剧痛，依然默默坚持工作 8 天；

曾经，主持西藏嘉黎县昂张铅锌矿普查项目的岳国利，带领技术人员深入"生命禁区中的禁区"格玛矿区，抗击着闪电、雷击、冰雹的肆虐，一干就是半年，令西藏地质同行都不得不佩服地说："真服了你们河南省地调院这帮人，能在那种地方干半年"；

曾经，在冈底斯山顶，因首次发现角度不整合在二叠系下拉组之上的上二叠统敌不错组的刘伟（西藏中心主任），因欣喜忘记了 5800 米的高海拔，忘记了几天的饥肠辘辘，急切地记录、素描、测量、拍照，靠着藏粑、山泉水历时 16 天走出冈底斯山……

"正是这些弟兄们年复一年地奋战高原，才有了我们团队的今天，才有了 80 多篇发表于中外地质科学杂志上的论文，才有了 6 部地质学专著。"

王建平沉默片刻，脸上现出了少有的忧思，继而愤愤地说：

"青藏高原地质大调查，每个环节都很重要。但评论这段历史，往往更多的目光都是盯在科研人员身上，盯在找出多少矿产资源的数据上，常常忽视了基础调查'填格子'的地质人，这不能不说是一种悲哀！"

我点了点头，欣然赞同。

假如没有地质填图海量的地质发现，假如没有那么多的地质实物作为理论支撑，一切理论研究还不是一直停留在"猜想"层面？后面的一切又从何谈起？

应该说，地质填图、理论创新、找矿突破，是一个环环相扣的逻辑关系，无限夸大或忽视每一个环节的作用，都是不客观、不科学的一种短视。

在千帆竞发、强手如林的中国地勘领域，河南地调人为什么会"风景这边独好"？在云谲波诡的市场竞争中，河南省地调院为什么会傲视群雄、一枝独秀？

历史的机遇，往往属于大智大勇者。这一切，都源于王建平的脚步不是停留在记忆、经验、概念和方法上，而是始终以团队的力量、思想的力量朝着创造的"外化"迈进。

"耕耘才有收获，用心才能卓越。科学研究的道路上无捷径可走，更不能蒙混过关或侃侃空谈，只有看准方向，脚踏实地，才有可能走向成功！"这是王建平经常告诫年轻人的一句话。

作为大峡谷图幅的组织者、指挥者、实施者，王建平也是一名凡夫俗子，没有三头六臂，也不会神机妙算，但他善于发挥集体的智慧，以思想的燃烧、科学的决策、务实的开拓，诠释了河南省地调院不断超越的先进文化，以摆脱镣铐、战胜自我的精彩舞蹈，演绎了一个拥有物质和精神因果整合的全新地调队伍，又用极具张力的追求与扬弃，加速了"物质文明、精神文明、政治文明"建设的不断升华。

看看吧，一大批复合型人才从青藏高原项目团队脱颖而出，现在的河南省地调院 481 名职工，其中各类专业技术人员就有 356 人，博士、硕士研究生 72 人，享受国务院政府津贴专家3人，河南省学科技术带头人6人，高级专业技术职称146人，中级专业技术职称125人。一大批充满了活力与战斗力的高素质人才聚合，难道不正是河南省地调院走向成功的保证？！

在中原这个静静的秋夜里，听着王建平那或激昂或深沉的讲述，欣赏着他那举手投足间饱含的文化品位，我似乎看到了一个运筹帷幄的思想者、战略家形象。王建平向来都是敢于表达思想观点，敢发国内学界不敢发之音，指出问题尖锐直接，观点更是鲜明、犀利、震撼人心。他那充满创造哲学的话锋，对于地勘业的宏观思考，对于中国地矿业昨天的发展，明天的走向以及或将出现的问题的预测，都给我留下了强烈印象。

读了下面王建平爆响着火光的谈吐，你或许就会得出结论：他不愧为一位战术高明的棋手，他的每一个观点，都是一个思想的高度，一个哲学的高度，让你不得不仰视，不得不深思。有什么样的文化，就有什么样的精神价值。有什么样的文化，就有什么样的意向表达。

"'知识资本'不能转化为经济优势，地质人就只能始终充当'打工仔'的角色，'无产者'不能变成'有产者'，改革与发展也就只能成为'空中楼阁'和纸上谈兵。"

"我们习惯了在'两个极端'跳舞，如今又用矿业权的管理代替了地质工作的管理。你看国外的地质找矿，地矿项目必须地质师签名，一个地质师就管很大一片地方。我们却靠简单化的权力管理，专家跟着权力走，结果，专家变成了'砖家'，行政权扭曲了科学的权威。"

"地质工作必须回归本位，城市规划必须有地质部门的意见，比如，地下承载力怎样？地下可利用空间有多少？建设以后危险系数有多大？地下综合利用资源有多少，这些必须搞清楚才能批城市规划，才能批用地计划。一个科学的城市规划应该先过地质这一关。"

"省级公益性地质调查队伍在衔接国家与地方地质工作、商业性与公益性地质工作中负有独特的使命和优势。如何将国家任务与地方需要有机结合，保障在新时期的可持续发展，很值得我们思考。"

"青藏高原地质大调查，找回了地质工作的一部分'地位'。我想，我们国家对地质工作的丢失，是个很大的历史问题，总有一天历史要反过来算账。看看国外，不管是发达国家还是非洲发展中国家，对地质重视都很强，而我们地质繁荣的背后却存在一种丢失，这种表面上的轰轰烈烈只能是昙花一现，这也是我们最大的担心。"

"做什么事情都应该有前瞻性的眼光，你的奋斗、挣扎和努力将来会不会有效果，关键不是你用了多大劲儿，最重要的是你选准了哪个方向。"

……

纵横捭阖的思维，科学高远的眼光，清醒明晰的头脑……这是一个真正忧戚为国的科学知识分子，他的胸怀里，深埋着丰厚的宝藏：一种家国情怀！

令人欣慰的是，王建平的观点，引起了国土资源部领导的重视，很多建议被采纳。而今，小到一个城区的规划，一条公路的铺设，一片农田的开发，大到三峡工程的移民工作，青藏铁路的冻土研究，地质工作与经济生活的关系正变得越来越密切！

这就是王建平——智者先行，行者无疆！

他用青春、赤诚和汗水，将自己书写成了地质人的符号。

他与所有可敬的地质工作者一样，依然在用脚步丈量着大地，用胸膛暖热着冰岩，用虔诚标注着事业，依然坚定地走在为祖国探宝、为民族昌盛的路上。

第七章 破译"无字天书"

一个个重要的地质发现,一块块生命吐纳的化石,一幕幕命悬一线的突围,一场场惊心动魄的搏击……姚华舟和他的队友们用刻骨铭心的高原人生,浓墨重彩地抒写了无愧于时代的地质乐章。

第一节 挺进长江源

连日的阴雨,推迟了 2012 年的江城春天。

兀立黄鹤楼顶,极目两江汇流,远眺萋萋鹦鹉洲,瞬时会感受到江城特有的浪漫与激情,荆楚跃动的活力与韵律。古老的江畔、古老的峰峦、古老的罡风、古老的空间——把武汉装点得迷离清幽,也将历史的倒影融入奔泻的波涛。

这天一大早,"九省通衢"的武汉从氤氲的梦幻中渐渐醒来。披着乍暖还寒的晨风,中国地质调查局武汉地质调查中心(以下简称武汉地调中心)主任姚华舟轻手轻脚地推出自行车,沿着东湖光洁的柏油路,向着单位驶去。

武汉市东湖新技术开发区,光谷大道 69 号。

远远望去,巍峨矗立的武汉地调中心办公大楼静谧而安详,线条流畅却不失庄重,清新质朴又不事张扬。难怪姚华舟常常把老所长李金发挂在嘴上,"这座大楼绝不可小觑,从宜昌走向省会,这是金发所长战略转移的大手笔啊!"

走进办公室,打开国土资源网,已是姚华舟多年里养成的习惯。

猛然，他推了推鼻梁上的眼镜，身子不由自主地伏向前，眼睛几乎贴在了屏幕上：

"2月17日，承担国土资源大调查的某省地质矿产勘查开发公司物化探分公司三名队员在赤布张错湖一带意外失踪，至今下落不明……"

一阵难以抵挡的涩楚撕扯着姚华舟的心房。

赤布张错，那可是青藏高原的一片险地！高寒、缺氧、低气压，一个小小的感冒就可能引发急性高原反应，如脑水肿、肺水肿、高原心脏病，还有诱发的急、慢性高原病，一旦发生，就会有生命危险……姚华舟下意识地向桌上的台历望去——2012年3月2日。已经十几天了，他们还能生还吗？

"赤布张错……"姚华舟一脸的神情凝重，他知道，真实的悲剧有时比传说的故事更惨烈。

那里是人与大自然斗争的见证，也是多少遇难者安息的墓碑啊，雪崩，泥泞，缺氧，陷车，迷路，饥饿……给他留下多少残酷、揪心的记忆？经纬度、等高线、断层、矿脉、倾角……又隐藏着他和战友们多少的不了情？

2000年初，历经38年风雨沧桑的宜昌地质矿产研究所，在新世纪之交的国土资源大调查中，竞争承担了1：25万赤布张错幅的区域地质调查。

赤布张错幅，位于青藏高原核心部位唐古拉山区的长江源头，是青藏高原1：25万填图中首轮38幅在全国公开招标中的一幅，只因地质环境恶劣、填图难度大，一时无人问津。

"进格拉丹冬的路太难了！过去宜昌地质矿产研究所（武汉地质调查中心的前身）主要在中南地区工作，几乎很少去西部，青藏高原艰难困苦难以想象，我们的思想准备必须充分一些。"

望着这个几乎跟自己一样年轻的研究员，刚刚就任宜昌地质矿产研究所副所长、党委副书记（主持工作）的李金发理解他的心情，但作为掌舵人，他又不得不忧虑地提醒。

1999年，湖北省委组织部挑选一批年轻有为的管理干部去美国深造，李金发就在59人之列。2000年5月，国土资源部一纸调令，李金发来到宜昌地质矿产研究所，就任副所长、党委副书记，主持全面工作。

"惟楚有材，于斯为盛。"年轻时的李金发与张洪涛的阅历有点相似，压根就没曾想到日后会成为一名地质学家，小学读完了中国的"四大古典名著"，中学时又偏爱唐诗宋词，成天做着作家梦。袁枚在《随园诗话》中认为"诗者，人之性情者也"。我与李金发是文友，读过他近年出版的《自然风》等几部辞赋专著，地质学与文学、诗歌、音乐确乎达到了思维上的和谐共振，他善用自然之眼观物，用自然之舌言情，格高韵远，用笔深细，表现出多层次之修养与意境，其中 2005 年抒写的《水龙吟·生命与环境，观看鱼龙化石有感》，不仅哲思禅意浑然天成，也足以窥见其思辨的深度与广度：

> 极目远古纤层，草色粼光万里波，天孕大海，水育生命，物物相和。
>
> 列缺霹坜，浩荡日月，流星飞火。
>
> 系龙的世界，繁衍生息，浑不料、灭顶祸。
>
> 白骨纷纷如雪，恍若梦，谁与评说？
>
> 苍茫云海，跌入画屏，泪血成墨。
>
> 世间万物，因环境起，由环境落。
>
> 是龙的传人，应理而生，顺理而播。

这次采访时，已是中国地质调查局党组成员、副局长的李金发这样说："如果说我在辞赋上取得一些成绩，与我早年广泛涉猎文学、史学、美术、哲学是分不开的。自然科学与社会科学是相辅相成的，形象思维与抽象思维有机融合，思考就会更周密、更深刻，研究就能登上一个新的高度。"

当时的宜昌地矿所，正在叹息与沉寂中反思，在变革的浪潮里寻求新的坐标和参照系。36 岁的李金发履任之时，眼前是陈旧的大门、建于 20 世纪六七十年代的住宅楼、无法完工的大楼……地勘院只有三个人、两台钻机和一台电脑；工程勘察院没有"资质"凭证，他们就去"挂靠"分来别人一杯羹，人称为游击队……置身荆楚之地，如何打造"一支业务精湛、结构合理、充满活力的高素质专业化地质队伍"？

捉襟见肘的资金困境、百废待兴的严峻挑战，李金发尽快改变面貌的心翻腾不止，他比谁都想抓住青藏高原大调查的机遇，这幅图处于长江源头，啃下这个硬骨头，就有可能继续拿到更多更大的项目啊……但他更清楚，凡事预则立，不预则废。

"青藏高原是世界上海拔最高、最年轻的高原，是观察现代大陆动力学过程的最佳窗口，赤布张错幅位于青藏高原腹地，这里隐藏着太多青藏高原地质演化的奥秘，作为一个地质学家谁不想去看看呢？"平日不爱说话的姚华舟向李金发表达着自己的意见。

"好！无论是人力、资金、设备，我都全力支持。用我们的强项去攻打堡垒，相信一定会成功！"

不矫揉不造作的语言里，释放着李金发的质朴与豁达。

致力于地层古生物和区域地质调查研究工作的姚华舟，自 1990 年读博士时就开始了高原之旅，这次重上高原有着足够的自信，特别是为了这次大调查，单位又专门引进了一批专业人才，购置了全球定位仪、卡车、帐篷等设备和用品，聘请有经验的司机、医生等，通信联络、组织协调以及后勤保障等方面都配备了专门的协调员和负责人，更让姚华舟底气十足。

姚华舟是一个孤独的拓荒者，地质世界的虔诚守望者，即便在地质工作处于低潮许多人纷纷改弦易辙时，他始终对地质事业充满信心，乐此不疲，义无反顾，这就是他对待工作的态度。10 年间，他曾和队友七上高寒缺氧、人迹罕至的川西高原，带着马匹、驮牛、干粮，日复一日，天涯孤旅，奋战在那地形切割复杂、交通不便、猛兽出没的崇山峻岭之中，获得了地质构造、岩石、地层古生物等大量珍贵的第一手资料，并将构造层次概念引入地层学，提出了"层序敏感岩"的概念。以此为基础的博士学位论文《四川白玉县登龙、热加三叠系综合地层学》，得到马杏垣、王鸿祯、叶连俊、李星学、郝子文、侯立伟等先辈和老一辈科学家们的高度赞誉，认为"对造山带区域地层研究具有导向作用""对在造山带中如何进行多重地层划分、对比研究和地质制图具有普遍指导意义"。

亿万年屹立的青藏高原啊，你这天地之造物，为什么充满了这么多的情感诱惑？是你创造了华夏文明还是华夏文明创造了你？这一次青藏高原之行，听说由具有丰富川西高原工作经验的研究室主任姚华舟带队，畏难的人打消了顾虑，安全培训，收集资料，购买出行的物资……一切准备就绪。副研究员段其发、甘金木、牛志军，高级工程师段万军，王健雄、曾波夫、朱应华、施国润，正在攻读硕士的盛贤才，正在攻读博士的魏君奇，技术娴熟经验丰富的司机郑宗涛、安双庆、覃爱国、李卫东，集医治护理为一身的医生王治国，精通汉语热心助人的翻译努才仁……22 名精兵强将集聚在姚华舟的麾下。

5 月 31 日，浓浓的夏意围拢着整装待发的队伍，欢腾的锣鼓消解了几分依依惜别的愁情。

已是所长的李金发满是期待的目光掠过一张张熟悉的面孔，最后落在负责安全的副队长段万军脸上，"这支队伍的安全就交给你了，你们一定要精神焕发地出去，一个不少地回来！"

段万军强烈地感受到，李金发"一个不少地回来"的托付，绝非"浊酒一杯，清泪两行"的依依惜别情怀，而是饱含了一个地质人群体的殷切相望！

"所长放心，一个都不会少！"段万军挺直了腰板，望了望装满了各类食品等生产生活用品的大卡车，信心十足地回答。

宜昌——格尔木——沱沱河——格拉丹冬，行程3700公里，6月28日晚10时，姚华舟一行终于抵达长江源头——格拉丹冬山脚下。

"疼，头疼。"躺在帐篷里，年龄最大的曾波夫觉得后脑深处仿佛有根粗硬的钢针在不停搅动，疼得只想把脑袋揪掉。段其发胸闷得像被压了一块巨石，每呼吸一次都好像是在做拔河运动。

一夜无眠。清晨，钻出帐篷，长期生活在长江岸边的地质队员们，被那宁静、洁白的格拉丹冬雪峰惊呆了。

远望，6621米的格拉丹冬雪峰宛若孤傲的王子，冷冷地打量着山脚下的一群不速之客；层层叠叠的冰塔，在阳光下闪着晶莹剔透的光彩；一道道与绵延子峰合抱的冰川，以万马奔腾的气势向山谷倾覆。

近观，一块块参差嶙峋体大如牛的石头，伸展着如刀如戟的棱角，纯净的阳光下，涓涓细流纤尘不染地流淌着。

"原来流经我们宜昌的长江之水源头就在这里啊！这里是正源吗？"

"姚博士，你坚持拿下这个图幅，真是太棒了，不来这里，怎能看到大自然这么壮美的景色？"

队员们七嘴八舌，惊诧、兴奋之情溢于言表，钦佩的目光纷纷投向姚华舟。

"别高兴的太早啊……"姚华舟这边提醒着大家，若有所思的目光已经瞄向神秘莫测的群山，美丽的雪山如同多舛的人生，随时要有应变准备才行啊！

姚华舟想起了"读博"期间为了寻找化石"与熊共舞"的惊险遭遇。

1986年毕业于中国地质大学（武汉）地层古生物专业的姚华舟，不断地追求着人生价值的新高度，1989年硕士研究生毕业，著名地质学家殷鸿福又成了他的博士生导师，跟着导师走向青藏高原的日子里，他不停地在层层叠叠的岩层中，寻找着那些让他癫狂的古老生物化石。

这天傍晚，川西高原的太阳正在一点点地西沉，正准备返回驻地的姚华舟看到一片奇特的地质现象，一直延伸到峡谷深处，凭着地质人的敏感，他预感应该有新的发现。巨大的诱惑，让他怦然心动。

"你们先回去，我下去看看，马上就赶回去。"他对同行的几个人说。

姚华舟小心翼翼地沿着沟沿下去。自然降水及地表水的侵蚀，这里形成了鬼斧神工的独特地貌，层层叠叠的岩石、地层敞开着新鲜无瑕的露头，无字天书般记录着青藏高原地质演化的丰富信息。姚华舟像一只啄木鸟，在山脊高低起伏的陡坡上，他拿着地质锤不停地敲打着，翻动着。突然，他发现了一片异样的地层，一使劲，地质锤敲下一块奇特的介壳碎片，"啊，化石！"

姚华舟隐隐感到他多年追求的东西，似乎就在某个山坳或是嶙峋山岗观望着他。于是，他的小锤就显得富有了生气，他的眼睛也变得明亮了许多，尤其是他的眸子，瞬间流露出一种犀利，一种灵敏，一种漂流状态的定格。翻着那些细碎的岩石，他可以辨别出哪些是什么类的双壳类化石，哪些是什么类的腕足类化石、遗迹化石，甚至还能辨别出那些碎片属于化石的哪一部分。

奇迹就这样在不经意间出现了。

姚华舟翻来覆去地观察着这些化石和沉积构造，兴奋不已：这是典型的深海生物和深水沉积构造！它们足以证明，这里在晚三叠世曾经是一片汪洋大海，而且水体很深；这里是深海斜坡，曾经发生过海底滑坡；这里曾经有海底火山喷发，有海底裂隙，有地下富矿热液的喷流……看着毫发毕现的化石和沉积构造，他似乎听到了遥远深海的涛声，似乎看到了海中畅游觅食的生物身影。

长期以来，对立统一的辩证思维给姚华舟以启迪和熏陶，读博时导师殷鸿福的言传身教，使他养成了良好的思维习惯和模式，那就是分析、综合，再分析、再综合，达到包容整体和全系统的"大综合"。现在，他为自己找到了证据，证明了自己的推断而兴奋。

天色渐渐暗淡下去，夕阳殷红殷红地辉映在苍茫的旷野。姚华舟抚摸着化石，心中升起一种潮水般隆起的满足，他把化石、地质锤都装进背包，该抓紧时间回驻地了。

高原上，天气说变就变，倏然间，天空下起了雨。姚华舟背着他意想不到的收获，迫不及待地爬出谷底，猛地抬头，顿时瞳孔放大，倒吸了一口凉气——一只黑熊正在不远处阴沉沉地瞪着他大声嗥叫。空旷的四野，只有他一人与熊四目对峙！

四围群山默默，似在倾听姚华舟急促的呼吸，又似等待落日归去夜幕璧合。

这是一个足以让心灵战栗的时刻！

莫名的焦虑在姚华舟周身蔓延，这可不是他平日喜欢的"动物世界"栏目。他竭力使自己从容镇定，蹑手蹑脚慢慢后退几步，刚刚绕过一块巨石，便撒腿趔趔趄趄地一阵狂奔，石头扎穿了登山鞋，脚底流出了血，他也不觉痛。天无绝人之路，他发现了一座藏族群众放牧用的小石屋，飞快地钻进去，转身用几块大石头堵上了石屋的门，筋疲力尽的姚华舟一下子累瘫在墙根。透过石缝，他看到了摇摇晃晃的黑熊，听到了黑熊围着石屋转来转去的喘息声。

夜幕降临，雨还在淅淅沥沥地下着，凛冽的寒风掠过石屋，姚华舟真实感受到了自然无情和生命无助，直面往昔电影画面里才有的残酷细节，他唯有选择坚持，选择希望。本就单薄的衣服湿透了，他冻得瑟瑟发抖，突然发现墙角有张破羊皮，披在身上的那一刻，他想到了返程的同事，他们在哪里呢？他们怎么样？学了那么多年地质知识，工作刚刚开始，假如今天被熊吃掉，就有点太廉价了……

已是后半夜，天晴了，月亮也出来了。姚华舟惊魂不定地躺在石面上，眼皮直打架，却怎么也不敢睡。嗓子干得冒烟，摇摇水壶，空空的。想找点充饥的，工具包里却只有冷冰冰的地质锤和岩石标本。他使劲揉揉饥肠辘辘的肚皮，自言自语：伙计，忍着点！他想转移自己的注意力，便靠近石缝去赏一会儿明月。和中秋一样美丽的月亮，一个人欣赏有点奢侈，能和地质队员一起欣赏就好了。他顿时认清了自己的处境，战友们不知道焦急到什么样子呢。

不知什么时候，昏昏沉沉的姚华舟睡着了，醒来时已经是艳阳高照。感觉到黑熊已经离去，他搬开石头门，走出石屋，把鲜红的雨披摊开在路边——这是一个标志，队友带有望远镜，远远就可以看到，一边慢慢继续考察，一边等待救援，自己走出去，实在没力气了。

再说他的队友，中国地质大学（武汉）的谢树成博士和藏族向导丹驾等人，他们打着火把，找了大半夜，在焦急中熬到天明。第二天一大早他们又端着猎枪出发了……到中午11点，他们搜寻着朝这个方向走来，远远望见了石屋、红雨衣显示的红色斑点和人影，找到了姚华舟，带来了吃的东西。

姚华舟从读博士研究生到后来工作，10多次上青藏高原，吃了多少苦，挨了多少饿，遇了多少险，只有无语的雪山清楚。而青藏高原恶劣凶险的自然环境，残酷无情的多变气候，姚华舟也最清楚，因此，这次他作为领队，深感责任的重大。严谨认真的姚华舟沿着山脊向上爬去，认真观察着地质地貌地形。

U形山谷、冰斗、刃脊、角峰……一一呈现在晴好的天宇下。这是一片层次分明的地貌景观。高山区是以冰川侵蚀作用形成的地貌，且地形切割强烈。而低山区则由浑圆的山体、丘垄与宽缓的谷地、洼地或湖泊、河谷相间排列组成。

"这就是我们的战场！青藏高原亿万年变迁的秘密，就在这岩石冰川里面啊！"风声过耳，姚华舟听到了心的召唤。

第二节　物种大发现

2000 年 7 月，格拉丹冬雪山迎来了一年中最温暖的季节。渐融的雪山，露出大片大片不同色彩的岩石。这些岩石被前人确定为"晚侏罗世闪长玢岩"。

果真如此吗？姚华舟和同事们根据自己的调查研究很快提出了质疑。

迎面的风雪，脚下的沼泽，都不会阻止地质人探索的步履。两个月的艰苦奋斗，他们在海拔 5000 多米的格拉丹冬雪山地区，仔细观察沿路的岩体、地层，对不同特征的岩石进行拍照、素描、取样，发现了大套钙碱性中酸性火山岩。经测定，单颗粒锆石 U – Pb 同位素年龄为 212 百万年。

"姚博士，姚博士！你快看，这是典型的岛弧型火山岩！"专事火山岩研究的博士魏君奇，手抚着片片岩石，高兴地向着项目负责人姚华舟大叫。

通过研究，所有迹象都在表明：晚三叠世末期格拉丹冬一带为火山岛弧环境，其形成可能与班公湖 – 怒江洋盆或龙木错 – 双湖 – 澜沧江洋盆俯冲有关！

姚华舟放眼火焰般燃烧的岩石，不由得心花怒放。这个新的发现，对于重新认识长江源区的大地构造性质和地质演化历史，无疑具有重要的意义。

初上高原的宜昌地质人士气大振：还会有新的更大的发现吗？

回答是肯定的！

2001 年 8 月。在雀莫错山西部跑地质路线的段其发与甘金木就要收工下山了。这时，段其发看到一块形象特别的石头，不由地灵光一闪，会不会是化石？想着想着，伸手就举起地质锤，他要敲开来看。

"咳，别敲了，这里还有很多。"甘金木四周一转，立刻惊叫起来。两人不由分说装了两大袋子，回到营地。

后来研究表明，这是世界上独一无二保存最精美、最完整的伟齿蛤类化石。

一直以来，人们发现的伟齿蛤类化石都是一些内核与印模。至今世界各国古生物专家对伟齿蛤类的了解还十分贫乏，属种分类也很混乱，生态与演化关系更是不清。对于专攻地层古生物学的专家，姚华舟看到满满两袋子伟齿蛤化石如获至宝，立即让段其发、甘金木陪他去现场。气喘吁吁地刚爬上那片山地，姚华舟便两眼放光，像发现了新大陆似的直扑过去。

晚三叠世非常繁盛的伟齿蛤类，是一种奇特的双壳类动物，以其个体巨大、壳壁厚实、铰板厚重、铰齿粗壮且强烈突出、铰齿构造变化大等特征而著称。它们有的生存于热带浅海火山岛附近的潟湖，水深不超过 20 米；有的则见于点礁。在生物古地理上属于典型的特提斯型生物。

远古时代的自然界，古生物的生存状态没有文字记载，化石就是最好的信息传达物。当一个个鲜活的生命从地球上消失时，化石记录下了大自然曾经的印迹，它不仅是地质生命的记录，也是时间的标志，它可以推断出时代，具有非凡的地质地理意义。

大量珍贵稀少的古生物标本，为姚华舟团队探求地球生命信息提供了丰富的依据。每一个化石都属于一个家族，相互都有着基因的必然联系。双壳类新属雀莫错伟齿蛤和若干新种的建立，为详细研究伟齿蛤化石的畸变、分类、演化和埋藏环境等提供了目前世界上最完备的资料与证据。

姚华舟和他的伙伴们兴奋极了。

这一天，篝火燃烧的夜晚，喝着香甜的酥油茶，吃着香喷喷的手抓肉，姚华舟和他的同事们又一次迷醉了。他们满脑子装的都是那些化石，那些标本，那些植物、动物飘逸的身影，那些历史风烟里失去了血肉，都带着一身的骨架奔跑在这高原上，那些个距离现代人类社会越来越遥远的动物们、植物们，依然以活生生的形象在他们的目光里清晰着，迷醉着，变成了揭开那些自然进化谜团、探究科学奥秘的金钥匙。

化石是连接历史和现在的媒介。姚华舟和他的队友们常说，青藏高原具有得"地"独厚的地质古生物资源优势，能找到这些宝藏是大家努力的结果，也是我们运气好。我却觉得，撇开这些天赐的因素，这更像是冥冥之中注定要相遇的一种缘分。

这些"连做梦都梦见找到化石"的人，每天与冰冷的"石头"亲密接触从没觉得枯燥。姚华舟说，在野外发现化石的乐趣、在研究室内研究化石的乐趣，足以让他开心地忘掉一切，当那些在传说和假设中存在的动植物突然"跃入"眼帘，在显微镜下仔细观察和研究化石身上携带的信息，悄无声息地捣鼓着他的研究，都是一种愉快的享受。

2007 年，姚华舟和同事们有关伟齿蛤类化石的研究论文，在国际权威古生物杂志《美国古生物学报》上发表，立即吸引了国际同行的眼球，纷纷要求参加合作研究。2012 年，姚华舟根据新的工作进展在第 34 届国际地质大会上作了"青藏高原晚三叠世伟齿蛤"的学术报告。

地层古生物、花岗岩地质、同位素地球化学，是宜昌地质矿产研究所 50 多年来所形成的特色学科，有着非常丰富的科学积淀。姚华舟一边带我参观一边介绍说，李金发担任所长时，以中心丰富的藏品为基础，突出三叠纪海生爬行动物的"龙"特色，将中心原岩石矿物陈列馆改造为龙化石博物馆，并积极向社会开放，先后成为湖北省科普教育基地、国土资源部国土资源科普基地。

"央视《探索·发现》栏目，还有很多媒体都对我们的地质博物馆进行了报道，当时的中央政治局委员、省委书记俞正声来博物馆参观，说金发所长办了一件了不起的事。"

博物馆不大，总面积 1600 平方米，收藏的各种矿物、岩石和古生物化石标本达 3000 多种，古生物从无脊椎到脊椎，从鱼类，到两栖类、爬行类、鸟类，一直到哺乳类，爬行类又包括龟鳖类、恐龙等多种门类，还有很多原始的植物也在这里找到了"踪影"。

姚华舟告诉我们，这里的化石标本从 5 亿多年到二百多万年，地质历史时期各主要门类的生物都有典型代表，是不可多得的宝贝，龙化石还有几大车，因为馆藏面积太小，经过修复、鉴定、装架，现在都放在地下室保护起来。

展厅里，有一大批古生物的珍贵实物和照片，古无脊椎动物、有脊椎动物、植物化石，海里的、陆地上的等等应有尽有，琳琅满目的标本和化石，把我这个地质"门外汉"弄得眼花缭乱懵懵懂懂。

地球演化历史展示厅，以图片说明配实物标本，结合电动模型，揭示了地球从前寒武纪到第四纪的地球演化和长江三峡地区的海陆变迁历史，叙述了地球的由来和生物的演化过程；三峡地区地质灾害及治理展厅，展示了三峡库区危岩体和滑坡等地质灾害及治理的情况；矿物岩石展厅，陈列有 200 多种矿物岩石标本及宜昌地质矿产研究所历年在华南各著名矿床采集的矿物样品。一部分采自青藏高原的珍稀标本，则成为博物馆新的藏品。有些发现，包括伟齿蛤化石等，除武汉地质调查中心收藏了主要标本外，部分标本还被美国国家自然历史博物馆永久收藏。

作为一名时代的歌者与书写者，我为没能亲历地质人的发掘现场感到些许遗憾——不在乎没有很好的食物，不在乎晚上结冰的寒冷，不在乎因为条件有限而不洗头、不洗脸，只要能感受他们现场发现的心境，也是一种幸运啊！

米开朗琪罗说，他每次都用目光穿透顽石，直到"窥测"到一个完整的形象，才动手雕琢，把石头里面的雕塑呈现给世人。他不受石头外在的迷乱与困惑，只听从自己心灵的声音。这声音不论是嘹亮还是微弱，都会召唤我们赶赴最美的去处，去实现自己绚丽的梦想。

这岂不正是武汉地调中心地质人的写照？

当年的宜昌地质矿产研究所，如今已迁至武汉，更名为武汉地质调查中心，在武汉采访的日子里，我有一种感觉，融入地质中的姚华舟和他的同事们，似乎就是为地质而生的。说起一个个地质发现，一个个岩石标本，一个个令人心悸的故事，他们总是那么投入，那么迷醉，总是流露出孩童般的眉飞色舞……对于地质人来说，近距离地观察，千遍万遍地寻找，亲手抚摸记录着地质生命的化石，是莫大的幸运，莫大的享受。对于青藏高原研究以及地质事业，他们的痴迷与执着正是中国地质人的一个缩影！

姚华舟说，寻找古生物化石，不单纯是研究古生物的分类与演化、解决化石产出地层的地质时代，还要通过化石古生态、生物古地理及围岩特征的研究，进一步推断古沉积环境、古地理、古气候及成矿地质条件，为重建地质演化历史和寻找资源能源发挥重要的作用。

一天又一天的战斗，一轮又一轮的进入。踏过一片片沼泽，越过一条条冰河，攀上一座座高山，武汉地质调查中心的地质队员们脸上写满了深情，贪婪地阅读着一块块蕴藏着生命的石头，结果，又是一次次令人振奋的发现——测区内首次发现古近纪孢粉 57 属 48 种，新近纪孢粉 68 属 73 种。五个孢粉组合的建立，不但准确地界定了地层时代，还具有非常重要的古气候、古植被意义。

地质人所有的偶然发现，往往都存在于执着的必然之中。

他们执着的目光穿透了岩石，那些纹路清晰的孢粉化石，无不诉说着来自远古地球的故事——古植被的组成、年纪，当时的气候与环境。

那是多么大的变化啊——

在始新世—渐新世期间，古植被由早期的针阔叶混交林—森林草原植被向晚期的疏林草原植被演化，古气候也由亚热带暖湿气候向温凉气候方向演化。从上新世中期到晚期，阔叶树种明显减少，草本植物显著增多，气候开始向干冷方向演化。那时的青藏高原，从南到北并没有显著的地理、地貌和古气候分异现象，而是同处于行星风系控制下的同一气候带！

直观的、感性的认识就像一层层叠加的沉积物，仿佛在沉睡之中被新的思想照亮，产生了质变的飞跃。根据腕足类、蜓类等 6 个二叠纪化石带的建立，牛志军等确认无误地提出，测区二叠纪地层的地质时代为晚二叠世吴家坪期和长兴期，并将测区二叠纪地层重新厘定为乌丽群，下部的含煤碎屑岩系称那益雄组（新发现），上部的灰岩层为拉卜查日组。

发现难，否定前人的结论难，修正前人的错误也难。

24 属 31 种早更新世孢粉的发现；136 属 147 种晚更新世孢粉的发现；118 属 156 种全新世孢粉的发现；19 个生物地层单位的建立……随着一个个不同时代化石种群的发现，一项项深入的分析研究，否定，肯定，否定之否定，武汉地质调查中心地质人就像传说中的掘金巨蚁那样，一点点地发掘着自然界的信息，一点点地直译着青藏高原上几乎空白的自然领域，一点点地向着真理靠近。

不放过剖面上的每一个露头，不放松对每一组岩石的细微观察，不放弃对每一点新发现的追索。2002 年 6 月。队员们在测区东北部海拔 5400 米的雀莫错剖面上，发现了雀莫错组上部层位的褶皱构造，据此厘定了地层厚度和构造格架。当一套由灰色、紫色砂岩、砾岩、板岩组成的地层展现在他们眼前时，牛志军、白云山、卜建军、朱应华无不高兴得欢叫起来。

40 多天的详细观测、地表揭露、标本采集、界线追索，牛志军、甘金木等以确凿的第一手地质发现，改写了前人按单斜测制以及雀莫错组厚度达 1200~1900 米的结论，将雀莫错组厚度科学厘定为 700 余米！

这一科学厘定，改变了人们对羌塘盆地侏罗纪岩石地层序列和沉积序列的认识。

每一个未知，都意味着一个新发现，而每一个新发现，都有着不可估量的意义。随着调查工作的深入，姚华舟和队友们发现，测区内布曲组岩性、厚度变化很大，并非是以往人们认为的那么稳定，在测区东南部其最大厚度为 2142.2 米，而在北部雀莫错地区厚度最小，仅为 438.7 米。

"这一发现对测区内中侏罗世巴通期沉积古地理、生物古地理研究和沉积盆地分析以及油气勘查均具有重要的意义。"姚华舟和专门研究沉积环境的段其发为这一发现惊喜不已。想当初，执意接下赤布张错幅，羌塘盆地被认为蕴藏有丰富的油气资源也是一个重要原因，但因为地质资料缺乏，具体情况一直没有查清。姚华舟和同事们希望以自己的工作来取得新的认识！

中国古代科学家在《水经注·江河》中曾有长江源头的最早记录——长江源头在"唐古拉山之下"。而长江源头——格拉丹冬的海拔之高，高寒与缺氧，曾阻挡了一些探险家的步履，却没有挡住一代代中国地质科学家的脚步。

今天，一群浸润着长江波涛成长起来的地质人又走来了。

"咱们已经来到长江源头，不走到长江的正源，绝不罢休！"姚华舟、段其发、牛志军、王建雄、朱应华、曾波夫、卜建军，一行数人经历了一轮又一轮的陷车挖车，疲惫之极，仍然相互鼓励着，喘着粗气。

冰川已在眼前，冲过那个山口，就到了长江正源啦！谁知"噗"的一声，汽车又趴下不动了——又是一次陷车。众人跳下车，挖沟，搬石头，垫木板，司机脚踩油门，两手紧紧地握着方向盘，几乎使出了全身力气。"轰"，汽车呈S形跃上垫着石头的木板。

"嘿，别忙走啊，看看长江源头第一坝，合个影！"王建雄拄着铁锹，掀起一块木板，气喘吁吁地招呼着同伴。

"对，长江源头留个纪念！"大伙止住了脚步，兴奋地进行造型。

两个多小时后，终于来到长江正源——唐古拉山主峰格拉丹冬脚下的姜古迪如冰川。未及欣赏冰川的壮观，猛听得有人一声惊叫："看，那是什么？"

只见一座石头垒就的房子矗立在冰山间。众人个个露出困惑的眼神，"常年零下结冰，难道还会有人家？"

正在这时，就见一家三口穿着不同颜色的藏袍，赤脚立在门前的雪地上，吃惊地打量着这群山外来客。

在不可能有人的无人区，出现了真实的人，这就是青藏，这就是高原。

这是从未见过外人的一家人。在环境气候恶劣得连兔鼠都不肯光顾的地方，却有藏族人民在这里生活。

瞅着穿戴难区分、常年不洗脸的这对夫妻，望着接过香烟爱不释手而又无限感激的男主人，队员们默默地喝着奶茶，所有艰辛都融在了浓浓的奶香里。一个队员事后说，从此他们没有一个人叫苦；"跟他们相比，还能说什么是苦？"

站在利剑般的冰川下，听冰川"咔咔"的断裂声，队员们似乎清晰地看到了调查区内冰川形成时的壮观一幕——中更新世次冰期形成了区内规模最大的山谷冰川；中期冰期形成山麓冰川；末次冰期形成大陆性山谷冰川。

在透着风寒的帐篷里，在发电机"嗡嗡"的响声中，在无数次地对比了岩性和古生物资料后，项目组确定无疑地证实：早更新世初期是地质生态环境发生大变革的时期！

又是一个重大发现——早更新世地层中发现的冰缘地貌（冻融褶皱），表明气候显著变冷，至中更新世测区开始发育冰川，山地已上升到雪线以上高度，之后间冰期使冰碛受到强烈的湿热风化作用，冰碛地貌荡然无存；晚更新世高原进一步隆升，随之发生了 2 次冰川作用，山、盆分异更加明显，在末次冰期极盛时形成了冻土和沙地，测区进入了与现今地质生态环境相似的演化过程。

"高原隆升是地质生态环境恶化的根本原因！"他们以科学严谨的态度，否定了那些人云亦云的不实之词。

踏遍长江源头的每一寸冰川雪地，姚华舟和他的队友们的人生履历上，人人都浓墨重彩地写下了华彩的乐章。

第三节　惊魂乌拉山

"要说奔赴青藏高原的团队，姚华舟团队是最苦的，在荒无人烟的沼泽地里，陷车半个多月都出不来，真是几经生死。每一次谈起，姚所长都会为他的队员们潸然泪下……你应该多写写他们，那是一个值得大书特书的团队！"

这是我来武汉采访前，中国地质大学（北京）地调院刘文灿院长的一番话。刘文灿介绍说，青藏高原地质大调查，他与姚华舟是"同甘苦，共患难"的战友。

2012 年深秋时节，我们踏上了江城大地。

"姚主任身体不适正在输液，他要我转告他的歉意。"

温和聪颖的党办副主任彭桂梅负责党建和宣传，一见面，她就操着略带湖南口音的普通话向我解释，"你不了解我们主任，对于宣传啊、采访啊，他一向都很低调，多少次记者采访，都被他拒绝了。"

于是，副总工程师牛志军就成了我们的第一位采访对象。

"赤布张错，直根尕卡，曲麻莱县，这三个区域调查图幅历时 6 年，加上'新藏公路沿线矿产资源远景评价'、'西藏雅鲁藏布江西段铬铁矿资源远景调查'、'长江源区晚三叠世伟齿蛤类的分类、演化及古生态'、'青海南部二叠纪火山 – 认识格架下的蜓类动物群'、'青藏高原地质资料开发利用与服务'等项目，前后历时 12 年，虽然经历了无数的危险与困难，但无一伤亡，这都与当年李金发所长和姚所长的周密组织分不开。"

牛志军有着东北人的豪爽，一见面就毫无生疏感地把我们带进了青藏高原：

"1992 年，我大学毕业，与姚华舟同年来到宜昌，他当时博士毕业，2000年我们一起上了青藏高原。按照高原的气候、环境条件，连续工作不宜超过105 天。姚所长带着我们，第一年就工作了三个多月，第二年工作 183 天。"

几天的外围采访之后，终于与耳熟能详的"姚博士"相对而坐了。

"实在抱歉，这几天身体欠佳，多有怠慢……"

握着那双伸过来的大手，我细细地打量着——略显稀疏的头发，微微浮肿的脸庞，镜片后透着真诚光芒的一双眼睛……这是一个不善言辞、不善交际、一心做学问的人。

当我谈起他的同事们对他的赞誉时，他伸手指指自己的嘴巴，而后摇手否定，用含混不清的湖北普通话说："言过其实了，工作都是大家做的。"

原来，满负荷运转，"白加黑""五加二"的超极限工作，姚华舟患了口腔溃疡，口里时时蹿火，火辣辣的疼痛，折磨得他张不开嘴，不能吃饭，不能说话。他一边掏出几粒消炎药塞进嘴里，一边吸着凉气捂着嘴巴语音仍然不太清楚地对我说，"我2001年担任副所长，这离不开金发所长和所党委的培养，也离不开单位职工的信任和支持。实事求是地说，当初当所长并不是我的愿望，我真正感兴趣的还是地质工作，国土资源部人教司和中国地质调查局领导到单位选拔副所长时，我人还在野外，并不了解领导和职工同志们把我推到了这个位置。"

以后的几天里，他很少说到自己，说得最多的是他的前任领导，他的搭档，他的同事，他的团队。

当我一页页地翻阅他和同事们完成的地调科研项目、论文、报告时，敬意油然而生。这是一个说得很少、做得很多的科学家，他把自己的研究发现，创新理念，科学成就，都凝聚成了一部大写的人生教科书。

在他那无言的文字里，一个个感人的故事诉说着往昔的艰辛与收获……

这一天，选择了最远测区的牛志军，带着两辆越野车、七八个人，在当玛岗山下观察地质现象。

那是一片侏罗纪地层，在雪山下一个呈U字形山谷底部的河里。积雪渐融凸显了谷底的露头，队员们兴致很高，采标本，绘图，拍照……突然，魏君奇博士惊恐地大叫一声，"野牦牛！"

大家弹射般地一跃而起，向着车的方向奔去。正在埋首绘图的曾波夫危急中跳上了河坎，而野牦牛在距他仅一尺距离的石坎上撞疼了坚硬的角。那牛角的力气，足以挑翻一辆吉普车。

"命悬一线啊！"回到驻地帐篷，大家都心有余悸，连连擦着头上的冷汗。

高原的7月，雪山冰雪融化，山体露头明显，正是工作的大好时机。此时的狼、熊等猛兽也纷纷钻出藏身巢穴，壮硕凶猛的野牦牛，漂亮的野马群也成群结队地追逐着不期而至的汽车，一副誓与人类比高低的架势。

2001年7月，姚华舟博士率领项目组，来到祖尔肯乌拉山一带跑地质路线。两个组分开行动，弃车雇用了马与牦牛。

副队长段其发与地质绘图师曾波夫，负责观测最后一条地质路线，约定完成工作后与大伙在玛日尕巴山下会合。

然而，段其发与曾波夫查完了最后路线，却不见了约定的牵马牧民。他们明白了，光秃秃的山，马吃什么？爱牛马如生命的牧民宁愿失约，走开了。

"赶快走！咱俩留在深山，就是有人找咱们，也不能发现！"想到白天跑线看到的狼，段其发觉察到了危险，两人赶紧选择河面宽敞的一处河坎背对背地坐下。漆黑如墨的夜，狼在不远处嚎叫。曾波夫脱下身上的秋衣将脚包起来。

曾波夫掏出仅剩的一块巧克力，刚要送到嘴边，又看了看，塞进了口袋："明天，留着明天吃。"

太困了。段其发取出最后一支烟，刚抽了一口，又立即掐灭火攥在手心里："不能再吸了，留着……"

在野外，永远不知道下一秒会发生什么。半块巧克力、半支香烟，被两个陷入困境的地质人小心翼翼地呵护着。

终于熬到天微明，两人活动着冻得麻木的四肢，相互搀扶着蹚冰河，翻山沟。曾波夫冻伤的脚磨出了血，每走一步都疼得钻心，"我不行了，你先走！"

"不行，咱俩绝不能分开。"段其发坚决地说。为节省体力，两人不再说话了……

"快看，姚博士来了！"突然段其发叫了起来，那顶熟悉的西部牛仔式毡帽远远地出现在视野里，姚华舟和一行人骑马疾驰而来。

看到两个人冻得瑟瑟发抖，姚华舟心疼得几乎流泪，他赶紧将肌苷口服液递到两人嘴边，段其发张口却问，有烟吗？来一颗暖和暖和？

一夜寻找的疲惫，一夜焦急的等待，这一刻全都烟消云散，姚华舟"哧"一下笑出了声，"哈，伙计，看来你没问题啊。"

"野外自救，要面对河流，背倚沟坎。只要有水，人就能活下去。不然在天寒地冻的无人区，只有死路一条。"45岁的段其发，操着一口云南普通话，感慨颇多。

2003年7月的一天，多日的阴雨过后，白云棉絮般悬在湛蓝如洗的天空，好像一伸手就能抓下一把来。姚华舟与段万军深深地吸了口气说道，"今天可以好好地干一场！"

没想到，藏北的天说变就变。姚华舟三人上午跑完了格拉丹冬西北部的地质路线，午后返回时，暴雪已经锁住了他们的视线，汽车也陷进了沼泽里。

姚华舟感到了恐怖，他暗暗地想："待在车里，没吃的，不冻死也要饿死，赶紧弃车而行！记得前面不远处有一户牧民，尽快找到他们。"

三人在雪山里奔走了八九个小时，连个人影也没看到。姚华舟凭着跑野外留下的记忆，根据地形变化带领二人摸索着前进，直至午夜时分，找到了自己曾经待过的一个废弃的土房，三个人抱团取暖，苦挨到天明。

雪在无休止地下着，天地间白茫茫一片，看不到参照物，分不清东西南北。

"坏了！这就是当地牧民称为'死亡天气'的'雪盲'！"姚华舟急了，"你俩拿上定位仪，咱们分头去找，这样快些。"

摔倒爬起，爬起摔倒，不知跌了多少跤，11个小时后，房子终于找到了，却人去屋空。三人翻进去，点燃牛粪，啃着仅剩的半块馒头。

"咱们要是再找不到人，会不会就完了？"年轻司机肖远军带着哭腔问。

"不会！绝对没问题！"姚华舟安慰着同伴，他知道，关键时刻，精神支撑最重要！

雪终于停了，没有任何生命痕迹的雪原，寂静得如死了一般。拿着望远镜的肖远军突然大叫起来。"快看，那是什么？"

望远镜在三人手里争相传过，肖远军激动了，"好像是羊群、帐篷，咱们有救了！"

腿上立刻来了劲，三人快速朝羊群、帐篷方向奔去，很快看到了羊群，看到了帐篷，看到了帐篷前的主人。主人尼玛看到老朋友狼狈的样子，关切地端上了酥油茶，"姚，你们……？"

顾不上回话，姚华舟脸埋在黑木碗里，咕咚，咕咚地喝着热乎乎的酥油茶，又抓起馒头塞到嘴里，放下碗，又抓起一节血肠"咔嚓、咔嚓"嚼起来。

"你们，你们怎么啦？"吃得香喷喷的姚华舟，一抬头看到两个同伴只喝酥油茶没吃东西，不解地眨巴着眼睛。

段万军将手中的馒头向他扬了扬，姚华舟瞪着眼一脸茫然。司机见状，悄悄地指指水壶又指指血肠，姚华舟恍然大悟，原来馒头上沾满了黑白两色羊毛，而羊肠也只是简单地洗了洗。

"高原没有环境污染，动物吃的是冬虫夏草，喝的是矿泉水，羊肉最有营养，连这美食都不敢吃，你们怎么当英雄？"

姚华舟戏谑地说："英雄敢生啖单于肉、渴饮匈奴血，快吃！"

尼玛看满嘴油腻的姚博士吃得津津有味，又让妻子端来大盆的羊肉，"姚，吃……吃了好赶路。"

"到什么山唱什么歌！"段万军一股豪气上来，和大家一起吃开了，帐篷里传出了高原少有的笑声。

深秋的雨夜，透过姚华舟朴实的语言述说，我仿佛看到了一个个高原冰雪净化了的灵魂，"我们这不算最惨的，最惨的是牛志军填图组，在雪地里困了半个月，那真是叫天不灵，呼地不应……"

2001 年 6 月，填图路线最远的牛志军小组，陷入"弹尽粮绝"的境地。

7 名队员从安多县色务乡出发第一天，两辆卡车还没有翻过距工作地 30 公里的雪山口，一辆车子就陷进了河里。陷车，挖车，再陷，再挖……形成了恶性循环，折腾了一天，竟然没走出几公里的沼泽地。

一辆车突然又打不着火了，发动不起来，另一辆车越陷越深。挖车，蹚河，司机施明远、翻译努才仁感冒了，曾波夫、王建雄的腿冻伤了，膝盖疼如刀割。

大伙心里都发毛了，除了他们一个个脆弱的身影，从日出到日落，茫茫高原正以其残酷的手段宣示着自己的存在，空旷的山谷看不到任何生命的踪迹。

"不能再挖车了，这里是无人区，大家都感冒了，再转成肺水肿、脑水肿，后果不堪设想，只有先把车放在这里，继续向前走，80 公里外就是土门煤矿，只要赶到那里就有救了。"王建雄提出建议。

曾波夫立即表示赞同。他在 7 人中年龄最大，内向不多言，却很有主见。

"一车坏，一车陷河中，我们前往土门煤矿，救命！"一张旧烟盒写下了留言，塞在了"趴窝"的车门上。

19 日，饥寒、疲惫如哀兵一般的一行 7 人一步一回头。

"放心吧，去年一个误传的遇险，李金发所长都要联系直升机营救，这次姚博士和所领导肯定会解救咱们！"性格开朗的王建雄在极力地鼓舞士气。

快看！不知谁一声大喊。原来，现在正是藏羚羊迁徙繁殖的季节，只见由远而近的上千只藏羚羊飞奔而来，雪地上扬起阵阵雪雾。

"高原的精灵！"大家一下来了精神，不期相遇的藏羚羊群，让一行人暂时忘记了身处的险境。

一条条冰河，一道道雪山，一场场风雪，仍在挑战着人们的极限。

"我们祈祷吧，在困难时默念你最忠诚的朋友，他就会来救你。"信奉佛教的翻译努才仁对大家说。

于是，每个人都在心里默念起"姚博士，姚博士……"

几近绝望的关口，姚华舟真的出现了！他是从另一条路线途经这里的。上午，姚华舟随段其发小组跑完了野外路线，下午，为了抢时间，本来没有计划当天出山的姚华舟，却反常规地匆忙出发了。说也奇怪，那天下午姚华舟就是坐立不安，尽管大家都说今天太晚，劝他休息一个下午明天再走，以免发生危险，他还是决定跟藏族司机东驾出发了。凭着娴熟的驾驶技术和对高原地形的熟悉与适应，东驾驾驶着汽车弯弯拐拐，一路绕过了河沟淤泥、沼泽和各种障碍，黄昏时分恰好赶到了王建雄一行通过的路上。看到一个个精疲力竭、有的正在发高烧的队友，姚华舟流下了眼泪。

一人坐另一人的大腿，一行9人，一起挤进一个不大的老式北京吉普车。司机东驾急了："不行，我的车被压坏了。"姚华舟大声说，"这些都是我的兄弟，赶紧走，车子坏了我赔！"小车子在黑夜里一路颠簸。遇到泥坑，大家就一起下车，手牵手一起走过，小车也因为没有载重而顺利通过；碰到大的河流，非常有经验的司机就循着硬底浅滩，分批次将队员们转运过河，再上车。就这样，走走停停，停停走走，到第二天凌晨才赶到了土门煤矿。听说他们的故事，藏族兄弟深受感动，热情地奉上最好的食物。

"如果不是姚博士和司机东驾及时出现，那次肯定有人倒毙，因为当时已经有几个人感冒发烧，走不动路，有的开始流泪，但却还有80公里的路要走，天又下着雨、夹着雪，还要趟过几条河，没有车和食物，很难想象我们是否能赶到土门煤矿……"王建雄、施明远心有余悸地说。

青藏高原的工作留在了姚华舟记忆的最深处，每次谈起高原的工作经历，都引起他深刻的回忆，每次谈起他的队友们，都充满了深深的感情。

"土门煤矿，这个地方不错，可以做咱们图幅的中转站，遇到困难可以很快得到救助。"这一天，姚华舟凝视地图良久，将心中的打算说予副队长段其发和技术负责牛志军。

然而，当他们驱车来到这个小地方时，一个操着生硬普通话的藏族年轻人，警觉地瞥了一眼介绍信，马上就扔了回来，"什么调查？不就是来破我们的山，挖我们的宝吗？还不是留下个烂摊子走人？"

在看似平静实则暗藏机锋的细节中，姚华舟看到了这个年轻藏族兄弟与汉族人隔膜的潜台词：信仰与冒犯。青藏高原千百年来承载着圣灵的庇佑，藏族人恼火的是，为什么现在很多人把征服这座神山当作自己的荣耀。

姚华舟一面细心地解释，一面端起桌上的酥油茶碗"咕咚，咕咚"喝起来，然后抹抹嘴，推推鼻梁上的眼镜，继续着刚才的话题。

"嗯？够意思！"这个被同伴称为博士的人，竟然没有瞧不起藏族人的意思。藏族人很单纯，没有那么多尘世上的是非观，年轻人不由得瞪大了眼睛。一张寒着的脸终于和悦起来："我叫达布……先到我家休息一下吧。"

藏族群众生活方式的魔力，姚华舟深有了解，一连三大碗酥油茶下肚，他又抓起桌上的糌粑大口大口地吃起来。

"你，不嫌我们脏，我愿意和你这个汉人做朋友，以后这儿就是你们的家，有事，只管来找我。"

一碗酥油茶，一块糌粑饼，日常生活的细节结成了友谊，信仰和力量在柔软宁静的氛围中走向和谐。

"这就是藏族人的风俗，藏区的地域文化。那里人烟稀少，常年不见人，看到外来人会倾其所有招待你，你如不接受，他可能认为伤害了他的尊严，会从心底排斥你。我想，藏族群众世代生活在最干净的太阳下面，他们都没有病，我怕什么呢！我在川西工作时，就跟甘孜藏族自治州一些藏族兄弟结下了深厚友谊，跟他们一起吃，有时还一起睡觉。他们发生了纠纷甚至动起刀子，我果断冲上前，在刀光中把他们分开并为他们解决了纠纷，他们很受感动。一个藏族乡干部竖起大拇指：姚博士，了不起，他们打架不要命，你也不要命地白手夺刀，平息了事态，这事我们有些藏族人也不敢招惹，来，我请你到家里喝酒！"

就是这样以挚诚之心，姚华舟将自己的团队以极限状态下的纯真与朴实，融入了西藏，融入了高原。

项目组聘请的医生王治国、老付，更是起到了连心桥的作用。每次出野外，他们的药箱总是装满各类药品，行路中遇到放牧转场生病的牧民，都会给予细心的治疗，他们说，"其实藏族人一般也不会有什么大病，都是感冒、关节炎之类的常见病，几粒药就能治好，而藏族群众却牵着羊，千恩万谢地来答谢你，真是让人感动。"

又是一个夕阳西下。一个个跑线队员如归巢的鸟儿，回到了格拉丹冬脚下的大本营。人们捧起碗刚要吃饭，却听见帐篷外传来阵阵嘈杂的叫喊声。负责安全的副队长段万军钻出帐篷一看，只见四五个藏族群众骑着马呼叫着直冲帐篷而来：

"你们汉族人为什么不讲信用？出来！"

怎么回事？原来，甘金木与藏族民工说好，两天完成一条长距离路线调查，另外多给他们一些糖果饼干作为贴补，结果，因途中遇到河水快速上涨无法过河，活没干完就没给。藏族民工们认为受了戏耍，便找上门来。

"这事处理不好，会影响与藏族群众的关系，更影响以后的工作。"段万军思忖片刻，脸上露出诚恳的笑意，"你们看这样好不好，你们干了一天活，也饿了，先到我们帐篷里，边吃边谈？"

几个藏族民工你看看我，我看看你，相继走进了帐篷。酒碗在每个人手里传来传去，一会儿，饭桌上传出了笑声。

"高原不只有苦，也有乐，高原捕鱼是最快乐的事，"敦敦实实的段万军笑嘻嘻地说，"高原寒冷，鱼反应迟缓，一会就能捕一水桶。我做的酸菜鱼，炒鱼干，大家都爱吃……"

"吃得最多的还是方便面，现在我看到方便面就会条件反射，直想吐，我对儿子说，我们家不许吃方便面。"听着牛志军缓缓的述说，我的心里阵阵酸涩。

为了写好地质调查报告，牛志军有一年春节将妻子孩子送回了东北老家，一个人在办公室加班。除夕的爆竹炸响整个天空，他拉开窗帘，看着万家灯火，心中油然升起一种说不出的内疚。半年在野外，孩子病了，妻子一人背着孩子跑到医院，急得直流泪；四年没有回老家，母亲50多岁意外去世，都没能赶回去见最后一面，给他留下的是一生的痛！

领导把"普通职工"装在了心里，"普通职工"把单位置于头顶——激情加智慧，思想加行动，正是武汉地质调查中心的成功"秘诀"。

我接触的几个采访对象，谈起每年青藏高原团队归来的场面，依然是激动不已，谈及李金发和中心领导对他们及家人的关心，每个人更是交口称赞，充满着感激与敬意。姚华舟不无感慨地说，"职工心中有杆秤啊！"

姚华舟说，青藏高原项目组凯旋的那天，中心沸腾起来了，全体领导班子成员来了，各处室的负责人来了，科技人员来了，项目组每个成员的家属和子女来了。项目组的车队刚刚驶来，早就等在大门口的人们不约而同地鼓着掌，放起了鞭炮。李金发疾步迎上前去，与姚华舟和队员们一一握手。

那天晚上，武汉地质调查中心成了真正意义上的"狂欢节"，年轻人手拿

着酒瓶伴着欢快的乐曲又扭又跳，久别重逢的同事关切而又饶有兴趣地询问着
高原上的地质工作情况，李金发和浑身沾满高原气息的地质队员肩并肩，手拉
手，像孩子一样欢快地唱起了《为了谁》：

　　泥巴裹满裤腿汗水湿透衣背

　　我不知道你是谁

　　我却知道你为了谁

　　为了谁为了秋的收获

　　为了春回大雁回

　　……

　　这时满眼热泪的姚华舟，双眼又投向遥远的大西南。此时洁净如仙的雪域
高原，幻化成了奔涌的长江水。

　　一江春水向东流，矢志不回头……

第八章　地质人的名片

磕不破的鸡蛋，煮不熟的米饭，冰河里的陷车，耶稣般的受难，吴旭玲的遗书，袁建芽的急救……这支踏石留痕的队伍以不朽的"井冈精神"，浇铸了属于江西地质人的闪光名片。

第一节　青藏高原的"下马威"

在足以用"物华天宝，人杰地灵"来形容的文化名城南昌，无论历史还是现实都释放出独有的文化意蕴与审美价值，不仅涌现出灿若星河的政治、经济、文化、科技等名人，现在，就连地质人也成了这座城市的名片。

在孔繁森工作过的西藏阿里地区，江西省地调院西藏区调队以富有创造的恢宏气度和坚毅顽强的精神魅力，5年完成地质调查6.8万余平方公里，相当于江西省面积的43％；新发现铁、铜、锑锰、金等矿点、矿产地13处，提交4份调查成果报告和3项专题研究成果报告，荣获高原地调项目4个全国第一，被省委、省政府授予"地质工作先进单位""地质尖兵"荣誉称号，带头人谢国刚也先后获得"全国地矿系统优秀科技工作者""全国优秀党务工作者""江西省十大杰出青年"等十多项省部级荣誉。

用文字和嘴巴造势一举成名，是当今的时尚，而江西地质人却在"生命禁区"的青藏高原，留下了一步步踏石留痕的攀援，一次次血雨腥风的搏杀，一段段感天动地的传奇，一场场永载史册的乐章。

有人说，太阳每天都是新的，21 世纪的太阳更加诱人。然而，走进新世纪的江西省地调院似乎并没有感觉到阳光的温度。

找米下锅的窘境，囊中羞涩的现实，全院已经没有任何资本释放当年的"牛气"了。仅有的几个不需要太多技术能力和资本投入的作坊式"三产"企业，都是单纯以体力劳动为基础的产品，一般都没有多大的效益。全院几百名职工在市场经济的风雨飘摇中左冲右突，却苦苦找不到突破口。

如何适应复杂多变的市场形势，开拓新的未来？

命运在叩门——千载难逢的青藏高原地质大调查带来了契机！

地调院班子反复讨论和研究，"抢抓机遇走出去"成为大家的共识，地调院院长拍板了："立即组建西藏区调队！"

一封封请战书、决心书雪片似地飞到领导手中，有的地质队员还写下血书表达心愿。

"我去西藏！"副院长、教授级高级工程师谢国刚率先表态。

"我去西藏！"医师张爱平对家人说。

"我去西藏！"汽车运输班班长朱波对家人说……

然而，这些递交申请的不但是地矿局的精英战士，也是家属们的顶梁柱啊，此去西藏遥无归期，家中还在乡下的老人怎么办？面临升学的孩子怎么办？万一家人有个三长两短怎么办？

"高原？峡谷？那是无人区啊，连老鹰都不能活，人去了能行？那不是去送死？"

"听说，有人想到西藏做生意，到了半路就憋喘不过气来，说前面就是有金子也不去了。"

"父母在，不远游。老人现在住着院，你走了怎么护理？咱不去。"

……

凶险的环境，遥远的地域，对于内地人来说，只有困惑和恐怖，陌生感所带来的恐惧足以压倒一切。

"可得做好家人的思想工作啊！"地调院领导一边安抚情绪激动不安的家属们，一边叮嘱谢国刚。

"放心吧！这不只是国家的任务，也关乎全队几百人的吃饭问题，我知道应该怎么做！"

准备带队出征的副院长谢国刚斩钉截铁地回答。

2000年4月16日，和风习习，春暖花开。谢国刚从地矿局领导手中接过印有"江西省地质调查院西藏区调队"大字的鲜红旗帜。

这是一个令人动情的时刻，人们的亲情和爱恋，焦虑和叹息，汇成了一股理智和感性的激流，猛烈撞击着脆弱的心岸。"父送子，妻送郎，子承父志上青藏"的感人场面出现了。有的孩子抱住了爸爸的腿，不肯撒手；有的老人抓着儿子的手千叮咛万嘱咐，好像儿子一去不归；恋爱中的情人牵手惜别默默无语，此时无声胜有声。

"出发！"谢国刚大手一挥，汽车的轰鸣淹没了人群的嘈杂，这支仅有21个人的小部队，向着雪域高原的最高处、海拔5800米的唐古拉山进发了。

向西，向西……飞旋的车轮带着火热的激情一路疾驰。这支队伍全是本科以上学历，其中硕士7人，教授级高工2人，共产党员11人；在当时参加青藏高原大调查的队伍中，他们的装备足以让全国的同行眼红，卫星电话、电台、电脑、GPS定位系统、磁法仪、电发仪等高端科技设备一应俱全。

为国寻找宝藏，是地质人的"永恒主题"。然而，高原在考验着这支由井冈山走来的队伍，他们没有高原工作经验，看到西部奇特的地形地貌，同充满绿色的南方相比是那么冷寂荒凉，一马平川的戈壁荒漠，高远空旷的天地，还有无处不在的远古气息。尤其是暮色四合，火烧云映红了起伏的山峦，壮观得如同天地间一团团巨大的火焰。

刚刚驶出青海重镇格尔木，就遭遇从未见过的沙尘暴。车队在能见度仅有十多米的情况下小心地向前移动。出发时地质队员的嬉笑声没了，有的望着一侧的河流；有的盯着另一侧的峻岭；有的对着狭窄弯曲的山路目不转睛。但统一的姿势都是紧紧握着扶手，尽量不让自己颠离座位。

青藏高原，给了他们第一个"下马威"！

盘山公路两旁的石壁巨崖突兀而起，车队沿着阶梯般的山路蜗牛般爬行，海拔4300多米……4400多米……4500多米……刚进昆仑山，一名队员突然开始了"翻江倒海"的强烈呕吐。好像多米诺骨牌效应，大多数队员感到五脏像被搅翻一样的难受，有几个队员忍受不了这种折磨，"嗷嗷"直叫。

海拔越来越高，车速越来越慢，水箱里七八十度就开锅，引擎发出声嘶力竭的轰鸣。一路随处可见滚下悬崖的汽车残骸，这些遗留在谷底的残骸，铁锈被风雪冲刷着，在岩石上形成红褐色的流痕，像凝固的血，向人们诉说着一个个不幸的遭遇。车队跑了一天也没见个人影，除了偶尔一两只野骆驼和野驴从眼前跑过，再也看不到一点鲜活的生命。

车行唐古拉山，高原上强烈的阳光亮得使人睁不开眼睛，朵朵如棉絮般的云彩就在头顶飘浮，就像进入神话仙境。地质队员却没有丝毫的恬适惬意，每个人都在心里默默祈祷着："唉……唐古拉山口呀唐古拉山口，你可不要像吃人的野兽似的，快让我们轻松些吧！"

出发前，工程师欧阳克贵曾再三叮咛谢国刚，到唐古拉山口要停下来好好看看景致，现在两人都像被抛上岸的鱼张着嘴喘不上气，早就没了那份闲情逸致。

按原计划，海拔4700米的安多是这次江西西藏区调队第一个必宿之地。能安全到达目的地也是车队司机最大的心愿。车队队长朱波在西征之前就开了会，要求司机师傅为区调队全体队员提供安全、有效的后勤保障。此时此刻，眼见区调队同志们严重的高原不适，恨不能把车开得如同席梦思软床般，让同志们舒舒服服坐卧休息。

恰恰在这荒无人烟，寸草不生的路段，失去了明显标志物，带队司机"迷路"了，车载电台也没有了信号。朱波急坏了，可着嗓子大叫：

"基地、基地……呼叫基地——！"

"基地、基地……我们的方位——？"

基地电台没有应答。

怎么办？环顾四周，一片苍茫，朱波只好指挥车队继续向前开……在茫茫的藏北高原，车队像一只只迷途的羔羊在蠕动着。忽然，几个游牧牧民的身影映入眼帘，朱波赶忙前去问路，几个藏族群众瞪着大眼睛直摇头，他们听不懂汉话。

只好继续小心摸索着缓慢前行。车辆不知疲倦地"跳舞"，队员们的头一次次重重磕在车窗上，如失态的醉鬼一般，每前行一米都让人心惊肉跳。

青藏高原被称为"地球之肾"，是衡量人类活动优劣的晴雨表。荒原上，最脆弱的不是人，而是车。车子常常不是在地上走，而是在水里开，一旦进入湿地腹腔，外界无法救援，两辆车任何一辆有了故障，就意味着地质队员的生命受到威胁。当车队途经一条近百米宽，五六十厘米深的河流时，大牵引车忽然在河中心意外熄火，陷进了激流。

怕就怕天气会忽然间风雪呼啸，怕就怕河水会忽然间暴涨。天已渐黑，如不赶紧把车救上来，不仅国家财产受损失，大家还要面临露宿荒郊野外的无奈。

"共产党员都放下氧气袋，大家一起来想办法。"

谢国刚手臂一挥，和区调队党支部书记袁建芽一起下了车。队员们纷纷摘下氧气，脱去长裤，一齐跳进了大腿深的冰河里。

朱波脱去羽绒服，穿着短裤已经跳进了冰冷刺骨的河水里。他要钻到大车底下查看车况。这是高原解冻的季节，河面上漂的大小冰块，像冰刀似地划在朱波的大腿上。

藏北高原的春天能把人的手冻僵，藏北高原的春水能把人的关节冻得又痛又麻……可怕的河水开始上涨了。高原反应时"嗷嗷"乱叫的区调队员此时静默无声，有的在车轮底下挖沙子，有的塞过去垫木板，有的从远处搬石头……像是演奏着一首无言的乐章，那么默契，那么投入。

青藏高原承载着太多的牺牲与奉献，少为人知的地质人故事和抗衡大自然中升腾的悲壮，就这样生长着。大伙在水里挣扎了5个多小时，硬是把车拖离了持续上涨的冰河。

汽车在坑坑洼洼的雪地艰难地行进着，真倒霉！后边的车辆一阵沉重的喘息，又深深地陷入了雪坑，熄火了。高寒缺氧，就像人患"高原病"一样，车只要一停就会出现气阻，半天打不着火。谢国刚与大伙又跳下汽车，任凭呼啸的风雪打在脸上，一个个不停地用脸盆、铁锹铲雪开道。严寒把雪片凝成冰块，敲打在汽车的铁皮上，发出"喳喳"的响声。

夜色茫茫，无边无际，他们就这样在陷车、挖车的恶性循环中摸索前行，想找个有人家的地方宿营，却总不见个人影。

痛苦着，行进着，沉闷、压抑的气氛笼罩着前行的队伍。

"苦不苦，想想长征两万五——！"谢国刚忽然大喊一声，打破了沉闷。

"累不累，想想革命老前辈——！"稍稍一顿，队员们齐声唱和。

"Tibetan Mastiff（藏獒）——！"谢国刚又用英语喊了一声。

欧阳克贵一时没反应过来，"没有火炭，火柴都没了！"

谢国刚善于在劳累的场合中偶尔来个冷幽默，一句英语仿佛带来了一股神力，逗得大家前俯后仰，笑声震惊了雪域高原的风雪，也给困顿中的伙伴们增添了乐趣，早已疲惫不堪的地调队员们马上精神振奋、活力十足了。

终于，一台台车辆喘着"粗气"、踉踉跄跄地挺进了藏北高原施工点。一个个帐篷搭起来，一台台设备抬下来，锅碗瓢盆各就各位。

　　队员们终于尝到了青藏高原施工的滋味。每天早上7点左右整装出发，一路上逢山过山、遇水过水，开展测量、记录、采样等工作，饿了就啃几口干粮，渴了就喝几口雪水。晚上七八点钟，大家背着几十斤重的矿石标本和设备返回驻地。这就有了舌尖上的小插曲。

　　这一天晚饭，考虑大伙刚来青藏高原，不适应恶劣的自然环境，炊事员便想搞一碗鸡蛋羹改善一下伙食，他一手拿鸡蛋一手拿碗，磕了一下，鸡蛋没反应，再磕一下，蛋和碗碰得叮当响。炊事员暗想，高原的鸡蛋皮怎么这样厚啊，边想边用力磕了第三下，这一下有效果，蛋没破，碗破了。原来鸡蛋已冻成硬邦邦的石头蛋。

　　吃饭，不仅是生命之必需，内地还要吃出色香味，在高原却仅仅是一种程序，你端着饭碗并不感到饥饿，也无食欲，只是时钟和体内的生物钟到了该进餐的程序。在内地吃自助餐，三下五除二，十几分钟结束战斗，在高原你要用上成倍甚至更多的时间，因为高原缺氧，一是饭食都是半生不熟，嚼不烂，费时；二是有一半的时间你要停下咀嚼才能喘气。由于高原地区极寒且氧气稀薄，队员们常会出现胃痛或患上病毒性感冒。

　　紧张的区域填图就在这样的背景下紧张地进行着。

　　严寒、缺氧、天气变幻莫测……茫茫丛林、深谷悬崖、有毒溪水、蟒蛇猛兽……这不是电影镜头，而是江西地质队员们真实的工作场景。队员们一天要翻越好几座高差几百米的山头，白天太阳照射温度高，队员们不适应环境，每个人嘴唇都裂开血口子，脸上晒得起了皮。晚上散热也快，零下20多摄氏度的低温，尿泡尿足以冻成冰疙瘩，但没有挡住一群年轻地质人火热的心。由于驻地海拔高，整天头晕、头疼，晚上又常遇雨雪天，帐篷内阴冷无比，加上牛粪燃烧的怪味，大伙的脑袋像敲鼓一样跳动，根本无法入睡，只能努力闭上眼睛，为白天的工作攒一点精力。谢国刚说，"虽然我们平均年龄只有30多岁，有一半人是第一次来到青藏高原，不少队员的高原反应很强烈，但是大家都有一个坚定的信念：我们一定要圆满完成任务！"

　　这帮弟兄都很争气，每天早晨7点钟出发，晚上再打着灯回到营地，看似简单的填图工作，跟农民一样面朝黄土背朝天地填图，背着仪器躬身驼背默默地往前赶，每天都跑几十公里的路线，日复一日，循环往复。他们自嘲是一群"耕山人"。大伙儿只有一个心愿，就是打造江西地调人的形象和品牌！

　　耕山，山无言人须有志；耕山，山有物人取艰难。何况他们现在要耕的，是海拔 5000 多米的青藏高原的雪山，前不见古人，后不见来者：溪河纵横，山高谷深，水流湍急，藤蔓缭绕。

高寒缺氧、缺通信设备，还不是最让队员们伤神的，蚂蟥的攻击让他们很郁闷。一天，几个队员回到住所，感到肚脐奇痒，撩起衣服一看，原来肚脐边叮着一条吃得胀鼓鼓的蚂蟥！两人吓得尖叫，大腿内有蚂蟥叮起的血包，脚上还有蚂蟥在吸血！

"最头疼的是一天四季的鬼天气，一会热，一会冷，碰到雨天，就要在雨中工作十几个小时。"这一天晚上，几个铮铮汉子准备返回时，想找一条捷径，结果迷了路。顺着指南针翻过一座山，看到一条溪沟，顺着溪流一步一探地走，下半身全泡在水里。天越来越黑，水哗哗流，风吹峡谷两边的树木刷刷作响，时不时有竹子被吹倒的"哗哗"声，似猛兽来袭，林子里不断传来鸟和动物的尖叫声……如入鬼谷。

"我，难道真的不行了吗？"这一天，高级工程师吴旭玲不知是雨淋日晒，还是病菌感染了，低烧一直不退，呼吸困难、嘴唇干裂，他强打着精神，仍然坚持白天跑野外，晚上在帐篷里打吊针，多少次以为自己会在梦中闭上眼睛再也醒不来，等到睁开眼睛，发现自己还活着。

吴旭玲战胜了自己。他拿出自己的遗书给谢国刚看，"如果我过不了这道坎，我就成了懦夫，现在我过去了，我就当自己在青藏高原死而复活吧！"

谢国刚看到了自己战友脸上恢复了生命的光泽，他为自己的队友高兴，两双粗糙的大手紧紧地握在了一起。

"我们去看看老袁吧！"谢国刚提议。吴旭玲点了点头。

曾荣获"江西省青年岗位能手"称号的副队长袁建芽，正在为藏调队的伙食发愁，看见谢国刚，像看到救星似的："怎么办呢？生活、生产资料要从 1000 公里外的拉萨购买，来回一趟需要 6 天。由于缺氧，饭菜不能烧熟，队员们胃口差，吃不下饭，经常出现胃痛和病毒性感染，十多天下来每人都要瘦十多斤！"

"是呀。"谢国刚也皱皱眉头，"我们工作区属于无人区，只有少量游牧居民，六七万平方公里，只有一个小县城，交通给养极其困难。买一趟菜来回半个多月，卡车里拉回的蔬菜，干的干，烂的烂，剩下能吃的还不到一半……"

"队员吃不好，住不好……这是个大问题。"袁建芽叹了一口气，"到现在好几个队员晚上只能安睡一两个小时，这得多长时间才能恢复工作状态？"

是啊，患病的队员太多了，缺氧、伤寒、肠炎、感染……连夜失眠，不但医师不够，医药也不够，随队医师张爱平，恨不能长出七手八脚。

进藏之前大家都做好了吃苦的思想准备，现实却远远超出了预料，一时间竟让两个领导人忧心忡忡。

恶魔般袭来的高原反应折磨着每一个人，头痛欲裂，食欲全无，体重普遍下降。方圆几十公里空无一人，雪花飘来，滚滚乌云远在天际，却又近在咫尺，寒冷、饥饿、茫然、恐惧突袭每个队员心里，食品也几近耗尽。还有莫名其妙的乡愁就像传染病，有一人感染，就影响一大片；不要看家人的来信、照片，甚至带来的物品都不要摸……一旦有谁不小心触摸那道网，旁边的人都会忍无可忍黯然神伤。有的队员实在忍受不了这种折磨，甚至动了"下山"的念头。

谢国刚知道，眼前的一切意味着什么，怎么办？

谢国刚知道，只说不行，重要的是做，是带头做。

谢国刚身兼多职：既是身背地质包的地质技术人员，进行野外地质作业和室内资料整理；又是地质项目的负责人，负责并领导本组成员对地质项目的设计、野外施工、报告编写的全程；又是队长，对整个西藏区调队所有地质项目全程管理；既是手拿地质锤的地质高级工程师，又是积极参与理顺与地方有关部门的关系、营造良好工作环境、做好矿权维护的谈判员。从安摊建点、支帐篷、平场地、搭板房、砌隔墙，谢国刚总是一人顶两人干活。最远、最难、最危险的勘查线路总是留给自己，遇冰河挡道，他第一个脱鞋，遭遇陷车，他挥镐在前。长时间的奔波劳累，他的高原反应更为严重，脸色发青，头痛难忍，连饭都难以下咽。一个月下来体重下降了十几斤，脸被晒得脱了一层皮。同志们说他是"拼命三郎"，劝他歇一歇，他说："我是一名共产党员，越是困难，越应该带头，否则'当头的'和'当兵的'又有什么区别呢？"

谢国刚愿意站在最高处，他愿意干在最高处，更愿意成就在最高处。一次，他从野外回到驻地累得瘫坐在椅子上，想喝水，水杯就放在桌上，可心发慌、手发抖，近在咫尺的水杯试了几次硬是拿不到手，但他仍然坚持在施工一线。在西藏，他就是家长，同事们就是他的兄弟和孩子。他喜欢观察，大家工作进展顺利与否，环境是否足够舒适整洁，伙食是否营养可口，兄弟们是否互相友爱，他都看在眼里。他更喜欢跟年轻人谈心，"传帮带"也就从谈心开始，谈眼前也谈未来，鼓励年轻人要学挑重担、敢于挑重担。年轻人也更需要关怀。西藏环境特殊，大家难免想家，他就给大家谈家庭谈婚姻，给大家带来宽慰。他觉得，但凡能为大家做什么，就尽量多做一点儿。

青藏高原的这段艰难岁月，给地质队员留下了一段久久不能忘怀的茶余饭后的谈资。很多人的身材都瘦了一圈，于是"进城"后第一件事便是给腰带打眼，把原来的腰带再紧几个扣。打完眼，他们幽默地说："吃饱吃好，腰腹变小；高原减肥，效果真好！"

第二节 藏北写风流

"他们连续 5 年奋战在海拔 5000 多米的青藏高原上，用惊人的毅力和一流的业绩，完成了地质调查任务——先后承担了 60 多个地质调查项目，提供了一大批优质的地质基础资料，实现了战略性矿产勘查的新突破！他们塑造了江西人、江西地质人的新形象！"

这是中国地质调查局原局长孟宪来对江西省地调队的高度评价。

有人说，青藏高原的荒凉与寂寞给人的压抑，能摧毁人的意志，不过，当地质人的踪迹在我的眼前逐渐化为一座丰碑时，我确信，江西地调人的使命与责任已经战胜了这一切。凛冽的寒风卷着漫天的飞雪，像针似地戳刺着这群不识时务的地质人；随狂风冲天而起的戈壁黄沙，吹打着脸面，不敢睁眼，像耶稣受难一样，一秒一秒地揣度着大自然的行刑。但那么多年来，原有的 29 支地调队来了又走，走了又来，仅剩下为数不多的几支队伍坚守在青藏高原空白区，江西省地调院西藏区调队始终坚守在遥远的青藏高原上。

进藏 5 年，地调队共取得地质成果 53 项，其中重大成果 5 项。在 28 个参评单位中，先后获得青藏高原同类地调项目 6 次第一名，创造了青藏高原第一轮和第二轮空白区国土资源大调查的两连冠。

"不解开藏北高原矿产资源的神秘面纱绝不回还！"这是谢国刚临行前立下的军令状。

藏北高原的矿藏啊，你到底在哪里？

带着问题思索，绝不放弃任何一处可疑点，这是一个地质人的责任与素养。

格尔耿是藏北地区最高的山，高达 6600 米，山上终年积冰雪。来到海拔 5000 余米地区填图时，谢国刚发现了矿化滚石。原生露头的源头在哪里呢？

他决定溯源而上。

"不行，太危险！"队友们都劝他不能上。他仰视着巍峨的雪山说："关键的时候，人比马爬得快，比鹰登得高啊！"结果在没有任何防护设施的情况下，他徒手越过雪线，攀过一道道光滑陡峭的冰川和深不见底的冰谷，硬是在山顶找到了原生的风化露头。此时他虽已嘴唇青紫，胸闷得无法说话。但他仍坚持着敲下一块又一块宝贵的矿石标本。

"没有扎实的地学理论功底，为地质事业做出贡献就可能成为一句空话。"谢国刚常说。白天，他野外勘查，仔细观察，千方百计多方面搜集资料，往大脑里记入大量数据。晚上，他就着昏暗的灯光，伏案整理，将大脑储存的数据、图表及技术上的蛛丝马迹一一归类，这种检索大脑的工作常常持续到深夜。

基于这样的执着，谢国刚将全部的精力投放到一块块冰冷的岩石上。细心"吃"透图纸，反复琢磨矿脉各部位支撑、连接关系，分析探求各应力之间相互作用的奥妙，艰难地闯过了一关又一关。

2001年，谢国刚荣获"全国优秀党务工作者"、江西省优秀党务工作者，2002年获江西省十大杰出青年、江西省"五一"劳动奖章、新形象楷模、经济技术创新能手等荣誉称号，2004年获"全国优秀科技工作者"，受到中国科协表彰。

大家总觉得谢国刚仿佛有用不完的精力。其实谢国刚知道自己不是什么天纵之才，并没有无限的能量和热情，他觉得人各有志，他不羡慕别人当官当老板，他觉得自己离不开地质，自己的岗位应该在第一线。他每天都看专业书，上网查阅资料，心里只憋着一股劲儿：把队伍带好，把项目做好。

2000年7月6日，谢国刚队长和欧阳克贵等几个队员在5800米的雪线附近发现了一处铜矿化露头，立即跟踪追击，准备到对面山上去追索矿体。他们小心翼翼地下到沟谷，走在厚厚的冰雪上的欧阳克贵突然脚下一滑，箭头似的就是十几米，转眼间不见了人影。大家回过神来，意识到大事不好。他们急忙向下滑行，呼叫，寻找，发现欧阳克贵已被卡在冰缝里，动弹不得，额头上流着血。大家七手八脚地进行救援，用带子把他从冰缝里拉了上来。

真险啊，如果冰缝下面是一条暗河，他们就永远也见不到这位弟兄啦！

欧阳克贵上来后发现矿石样品不在了，顾不上擦掉头上的血迹，立即要下去寻找，队员们坚决制止了他。

2001年4月29日，大家都出野外了，中午两点左右一辆车向基地电台呼叫，车陷入了冰窟，要求派车救援，等大家6点多钟从野外回家时，一进帐篷才从看守帐篷的同志口中得知这消息，谢国刚深感问题严重，若不能在天亮之前把车救出来，这几个队员就有危险。

顾不上一天工作的疲劳和饥饿（只是早上吃了点稀饭），谢国刚立刻带上4名刚从野外回来的队员，预备好必要的地形图、GPS、防寒衣服、食品等，带着两辆车急速上路了，一路上翻越了数条河流和山脉，晚上11点到达陷车地点，环顾四野，却看不到车和人的踪影，谢国刚一下子脑袋蒙了。

怎么回事？是陷车已自救回家，还是基地告诉的经纬度位置有误？谢国刚脑海里倒海翻江，仔细分析所有可能出现的情况，组织大家架设车载电台呼叫对方，并与基地联系有无消息，并组织大家在四周分散寻找。

已是夜里12点了，气温为零下18℃，雨雪不停，电台收听效果特差，不停地呼叫却没有回音。

时针指向了凌晨2点，汽车灯光、手电在荒野里扫视着，喇叭在呼叫着，寻找的范围在一点点扩展，仍是听不到任何回音，看不到熟悉的身影。

冷饿袭击着每个人，汽车油也不多了，也找不到回基地的路。

"如果这样继续找下去，很可能在这无人区烧完了汽油，我们这几个人也有生命危险！"

谢国刚当即决定，"停车，在车上过夜。"

不知什么时候，车窗外飘落许多白色的絮片。青藏高原的雪来得很豪放，很生猛，很厚重，不一会便天昏地暗，漫天劲舞，铺天盖地。

对南方走来的地质队员来说，浪漫圣洁的雪花有着无比的魅力和风韵，冬季飘雪也是一道最美的风景线。然而，现在两辆车连司机在内的6个人，除了刺骨的寒气，还有烦躁与不安——漫天飞雪何时停止？伙伴们到底现在何处？

他们在冷如冰窖的车上坐了一夜，高兴的是，到了凌晨雪停了，电台也收到了信号，那辆被陷车辆凌晨已经安全返回。

大家回到驻地，与失散伙伴如久别重逢，一见面紧紧地拥抱在一起……

顽强的毅力，强烈的责任感，让他们一次次战胜了死神的威胁，也让他们胆气倍增，招法连出。他们缜密地追索找矿信息，完成了大量的水系沉积物测量、地面高精度磁法测量、遥感地质解译和钻探、槽探等工作……

谁说这是一个丧魂落魄、激情缺失的时代？理想信念的燃烧正在张扬着中国地质人的灵魂崇高。

谁说这是一个只有浮躁、没有参照的荒原？不再沉寂的激情正在堆垒着众志成城的东方坐标。

斗转星移，日月如梭。谢国刚和同事们用滴滴心血和汗水浇灌的地质金花，灿烂地吐蕊绽放：

在藏北阿里、那曲、日喀则、山南等地，他们取得一系列新发现、新成果：新发现矿（化）点 86 处，其中铁、铜、铅、锌等金属矿（化）点 77 处，石灰岩、珍珠岩、石膏等 9 处。新发现矿产地 8 处，累计新增铁、铜、铅、锌、银资源量分别为：铁矿石 1.72 亿吨、铜 30 万吨、铅 57 万吨、锌 25 万吨、银 1110 吨。在青藏高原第一个中央地勘基金普查项目——滚纠铁矿区勘查中，共获铁矿石 $333+334_1$ 资源量 5333.97 万吨，初步实现了"快速评价、重点突破"的找矿目的。

迄今为止，我国在青藏高原取得的多项重大地质突破，其中有两项就是由他们创造的，完成的邦多区幅、措麦区幅 1 ∶ 25 万区调踏勘和 8500 平方公里填图，图幅质量在同行评比中名列第一，同时取得了 20 多项新成果，发现了锑矿、大型富铁矿、铜矿各一处和长达 60 多公里的尼雄一格尔耿多金属成矿带，圆满完成了中国地质调查局下达的指定任务。

谢国刚的奉献精神和工作成绩得到了社会的广泛认可。2000 年 11 月，中国地质调查局组织召开了"青藏高原 1 ∶ 25 万区域地质调查设计审查会"，他们完成的项目设计综合得分为 93.1 分，在 31 个参加评审的项目中，名列首位。

中国地质调查局明确表示，要给这支敢打硬仗的队伍更多的机会，2002 年，又将 1.5 幅区调图幅和一项矿产项目工作任务划给了江西省地调院承担。

江西省地调院的品牌越打越响。

2002 年，西藏区调队项目由一个增加到 3 个，人员由最初的 20 人增加到 39 人，工作难度显著增大。但他们越战越勇，谢国刚精心组织，措施到位，再次取得区调和地质找矿的重大成果，一举夺来 3 个全国第一：

矿产项目，于 2002 年 6 月在中国地质调查局成都地质矿产研究所组织的 10 个同类项目评审中获第一名；

7 月，老区调项目野外验收，在 28 个单位、31 个项目评审中名列第一；

12 月，新开区调项目设计评审以总分 92.83 的成绩再列第一。

青藏高原好像特别垂青他们，在西藏措勤的铁矿项目，也捷报频传，新发现两个大型磁铁矿点，预计可提交铁矿资源量近亿吨，大大超过了设计提交计划，达到了超大型的规模。而历时 3 年完成的邦多、措麦幅区调最终成果，又在中国地调局评审中获得全国第一……

这支被誉为"地质尖兵"的江西地质找矿劲旅，以坚强的意志和对地质事业执着的追求，克服常人难以想象的艰难困苦，在"生命禁区"取得了丰硕的矿产勘查成果，在藏北高原树立起江西地矿人的良好形象。

江西省委领导在江西省地调院西藏区调队事迹材料上批示，给予了高度评价："地质队员在高原工作是可贵的奉献，甚至可以说，他们是用生命的代价为党的事业做贡献。"

这次艰难的藏调之旅，仅仅是青藏高原地质大调查的一个缩影，按照我国国土资源大调查"十五"规划目标，江西省地调队的队员们又开始了新的地调科研工作。

填图在继续。采集在继续。研究在继续。

科学为他们的理想、抱负插上了腾飞的翅膀，而在重大实践当中运用科学并拓展科学的领域，又使他们拥有了高远的眼界与非凡的胆魄。

"到了青藏高原，除了与大自然的较量，重要的是与自己的较量，拼的是意志、是毅力，如果不能战胜困难，困难就要打败我们。"谢国刚泛着古铜色的脸有着金属的质感，那是高原的馈赠。

大凡在某个领域有所成就的人，都有自己鲜明的个性。谢国刚的个性就是做事太执着，工作太认真，他把自己的灵魂全部安放到了事业上。虎年出生的谢国刚保持着猛虎下山的劲头，每天和大家一样坚持出野外，每天背回十几千克甚至几十千克的矿石样品。他把这些队员紧紧地团结在了一起，队员们常说：这样的带头人，我们服！

"上了高原你就只能带头向前冲，不然就上对不起组织，下对不起团队的弟兄们。再说，哪个人不是忍着病痛在工作呢。"尽管已过去了多年，谢国刚的内心依然充满了感激与感慨。

格尔耿是藏北地区最高的山，山上终年积雪。谢国刚和袁建芽每向上爬一米，都相当于内地步行上百米付出的力气。头晕、胸闷、气喘、四肢无力……袁建芽实在挪不开步了。

"让我停下来坐一坐吧。"他想。

"让我停下来躺一躺吧。"他想。

"让我……！"

谢国刚清楚，这是海拔5000米以上才有的高山瞌睡症，躺下来恐怕就再也起不来了，于是不停地大声呼叫着："老袁，坚持，再坚持一会！"

"困呀……眼睛睁不开了。"昏昏沉沉的袁建芽摇摇头。

谢国刚摸摸他的额头，大吃一惊："发烧了？……为什么不早说？"

袁建芽说："我大小也是个头目，有点病就请假，会动摇士气。"

"那也不能冒死上山呀！"

谢国刚被袁建芽的话感动着，这就是一个共产党员的情怀啊！

他不忍心再责备生死与共的战友，猛地一转身，连背带拖架着袁建芽就走。

袁建芽实在浑身无力，他断断续续地说："谢队，我不能再累赘你了，快先走吧，那么多弟兄还等着你……！"

"废话！就是拖，我也要把你拖回去。要死，死在一起！"

真情，让苍天动容，令青山敬仰！

茫茫的藏北高原，记录了两个江西汉子的生死相依。他们搀扶着，走一步，停一步，不知走了多久，也不知走了多远，当远远看到接应的汽车时，袁建芽的泪水夺眶而出，喃喃自语："我们……不是在做梦吧？"

袁建芽被紧急送往医院。生与死的考验，谢国刚与袁建芽结成了超越兄弟般的友谊。

"幸福是什么？有人认为，幸福就是在家里风吹不到雨淋不着，衣来伸手，饭来张口。作为一名地质人，我的回答是：幸福，就是在野外经过千难万苦爬上最高山峰的那一刻，就是在深山老林施工中完成领导交给任务的那一刻！"

这是江西省地调院一位 80 后职工的演讲词，仔细咀嚼个中滋味，就会明白江西地调院在青藏高原取得的辉煌成绩，内在的力量源泉究竟是什么。

苍茫无人区，雪原不了情。

当年，带着罗盘、地质锤、放大镜三件宝，谢国刚团队用双腿跨越了地球第三极，用锤子敲出了超越财富的价值。而今天，面对一个个荣誉和奖杯，他们并没有陶醉，带着"D22、便携式分析仪、GPS 定位仪"新三宝，依然在荒原峻岭中跋涉，只是因为，他们有着"主义""信仰"般的追求，有着岩石地层的"发现"和迷恋。

"获得国家科技进步特等奖，对我们来说，只能说是对我们这个团队的肯定，更多的发现还等着我们去探索……"采访时已是全国地质找矿战略行动办公室副主任的谢国刚，话语始终那么低调平和，脸上是谦逊的微笑。

青藏高原大调查蕴藏了太多的内涵，在谢国刚低调、平和的背后，有多少鲜为人知的艰难和困苦？在这意外惊喜的背后，难道不是他一辈子对青藏高原地质工作的一往情深？

青山在，人未老。更高的科学目标，正在催动着谢国刚前行的脚步！

第三节　悠悠藏汉情

在青藏高原，除了自然环境的恶劣让人心悸外，还随时会面对社会的、人文的、文化的、观念的碰撞，如何处理？

正如习近平总书记所强调的，"做好民族工作，最关键的是搞好民族团结，最管用的是争取人心"。

有的进藏队伍因为没有处理好民族关系，曾经被当地群众赶出了西藏。因而进藏前，江西省委领导叮咛赴藏的江西团队，一定要与藏族群众友好相处：

"藏族群众以为高原的山川河流，都是神灵赋予他们的宝贝，神圣不可亵渎，任何行为的开采挖掘，都是对神灵的不恭，他们从内心深处抵触对自家土地利用和开采的外来人！但是我们不能将此视之为愚昧，不可嘲笑，不能轻视，更不要轻易得罪他们……没有当地藏族群众的帮助，你们的工作将很难展开。"

这一天，谢国刚和袁建芽两人正商议着如何展开与藏族群众间的工作，一块鸡蛋大的山石突然砸在了袁建芽的脑门上。

"哎呀"一声惊呼，袁建芽两手捂住脑袋，一股鲜血顺着指缝儿直往下流。随之是两个娃娃匆匆逃离的脚步声。谢国刚和吴旭玲见状，立即追赶左右包抄。两个光着脚丫的高原小男孩，被拉到了袁建芽面前。

"说……为什么用石头砸人？"吴旭玲喝问。

"你们坏，这是我们的神山神水！"藏娃娃毫无惧色，眼睛里放出桀骜不驯的光。

"哦？"原来是这样。

谢国刚苦涩地笑了——小小的年龄，就知道"保卫家园"了！这两个藏族孩子认为，雪域高原的山山水水都是神灵给他们留下来的礼物，一旦触犯，轻者患病，重者死亡。

"小家伙，你们为什么不上学？"谢国刚想缓和一下紧张气氛。

"我们要放牛，要看着我们的神山。"孩子们一边回答，一边警惕地望着这些亵渎神灵的坏人。

高原山区的道路险阻、藏族长期游牧的习俗以及每年两个月不能放弃的捡虫草，导致不少藏族群众少年儿童没能进入乡村小学读书学习，这两个孩子是什么情况呢？谢国刚仔细询问后得知，这两个孩子一个叫多吉，一个叫英巴，是藏族群众亚拉克的儿女。

平凡的感情有时比看似亲密无间来得更真实。两个藏族儿童的出现，让谢国刚意识到再不能继续等待和观望，维护民族团结、取得藏族群众的支持和帮助已是首要之务！

他们通过当地政府，找到了 20 公里外的多吉和英巴的家。

这是一户住在"生命禁区"里的藏族群众。与其说这是个家，倒不如说是临时避难所。三块石头上支着一口小铁锅，旁边地上摆着几只碗，一个地铺上，承载着父亲、母亲、两个孩子，古铜色的脸庞印证了这一家人饱经沧桑的岁月。

多吉和英巴从懂事起，就没有在一个地方固定居住超过几个月，他们常年游牧，跟随着自己的牦牛，从一个草场到另一个草场，从这座山转移到另一座山……这一阵子他们好长时间没有转移，是因为妈妈病得不轻，不停地咳嗽。

走进帐篷，随队医师张爱平二话没说，打开药箱，一边询问病情，一边用听诊器诊断。看医师就像对待亲人一样，认真地检查、治疗，并送给了他们一包包的药。多吉和英巴的老爸脸色和暖了下来，不停地用手势比画着病情。

有一种情谊，就是这样从送温暖开始牵手。

有一种情谊，就是这样因宽容而产生感动。

几天后，多吉和英巴带着爸爸妈妈来到了江西藏调队的帐篷，眼睛里露出感激的神色，竖着大拇指对张医师说："门巴，雅格都！门巴，雅格都！"意思是："医师，好样的！"。

说着，他们从藏袍里掏出一条精心编织的牦牛尾巴，双手献给张爱平。

"北京来的亲人真好，共产党派来的福星啊！"这是藏族兄弟的肺腑之言。

从此，"神医张门巴"很快就在藏族群众中传开了，隔三岔五就有牧民和乡干部从几十公里外骑马前来就医。

大爱的暖流，融化了千年的冰雪；真情的交融，呈现出金灿灿的贵重。从此，多吉和英巴这两个藏族小朋友成了江西省地调队的熟客。

谢国刚问起多吉和英巴这两个孩子为什么敢在雪域高原纵横驰骋，他们自豪地说："我们什么都不怕，我们有神犬冈日森格！"

冈日森格是一只三岁的黑色藏獒，多吉和英巴把它视作家里的一分子，他们家的财产，白天家人看管，夜间就由冈日森格来看护，"人人都知道我们藏族群众有三大宝——藏獒、好马加快刀，你们也可以养一只藏獒啊，它可以帮助你们寻找野菜和矿石，危机时还可以救命！"

多吉和英巴给地调队员们讲了当地流传的一个传说：有一年冬天山洪暴发，大地被冰雪覆盖，瘟疫流行，正当藏族人民和他们赖以生存的牲畜在饥寒交迫中挣扎时，忽见许多身披袈裟、手摇禅铃盘坐在高大凶猛坐骑上的活佛从天而降，那些坐骑就是藏獒。活佛和藏獒的到来，融化了冰雪、消除了瘟疫，解救了善良的藏族人民。故而藏族群众提起藏獒无不崇敬有加，认为藏獒是上天派来的使者，是牧民的保护神，被称为天山神犬。

"冈日森格能赶跑狼群吗？"袁建芽忽然想起前几夜有地调队员在驻地附近受到狼群的追赶，赶紧问多吉和英巴。

"它能把头狼咬死，还能把黑熊赶跑。"多吉和英巴相视一笑，"要不我们今晚住在这里？"

"好……那可太感谢了！"谢国刚和袁建芽几乎是异口同声呐喊一声，然后分别把两个藏族孩子抱了起来，"让我们也见识一下神犬冈日森格的厉害！"

冈日森格头大额宽，狮头型，四肢健壮，长约三尺，肩高二尺半余，看上去强劲凶猛。多吉和英巴带它进了江西省地调队以后，对主人的朋友它表现出了极大的信任和忠诚，即便如此，好几个地调队员恐其形凶相，绝不敢靠近。

这一夜，因为有冈日森格守护，江西省地调队队员们睡觉特别踏实，夜半时分果真听见了冈日森格低沉、威严的呜呜声，他们中没有谁起身离开帐篷一步。

第二天大早，多吉和英巴喊醒了谢国刚，他们发现冈日森格不见了。谢国刚和袁建芽带着地调队员一起四周寻找，结果，在距离地调队帐篷 1000 米远的地方发现了两具狼尸。

冈日森格因为跟狼群进行过殊死搏斗，受了伤，此时此刻在零下几十度的藏北之晨，它竟然安然入睡。

"Tibetan Mastiff！"谢国刚对雪域神犬不可思议的凶猛，发出了惊叹声！

还有一件事让张门巴与藏调队名声大振。

"收工喽！"像往常一样，尼雄铁矿矿调项目队的队员们一声吆喝，开始收拾工具和野外数据材料，前往约定好的集合地点，准备乘车返回营地。

"噗通！"突然，只听一声闷响就见不远处一个正在放羊的藏族小伙倒在地上，队员们跑上前一看，认出是尼雄村的牧民藏族小伙嘎玛。嘎玛已经昏迷过去，地上和嘴角上都流有鲜血。

"嘎玛，嘎玛！"队员们急切地呼唤着小伙子的名字，却没有一点反应。

"回驻地抢救！不然，会有生命危险！"项目队队长程春华果断吩咐队员把嘎玛抬上车。他知道，这里距最近的医院——措勤县人民医院有八十多公里的路程，且路况差，车子最快也要一个小时到达。而这一个小时，对于急需抢救的病人来说是何等的漫长、何等的宝贵！

车子飞速向驻地奔去。看着远远驰来的汽车，张爱平知道又是有了危重病人，他赶紧取出自己的医疗器具。量血压，听心肺，查口腔，"急性支气管扩张伴随大咳血！"张爱平做出初步诊断。

止血，输液，嘎玛脱离了生命危险，看着围在自己身边的一群人，不会说汉语的嘎玛满眼流出感激之情，张医生与队员们紧绷了一夜的神经松弛了下来。

沟通协调，感情联络，是藏汉文化融合的先决条件。为藏族群众捐款助学活动，是其中一个亮点。入秋的高原，格桑花儿开得鲜艳夺目，党支部委员、副队长邹爱建、袁建芽主动找到磁石乡分管教育的副乡长，一起深入到乡村小学了解情况，得知有的学生半年没回过家、有的学生一年没换洗过鞋子、有的学生只有书没钱买书包和笔、有的学生……等等，邹爱建、袁建芽找到校长进一步落实贫困学生情况，第二天校长带着 6 个学生代表到他们宿营地沟通互动。在这种生动、活泼、友好的气氛里，谢国刚号召党员为贫困学生捐款助学，大家你 200 元、他 100 元、他 50 ~ 60 元……为贫困学生捐款近 5000 元，得到了当地政府和学校师生的高度好评。

怎样能既活跃职工气氛调节情绪，又能加深藏汉民族交流，巩固民族感情？

谢国刚与班子成员开会研究，决定与当地乡、村、学校开展文体联欢活动，由副队长邹爱建到当地乡、村、学校联系。

消息传出，当地百姓积极响应和支持，联欢活动的头一天就有 50 ~ 60 人穿着艳丽的民族服装，带着帐篷、马、老人、儿童从分散在高原各地来到地调队的驻地，搭起了临时帐篷。第二天，200 多人从四面八方赶来，像是参加一场盛大的节日，姑娘、小伙子、老师、学生、乡村干部们都精心打扮，身穿绚丽多彩的民族服装。地调队员们自来到高原工作后也从未见过这种场面，此时看到穿着民族服装的藏族群众，感觉是那么的赏心悦目。

文体活动由地调队和乡政府联合组织，藏族群众表演了欢快的民族歌舞，然后藏汉双方歌舞互动，还组织了赛马、武术、跑步比赛，最后谢国刚和乡领导对比赛优胜者颁发了奖品。通过这样的活动增进了大家的了解，增强了藏汉民族的互敬互爱，既加深了民族感情又活跃地调队队员们的气氛，受到了当地政府的赞扬。

江西赴藏区调队的同志们终于迎来了他们进藏后真正意义上的春天。他们从一点一滴做起，组织免费给当地群众看病送药、捐款捐物解困助学、开展与当地乡、村、学校联欢活动等，赢得了藏族群众的极大支持和帮助，被当地政府誉为民族团结的典范。

文化的融合，也促进了大调查工作的快速推进。

有一次营地转移，这个区域人烟稀少，险峻的高山峻岭间更是人迹罕至。谢国刚带着几名技术人员带着简易食品、瓶装水及简单的仪器和绳索上了山，藏族群众就主动为他们引路翻山，帮他们人推绳拉，披荆斩棘，收集了大量地质矿产及地貌环境等资料，采集了不同地质时代的各种岩石，掌握了第一手资料。

艰苦环境里，幽默诙谐的语言在江西省地调队队员之间诞生。海拔高，空气含氧量低，再高级的打火机到了这里都打不着火。当地藏族群众听说了，便主动把火柴送上门来，于是，内地已"下岗"多年的火柴，在这里的"烟民"手里又重新派上了用场。地质队员们戏称为"打火机下岗，火柴上岗"。

有一次，地质队员的生活用品供给发生了困难，当地一户藏族群众看在眼里，急在心里，于是把家里的熟食、半熟食及新鲜蔬菜都送来了……地调队的同志说啥也不肯收，淳朴憨实的藏族群众急得眼泪都要出来。他说，"你们抛家离子，就是为了我们藏族过上好日子啊，我碗里吃着肉，不能忘恩是不是？请收下这点心意吧！"

观念一变天地宽。地质大调查成了民族友谊的连心桥，淳朴的藏族群众往往会以特有的方式表达着自己的感激之情，藏族群众的心意得收下，但又不能犯纪律，怎么办？地调队的同志将肉作价，买了烟酒给藏族群众送了过去。

同一片蓝天，同一家弟兄，操着不同言语的各族儿女，在高远的寒地，感受着民族大家庭的温暖。

时任江西省副省长危朝安带领慰问组，气喘吁吁地爬到了海拔 5000 余米的高原。谢国刚汇报了一个个藏汉互助民族团结的感人故事，危朝安一行感慨不已，尽管上气不接下气，他仍是对江西地质人赞不绝口：

"千奖万奖，不如藏族人民的夸奖。你们的艰苦付出，你们的巨大贡献，党和人民都不会忘记，就连藏族群众都说共产党好，还有什么能比这更让我们欣慰的呢？"

　　危朝安慰问返回后，江西省委、省政府对进藏的地质队进行了嘉奖鼓励，一下子配备了近两百多万元的现代化装备。

　　北京表扬，省里奖励，不仅有荣誉，还有实惠，这在全国同系统中都是少有的。

　　一条天路浓缩了几千年历史，挟带着老子的"孔德之容，惟道而从"，拉近了汉藏文明的融合距离；汉藏一家的和谐理念融入炎黄子孙的血液，青藏高原的跨越发展便不是梦。

　　山谷野风，没有吹散心中执着的信念；风霜雨雪，没有浇灭胸中火焰般的热情。这就是江西地质人用生命抒写的名片！

　　借问蜃楼何处有？群山环抱彩虹间……

第九章 消失的"天窗"

"补天"的巨手，抹平了青藏高原200多万平方公里的地质空白；量天的脚步，跑完了环绕地球12圈的区域填图路线；4000米间距打出的20万个井田格，绘成177个中比例尺高精度数字化地质图——中国陆域地质调查填图实现了历史性全覆盖！

第一节 "刑天"的呐喊

"刑天舞干戚，猛志固常在。"

中国地质人"可上九天揽月，可下五洋捉鳖"的豪气，在青藏高原汇成了滚滚热浪，年轻的高原带来了热核般的变化，一个个峰峦被攻克，一条条峡谷被穿越，一块块空白被充填，一张张图幅被画出……遍地的宝藏、丰富的资源，一个个大发现如同一簇簇夺目的光焰烧红了西部半边天，成为新纪元中国西部最动感、最迷人的大地封面。

"深圳速度"，"世界屋脊上的深圳速度"！

在人们的惊呼赞叹之余，有多少人知道，这里的氧气却比深圳少三分之一以上，这里的施工条件、生活条件，与深圳相比是天壤之别？

请读者跟着我键盘的敲击声把目光转向中国的大西北——青海，三江之源，从这里流淌出的河水哺养了中华民族。

遥远苍凉雄踞于"世界屋脊"上的青海，因其地质构造复杂、地形高差悬殊而神秘富有。横跨秦祁昆和北特提斯两大成矿域的

200

独特优势，成为中国地质人纵横驰骋的舞台，众多的"当代后羿"正在恶劣的环境里追风逐月"搭弓射箭"！

诚如张洪涛的形象比喻，青海的矿产资源好比一头大象，由于之前地质调查跟不上，我们只摸到了象鼻子和象腿，还没有摸到大象身子。但仅仅是象鼻子、象腿，青海已探明的矿产资源储量，在全国已经凸显了不容忽视的战略地位。

青海地质调查院首先进入了我们采访的视野。

在西安地质调查中心党委书记杜玉良、副总工程师李荣社的陪同下，来到了西北重镇西宁。青海省国土资源厅厅长刘山青热情的接待，驱散了来自西伯利亚的寒流：

"在青藏高原地质大调查中，我们省地质调查院完成了 1：25 万布喀达坂峰幅、库郎米其提幅、可可西里湖幅、沱沱河幅、曲柔尕卡幅、治多县幅、杂多县幅、西宁幅、门源幅区域地质调查，完成调查面积达 13 万平方公里，为填补青藏高原基础地质调查空白做出了贡献，也为'十一五'启动的'青藏高原地质矿产调查与评价专项'（青海片区）的实施及'358'目标实现提供了重要的基础地质支撑。最值得一提的是，省地质调查院承担的 1：25 万布喀达坂峰幅区域地质调查成果获国土资源部科技进步二等奖！"

在青海省地调院，驻足一块块图文并茂的展板，让我们不仅看到了一个个重大的突破性成果，也看到了一支"青藏高原上的地勘劲旅"，一个个勇于挑战生命极限的时代人物，一个个"探求地球奥秘的苦行僧"也就闪亮登场了。

第一位是青年地质科技奖银锤奖获得者——王秉璋。

新世纪初的一个 5 月，从事区域地质调查工作近 10 年的王秉璋，带着项目组一行人向着可可西里的布喀达坂峰进发。"可可西里"蒙语意为"青色的山梁"，地处青藏高原腹地，最高峰为北缘昆仑山布喀达板峰，海拔 6860 米。

站在冰冻的大地上，王秉璋分明已经感到了春意在脚下涌动，望着远处神秘而寂静的布喀达坂峰，王秉璋并不陌生。1991 年，王秉璋于长春地质学院地质矿产勘查专业毕业，就始终奋斗在青海地质第一线，1：20 万，1：5 万各种比例尺区域地质调查，为他积累了丰富的野外工作经验。他知道，这一次 1：25 万布喀达坂峰幅大调查项目负责，于他是责任，更是挑战。在这片无人区里，等待他们的是稀薄的氧气、湍急的河流、密集的沼泽，凶猛的野兽……

"轰"，汽车喘息着发出一声闷吼，趴下了。王秉璋默默地卷起裤腿下到刺骨的河水中，紧接着几名队员也跟他一样站在没膝的冰水中。陷车，挖车，赶路，这已是高原行进的常态。

青藏高原的地质事业是世间最艰苦的事业，也是强者的事业。4 年间，克服了无人区难以想象的艰难困苦，王秉璋和他的项目组收获着巨大的成功。

"布喀达坂峰是险地，但更是我们的福地！"沉稳而不事张扬的王秉璋，用一双睿智的眼睛定定地望着我们：

"我们在东昆仑西端布喀达坂峰地区二叠纪地层中，首次发现了孢粉－疑源类化石组合。经研究又发现，马尔争组中段复理石地层时代当为中二叠世—晚二叠世。还有，在那些在阿尔格山以北地区的晚古生代地层中，我们采集到了丰富的腕足类、双壳类、腹足类、蜓类、珊瑚类化石，无论是对分析本地区还是相邻地区在早更新世时的气候演变及高原隆升，都具有一定的指示意义。"

青海地调院院长潘彤自豪地表述："王秉璋项目组取得的布喀达坂峰幅调查成果，大幅度提高了东昆仑造山带西段区域地质调查研究程度，在诸多方面填补了地质空白，尤其是在这个地区首次发现二叠纪冷温动物群，具有十分重要的科学价值，引起了地学界的高度关注，中国地质调查局组织的评审中给予了高度评价！"

下面登场的是杨延兴项目组。这年 5 月，他们冲进了可可西里。

杨延兴，2001 年成都理工学院地质矿产开发专业毕业就到了青海地调院，仅在唐古拉山口、西藏、可可西里、沱沱河等高海拔、高寒缺氧、极端恶劣气候环境中的工作时间，就长达 14 年之久。他无法忘记，1：25 万可可西里湖幅的填图中，汽车陷入沼泽 18 天的痛苦经历；更不会忘记 2002 年 7 月底，他与项目组转战到西金乌兰湖蛇形沟地区工作时的情景。

美丽的西金乌兰湖，就像撒落在玉树高原腹地上的一面镜子，夹杂着强烈紫外线的阳光照在水面上，泛起五彩斑斓的粼粼碧波，杨再兴感到无比的静谧而神奇。然而，在这秀美、婉约的外表下，却隐藏着桀骜不驯的"祸心"。

高原的天说变就变，风雨瞬间而至，杨延兴的担心应验了：前往格尔木采购物品的生活车遇雨受阻，项目组 20 多人既不能停工，又不能让队员饿肚子，怎么办？无奈中，他将马料——小麦和豌豆，干炒磨粉后再食用。

我们解放了这片国土，却并不完全了解它的构造，我们世世代代生活在这片热土上，却并不熟悉它的秉性和喜怒哀乐。在与饥饿风雨的抗争中，杨延兴项目组在西金乌兰湖及蛇形沟等地发现了倾向向南的构造面；根据三叠纪前陆盆地、火山岩浆弧及蛇绿岩等空间配置，结合深部地球物理特征，提出了西金乌兰构造混杂岩带构造极性向南俯冲的认识，完成的《可可西里湖幅》《沱沱河幅、曲柔尕卡幅》1∶25万大调查项目被中国地质调查局专家评为优秀图幅。

"回头想想过去的日子，真不知道是怎么挺过来的。"杨延兴黝黑的脸上闪过一丝激动。沱沱河幅、曲柔尕卡幅、布伦台幅、大灶火幅、兴海幅……每一个图幅都印满了青海地质人的足迹；任家琪、王永明、栗延喜、史连昌、邱炜、李善平……几代地质人都在雪域高原上书写了他们重墨浓彩的一笔。

2001年5月7日，又一支来自陕西的队伍沿着唐蕃古道向藏北高原扑去。

唐蕃古道，是唐代文成公主进藏的路线，也是唐文化与吐蕃文化交融之路。准确地说，就是从西安始发，以拉萨为终点，2000多公里。这条路在日月山、倒淌河与青藏公路"分道扬镳"，不走唐古拉山口而经巴颜喀拉山口，其中有900公里是崇山峻岭中的"悬崖 + 泥路"，随时还要面对泥石流和山体滑坡的危险。

陕西地调院区调队在韩芳林的带领下，大小四辆汽车发出了"舍我其谁"的轰鸣，滚滚烟尘就像浓浓硝烟，人与车瞬间笼罩在一片灰蒙蒙的云雾中。

2000年5月，韩芳林曾经作为项目负责人带领区调项目组的24名伙伴，转战于昆仑北坡至塔里木盆地之间，开展了1∶25万于田和伯力克区域填图。眼前翻江倒海的颠簸，都不过是去年的场景再现，再恶劣的环境他们都已经习以为常了。

没有大漠孤烟的寂寥与悲壮，没有黄河落日的凄美与安谧，两天的急行军，韩芳林一行17人在郭扎措湖东20公里处的一条山沟里扎下了营寨。

"一定要打个漂亮仗！"再上藏北，韩芳林站在湖边极目望去，熟悉的路熟悉的湖，"如果进展顺利，我们很快就可以进入昆仑北坡踏勘了。"

没有已知的地质资料，没有可访的藏族群众，韩芳林与崔建堂做了周密分工。紧紧张张的十几天过去了，通过细致的路线调查和剖面测绘，搞清了郭扎措一带的地质构造。

5月底，韩芳林与崔建堂带着两个小组，转向了克里雅山口北部的阿他木帕地区。来不及欣赏冰川的壮美，进入阵地的地质人们就打起了突击战。短短4天，他们就完成路线150公里，填图面积700平方公里。

一月后，韩芳林带领李海平、计文化和刘曦鹏组成的4人小分队深入昆仑北坡先行踏勘。进入普鲁村的小分队沿库拉甫河峡谷而上。进入峡谷，4人沿河岸穿行在陡峭的山壁间。6天后，小分队终于到达苏巴什。

苏巴什位于昆仑北坡的库拉甫河源头，意思就是下大雪的地方，海拔4500多米。刚进入阵地，厚厚的飞雪就将地质人变成了一个个雪人。晚上寒风呼啸，所有能盖的东西全盖上了，4人依旧辗转反侧不能入眠。

积雪再厚也阻隔不了地质人探寻的步履。天亮时分，他们4人向着海拔近5000米的苏巴什之侧的硫磺达坂攀去。惊喜在冰冻中显现，从苏巴什向硫磺达坂间的一条宽10余公里的蛇绿构造混杂岩带，展现在眼前。

"太幸运了，这个发现有重大的科学价值！"韩芳林激动不已。

"搞了30多年地质，我从没见过如此宏伟的断裂系！"年近六旬的高级工程师李海平，忘记了缺氧的不适，兴奋地发着感慨。

追索到硫磺达坂的韩芳林团队收获巨大，他们根据一个了不起的地质发现，科学地推断出"137条断裂带"为错那 – 卧龙断裂与雅鲁藏布江结合带相叠接！

一年两年，春去冬归，在与风雪严寒猛兽的搏击中，韩芳林主持完成了西昆仑地区1∶25万、1∶5万区调填图，在13万平方公里的空白区，不但有多项重大基础地质及矿产新发现，而且依据大量第一手资料，分析了成矿地质背景，提出了西昆仑造山带增生演化模式。

"在我们先后完成的9幅1∶25万区调中，其曼于特、蒙古包蛇绿构造混杂岩带和库木库里砂岩型铜矿的发现，是我们的一大亮点。"

秋日的阳光，毫不吝惜地泼洒在西安市吉祥路66号——陕西地质调查院的楼宇内，韩芳林这个毕业于长春地质学院地质系区域地质调查与矿产普查专业的关中汉子，用陕西人那特有的大嗓门介绍说。

敦实的身材，光洁饱满的额头，洪亮的嗓门，让人一望可知，这是一个豪爽能干而又十分真诚的人。难怪听说过他的人，都觉得他是个传奇人物，有着鲜明的个性特征，见过他的人，忘不了他真诚的笑容，温暖的大手。我们采访时，有人介绍他痴迷青藏的率真狂放，有人感慨他淡泊名利独守内心的操守。总之，他把青藏高原变成了实现理想的诗意道场。

每一项成就的取得，要经历多少不同寻常的拼搏？计文化在青藏高原北部的探索可谓成果颇丰。

"西昆仑地区地层构造格架的建立，拉萨、改则 – 芒崖、玉树 – 昌都等地区1∶100万区域重力调查的完成，中生界底和古生界底两个密度界面构造图的编制，隐伏 – 半隐伏大型岩体66处的划出，168个局部重力异常的提取，还有一个个新认识的提出，对研究青藏高原的区域地质构造、寻找金属及油气矿产提供了重要的指导意义！"这是计文化的声音。

让我们先看看计文化的简历：毕业于中国地质大学（北京），西安地质矿产研究所高级工程师，在构造地质学研究领域成就颇丰。1999～2001年间，他在于田幅、伯力克幅1：25万区域地质调查中担任副技术负责；2002～2004年间，担任神仙湾、麻扎、塔吐鲁沟、斯卡杜等4幅1：25万区域地质调查项目负责；2002～2005年间，他又担任了青藏高原北部空白区基础地质综合研究的副技术负责；从2006开始，又是青藏高原前寒武纪地质、古生代构造古地理综合研究项目之"古生代构造古地理综合研究"的专题负责，并承担了国家自然基金项目"青藏高原中北部地区中上二叠统不整合地质意义研究"……由此可见，在青藏高原地质大调查中的贡献非同小可。

计文化团队留下的足迹，证明了"梅花香自苦寒来"的内涵，也诠释了智慧的寻觅与时空认识的超越。

2001年那个5月，与韩芳林兵分两路的计文化，率领他的北部组正向阿什库勒山间盆地前进。平均海拔4700米的阿什库勒盆地，位于昆仑山中段，盆地与周围山脉都由大断裂形成。车在群山沟壑间艰难爬行，在过河沟时车陷了进去。计文化和队员们不顾冰冻严寒，跳进泥水中，用力推动，用石头垫，汽车仍爬不出来，最后大家硬是靠人力用绳索一点点将车子拖出泥潭。

进阿什库勒盆地的路线，难于上青天。群山如同身怀绝技、功力深厚的高人，险峻、挺拔，加之绝壁、深壑。密林也总是那样神秘、幽静，以其层层枯草隔绝泥土、岩石设伏，以其密密的枯藤、老树挡住去路。密林远比大山更难以应战，越是风平浪静、落叶无声之时，越是显出其不可丈量的威力。

开车，显然无法行进。只有一次的人生，能够卓越，岂可平庸？

沟沟坎坎，挡不住计文化和队员们的脚步。计文化有办法，"每人一头毛驴，一条沟一座山地跑！"

在青藏高原山区骑驴绝不是一件惬意的事。驴子既驮运行李，也是代步工具；他和伙伴们穿着厚重笨拙的老棉袄，坐在两侧都是地质包、样品袋等物品的驴背上艰难穿行，很容易磨破皮，况且因为以前没骑过驴，突然一下子要骑几个小时，弄得他们全身酸痛。特别是膝盖，因长时间弯曲，更是酸痛难忍，每次下驴站都站不稳。

在这"驴背上的区调"中，山巅之上，丛林深处，他们有着逢山开路、遇水架桥的气魄，激流险滩，他们高喊着，挥舞着，彼此照应，相互鼓励，照常跋涉、穿越，照常拉开架势，摊开路线，采集所测区域的样品、标本。

科学的思想、方法的创新，为产生具有原始创新的学术成果奠定了基础。

计文化和同伴一起完成了西昆仑两轮 6 幅 1∶25 万区域地质填图，根据第一手资料分析，重新厘定了西昆仑－喀喇昆仑地区构造单元以及地层、岩浆岩系统，首次总结了苏巴什结合带的物质组成及其演化历史，确定了蛇绿岩代表的洋壳存在于早石炭世－中二叠世，论证了该蛇绿岩为 SSZ 型，形成于弧后盆地环境。计文化认为，西昆仑晚古生代火山岩应该分为南北两个带，北带火山岩形成于弧后盆地构造环境，是弧后盆地快速扩展的产物，扩张的峰期在 313.6 ± 1.6 Ma。明确指出昆盖山北坡与基性火山岩有关，铜矿化与火山机构密切相关。

2002 年，计文化团队在海拔 5380 米的喀喇昆仑山开始了神仙湾项目。

地质勘探工作，总盼望着天朗气清，惠风和畅，总盼望着前无怪兽挡路，后无山洪断桥。当地形艰险复杂，气候诡谲多变，每天的工作便充满了事故的意味。有一次，他们临渊沿着等高线采集标本，忽见一只狼在峡谷对面哀嚎。他们便加快脚步，一边干活一边高呼，如同一群舞蹈演员，那孤狼久久地对视观望，脚步随着他们的身影移动。

白雪皑皑的 5 月，计文化带着队员打起了游击。有一天，朝阳是那样温和，天空是那样湛蓝，大家骑着毛驴赶到各自的采样范围，准备按照路线干活时，天公不作美，眼见阴云聚而不散，他们顶风冒雪完成了采样任务，来到了叶尔羌河上游，为了不使跑了几条路线的地质资料丢失，张俊良和孔文年一齐跳下冰河，将驮着调查资料的毛驴救上岸。

写作至此，我想起了拿破仑远征埃及时的那道命令：让驴子和学者走在队伍中间。大炮和战马可以损失，但是，专家、学者和收集来的书籍绝不能损失。计文化团队的身体力行，与拿破仑的理念又何其相似！

这一天，计文化与刘曦鹏从麻扎出发，沿着地质路线从一条沟上了几个台地，来到叶尔羌河下游。面对险恶的环境，由低到高，由上而下，路线就这样循环往复、不厌其烦地跑了下来。他们打破了"无人敢与魔鬼之域挑战"的神话，晚上躺睡袋，"基本不洗脸，无水刷牙"。《1∶25 万神仙湾等 4 幅区域地质图及调查报告》最终以翔实的资料，精准的数字，清晰的阐述获得了大调查优秀图幅。

山有多高，西部地质人攀爬的步履就有多长。

韩芳林、计文化、罗乾州、尹宗义、郝俊武、边小卫、张俊良、崔建堂……时光将一个个补天的背影凝成一幅美丽的高原图画，也录下地质人倔强的身影。他们如同一块块熠熠生辉的矿石，在平凡的岗位上默默地奉献、勤勉地工作，书写着自己无悔的青春，演绎着美好的闪光年华。

第二节　沙场战火正熊

绿色的地质包静静地放在办公室一角，GPS 定位系统、地质图、地质锤、罗盘、样品袋、放大镜等塞满了整个包，100 米长的测量绳、5 米长的钢卷尺放在外面的一个储物袋里，另一个储物袋里别着一把手电……这是魏荣珠的办公室。

魏荣珠，山西省地质勘查局地质调查院基础地质中心党支部书记、教授级高级工程师。2000 年到 2005 年，魏荣珠带领 20 多名地质队员在昆仑山和青藏高原克服了常人难以想象的困难，经受了生与死的考验，高质量地完成了新疆叶亦克幅、黑石北湖幅，西藏土则岗日幅、托和平错幅 1∶25 万区调 6 万平方公里的填图任务。

进入青藏高原工作区有三条线路可走，分别为东线、中线和西线。东线从新疆且未翻越阿尔金雪山进入测区，其间大段的路是近年来地质队用车轮在高原上压出来的；中线是从新疆民丰县包斯塘靠人行、牲畜驮运进入高原，这条线路无法运送大量的物资，耗人耗力；而西线，则是从新疆叶城沿 219 国道到界山达坂，再向东行 300 公里进入工作区。

219 国道又名新藏线，始于新疆叶城，止于西藏阿里，全长 1300 公里，是新疆与西藏之间唯一一条公路运输线，也是西部边防的一条重要军事物资补给线，被称作新藏生命线。这条路当地人叫作"死人沟"，也称作"麻扎达坂"。"麻扎"是维语"坟墓"的意思，"达坂"之意则是分水岭。

正是这条路，成了山西地质人的辉煌见证。整整 12 年，他们八上青藏高原，纵贯东西，横跨天山山脉、塔里木盆地，昆仑山脉，深入藏北羌塘高原腹地，行程百万公里，完成了地质填图路线近万公里，实测地质剖面 400 公里，各类样品 1 万余件，完成 1∶5 万地质矿产调查面积 2700 公里，填补了 6 万平方公里的地质空白区；他们在地质领域的新发现越来越多，新观点、新理论层出不穷，新发现了金、铜、盐等多处矿产资源；采集了一千多件珍贵的古生物化石标本；提交大型区域地质及矿产调查报告 4 份，专题研究报告 4 份，以及一系列基础性地质图件，取得了令人瞩目的重大突破性、原创性成果。

2000 年 4 月 28 日，魏荣珠与山西地调院晋中分院新疆区调项目部项目负责人张振福带队，第一次进入青藏高原。26 名队员从海拔 800 米的黄土高原突然站到了海拔 5000 米的藏北高原，真可谓经历了生与死的考验。

7 月 27 日，队友张建中突然心悸、胸闷、呼吸困难、心跳 130 次，生命垂危。魏荣珠急了！电台、海事电话，所有对外的通讯设备，都用上了。中国地质调查局乌鲁木齐安全工作站，喀什分站，山西地质调查院，区域地质调查队……都指向了羌塘。然而，融冰的季节，汽车走不动，徒步更不成，5140 米的高程，直升机降落后也无法起飞。怎么办？

凌晨，魏荣珠心急如焚，"护送病人出羌塘"！ 8 个人、2 辆车，行进在与时间赛跑的生命救援路上。5 天 5 夜，与烂泥斗，与冰水争，与流沙抢，腹泻，咳嗽……赶来救援的 5 名藏族群众到了，终于脱离了险境。

2001 年 5 月 5 日，是队长张振福不会忘记的日子，为尽快完成黑石北湖幅区调，张振福带队员分组进行了地质跑线、测量剖面。跑路线的王致山和吴仲华，突然在深沟中发现了散落的黑色基性岩转石。

"周围近百平方公里的范围内均为沉积岩，前人也没有基性岩的记载，基性岩在这里的出现，意味着有未知的构造、岩浆活动！"

金沙江结合带在藏北的延伸一直是个谜，正是这次新线索的发现，为后来的理论研究打下了基础，也成为 2005 年野外验收专家认定的一项重要成果：

"首次在测区南部发现了蛇绿混杂岩带，该蛇绿混杂岩带东接金沙江－西金乌兰结合带，是分割松潘－甘孜地块与羌塘地块的结合带，板块碰撞的时代为印支末期－燕山早期。"

魏荣珠自豪地对我们说，"这次发现和后来的工作，地学界认为是地质学上具有重要意义的发现。"

2001 年 7 月，撤下藏北高原的魏荣珠转战昆仑山，开始了叶亦克图幅的地质调查工作。重点调查区在昆仑山北侧。这是一片连毛驴也不敢踏足的险地，山峰刀削般陡立，深谷"轰轰"水声令人心悸。按规定，这人迹罕至的地区可以通过遥感进行地质解译，但遗憾的是，地形地貌复杂，飞机无法进入。

9 月的一天，魏荣珠与王根根等人沿尼雅河谷一路上行。他俩放弃了毛驴，带着帐篷和粮食，进入深山150公里处，在杳无人烟的昆仑山腹地——碎石山、拜惹布错一带，发现了较为典型的蛇绿混杂岩，从而为西金乌兰－金沙江结合带的西延提供了有力的佐证，认为库牙克断裂与阿尔金断裂为同一条断裂，并首次提出库牙克断裂的断距约80公里，并在原侏罗系雁石坪群中发现了大量二叠纪化石，为地层的正确划分提供了依据。

叶亦克幅、黑石北湖幅，哪一个图幅不是在千难万险中完成的？土则岗日幅、托和平错幅，哪一个图幅不是经历了太多的生死与艰难？

三年过去了，魏荣珠团队在1∶25万土则岗日幅、托和平错幅地质调查中，又在地层古生物、岩石、矿产等方面取得了骄人的成就：建立了新的地层单位；查明了霍尔巴错群岩石组合等基本特征；确定了区内三叠系肖茶卡群与下伏地层间的角度不整合接触关系；采集了大量古生物化石；在托和平错一带新填绘出大量基性岩墙和酸性岩株（脉）；新发现了甜水湖北新生代碱性火山岩，初步确定其时代较鱼鳞山火山岩新……

2005年7月，魏荣珠团队在青藏高原南部最后一批1∶25万区域地质调查项目的验收中，西藏土则岗日幅、托和平错幅填图从总体设计到最终验收均获优秀，并被山西省地勘局评为2006年度地质成果奖。

每一次攀登，既是地理的高度，也是人生的高度；每一次收获，既是事业的成就，更是生命的成就。

2000年5月，又一匹黑马由华北平原一路飙风，冲上了青藏高原。

这是来自河北省地质调查院的填图队员们。

项目负责人张振利，带着地调院区域地质调查所23人一路西行，向着高原进发。他们担负着西藏1∶25万桑桑幅、萨嘎县幅、吉隆县幅的区域填图任务。

被誉为"张司令"的张振利举目望去，萨嘎县幅近在咫尺。

萨嘎县地处喜马拉雅山北麓，冈底斯山脉西南边缘，雅鲁藏布江由邻县仲巴冲进萨嘎，在县境奔涌300多公里后又狂奔而去。

大山总是那样庄严、肃穆，以其绵延不尽的雨雪交加示意欢迎，以其荆棘遍布，怪石林立的身躯严阵以待。7月的藏南，天宇似乎是被捅出了洞，雨夹雪连天连夜地下着。帐篷里，张振利与技术人员仔细审视地图，寻找着填图路线。

"可以从仲巴拐弯到萨嘎选择一个走廊，横穿调查区南北，进行工作。"

天刚放晴的早晨，张振利带着年轻的李广栋和实习生加措，开始了在雅江上游扎东一带的地质填图。

走啊走，来到一片大河滩，几片特殊的石页与石核引起了张振利的关注，为什么会有明显加工过的痕迹？为什么这里会有这些石器一样的东西？

一番寻找，他们又发现一个类似于刮削器之类的东西。

根据河北张北地区古人类遗迹调查时的经验，张振利迅速做出判断，"这是古人类时代的石器！"

"这四五千米的海拔，古人类怎么会在这里生活呢？"年轻的李广栋说什么也不肯相信。

"没有什么不可能！"张振利决定顺着石器出露的方向追索下去。向北走了三四公里，他们吃惊地发现，被水冲洗过的两三平方公里区域，古石器时隐时现。再向前，约50厘米深的草皮下，发现黑色灰烬土层中分布着许多石器。

"这应该是第四纪地层。从色度和灰烬层的分布情况来看，可能形成于五六千年前，那时的气候适合于人类生存，确定无疑，这就是古人类生活的遗迹！"

张振利抓起一把灰烬，一边分析着一边说，"告诉所有队员，填图时注意收集古石器样品！"

专少鹏和孙肖冒着风雪爬上了打加措5300多米的冰碛垄顶上，突然，又一个奇异的景象映入眼帘———一个磨盘，一个与老家华北平原上一模一样的磨盘！

两人惊诧着继续向上攀去，雪线下，有着明显加工痕迹的粗大石锤，有着使用过痕迹的石刀，一个个展露出来。

14处古人类活动遗迹点的首次发现，1300多余件石器等实物标本的采集，令张振利兴奋异常。

"这次萨嘎县幅、桑桑县幅、吉隆县幅的调查，几乎有露头就能找到石器，后来经碳14测定，那些石器有4200多年的历史，它丰富了青藏高原古人类文化发展演化。"张振利满足的话语里，全然没有了曾经的艰辛与困苦。

自2000年至2002年，张振利团队在日喀则地区萨嘎测区约4万平方公里范围内，不仅以大量翔实的发现为依据，对"雅江结合带是一个带"的传统看法提出了质疑，而且首次将雅鲁藏布江缝合带重新划分，建立了南北带两个盆地的地层建造序列；首次提出了雅鲁藏布江缝合带具有双向俯冲的新认识。同时还针对传统图面的表示方式掩盖了很多地质信息这一弊端，创新了以基质原岩形成时代主线、再加上地层组名或岩性和构造混杂方式的图面表示方案。

这项创新成果，得到了中国地质调查局和加拿大地质调查局赴藏联合科学考察团专家们的高度赞扬。

2003 年春天，张振利带队再上高原，负责亚热幅、普兰县幅、霍尔巴幅、巴巴扎东幅等 1 ∶ 25 万区域地质调查任务。

雪山围绕的普兰遥远而神秘。面对奇异的地质地貌，张振利依据藏南拆离构造的发育特征及测年资料等综合研究，提出藏南拆离构造具有长期多期活动的新认识。这一认识，对重塑藏南特提斯构造面貌与演化过程，有着重要的意义。

桑桑幅、萨嘎县幅、吉隆县幅；亚热幅、普兰县幅、霍尔巴幅、巴巴扎东幅；札达县幅、日新幅、姜叶玛幅，一个个图幅，一季季春秋，12 年坚守高原的河北地质人，攀上了高峰，也获取了硕果：

——"1 ∶ 25 万萨嘎县幅、桑桑区幅、吉隆县幅区域地质调查"获国土资源科学技术奖二等奖；"1 ∶ 25 万亚热幅、普兰县幅区域地质调查"获河北省科学技术奖科技进步三等奖。

——阿里地区首次发现了菊石，同时首次发现昆虫动物群——西藏地层中发现了迄今最晚的动物群。

——在各测区新发现各类矿点、矿化点 59 处，具有进一步工作价值的有 8 处。哥布弄巴磁铁矿矿石资源量达 4.02 亿吨以上，被国土资源部列为"十五"期间新发现的 529 处重要大型矿产地之一。

张振利以"艰苦不怕吃苦，缺氧不缺精神"的西藏精神，克服了常人难以想象的重重困难，他曾 3 次登上 6000 米的冰川、多次登上喜马拉雅山脉和翻越冈底斯山脉，数次与狼群、棕熊等猛兽狭路相逢，一次次化险为夷。终于获得了硕果满枝，雅鲁藏布江结合带蛇绿岩、混杂岩技术工作方法的创新和研究成果、藏南拆离构造的研究成果等，在国际上也处于领先水平。

西北、西南，烟霞燃起，一个个攻坚纵队冲上高原，攻城掠地所向披靡。这里面，闪动着贵州地质人的英姿。

1999 年底，贵州地调院从中国地调局分到了"第一块蛋糕"——青藏高原中昆仑奥依亚伊拉克、羊湖两幅 1 ∶ 25 万区调填图。

在低谷中徘徊很久的贵州地质人看到了希望，他们按捺不住心头的激动，急不可待地查找资料，研究工作区工作条件，精心挑选赴高原的地质队员。

2000 年，正当江南"阳春三月下扬州时"，27 名经过严格体检与精心选拔的地质队员，在亲人的泪水、祝福、期待中向着高原进发了。

他们的工作区位于西藏与新疆接壤之处，面积3万余平方公里，平均海拔4000米以上，最高峰达6700余米。

3000米、4000米、5000米，离开且末县城一路向昆仑山进发，尽管有了充分的思想准备，他们还是被扑面而来的风雪、缺氧打得措手不及，每一步的迈出都异常艰难。

"张慧不行了！"一声惊叫，几乎吓倒分队负责人刘爱民。

难以忍受的高原反应考验着一个个地质队员，杨大欢面色黝黑脸庞肿胀；卢定彪呕吐不停，似乎是要将肠胃吐出；陈建书强忍着胃里阵阵刺痛，痛苦不堪；杨光忠的肺像被捅破的风箱，每一声呼吸都伴着刺耳的风鸣；陈明华、彭成龙持续高烧，浑身乏力；姚智诱发了胸膜炎，咳血不止；刘沛痔疮病犯，疼得眼泪直流……队员在一个个下撤。

每撤下一个队员，刘爱民内疚就多一分，似乎队员们生病是他没有尽到责任。他感到责任愈发沉重了，他开始咳嗽，每咳一声肋下都隐隐作痛，人越来越瘦。

"我是大家的主心骨，绝不能倒下！"一路损兵折将，刘爱民无法抑制内心的忧伤与孤独，但他暗暗自语，"胜利往往就存在于再坚持一下之中！"

17人最终在茫茫雪原站稳了脚跟，卓有成效的工作，为地调院重上昆仑山积累了宝贵经验。

又一个高原大地的春天来临。结束了一冬休整，地质工作者再次集结，如同夸父追日急匆匆向青藏高原进发。

2001年4月，刘爱民带队重上昆仑山，这次没有人再出现严重的高原反应，一行人在海拔5200米的"英雄地"扎下了营寨。

刘爱民对着图纸在苦苦地思考：阿克苏库勒位于图幅的西南角，这一带山高谷深，地形切割大，汽车只能到达山谷口。怎么办？

"背着干粮和睡袋，徒步进入前山地区工作！"

7月23日，牟世勇，边申武，易成兴，岳龙四名年轻队员出发了。游击式的徒步工作，拉网式的调查扫面，没有空白，没有遗憾。四人的"游击战术"，为此后的地质调查提供了借鉴经验。

8月15日，刘爱民带领四个小组越过长龙山，从昆仑山脉东部的一个缺口绕到了昆仑山北坡。他们将通过扫面完成孔木洋达坂一带的地质调查任务。

翻过孔木洋达坂的陈金荣小组，沿着河谷逆流而上至牙普喀克勒克。而在昆仑山主峰的北坡，熊兴国与刘永生小组则发现了花岗岩转石。

一天，两天，熊兴国与刘永生沿着深沟追索着花岗岩和围岩界限。采样，记录，忘记了时间，风雪雨不期而至，身上二三十公斤的矿石样品越背越沉，简直像山一样重。样品袋由左肩换到右肩，又由右肩换到左肩，看到驻地帐篷的瞬间，两人齐齐跌倒在地……

"我们地调院就是在阿克苏库勒、黄洋沟、刀锋山、长龙山一带，新发现数千米宽的'蛇绿混杂岩带'，确定了南昆仑结合带（宽 10 ~ 50 千米）在区内的存在，为研究青藏高原的区域构造格架及地质构造演化历史提供了可靠的基础资料，填补了该区蛇绿混杂岩带研究的空白。而奥依亚依拉克幅、羊湖幅地质调查中，二叠纪至三叠纪地层中安山岩、英安岩的发现，证实了岛弧火山岩的存在；我们还通过对羊湖第四系的调查，划分了 14 万年以来 5 个气候干 - 湿旋回阶段，同时还发现，近 30 年来羊湖湖面至少下降了 2 米！此外，对三叠系和白垩系新拟定了地层系统，确定了古近系喀什组与下伏白垩系双伍山组呈角度不整合接触关系，证实了燕山运动的存在……"

在贵阳市中华北路 164 号五矿大厦的地调院办公室，张慧不乏自豪的口吻对记者说：

"3 年，我们完成了 3 万多平方公里的空白区填图任务，新发现铜、金矿点 1 处，尤其在南昆仑发现具有重大意义的洋壳残片生命迹象。这些成果为世界地学研究青藏高原环境、气候变化及隆升提供了十分重要的基础资料！"

2003 年，贵州区调队再一次走进藏北无人区，开始了 1∶25 万丁固、加措两幅区调填图工作。

这一次，地质队员用现代的科技武器装备了自己。专用越野车的配备，笔记本电脑的使用，GPS 卫星定位系统、遥感技术、地理信息系统操作，让队员们深切地感受着科技的进步，体验着现代地质人的骄傲。

紧张有序不分昼夜的联测区野外踏勘，两幅填图取得了较好的工作量和初步成果：

完成填图面积总计约 1 万平方公里；实测剖面总长约 70 公里；采获各类样品 1500 件；发现铁矿点 3 处、铜（金）矿化点 2 处，优质粘土矿点一处。这些矿点是进一步寻找多金属矿床的重要线索，在茶布一带的二叠系亮晶团粒灰岩中发现了大量的方解石栉壳；图区新发现的大量岩浆岩体，对深入分析本地区的大地构造背景和造山带演化具有较为重要的意义。

时至 2005 年,又是一个 3 年,又是一个 3 万多平方公里的填图,在与高山、荒原、冰山和野生动物的搏击中,贵州地质人获得一个个令人振奋的发现——

在他利克甘利山原划为晚三叠世的地层中,他们首次发现了早三叠世常见牙形刺化石,并根据所发现牙形刺动物特征及岩石特征,将原肖荼卡组划为硬水泉组和康鲁组,并将其时代从过去的晚三叠世修订为早三叠世。这一发现填补了测区缺失早三叠世沉积记录的空白,为测区进一步研究三叠纪岩相古地理、地层划分与对比提供了新的地层依据。同时新发现金、铜、铁等矿点 18 处,为国家提交了优秀的地质成果。

江西、青海、陕西、山西、贵州、西藏、四川、河北……一支支地质队伍就像一群群不断飞行的候鸟。每当冰雪消融,春暖花开,他们便告别单位、家乡,就要奔赴遥远的青藏高原。他们远离了钢筋水泥的都市,远离了霓虹喧闹的人群,就在那荒凉辽阔的山野,扎起帐篷,树起旗帜,栖息劳作,开展这一年的工作,书写着一个个振奋人心的捷报!

2005 年 7 月,成都地调中心西南项目办组织专家赴措勤、洞错、改则、丁固、革吉、狮泉河、普兰等地,行程 4000 余公里,对一个个区调队所施图幅,进行了为期 12 天的野外实地检查。

一条条精心描述的地质路线,一张张真实再现的照片素描,一幅幅记录细致的岩性岩相……让专家们频频颔首,在一张张图幅上打下一个个大大的"优"字,青藏高原南部最后一批 1∶25 万区域地质调查项目,以高质量通过了验收。

至此,历时 6 年区域填图帷幕,在一双双粗糙补天者的手中,渐渐合拢。

第三节 放歌"第三极"

奇美的风景在近处,更在远处。

青藏高原南部的帷幕合拢之时,北部也凸现出胜利的曙光。

"如果说,进藏工作的地质队员来游玩,那沿海地区比这里好玩得多;如果说,地质队员进藏是来赚钱的,沿海地区比这里的机会更多;到这么艰苦的地方,他们纯粹是奉献。"

这是时任西藏国土资源厅副厅长王军献给广西进藏地质工作者的赞语。

2000 年 5 月 30 日,广西地调院 21 名地质工作者,告别了亲人,在总工程师李江的带领下,从美丽的漓江岸边启程,向着青藏高原的阿尔金山无人区进发。

藏北高原北缘的无人区，以它特有的礼节迎接着这一行来自中国中南地区的汉子们。

6月29日，项目组进入工作区的第一天，就遭遇了陷车。在牙鲁拉克，重达6吨的大卡车陷入了沼泽地，忍受着严重的高原反应，21人历时6个小时才将车挖出来。

见识了青藏高原的真实面目，领略了阿尔金山恶劣的环境，2001年5月，广西地调院陆济璞带队再上阿尔金山，担负了1：25万瓦石峡幅、阿尔金山幅地质调查任务。

阿尔金山地势陡峭，地形复杂，沟谷切割深，落差大，谷中河水水流湍急，雪融降雨导致的河水暴涨，令人谈之色变。

"我们当地人都不敢进去呢！"牵着毛驴的藏族向导不停地劝阻着。

"舒舒服服干不了地质！"覃小锋、周府生、韦杏杰，5名地质技术员说服了向导，硬是在18天里，完成了长达40公里的剖面测制和30公里的路线调查。

8月，不断遭遇陷车的陆济璞，一面组织自救，一面寻求调查的最佳途径。

功夫不负有心人，积累了丰富的地质资料，也有了理论上的升华。终于，在中阿尔金地块中，陆济璞首次发现了麻粒岩、榴闪岩、蓝晶石榴铝直闪石片岩等高压变质岩组合，查明了阿尔金西段和东昆仑西段祁漫塔格山地区地质构造特征。在东昆仑西段、阿尔金南缘，长沙沟、戛勒赛和朝阳沟3条构造蛇绿混杂岩带的发现，提供了"长沙沟带是阿尔金山造山带的南界""戛勒赛带是东昆仑造山带内早古生代初始洋盆"的证据；也捧出了"朝阳沟带是东昆仑造山带早古生代形成的裂谷带"的地质记录。

"地质工作富有挑战性，每当我揭开一个个奥秘的时候，快乐就油然而生……"1991年中专毕业，却一直不肯放弃进取心的副总工程师陆济璞，正是不断地面对挑战，在阿尔金山才有了令人称赞的成就。

2003年6月底，陆济璞带着广西地调院23名队员由昆仑山辗转进入羌塘腹地的生命禁区。尽管早已领略了高原的恶劣环境，陆济璞还是不由得狠狠地吸了口冷气。飞舞的雪片将整个高原覆盖在冰雪下，无边的静寂似乎要击穿人的心脏。

"原来，安静也是这般可怕啊！"唐专红与黄位鸿拍着胸脯感叹着。

"这次我们要完成的是查多岗日幅和布若错幅区域调查，按要求每隔8公里安排一条南北向的调查线路，这是一项艰巨的任务！"

这是西藏区域地质矿产调查中最北，也是最艰苦的两个图幅，平均海拔5100米，最高6480米，工作区分别为东西长10多公里、南北长40公里的两个区域，总面积3万多平方公里。

如果每隔8000米走一条线路，一幅图就是十几条线路，一条线路就是四五十公里，如果将两幅图加起来，他们将要在羌塘高原纵横行走将近1000公里。

两年6个月的工期，1000多公里的路线，再加上地质调查、测量剖面，难度显而易见！

为了提高效率，陆济璞将全队人马分成两个大组，每个大组又分成3个小组，每个小组两名地质技术人员和一名司机，工作线从南北两端往区域的中心汇合。

三个月，在寂静无人的羌塘，除了狼与牦牛，陆济璞小组没有见过其他人，只有自己、队友、司机，开始时三个还说说自己的家事，后来就无话可说了，要做的事，只需一个眼神就相互懂了。

在跑线路、做剖面的时日里，唐专红、黄位鸿、李玉坤三人在羌塘高原，接到来自家中的喜讯——他们做爸爸了！

"哈，我儿子就叫当雄！"李玉坤兴奋至极。

"啊，我的女儿就叫尼玛！"黄位鸿激动不已。

"尼玛，尼玛好啊，藏语的意思就是太阳！"陆济璞也像自己得了宝贝那样的快乐。

是的，太阳般的激情，太阳般的心态，让他们拥抱太阳的同时，收获了青藏高原区调的累累硕果。

2004年，他们在西藏区域调查的最后两个图幅——查多岗日幅、布若错幅1：25万区域填图全部完毕！

"这次调查通过确定了测区岩石地层单位，进行了多重地层划分的对比研究；在石炭—二叠系、侏罗系、新近系采集到双壳类、腕足类、瓣腮类、蜓类等多门类古生物化石；这些古生物化石为研究高原形成与演化、划分南北大陆边界、探讨板块漂移过程提供了丰富的基础资料。基本查明测区变质岩的岩石类型和分布等等，为揭开青藏高原地质构造的神秘面纱提供了翔实的资料。"

陆济璞如数家珍地述说着他们的战果：

"还有，墨竹工卡—工部江达地区的 1：5 万化探将原来的 13 处综合异常进一步分解为 41 处，发现以铅－银－锌为主异常规模大，与已知矿产分布相一致。其中 6 处异常的规模大，找矿潜力大；19 处异常元素套合好，成矿地质条件有利，有较好的找矿前景；性质不明的异常 16 处。对 5 个主异常进行了查证，发现 7 个铜铅锌矿化带。检查矿点 5 个，估算出铅＋锌资源量 13 万多吨。"

一个个项目的圆满完成，一串串音符的无缝链接，承载着多少地质队员的艰辛劳动，经历了多少生与死的考验？

难怪两批进藏的广西地质勇士带着丰收的成果，即将返回日思夜想的家乡时，陆济璞、唐专红、许华……一名名队员眼里噙满了依恋的泪水！

现在，让我们把目光转向可可西里腹地。

这是一片在地质大调查中被列为最艰苦的 B 三类区。岗扎日、玉帽山、玛尔盖茶卡，就在腹地中深藏了亿万斯年，当新世纪的钟声响起时，它们被一阵纷沓的脚步惊醒。

2003 年，许多人还在浓浓的春节气氛中享受着节日带来的快乐与团圆的幸福，新疆区调一队年轻的项目负责人杨子江已召集好了人马，出新疆过甘肃进青海，由格尔木一路西行，西行。

不冻泉过了，楚玛尔河过了，再向西向西，直至可可西里腹地，岗扎日、玉帽山、玛尔盖茶卡三幅 1：25 万区域地质调查图幅的联测工作开始了。

这个 23 人的项目组，由杨子江任项目负责人，魏新昌任行政负责人，技术员，司机，炊事员，随队医生——车马炮一应齐全，这是一个能打能战的团队。

这三幅的区域填图，无论哪一幅都无疑是一场恶战。岗扎日，海拔 6305 米，位于北纬 35.5 度，东经 89.5 度，耸立于可可西里核心区，是可可西里腹地的最高峰，终年积雪；玉帽山位于可可西里与羌塘高原接壤处，远看是座起伏绵延的山，近看是一马平川的大高原，虽说是一马平川却是湖盆沼泽遍布，杀机暗藏；玛尔盖茶卡羌塘高原北部的一个盐湖，旱季涸，雨季涝，是一个时令湖，湖底和湖的边缘地带为白色盐晶组成的沉积层。

"咱们在地质调查的基础上，重点进行地质剖面的测绘！"面对复杂的地质构造，杨子江与技术员史怀远做出了决定：

8000 米一条剖面，通过重点地区的解译，实现对整个地区地质现象和地质构造的控制。

分组行动！杨子江小组越过多格措仁强措，直取黑熊山；方庆新小组的目标是玛尔盖茶卡湖的东北方向，魏新昌小组则走向了打狼沟的冒石山。

寂静空阔的冻土地，凶险与艰辛并存。这里是黑熊、野牦牛、狼的家园，一不小心便会与它们遭遇。杨子江带着他的小组成员，走了三天才到达剖面工作区。在黑熊山，黑熊没有遇到，却遭遇了一群狼。狼群的阵阵嚎叫，令人毛骨悚然。杨子江与队友躲在车里，听着野狼的叫声，战战兢兢地一夜未合眼。天亮了，打开车门，看到的是零零散散的牛羊残骨。

"天哪，太可怕了！"几个人不由得擦着脸上冒出的冷汗。就这样，他们在5天里，测了两条长长的剖面，跑了两条地质路线。

5月底，杨子江组完成了工作区地质路线调查和剖面测量，杨子江像军人一样发出指令："休息、休整，准备向下一个工作区冲刺！"

此时，他的心放松了许多，他将目光投向年过50的工程师史怀远，不由感叹道，"姜还是老的辣啊！"虽然这次野外调查他的年龄最大，工作状态却非常好，上山时还担心他支撑不下来，没想到他比年轻人还利索。

"我最遗憾的是，2004年我心脏出了问题，不能再回工作区，从那以后，都是穆志修、魏新昌带队重返可可西里腹地完成的。"当年的项目负责人虽已两鬓染霜，说起那段往事，杨子江依旧是一声叹息。

我们再看看魏新昌小组。他们没有遭遇狼的恐惧，却吃够了罐头的苦头。测剖面跑路线的几个人筋疲力尽地回到驻地，看到什么就做什么吃，4天就将所有新鲜的食品吃完了。于是顿顿是罐头，几天下来，那曾经被视为美味的罐头，让所有的人都见之发怵了，有的队员宁可喝凉水也不肯吃了。

"我说魏头，今天任务完成了，能不能做顿揪面片犒劳犒劳大伙？"

听到队员的发问，魏新昌心里很无奈，立即应道，"好，保证兑现！"

这就是我们的地质人！当有人吃着满桌的山珍海味犹嫌味道发腻时，他们的最大奢望就是吃上一碗热汤面！

五味杂陈的滋味留在深深的记忆，魏新昌与队友们收获着新发现的喜悦。地质勘查是一门博大而精深的学科，技术的发展日新月异，需要探索和解决的问题层出不穷。许以明在工作的同时，把学习知识、钻研技术、解决难题作为自己的重要工作，辛勤的耕耘让他取得了丰硕的成果。他对岩石的研究进入了一个新的境界。岩石是打开地质年代的钥匙，而化石更是地质年代的地图。一把把地质锤，敲开一层层岩石，三叠纪化石的发现，将三叠纪的若拉岗日群中，解体出泥盆系、石炭系一下二叠统、上三叠统等地层单位，在地层认识方面取得突出进展。从远古到三叠，地质历史更丰富。

魏新昌和队友们以 8000 米测量一条剖面，一个地层由三四个剖面控制。大量的地质新发现否认了"这里是一个大洋"的传统认识，他们的结论是：此地展布清楚，虽有开裂，但不足以形成大洋，既没有出现洋壳，也不存在蛇绿岩。

其后两个月，这个 23 人的团队完成了岗扎日、玉帽山、玛尔盖茶卡三幅联测 70% 的野外工作任务，调查路线和实测剖面面积 4 万多平方公里。

对于魏新昌来说，那条通往可可西里的路并不陌生，从 2000 年起，他和伙伴们就在这里攀爬了。干燥、高寒、缺氧的气候，锤炼了他的体魄，高原的阳光给予他古铜色的皮肤和特有标志"高原红"。那么多年不但许多的家庭琐事都由妻子操劳和承担，他在外还让她牵挂，每每这时，他心里总有一丝丝的酸楚，总觉得这些年自己愧对家人的太多太多。为了对家人做出补偿，他工作更是倍加努力，虽然不能和妻子耳鬓厮磨，不能和儿子共享天伦，不能对父母尽孝于膝前，但是他努力让自己成为家人的骄傲和自豪。每天凌晨他带领大家背上干粮出发去跑线，仔细观察记录，认真采集样品，夜晚披着棉衣窝在帐篷，借助昏暗的烛光整理资料。洗脸洗脚水留着洗衣服，洗头、洗澡成了奢望；没有电没有手机信号，生活枯燥。为了早日提交地质成果，他和项目组克服了重重困难，保持着良好的精神状态和较高的工作效率，大大超过了预计的工作进度。

2001 年 6 月，新疆区调一队鲸鱼湖幅项目组的 30 多人，在海拔 4900 米的湖边扎起了一顶顶褪色的帐篷。

鲸鱼湖是西藏、青海和新疆三省（区）交界处最大的一个湖泊，一道高出水面的自然砂砾堤，将湖水分隔成东、西两部分。这里人迹罕至，含盐量几乎达到饱和状态，生命时时受到挑战。有一次魏新昌采集标本，背着采集的几十斤重的岩石样品，饿了吃口干粮，渴了喝口雪水，一路奋力攀爬，突然暴雨如注，累得差点虚脱。郭华春和李卫东心跳每分钟都在 120 次以上；王德贵每天都要吃速效救心丸；贾树栋最痛苦，每到吃饭时，看着香喷喷的饭菜就想呕吐；夜深了，康正文头痛欲裂，必须吸着氧气才能入睡……整整一个月的时间里，他们一面想法适应恶劣的自然环境，一面分组向几条路线出击。

7 月初，魏新昌、李卫东、涂其军、唐智、冯日照等人要去小凤山一带测量剖面并进行路线地质调查。匕首般锥立在风中的砂岩风化物，扎破了汽车轮胎，魏新昌、李卫东几人只能弃车而行，从临时营地到测制剖面的沟口二十多公里，他们走了三个多小时。

小凤山剖面主要是解体侵入体，取回必需的样品。于是，几个各有分工。李卫东分层，魏新昌记录，涂其军勾图，唐智后测，冯日照采样兼前测。在风雪的侵袭中，他们背着十几公斤重的样品，忍受着极速的心跳，一步步向着临时营地奔去，直到第二天下午才看到在风中摇动的帐篷。

辛勤的付出往往与丰硕的成果结伴。

"大调查中，我们完成了青藏高原大调查项目 12 个，其中包括 1：25 万区域地质调查、1：5 万区域地质调查、1：20 万区域化探及资源评价项目，取得显著的地质、找矿效果！"新疆地调院院长陈铭荣抱出一摞资料，微笑着说：

"特别是'1：25 万木孜塔格峰、鲸鱼湖幅区域地质调查'的完成，不仅对研究冈瓦纳古陆边缘与特提斯区的界线有重要价值，也为青藏高原北部区域调查画上了一个圆满的句号。"

新疆区调队，在鲸鱼湖幅填图中，发现并填绘出前寒武纪地层单元。于木孜塔格地区下石炭统托库孜达坂群中发现早石炭世放射虫，在阿尔格山大断裂以南中二叠统鲸鱼湖组灰岩中首次发现冷温型单通道（竹蜓），在黑顶山缝合带中识别出畅流沟－向阳泉和木孜塔格蛇绿混杂岩带，二者分别形成于新元古代早、晚期。对各构造带中的岩石地层进行了古地磁研究与对比，建立了各自的古地磁极移曲线，获取一批新生代火山岩的同位素测年资料。

2005 年 6 月 29 日至 7 月 18 日，成都地调中心西南项目办主任王立全组织的专家组，对青藏高原南部最后一批 1：25 万区域地质调查项目进行了野外验收。不冻泉幅、库赛湖幅，岗扎日幅、玉帽山幅、玛尔盖茶卡幅，一个个图幅都交出了完美的答案。

2005 年 9 月 1～4 日，金秋的青海格尔木，又是一个具有纪念意义的野外成果验收会。青藏高原北部，由中国地质调查局西安地质调查中心组织、新疆地质调查院和中国地质大学（武汉）承担的最后两个区调项目通过专家野外验收，5 幅填图全部过关。

这意味着什么呢？

藏南告捷。

藏北告捷。

我国 1：25 万区域地质填图的最后"天窗"关上了。

历史，覆盖了昨天的一切——惊心动魄的角逐，振聋发聩的呐喊，挑战极限的突破！

雪域生辉，霞光如瀑。

一个划时代的地质丰碑，犹如东方蓬勃之朝阳，就这样在共和国的版图上高高地竖起，凝固的碑文里，镌刻着一串串神话般的故事，记载着一段段不同寻常的历史，轰响着一场惊天地、泣鬼神的英雄史诗。

看看专家们验收的结论：

青藏高原地质大调查完成的 110 幅图，完全体现了中国地质大调查的国际化、高质量、高标准。

曾几何时，西方国家一些地质科学家认为，中国人没有在青藏高原区域地质填图"全覆盖"的实力。

曾几何时，第一个登上月球的美国宇航员阿姆斯特朗以自得的口吻吐出了那句名言：这是个人迈出的一小步，却是人类迈出的一大步。

而今天，中国地质人用一双双凌空而来、硕大无朋的补天巨手，用雄视千古、完美征服的"一小步"，在世界地学高地诠释了东方雄狮的自信和中国崛起的高度！

我想起了斯文·赫定当年逃出青藏高原时的惊恐预言。倘若先生在天有灵，是不是会在天堂露出钦服的微笑？

听，新华社电波迅速传遍了全世界：

"青藏高原地质空白区填图实现了历史的全覆盖！"

中国的高度

第三部

Zhongguo de Gaodu

第十章　话语权之争

　　青藏高原在中国，居然14次青藏高原国际学术研讨会没有一次在中国召开。如何赢得青藏高原研究话语权？如何打破"西学东渐说"？　一场青藏高原理论创新的综合研究就这样拉开了大幕！

第一节　说不尽的"猜想"

　　青藏高原，神秘的国土，圣土之下究竟蕴藏着多少资源？怎样才能摸清我们的资源家底？以往的国际矿床学界，"流体挤压外泻说""有限新生地壳说""地体隆升剥蚀说"等权威学说占据了主导地位，认为大陆碰撞难以成大矿。但青藏高原地质找矿的实践，却使西方理论陷入了困境，"大陆碰撞过程能否形成大矿"成了重大问题。

　　当务之急是，我们如何才能找到成矿学的地质"密码"！

　　著名青藏高原地质专家、院士王成善曾经感慨地说过，虽然我国地质科学家有着得天独厚的地缘研究优势，但从 1985 年起，国际上每年召开一次的喜马拉雅—喀喇昆仑—西藏国际学术研讨会，开了 14 届却没有一次在中国！

　　中国科学家心里怎么能服气！王成善说，青藏高原在中国，居然在探讨她的时候与中国没有关系，这就好比 1896 年恢复的现代奥运会，如果一百多年来没有一次在雅典召开，不管在其他国家如何热闹，都和被扔在一边的希腊人看奥运会的心情一样！

话语权，亦即说话、发言的资格和控制舆论的权力。

青藏高原蕴藏着许多与地球和人类息息相关的科学奥秘，青藏高原话语权事关国家利益、国家形象、国际影响力。尴尬的是，自从 100 多年前英国地质学家进入青藏高原考察以来，青藏高原地质研究话语权却一直牢牢掌控在西方人手里。一些视中国为落后、蔑视中国人有所发明创造的洋人，以及那些迷醉于"西方中心论"的中国地质"学者"，也就有了喋喋不休鼓吹"西欧文化东渐论""中国文化西来说"的资本。

如何丰富和发展全球构造理论、赢得青藏高原研究的主导权？如何打破"中国人做小文章，外国人做大文章"的"西学东渐说"？

中国地质人现在有了底气——青藏高原区域填图的"全覆盖"，118 个高清晰度区域地质图幅，加上全球最全面、最系统的海量基础数据的获取，为破译青藏高原的"地质密码"提供了有力的支撑。

2005 年 12 月，"青藏高原空白区 1∶25 万区域地质调查成果报告会暨'十一五'工作重点研讨会"在成都召开,时任中国地质调查局局长孟宪来指出:

"'十一五'期间及今后一段时间，青藏高原区域地质调查仍是国家地质工作的重要内容。主要任务是进一步提高地质调查工作程度，加强成果综合集成，提高地学研究水平。"

这意味着什么呢?

1∶25 万区域地质野外调查的结束，预示着全面综合整理和科学研究的开始。

中国地质科研单位和高等院校组成的"联合舰队"，开启了青藏高原理论创新的新一轮本土冲击!

一场意义深远的青藏话语权竞争就这样拉开了大幕!

回溯青藏高原地质大调查之初，我们不会忘记中国地质调查局那个意义重大的决策——为了将青藏高原与基础地质调查有关的项目进行高度整合，时任中国地调局局长叶天竺提议，安排了"青藏高原地质构造及其资源环境效应综合研究"项目，并作为地质大调查"十五"期间重点计划项目之一，后来又一分为二，分解为"青藏高原南部空白区基础地质综合研究""青藏高原北部空白区基础地质综合研究"。

"高起点立项，高质量研究，拿出高水平的成果！"中国地质调查局专门设立了青藏高原地质调查研究中心，项目分属西南片、西北片两个项目办公室管理，各负责约100万平方公里、近100幅1：25万的图幅的填图工作。这两个"项目办"属于中国地质调查局派出机构，人事关系分别挂靠成都、西安两个地质矿产研究所。

2000年开始，两个项目办联合组织开展了青藏高原1：25万区域地质调查项目的设计审查、成果与技术交流等活动，统一技术要求，实施地质找矿工作。

2000年4月开始，中国地质调查局组成的六个大区调研评估组开始了动作，对30多个省（区、市）地质调查院开展了地质调查项目资质评估，督促落实相关省（区、市）地质调查院的机构设立，资质、队伍规模、技术力量、组织与制度建设等。

2000年11月9日，"中国地质调查局青藏高原地质研究中心"成立大会在成都牧马山庄召开。国土资源部副部长蒋承菘，中国地调局局长叶天竺、副局长张洪涛，刘宝珺、李廷栋、孙枢、肖序常、许志琴等院士出席了会议。

"青藏高原基础地质调查成果集成和综合研究"项目进入了紧锣密鼓的加速度提升阶段。

任何一个科学完整的理论体系的诞生，都需要缜密的思维、严谨的论证和反复的实践与修订。存在于茫茫宇宙46亿年之久的地球留下了无数未解谜团，尽管近两百年来，人类对地球的起源、历史和结构的研究逐渐形成地质学科，凭着人类短短几千年发展的科技手段，来解密亿万斯年的地球奥秘，谈何容易？

我想起了这样一个故事：

1956年2月26日，正为缺油少矿闹心的毛泽东听取了石油工业部的汇报，他问时任石油部部长助理康世恩，"地质年代如何划分，根据是什么？"

康世恩回答说，主要是根据地球发展不同时期的地质标本。

毛泽东又问，为什么叫第三纪、白垩纪、侏罗纪呢？

康世恩解释说，这是世界统一的化石标本划分。比如白垩纪的代表地点是英国出露的地层；侏罗纪由法国和瑞士之间的侏罗山得名；震旦纪来自中国南口的出露地层，等等……总之，从地质学角度来说，从类人猿到现在，都叫第四纪，这个阶段，与人类关系最密切。

毛泽东点燃了一颗香烟，若有所思地凝望着远方。

我们的党领导全国人民推翻了头上的"三座大山"，但对乾坤挪移的分裂组合内涨外隆却知之甚少；我们可以解放辽阔的国土和海域，面对沧海桑田光怪陆离的地下构造却难以"解码"。中华民族"可上九天揽月、可下五洋捉鳖"，面对这个"小小寰球",难道中国人就束手无策了吗?

青藏高原理论研究,解码地球的奥秘,这场跨越百年的接力,正是地质人与亿万斯年的新近纪、古近纪、白垩纪、侏罗纪的远古岩层进行对话。诚如中国科学院院士莫宣学所说,"特提斯的形成演化及高原的隆起是青藏高原地学研究的两大主题,包含了众多引人入胜的重要科学问题。"谜一样的青藏高原以及地层与构造,如同数学上的"哥德巴赫猜想"那样,让无数科学家伴随着"猜想"已经走过了漫长的探寻之路:

——波涛汹涌的"特提斯海"为什么会变成耸立云霄的高原?地球上最高的青藏高原什么时候开始了隆升?

——青藏高原已经停止隆升正在东移西拉吗?青藏高原是在继续隆升还是已经开始下降?青藏高原已进入最大高度后的垮塌期吗?

——青藏高原在过去亿万年里的隆升仅仅是改变了地球的地貌吗?青藏高原的剧烈隆起对中华文明产生了什么样的影响?全球气候正在变暖,作为"地球之肾"的青藏高原发生了什么?

——青藏高原作为环太平洋成矿带与古地中海成矿带的交汇地域,在人类面临资源困境之际,其矿产资源的前景如何?

……

青藏高原的奥妙,就在于它可以包含无穷无尽的假设;青藏高原的冷峻,又在于它把假设总是置于假设。回眸近代青藏高原科学研究踏浪弄潮的漫长轨迹,一串曲曲折折的行进足迹展现在世人面前。

自1893年欧洲地质学家休斯点出特提斯海的主题之后,尽管"开山立派"的流派蜂起,学术争论的"假说""猜想"不断,青藏高原研究始终没有出现"开辟鸿蒙"般的成果。一个多世纪过去了,青藏高原依然以她高傲神秘的微笑,诱导着一代又一代地质学家在这个巨大的想象空间去联想去探索去发挥。每当专家、学者们抚摸着奇形怪状的岩石标本,紧皱的眉宇间便隐隐露出一种迷惘与困惑,他们犹如进入了幽深的历史断裂带,处处暗藏玄机,处处扑朔迷离——海洋文明与陆地文明的融汇,崛起了青藏高原,那么,板块的碰撞为什么会发生?碰撞发生的具体时间、过程和产生的结果,如何给以科学的诠释?

中华人民共和国成立伊始,青藏高原真正意义上的大规模科学考察拉开了序幕。1951年秋天,中央文化教育委员会派出57位专家组成了西藏地质科学

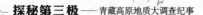

工作队，39 岁的工作队队长、地质学家李璞换马不换人，拽着马尾巴艰难前行。历时 28 个月的科考，取得了构造、地层、矿产等方面的许多重要发现，建立起地层层序和大地构造分区框架，开创了共和国地质学家西藏地质的先河。

1964 年，为配合国家登山队攀登希夏邦马峰，国家组织了以冰川学家施雅风和地质学家刘东生为首的科学考察队，一块年龄仅有两百万年的高山栎化石的发现，引发了"青藏高原隆起时间、幅度和阶段"课题的探讨，不仅考证了青藏高原的强烈隆升是晚新生代喜马拉雅运动的重大事件，而且在两百万年中强烈上升了 3000 米！

中国工程院院士赵文津搜集的一份资料表明，10 个地质专家有 10 条高程变化曲线，反映了不同的青藏高原隆升过程。地球的演化，特别是造山带的隆起充满了谜题，从海洋隆升为世界屋脊，地球科学、宏观生物学，都有无数的奥秘蕴藏。青藏高原为什么隆升？青藏高原的地壳厚度怎么加厚的？加厚的方式、隆升的曲线在理论上可以设想好多种，实际是什么呢？

中国科学院院士孙鸿烈有这样一段回忆：具有强大凝聚力的"青藏效应"，让不同领域、不同学科的学者走到了一起。"1972 年，'中国科学院青藏高原综合科学考察队'成立，1973 年开始了人类历史上第一次全面地、系统地青藏高原科学考察，从此，青藏高原研究真正进入到科学发展阶段。"

1973 年至 1976 年，中科院青藏队对西藏进行系统的综合考察，包括地球物理、地质、地理、生物和农林牧等学科领域 50 多个专业，400 多位科学工作者团队作战，出版了 41 部《青藏高原综合科学考察丛书》专著。

客观地说，青藏高原研究的重大科学意义，我国政府开始并不完全了解，也没有系统的科学计划和地质调查规划。直到 1977 年，法国政府向中国政府提出建议，要求与中国合作开展喜马拉雅和青藏高原的研究，这才触动了国家高层的神经。1978 年，地矿部长孙大光亲自带领一个庞大的代表团到法国考查和合作谈判，时隔不久，国务院副总理方毅代表中国政府跟法国正式签订了喜马拉雅合作研究协议。

1980 年 5 月，在中国首次召开的青藏高原国际科学讨论会上，常承法、潘裕生首次提出的"多地体分阶段拼合说""发展了板块构造学说"，得到了国内外地学界构造学家的一致确认。美、英、法、德、意、日、澳、加等 18 个国家的地质科学家发出了惊诧的声音：中国的研究令世界震惊！

早在 1915 年，德国气象学家魏格纳在《大陆与海洋的起源》一书中曾经提出"大陆漂移"的"假说",终因缺少证据未能让人信服。魏格纳开始了漫漫的求证之路,结果壮烈殉职在北极格陵兰的冰天雪地里。

20 世纪 60 年代初,美国普林斯顿大学教授赫斯提出了海底扩张的概念,在古地磁学、地球年代学、海洋地质学等一系列学科新证据的支持下,地学界普遍接受了"活动论"观点,并逐渐形成了"板块运动学说"。

但这一理论却难以回答著名地球物理学家杰弗里斯和大地构造权威别洛乌索夫等人的反对与质疑,也无法解释大洋中脊两侧地磁异常为什么往往不相对应等一系列问题。别洛乌索夫更是在《反对洋底扩张说》一文中提出了 14 条反对意见。

我国地质科学家常承法、潘裕生的青藏高原板块学说,是 20 世纪 70 年代地球科学理论的最大突破,也成了国际地球科学界的主流观点。然而,这绝非人类认识的终结,新的地学革命必然发生。新的理论创新的导火线在哪里?

中法合作引起了美国、德国等西方国家的高度关注,青藏高原以其开放的胸怀迎来了各国地球科学工作者,20 世纪 80 年代到 90 年代,青藏高原国际合作研究进入了活跃期,法国、英国、美国、日本、意大利、瑞士、德国、加拿大、澳大利亚等各国学者纷纷与我国科学家合作,青藏高原成为地球科学新理论国际竞争的焦点地区。

1992 年起,我国和美国等国科学家联合进行"喜马拉雅和青藏高原深剖面综合研究"。中国地质科学院赵文津为首席科学家的项目组,采用大地电磁、同位素等多种地质和地球物理方法,从喜马拉雅山的山根到念青唐古拉山,南北长达 400 公里的地壳剖面,引爆了 2000 多炮、数以百吨计的炸药。地质史上的"惊天一爆",犹如在喜马拉雅山和青藏高原"拦腰一刀",形成了一个巨大的截断面,勾画出高原地壳从地下 2000 米到 1 万米的地质结构和物质性质。

赵文津院士发表的《破解青藏高原的东移之谜》一文指出,喜马拉雅的构造运动至今尚未结束,仅在第四纪,又升高了 1300 ~ 1500 米,现在还在缓缓上升。而在 GPS 卫星定位系统的帮助下,中国地震局的科学家还惊奇地发现,这个世界最年轻的高原至今仍以每年 7 ~ 30 毫米的速度整体向北和向东方向移动。

青藏高原的每一个细微变化,直接关系到长江流域、黄河流域和恒河流域、印度河流域的发展与兴衰,也可能征兆着全球的生态环境变迁。比如说,北纬

30°在同纬度的世界其他地区，大多是贫瘠的土地和沙漠戈壁，而我国北纬30°线上却有着美丽的风光、丰富的物产，这都因为有了"世界屋脊"青藏高原的阻挡，暖湿气流才得以在高原以东停留，并在不同的地质地貌上孕育出丰富的动植物资源。可以说，没有西藏，就没有中国北纬30°这条风景如画的走廊。

然而，高耸的喜马拉雅山一直是印度洋暖湿气团很难逾越的天然屏障，自1969年以来全球气候变暖，有些学者便突发奇想，要从喜马拉雅山炸开一个缺口，将印度洋的水汽输送到青藏高原，从而改变中国西部干旱的气候。

关于雅鲁藏布江水汽通道问题的提出，最初见于1987年《中国科学》杂志上三位科学家的论文，后来有着"理想主义者"标签的一些民间人士也纷纷卷入其中。为此，叶笃正院士、高登义研究员组织力量对此进行了3年多专门研究，证明这个建议从气象学上讲不能成立。中国科学家也于1998年徒步穿越雅鲁藏布江大峡谷进行了科学考察，中国喜马拉雅山南北坡国际综合科学考察队的首席科学家张文敬指出，"亚东是印度洋暖湿气流进入青藏高原的重要水汽通道，但这样的缺口输送的水汽有限，如果想让缺口大到改变中国西部的大气候，那么缺口的物质挪到别处可能又重新垒起一座喜马拉雅山。所以，这种设想缺乏科学依据，提出这种设想的人也并不真正了解青藏高原。"

假如青藏高原一直运动下去，是否会产生新的地形地貌？什么原因造成这种移动？它会给这个地区乃至整个中国大陆的生态和气候环境带来什么变化？会给地球和人们的生活带来什么样的影响？青藏高原资源保护和利用得如何？

中国科学院院士刘东生接受记者采访时曾说过，"独特而多样的地理构造、脆弱而敏感的自然环境，使其成为在全球环境变化下研究地气系统水分与能量变化以及生态系统格局与过程变化的理想场所。对其机制的探讨不仅能够深刻理解珠峰地区独特地域单元对全球变化的响应，也是揭示人类活动与环境相互作用过程的重要途径。"

1992年至1996年，国家973项目"青藏高原形成演化、环境变迁与生态系统研究"围绕青藏高原地球动力学、隆升机制与过程、全球变化响应以及生态系统结构功能等方面开展了深入工作，全国13个科研单位和大学发表论文485篇，其中SCI刊物51篇、国外刊物41篇，专著8部，论文集3部。

1998 年，第三次青藏高原国际学术会议在青海省西宁召开，200 多名中外科学家踏上了青藏高原。

可以说，原地质矿产部、中国科学院为解码青藏高原的科学奥秘付出了大量心血，先后组织众多科学家对青藏高原地质矿产、冰川冻土、地理气候、生物区系等进行了多方位的考察，互相切磋、共同研讨，拓展了学者们的科研视野，促进各自领域研究的深化，吸引了人们将新思想注入到高原研究中。并先后与法、英、德、美、日等国科学家联合攻关，取得了一系列举世瞩目的成果。

青藏高原的研究在解释全球，全球的研究也丰富了青藏高原的研究；青藏高原数十年的科考获得了许多成果，科学研究的局限也很明显：一是零零碎碎的科考主要集中在范围有限的点、线上，更广大的区域范围则为空白、半空白的处女地；二是高原深部地质结构和动力学原理大都是根据间接或不完整的证据进行的推测，系统的直接证据缺乏。所以，尽管"假说"林林总总，青藏高原深部的"真面目"，以及高原隆起现象的真实含义，仍是一个不确切的谜。

科学的立论需要确凿的论据。1978 年以前，对青藏高原的研究基本上是以中国本土科学家为主，中国的改革开放向全世界科学家敞开了青藏高原研究的大门。世界各国科学家们的共同参与极大地提高了青藏高原的研究程度，引起了国际范围内公众对青藏高原的重视，1985 年，在英国的莱切斯特召开了首届喜马拉雅－喀喇昆仑西藏国际学术讨论会，从此每年一次，先后在英国、法国、瑞士、意大利、奥地利、尼泊尔、美国、巴基斯坦、德国、中国等国家连续召开，世界罕见的青藏高原研究热，表明喜马拉雅与青藏高原是世界地学界永恒的主题。仅仅关于青藏高原的隆升机制，近 30 年来，各国科学家根据不同的证据，就提出了"双层地壳说""大陆贯入说""侧向挤出说"等多种假设。

历史以它的延续反复证明："科学进步的过程就是不断地证伪，就是不断地对过去的不断否定"，就是敢于突破障碍走向未来。那么多年来，国外科学家介绍的新进展主要是在高原周边地区，显示与会议主题有着明显的差距。

科学领域群雄逐鹿。谁能运用最新的研究成果破解这个地球科学中的不解之谜？谁能令人信服地复原出亿万年前的青藏高原？"无限风光"的"险峰"究竟谁能捷足先登？

中华民族从来不乏自立于世界民族之林的创新基因。

"青藏高原区域调查的结束，是青藏理论创新与找矿突破的新的开始，各项工作必须再提速！"2005 年 12 月，在"青藏高原空白区 1 ：2 5 万区域地质调查成果报告会暨'十一五'工作重点研讨会"开幕式上，国土资源部党组成员、中国地质调查局局长孟宪来指出。

早在 2004 年 8 月，第 32 届国际地质大会在意大利的佛罗伦萨召开，5000 多名地质学家齐集一堂，一部《青藏高原及邻区地质图》的展出，引发了各国代表的兴趣，也引来了络绎不绝前来参观的人群。

来自不同地区、不同国家的白皮肤、黑皮肤、蓝眼睛、大鼻子的老外们纷纷发出惊叹的声音：

China government is great！（中国政府很了不起！）

China geologists great！（中国地质学家很了不起！）

美国地质学会主席、全球权威地质学家之一的佰奇费尔竖起大拇指连连称赞：在全球地质研究并不景气的情况下，中国政府投入这样大的人力物力进行 1：25 万地质大调查，编制出这样的地质图，对整个地球科学的发展很有意义。

已近"不以物喜、不以己悲"的年龄，孟宪来感到了沉甸甸的压力，感到了世界地学研究的激烈竞争，感到了时不我待的紧迫感，他强调：

"我们乘上的是一列快速行驶的列车，面对新的形势、新的要求，青藏高原的地质调查工作力度只能加大、不能削弱，步伐只能加快、不能放慢。"

孟宪来与中国地调局总工程师周家寰踏上了胎心颤动的西部热土。云南，四川，贵州，青海，西藏，短短时间，西部五省处处留下了他的足迹。

2005 年 6 月下旬，孟宪来与周家寰专程来到云南香格里拉的普朗，看到其中一个钻孔已达 700 多米仍没有穿透矿体，孟宪来兴奋地说道："奇迹！高原找矿的奇迹！时间这么短，自然条件这么差，作业量这么大，成果这么突出，这是新思路、新理论创造的地质奇迹！"

车轮滚滚，追星逐月。孟宪来与周家寰行程 3800 多公里，途经 4 个地（市）14 个县，风尘仆仆来到了西藏，马不停蹄深入到一个个项目现场，先后实地考察了墨竹工卡县驱龙铜矿勘查项目和南木林县、谢通门县境部署开展的 1：5 万矿产远景调查项目，他们深有感触地说，"西藏几十年，特别是近 6 年地质调查工作取得的成效，充分说明地质大调查工作部署是正确的，地质工作是扎实的，成果是丰富的。在西藏地区进行战略性矿产勘查工作，潜力很大、前景广阔。"

这次考察，中国地质调查局形成了一致共识，大力发展地质力学理论，才能支撑地质找矿大突破。当务之急，就是瞄准当前地质力学中存在的问题，包括构造运动时期的鉴定、古构造型式的鉴定、各级构造型式对大矿化带和矿田的控制作用、构造型式所涉及的地壳深度等内容，加大研究力度。

中国地调局班子决心乘势而上，要把一个个时代的音符，编织成雄浑高亢的华彩乐段。

第二节 与远古对话

在一些人眼前，抽象的理论总是如雾里看花、水中望月灰蒙蒙一片。但为什么又有"理论之树常青常新"之誉？

任何一种科学理论的诞生，都会以其强烈而旺盛的生命力推动社会不同领域的发展和变革。牛顿由苹果落地导致了万有引力的发现，卢瑟福原子模型的猜想开创了人类探索微观世界的新纪元，爱因斯坦的光量子假说和相对论理论，更是推动了现代科技飞速发展。

理论的衍生，需要时间的累积和知识的积淀；理论的创新，则需要一场场"头脑风暴"式的变革。

2005 年 12 月 20 日，中国地质界一场激烈的头脑风暴，正在孕育着一个崭新的青藏高原理论体系的诞生。

成都地调中心多功能大厅，青藏高原 1：25 万区调成果报告会正在召开。

来自于 19 个省（区、市）的国土资源厅、地勘局、地调院、科研单位共 48 个单位的 240 余位地质人相继走进会场，正如中国科学院院士姚檀栋的形象比喻：中国地学界的一个个精英，都是一座令人仰视的山峰。众多的峰峦，汇聚成一座雄劲苍莽的群山，隆起为一座座世人瞩目的地学高原。

殷鸿福、李廷栋、刘宝珺、陈毓川、肖序常、郑绵平、许志琴、任纪舜、张国伟、赵文津、多吉、金振民、杨文采……这是令人敬仰的中国两院院士。

孟宪来、陈仁义、翟刚毅、庄育勋……这是青藏地质工作先行的组织者、保障者。

丁俊、姚华舟、刘鸿飞、王建平、黄树峰、谢国刚……这是地勘单位的局长、院长，是带队冲上高原的领头羊。

刘文灿、李才、郑有业、张克信……这是走出象牙塔的教授、专家、学者。

潘桂棠、侯增谦、唐菊兴、李荣社……他们代表了中国地质理论的高度，一个个都在对话远古的理论宫殿内流连忘返。

巨擘毕至，璀璨着神秘幽邃的地学星空。一个个不同寻常的地质精英，人人都用结晶矿物学的眼光去观察一切无机物，人人都有一双敏锐发现的慧眼。

青藏高原以它的无比丰富与严酷，造就了一个庞大的地质科学家群体，也为这块神秘的土地注入了科学的品格。会议一改过去"罗马式"会议样式，以论坛式的自由交流和探讨，对青藏高原重大科学问题进行了集思广益的大梳理和大集结，每个人都试图在相互的碰撞中证明自己的理论创新成果。

凝望着一块块实物展板，一幅幅地质图幅，一张张影像资料，一本本野外笔记，一个个科学专家仿佛又听到江河湖海、高山旷野传来撼人心魄的恢宏乐章，中国地质人自豪的声音正在天地间轰响：

——青藏高原 110 个地质图幅全部完成，中国首次实现了中比例尺区域地质调查全覆盖；在高寒缺氧的"世界屋脊"，调查面积达 220 万平方公里，1：25 万区域调查平均每 4000 米间距一条路线，拉网式地穿越了昆仑山 – 阿尔金山、唐古拉山、可可西里 – 羌塘、冈底斯、雅鲁藏布江、喜马拉雅山脉，包括 152 万平方公里的"生命禁区"，地质人 50 万公里的踏勘丈量，相当于中国地质人完成了 40 次二万五千里长征，创下了我国地质工作历史新的里程碑。

——青藏高原基础地质调查程度大幅提高。完成青藏高原 1：100 万航磁和区域重力调查，实现了全国陆域小比例尺地球物理调查全覆盖；大量珍贵的资料，为青藏高原的资源勘查、国土规划、环境保护、重大工程规划与建设、地质科学研究等提供了基础资料、信息和正规图件。

——矿产地和资源量的勘查有了大突破。新发现矿床、矿点及矿化点 600 余处，基本查明数十条规模巨大、具有重要工业前景的铁铜等多金属矿找矿远景区，全面掌握已发现的 5000 余个矿床（点）资料，编制了青藏高原第一份 1：150 万金属矿产图、非金属矿产图和成矿带划分图，划分出 3 个 I 级成矿域、8 个 II 级成矿省和 30 个 III 级成矿带，数十亿吨的铁矿，千万吨的铜矿，上百吨的金矿陆续发现，国家特大型资源储备基地基本形成，这些资源必将从根本上缓解我国矿产资源"大瓶颈""大制约"的严峻局面。

——一批重要的原创性新发现，引起全球地学界的高度关注。其中，发现数万件古生物化石、15 条反映板块俯冲的构造蛇绿混杂岩带和 3 条高压超高压变质带，获得大量岩石年代学资料；重新厘定了青藏高原地层、构造格架；昆仑－阿尔金、西藏地区、青藏高原及邻区地质图首次面世,对区域国土资源规划、矿产资源勘查、区域环境评价、重大工程建设和地质科学研究等具有重要意义。

——从地质景观角度,新发现的旅游景观点 700 余处,收集和整理了区内收录已有旅游景观点 400 余处,首次推出了青藏高原 1 ∶ 150 万旅游图,并附有详细文字说明,按照自然、人文和综合三大类,对青藏高原旅游资源进行了系统的分类和总结,研究和总结了旅游资源的分布规律,划分出 16 处珍贵的地质遗迹集中区,为青藏高原旅游资源开发增添了大量的基础资料。

……

这些海量的区域填图成果,虽然没有光鲜外表,也不会夺人眼球,但却是构筑中国地学大厦、挑战国际舞台不可或缺的重要资源。

正像青藏高原研究中心主任潘桂棠所说,"青藏高原空白区 1 ∶ 25 万区域地质调查扫面,是 21 世纪中国地学界,甚至是世界地学界最重大的一次系统工程,不仅在地层古生物、构造、火山岩、岩浆岩、变质岩、矿产以外,生态环境方面,包括草场退化、湖泊萎缩、冰川上升等,都以珍贵的第一手资料,为地学研究提供了佐证!"

——在青藏高原南部,在江孜幅中的康马地区,中国地质大学的刘文灿、梁定益等发现奥陶纪的化石,这是从来没有的发现。

——在吉隆幅,河北区调所张振利等测量的古生代剖面,找到一系列古生物化石。而且在吉隆发现了比较完善的从奥陶纪、志留纪、泥盆纪、石炭纪、二叠纪直到三叠纪的一套完整的海相沉积系列。成为整个喜马拉雅地区第二条可以和聂拉木进行对比的剖面—地层柱子。

——在洛扎幅,安徽地质调查院在特提斯喜马拉雅带里找到了侏罗纪、白垩纪的菊石,把整个地层翻了个个儿,其形态都不一样了。

——湖北地调院在雅江带缝合带发现了中三叠世到早侏罗世的放射虫化石。这代表着洋盆扩张,标志在这里有一个很深的海洋盆地,意义重大。

——吉林地调院在申札幅里奥陶纪化石的发现,完善了整个冈底斯地区古生代的地层剖面。

——喜马拉雅地区,中国地质大学的刘文灿、李德威团队发现了麻粒岩相。

——在雅江带,西藏地调院在日喀则发现了蓝片岩——证实了雅江带经过了高压。还有,先后在喜马拉雅地区发现从二叠纪到三叠纪的火山岩,整个区调发现了 12 个火山岩层,这代表了印度板块北缘从晚古生代以后到整个中生代期间，处在一个大陆边缘的这样一个构造环境。在冈底斯地区发现了 16 个火山岩带，对冈底斯的环境和成矿分析等都有很大的价值。

还有，湖北省地质调查院的拉孜县幅、西安地质矿产研究所的苏吾什杰幅，云南省地质调查院的错那县幅、济罗幅、林芝县幅、隆子县幅、扎日区（县）幅，陕西地质调查院的塔吐鲁沟幅、斯卡杜幅、麻扎幅，吉林地质调查院的帕度错幅、昂达尔错幅、多巴区幅，察隅幅、竹庆幅、银石山幅、若尔盖、多巴区幅……每一个图幅都为世界地学书写了宏伟篇章。

"数万件古生物化石的获取，二十余条蛇绿混杂岩带的发现，都是地层、岩石、构造、火山、油气矿产、环境气候等地质多方面研究中的重要依据，随着实验方法的改进，原来无法定年的地质样品进入了我们的视线，为今人与远古的对话打开了一扇通畅的窗口。"翻阅着陕西地调院承担的神仙湾幅区调记录本，时任中国地调局局长孟宪来发出了感慨。

毋庸置疑，青藏高原区域地质大调查的重大发现，深化了人们对青藏高原地质资源的研究与认知，将使一个个地质猜想由朦胧走向清晰，由猜想变成现实，对青藏高原地质构造成因的认识，也将由低级上升到一个新的高级阶段。

"我相信，青藏高原空白区的地质图件和说明书，将是我国的宝贵财富，并将发挥巨大的作用。除了分幅出版图件和说明书以外，建议及时地以学术论文的形式，将新发现、新事实和新数据在国内国外重要刊物上发表，以推动青藏高原的进一步研究。"

年逾古稀的中国科学院院士孙枢，虽颈椎疼痛难忍，却依旧到会提出了中肯建议，拳拳之心，天地可鉴。

科学开发矿业，基础在地学。地学是一个包容地质、地球物理、古生物、古冰川、古气候、古地磁及物理、数学、化学、天文学、哲学等众多学科的科学，这些科学家数不清多少次进进出出那些自认为是吉祥福地的石炭系、二叠系、侏罗系、白垩系，他们执拗地潜游着，咀嚼品味那沁人心脾的意趣。正缘于此，一张张印着高原红的脸庞，才会在自然宽松的气氛中，洋溢着自信的光彩，一个个身怀绝技的科学巨匠，在科学审慎的思索中，喷吐着智慧的火光。

中国地调局成都地调中心青藏高原研究中心主任潘桂棠率先将自己的研究成果抛了出来：

"青藏高原造山带与稳定陆块相间并存，是一个由泛华夏陆块西南缘和南部冈瓦纳大陆北缘多期次弧后扩张、裂离，由经小洋盆萎缩消减、弧 - 弧、弧 -

陆碰撞形成的复杂构造域，经历了漫长的构造变动历史；古生代以来，多岛弧盆系形成，先后发育有 20 多条规模不等的弧－弧、弧－陆碰撞结合带，截至古近系早期，上述结合带与其间的岛弧或陆块相继拼贴，铸就现今青藏高原的'基底'呈明显的条块镶嵌结构。"

潘桂棠的抛砖引玉，让整个会场热闹起来。

正像郭沫若在"科学的春天"里那句话，"科学工作者'既要异想天开，又要实事求是'"。中国地质科学家开始"大胆假设，小心求证"了。一个个只向科学低头的专家学者一抹往日的斯文，先是有理有据地讨论，最后竟然是大声地争论——都是科学的化身，谁的观点离真理更近？

"陆缘造山带是'多岛弧盆系'的残留，是一个具有成因联系的整体，受控于统一的区域构造背景（地幔对流、主洋盆消减等），弧盆系内部组成和演化的相似性是统一构造背景的反映，抓住其相似性的研究能够全局性地认识控制'多岛弧盆系'演化的地球深部过程或主洋盆的演化过程……"不迷信，不盲从，由事物的外在表象，看到其内在联系，是西安地质调查中心副总工程师李荣社的治学理念。

"伴随碰撞而出现的'多幕式'压－张交替或压扭／张扭转换的应力场演变，是导致大陆碰撞造山带成矿系统形成发育的驱动机制，而碰撞造山不同阶段发育的俯冲板片断离、软流圈上涌和岩石圈拆沉过程，是导致大规模成矿作用的深部动力。"中国地质研究所所长侯增谦，在为"多岛弧盆系"构造论做了强有力的补充与说明。

"西藏高原北部的隆升，发生于更新世至现代，是在各刚性地块推挤产生的区域挤压背景下，导致地壳各层的物质运动和调整，产生的顶托或托举抬升机制，形成了平顶高原和各方向的张性断裂。"从事地层古生物学、沉积学、综合地层学和区域地质调查的武汉地调中心主任姚华舟，提出了自己的新观点。

"依据我们在双湖戈木日和果干加年山等地前泥盆系变质岩锆石 U–Pb 测年得出 509～548Ma 到 2056～2310Ma 等 5 组年龄，我认为羌塘地区存在前寒武纪变质基底乃至更老的太古宙古陆核，基底具有'双重结构'。"成都理工大学地球科学学院教授王国芝随即说道。

"锆石是碎屑锆石，用它所给出的年龄来'建立元古宙—太古宙岩石系统框架和演化模式是不可靠的'，并且建立'青藏高原基本最古老陆核的依据是不够充分的'。"有人立即提出反对意见。

"角闪岩相变质表壳岩和变质古侵入体是新太古—古元古界结晶基底组成部分！"负责 1 ： 25 万苏吾什杰幅区域地质调查项目的中国地质调查局西安地质调查中心处长王永和，以他所掌握的实据，不容置辩地说。

仁者见仁，智者见智，"百家争鸣，多元并存"的中国文化特质，在这里释放着"和而不同"的"琴瑟和鸣"，个个引经据典，互不相让。不同的学术流派在争鸣，激烈的唇枪舌剑在对抗；观点的尖锐对立，爆响着科学的火光。

"羌塘盆地为晚三叠世—侏罗纪盆地，是班公湖—怒江洋盆北缘的一个被动大陆边缘盆地……"提起羌塘，成都地质矿产研究所副所长王剑如数家珍。

岩石有岩石的语言，能听懂岩石语言的人毕竟是少数。中国地质科学家能听懂，他们窥破了岩石的秘密，他们习惯于用岩石的语言说话。

"羌塘南部、冈底斯和北喜马拉雅地区的奥陶纪—二叠纪沉积建造与生物区系具有相同的特征。"中国地质大学（北京）地质调查研究院院长刘文灿和他的同事周志广，也有着自己独特的认识。

"就我们发现的班公湖—怒江结合带内部发育的构造混杂岩带来看，雅鲁藏布江板块结合带在晚侏罗世—晚白垩世和晚白垩世—始新世曾两次向北俯冲。"河南省地质矿产勘查开发局副局长、河南省地质调查院院长王建平的这一新认识，为青藏高原地质深化研究提供了新的资料。

"西昆仑晚古生代火山岩为南北两个带，北带火山岩形成于弧后盆地构造环境，是弧后盆地快速扩展的产物，扩张的峰期在 313.6 ± 1.6 Ma。"人类独特的创造性和惊人胆识，源于思想碰撞的石火电光。西安地质调查中心副处长计文化，明确地提出了昆仑山北坡与基性火山岩铜矿化与火山机构的关系。

每个科学家都有自己的新发现，每个探险者都握有大量实据，每个专家都有自己独到的见解。但是，无论"正方"和"反方"，都跳荡着赤子之心，"正方"启发了"反方"，"反方"补充了"正方"，一个个观点的尖锐对立，无不爆响着科学的火光，无不在把实践的真理标尺拉长。

"青藏高原隆升高度达到海拔 4000 米左右是在 2700 万年之前！"

中国地质科学院地质力学研究所吴珍汉研究员，在他发现的花岗斑岩体中，测出结晶锆石的平均年龄为 2760 万年至 150 万年，这个年龄代表花岗岩的侵位结晶时代，一下子把青藏高原的隆升时间提早了 1000 多万年。

"花岗岩 - 绿岩带是中国早前寒武纪，特别是太古宙的重要岩石组合，是以镁铁质火山岩流为主体的火山－沉积系列……花岗岩－绿岩带主要形成于 2900~2500Ma 之间。"

数据是可靠的，分析是严谨的，计算是无误的。被同行认为一向好争论的西安地调中心副总工程师李荣社，这次提出了与吴珍汉研究员相同的观点。

没有官场权威的严厉，没有画地为牢的壁垒，一个个不同学派思想活跃，视野独特，一个个发言人引经据典，投石激浪，一度沉寂的地学理论领域再一次激起了层层涟漪。相同的理念，不同的观点，都在严谨缜密的科学态度中相互补充。高声地赞同，大声地争论，勇于挑战的精神表现出民族的高度自信。

"过去认为青藏高原有 5 条缝合带，通过地质大调查，确认了 20 多条缝合带。这让我们对青藏高原整个演化的认识也会有很大的变化，对成矿条件背景的认识起到了关键的作用。"

……

在欧美文化模式泛滥全球、外国学者主宰青藏高原话语权的今天，中国地学科学家以纵横捭阖，闳中肆外，以不同寻常的立论高度与科学眼光，大量的事实和有说服力的理论，旗帜鲜明地向当代地学权威理论进行了挑战。

广博的知识，敏锐的观察力，严谨的治学态度，善于思考的头脑，让一个个地质专家的思维向地层深处辐射开来。王保生、王立全、王小春、王秉璋、李超岭、郭文秀、夏代祥、尹福光、薛迎喜、张华、韩芳林、燕长海、刘凤山、岳昌桐、陈惠强、杨竹森、陆济璞、魏荣珠、曲晓明……他们有过缺氧的痛苦，雪崩的掩埋，但他们以失败焊接作梯，操纵着科学的罗盘一路风雨一路歌。

"山如波纹状，但不知何以凝结"。程朱理学代表人物朱熹具有里程碑意义的语言，对于大山的形成提出了一个挑战性的课题，也为后人留下了一个富有挑战性的有待完成问题。

"外国人能做的，中国人也能做；外国人做不到的，中国人也要争取做到！"站在世界屋脊之上的中国地质人发出了豪迈的声音。

他们在历史与现实的夹缝中苦力攀登，他们在岩石与矿床的重迭中跳跃穿行；失败，探索，再失败，再探索……智慧的花蕾，在汗水的浸泡下悄然绽放。大量占有区域地质填图第一手实物资料，再对原有科研成果借鉴和发展，他们手持科学的利剑，攻向了理论的巅峰。

成功总是垂青那些理想远大信念坚定的人。一个开创人类科学文明事业新天地的"中国学派"，正在向世界走来。

第三节　提速，再提速

"好雨知时节，当春乃发生。"

青藏高原地质大调查风生水起之际，一个被中国地质人称之为"第二个春天"的历史拐点到来了。

2006 年 1 月 20 日，《国务院关于加强地质工作的决定》（以下简称《决定》）的颁发，犹如鼓荡的春风，给青藏高原地质大调查带来了强大的驱动力，青藏高原理论创新也进入了一个提速阶段。

然而，今天却少有人知道这个《决定》诞生的背后故事，也少有人知道钟自然和他的起草小组付出了多少心血。

那是 2004 年春节刚过，国务院副总理曾培炎到国土资源部视察，在院士专家座谈会上释放了一个令人振奋的信号：国务院将要起草一个加强地质工作的决定。在座的院士闻讯，一个个兴奋异常。为什么呢？

不久前，37 位院士联名给国务院领导写了一封信，提出了"加强和改进地质工作的改革措施有些还没有到位；地勘'野战军'队伍建设亟待加强；地质工作需要进一步加强领导，完善机构，理顺机制，增加投入，扩大地质工作规模，提高为经济社会发展服务的能力和水平"等几个地质工作亟须解决的问题。

2004 年 1 月 15 日，分管国土资源工作的曾培炎副总理阅过此信，便立即挥笔做出批示："针对这些迫切需要解决的问题，拟先请国土资源部研究提出一个初步意见，中编办、发改委、财政部等部门协调后，提出加强地质工作的具体意见报国务院。"

这些院士们没想到，他们的信呈送没有几天，竟然就有了回复，并且采纳了他们的意见和建议，这些科学家怎能不高兴？

然而，刚刚走马上任的国土资源部部长孙文盛却感到了压力。

孙文盛对全国矿产资源的严峻形势看得很清楚，我国重要矿产资源消费量增长以及石油、铁、铜、铝等对外依存度已威胁到国家经济安全，地质工作有效投入却严重不足，安全保障能力明显下降。在这种背景下，国务院决定出台这样一个文件，不仅是破解资源瓶颈制约的战略举措，对中国地质事业的发展，也必将产生划时代的意义。

会议室里，孙文盛部长握着水笔的右手敲击着桌面，一字一板地说，"未来 20 年，对发展中的中国既是重要的'战略机遇期'，也是'矛盾凸显期'。

地质工作如何适应社会发展，如何实现找矿突破，为共和国建设提供矿产食粮？必须尽快制定一项指导新时期地质工作发展的纲领性文件……”。

国土资源部党组迅速达成共识——由国土资源部地质勘查司司长钟自然负责牵头，协调相关部门，2004 年底完成专题调研等前期准备工作，2005 年底争取《决定》代拟稿通过国务院审议，尽快出台。

出台这个“纲领性”的文件，并不是一件轻松的事情。

改革开放以来，地质工作一直找不到一个明确的方向，《决定》要涉及体制、机制，政策、法规及历史遗留的沉疴。历史曾把号称“百万大军”的地质单位推向波峰，又是历史的车轮把这些为共和国立下赫赫战功的人们轧入过迷茫的谷底。现在“戴着事业的帽子，走着企业的路子”，矿权归属的争议，上下利益的平衡，矛盾纷繁复杂，怎样写？写什么？

还有一个亟待解决的问题，就是从理论上和实践上，当时社会和业界存在着巨大的争议和分歧，较为典型的是资源保障的立足点问题，有的论者提出，作为一个社会主义发展中的大国，资源供给必须坚持立足于国内，同时充分利用“两种资源，两个市场”。

也有论者认为，中华人民共和国 50 多年的发展，经济实力增强，外汇储备充裕，着重利用境外资源发展加工业，提高经济附加值，可以降低矿业开发给我们带来的生态环境压力。

双方振振有词，各执己见，但孰正，孰偏？孰主，孰次？

“要高屋建瓴地起草好《决定》代拟稿，必须对一些重大问题进行专题研究。”于是，围绕历史与现实的重大问题，国土资源部党组专门组织了几路兵马，开展了 15 项专题研究，并对加强地质工作的重要政策措施，开展了 15 个专项论证。一个个研究成果犹如紫电腾跃层云，莲花舒瓣碧水，为《决定》代拟稿奠定了厚实的基础。

转眼一年过去了，2005 年 1 月 25 日，由钟自然牵头，一支精干的研究起草小组开始了高速运转。

钟自然责无旁贷地承受起沉甸甸的使命和责任。

1962 年生于安徽桐城的钟自然，自 1983 年合肥工业大学地质系毕业，就开始了他在中国地质行业的耕耘。由地质矿产部矿产开发管理局法制处处长到地质矿产部矿产开发管理局副局长，全国矿产资源委员会石油天然气资源管理办公室副主任到国土资源部规划司副司长，中国地质环境监测院院长、党委副书记又到国土资源部地质勘查司司长，直至中国地质调查局副局长、党组副书记，在人生进步的旋梯上一路走来，丰富的人生阅历和工作实践，加上淡定超然的气质，成就了他的厚积薄发、静水流深。应该说，起草工作本来没有多大困难。

然而，大部制改革诞生的国土资源部成立以来，推出了一系列大动作，地勘单位属地化，国土资源大调查，危机矿山找矿……无疑，这些举措都为共和国建设做出了卓越贡献，但也显露出一些亟待解决的问题。梳理着一桩桩地质行业的大事件，钟自然沉入深深的思考中，几乎夜不能寐。

"可以说，《决定》的起草过程，是一次广开言路、凝聚各方智慧的过程，更是一次深化认识、统一思想的过程。《决定》的诞生是民主决策、科学决策的结果。它从提出、起草到正式出台历时两年多，先后形成 56 次修改稿。"

现为国土资源部党组成员、中国地质调查局局长、党组书记的钟自然，捋了捋头上日渐稀疏的头发，感慨地说："想想看，从 1998 年到 2005 年，有关地质工作的批示就高达 80 件以上，如何吃透中央领导的指示精神，如何在《决定》里能够全面、科学、准确地体现党中央国务院的战略意图，我们确实是'压力山大'，每天都在加班，每天都像打仗。"

光洁的额头，微笑的脸庞，镜片后一双闪着笑意眼睛，好听的不疾不徐的安徽桐城乡音，形象贴切的比喻，拉近了我们之间的距离。

2005 年，堪称钟自然起草小组的战斗年。

《决定》内容不能刻舟求剑、不能闭门造车、更不能异想天开。首当其冲的是要分头行动，走出去调研，归纳好讨论，全面掌握国内外的地质工作现状。

地学界的院士、专家以及地质战线退休的老同志密切关注，不少年事已高的地质学家和管理专家根据自己多年积累的丰富经验，针对国土资源调查评价与研究工作，纷纷提出了真知灼见；

2 月 3 日，国土资源部举行座谈会，来自冶金、核工业、有色、煤炭、建材、化工、武警黄金、地矿等地勘单位代表围绕加强地质工作积极建言献策；

6 日，《决定》起草小组召开原地矿部、国土资源部老领导座谈会，老领导们积极建言；

7 日，举行院士专家座谈会。之后，27 位院士专家就《决定》起草提出书面意见；

16 ~ 17 日，《决定》起草小组请部分省厅主管领导、地勘处长座谈，就加强地质工作发表建议；

26日，国土资源部邀请全国人大法工委、中央财经领导小组办公室、国家发展和改革委员会、国务院发展研究中心、中国社会科学院的专家座谈，就《决定》起草征求意见。

"建立政府、企业各负其责的地质工作投入体制；建精建强国家公益性地质调查队伍；深化地勘单位改革；集中矿产资源的政府各种收益，适当增加财政投入，建立专项资金，加强石油、天然气、煤炭、铀、铁、铜等能源、重要矿产资源勘查和危机矿山接替资源的勘查；实施鼓励矿业企业找矿的政策；改善投资条件和市场环境，扩大对外对内开放，用好两种资源、两个市场；加强人才培养，发展地质科技、教育，提高科技创新对地质工作的支撑能力；加强对全国地质工作的统筹协调，加强行业管理。"孙文盛部长致信国务院，提出加强地质工作拟采取8条重大政策措施。

很快，国务院就做出批示：

"地质勘查工作管理体制改革进行六七年了，在认真总结经验的基础上起草一个指导性文件是必要的。文件要以科学发展观为指导，并与改革和建设对地质工作的需要相结合。"

党中央、国务院的高度重视，鼓舞着起草小组的每一个成员，起草工作进入了紧锣密鼓地推进阶段。

关键时刻，中南海的一次集体学习，给起草小组传带来了更大的鼓舞。

这天一上班，钟自然便看到人民日报转发的一条新华社消息：

中共中央政治局2005年6月27日下午进行第二十三次集体学习。

中共中央政治局这次集体学习安排的内容是"国际能源资源形势和我国能源资源战略"。国土资源部中国地质调查局张洪涛研究员、国家发展和改革委员会宏观经济研究院周大地研究员进行了讲解，并谈了他们的有关看法和建议。

中共中央政治局认真听取了他们的讲解，并就有关问题进行了讨论。

会议指出，我们要继续坚持立足国内的基本方针，加大国内资源勘探力度，加强煤炭、石油、天然气的开发利用，积极开发水能资源，加快发展核电，鼓励发展新能源和可再生能源，优化能源结构。同时，要积极开展国际能源资源合作，充分利用国际国内两个市场、两种资源。

……

集体学习是一个信号、一个新的加速点。

钟自然吃了"定心丸",起草小组乘势而上,初稿迅速形成。

2005 年 7 月 8 日,国务院在孙文盛部长呈报的关于《国务院关于加强地质工作的决定》(代拟稿)信上再次做出批示:"关于加强矿产资源勘查,还是要在原有工作基础上,突出重点成矿区(带)、重点矿种,以免战线太长,工作重复,造成浪费。此点望予考虑。"

流火的季节,起草小组成员又紧张的动作起来,连天加夜的字斟句酌,激情效率的释放。

9 月 5 日,"全国能源和重要矿产资源潜力论证院士专家座谈会"在北京召开,中国地学界 17 位院士、60 多位专家,针对国土资源调查评价与研究工作,展开深入讨论,纷纷提出真知灼见。

有人提出,我国矿山地质工作薄弱问题长期未能解决,建议采取切实可行的措施加强矿山地质工作。于是,《决定》草案中增加了"做好矿山地质工作"的内容:"矿山地质工作对合理开发利用资源、延长现有矿山服务年限意义重大。加强矿山生产过程中的补充勘探,指导科学开采。加快危机矿山、现有油气田和资源枯竭城市接替资源勘查,大力推进深部和外围找矿工作"。

有人提出,我国油气资源勘查与非油气资源勘查是"二元结构"。油气资源勘查取得了成功,原因之一是勘查费用进入成本。非油气矿产勘查领域应引入油气资源勘查的经验。因而,《决定》草案中增加了"允许矿业企业的矿产资源勘查支出按有关规定据实列支"。

有的地区提出,加强重要矿产资源勘查应重视发挥中部地区的作用。由此,《决定》草案中增加了"中部突出特色"等意见。

把握全盘主持撰写的钟自然从善如流地对每个人的观点认真地记录,即使个别意见极不对自己的思路也是一副洗耳恭听、兼听则明的姿态。每一次讨论他都让大家有充分思考与表现的机会,都有显示真知灼见的成就感。他的包容与兼顾,显示出高屋建瓴的协调与平衡艺术。

钟自然发现,一些省级地质勘查规划主要涉及矿产勘查,与《决定》要求差距很大,对《决定》中地质工作的丰富内涵存在着"消化不良"现象。他说,规划应涵盖《决定》提出的地质工作任务的六个方面,要体现温家宝总理关于落实《决定》重要指示的四个方面。也就是说,地质勘查规划的范围应包括矿产资源勘查、基础地质调查、水文地质工程地质环境地质勘查、地质环境地质灾害调查监测,《决定》明确的地质工作主要任务都应当纳入规划范畴。

钟自然强调，在编制省级地质勘查规划时，各省（区、市）都应该结合当地具体情况，在全面研究和部署本省内地质勘查工作的基础上，各有侧重，注重反映本地区的地质工作特色。

一年时间，40多场不同形式的座谈会，意见和建议从中央到地方，从行业地勘部门到属地化地勘单位汇集而来。最终，16个重点矿种、11个含油气盆地、13个大型煤炭基地、16个重点金属成矿区带，被确定为重点勘查。

调研、讨论、再调研、再讨论、修改、草拟、成文……一组组五线谱般的浩繁数据中，起草小组条分缕析，去伪存真，缜密思考，放下又拿起的是精华，渐明渐晰的是加强地质工作的基本思路：

坚持一个统领——以科学发展观统领地质工作；

把握两个更加——地质工作必须更加紧密地与经济社会发展相结合，更加主动地为经济建设服务；

明确一个目标——地质工作要为全面建设小康社会提供安全可靠的矿产资源保障和坚实的地质基础支撑；

抓住一个关键——通过深化改革，大力推进地质工作的根本性转变，建立和完善与社会主义市场经济体制相适应、富有活力的地质工作新体制、新机制，形成以公益性地质工作为先导、商业性地质工作为主体、公益性与商业性地质工作互相促进、良性循环的新格局。

遵循六项原则——提供五个保障——增强五个能力。

整整一年时间，起草小组成员们埋首于海量的资料中，个个超负荷地加班加点，有时趴在电脑桌上就打起了瞌睡。鼠标追逐着激情，灯光迎来了黎明。那些原始资料、论证资料摞起来有一米多高，每一个数字都是核对了又核对，每一条理论都是论证了又论证，那一过程，就像在浩瀚的海洋中取一瓢水一样，《决定》的每个字都含义丰富、意义深远，每个字都反复斟酌，审慎对待。

钟自然伸出右手在胸前比画着资料的高度，然后又从桌上拿起一个小册子，说道：别看它薄，它的内容可是丰厚的啊，既涉及体制机制，技术创新，又有发展路径！它凝聚了许多人的心血，为了参加这个《决定》稿的论证，张洪涛老总还搞了一段小插曲，"血染的风采"，哈哈，这个"花絮"你可以去了解一下。

血染的风采？论证会？它们之间有什么联系？钟自然的一句话，又引出了张洪涛的一段故事。

论证会的前夕，正在昆仑山考察的张洪涛接到通知，要求他抓紧时间返京，参加《决定》的论证会。

张洪涛深知起草《决定》的艰辛与不易。接到通知，他立即从电脑邮箱取出《决定》草稿，当天晚上便下山，从格尔木赶夜班火车，次日凌晨抵达西宁，又直接从西宁机场直飞北京。

飞机在万米高空中穿行，整个机舱静悄悄的，人们在熟睡，只有张洪涛胸前的电脑屏幕发出暗弱的光，他一字一句地阅读着论证稿，并不时在键盘上敲下一条条意见与建议。

晚上 10 点钟，飞机降落在北京机场。深夜的京城还没有完全静下来，车流将条条道路驰成了道道灯河，霓虹灯宛如精灵般闪烁着多彩的光芒。

"回来了？"听到开门声，妻子接过张洪涛的包，转身就去放洗澡水。

"别忙了，天亮开会，我要发言呢。我看看文件，你快去休息吧。"张洪涛一边与妻子对话，一边便径直走进了书房。

天明一大早，张洪涛驱车赶往会场的路上，便感到有点眩晕、乏力，隐隐约约地伴有胸闷、恶心，便暗暗嘀咕，"怎么这样难受呢？"

他没有意识到，连日高原考察，奔波劳累，从高原到了北京、从"高海拔的缺氧状态进入氧饱和状态"，他应该好好休整几天，但他却一下飞机就夜伴孤灯进入了工作状态，休息睡眠时间不足，这就出现了"醉氧反应"。

小车缓缓停在了北京会议中心，服务员领着张洪涛朝着会场还没走几步，张洪涛一阵头晕目眩，一个趔趄，庞大的身躯便重重地栽倒在路上。只见往日精神抖擞慈眉善目的张洪涛满脸是血，花岗岩路面鲜红一片。

"论证会没开成，却留下了这个纪念，呵呵，缝了十针。"采访时，张洪涛摸着眉骨上的疤痕，不无遗憾……

2005 年 12 月 28 日，国务院第 118 次常务会议审议了《国务院关于加强地质工作的决定》(代拟稿)，会议指出：

"文件提出的关于地质工作的方针是正确的，任务明确，政策措施可行，比较成熟；加强地质工作十分必要。原则同意。希望通过这个文件的出台，能够很好地推进地质工作。"

2006 年元月 20 日，第二个地质春天到来的日子。这一天，《国务院关于加强地质工作的决定》历经一年多的调查、论证，终于正式发布了。

"我认为《决定》对地质工作服务多样性的定位，既是对我国以往地质工作的科学总结，更是对地质工作发展提出的更新、更高的要求。从这一意义上说，地质科学面临的挑战大于机遇！"中国科学院孙枢院士如是说。

　　国务院领导为《决定》的落实加大了保驾护航的力度。曾培炎副总理在强调《决定》的贯彻落实时，对抓紧制定并出台加强地质工作的配套政策，从政治的、经济的，到教育的、法律的……全面而细致地提出了明确具体的要求：

　　"发改委要支持地勘单位基建投资补助，支持加强地质工作的一些专项工程；财政部、国土资源部要抓紧制定地质勘查基金管理办法，争取早日实施；税务总局要完善资源税、资源补偿费和矿业权使用费等政策，制定矿产资源收益使用和管理的具体政策，实行允许矿业企业将矿产勘查支出据实列支的政策；人事部要研究制定野外地质工作人员工资和津贴的有关政策；教育部要研究落实奖学金和资助贫困生政策向地质类学生倾斜的措施；法制办要牵头做好地质勘查法规体系的完善工作。其他各有关部门要配合做好相关工作。"

　　20多年生存空间的低迷之后，地质人真正感受到了春天的问候。只是这个问候，地质人等得有点太久了。

　　《决定》指出，"推进地质理论研究与创新，广泛应用高新技术和先进适用技术，加快地质工作现代化步伐。""积极开展重大地质问题科技攻关，突出重点矿种和重点成矿区带地质问题研究，大力推进成矿理论、找矿方法和勘查开发关键技术的自主创新。"

　　《决定》指出，"在重要经济区域、重点成矿区带、重大地质问题地区，按照多目标、多学科、多技术的要求，系统开展区域地质、地球物理、地球化学和遥感地质等调查，建立地质图文更新机制，为社会提供有效快捷的地质信息服务。"

　　《决定》指出，"积极开展重大地质问题科技攻关，突出重点矿种和重点成矿区带地质问题研究，大力推进成矿理论、找矿方法和勘查开发关键技术的自主创新。"

　　《决定》指出，"切实加强重要矿产资源勘查，努力实现地质找矿新的重大突破，为全面建设小康社会提供更加有力的资源保障和基础支撑。"

　　……

　　《决定》的出台，"吹皱一池春水"，也激荡了广袤的青藏高原。

　　《决定》似战鼓，似号角，青藏高原理论创新与找矿突破的绚丽花朵含苞欲放。

第十一章　跋涉在朝圣路上

"特提斯海"为什么会裂变为世界"第三极"？板块碰撞为什么会发生？青藏高原为什么不停地长高位移？对全球气候变暖的影响又是什么？为了解码"第三极"，生命的"朝圣"成为这个群体的全部。

第一节　潘桂棠"多岛弧盆说"

人无理想与信仰，形同一个没有灵魂的躯壳。

徜徉在青藏高原理论创新的圣殿，我看到了一个个终生朝圣者的虔诚——曲折坎坷的山路，孤独寂寞踽踽前行，一个个满载希望的行囊，面容消瘦，头发凌乱，邋遢不堪，两眼却放射着超凡脱俗的纯净之光。

成都地质调查中心青藏高原研究室。

四楼最西头的一间办公室，显得有些凌乱，一排摆满了各类书籍的书橱、一张硕大的《青藏高原及邻区地质图》，分别占据了东西两面的墙壁，地上是一包包、一块块矿石标本，办公桌上堆满了中英文的书刊杂志，一个带着花镜的瘦削老人正手持放大镜，凝神端详着一块粗糙的褐色岩石标本。

"躲进小楼成一统，管他冬夏与春秋"。这就是喜欢特立独行的潘桂棠，一辈子与青藏高原结伴的潘桂棠，只要野外回来，就把整个身心沉浸在科学研究的空间。

潘桂棠很少出现在公众视野，有人说他"不食人间烟火"，那么多年不知"婉拒"了多少力图走近他的媒体。这次我对他电话"预约"采访，也领教了他的直来直去，"当初进行青藏高原研究，就是想弄明白一些学术问题，压根没想什么奖，哪想后来会得什么奖？"

就是这个潘桂棠，与杰出青年地质精英、国际矿床地质学会区域副主席侯增谦组成"老少配"搭档，2005 年"西南三江铜金多金属成矿系统与资源评价"获得了全国科技进步一等奖，2011 年又拿了国家最高科学技术奖。

就是他，在青藏高原理论突破的"里程碑"中，以其独到的"多岛弧盆系"构造观，建立了青藏高原构造演化新模式，揭示了青藏高原的复杂造山 - 隆升过程，丰富和发展了板块构造和大陆动力学理论，也印证了常承法、潘裕生青藏高原板块学说的正确性。

就是他，把青春和梦想、时间与激情都奉献给了青藏高原，形形色色的冰川岩石，在他的世界里都成了有血有肉有温度的存在，青藏高原成了他实现人生理想的诗意道场。

从 20 世纪 70 年代初开始，潘桂棠先后 40 多次进入青藏高原高寒缺氧无人区，多次带领国内外地质学家考察青藏高原。

他和他的团队撰写并出版了《青藏高原新生代构造演化》《东特提斯地质构造形成演化》《青藏高原在全球构造中的地位和作用》《我国西部三江地区矿产资源开发及其对策研究》等 18 本专著和 150 余篇论文。在评价这项研究成果时，马杏垣院士动情地说："这是具有开创性、系统性的青藏高原地质构造综合性专著。"

青藏高原研究奠定了潘桂棠的权威学者地位，却没有给他权威学者的派头。皮肤被强烈的紫外线灼得发黑，脸上是深浅不一的皱纹，只留下一口未改的台州乡音，满嘴闪亮的牙齿。他幽默地说："我的原装牙齿，基本上都贡献给了青藏高原！"

老科学家一边说着，一边用右手在清瘦的脸庞上搓着，"我喜欢恩格斯的一句话：'有所作为是生活中的最高境界'。青藏高原是地球上最年轻的土地，它隐藏着许多有关地球形成和演化的信息，而多岛弧盆系构造模式，是认识大陆地质的关键，你要想有所作为，就必须走近它，才能破解它！"

谈起青藏高原地质研究，老地质学家脸上皱纹里似乎流溢着一缕缕无以言说的光彩。他用一种近乎痴迷忘我的描述，把我不自觉地引入到青藏高原的神秘世界；艰涩枯燥的地质理论，经过他的灵动演绎，瞬间变成一个简单明了的禅意道场，于是点燃了我憧憬的激情，加速了思维的浮想联翩。

潘桂棠回忆说，2012年2月14日，早春的北京寒意正浓，但前往人民大会堂的潘桂棠却心头火热，因为在这次国家科学技术奖评选中，国土资源部斩获四项大奖，而他和侯增谦都因青藏高原地质理论创新与找矿重大突破项目收获了中国科技界的最高荣誉——国家科技进步奖特等奖。

"基础科学研究是一个甘苦自知的漫长过程，也是积累的过程。积累到一定程度就会爆发，出成果就是水到渠成的事情。"潘桂棠的人生证明了这一点。

潘桂棠在青藏高原摸爬滚打了几十年，2001年，花甲之年又担任了青藏高原地质调查综合研究项目负责，晚年的成果爆发给青藏高原理论研究领域带来一个大大的惊叹号，所以他在项目成果获奖时，一下子就想起了那些曾在青藏高原跑过、如今依然在青藏高原工作的同事们，当年的一幕幕仿佛又在眼前。

"漫长的地质年代，青藏高原是怎样形成的？它隆升的步履可曾停止过？"

10亿年前的地球，是一个泛大洋——环赤道大洋；两块泛大陆——遥居南北两半球的冈瓦纳古陆和劳亚古陆。这二者之间的古代海洋被称之为特提斯洋。

分裂、漂移、合并、隆升……数亿万年的青藏高原自它诞生之日起，就留下了无数的谜团，也留下了丝丝痕迹——蛇绿岩，让一代代的地质科学家进行了充满激情与兴奋的探索之旅，出于了解未知、探索自然的本性，他们在地球的胎动中探求真谛，在科学的迷宫里寻觅经典。板块构造学说的创立，让青藏高原焕发出新的生命，青藏高原地质演化至此被纳入特提斯洋演化的总框架，科学家们对其演化演绎出了林林总总的假设，有人提出"剪刀张"模式，有人提出"传送带"和"手风琴运动与开合"模式。而所有这些模式，都是以一个联合古陆的形成和特提斯是泛大洋中的一个海湾为前提，以冈瓦纳大陆裂离和亚洲大陆增生为基点。

果真是这样吗？真理常常会在疑问中获得。

潘桂棠对以青藏高原为主体的东特提斯的多条蛇绿混杂岩带及各种类型的岛弧、盆地系统进行了研究，发现早期所谓的"剪刀张""传送带"和"手风琴运动与开合"模式均不能对青藏高原多条蛇绿混杂岩带及各种类型的岛弧、盆地系统的空间配置给予相对合理的解释。

"对前人的理论观点不轻易否定，对自己的观点认识不轻易肯定。"潘桂棠牢牢记着马杏垣先生的教诲。

确凿的论据，毕竟是科学理论的根基。1986年，潘桂棠参加了"西南三江特别找矿计划"科技攻关项目。

在研究青藏高原和西南三江（金沙江、澜沧江、怒江）地区的地质与大地构造演化时，他发现由金沙江带、甘孜－理塘蛇绿混杂岩带等所复原的洋盆均只有1000公里左右的宽度，邻接的岛弧、陆弧指示洋壳向西、向南俯冲。班公湖－怒江带主体也是向南向西俯冲的。

古地理古构造研究曾将其与东南亚弧盆系类比，指出古生代－中生代特提斯具有岛海相间的古地理格局！

这个发现让他兴奋得彻夜不眠，于是就假设、遐想，虚拟了许多解释。他调用过去的许多理论模式积存，互相参照，终于感觉到，东南亚和太平洋西岸弧盆系的空间配置表明，西南太平洋是以弧后盆地消减、岛弧造山增生复合体完成大陆增生的，而不是以裂离自冈瓦纳的地体向北漂移的形式进行大陆增生！

青藏高原地质大调查中一个个重大发现，为他的理论研究提供了实物佐证，实践、认识、再实践、再认识的螺旋式提升，使他的理论内涵产生了质的飞跃。

"潘老，我们在冈底斯岩浆弧中新发现一条时代为晚三叠世的迫龙藏布蛇绿混杂岩带……"静夜，河南省地调院院长王建平从远方打来的电话，惊扰了潘桂棠的梦境，也给他带来了意外的惊喜。

潘桂棠认为，时间和空间是物质运动的存在形式。地质学是一门特殊的时空科学，它考察着充满了生命的空间，探索着依次实现的时间。自然界的许多矿物外型、颜色相似，但是物理、化学反应有很大的不同。主要原因是矿物晶体的分子排列结构不同。由于地壳的波动，使不同的矿物质在地质板块的狭缝之间产生不同层次的流动。知道了矿物的性质，就很容易推断地质板块的结构及其形成……潘桂棠兴奋起来——有了这些实据，自己的推断与猜想就将成立！

物理学家杨振宁曾言，科学家不是幻想而是猜想。而猜想要由实物来佐证。

王建平团队采集的实物是惊人的！

自2000年至2002年三年间，河南地调院在冈底斯大峡谷啃下一块块硬骨头，采集了2000多件地球化学样品，获取了6万多个关键性数据，对雅鲁藏布大峡谷有了准确的描摹。

"啊！那么多的样品数据，真是雪中送炭呀！"看到那小山一样的样品，潘桂棠几乎要扑上去亲吻了。

大量第一手资料等待着被新思想照亮。研究了青藏高原 20 多条蛇绿混杂岩带和相关的岛弧和盆地等实际材料，蓦地潘桂棠脑中电光石火一闪，一个洪亮的声音仿佛从苍穹、从地底直透脑际：

班公湖－怒江缝合带南部的冈底斯多岛弧盆系，应该是特提斯洋向南俯冲导致冈瓦纳北部边缘在弧后盆地基础上裂开并发育形成的，雅鲁藏布缝合带代表了一个弧后洋盆的关闭，而不是普遍认为的大洋闭合！

潘桂棠将智慧驾驭于心灵的波峰，不断印证着自己的新发现，最终，他以"多岛弧盆系构造模式"来解释特提斯和亚洲大陆各大造山带的形成和演化，假说得以验证，推断得以肯定。

直观的、感性的认识就像一层层叠加的沉积物，他们仿佛在沉睡之中，一旦被新的思想照亮，就将被激活，产生质变飞跃。"多岛弧盆成矿模式""陆内转换成矿模式"，为在什么构造部位找什么矿提供了科学依据，对羊拉铜矿、里仁卡铅锌矿、都日铅锌矿、拉诺玛铅锌矿和农都科金银矿等大型－超大型矿床的勘探评价起到了指导作用。

于是，便有了压性弧中普朗斑岩铜矿远景超过 1000 万吨的大突破；有了白秧坪银多金属矿突破！

勇气与真知灼见，需要在寂寞中坚守和磨砺，更需要持之以恒的科学精神。从理论创新——基础实践，潘桂棠在科研路上不断地完善着自己，只是他没有想到青藏高原这条路让他走得这么漫长，这么曲折。屡败屡战的执着，让他得到了许多，也失去了许多。牙掉光了，头发脱落了，数不清的病痛，一次次大的手术，还有企业集团的邀请以及高薪与舒适生活的诱惑，都没能动摇他对青藏高原探索的决心。每次去高原他都要待上几个月，最长一次跋涉 8 个月之久。

有一次，他在祁连山和阿尔金山交界处的断裂带上，攀上一个陡峻奇险的古火山口考察，看到火山口那壮丽的景观，看到蓝天上似乎垂手要得的白云，潘桂棠不禁兴奋地唱起了他最爱的歌，"呀拉嗦 那就是青藏高原……"尽管跑腔冒调，他却唱得兴趣盎然。然而，当他要下山时，傻眼了——陡峭的崖壁刀削一般，根本无处下脚。一天一夜竟无法下来，最后还是藏族同胞救他脱了险。

"那次真险呐。夜里趴在山口上，我想这回完了，这几十斤的身子骨可要留在这世界最高的地方了……"尽管已经过去了多年，老人还是心有余悸。

1976 年，成都闹地震，妻子带着 2 个年幼的孩子，蹲在防震棚里吓得浑身发抖。那时，潘桂棠坚守在青藏高原。父亲去世的那一年，潘桂棠也在青藏高原。得知噩耗，他只能面对家乡的方向在雪原上长跪不起，夹裹着雪花的狂风，将他撕心裂肺的哭声，他的祈祷与祈求撕扯得断断续续：

"父亲原谅儿子的不孝，国家需要我，高原需要我，山高路长，重任在身，儿不能为您送终……您老人家一路走好……"

潘桂棠就是这样在刻骨铭心的痛苦挣扎中走向了超越。

2001 年，60 岁的潘桂棠又担任了青藏高原地质调查综合研究项目负责人。60 岁，许多人在含饴弄孙，颐养天年，潘桂棠却再一次钻进了那片神秘的高山峡谷。一个多月的时间里，在遭遇雪崩、滑坡、泥石流的荒山绝谷中，潘桂棠突发胃出血，但他硬是咬着牙扛了 8 天，最后被送到拉萨医院才抢救过来。

"国家培养了你，你就该为国家做些事情，在高原哪个没有病呢！地质调查研究活动致力于反复观察和实验获得的地质记录，你就必须要带着队伍在野外跑，不能离开啊！"老人说着，伸手递给我几部硬皮的书。

我打开一本深绿色封面的《青藏高原新生代构造演化》一页一页地翻阅，通过基本构造格架重建、岩相古地理恢复和陆块聚散过程的研究，潘桂棠从全球构造视角再塑了青藏高原的形成演化历程，这在国际上尚属首次。

在学术造假盛行、办公室创造论文的年代，一位学者大家应有的高贵品格，质朴、勤奋、坚韧、执着，就在眼前这一页页、一行行的文字中熠熠生辉。

一个优秀的地质学家，往往是新地质理论的创立者。从事地质调查研究的 37 年里，他不仅在青藏高原的岩层中寻觅着历史，也从青藏高原演化的历史中寻找着地球的未来。谁能说得清这些学术成就饱蘸着潘桂棠的多少心血？他曾先后 40 余次进入青藏高原高寒缺氧无人区开展工作，多次带领国内外地质学家考察青藏高原，积数十年野外地质研究之实践经验，终于完成了青藏高原地质结构的一个个未知的解读，也形成了一个让国际地学界惊诧的理论体系。

墙上石英钟发出有节奏的嗒嗒声，面向这位 70 岁的老人，我在用心聆听着他发自肺腑的心声："我们要与世界平等对话，就要建立自己的话语体系，自己的理论体系。如果集中全国的力量，克服技术、体制机制、政策、资金障碍方面的困难，创造性地开展青藏高原科学研究工作，就能走出中国科研的新路，引领未来地学研究的潮流。"

为什么中国一流的原始创新研究那么少呢？潘桂棠说，这与教育体制和科研体制有关。他说，2009 年，教育进展国际评估组织对全球 21 个国家的调查显示：中国孩子计算能力排名世界第一，创造力排名倒数第五，想象力更是排名倒数第一；在中小学生中，认为自己有好奇心和想象力的只占 4.7％，而希望培养想象力和创造力的只占 14.9％。"尽管各地都在搞素质教育，没有想象力怎么能创新？没有创造力怎么能在未来搞出一流的科研成果来？现在官本位思想在科技领域依然根深蒂固，很多优秀的研究生、博士生毕业后的第一选择，是考公务员，都想着坐机关，谁来搞科研？"潘桂棠说。

潘桂棠的头脑中，总是想着今天的研究要为国家的明天负责。

我不知道他坚持至今的青藏高原研究还有多远，只知道他是一个不为名利，默默行走在空旷天地间的朝圣者，尽管他毕其一生献身地学领域，尽管他学富五车、著作等身、蜚声中外，也尽管他和那些地学巨匠凝心聚力完成的青藏高原理论创新研究达到一个崭新的高度，遗憾的是，他对事业的执着、他对世故的幼稚、他的不入俗流、他的不会圆滑……林林总总的原因吧，院士的大门终究没有向他敞开大门。

我小心翼翼地撩起这个敏感的话题。

只见他沉默了一会，淡淡地微微一笑，脸上浮现出一副不谙权谋、不屑关系学的学者风范，也让我看到了他那近于隐忍的毅力和超然的人生境界，看到了那种不难被人感受到的奇特的向心力。他缓缓地抬起了饱经风霜的脸，征询的口气望着我，"我只想用我的知识为国家地质事业想些事、做些事。有些事，我们今天不做，将来国家就会被动。这个年纪，只要能实实在在搞我的研究就行，别无所求啦，谁让我们选择了这一行呢？"

坎坷的经历，洒脱的人生，坚韧的意志，执着的追求……在追名逐利科技造假丑闻层出不穷的年代，在过多地强调集体功能而忽视科学家首创的今天，我看到了他身上那种传统士子特立独行的古风与操守，那双略带血丝的眼睛里，依然闪烁着一种无悔的信仰与坚毅：

"重大原创性成果的取得，需要十几年、几十年的潜心研究和长期积累，不可急功近利。一名科研人员要有对学术的敬畏之心，而不是对学术地位的敬畏之心；要有对学术的不懈追求，而不是对学术地位的不懈追求。"

告别那天，他一边挥手，一边叮嘱我，"年轻的优秀地质工作者赶上来，才是我们最高兴的事！多写写他们吧，青藏高原的事要靠他们来做呢！"

我的心里隐隐约约有了一种莫名的悸动。凝望着他的满头白发，打量着他那清癯瘦削的脸庞，棱角分明的颧骨，无不释放着一种仁厚浩然之气。如今他已是国际青藏高原地质学权威学者之一，正像一颗铺路的石子，那么普通而又厚重，正在为后来者铺就一条通往成功的路。

"学无止境，科研无界。"潘桂棠的话仍响在我的耳边。他的身影渐渐远去，但却看到一座令人仰视的高山，广博的胸襟，镌刻着执着和奉献。

青山，不老；风景，独好！

第二节 侯增谦"碰撞造山论"

按照采访的程序安排，下一个采访对象是中国地质科学院地质研究所所长、党委书记侯增谦。

提起侯增谦的青藏高原理论创新成果，我就想起张洪涛的介绍：

"大陆增生—碰撞造山构造理论，解决了在哪里找大矿的问题。其核心理论是潘桂棠的'多岛弧盆系'构造论和侯增谦的'三段式'碰撞造山论。"

为了事先对侯增谦这个人物有个大体的了解，我提前在网上进行了搜索，百度百科的人物词条这样写道：

侯增谦，男，博士，矿床学研究员，国家973项目首席科学家。现任中国地质科学院地质研究所所长，兼任国际应用矿床地质学会（SGA）区域副主席、澳大利亚西澳大学荣誉研究员、中国青藏高原研究会副理事长等职。长期致力于青藏高原及邻区的金属矿床地质研究，先后主持国家973项目2项，科技攻关、重点基金、"杰出青年"基金等重要科研项目十余项，在金属成矿理论和矿产勘查评价技术方法等方面取得创新性的系统科学成果。

简介显示，侯增谦先后承担了两起旗舰级科技规划的名称：国家"973"计划。假如说，"863"计划是我国高技术研究发展计划，是为了国家的"明天"；那么，"973"计划作为国家重点基础研究发展规划，是为了解决国家中长期发展中面临的重大基础性关键问题，通俗地说，是为了国家的"后天"。

矿产资源是我国经济发展的支撑与保障，这是个老问题，但老问题往往就是难题，也是无法回避的硬仗，侯增谦硬是在这样的老问题和难问题上做出了新文章。他组织实施"青藏高原碰撞与成矿"国家973项目，系统阐释了青藏高原的成矿系统，提出了大陆碰撞成矿论，为建立全新的大陆碰撞成矿理论体系奠定了重要框架，指导了区域矿产勘查评价，被国际同行认为是该研究领域的重大成就……

　　初见侯增谦，他豪爽豁达的性格，坚韧不拔的气质，以及刚毅的脸庞流露出的科学家特有的执着，无不给我留下了深刻的印象。

　　"所长的名称听起来很风光，可与之相应的是责任、义务和压力。作为科学家，就要有长远的眼光，要对国家的'今天'、明天以及'后天'未雨绸缪，要为国家明天、后天的发展'雪中送炭'。"

　　提起"所长与科学家"这一话题，他有着独到的思考。

　　"我很幸运，1998年进藏时，正好赶上国家开始实施'973'计划，中科院郑度院士邀我参与他承担'973'项目中的一个课题项目。"忆及往事，侯增谦思路敏捷、谈锋甚健，语气中充满了理性与感性的交融。

　　或许侯增谦就是为地质而生。1978年，侯增谦怀着对知识的渴求和对未来的憧憬，跨入了河北地质学院的大门。1985年考入中国地质大学（北京）研究生院，1988年获得了岩石矿物矿床专业博士学位。这就是侯增谦刻苦攻关地质科学留下的足迹。

　　伴随着侯增谦抑扬顿挫的话音，逝去的时光在涓涓细流……

　　地质科学家不习惯坐在办公室用几何图形设计地球构造，更不满足用阿拉伯数字"纸上谈兵"。大学期间，每年一次的野外地质实习，孙善平、邓晋福、莫宣学等专家教授的言传身教，逐渐让侯增谦这个原本喜好数理知识的学生对地质产生了浓厚兴趣，体会到地质学思维方式的独特魅力，从此，生性习惯于野外生活的他，就不分寒暑在山川江河中幸福地、快乐地探求着。

　　"从邓晋福、莫宣学老师身上，我目睹了一代地质大家的渊博学识、敏锐思维、开拓创新精神和严谨治学风范，得到了他们开展岩石学研究的'真传'，学到了他们开展岩浆作用与成矿研究的独特思维，特别是他们对科学的洞察力和对新领域的开拓力，这些都使我享用终生。"

　　回忆这一切，侯增谦心存感激。没有恩师就没有现在的他，在恩师面前，他永远是学生。

　　科学研究必须和实际结合，要么是瞄准国家重大需要的关键科学问题，要么是在学科上非常前沿和值得研究的问题，侯增谦这样认为。

　　青藏高原是印度大陆与亚洲大陆自6500万年以来强烈碰撞而形成的活动大陆碰撞造山带，是矿床学家们研究大陆碰撞成矿的关键地区和天然实验室。为了深刻揭示大陆碰撞造山带大规模成矿作用的发育机理，科技部批准并启动"973"项目"印度与亚洲主碰撞带成矿作用"，它既是国家亟待解决的重要课题，又是国际成矿学研究的前缘课题。对于这类富有挑战性的课题，侯增谦特别兴奋。

侯增谦清晰地认识到，基础科学研究的水平直接反映了一个国家科学实力的基础，对科技竞争力产生着显著和深远的影响。侯增谦先后主持国家、国土资源部等部委重点研究项目，获得了一大批重要成果，先后获得了不同名目的大奖，也引起国际同行的广泛重视。然而，当他把自己的命运、自我价值的实现，都与国家利益紧密相连时，便只会感到沉甸甸的责任与担当。处在无穷尽的矛盾和压力下的侯增谦每天如履薄冰。

20 世纪 90 年代，侯增谦在日本留学即将结束。看中这个青年的"慧"与"钻"，导师希望他能在国外接受更系统的教育，对一个挚爱学习研究的侯增谦来说，这不啻为一次人生的机遇。然而，友情的撕扯、日元的诱惑，乃至个人的利益，都没能拴住侯增谦的家国情怀。侯增谦认为，科学需要开放交流和广阔视野，但"看客"与亲历者有区别，我学到的知识应该在祖国开花结果！

1995 年，30 来岁的侯增谦毅然决然地回到了祖国。那么多年来，光怪陆离的世界在急剧改变，地质科学院的鲜花开了又谢，侯增谦的地学梦一直没有改变。回望逝去的岁月，或许他的思绪早已穿过时空，感受到了地学研究给他的生命带来的充实，对最初的人生选择，他无悔，"要做一个卓有成就的科学家，必须对研究领域达到入迷的程度，精力高度集中，目标单纯，为祖国的地质事业热情献身。"

逻辑的头脑，理智和良心和探求真理的热忱，让侯增谦刚从日本留学归来，就开始了"三江"特提斯造山带成矿作用的研究。

"你对不可言说的进行探究，使你迷惘的生命趋于成熟。"奥地利诗人里尔克的诗句，是对侯增谦科学研究的生动注解。他对青藏高原未知领域的探索，不仅仅是有影响力的学术研究，更是为我国地质科学立言的不朽事业。

10 年间，侯增谦一次次奔赴高原，有了惊人的发现——青藏高原主要构造—岩浆事件清楚地显示出碰撞造山的三阶段过程。

"不同阶段的碰撞有不同结果。距今 6500 万年至 4100 万年的印度—亚洲大陆主碰撞，引起区域地壳变形，它主要发生在以冈底斯为主体的主碰撞变形带，形成了东西长达数千公里、南为高海拔的喜马拉雅、北为广阔的高原腹地的喜马拉雅—青藏高原碰撞造山带，那是地球表面最为雄伟壮观的地质构造！"

说这话的时候，侯增谦的两眼特别有神。

"因此我就向组织提出，要将地质构造研究与找矿结合，将理论研究成果转化成经济成果，为国家的经济服务！"

对于这项建议，有人提出了不同意见，"基础理论研究就是研究基础理论，我们没有必要考虑那么多"。

莫宣学院士这时旗帜鲜明地站了出来，言之凿凿，力排众议：

"什么是产学研一体？如果不关注碰撞造山带的成矿问题，从理论到理论，国家投入这个项目的研究岂不是浪费？将构造理论转化为经济，为国民经济发展做出贡献，才是我们科研的目的！"

莫宣学是位修养至深的学者，淡泊的品格散发着宜人的馨香。老院士此时并没有意识到，他的一句话，成就了中国地质史上一件大事，侯增谦创造性地提出了青藏高原碰撞造山的"三段式"演化模式。

侯增谦思路开阔、善于实践、勇于创新，既能博采众家之长，又独具自己特色，尤其是善于抓住事物的本质。在总结大量资料的基础上，他验证了当时还鲜为人知的新思想，通过基本构造格架重建、岩相古地理恢复和陆块聚散过程研究，从全球构造视角再塑了青藏高原的形成演化历程，为潘桂棠的"多岛弧盆系"构造理论做了强有力的互补与说明。

侯增谦犹如神助，一周时间就写出了洋洋洒洒几万字的立项申请书，对项目的创新性、迫切性、现实性进行了全面的阐述。因为，从事"973"课题的研究，使得他对国家需求摸得准，科研方案切实可行具有可操作性。所以半年时间，就得到了科技部的审批通过。

霍金《时间简史》序言里有句话："科学的本质是疑问。"人们对自然的认识是有限的，尤其对千变万化的地下世界了解的程度更是寥寥，"大陆碰撞能否形成和如何形成大矿"？

大陆碰撞，是地壳的简单加厚，成大矿的潜力不够；板块碰撞以后，隆升的矿物质被剥蚀，难以保存整体矿床；成矿要有成矿流体，能流动的物质就如李四光说的就像"挤毛巾"，水挤干了，没有矿。

这些一直都是持"成矿难"者的理论看法。

驰骋疆场攻城掠地是一种征服，攻克难关创新地学理论也是一种征服。不同的是，攻城掠地征服的目标明确具体，侯增谦要征服的目标却扑朔迷离。面对成矿学中这个颇有争议的重大理论问题，侯增谦不迷信，不唯上，他说，世界上有真理，但没有不可以被更佳理论替代的理论。牛顿发现了万有引力，奠定了现代物理学基础；爱因斯坦以广义相对论，对牛顿提出了质疑，认为宇宙之美拜上帝之手；霍金更试图进一步，却怀疑爱因斯坦的"上帝之手"，认为关键是人如何认识世界，而如今既有的理论已经跟不上科学的发展——"哲学已死"，人类存在的理由需要重建。

"遭遇挫折，是科研的常态，就怕打一枪换一个地方，这样既没有研究积累，也难出创新成果，更难造就区域专家。根据科技规划，形成核心计划，稳定研究领域，长期专注研究，五年，十年，一定能出大成果、出大科学家。"

推翻经典需要勇气，更需要尖端丰厚的专业知识和实践经验。一直以来，地学界认定斑岩铜矿是全球最重要的铜矿类型。在研究中，侯增谦在大陆碰撞带发现了含铜钾质的埃达克岩，它的成因不同于经典的大洋俯冲板片熔融形成的埃达克岩。事实证明大陆碰撞可以成大矿！

"所谓的经典理论也不是没有缺陷。"在认真地学习前人的研究理论，一次次地对比中国和西亚斑岩铜矿后，侯增谦得出结论：

地层是基础，构造是关键。大陆环境下镁铁质在新生下地壳部分熔融可以产生含铜、富硫、高氧逸度的富钾埃达克质岩浆；地幔物质向下地壳的底侵 / 注入 / 固结并最终熔融是岩浆富铜和硫的主导机制，角闪石分解熔融是导致含矿岩浆富 H_2O 的主要原因；成矿流体出溶于浅位岩浆房，金属沉淀受控于流体分相及氧化还原状态。

凝结着侯增谦无数心血的成果赢得了业界的认可。

复杂和困难，是挑战也是诱惑。这个世界上真正有价值的，就是敢于向人类未知的领域和没解决过的难题进行挑战。上了青藏高原别说搞科研，能够生存下来就是英雄好汉。高原缺氧，侯增谦的嘴唇时常青紫干裂，舌头一舔嘴唇上尽是血。不知忍受了多少的高原不适；头疼、嘴唇干裂、鼻腔出血、胸闷气喘……但在攀登科学高峰的道路上，侯增谦步履愈发坚实。

研究成果就这样岩浆喷涌似地问世了：

《西藏冈底斯构造 - 岩浆带的结构与演化》《青藏高原碰撞造山带：主碰撞造山成矿作用》《青藏高原东缘斑岩铜钼金成矿带的构造模式》《西藏冈底斯中新世斑岩铜矿带：埃达克质斑岩成因与构造控制》……侯增谦与合作者在国内外各类学术杂志上发表有关青藏高原研究的论文及专著高达 200 余篇（部），第一作者 28 篇（部）。

在科学旅途中，能有新发现新发明被认可，是科学家最大的理想和最崇高的追求，也是他们最感自豪、最感幸福的事情。可以说，侯增谦做到了这一点。

前瞻性的科学视野、开创性的研究成果，使侯增谦先后获得第六届中国青年科学家提名奖、第三届黄汲清青年科技奖、第 14 届李四光地质科学奖以及国家科技进步一等奖、特等奖等重大奖项。

这就是地质科学家侯增谦留给中国地学研究领域的财富。

2001 年的《中国地质》杂志上，侯增谦提出了一套全新的以陆缘增生、陆陆碰撞、构造转换、地壳伸展等四大成矿作用为核心的陆缘增生—大陆碰撞成矿理论，阐明了青藏高原大型矿床的动力背景、深部过程发育机制和成矿机理，构建了以碰撞型斑岩铜矿为代表的成矿新模型。明确提出冈底斯有望成为"西藏第二条玉龙斑岩铜矿带"。

国家 973 项目验收组认为，侯增谦的"大陆碰撞成矿"理论模型"系统地阐明了大陆碰撞带成矿系统和成矿机理……对区域成矿学做出了重要贡献"。

西藏国土资源厅评价其"为西藏近年来找矿突破提供了重要理论指导"，获省部级科技成果一等奖第一名。

而中国地质调查局则以侯增谦理论"为主要依据部署实施了大规模勘查"，西藏地勘局也据"侯氏理论""及时调整勘查思路，将勘查重点转向斑岩铜矿"，并经系统勘查取得重大突破，发现了驱龙等 6 个大型－特大型铜矿，控制资源量超 2200 万吨。

有人说，如果世界上有人能听懂岩石的语言、理解大山的情感，侯增谦就是其中一个。侯增谦认为，俄罗斯中亚探险队队长、军官普尔热瓦尔斯基于 1870 年至 1880 年曾三次带队到中国探险考察，他对塔里木盆地、柴达木盆地、西藏高原等做的探察，被称作是伟大的发现。那么，中国人为什么不可以在自己的国土上伟大一次？

"地质研究工作就是这样，始终充满着新的发现、新的尚需解决的问题。这种不断发现、不断创新、不断解决问题的过程很有意思，和艺术家永远追求情感上的创新是同样的道理。"侯增谦说。

如果仅仅作为一名科学家专心于自己的研究项目，也许侯增谦在他的行当里可以更加游刃有余。然而自 2005 年被任命为中国地质科学院地质研究所所长、党委书记后，他必须不断地切换自己的角色：有时是地质学方面的专家学者，有时是地质科研管理者，有时是党务工作者，有时是商业谈判专家。所有这些，都是他无法逃避的人生新挑战。

"作为所长、党委书记，既要忙于事务管理，又要搞科研，年年上高原，一待就是几个月，您哪有那么多的时间和精力呢？"我不由地问道。

"既然组织把你放在这个位置，就要不辱使命，时时保持清醒的头脑，才能保证各项工作的顺利进行。稍有不慎或闪失，就可能给国家造成巨大损失。我通常都是白天忙管理，晚上搞科研，一天当成两天用。既然干了，就要干好。就像当年学习一样，既然学了，就学到底，学精学透。"

侯增谦工作起来经常通宵达旦，不论是青藏高原项目立项还是研究过程，抑或在课题验收时，经常是彻夜无眠。他说："青藏高原地质项目无小事。如果一个项目，因我没把握好或没准备好，答辩时出现失误，就说服不了评审委员会，就无法争取经费，工作就无法展开。研究过程出现了意想不到的事情，必须找方法解决，否则无法继续研究，拿了国家那么多钱怎么交代？在项目结题时，若不能真实汇报大家辛苦取得的研究成果，就可能把年轻人的前途毁了。如何对得起他们？所以每一次争取项目或汇报研究进展，我都特别慎重。"

作为具有国际影响力的科学家，侯增谦以敢为人先、锐意创新的科学精神，矢志瞄准攀登世界地学高峰。他认为，既有的科研成果充其量只是人们实现改变的阶梯，当人们看到更加光辉的未来时，就要敢于踏上巨人肩膀超越以往。作为科技团队的组织者和领路人，他不遗余力地培养青年科技人才，经常对研究生、博士生强调，基础打不好，谈不上搞科研。理论学得越深，解决问题就越透彻。他曾经数十次参加或者派员参加多种类型的国际学术访问和交流，鼓励研究生既要敢于研究新理论、学习新技术，也要注重技术、方法和工具的创新。年轻人要敢于和成功者接触，学习他们的科研精神和成功经验。

"一花独放不是春，百花盛开春满园"，侯增谦希望的是"长江后浪推前浪，后浪把他拍在沙滩上"。他满怀感情地说，"科技的灵魂在创新，科研的根本在人才。基础理论研究是一个相互佐证、相互补充、相互完善的过程，不是作家在深夜写作、歌星在台上高歌，不是一个人的舞台，而需要大团队、多兵种协同作战，青藏高原研究需要长时间的坚持，必须后继有人。国家采取首席科学家负责制，我身上负有培养、管理和组织协调的责任，科学要求一个人献出毕生的精力，我别无选择，必须这样做。"

这就是地质科学家的责任与担当。正是一个个地质科学家大海般的圣洁胸襟，把中国的地质科学研究推向了世界前列！

第三节　李荣社"边缘系统构造说"

中国的大西北，处处是天高地阔的空旷，处处冒着袭人的寒意，我匆匆的脚步踏上了西北重镇——青海西宁。

我终于见到了他——西安地质调查中心副总工程师李荣社。

我并非滥用"终于"这个词汇。因为李荣社是出名的"拼命三郎"，满脑子装的都是岩石信息，有人说笑他，每次回到家，跟老婆基本上没有多少话题，有时即使说上几句，不是废话就是跟野外有关，老婆闷的时候只能对着墙说。淡泊名利的他已经婉拒了很多媒体的采访。加上他头天晚上刚从西宁飞到新疆哈密，那里有他一个科研项目亟待验收，假如不是杜玉良书记亲自督阵，假如不是杜书记"政治任务"的命令，很难让他乖乖地接受采访。

"我又不是什么明星，有什么好采访的？你还是找别人聊去吧……"

一张黑中泛红的脸庞，一双炯炯有神的眼睛，粗犷中不失学者的细腻，豪爽中不失陕北汉子的倔强，简单待人简单处世，却又一丝不苟认真做事，这就是耿直真诚的李荣社。

一个立志要在地质事业上有所建树的人，李荣社的人生旅途注定是艰难漫长而又丰富多彩的。

1982年，是李荣社真正从书斋走向山野的开端。从西北大学地质系一毕业，他便开始了"秦岭群、宽坪群、陶湾群专题研究项目"变质岩研究工作；2001年调入西安地质矿产研究所中国地质调查局西北项目管理办公室，此后又兼职全国1∶25万数字地质编图项目西北片区项目负责人，中国地质调查局地质大调查计划项目"青藏高原北部空白区基础地质调查与研究"项目负责人；2006年，"青藏高原成果集成"计划项目副负责人和其下所设立的"青藏高原前寒武纪地质研究与古生代构造古地理编图"项目负责人。

历经砥砺方成器，青年成才无虚名。这一连串的头衔，每一个都没有让李荣社感到轻松，每一个带来的都是一种沉甸甸的压力。

在"翻"了无数遍的"熟地"里再寻"星"觅"月"需要超常的智慧和创新的基因。李荣社好学爱琢磨，是有名的"点子王"，善于发现问题、思考问题、解决问题，很多看似不可能的事情，在他那里几乎都能找到解决方法。他的记忆力极强，那巍峨群山仿佛就是自己的家，那里的一草一石，他都了如指掌，如数家珍。信手拈来一块岩石标本，他就能讲出一套鲜活的故事；随手画出一幅冈底斯的草图，就能说出哪里有什么岩石、断层、构造，并列出一串串数据。他一直从事西部区域地质调查、研究与管理的工作，参加和主持评审验收陕西省 1：5 万区调项目数百幅，西北地区 1：5 万、1：25 万区调项目近百个。和李荣社一起工作过的人都说，他是真正"沉在下面"做研究的科学家。

2002 年，"青藏高原北部空白区基础地质调查与研究"，这个令地质人艳羡的大项目，由中国地质调查局安排至西安地质矿产研究所。

"中央造山带西段地质构造组成、造山带结构与造山过程"，"区域成矿地质背景及资源潜力评价"，"青藏高原前寒武纪地质、古生代构造岩相古地理综合研究项目"，一项项研究的展开，让李荣社感到了责任的重大。峻石峭岩间孕育了无数神奇的传说，也放飞着李荣社的美丽梦想。

"那是块宝地啊！新疆南部、西藏北部和青海省西南部地区，涵盖了中央造山带昆仑山、阿尔金山和巴颜喀拉山及羌塘地块部分，是古亚洲构造域与特提斯构造域的结合部，无论研究中国大陆构造格架、大陆造山带及大陆动力学，还是研究古亚洲构造域和特提斯构造域关系、昆仑造山带物质组成、结构构造及其演化等重大基础地质问题，这里都是关键地域。最难得的是，这个区内分布有数条构造蛇绿混杂岩带，早、晚古生代岩浆活动强烈，成矿地质条件优越。"

不管我们能不能听得懂，一个个地质学的专业术语，从他嘴里崩豆子似的说出，那神情、那语气，就像抢来了一个金娃娃。

到手的金娃娃其实是个烫手的山芋，青藏高原生长过程或机制模式参考的地质记录主要来自高原南部和中部，而来自高原北部的记录甚少。印度次大陆板块与欧亚大陆板块的碰撞是青藏高原隆升的根本原因，这一点是学术界一个统一的认识。问题是，隆升的时间和隆升的机制，以及为什么能够隆升到如此的高度，学术界至今仍然有争论。

"无论是挤压还是抬升，可以肯定的是，早在 5000 万年之前，古特提斯海开始消退，一个最年轻也最广阔的高原就势不可挡地在地球上崛起了。"

中国科学院地质与地球物理研究所王二七教授，以他多年青藏高原实地研究，大胆地提出了自己的理论，他认为：青藏高原是世界上最高、最年轻的高原，平均海拔近 5000 米，它的形成、隆升其实很简单，是因为印度次大陆从赤道以南的非洲裂解出来以后，往北漂移，跟欧亚大陆碰撞，然后把地壳给挤起来，这是一个没有争议的问题。

一大批地质学家有关青藏高原北部沉积物中所蕴含的造山带构造抬升和变形的时间记录，无疑为李荣社验证已有的高原抬升过程和机制的模式，或发展新的模式提供了有力的依据。

地质研究要读万卷书，更要行万里路，观察是获取野外地质资料的第一步。李荣社大手一挥，带着他的团队冲上高原。一身朴素的行装、一个地质包、一张图纸，除此之外，便是他对大自然的无限热爱和对地质工作的满腔热情。

2002年6月15日上午8时，李荣社一行由青海省格尔木市花土沟出发了。

祁连山－西秦岭－柴达木地块，东昆仑－三江北段，西昆仑－阿尔金……壮美的风景、丰富的资源和奇特的地质构造，为北部的青藏高原蒙上了一层神秘而充满诱惑的面纱。越过沟壑纵横的山道，冲过滚石戈壁滩，历经七个小时，在汽车的颠簸中远远地已能看到阿尔金南缘那有红有绿、有黑有黄的岩石组成带了。那可是西安地矿所承接的"苏吾世杰幅"啊，李荣社激动起来。

灰绿色的辉长岩、黄绿色的玄武岩，深灰色硅质岩、韧性剪切带……令人兴奋的一幕，终于出现在眼前。喘着粗气，忍着高原反应带来的不适，李荣社和专家组成员们，抑制不住心中的兴奋，相互讨论着，大声争辩着。

如何定义太古宙及太古宙的顶、底界时限？"关键性地质事件"选择的标准是什么？是否存在全球性等时的关键性地质事件？

向前，向前……西藏、新疆南部、青海、甘肃，在面积约280万平方公里的构造单元系统上，李荣社和他的团队一步步地丈量着。吃饭，是自带的馕、榨菜片、火腿肠及矿泉水，所有的食品都是凉的，只有地质队员的心是热的！在山高谷深、气候多变的藏北荒原，他们晚上住帐篷席草地，顶着雷击、蛇咬的危险，在烛光下整理标本和资料，白天几乎都是浸泡在雨水、露水、河水和汗水中。为了取得第一手科研资料，他们仍要蹒跚于连绵起伏的青藏高原上，冒着被狂风卷走的危险，将仪器脚架放低，跪在地上读数据。凛冽的寒风透过皮大衣，穿过紧身棉袄，直吹到皮肤上。实在熬不住，他们就围着汽车跑几圈，出出汗取暖。冰凉的金属仪器，黏住手能揭掉一层皮，他们把手伸到怀里暖暖后又工作。由于缺氧，科研人员一动脑筋思考问题，头就疼得厉害，但是每天又必须处理大量的数据，研究大量的新问题，头更是像被钢锯来回锯锯般疼痛，许多人就这样留下了后遗症。

沿着实践、认识、再实践、再认识的轨迹，以李荣社为首的科研团队执着地探索着青藏高原地质构造的奥秘。一本本越摞越高、密密匝匝满是文字和符号的笔记本，留下了他们思考的印记；一册册翻烂的字典、工具书，留存了他们字斟句酌的争辩；一个个深夜里办公室窗口映出的剪影、用坏的 U 盘，刻上了他们加班加点、不辞劳苦的痕迹。

"我们的理论也像那大陆碰撞带一样，碰啊，撞啊，争论啊，有时为说服对方，恨不得打锤哩。"李荣社说着哈哈大笑起来。

"验证假说这一环节最为重要，因为很多新鲜理论常常因为缺乏在世界范围内加以证明、验证，只能停留在假说、模式阶段，没有升华成创新理论。我们就是要坚持观测——提出一种模式或假说——在世界的范围验证这一假说——反复证明被普遍接受，然后上升为理论。"

李荣社的身上有股陕西楞娃的韧性，争论是这个团队的常态，在学术问题上经常"吵架"。但他能在多数人都不理解的情况下，毫不动摇地始终坚持自己的主张："追求科学真理，就一定要独立思考，不要迷信专家，不要迷信权威。科学研究需要严谨的态度，如果发现错了，当然要改正，但是在没有证明我错之前，我就要坚持我的观点。"

春华秋实，日月为证。传统思维定式的摒弃，让李荣社的理论研究进入了一个迷人的理想王国，100 余张冈底斯 – 喜马拉雅区前寒武纪地质体属性及古生代岩相卡片的填制；200 公里青藏线、新藏线代表性剖面的踏勘；千余件采集于昆仑构造带、巴颜喀拉构造带、昌都地块测制古生代精细地层剖面（13 条）的各类样品；铁克里克地块中的卡拉喀什岩群和埃连卡特岩群变质变形的发现；北羌塘昌都地块宁多岩群石榴二云石英片岩中，最古老的地壳年龄记录——碎屑锆石（3981±9Ma，冥古宙）的获得；沉积建造、岩浆建造、镁铁质—超镁铁质岩的性质及其产出状态的细致观察；前寒武纪地层的出露情况和变质热事件的研究……这一切，为李荣社青藏高原北部区域地质构造格架的建立奠定了基础。

李荣社通过大量第一手资料的审慎分析，认定秦祁昆早古生代造山带属于特提斯构造域。于是，便首次大胆地提出"东西昆仑为统一的早古生代造山带！"

"一个大洋二个大陆边缘系统构造观"这个崭新的理论认识一经提出，立马震动了中国及世界地学界，一些专家赞誉道，这是对青藏高原特提斯"多岛弧盆系"构造观理论的创新与完善，李荣社功不可没！

李荣社这样认为，要把青藏高原理论研究的中心转向中国，没有理论创新是不行的。每天只工作 8 小时，当不了科学家。必须在寂寞中坚守，在奋斗中超越，安安静静地独守一隅，耐得住艰苦、耐得住寂寞，才能孤独为峰。他总是有看不完的书、做不完的事，周日休息时，他可以从早到晚泡在办公室，累了就趴在桌上打个盹，直到老婆电话里大叫："该吃饭了。"他才磨磨蹭蹭地回家。他成天坐在桌前写啊看的，不是翻阅资料纸上写写画画，就是整理从西藏带回来的岩石标本，那认真专注的神情，就像孩子得到了充满吸引力的神秘宝贝，不弄个清楚就决不罢休。李荣社用他的行动，传达了他对地质科研的无悔和执着，家里人对他不知晨昏的痴迷工作很无奈，但他却说："栉风沐雨、饥饿劳顿、板凳硬冷，对我们搞科研的人来说都是快乐的。因为我快乐，我才有充沛的精力完成一个个科研课题。"

这就是李荣社的科研轨迹——以苦为乐，乐此不疲，乐在其中！

岁月如河，或疾或缓地从李荣社身上滑过。责任如山，青藏高原地质研究之重担从未卸下他的肩头。大半生与岩石的情缘，使李荣社和青藏高原越发融洽，也使他的人生之树更加丰富多彩：

——"青藏高原前寒武纪地质研究与古生代构造岩相古地理编图"综合研究成果，以此为基础编写出版了《青藏高原前寒武纪地质图》及《青藏高原古生代构造岩相古地理图》专著。

——先后获部级勘察成果三等奖 1 项（排名为第一）、四等奖 2 项（排名第三），省部级科学技术进步二等奖 2 项（排名为第一），国家特等奖 1 项（排名为第八），并获国务院特殊津贴，担任了陕西省地层古生物协会副理事长。

立志与创新，如车之两轮，推动着李荣社书写了崭新的立体人生，实现着崭新的梦想。

鲜花和掌声接踵而来，当我向他表示祝贺时，他很认真地说："青藏高原是一部厚书，穷其一生都读不完！如果总是重复别人的东西，科研就没有意义了。青藏高原离天最近，站在这个舞台上最容易登上科研高峰，重要的是坚持！"

李荣社说，基础理论研究的显著特征是厚积薄发，最重要的就是紧跟前沿、抓住问题、扭住不放。爱因斯坦相对论思考了十多年，怀尔斯证明费尔马大定理用了 7 年多时间，丁肇中推翻了前人权威性的结论，确定电子半径小到不能测量，前后花了近 20 年时间……贵在坚持才能取得重大成果。

列车驶离了西宁，在黄土高原上奔驰，望着扑面而来的沟沟壑壑，我仿佛听到李荣社还在诉说，"穷其一生"解读青藏高原的故事仍在继续。

第四节 黄树峰"走滑型陆缘成矿论"

告别了西部高原的山川大势，越过沟壑纵横的黄土高原，顺着梯级直下，我们来到了东海、南海交汇处的八闽大地福建。

这里有一支自动请缨走上高原的地勘队伍，领军人物是中国冶金地质总局二局副局长、地勘院院长黄树峰。

或许是职业使然，见惯了当今官场热情接待的场面，乍见黄树峰竟有一种受挫之感，轻轻无力地握一下手，不见激情与温度；瘦削苍白的脸庞，显出几分疲惫与拒绝，厚厚镜片后面的深凹双眸，似乎永远都在沉思着什么。每一句问话，他都会沉吟一下才作回答，好像担心一开口就有金豆子跳出来。

"作家同志，你不要着急，我们院长啊，一贯处事低调，不擅夸夸其谈，再急难的事，他总是一副不温不火、不急不躁的样子，一旦说出来，就是一砸一个坑！"地勘院党委副书记蔡春荣，曾经是全局办公室主任里面出名的秀才，他用南国乡音的普通话笑着说。

几天过去，渐渐地熟悉起来，才知道黄树峰其实是一个诚朴、心细、善交的汉子，心碰了心，口对了口，他就会敞开心扉，就有了酒的香醇，情的酣畅。

2001年11月，中国冶金地质总局在太原召开各地勘院、控股公司地勘工作会议和西藏战略部署会议，鼓励各局、院到西部艰苦地区开展地质找矿工作。

"谁说低海拔地区的人就不能上高原？别人能干的，我们照样能干！"西进战略部署的地质队伍名单刚刚宣布，闻悉中冶二勘院榜上无名，参加会议的院长张庆鹏、副院长琚宜太、总工程师黄树峰等人急了眼。

西部大开发热浪滚滚，青藏高原地质大调查百年不遇，对于中冶地质人来说，他们不愿意缺席，也没有理由缺席！

张庆鹏、琚宜太、黄树峰……几个班子成员一合议，主动请缨进军西藏！

黄树峰亲自谋划编写了第一份立项申请书《西藏南冈底斯中段曲水－乃东地区铜金矿勘查》，在时任中冶二局局长秦永和支持下，总局总工程师刘益康终于同意了他们的请求。

西进的准备紧锣密鼓地进行着，然而，此时却有一股寒冷的暗流划过众人的心——世世代代习惯了南国山水浸润的人们，对遥远的西部高原有种本能的畏悸心理。

"去西藏？这是不是头脑发热？我们一缺地质资料，二缺探矿权区，三缺高原勘查装备，四缺高原工作经验，特别是找矿经验，怎么能说上高原就上高原？"有人列出一、二、三的理由，高声质问。

怎么办？还未出征就阻力重重，退却吗？

"高原没有大家想得那么可怕！一切地质现象都有规律可循。"刚从西北局副局长调任二局党委书记的孙修文，这个豪爽的湖北荆州汉子，以自己高原工作的切身体会，逐一挨个地做起局院班子成员和地质技术人员的工作。

2002年4月，这个看似寻常而又不寻常的月份，将现在标注成了一个意味深长的瞬间，它不仅连接着过去与未来，更注定要载入中冶地质事业的史册。

这个月上旬，第一份立项申请书得到批准，中旬，第一批进藏队员——方树元、林金灯、陈自康、江善元、江化寨，司机黄永红，在教授级高工袁宁、王少怀的带领下，由海拔80米的东海向着青藏高原进发了。

西进！西进！如果说祖国的地理大势是"三级台阶"，那么他们从东海之滨的"第一级台阶"登上了"第二级台阶"——黄土高原，终于跃升到了"第三级台阶"——青藏高原。而这时的空气含氧量却只有福建的50%。

稍事休整，这群胸怀壮志的南国汉子立即进入了工作状态，他们在立项前期预选的中冈底斯南缘范围内展开了基础地质、区域矿产地质等资料的收集、整理、分析、研判和1：5万水系沉积物地球化学测量等野外调研工作，并迅速锁定了以努日（劣布）铜矿点为重点的山南地区这一找矿目标区。

地质找矿并不像农人期待的那样"几分耕耘就有几分收获"。两年过去，地勘院西藏项目组在努日矿区按照传统的"侵入体接触带—矽卡岩"矿床成因认识布置勘查工作，却一直没有取得明显找矿成效。风成沙大面积覆盖的工作区，"矿化分散、规模较小、前景不佳"，是大家的共识。

消息传回院里，黄树峰心里急得简直要发疯——勘查找矿能不能突破，责任在他这个总工程师身上啊！

"矽卡岩"，黄树峰蹙着眉一边念着地质人再熟悉不过的名词，一边从书柜中抱出一摞摞砖头厚的书籍。研究地质构造的黄树峰希望在同行的著作中找到答案，他知道，一代代的地质科学家在青藏高原倾注了太多的心血，也取得了卓然的成就。

早在1990年，余光明、王成善等青藏高原研究专家对西藏特提斯泽当俯冲过程的沉积作用就作了全面研究，确认在冈底斯东段存在一系列侏罗—白垩纪的弧内盆地。

侯增谦等人则通过对青藏高原碰撞造山带成矿作用历时 3 年的系统研究，提出了印度—亚洲大陆碰撞造山带是一个相继经历了主碰撞（65 ~ 41Ma）、晚碰撞（40 ~ 26Ma）和后碰撞过程（25 ~ 0Ma）的，而目前仍处于活动状态的、全球最典型的大陆碰撞带。

中科院李光明、秦克章等人经研究认为，克鲁铜金矿床、劣布铜矿、冲木达铜金矿床、陈坝铜金矿均属矽卡岩型。与含铜矽卡岩有关的侵入岩形成于20 ~ 30 Ma 之间，属高钾钙碱性浅成岩，形成于碰撞晚期构造背景。

问题是，引起冈底斯东段含矿斑岩体"东老西新"等成矿时间差异的原因是什么？其构造动力学背景是什么？

1982 年毕业于现为中国地质大学（武汉）地质力学专业的黄树峰，相信自己对地质构造的识别能力，他决定要去西藏一探究竟。

2004 年元月，黄树峰悄悄到医院做了体检。"啪！"一周后，他将体检单拍在单位领导的办公桌上，"看吧，没问题，我能上高原！"

黄树峰终于如愿以偿，当年 8 月份，他终于登上了充满诱惑的青藏高原，第二天，黄树峰便闯入了冲木达矿区，开始了他理论创新、找矿突破的传奇。

奇特的地质构造瞬时把黄树峰惊呆了，在那山体小露头上，刚性岩块组成的"旋转透镜体"内发育一组斜列的平直破裂面，就像一副被推倒的扑克牌的残留部分，黄树峰的脑海里顿时联想起地质上的"多米诺牌型构造"。近前观察剖面，一组层状铜矿脉果然显现在软硬相间的岩层之间，矿脉上盘岩石块体都似乎曾经发生过层与层之间的下滑运动，犹如一组按一定间隔排列成行的骨牌；东侧的第一张牌被推倒后西侧其他的骨牌产生连锁反应依次倒下一样。

黄树峰又惊又喜——"这就是著名的'剥离断层构造'！"

喜的是一个新发现，往往会给你一个全新的找矿思路；惊的是印度大陆与欧亚大陆两个碰撞大陆衔接地带（即西藏山南的雅鲁藏布江一带,地质上称'雅江缝合带'北侧），为什么会出现在伸展环境下经常出现的"多米诺牌型构造"和"剥离断层构造"呢？在冈底斯成矿带,还没有人发现过控制矿体展布的"剥离断层构造"！

黄树峰期待验证。

走进明则矿区，黄树峰发现，槽探工程及地表所见花岗质岩石有的呈不纯白灰似的泥状，有的呈铁锈黄色，貌似"火烧皮"。这泥状岩石及"火烧皮"很可能就是"斑岩型矿床"的头部特征标志！

像发现"剥离断层构造"那样，黄树峰大喜过后又大为惊诧了，因为这个特征标志出现的位置与传统认识"在距雅江缝合带 20 公里以外"相互矛盾。

这是怎么回事？怎么会这样？眼前的景象让黄树峰困惑不已：如果按照"挤压型"陆缘成矿的传统认识寻找斑岩型矿床几乎是不可能的事，因为传统观念认为冈底斯成矿带斑岩型矿床分布位置距缝合带 20 公里以上！

地质勘探的重大突破，是一个从实践出发，不断加深认识，一步步接近真理的过程。"如果你不能证明它是错的，那就有可能是对的！"凭着二十余年地质工作经验，黄树峰再次否定了既成理论，"'走滑型陆缘成矿'理论更适应于山南！"

黄树峰又深入到努日铜矿区。"貌不惊人"的努日铜矿区，零星的铜多金属矿化被大片的风成沙所覆盖，盖层厚度有的达 100 余米。

队员们在这里工作两年多，为什么没能取得突破性进展？它的深部是否存在如冲木达采场所见的控矿剥离断层呢？如果有剥离断层其找矿前景会不会比冲木达铜矿（当时还在开采中）好呢？站在凛冽的风中，黄树峰苦苦地思索。

为了寻找一种适合努日矿区大片风成沙覆盖地段铜多金属的找矿思路，黄树峰与队员们一道在高原上熬过一个又一个不眠之夜，烛光摇曳，他在理论和实践的结合部寻找着答案，一个认识刚刚成型，旋即又被新的设想推翻。"多米诺骨牌效应"是怎么形成的？

骨牌竖着重心较高，当第一张牌倒下时重心下降，倒下过程中重力势能转化为动能，它倒在第二张牌上，这个动能又转移到第二张牌上，第二张牌将第一张牌转移的动能和自己倒下时本身的重力势能转化为动能之和，又传到第三张牌上……黄树峰不厌其烦地摆弄着桌上的几块石片，一个念头兀然电光一闪：

"顺层（即剥离断层）找矿，西头的努日矿区剥离断层的成矿能量，一定比东头的冲木达矿区剥离断层的成矿能量大！"

一向稳重的黄树峰几乎要为自己的判断喝彩了。

地质理论的创新，既是挑战，更是机遇。不拘泥于教科书和既有的勘查理论，解放思想，开拓创新，勇于实践，敢于否定前人、否定自己、否定既成理论。黄树峰和队中的技术员们，在海量的信息资料中寻找理论依据，在狭窄的山间小道和悬崖峭壁上找寻矿样。最终提出了"顺层找矿"新思路。虽然这个理论认识在教科书上找不到，虽然不符合传统的矽卡岩矿床理论，但却符合山南的实际，为勘查突破提供了理论依据。

　　不同的找矿思路，产生了不同的找矿效果。2005 年，他们按照新思路在努日南矿段风成沙覆盖区优选一处钻探验证靶区并借助物探进一步优化具体孔位，其中 ZK4501 单孔见矿厚度 125 米，顺标志层追索矿带延长约 4000 米，初步证实该矿具有大型矿床远景。

　　这种矿化强度东弱西强的分布规律，证明了"顺层找矿"思路正确可行！

　　2006 年，黄树峰又坚持按层状矽卡岩标志层的"大层控"新思路调整相邻矿区施工方案，结果在原见矿厚度仅 2 米的 ZK401 孔同一剖面的矿层倾向另一侧 ZK402 孔处钻探，发现了厚达 108 米的层状矽卡岩型铜矿。

　　2007 年 2 月，黄树峰带领二勘院陈金标、陈玉水、陈自康等技术骨干，在明则矿区运用斑岩铜矿蚀变分带模式类比预测及"走滑型"陆缘成矿新认识，大胆对地表泥化带－含铜逆冲断层带进行深部钻探工程验证，结果在人们不敢想象的缝合带边部"奇迹般"发现了具中大型矿床远景的隐伏斑岩型钼矿，钻探单孔最大见矿厚度达 298 米。

　　掀动岩石厚重的页码，打开地层深处的密码，找矿成果犹如惊鸿闪电突兀而现。

　　"技术困难不难，人才也不是瓶颈"，只要科研人员个人能够专心致志，团队能够齐心协力，科技创新就不是梦。这是黄树峰的深切体会。

　　"很多时候，那些既成的成矿理论将我们引入误区，但探矿者对地质构造研究不够深入也是一个原因。"

　　黄树峰介绍说，"探矿者研究地质构造，就像医生手指感受病人脉象一样；金属矿田内构造裂隙系统，犹如病人的脉象；掌握了控矿构造裂隙的分布规律，如同医生掌握病人脉象一样，可以对症下药、药到病除。探矿人员如果识别不出控矿构造类型或把控矿构造面倾斜方向搞错了，钻探工程验证不仅无法达到预期效果，甚至有可能把大矿打漏掉。"

　　如今的努日矿区储量足以令人感奋，仅一个矿段的铜矿资源量就达到中型规模、钨矿达大型规模。

　　在国家科技创新洪流滚滚向前和国际合作日益深化的大势下，在中国本土形成高原、高峰式的创新团队引领科技发展，已成为时代的需求，对国家和民族而言具有深远意义。

　　黄树峰团队，不啻为青藏高原地质大调查众多创新团队的一个范本。

　　在福州市闽侯县上街镇科技东路 1 号——中国冶金地质总局二局大厦六楼

办公室，局长孙修文把溢美之词毫不吝惜地抛向黄树峰：

"自 2002 年起，黄树峰团队在西藏山南矿集区实现了地质找矿的重大突破：提交 3 处具有中大型矿床远景的铜多金属详查开发基地，潜在经济价值 1000 亿元，其中努日、明则 2 处探矿权转让价格 9.26 亿元与大冶有色金属集团控股有限公司达成战略合作协议，该团队主体勘查的西藏山南铜多金属矿集区又被国土资源部列入实施全国地质找矿突破战略行动的 47 个整装勘查区之一。"

而黄树峰却认为，"真正让我们在西藏扎下根的是探矿权，这应该是局长孙修文的大手笔！"

地质人都明白：探矿者手里没有矿业权，就像打鱼人没有渔船一样。装备、资料、靶区初选……当这些困难一一得到解决后，中冶二局的局长、院长、地质人开始了探矿权的动作。

2007 年 2 月，黄树峰接任二勘院院长。在局长办公室，孙修文盯着黄树峰那张瘦削的脸庞语重心长地说："劣布探矿权收购是二局工作的重中之重，也是泽当矿田整装勘查的关键所在，只能成功，不能失败。你把这件事情办成了，就证明你这个院长是合格的。"

黄树峰重重地点点头，他知道身上担子的分量。科研中不务虚名、沉心实干，生活中低调简单、朴实无华，他对传统知识分子的本性与风骨的维护，甚至比他在地学领域做出的贡献更可贵。

进藏、沟通、洽谈。2007 年 7 月，二勘院实现了矿业权 100% 权益的收购整合。

"整合，为我们 2008 年'三重一大'项目整装勘查（即泽当矿田普查项目 2008 ~ 2010 年投入 3500 万元）和后续合作开发取得了主动权！"黄树峰一双镜片后的眼睛闪着晶莹的光。

2008 年，在二勘院所有人的心中，变得那么不同寻常。

这一年，为赶编西藏"三重一大"项目报告和探矿权延续材料，西藏分院技术负责兼西藏山南详查项目负责的江化寨，全身心地投入到工作中，老父亲先后两次严重摔伤和患病期间，无法尽孝，只能花钱请人去照料。

这一年，二勘院在雪域高原打了一场攻坚战，完成钻探工作量 13000 多米。江化寨、吴志山、曾海良、魏明雨……在努日矿区施工了 20 个钻孔、1383 件岩心样、6 平方公里 1：2000、15 平方公里 1：1 万地质简测。

为了钻孔早日见矿，连续 8 年进藏的高级工程师林金灯，向带队的副院长张建平请求留下值班。11 月的高原冰封雪冻寒气透骨，他依然坚守，直到春节前夕回到福建，还乐呵呵地对院领导说："怎么样？还是坚持下来了吧！"

"是！我们都坚持下来了。"张建平副院长欣慰地点着头。

不会忘记第一次进藏时的情景，那是 2003 年 4 月 28 日。在副院长张建平的带领下，林金灯一行 8 人乘坐一部装满行囊的越野车，向着西藏高原进发了。

刚到格尔木，林金灯就有了高原反应，他没声张，还和大伙一起忙碌着补充给养。谁知半夜头痛如针刺一般，好像一动头就会炸开。他很紧张，想贤惠的妻子，想还不到 10 岁的儿子，想着想着流下泪来。雪上加霜的是，第二天在小饭店吃饭取暖时，他又煤气中毒晕倒了。

"林金灯，实在不行，就跟我回去！"张建平关切地说。

"不，我要留下来！我不能给咱二院丢脸！"

林金灯留了下来，一干就是 8 年，除了每年一次春节阖家团圆，几乎没在家过一个节假日。每天，林金灯与江化寨背着接收仪器，每隔 20 米测一个点，在坡度 35°～45°风积沙上顶着烈日，走一步退下大半步，艰辛地开展物探扫面工作。

"咳，你不知道那是怎样的一个热！那时地表风积沙的温度达 50℃以上，一个生鸡蛋，放在沙面上二十分钟就熟了。一个夏天过来，几乎每个人都瘦了十几斤。"已过天命之年的林金灯抓起桌上的一本书,在脸上"哗哗"地扇了几下，好像是要把那刻骨铭心的热扇去。

新突破、大发现，都源于坚守坚持。

曾经的 2005 年，在获得达孜县羌堆一带有矿化信息后，林金灯带队进矿区踏勘。连续三天的踏勘却毫无结果，有人打起退堂鼓，"算了，撤吧，再跑下去也是浪费时间。"

"不行，再跑一天，或许会有收获呢！"林金灯不肯放弃。果然，陈德贵在他踏勘的路线上发现了铜矿化露头！

"可别小看那矿化露头，由此我们院开始了矿权申请和'矿产资源补偿费矿产勘查'项目"西藏自治区达孜县羌堆矿区铜矿普查"的设立，为我们院获得了西藏第四个资补项目，并实施提交了一处中型规模的铜矿详查开发基地。"

"西藏乃东县双步结热矿区铜矿普查"立项、设计；"西藏达孜县新仓矿区铜矿普查"立项、设计；"西藏乃东县双步结热矿区铜矿普查"地质报告的编写；"西藏达孜县普则矿区铜矿普查"地质报告汇交……一项项高质量地质项目的完成，也让林金灯收获了一顶顶荣誉的桂冠。

"我们都没想到会在高原一干就是十几年。"坐在我们对面的江化寨抬起手捋了捋稀疏的头发，与林金灯相视一笑，"那时，我们每天都是早上8点多开始工作，到下午6点才收工，一点小小的异常，都会让我们惊喜不已。"

江化寨是土生土长的福建人，自2002年进藏，已将自己打造成了合格的高原地质人，现任中国冶金地质总局第二地质勘查院西藏分院技术负责兼西藏山南详查项目负责。

2002年，沈阳黄金学院毕业十一年的江化寨，进藏第二天就投入了采集化探样品工作。他和项目组的队友们，白天出野外，晚上就在透着寒风的帐篷内研究标本、整理内业。为了挤时间、赶任务，饿了吃干粮，渴了喝雪水，走到哪里就把帐篷搭到哪里。一年，两年……预查、普查、详查、勘探……江化寨和他的项目组，在努日矿区，终于揭开了一个大型铜钼钨矿床初步面纱，此项目于2010年获总局"杰出贡献奖"，江化寨也先后获得福建省地质学会科技进步奖"银锤奖"、冶金地质总局"十一五优秀科技工作者"称号。

"我们能走到今天，最觉愧对的就是妻子儿子，家中所有的事都是妻子在做，儿子高考我在高原，老父生病我不能照顾。"江化寨眼中闪出晶莹的泪光。

陈金标、江化寨、陈玉水、江善元……每个人都有讲不完的故事。每一次聆听，心中涌起的都是感动，敬佩。

"是那山谷的风，吹动了我们的红旗"，我的耳边响起这句耳熟能详的歌词，想起了词作者诗情画意般的美好想象。然而，即使"是那狂暴的雨，洗刷了我们的帐篷"，又岂能完全涵盖我们二勘院地质人的万般艰辛？当地质队员身临峡谷悬崖凌空飞索时，当他们头顶电闪雷鸣、风雨交加时，当他们车陷冰河"望洋兴叹"时，那首《勘探队之歌》的诗情画意使愁绪瞬间荡然无存。

难怪黄树峰发出如此感慨："我们这个青藏高原团队，最大的收获不仅是赢得了国家科技进步奖特等奖，关键是培养了一支地质铁军，每一个人，都吃过苦、受过累，流过泪甚至流过血，可以说，连生命都差点撂在了这份事业里。正是有了他们，才有了青藏高原项目的新进展、新认识和新发现；有了他们，才在不可思议的'缝合带边部构造环境'中，赢得了隐伏斑岩型钼矿和层矽卡岩型白钨矿（大－特大型，填补区带矿种空白）的新突破、大突破……"。

2003～2004年度以江化寨为主要技术骨干的劣布铜普查项目；

2005～2006年度以林金灯、陈德贵为主要技术骨干的羌堆、双布结热铜矿普查工作；

2004～2006年度以江善元、陈金标、陈自康为项目负责人，执行实施的"西藏南冈底斯中段曲水—桑日一带铜金矿评价"的国土资源大调查项目，其提交的努日、明则、羌堆、车门等6处可供勘查矿产地，推进后续实施"西藏南冈底斯中段克鲁—冲木达一带铜钼资源评价"项目（2007—2010年），项目负责人为秦志平、李秋平；"西藏山南地区泽当矿田铜多金属矿普查"项目（2008-2010年），项目成果报告主编为黄树峰，陈金标，实现找矿的一次又一次突破性新进展……

智慧的寻觅与时空认识的超越，一个个创新的基因吸纳着青藏高原的古老气息，伸展出了美丽的翅膀。

一次次地率先突破，一次次地"士兵突击"，黄树峰团队打破了传统找矿理论模式，在青藏高原为中国的地质找矿树起了一个醒目的标牌！

黄树峰的思想没有停止，那位吟哦着"我不下地狱，谁下地狱"走向十字架的形象始终萦绕在他的脑际。"道生一，一生二，二生三，三生万物"的理性韧力，驱动着他以咄咄逼人之势，又带领他的团队向历史的深处和远处走去。

第十二章 走出"象牙塔"的人们

高等院校人才链、创新链和成果链的有效贯通，产、学、研为一体的科学体系，多学科交叉群集的综合研究，架构成青藏高原理论研究的一道道靓丽风景！

第一节 "30后"到"90后"

"青藏高原地质构造及其资源环境效应综合研究"这个基础性和前瞻性科学研究项目的设定，无疑是带有战略意义的大手笔。

青藏高原地质专项凸现的是开放型科研体系，主要在三个层次进行科学研究、技术创新与应用。其一是战略联盟单位，主要是与地质系统研究院开展基础理论认识创新。其二是特殊攻关专项，主要是与国内外高校、科研院所合作，研究发展超前技术。其三是联合攻关，主要是科研人员与专业化服务队伍对现场生产难题进行攻关。

"过去，人们常常将科研院所比喻为'象牙塔'，而在这场青藏高原地质大调查中，高等院校有几十人获得国家和部级大奖，不仅说明了高校不可小觑的专业科研、人才富集等优势和实力，也是对我国高校在青藏高原理论创新和找矿突破做出重大贡献的一种肯定。"国务院参事张洪涛这样介绍。

大量怀揣新知识、新理论、新技术的专业人才和科研资源的集聚，成为青藏高原科研创新的"富矿"。中国地质大学（武汉）、中国地质大学（北京）、吉林大学、成都理工大学、长安大学……一所所先后承担过国家"973""863""重大专项"等重大科研任务的团队，纷纷突破了高校的"围墙"，大踏步闯入青藏高原地质"试验场"。

在距离太阳最近的地上，人们便看到了一个个伟岸的身影，刘宝珺、马宗晋、孙大中、欧阳自远、李廷栋、殷鸿福、汤中立、郑绵平、赵鹏大、翟裕生、莫宣学、杨文采、郭清海、高山、王成善、郑有业、侯增谦、张克信、李才、王根厚、朱弟成、王国灿、刘文灿……无论是"30后""40后"还是"50后""60后"，一批怀有远大理想的"学院派"科技精英不是把研究生、博士生单纯地当成劳动助手，而是带领他们选择最有难度、最有挑战性的地质课题共同攻关创新，终于把一个个科研成果悬挂在世界屋脊之上。

老一辈浩歌长发，歌声粗犷浑厚；新一代雏声迭起，歌喉清婉动人……哪一个不散发着青藏精神的光彩，哪一个不展示着中国地学的高度？

中国地质人让世界认识了青藏高原，青藏高原让世人记住了中国地质学人！

"大学的荣誉不在他的校舍和人数，而在他一代代教师的质量。"美国哈佛大学原校长南特的话用于中国地质大学，似乎恰如其分。

"打造'中华牌'青藏高原理论体系，赢得国际地学高地的话语权"，是中国地质大学唱响的口号。

一流的学校、一流的老师，造就了一流的人才队伍。建校几十年来，基础研究形成了中国地质大学的重点和特色，也在青藏高原理论研究领域结出了累累硕果。在西藏的区调项目中，三分之一以上的项目负责人是"地大"毕业生；在发表的相关论文中，三分之二的作者来自"地大"校友。资料显示，仅从2005年至今，仅中国地质大学（北京）方面发表的与青藏高原有关的国内外SCI论文及各类核心刊物的论文就达122篇，获国家级省部级大奖10项，论文作者和获奖项目参与者的队伍涵盖了"30后"到"90后"。

初冬时节，我们来到位于北京市海淀区学院路29号的中国地质大学（北京）。

大学是基础研究和高技术领域原始创新的主力军之一。莫宣学院士这样说过："西藏极为丰富的地质记录，促使我校形成了一个多学科的青藏高原研究群体，分别从古生物、沉积、地球物理、区域地质与构造地质、岩浆岩等不同的角度，对青藏高原地质开展了全方位的研究。"

走出"象牙塔"，首先要有"走出去"的意识和思维。野外考察是地质大学教学的重要组成部分，几乎每一位地质学家在与大自然的亲密接触中都有一些难忘的故事。特别是在西藏特殊的地理环境中，这些故事构成了高校学者的特殊学术经历。莫宣学也不例外。遗憾的是，莫宣学院士却因太忙没能接受我们的采访，但从他的照片中，我们看到了深邃的眼神，紧抿的双唇，看到了一种谦逊与随和，从有关部门提供的资料中，从采访对象的描述中，我们看到了一个严谨缜密的科学家形象。

莫宣学，中国科学院院士、中国地质大学（北京）教授，博士生导师。1938年12月生于广西融水的莫宣学，1960年毕业于北京地质学院地质系，留校任教。从那时起，他与母校地质大学相伴同行了半个多世纪。从毛头小伙到苍苍白发，他的教学与科研，一直与岩石紧密相连。莫宣学曾经对记者这样说过：

"岩浆岩是一部含有丰富深部信息和构造信息的'天书'，岩浆便是在地球各圈层之间传递物质和能量的使者。别看它们不起眼，却是凝聚了亿万年自然'密码'的'信使'，而我们地质工作者就是要破解这些信使身上的'密码'！"

表述准确，语言干净，这是莫宣学接待记者采访时曾经说过的话。

"要说研究岩浆岩和蛇绿岩，还得从1974年的青藏科考说起，那是我第一次走进西藏，在队里年龄最小，真是让人大开眼界，受益匪浅，那时就想，在地质大学当教师，尤其是带实验课的老师，成天拿着半张纸就上讲台是不行的。"

做了教师的莫宣学，不会忘记1957年他与同学们跟随游振东老师去五台山的实习经历。那时，同学们去看一个岩石露头，三五分钟就觉得没什么好看了，但游老师却在这个点上用放大镜看了20多分钟。就在那次，游振东有了一个重要发现——五台群和滹沱群之间的不整合！

回校后，马杏垣先生问："你们这次出野外有什么发现？"莫宣学说："没什么大发现，就是看见了一个不整合。"马先生说："那可是大发现呀！它代表一次非常重要的构造运动。"

"哦？原来是这样。"莫宣学恍然大悟，知识积累不够，不仅不能有所发现，重要的现象可能视而不见，即便见到了，也认识不到它的价值。这种认识，后来成为他如饥似渴地积累知识的动力，也成为他从教治学坚守的原则。

"做学问要扎扎实实，不能夸夸其谈、华而不实。学地质一定要学会观察任何一个细节，否则你就会错过发现。"他教育学生要潜心钻研、淡泊名利，知行合一，把现实中的热点问题、理论上的重点问题、学生关注的焦点问题巧妙结合起来，以独特的解析力让人豁然开朗。他鼓励和安排博士生、硕士生通过一个地区或一个重要科学问题的深入踏实研究来完成自己的学位论文。

　　"从莫老师身上，我目睹了一代地学大家的渊博学识、开拓创新精神和严谨治学风范，学到了他们开展岩浆作用与成矿研究的独特思维，得到了开展岩石学研究的'真传'！特别是他对科学的洞察力和对新领域的开拓力，让我享用终生。"负责中国地质调查局综合研究项目"青藏高原地质构造及资源环境效应研究"的博士生导师赵志丹这样感慨地说。

　　"北大的'大'，不是校舍恢宏，而是学术气度广大。这一无形养成的学风，使北大的后来人能容纳不同的学术观点——北大的这个'大'的特点，谁能善于利用它，谁就能从中受益。肯学习，就能多受益。"北京师范大学中国哲学史课程任继愈教授曾这样概述北京大学的教学。

　　中国地质大学又何曾不是如此呢？一代代教授讲师用心为学子们营造着宽松民主的学术之风。课堂上，教授总是毫无保留地将自己研究的新观点与新理念和盘托出；论坛上，无论你是专家还是泰斗，对问题的讨论常常争得面红耳赤。"弟子不必不如师，师不必贤于弟子"，教师与学生，每个人都是独特的这一个，都可以自由地发表自己的见解。

　　"在高原在西藏，面对特殊的地质现象，大家都抢着发表自己的意见观点，那一刻，没有什么专家、学者、教授，大家都是学生，都是大自然的学生。"

　　王根厚的博士生、28岁的梁晓说，"我的本、硕、博的研究课题都选择了西藏项目。在西藏做地质研究的优势很突出，地表覆盖少，非常有利于地质观察；植被覆盖率高的低海拔地区对此望尘莫及；正在造山的高原全球任何地方都难以媲美；冈瓦纳大陆和欧亚大陆碰撞的岩石圈保留十分完整，青藏高原研究近几十年来一直是世界地球科学研究的最热点、最前沿。"

　　"毕业后有可能把西藏地质研究作为终生事业吗？"看着这个成熟又张扬着青春个性的年轻学子，我不由问道。

　　"很多科学家都把西藏研究当成终身事业，比如莫宣学院士、许志琴院士、肖序常院士等等；我们'80后'、'90后'肯定会有一批人以他们为榜样。到过西藏的毕业生都是地质科研院所最抢手的，到企业也都是技术骨干。在青藏高原，和天天闷头在北京高楼大厦搞科研完全是两种不同的心境和胸怀。我相信，不少人会选择继续从事西藏研究，完成自己的理想。"梁晓坚定地回答说。

　　教师是办学主力、灵魂和希望之所在。韩愈曾在《师说》开篇中写道："师者，所以传道授业解惑也。"青藏高原地质大调查，给地质大学的教师提供了授业解惑的平台，他们教给学生的不只是一纸文凭，甚至也不只是系统化了的知识，他们教给学生的是一份人生的崇高责任，是一双洞穿事物本质的慧眼，是一种能"在关键问题上提出解决方案"的能力。

荣获 2012 年度国家杰出青年基金资助的青年学者朱弟成教授，2000 年成都理工学院地质学系硕士毕业，考取了中国地质科学院构造地质学专业定向博士，师从潘桂棠教授与莫宣学院士。学师而不拘于师，在冈底斯和喜马拉雅地区，朱弟成对 4000 万年以前的岩浆岩开展了野外考察和样品采集，利用地球化学数据解释岩浆岩时代、源区和岩石成因，重建青藏高原形成和特提斯演化历史。而朱弟成的学生，1988 年出生的女孩王青，大学三年级时去西藏野外实习有重要发现，在老师的指导下，她的研究论文发表在国际 SCI 期刊，为第一作者。

汇聚在中国地质大学大厦下的一代代地质界名家和优秀的青年教师们，年复年，月复月，在探求摸索中共同构成享有较高声誉的学科梯队。

"实践证明，多学科交叉，容易出大成果！西藏极为丰富的地质记录，促使我校形成了一个多学科的青藏高原研究群体，也更加有利于从古生物、沉积、地球物理、区域地质与构造地质、岩浆岩等不同的角度，对青藏高原地质开展全方位的研究和突破。"莫宣学深有感触地说。

"印度大陆和欧亚大陆的碰撞造成的地壳、地幔的变化是西藏矿床形成的根本原因，现在发现的几大成矿带，都是地球板块碰撞的结果。古印度与欧亚大陆板块碰撞以来的地质事件，是西藏成矿的主导因素。"莫宣学和他的团队运用"岩石探针"的理论与方法，对青藏高原构造－岩浆作用进行了长期系统地研究，对印度与亚洲大陆碰撞时限、青藏巨厚地壳的成因、青藏高原深部物质的运动等重要科学问题做出了较为系统的探索。

新的问题，新的认识，新的结论，都源于艰难的探索。从 1974 年到 2009 年当选院士 35 年中，除了出国学习前后的几年，莫宣学每年都出野外，在西藏境内 1500 公里长碰撞带上，莫宣学的野外工作时间加在一起超过 6 个整年，其中有 70 个半月是在青藏高原和西南"三江"地区（横断山脉）度过的！

莫宣学曾经这样说过："我们的科学研究方向可以简单地概括为'岩浆—构造—成矿'。也就是以岩浆作用的理论和实验研究为基础，应用到两个方向：一是地球动力学，就是将岩浆岩及其所携带的深源岩石包体当作探究地球深部的'探针'和'窗口'，以及大地构造事件的记录；二是成矿，就是研究岩浆作用与成矿作用的内在联系，寻求规律，服务于国家建设对矿产资源的需求。"

在西南"三江"，莫宣学以他的研究理论推断，那里具有形成大型斑岩铜矿的远景！果然，在横断山脉取得了普朗特大型斑岩铜矿的重大突破。

"我不能容忍这样的科学家，他拿出木板来，寻找最薄的地方，然后在极易钻透的地方钻许多孔。"莫宣学尤为欣赏爱因斯坦这句话。回忆青藏高原研究的日子，他深有感触地说："不同学科、不同专业的地质科学家都选择了'木板最厚'的地方去深钻，杨遵仪、王鸿祯、池际尚、郝诒纯这些老科学家，都很注重对年轻一代的基础教学。"

时值中国地质大学建校 60 周年之际，我们来到了中国地质大学武汉校区，整个校园沉浸在节日的气氛中。

党委书记郝翔热情接待了我们。这个哲学系毕业的专家学者极为诚朴，他和党委副书记朱勤文陪同我们一边参观校园一边介绍说："作为高层次人才培养的摇篮、新产业培育发展的源泉和科技创新的一支主力军，中国地质大学（武汉）自 1952 年建校以来，大量师生投入地质调查与地质找矿的教学、科研与生产，为我国地矿事业发展做出了巨大贡献。如今拥有 8 个国家级重点学科和 17 个省部级重点学科，其中'地质资源与地质工程'与'地质学'2 个一级学科全国排名第一，地质调查研究院在地质调查等专业领域以及地学人才培养等方面形成独特优势，被中国地质调查局誉为"高校地质调查院的标杆"。

矗立在新图书馆门前的一尊铮亮的不锈钢地质工作者雕像吸引了我的目光，不由得驻足观望：只见他身穿工作服，肩背地质包，腰跨罗盘，足登巉岩，一手拿铁锤，一手握石头，头微微地低着两眼凝视着石头，似在观察在思考。

"这是我们学校最具标志性的风景！"干练、精神、颇有知识女性风采的党委副书记朱勤文向我们介绍说，"这是 1987 年 9 月，'中国地质大学'即将诞生之际，欧阳自远、殷鸿福、叶俊林、范永香、杨森楠等 20 名 56 届毕业生联名建议，在武汉重建地质工作者雕像而建的，他已经在这里站立了近 30 年。"

这尊雕像站出了地质大学的学者精神。

青藏高原大调查战役打响，中国地质大学（武汉）义不容辞地担起地调先锋，率先全国高校成立地质调查研究院，马昌前、周爱国、张克信、郑有业、王国灿、吕新彪、陈能松、李长安、李德威、朱云海等一批老牌地质"尖兵"从各院系抽来挑起了地调"大梁"，一举捧来 2011 年国家科学技术进步奖特等奖。诚如党委书记郝翔所说："他们既是地质找矿'三光荣'精神的传承者，同时也用实际行动践行了社会主义核心价值观。"

传统的地质填图是地质工作者以手工方法进行，如何在填图中采用先进的数字技术一直是个难题。地调院积极配合中国地调局"数字填图系统研制组",在野外先行先试,摸索从野外到室内地质数据的采集、整理、检索和成果表达。以张克信、朱云海为负责人的工作团队,克服种种困难,完成了软硬件的定型、野外测试,为改进和优化数字填图系统起到了积极推动作用,并率先在全球完成了首幅"青海省民和县幅数字地质图"。依托该研究项目,其成果"1:25万民和县幅数字区域地质调查",荣获 2012 年度中国地质调查局优秀成果一等奖。

改进优化数字填图系统并率先应用,绘制完成全国首幅"1:25万数字地质图",完成 52 幅 1:5 万和 10 幅 1:25 万区域地质调查任务,张克信等主持完成的我国长兴煤山金钉子剖面分布区大比例的 1:5 万煤山镇幅,被评价为我国沉积岩区进行精细的岩石地层、生物地层、层序地层、事件地层等多重地层 1:5 万填图的典范……这些成绩让这个团队的创新型人才成为业界关注的焦点,而地调院这根标杆在全国的耸立,则体现着该校的高瞻远瞩与发展眼光,凝聚着地调院师生的心血、汗水、知识和智慧。

"我们地质调查项目管理、质量监控、成果评价、人才培养四位一体的运行机制能确保各个环节有序进行;学院所提供的平台能为每一个人提供充分发展的机会,实现人生价值。"地调院院长周爱国教授在水文地质、环境地质与生态地质研究方面颇有建树,在我国率先提出了地质环境评价的理论方法体系。他介绍说,地调院现在册职工已有 370 人。为了使国家的资源勘查开发等业务朝着系统化、规范化方向发展,地调院还承担了对地矿行业技术人才的培养,先后培养人才已达万余人。

在地质调查院两层小楼上,我与张克信、王国灿、朱云海等地质科学家交谈,明显感觉到这群教授学者的卓尔不凡,他们的语言虽然南腔北调,但儒雅和气,满脸微笑,彬彬有礼。看看办公室墙上挂着的工作服,马上就有一种莫名其妙的熟悉和亲切,那是大地的颜色,那是石头的颜色,那是树皮的颜色……

地调院副院长兼总工程师张克信与我娓娓道来这段历史,至今仍是心潮滚滚、满怀自豪:

"上高原这事让人有瘾,比如那次试点填图吧,就像一棵'科技之树',以硕果累累来形容绝对不为过,产、学、研高度融合,一批科技人才脱颖而出,出了 7 名硕士研究生、4 名博士研究生,发表论文 80 余篇,11 篇进入国际 SCI 检索系统、23 篇进入国际 EI 检索系统,撰写了 3 部专著。后来在国际青藏高原研究大会，我们宣读这次地质填图的论文，很多国际专家们都给了很高的评价。"

"无论你什么时候开始，重要的是开始之后就不要停止。"我的耳边兀然响起李嘉诚的这句名言，我相信，这群地质人的青藏探索之路，绝不会停止！

第二节 "天然实验室"的诱惑

"大自然是最好的课堂，闭门造车出不了好成绩。"王国灿如是说。

2000 年 6 月，让生命止步的禁区昆仑山深处，被一阵车鸣一阵笑语惊醒了。中国地质大学（武汉）构造系主任、教授王国灿，带着阿拉克湖幅 1：25 万区域地质调查组的李德威、朱永海、向树元等直插昆仑山腹地。

阿拉克湖幅调查区，位于青海省都兰县布尔汗布达山南麓东西向延伸的河谷盆地内，海拔 5000 多米的马尔争峰则横在工作区。

"在地质学上，马尔争—布青山的成形发生于早中更新世之交，这次成山作用在整个青藏高原昆仑—黄河源地区具有广泛影响。"王国灿做出一个大胆的决定：集中力量穿越马尔争峰！

王国灿，1979 年就读于武汉地质学院地质系地质专业，自 1988 年硕士毕业留校，20 多年来一直从事构造地质学科的教学与科研工作。从站在大学讲台的那天起，他就想：作为一名大学教师，要在科学研究工作中培养学生的专业能力，引导年轻学子们打牢知识基础，并且坚定对地球科学的热爱。而在野外，他又是一名"拼命三郎"，从生活——队员们的早餐，到工作——每一条待查路线的分布，他都要认真地安排部署。

人员合理组合，分成了 6 个小组，于 6 月 18 日清晨，在马尔争峰之北由西向东一字布开，沿山谷向南穿越。

硕士生导师向树元，带着年轻队员林育红，在 7 月中旬再上马尔争峰西北方，他们要对青藏高原抬升的一种地质现象——高原夷平面进行地质调查。

夷平面，就是指各种夷平作用形成的陆地平面。"如果能找到这个地质现象，对高原隆升研究将有很大帮助，要想找到夷平面就要爬高高的山，就要找到红土。年轻人，爬吧！"开朗、热情的向树元喘着粗气，呵呵地笑着对学生说。

命运把向树元塞进了红土层，让他和红土、和地质打交道，厚厚的红土层背后，隐藏着什么？

他以黄土及有关第四纪沉积物为主要研究对象，深入而系统地研究中国黄土的堆积、演化及其与古气候、古环境的关系。青藏高原的红土形成，意义非同寻常，不但与蒙古高压有关，还与西风环流、青藏高原隆升有关系，只有在远古时代，青藏高原海拔低，多雨水，红土才有可能出现。

他们在几百米的沟壑中爬上爬下，进行剖面测量，采集着红土的样品。寒冷，风暴，在他们面前，似乎也失去了威力。爬啊，爬啊，终于在海拔 5400 米山顶的碎石下，挖到了他们要找的红土。"红土就是青藏高原隆升的证据！"

他们如获至宝，忘记了冰雹与炸雷的威胁，心无旁骛地采集着样品。

"我啊，遥望过一马平川的可可西里，仰视过雅鲁藏布江大峡谷的惊险，体验过爬上六千多米昆仑山、念青唐古拉山上那'高人一等'的感觉，也忍受过雪峰下那'地狱'般的寂寞，但值啊，一个地质人能赶上这样的机会不多呀！"

上过高原的地质人，谁又没有向树元这样的体验与感受？

正确的决定预示着成功。王国灿他们查清了两个大构造单位的结合带，将东昆仑造山带划分为东昆北古老基底单元、东昆早古生代构造混杂岩带、东昆南早古生代构造混杂岩带、马尔争—布青山晚古生代构造混杂岩带和巴颜喀拉山三叠纪浊积盆地 5 个次级构造单元，重新厘定了东昆仑不同构造混杂岩带的组成、结构、性质和时代，恢复了古海盆的演化历史。

拉轨岗日是片充满诱惑的地方。2001 年 6 月，李德威负责拉轨岗日一带的陈塘、定结 1∶25 万区域地质调查，开始了从北到南横穿拉轨岗日的地质路线。

在定结幅的地质调查中，李德威科研小组发现了高压基性麻粒岩。黑色的基性岩记录了青藏高原从深部到浅部的隆升过程。高压基性麻粒岩从下地壳里冲出来，但如何折返，是科学研究还没有解决的一个问题。但麻粒岩从距离地表近百公里的地方上来，发生在 16 个百万年时代，这和喜马拉雅运动同步，和青藏高原的形成同步。如果说在 16 个百万年前，青藏高原所在的地理位置，发生了层流构造变化，从而形成了青藏高原，这就是同步的意义。

在野生动物的乐园可可西里的腹地进行填图，有着不可预料的生命危险。6 月底的一天，李德威教授和刘德民博士从 4900 米爬向 5000 米的一个山坳时，突然近 20 头野牛朝他们迎面而来。来不及逃跑，也跑不动。"李教授，快脱掉你的衣服！"情急中，博士刘德民看着教授的红色夹克衫大叫。

一场有惊无险的危机就这样过去了。

"实践证明，我的理论对冈底斯、喜马拉雅成矿带的预测卓有成效！"精干的李德威，说话极为精简。早在 1990 年，他就开始了西藏喜马拉雅和罗布沙地区的矿产地质调查，他发现，很多现实的发现用当时已知地质理论解决不了，便试图用新的思路来认识。喜马拉雅地区麻粒岩的发现，对他的地质学理论提供了支持。在这些地质现象和研究的基础上，李德威提出了比大陆动力学更新的地球系统动力学理论，挑战了板块学说在大陆动力学方面的运用。

"我们还运用构造年代学的分析方法，限定了测区经历的几次重大地质历史转折事件。"已知天命的王国灿教授如是说，"我们科学确定了测区浆混花岗岩的存在，并通过构造地貌和第四纪沉积分析，揭示了测区第四纪成山作用过程、水系变迁过程和古环境古气候演变过程。"

2003 年 5 月，王国灿率队挺进可可西里，开始了"青海 1∶25 万不冻泉幅、库赛湖幅区域地质调查"。这是一支实力强劲的地质队伍，博导、教授、副教授、博士、硕士、本科生，汇聚着构造地质学、岩石学、地层古生物学、地球物理学、测量工程、地理信息系统等学科专业，RS 遥感技术、GPS 全球定位系统技术、GIS 地理信息系统技术的运用，体现着新一代地质人协同创新的理念。

或许是知识的滋养，王国灿看起来要比实际年龄小许多，白里透红的脸庞挂着开心的笑意，"野外待久了，回来还不适应呢！你看我们魏教授，常常背着水壶与地质包在校园里走来走去，习惯了啊。"

有人开拓，自然就会有人坚守追随。年过 40 岁的魏启荣特别喜欢青藏高原的那种感觉，特别喜欢一个人或几个人背着水壶和地质包，爬山、过河、卧雪、听风。而今，背着水壶与地质包，已经成为年轻学子们眼中的一道风景。

"把大自然当成课堂"，并不只是地质大学的专利，青藏高原大调查的战场上，成都理工大学的旗帜也是那么鲜艳夺目。

2001 年 4 月 10 日，成都理工大学乌兰乌拉湖国土资源调查队一行 18 人，启程踏上了征服生命禁区的艰难之旅。走在最前面的是项目负责、总指挥王成善教授、队长伊海生教授及林金辉。

向西，向西，穿越草原河滩，辗过冰封大河，绿色在隐退，目的地——可可西里近在眼前，凶险也随之而来。胸闷气短、头痛恶心、吃不下饭、睡不着觉……强烈的高原反应累及所有的队员。

"这是一道关卡，闯过去就好了。"王成善教授鼓励着安慰着一些还是学生的地质队员们。三个月的紧张时日，队员们体验了在无人区工作的种种艰辛和对亲人的无尽思念，感受到了大自然的无情和高原疾病的困扰，但他们都挺过来了，勇接挑战，笑对人生。

作者徐冠立，在《生命之花绽放在无人区》一文里这样记述教授与学生们在无人区的经历：

——难忘斜日贡尼曲滔滔黄水，越野车几乎侧翻其中，队员们跳入湍急的冰水中，一次次挂牢钢丝绳，拼搏了近4个小时，终于在子夜时分冲出冰滩。

——难忘等马河的星星湖滩，没有尽头的泥潭使他们频频陷车，寸步难行，几经绝望，挣扎了4天才得以脱险，泥浆沾满了队员们全身，困乏使每个人东倒西歪摇摇欲坠。

——难忘坎巴塔钦的那场暴雪，在风雪中苦苦等待了两昼夜的科考队员终于在黎明时分等来了营救的车队。

——难忘马料山基地那个"温馨的家"，那是一个科考队员补充油料和食品、与后方无线电联络的大本营，高原生活的艰辛和寂寞时刻都在折磨着每一个科考队员，但毕竟那是一个港湾，"回家"才有安全感。

……

感人的故事、难忘的记忆还有许多，许多。

在艰难的跋涉与探寻中，王成善教授所带的乌兰乌拉湖调查队，在高原无人区获得了丰富的第一手野外资料。在乌兰乌拉湖一带，调查队发现一条古大洋缝合带，它由深海放射虫岩、玄武岩和辉绿辉长岩墙及深海复理石构成，是一个被肢解了的古洋壳蛇绿岩残片，横贯川藏滇地区澜沧江洋的西延部分。该成果已被中国地质调查局在大地构造划分方案中采用。

在青藏高原最大的新生代火山岩区——祖尔肯乌拉山火山岩区，他们新发现了一系列火山口和火山机构，以及大量麻粒岩包体，它的形成与下地壳低速高导层有关，是壳幔作用过程的表现。这一发现的意义在于，对揭示青藏高原巨厚地壳和异常岩石圈结构的形成过程和形成机制，积累了翔实的原始资料。

经过对长江源水系的地质调查，王成善团队还得出一个结论：沱沱河是长江正源，是一条沿藏北最大的近南北向正断层溯源侵蚀产生的河流，长江源现代水系格局的形成时间在60万年至40万年前，与黄河水系同时到达高原腹地。

通过与美国加利福尼亚大学合作，王成善团队建立了测区新生代红层盆地的高分辨率磁性地层，发现4000万年时沉积速率突然增加，提出这是印度与欧亚大陆碰撞的沉积响应，对解决青藏高原隆升过程、古气候变化等国际地学界热点问题提供了新的素材。

“乌兰乌拉湖幅地质记录内容准确、丰富；质量检查记录齐全，质量体系结构完善，运行正常，原始资料质量可靠；在区域地质调查的基础上，对测区具有特色的新生代地质记录与高原隆升机制进行专题研究，取得了一系列新发现、新成果、新进展，全面提高了空白区基础地质研究程度！”

2002 年 7 月，中国地质调查局西安地质矿产研究所组织的专家组，在验收中对成都理工大学的师生们做出了高度评价。

一鼓作气，成都理工大学科研团队又在措勤县幅中，通过对措勤盆地内发育的构造、地层、岩石及沉积相综合分析，论证了措勤盆地与喜马拉雅构造带和班公－怒江构造带的对应演化关系，反演了措勤盆地的地质发展历史。

时代风云激荡着莘莘学子，青藏高原铸就了科学人生。2003 年 5 月 2 日，成都理工大学校园内的三角草坪上，地质调查研究院院长徐仕海，地球科学学院陈洪德书记饱含着期冀的神色，目送着远征青藏高原的车队向着远方驰去。

这一次的区域地质调查队，由校科技处、地质调查研究院和地球科学学院组成，队长刘登忠教授、技术负责陶晓风教授。这一次的 1：25 万赛利普幅填图，地处冈底斯山北部，多高原湖盆，海拔 4500 米以上。

为了详细弄清捷嘎组的岩性组合、接触关系及时代，刘登忠教授与技术负责陶晓风教授和队员一道，在赛利普乡阿母弄勒、亚热乡安巴勒、亚热乡萨弄测制了多条捷嘎组剖面。详细描述了阿母弄勒捷嘎组剖面，首次将区内捷嘎组细分为两个岩性段，讨论了捷嘎组的岩性组合特征及横向变化规律。在捷嘎组内，他们建立了一个圆笠虫生物组合带和一个腹足类生物组合带，确定捷嘎组的时代为早白垩世阿普特晚期至阿尔布期。

“这一次收获颇丰。我们在测区中南部仁多乡新发现一套侏罗纪地层；在测区西部新发现大面积分布的第四纪火山岩；还对原芒乡组进行了从新厘定；将原赛利普群解体为中新统布嘎寺组和第四系赛利普组。”

一组组专业术语，从教授刘登忠口中跳出，通俗易懂。但他没有说，由他作为项目负责人，这个项目在全国区域地质调查优秀图幅展评中获得了三等奖。

“在区域调查中，我们学校完成了青海乌兰乌拉湖幅、温泉兵站幅，还有西藏措勤县幅、赛利普幅，可以说，每个图幅都有重大新发现，都有意想不到的收获。无论是教授还是在读博士，都在图幅的调查中得到了锻炼和提升！”

谦逊博学的刘登忠教授滤去曾经的艰难，向我们娓娓道来，录音笔里留下的是一个个苦在其中的故事，一个个乐在其中的成就。

在喜马拉雅还活跃着一支"喜马拉雅山地区重大地质灾害调查与减灾措施研究"的项目调查组，这就是吉林大学教授王钢城率领的科研小分队。

"人活着总该为国家为所爱的事业做点事。当我听到青藏高原通火车的喜讯，当我看到西藏又一处水库蓄水，当我又完成了一处灾情的勘察，心中总会涌动出一种激情，那里毕竟也有我的一份心血呀！"

王钢城的话，像他的名字一样，坚硬如钢。

就是这样一个带头人，带领着一支钢铁般的队伍，从 2006 年至 2009 年，完成我国喜马拉雅山地区大约 22 万平方公里的 1 ∶ 25 万地质灾害调查，路线行程 7 万公里，查明重大地质灾害 179 处，完成调查成果 10 余份，发表论文 10 篇；通过对 23 个海拔极高的山溃决危险性冰川冰湖的现场考察，并对 41 个溃决危险性冰川冰湖资料的综合分析，总结了冰湖溃决的几种类型，首次提出渗透融沉冰湖溃决类型的理念、渗透淤堵的作用以及在冰川湖形成过程中的意义。

攀上高原的一支支高校科研团队，以骄人的"战绩"，在"生命禁区"谱就了一曲恢宏的"生命之歌"。

第三节　写在"世界屋脊"的论文

"说起地大与青藏高原的渊源，那可有历史了，从 1952 年建校开始，我们学校就组织师生参加了青藏高原的登山与科考，60 年从未中断。"

已经 76 岁的地层学专家、当年中国地质大学"西藏科考队"的梁定益教授语调缓慢地说起一件件难忘的往事：

"1952 年，北京地质学院（中国地质大学前身）的王大纯和朱上庆就作为中国科学院地质学家李璞的助手，连续 3 年去西藏，拿出了中国地质学者的第一份西藏地质考察报告，结束了只有外国人考察西藏的历史。1960 年的那次科考，刘肇昌、何诲之、纪克诚 3 名教师又获得了珠峰地区地质历史的大量第一手资料，为确定这一地区地质构造的性质、矿产预测提供了依据，开创了登山与科考相结合的先例！"

"到 1974 年，我们又在珠峰一带有了很多新的发现和突破。"

正是从那时起，在喜马拉雅国际研究论坛上有了中国学者的声音！那是中国地质大学教授学子的声音！

看到老教授不停地揉眼睛，中国地质大学（北京）地质调查院院长刘文灿插话说，"老师眼睛不好，高原紫外线太强烈，留下了后遗症。耳朵也有些背，跟他讲话总要大点声。"

"呵呵，说这做什么，上高原的哪个没有留下纪念哟。"老教授一脸慈祥。

梁定益，这位从 20 世纪 70 年代就参加"西藏队"的地层学专家，曾有"敢死队员"之称，大半辈子专注于青藏高原地层研究，从羌塘到可可西里，从梅里雪山到海东、昌都，从沿南国境线到与青海交界线，几乎所有的地质线，老教授都跑到了。著名青藏研究专家潘桂棠最佩服的就是梁定益做的图幅。

青藏高原地质大调查，中国地质大学 20 多名师生组成了以万晓樵教授和刘文灿副教授为首的老中青三代人的"区调队"，67 岁的梁定益教授和队员们每天经过的填图路线都要穿过藏南地区海拔 5000～6000 多米的山脊，气喘、心跳过速、胸闷、头痛、恶心、失眠等高山反应是家常便饭。曾经有十多天，所有队员都病倒了，怎么吃药都不见效，野外工作又不能间断，大家就互相鼓励着硬挺着，严重者到拉萨打几天吊针，又赶回工作区。

负责前线指挥的刘文灿和大伙一样忍受着头疼、胸闷与呕吐，在荒无人烟的冰川雪地里挑战着生理极限。晚上帐篷里寒冷异常，他就盖上两床被子，可头还是难受的不能入睡，他便大把地吞着安眠药。起初只是感冒头晕，继而气喘，再后来却变成了致命的脑水肿，脸色渐渐发黑，差一点倒在了海拔 5000 多米的高原上。但治疗刚刚康复，他又以生命的高度站立在雪峰之巅。

"人这一生该吃的苦，都被我们吃完了。"刘文灿教授唏嘘不已地说，我们的队员最可爱，最可敬，最可亲，这是我彻入骨髓的体会。

作为青藏高原大调查项目负责人，刘文灿以出色的情商、容纳百川的性格，带领他的团队曾完成了西藏 1∶25 万江孜县幅、亚东县幅（中国部分）区域地质调查、内蒙古 1∶25 万补力太幅等诸多项目，先后获得了原地质矿产部科技成果三等奖 2 项，中国黄金学会科学技术奖（省部级）二等奖 1 项，国土资源部科技成果二等奖 1 项和"青藏高原地质理论创新与找矿重大突破"国家科学进步奖特等奖。刘文灿用真诚的心凝聚着他的团队，体贴温暖着每个成员，为获得第一手调查数据，忍受饥渴，车辆无油罢工，穿过道道险地，他身上发生了多少惊魂难忘的故事？承载了多少生与死、病与痛、苦与乐、得与失的严峻考验？望着他那被紫外线灼黑的脸膛，我们多次提出让他谈谈自己值得回味的沉淀，他却像个高明的太极推手马上转移话题，又兴致勃勃地聊起别人的故事。

2003年，年近70岁的老教授再上高原，去考察班-怒一带，为认定"班公湖-怒江缝合带是冈瓦纳大陆的北界"积累了丰富资料。

这一天，恰逢中秋节，老教授带领学员正在野外埋头记录地层古生物资料，突然遭遇了一伙手持藏刀的暴徒袭击。"要不是藏族老队员尼桑及时赶到喝退暴徒，真不知会是什么结果。那天下午，考察'班-怒含巨型岩块的混杂岩带'的研究生李尚林、马伯永，被一群暴徒打得脸青鼻肿。晚上的中秋晚宴，两个人一口也吃不下去，就这样，第二天带伤照样投入工作。就是这一次考察，李尚林首次提出了'班-怒带震积岩'，他与马伯永的论文都是优等！"

刘文灿笑着说，梁定益教授身上的逸闻趣事很多。罗布莎铬铁矿外围普查那年，梁定益与藏族科考队员阿真多吉过一个100多米宽的山谷。两山之间只有一座顶端宽约30～40厘米的天然岩壁连接着两侧山体。两人骑着岩壁战战兢兢地爬过了幽深的山谷，梁定益与阿真多吉的裤子裆部却全磨烂了，他们只好用标本贴编号的胶布粘好了"开裆裤"。

初冬的北京，已是深夜，我们对周志广的采访还在继续。对科学精神的坚守、对事业的痴迷，周志广团队在青藏高原工作长达6年。

在中国地质大学（北京）国际会议中心，儒雅谦恭的周志广脸上挂着温和的笑容，不紧不慢地向我们讲述着他们的西藏故事。他说，"那年爱人要生孩子，那时满脑子都是路线、地质、数字，根本就不知道妻子的预产期，是刘文灿院长逼着我提前回来看看，结果我一进家门，妻子就进了产房。"

聊得正浓，周志广衣兜中的手机响了。原来妻子上班，正读小学的女儿一人在家，周志广满含歉意地与我们告别说："我们地质人啊，每个人都心怀愧疚，愧对父母，愧对妻儿，所以只要有时间，就想尽量陪他们。"

看着匆忙离去的周志广，虚怀若谷的刘文灿说，"人啊，就是这么不可思议，别看青藏高原自然环境差、工作强度大，常年离家，不能照顾家庭，但这么多年，哭过，喊过，牢骚过，也有人一次次赌咒发誓'下次再也不来了！'，可是，下次，再下次，他们依然又来了，而且一个个还是那么执着！"

刘文灿又介绍了一个"垫路石"的故事。

一条水流湍急的冰河挡住了地质科学家的脚步。一位队员搬来的垫路石让梁定益眼前一亮："麻粒岩！河滩里为什么会出现麻粒岩？它出自哪个岩层？"

高压麻粒岩在亚东地区的首次发现，对于研究喜马拉雅造山带形成的动力学过程具有重要意义。

"其实仅凭那块岩石也可以写论文，但是梁定益教授坚决不同意，他认为那样的推断很难排除各种偶然因素。"一位博士研究生说。

质疑是产生成熟果实的土壤。为了准确地推断这一地区的地质变化，白志达教授带领队员们在山高、林密、坡陡的森林无人区里，硬是寻找了二三个月。他们把科研论文写在了世界屋脊，求真求实的脚印，刻在了冰川雪原！

就是凭着这种一丝不苟的科学精神，中国地质大学（北京）团队在大调查中，以 30 后的"老西藏"为顾问，古生物学万晓樵和构造地质学刘文灿教授负责的藏南喜马拉雅地区的调查，构造地质学王根厚教授和周志广副教授负责的藏北聂荣地区的调查，岩石学白志达教授和徐德斌副教授负责的藏北安多地区的调查……所有项目均被评为"优秀"。

刘文灿、李才、郑有业、张克信、周志广……这些将自己融入青藏高原的教授专家们给生命以呼吸，给灵魂以圣洁，已然成为青藏精神的象征。

"地质科教离开野外是不行的，要探究地质找矿规律，就要与高山为伍，与岩石为伴。"说这话的人叫郑有业。

1998 年 7 月，中国地质大学（武汉）"十大杰出青年"郑有业教授，告别了繁华的武汉市和尚在病中的妻子，满怀着一腔热血，毅然飞往遥远的雪域高原，来到西藏地勘局第二地质大队做了一名援藏干部，那一年，他 36 岁。

为了在藏南取得找矿突破，1999 年，郑有业申请到"西藏措美县马扎拉金锑矿控矿因素与成矿规律研究"课题。为了提高科研深度，他经学校领导同意，将中国地质大学的 10 万元科研经费也带到了西藏，用于该项目研究。

在海拔 5100 米的措美县，郑有业运用地质、化探、物探、遥感等综合手段，特别是将遥感蚀变矿化信息提取技术系统应用于藏南的金、锑找矿工作，首次提出了藏南被动大陆边缘深海断陷盆地四周与然巴、也拉香波变质核杂岩复合部位为成矿最有利部位的观点，建立了藏南"三位一体"的成矿、找矿模式。依据这些新的认识、新的理论，新发现多个具有找矿前景的矿点，其研究成果获得 2003 年自治区科技进步一等奖。

"可以说，我们在研究青藏高原，高原也成就了我们。"2005 年，郑有业荣获黄汲清青年地质科学技术奖及"国务院政府特贴"专家。如今已是长江学者的郑有业静静坐在我们面前。很瘦，微蹙的眉头似乎总在思考着什么，

2000 年，在对前人资料及一系列图件的系统研究分析，他提出了"冈底斯东段将会成为继东天山发现超大型斑岩铜矿床之后的又一超千万吨级的铜多

金属巨型成矿带"的新构想，并建议立项勘查。

2001年是郑有业在西藏的丰收之年。这一年，他完成了"西藏冈底斯东段铜多金属成矿带矿产资源评价及找矿突破"首份立项论证报告初稿。这一年，他提出了"洛巴堆－蒙亚啊－洞中松多陆内裂谷带控矿"的新认识，当年发现了具大型找矿前景的洞中松多铅锌矿。次年又发现了具很好找矿前景的蒙亚啊和哈拉航日两个铅锌矿点。在聂荣—巴青一带，他首次提出了"寻找海相沉积—改造型砂页岩铜矿"的新思路，并找到该类型的铜矿体。

藏南重峦叠嶂的冰峰雪原，藏北羌塘的茫茫生命极地，到处留下了郑有业博士坚实的足迹。当郑有业即将告别曾经工作了6个年头的雪域高原时，一种难以抑制的情绪在他心中涌动。他在日记中记下自己的心声："怎能忘记，在重峦叠嶂的冰峰上工作的情景；怎能忘记，彻夜工作到凌晨见到的第一缕曙光；怎能忘记，从死神的魔掌中挣扎出来的那一刻……"

地球科学是古老而神秘的科学，历经46亿年的地质过程复杂且不可重现，留给人们研究的是支离破碎且经过多次构造改造的地质现象。它吸引着一代代地质科学家飞蛾投火般地扑向它。

在青藏高原对"缝合带"一盯就是20多年的，是吉林大学地质与环境学院教授李才。我在中国地质调查局采访时，地质专家翟刚毅曾给我提供了大量珍贵的文字、图片以及影像资料。他给我播放了一段原汁原味的录像，由远及近的镜头出现了一条呈墨绿色的岩石带，他兴奋地指着画面对我说：

"看！这就是藏北高原李才研究的那条'缝'！可不要小看那条缝啊，那可是李才教授20年的研究成果，西藏有名的红布玉，就产在这种岩石带上。那个缝中的岩石有枕状玄武岩等五六种，蕴藏有铬铁矿、铂、钯等金属矿……"

"20年只为一条缝"。这条地质裂缝说明了什么呢？

作为青藏高原石炭纪—二叠纪冈瓦纳与欧亚大陆界线，20年来一直是青藏高原大地构造研究领域争论的焦点之一。

据翟刚毅介绍，羌塘地区是青藏高原最大一块中比例尺填图空白区。1987年，李才在西藏区域地质调查队工作了10年，填了5幅1：100万地质图，又撰写了《西藏地质志》，首次提出了龙木错－双湖－澜沧江板块缝合带。他结合近年1：25万地质调查的初步成果，提出龙木错—双湖板块缝合带、蛇绿岩、高压变质带、南北羌塘地层序列及地层格架、盆地成因类型、羌塘盆地与油气资源、羌塘地区的深部地质结构、羌塘地区生态与环境等方面存在的问题，给在羌塘地区从事地质调查的同行们提供了珍贵的参考与借鉴的理论。

从翟刚毅敬佩的口吻里，我听出了他对李才的钦服与骄傲，也听出了内蕴的艰辛与不易。我牢牢记住了这个普通的名字连同那条解不开的"缝"。

"喂，李才教授吗？"我接通了教授的电话，顾不上寒暄，直接切入主题，"我想知道，您 20 年坚守高原，只为寻找那条'缝'，其间的意义究竟有多大？"

"在 2 亿年前的晚古生代到早中生代，青藏高原两个大陆板块之间有一个大洋。后来的地质演化把它们拼在了一起。它们拼在一起的证据就是构造带，地质上的表现就是一条'缝'。通过这条'缝'的研究，我们会知道过去某一个时期里，青藏高原发生了什么样的变迁，可能与哪些矿产的生成有关系……"

电波里传来了浅显明白的解说，一个豪爽大气却又积淀深厚的学者好像站在面前。是高原的罡风，在一个学者身上砥砺出中华民族的侠义仁厚之风吗？

"印度河 – 雅鲁藏布江""班公错 – 怒江""西金乌兰湖 – 金沙江""昆仑南缘、西昆仑 – 阿尔金 – 祁连山"，青藏高原的这 5 条缝合带，已被研究证实，难道还有没被认识没被发现的缝合带吗？假如"龙木错 – 双湖 – 澜沧江缝合带"存在，蛇绿岩不发育，缺少典型的洋脊型蛇绿岩；演化历史不够明确，何时消减碰撞，向什么方向俯冲？是否能够代表古特提斯洋主域，能否构成冈瓦纳大陆与欧亚大陆的界线？

李才这个新认识、新观点一经提出，马上招来一片激烈的争议与质疑。

科学上的质疑不是坏事，有争论也不意味着错误。究其根源，是龙木错 – 双湖 – 澜沧江缝合带与班公湖 – 怒江缝合带的对比问题："羌塘盆地 2.2 亿年前分为羌南、羌北两个盆地，两个盆地的'根'不长在一块，能在哪里呢？"

他坚信他能找到证据，证实自己的正确。青藏高原区域地质填图为他提供了契机。为了那条未知的"缝"，羌塘高原的每一寸山，每一条沟，每一道河，几乎都留下了李才的脚印。每年他一跑就是三四个月，一堆堆岩石，一块块化石由山下背回，再小心地运回长春，用现代的科技手段，分析矿物的成分。

"李教授从高原带回的岩石、化石，最多时竟有 4 吨多！20 多年里，那些石头都可以盖一座小楼了。"有人开玩笑地说。

2003 年，在羌塘南部参与聂拉木幅和申扎幅区调的李才，发现了与聂拉木、申扎等地可以对比的奥陶系—泥盆系。确定最早的生物组合存在于早奥陶世阿伦尼克期沉积，与喜马拉雅地区和冈底斯地区泛非基底之上的最早沉积盖层时期是一致的，李才惊喜万分，"这显然应是冈瓦纳大陆北缘的盖层体系！"

2004 年，李才在双湖板块缝合带南侧的白云母蓝闪石片岩和石榴石白云母片岩中，发现了透镜体产出的榴辉岩。

"没错，2.2 亿年，两个大的板块在这里强烈碰撞，碰撞产生了高压与超高压现象。"李才认为，集合现象，又一次证明了"缝"的存在，"越来越多的事实证明，龙木错－双湖板块之间存在一条缝合带的观点是符合客观实际的"。

其后，李才又在羌塘北部发现了扬子型的泥盆系—二叠系。

那是 2007 年，李才又一次登上龙木错－双湖板块缝合带北侧的那底岗日。攀上峰顶，大片火山岩尽现眼底。205±4 Ma、208±4 Ma、210±4 Ma，一块块火山岩石，在无数次的测试中，呈出它古老的年龄。

李才几乎要为自己的发现拍案叫绝了，"这些钙碱性火山岩，正是羌南（冈瓦纳）板块向北侧羌北（欧亚）板块消减的产物啊！"

正当他欢欣不已、朝着远处的伙伴报告喜讯时，乐极生悲变现了。突然一阵眩晕，一个趔趄，一个敦实的身躯缓缓倒在了岩石边。

伙伴们匆匆赶到他跟前，李才已缓过神来，正一手掀开上衣，一手持着注射针管，朝自己肚皮上注射胰岛素。

他的学生默默地围在他的周围，眼角噙着泪花——说什么都是多余的，为了青藏高原的这条"缝"，他们的老师已经追逐了 20 年，谁能否认，他的身心已经和青藏高原融为一体？谁又能改变他的这份痴迷与执着？

"李老师的韧性与耐力，连我们这些年轻人都比不了。"一位年轻技术员讲述了这样一件事："那年夏天，气温将近 40℃。李才老师带着我们从一座大山东侧往上爬，一路上不停地拍照、录像、记录，下午又顺着滑坡东侧往西爬，岩石像刚刚爆破过那样松动破碎，几十米高的滑面不少危石摇摇欲坠。西侧有一道深槽，位置高程 300 多米，水边是 135 米，李老师带着我们从槽边朝水边爬，一直爬了两个多小时，人人像从蒸笼里出来，满身大汗，都累瘫了，他却没事一样，还说我们缺少磨炼。你说，李老师哪来的这么大的干劲啊？"

"李才是一个热爱工作胜过生命的人。"他的妻子太了解他，李才的生命价值和事业上的硕果，付出了透支心血、透支健康，甚至透支生命的代价！

看上去健壮，也曾是大学体育五项优秀运动员的李才，身患糖尿病十几年，也因冠心病住过医院，在野外摔伤骨折还留下了后遗症，下雨阴天时不时折磨他。为了支持他的工作，同时为了照顾他，夫人 44 岁就办了"内退"手续，陪他在西藏工作，兼计算机制图、摄像、照相、生活、医生助理，每天给李才要打一针胰岛素，还兼测地质剖面、采样本，偶尔还兼司机……

李才的敬业精神不是世俗的作秀，而是深深地潜入了他的血液里，化为了一生的自觉行动。为此，他的身上也就自然而然地释放出一种特殊的魅力，一种由人品、才华、性格、气质综合而成的魅力。

中国地质人对认识自然基本规律的不懈探求，加快了科研人员从创新者到领军者的蝶变。看看吧，李才对宽度达百余公里的蛇绿混杂岩带的确定，早古生代洋脊型蛇绿岩和二叠纪洋岛型蛇绿岩的识别，果干加年山重要的不整合发现……都为冈底斯和羌南地区的地层系统和地层格架的完善做出了重大贡献。

冈瓦纳大陆北缘的裂解时间为寒武纪，大洋持续演化到三叠纪的新观点的提出；冈瓦纳与欧亚大陆的碰撞闭合发生在晚三叠世早期的确定，提供了有力实据。而这实据都是在与疾病的抗击中获取的。

"我愈来愈强烈地感觉到，冥冥之中我与青藏高原有个前世之约，所有研究都要用生命来完成。"李才略显沙哑的声音，再一次透过电波传入我的耳膜。

放下手机，推开窗户，我看到穹宇中群星璀璨，星光闪烁。我知道，李才，这个年逾花甲的教授，正是其中的一颗。

高原热土流淌着地质学人的创新基因，历史星空辉映着书生的报国情怀。在学术腐败盛行的雾霾里，一个个走出象牙塔的人们，把朝圣的脚印刻在了冰川雪原，把科研论文写在了世界屋脊，一个个美轮美奂的创新成果，在绚丽的地学圣殿放射出耀眼的光华。

第十三章　悲壮与崇高

> 青藏高原地质大调查充满着悲壮的英雄主义色彩。不朽的地质精魂、无悔的热血忠诚，浇灌出一座座巍然高耸的时代丰碑，一簇簇魅力无限的生命之花，在地球之巅绽放着耀眼光华！

第一节　唐古拉的诉说

我在唐古拉山口久久地伫立着。

唐古拉山口 5231 米的最高处，一尊无名军人雕像肃然耸立，乳白、浑厚的军人雕像上，镌刻着一段掷地有声的碑文：

中华人民共和国成立 40 年之际，为颂扬世界屋脊拓线、建线将士伟业，省府借山石为体，成西部军人像在唐古拉之巅，以之纪念。

1989 年 10 月，青海省人民政府立下了这尊浓缩西部军人壮魂烈魄的不朽丰碑。

这座矗立的雕塑，成了一道崇高生命的风景线，它见证了世纪更替、时代轮转，也承载了精神的延续，信仰的坚守，长眠于雪山冻土的 760 个英雄魂魄全都凝聚成咫尺间的永恒，镌刻在我们民族的集体记忆之中。

给历史造碑的，是人。给人造碑的，是历史！

放眼眺望白雪皑皑的连绵冰川，环顾雄奇幽深的荒凉山峦，五彩缤纷的经幡在随风起舞，唐古拉山就像一架庞大的古琴，不停地述说着地学历史的沧桑浮沉，历数着历史星空的生命尊严。

回望历史，我仿佛又看见了地质人脱落的头发、紫红的脸膛、干裂的嘴唇和凹陷的手指甲，听见了地质大调查的风吼马嘶，地质队员的不屈吼声："青藏高原缺氧，唯独不缺精神！"

不可否认，青藏高原地质大调查充满着悲壮的英雄主义色彩。

资料显示，从 1953 年至 1998 的野外地质勘查工作中，共死亡 2856 人，年均 66.42 人，尚有 4 年未统计。而新一轮地质大调查开展以来的 1999 年至 2011 年 12 年间，就有 33 位中青年地质专家在野外第一线献出了宝贵生命。

在这个英雄主义泯灭、低俗思想泛滥的时代，精神被高速公路、城市别墅所吞噬，生活被声色犬马与权利财富的数字充填，一个个默默倒下去的地质队员，只有座座坟茔孤独地述说着他们的苦难辉煌。

12 年的青藏高原大调查，地质队员都经历了什么？是什么让他们义无反顾地奔赴死亡之地？他们超越凡俗的生死观根源何在？

"地质人不忘初心的信仰，点亮了青藏高原的天空！"中国地调局西安地调中心党委书记杜玉良的回答言之凿凿掷地有声！

从西安到西宁，杜玉良一直陪同我采访，他以对地质人的浓浓情愫，给我讲了很多地质人献身地质事业的感人故事，也介绍了不少地质人的悲壮：

他讲道，东昆仑铜、金资源评价项目组一位队员因严重高原反应深度昏迷，生命垂危又死而复生；他讲道，沱沱河地区铅锌多金属矿评价项目组被洪水阻隔、身陷困境；他还讲道，前不久新疆地矿局 2 名地质队员在罗布泊勘察突遇沙尘暴失踪，结果是直升机找到了尸体。

尤其是他对"活活累死的"李向的悲情述说，让我心潮激起阵阵涟漪。

李向为地质而生，为地质而死。从 1975 年当上内蒙古 107 水文地质队钻工开始，他连年评为先进生产者、学大庆先进个人；担任内蒙古地矿局第五地矿勘查院院长，他求真务实、勇于开拓，被评为优秀党务工作者、内蒙古自治区劳动模范。主持西安地质矿产研究所工作 10 年，他求真务实，争创一流，连续 7 年评为中国地质调查局先进单位，相继获得陕西省文明单位、先进基层党组织。

新时期省部合作找矿进入攻坚决战之时，作为新疆"358"项目办常务副主任和青藏专项青海项目负责人，李向拖着一副多病之躯，如同一架不知疲倦的马达，高速旋转在省部合作机制的链条上，8 赴青海、6 上新疆、27 次往返北京，多次赴宁夏、甘肃和西藏，足迹遍布天山南北、青藏高原。

谁能想到呢？他用竞逐死神之履诠释了生命皈依。

饱蘸着逝者的沧桑，凝聚着生者的泪水，时针安静、肃穆地停滞在一个悲怆的时刻——2009年9月9日上午八点，"青藏高原地质矿产调查与评价"会议在西宁开幕之际，负责会议筹备的李向进入了生命的读秒时刻，突发的心肌梗死，把一米八的高大身躯重重地撂倒在他钟情的高原上。

"什么是鞠躬尽瘁？什么是精忠报国？"或许是太熟悉的缘故，李向的英年早逝，给杜玉良留下了刻骨铭心的怀念，也让杜玉良谈及李向的一个个感人故事总是神情凝重，悲情浮面，他说，在一个钙质流失、价值扭曲的时代，李向作为理想信仰的殉道者，无疑具有中国地质先锋的经典意义！

1889年，从尼采发出那个"信仰缺失上帝之死"的悲观呐喊，人们进入了一个信仰缺失道德沦丧的虚无主义状态。在这个"最好的时代、也是最坏的时代"，我们有多久没有谈过信仰？还有多少年轻人理解信仰、坚守信仰？还有多少人能够高擎"唯一能与苍穹比阔"的信仰火炬？

信仰是人生命的灵魂，下面这个令人悸颤的故事，无疑是对信仰缺失时代的一记沉甸甸的灵魂拷问。

故事的主人翁是西安地质矿产研究所的一名普通科技工作者。

2000年8月16日，西安地质矿产研究所，承担1∶25万苏吾什杰幅区域地质调查的项目分队，来到阿尔金山北麓山前无人区若羌县央大什喀克。

这一天，在阿尔金山前洪积扇戈壁滩上，两个作业组各带一辆车正在紧张作业。十点三十分，一辆小车在山口轮胎被石头和骆驼刺两次扎破，已无备胎，情急之中只好求救于另一小车。然而，无车载通讯设备，无法联络，怎么办？不能等死！无奈，副研究员孙楠一和实习生李国放主动要求，步行联系救援。

他俩向另一小车所在位置奔去。时至中午两点，遍地碎石的戈壁滩气温高达50多度，灼人的空气仿佛划根火柴就能点着，两人带的干粮和水却已用尽。布袜子磨破了，脚心踏着烙铁似的戈壁乱石，越热越喘，越喘越渴，孙楠一中暑严重，头晕眼花，步履维艰。茫茫戈壁，杳无人烟，为了保命，李国放只好独自去找救援和食物。孙楠一嗓子渴得冒烟，唯有喝尿，到了深夜十一时，连尿也喝不上了，无际的荒漠里除了风声和微弱的喘息声，就是绵延亿万斯年的夜。黑暗的逼仄、饥饿的纠缠、寒冷的侵袭、死亡的威胁，一步步向他逼近。孙楠一点燃了衬衣，黑魆魆的夜空，燃烧着一缕生命的希望……衣服燃烧殆尽，夜空又恢复了远古的模样，周围的一切全像死去了一样，零下 10 多度的天气，丁楠一身上最后只剩下一条短裤，他昏了过去。

李国放挣扎前行，在没有任何参照物的戈壁滩上，要想辨别方向寻找道路，真比登天还难，更何况在这种天苍苍、路茫茫的月黑夜呢？从午后到太阳西沉，又从太阳西沉到月满苍穹，一路除了被风干的动物残骸浸有生命的迹象，连瘦弱的小草都难觅到。夜来了，黑也来了，黑是黑的灵魂，也是夜的尊严，夜的价值核心。古老的戈壁弥漫着古老的夜色，如同千万年来一如既往的秦汉的夜，魏晋的夜，唐宋的夜……都来了。朔风，开始复活。寒冷，开始升腾，李国放隐隐约约偶有一种奇异的呼啸声，不知是狼嚎还是什么在叫。当队友们来到跟前，失踪 19 小时的李国放精神已接近崩溃，看人眼睛恍惚，身子已经虚脱，他半软瘫着摇晃着手，有气无力地指着远处说，"快，快去找孙研究员……"。

凌晨四时三十分左右，搜救人员找到了孙楠一。失水过多，大小便失禁，昏迷不醒，除了尚有微弱的呼吸，犹如一具木乃伊。

望着营救人员现场拍下的孙楠一的照片，让我想起海明威著名小说《乞力马扎罗山顶的雪》中那只被冻僵的豹子——雪域旷野，空谷足音，孑然一身，斜倚土丘，俯身仰望前方，像一根坚硬弯曲的楔子！

海明威笔下那只冻死在山顶的豹子，是所有挑战人类极限者的象征，当然也包括挑战第三极的中国地质人，

照片折射出的悲壮，又让我想起了罗布泊边缘的那个酷暑 6 月天。

身背 26 件黄金样品的黄金部队战士伍军良在取样途中迷失了方向，被困戈壁滩三天三夜。戈壁滩白天地表温度接近 70 摄氏度，夜里温度骤然下降到零度以下。在与死神抗争中，伍军良几次昏倒，绝境中靠喝自己的尿液维持生命。援救官兵找到他时，昏迷在戈壁滩的伍军良浑身沙土，衣衫褴褛，面目全非，已无法辨认。褐黑色的血迹把脚掌和鞋底粘结在一起，露洞的胶鞋底散发着焦煳味，沾满鼻血的 26 件黄金样品却完好无缺地压在他的身体下。

下面这个催人泪下的故事，来自西藏区调队毛国政的悲情述说。

"那么好的兄弟呀！欢蹦乱跳的，说走就走了……"念叨着战友邱中原的名字，毛国政缓缓地搓着放在双膝上的两只手，不大的眼睛湿润了。

1999 年，西藏地矿局区调大队助理工程师邱中原，随分队奔赴藏北高原找矿。两辆车行驶半天，在翻越一座海拔 5400 米山头时，租用的大车陷入泥坑，邱中原和大家一起奋力挖掘到深夜，浑身泥水汗水，又下起了雨夹雪，也没将

车挖出，只好支起帐篷过夜。

第二天，淋雨感冒的邱中原感觉浑身发凉，还冷不丁的打寒战，吃了几片感冒药，仍然坚持和大家一起在淤泥乱石中挖车。一天下来，车没挖出来，邱中原却发烧头疼，咳喘不止。

"回去上医院吧！"队长赵守仁蹙着眉头一脸凝重。

"我的年龄最大，哪能才出来就回去？先挖车，我加倍吃药看看，再说吧。"

一会儿，毛国政发现邱中原脸色发白，嘴唇由紫变乌，说话已很费力。

"立即送医院！"队长赵守仁连夜把邱中原送到了条件简陋的昂仁县医院。医生一边给邱中原紧急输液、吸氧，一边安排说，"肺水肿，必须马上转院。"

荒山野岭，队员们在与死神赛跑，他们的脸色漆黑，肤色漆黑，眼前更是一片漆黑，只有两只汽车大灯放射出冷森森的光柱。

车行吉定乡东侧，距离日喀则市还有40公里，邱中原说他要解手，下车后却撒不出尿。赵守仁把他抱在怀里，感觉他的身子越来越重，呼吸困难，心跳减慢。随行的医生使出浑身解数抢救，然而，纤若游丝的气息牵动的脆弱生命，让人是那么无能为力，慢慢地，心跳停止了，身体开始变冷，瘫软萎缩成一团。

"出师未捷身先死，长使英雄泪满襟"。赵守仁紧紧地握着邱中原软软无力的手，不停地含着泪呼唤，"邱工，邱工……你醒醒……再坚持一下！"

邱中原再也听不到同事们呼喊的声音。

带着未竟的找矿梦想，留下了小学读书的儿子，留下了贤惠聪颖的妻子，大家眼睁睁地看着他走了。

"全院170多名职工，人人都把邱中原当成自己亲兄弟，把邱中原的亲属当成自己的亲人，一连几天几夜啊，近百号家属都争着为邱中原守灵，大家轮流回家吃了饭，又匆匆赶着去守灵，这样的场面，你在内地恐怕很少见到吧？"

哀乐在世界屋脊次次响起，哭声阵阵，纸冥袅袅，年轻的亡灵随着不灭的香火缓缓上升……

毛国政深情的眼里泪花在闪烁，他很认真地望着我说："很多内地人到了西藏，心地也会变得柔软起来，灵魂也会变得纯洁，你知道是为什么吗？这里没有那么多的你争我斗，没有那么多的功利追逐。谁都知道，在这里生存不容易，人情味比内地要浓得多啊……"

毛国政的一番话，让我好一阵沉思，当我们拥有空前的物质享受时，却感到了人性的失落、以邻为壑的孤独，于是很多人把困惑的目光投向了佛教，想要逃离现实，便走上了高原。邱中原为生命选择了荒凉和死寂，无异于挺举着信仰的火炬完成了一次精神的朝圣。他那饱蘸信仰的生命燃烧，岂不是鞭挞了那些由权钱欲望所导演的噪音与图像？

叩天怅叹的纵横思绪，在我的脑海钩沉出采访路上的一幕。

车子正在行驶中，陪同我的矿业公司工程师突然让司机停车，他从车里拿出一盒饼干和一瓶饮料，走向右边山坡向阳的地方。不远处是一座不大的坟茔，附近有两个玛尼堆，山口的风吹得经幡飒飒作响。他把饼干、矿泉水摆放在坟茔边上作为祭品；一条腿半跪着，拿起矿泉水，绕着饼干洒了一个大圆圈，又默默地点燃一颗香烟放在了那盒饼干上，而后起身，寒风中静静地站立片刻，一边回望着那颗沉睡的灵魂，一边转身回到了车里。

他面色凝重地坐在我的身旁，自己点燃一颗烟，声音沉闷喃喃自语地告诉我，这是当年干区调的时候，最要好的一个队友，白天他俩一起跑线，晚上回来一盘花生米，两人抽着烟对饮，儿子刚出生不久，一个肺水肿，说没就没了……老婆重新找人了，儿子跟着瞎眼的奶奶……他说，最让他饱尝痛苦和折磨的，就是队友"肺气肿"的最后日子，说话喘着粗气，不停地咳嗽吐痰，面色暗红，一对眼睛又大又暴，满是血丝……

哦？我默然。

为了一段逝去的血色情殇，他在回望着并不遥远的岁月，也是怀念自己的所在。往日曾经熟悉的笑脸，化为荒山野岭的一杯沙土——原本贫瘠凄凉的高原上，西藏地质人究竟堆垒了多少痛苦和悲壮，谁能说得清楚？

望着窗外飞速掠过的座座雪峰，玛尼堆上瑟瑟抖动的五彩经幡，我不禁暗暗自语——当我们迎接春天时，请别忘了这些留在冬天的身影；当我们欢庆报捷时，请别忘了为他们斟上一杯酒；当我们仰望万家灯火、享受天伦之乐时，请别忘了，这些孤独的地质队员！

我想起了江西地调院西藏区调队共产党员吴旭岭。

2000年，吴旭岭初上高原就严重水土不服，每天吃一瓶泻痢停仍不能止泻，十多天下来体质已十分虚弱，可他没有叫一句苦，没肯休息一天，仍坚持每天跑野外，晚上回到帐篷才让随队医生打上点滴解除一点痛苦，他做了最坏的准备，偷偷地写了一封遗书揣在身上，他这样对妻子交代：

"这次进藏，假如我回不来，你告诉我们的儿子，他爸爸是在藏北高原死的，是为了西部大开发、为国家找矿死的。另外，你把单位买保险赔付的钱，拿一部分给我乡下的父母，剩下的留给你，你一定要把咱们的儿子抚养成人。"

吴旭岭的这份"遗书"，在市场经济条件下，折射出的是悲壮，是崇高，是当代地质人没有污染的灵魂！

2003年7月，参加成都地矿所朱同兴研究员负责的"1：25万江爱江日娜、吐错、多格错仁、黑虎岭幅区调"项目的曾庆荣，因发烧而紧张得泪水在眼眶中打转，高原发烧，凶多吉少啊。他哽噎着说："我要在这儿过去了，儿子，我的儿子才上中学啊……"

不要嘲笑他们贪恋生命吧！在一个物质泛化的时代，当"信仰失衡""道德滑坡"等话题成为社会关注焦点的时候，在令人悸颤的生命禁区，能够打动和温暖地质人内心的，除了绵延不息的地质文化，也许只剩下亲情爱情友情了。在凶猛而来的病魔前，在生死未卜的无望中，他想到的不是自己，是远在老家农村的年迈父母，是年幼的儿子，是没有工作却又支撑着全部家事的妻子。

江西地调院的黄志友和黄映洲，自上青藏高原后，因为缺氧、没有青菜吃，痔疮便频繁发作，吃药打针也疼痛难忍。不知谁出了个高招，说坐到冰水里"冰疗"可能起作用。二人想想确实，不妨就"冰疗"一试，果然剧烈的疼痛得以缓解。自此二人每天早早起床，冒着零下10多度的低温敲开冰层，把身体坐到冰水里进行"冰疗"。看到两人穿着厚厚的羽绒服，坐在冰上不停地晃动着身子，队友们不由得嬉笑着说，"看，他们多像两只企鹅！"

新疆区调一队的随队医生吴新地却没有这样嬉笑的心情。2003年，他们承担了岗扎日、玉帽山、玛尔盖茶卡1：25万区域地质调查任务，这三幅图都在可可西里腹地西段，环境险恶。吴新地不敢有丝毫放松，每个小组成员的安危都挂在他心上。白天与队友们一道挖陷车，收队回来按时给不适队友测血压、量体温，给生病的队友输液、发药，常常累得连配药的力气都没有，在给生病的队友准备液体时，怕出差错，他总要休息一会儿才敢动手。一阵忙碌，都会虚脱地出一身大汗。他强忍着自己的高原反应，露出微笑和镇定自若的神态。"我是想给队友们一种安慰，不想让他们觉得医生都病成那个样子，心里恐慌。"

当他们撤出可可西里工区的时候，吴新地细心将队员们用过的注射器数一下，总共有300多支。"唉，23个队员都是在一边输液，一边工作啊！"

在高原，一边输液，一边工作的人，何止这些人？

周铭魁，成都地质矿产研究所聂拉木幅首席顾问，年逾50，是个名副其实的"爬山匠",他专门从事大地构造、区域地质构造地质研究,曾用四年时间,跑遍了 13 个省的山川峡谷。2000 年,在聂拉木幅工作区测剖面的周铭魁,下山时腿软得几乎走不成路,他咬牙坚持着回到帐篷里。被誉为少帅的朱同兴吃惊地发现,老爬山匠拿着针管正在自己的肚皮上注射胰岛素!

人因信仰而坚定,因梦想而无悔,因痴迷而执着。

侯增谦团队,唐菊兴团队、吴珍汉团队、熊盛青团队、中国地质大学、成都理工大学……一个个科研团队精英,一代代中国地质先锋,用鲜血和生命在青藏高原树起了一座座信仰的丰碑。

在鲜红的党旗下,西藏区调队肖志坚、邹爱建、冯国胜,庄重地举起握紧拳头的手:"我宣誓,我志愿加入中国共产党……"

在透风冰寒的帐篷里,山西地调院晋中分院董挨管、段春森在入党申请书上写道:我们没有什么可以奉献,有的只是热血、汗水和眼泪!

行笔至此,我的大脑出现了反差强烈的两幅映像,一幅是雪域高原上一群群衣衫褴褛躬身前行的地质科研人员,一幅是象牙塔里一个个招摇撞骗"修身成佛"的"大师""权威"——我的心里忽然升起一丝莫名的感慨。

现代文明大厦的基石,只能是苦战奋斗者的脊梁。我们的地质科技人员面对甚嚣尘上的"学术腐败",正以灵魂的纯净、精神的操守,与学术共拥着生命,他们把最美的论文、最高的职称留在了无垠的生命禁区里。

一个个魅力无限的生命之花,在地球之巅绽放着耀眼的光华!

第二节 凄美的情与爱

"要说,在高原苦、累、险都不是最难忍受的,最难忍受的是孤独,是对远方亲人思念时的孤独,是回家时,孩子不认爸爸了,那滋味,唉……"

说这话的是西藏区调队的谢尧武。和我聊起他在西藏工作的感受,说起家庭孩子,这个五尺男人有些兴奋的脸上掩饰不住无奈与悲凉。他说,去高原的几年,父母妻儿一直都在老家贵州遵义。那时孩子五六岁,每次回家前谢尧武都担心,他实在怕孩子用那双惊惧的眼睛打量他,他实在不愿意孩子任凭怎样地哄说,都不肯走近他。

"我本来长得就黑,西藏回来更黑!孩子头几天都不认我,每次让他喊爸爸,他都指着墙上的照片说,跟他妈妈在一起的才是爸爸。"

特别的战斗呼唤特别的战士，也有特别的奉献和牺牲。河南地调院西藏地调队高级地质工程师李震在说着自己的孩子。

李震自 1988 年成都地质学院地质矿产勘查专业毕业，到院里没干几年就被调到了西藏地调队。"那年我出野外从马上摔下来，感觉肋骨很痛。就忍着痛坚持工作，一直坚持了 20 多天，才抽出空去拉萨医院看了看，原来是摔断了一根肋骨！"说起工作中的事，李震与刚才判若两人，乐观而开朗。

"地质勘查确实很辛苦。"李震说，关键你是什么样的心态，如果你喜欢这份工作，把出野外看成旅游，爬山看作是锻炼身体，就不会觉得苦，乐趣还很多。

与李震产生共鸣的地质人有很多，新疆地调院区调项目组郭华春就是一个。

这一天深夜，昆仑山半山腰一个帐篷里，郭华春辗转反侧。儿子上初中了，出队前夫妻俩就跟儿子承诺，今年一定争取回家一次，陪儿子过最后一个儿童节。看来承诺又要落空了。妻子上班离家远，每天早出晚归，儿子生活只能靠自理。现在儿子还在做作业吗，明天中午是不是又凑合着吃剩饭？郭华春总是牵肠挂肚，他决定用单位的电台给儿子送去几句话，算是给孩子的节日礼物吧。

第二天晚上，儿子泪眼婆娑听到了饱沾父爱的滚烫话语：

"孩子，爱你使我心痛。爸爸妈妈过早放弃了对你的呵护，心里一直感到愧疚。你知道爸爸想说什么吗？你还是个孩子，你需要好好地玩。但爸爸更想说，时间如同流水，将来竞争很严酷，你更要刻苦地学习，爸爸妈妈会竭尽一切为你的成长做好铺垫。孩子，你感觉得到吗？爸爸工作在一个遥远的地方，但你的身影近在咫尺，儿童节那天，爸爸会站在昆仑山巅，向你遥望！"

"在高原，最期盼的事就是两星期一次的三分钟卫星电话，那时所有的人都围在电话旁，急切地等待与亲人通话。最幸福的事就是听儿子稚声稚气地说'爸爸，我想你！爸爸，我会背唐诗了，你听，窗前明月当（光），疑是地上霜，举头望明月，低头撕裤裆（思故乡）'，那真是世界上最动听的声音啊！"

成都地质矿产研究所教授级高工张启跃，说起儿子五岁时的趣事，眼中盈满了泪水。他从高原回到家门口，一眼看见了儿子，他紧跨几步想冲上去抱抱儿子，谁知儿子瞪着他却步步往后退，突然一个转身扑进妈妈的怀里，他的心不由得一阵酸楚。他那么喜欢带儿子买玩具，手枪、飞机、汽车……多想这时候儿子喊他一声"爸爸"啊！

深爱，只能留在地质人的无限思念里；深爱，只能埋在高原地质人的心窝里。在父亲渴望倾听稚儿诉说的声音时，在父亲默默地祝福女儿的生日时，让我们看看高原地质人的生日又是如何度过的。

被河北地质调查院区域地质调查所的队友们封为"吸氧将军"的葛健，在46岁的时候如愿以偿地踏上青藏高原。

这一天，葛健与河北地调院的张振利、孙立新一道，正在雅江支流如角藏布进行地质调查，慢慢感到了手麻，乏力，随后是发烧，像面条一样软沓沓地垂着头，吊着手，不想说话了。两小时后，葛健在队友的护送中回到驻地，吃药吸氧，清醒了过来。看到队友们围在自己身边，葛健很感动。但他没有说，这天是他46岁生日。

个人的生命一旦与国家利益相联系，生命的价值系数就会无限增大。2001年，在羌塘高原的肖志坚得知母亲患脑中风住进吉安医院抢救，纵使他长了翅膀，也无法在最短的时间内赶回，直至深秋收队回家，母亲已偏瘫在床，生活不能自理。以后的日子，看着艰难度日的母亲，肖志坚都禁不住泪水长流。

英雄不应埋没，历史不应忘记。为了青藏高原地质调查，舍小家顾大家，不顾个人得失的人和事发生了多少？

2008年11月下旬的一天，唐菊兴接到母亲的电话，"你父亲病危，回来晚了只怕你就见不到父亲了。"唐菊兴心急如焚，作为项目负责人，两个多月连下山洗澡时间都没有，这两天专家就要项目验收，哪能说走就走啊！待他12月1日飞回浙江嘉兴，父亲已在前一天去世了。面对父亲的遗像，唐菊兴泪如雨下。泪水浸湿了镜片，眼前一片朦胧……

真是"福不双至，祸不单行"，不久母亲又身患重症，他能做的，就是抽空多给家里务农的姐姐、哥哥打打电话，或让爱人将工资寄给他们，托他们替他尽孝。

类似于唐菊兴这样的故事，我听到了好几起，每一次都让我激起情感的波澜。自古忠孝难两全，地质人充满着多少难以言说的涩楚与无奈？

这样的故事并不仅仅出现在阳刚的男子汉身上。

2009年，中国地质调查局启动了"青藏高原1：25万区调成果总结"项目，组织编辑出版青藏高原空白区112个图幅的区域地质调查成果，经过三年的努力，成果报告、地质图及说明书终于可以面向社会公开出版、公开发行了。作为这个项目的负责人，廖声萍感到由衷的高兴和自豪。

有谁知道，青藏高原让多少中华女儿因之而美丽？有谁知道，那一册册图幅背后隐藏着廖声萍的内疚与心痛？

112 张青藏高原空白区 1 ∶ 25 万公众版地理底图、112 张青藏高原空白区 1 ∶ 25 万地质图、99 份青藏高原空白区 1 ∶ 25 万区域地质调查报告、112 份青藏高原空白区 1 ∶ 25 万地质图说明书，一摞摞如山样地整齐地存放在资料室中。

青藏高原 1 ∶ 25 万区调成果的公开出版、公开发行，是中国地质调查史上里程碑式的一件大事。青藏高原地质大调查填制的 110 幅国际分幅的 1 ∶ 25 万区域地质图，为资源勘查、国土规划、环境保护、重大工程规划与建设、地质科学研究等提供了基础图件。

"那是 2009 年，'青藏高原 1 ∶ 25 万区调成果总结'项目进入了系统实施阶段，我因负责过成矿所的数据处理中心，熟悉图文编辑工作，就被任命为这个项目的负责人。"

这一天，成都地质调查中心的廖声萍，陪同中央电视台地理栏目组拍摄地质公园刚刚回来，疲惫尚未退尽，便与我聊了起来。

2010 年的一个周末。还有四天，廖声萍要赴京汇报工作进展，已是深夜 2 点，她和胡明明、伍翔丽还伏在电脑桌前写啊、写啊，突然急促的电话铃声响起，"萍啊，你爸爸走了，你快回来！"

三天后，丧事刚刚结束，廖声萍准时出现在北京汇报现场。精准的数据，详尽的资料，合理的工作安排，赢来阵阵掌声，廖声萍却有一种难言的酸楚。

2010 年，这个文弱的女人承受了太多的痛。

远在新疆的婆婆摔断了腿，她因为地质图的解密进入攻关阶段不能离开，不能在婆婆跟前尽孝。她把全部精力都倾注到了地图之中。很少有人知道廖声萍的上班时间，每每路过她的办公室，总能看到娇小的身影。大家都说，你在，小廖在，你不在，小廖还在。丈夫常开玩笑说她"不是在加班就是在加班的路上"。就要高考的儿子，一月才能见到妈妈一次，调侃地称妈妈是"月妈"。

廖声萍翻动着印制精美的地图册，涩楚地说，"要说苦，还是那些留守在家的地质人的妻女们更苦，毕竟，我们的付出得到了认可，她们呢？她们是那种无法言说的苦……"

提起留守，人们便会想到那些丈夫外出打工而留守在乡村的老人、妇女和孩子们，有谁能够想到留守在家的地质人的妻子儿女呢？

地质工作的野外性和流动性，决定了地质人家庭的夫妻生活必然离多聚少，嫁给地质人，注定要忍受孤独寂寞，承担家庭重担。男人出门了，一走就是半年或八九个月，妻子便成了家中的顶梁柱。为了生活，她们不可以说苦，不可以示弱，拿不起的要拿，提不动的要提，做不了的也要做。因为她们知道，不能指望谁来帮助自己，只能告诉自己坚强，再坚强。

"那时发现排便不通畅，总感觉肚子痛，儿子临近中考，要为儿子搞好后勤服务啊，就想等儿子考完再去检查，忍啊忍……哪想到这么严重呢！我成天祈求上天保佑丈夫工作顺利平安，保佑儿子考个好成绩，怎么就忘记了祈求保佑自己呢？"

男儿有泪不轻弹，只是未到伤心处。妻子弥留之际的话，深深地刺痛了中国冶金地质总局第二地勘院副院长陈德贵的心：

"妻子患直肠癌去世后，我常常在想，要是那时不在西藏，在她身边，就可以早些发现及时治疗，不至于恶化到无法治疗……"

命运安排了一个女人和陈德贵相识、相知、相爱，也安排了她要承担起照料地质人的一种责任和使命。陈德贵声音颤颤地说着，"现在，夜深人静睡不着时，耳朵里响着的就是妻子那句话，'去吧，不用担心家里，有我呢！'"

是的，上高原的地质人对家里坚守的那一半，哪个不是心怀一腔不舍的深情？她是他风雨同舟的妻子，她是他患难与共的爱人，她是他挑星担月的伙伴，她是他风餐露宿的挚友啊。

最美的语言，最伤心的语言，最体贴的语言，都出自地质人的妻子。那些语言，让最坚强的男子汉潜然泪下。

下面的这个故事，真实性毋庸置疑，只是，审稿时当事人执意删除全部内容，无奈名字隐去，内容仅留梗概。

"都怪我，是我没把孩子照顾好，我们离婚吧，你再成个家……"这句令人灵魂悸颤的声音，从一个女人的嘴里喃喃发出。千里迢迢从青藏高原下来的男人，夹着香烟的右手剧烈地抖动。

轻轻地声音，充溢着温情，表示出自己最大的歉意和遗憾。丈夫惊愕了，凝望着眼前柔弱且坚韧的女人，似乎不认识了——

美好的爱情总会显现出人性中最为美好最为丰富的一面。因为深爱，因为负疚，让志坚如钢的丈夫说起往事泪流满面：

"我怎么可能离婚？结婚时，是她拿出自己积蓄的钱，买了生活必需品，我们没摆宴席，领个证就算结婚了，这样的女人，天下还有第二个吗？再说，我又怎么可能在家庭遭受不幸时自己逃避责任、离开妻儿自寻安逸？如果真的那样，我还是个人、是个男人吗！？如果真的离开，我一辈子会过得安心吗！？那只会使我一辈子生活在痛苦的心境之中！我亏欠家庭的太多了！每年跑野外，一走就是几个月，她一个女人在家，上照顾老人，下照顾孩子，要说对不起，是我对不起她们啊！"

世界上所有的爱情故事在这里都不再生动，世界上所有豪言壮语在这里都变成平淡。地质人这种渗入骨髓的爱、至真至纯的爱足以打动天下所有人的心。

窗外秋雨潺潺，当事人一番深情的表述之后，沉默的脸上出现的是一副冷峻的宁静，那是经历过很多，看到过很多，思考过很多后凝结成的宁静，那是没有深切人生体验的人所不能产生的宁静。

其实，当他们惦念家中的父母，想念家中的幼小儿女时，哪家的妻子儿女又何尝不是在无时无刻地思念他们惦念他们啊！

"你爸爸今天就要回来了！"

"真的吗？"小姑娘正在外边玩耍，抬起小腿就飞快地向家中跑去。西藏是个谜，西藏是个梦，有个在西藏工作的爸爸，西藏很远很远。她常常托着小嘴巴坐在门前台阶上，眼巴巴地望着过往的行人。一个小时，两个小时……妈妈喊，邻居阿姨劝，她都不肯离开，"我要在这等爸爸！"

终于，爸爸的身影出现在黄昏夕照下的巷口。

"爸爸真的回来了……"小姑娘回头对着屋里的妈妈喊了一声，便箭一样地射了出去。然后，她牵着爸爸的衣角，幸福地抿着小嘴，不时地侧脸抬头看着爸爸，似乎是再一次确认，这是不是自己的爸爸。

爸爸下山时腰扭伤了，休假的几天里，小姑娘就像个小"尾巴"，一天到晚围着爸爸转，爸爸走到哪，她就跟到哪，唯恐一眨眼爸爸就不见了。爸爸腰疼，她用两只小手轻轻地给爸爸敲打捶背；爸爸修理坏了的马桶、灯具，小姑娘给爸爸递扳手、钳子。

"你不知道，我几乎都不敢看孩子望着我的眼睛，每一次离家都是一种折磨啊！孩子不哭也不闹，她知道哭闹没用，你总是要走，她就那样眼泪汪汪地盯着你，让你，让你恨不得把她揣在怀里一起带去高原……"

吉林地质调查院景宝盛，难过得几乎说不下去。

我看到了地质人坚强里的柔弱，血性中的人性，思念，给人以憧憬，给人以希望，给人以慰藉，而惦念，让人的心有几多的不安啊！

"你们可能不会知道，我们这些地质队员的妻子每一次送丈夫出去后是一种什么样的心情。那年听说赤布张错项目组有 4 名职工病重，需要医生去急救，我们真是急死了……"。

马丽艳，武汉地调中心同位素室的工程师、牛志军的妻子，向我们说着十几年前的往事，依旧是满怀深情，眼中含泪，"每次送走丈夫，我们的心也跟着他们走了，什么时候他们平安回来，我们的这颗悬着的心才能放下。"

她与牛志军既是同学又是同事，在娘家是父母掌上明珠，没有做过什么家务，而在丈夫出野外的日子里，默默地承担起家中的重担，儿子发烧，她在夜里背着去医院。而丈夫回来，为了让丈夫安心整理野外资料写论文，许多年的春节，她都一个人带着孩子回东北老家看望父母公婆。

每一个地质人的妻子，大都有过一种相同的情感历程，从爱意浓浓的埋怨，到恨意淡淡的无奈，再转化为默默地支持、而后是深深的敬佩。在福建采访时，我听到中冶总局第二地质勘查院办公室主任张质颖的一个小故事：新婚燕尔的小张半年没有见到西去高原的丈夫，心中惆怅之余也不乏艾怨。单位组织前往西藏山南慰问之机，她看到了爱人消瘦的身躯，紫外线照射的蜕皮的脸庞；晚上悄悄话还没有说上几句，爱人又急急忙忙趴在工具箱上计算当天跑线的数据图纸去了，小张不由得黯然神伤。第二天，她驱车拉萨买了烧鸡、香肠、火腿及一大包各类营养品回到项目组，这——自然是爱人和同事们的一顿美餐。

"这样的事在青藏高原司空见惯啊！不是所有的爱都甜蜜。地质人的爱，就是承受，就是付出，就是奉献！"

成都地调中心主任丁俊的一句话，又引出了一串地质人与女人的故事。

如果说每个成功人士背后都有一个坚强的"后盾"，那么范文玉的亲人、妻子、家庭就是他不断创新的"后方加油站"。范文玉担任成都地质调查中心资源评价与矿床研究室副主任，工作十分繁忙，为了这个痴心追梦的男人，妻子付出了常人难以想象的艰辛。从年头忙到年尾，一年三百六十天，瘦弱的妻子就像个机器人，天天连轴转。该女人干的，要干，该男人干的，她也得干。卫生间的坐便器坏了，她要找人修；厨房自来水龙头坏了，她要找人换。就这样，每当丈夫出门离家时，妻子总会站在那儿，微笑着目送范文玉远去，微笑里，有幸福，也有牵挂。虽说无怨无悔相夫教子，但范文玉妻子无意中说的一句话，却让我心里泛起了涟漪："他的这种工作吧，一出野外大半年不见人影，那么多年家里都习惯了。有时候我也说他，地球说大也大，说小也小，每天我在电视上都能看到美国总统奥巴马，见你一次，可不是那么容易呢！"

"其实吧，再苦再累我都不怕，就是怕那种寂寞、孤独，比如中秋节，就觉得心里空落落的，一个人守着饭桌，对面摆着一把空椅子、一樽斟满了红酒的酒杯——这是为他准备的！有什么办法呢？既然嫁给地质人，只有无怨无悔，适应他的一切。"

这就是一个地质人妻子的爱情宣言。

一撇一捺组成的"人"，是如此的简单明了，又是那么的复杂深奥！

地质人生，给地质人带来了说不尽的缺憾，"家"的概念一旦成为奢侈的期盼，也会产生不和谐的音符。下面，就是一位西藏地质科学家的情感人生。

"嘶……"一双不再纤细的手，再次将一张洁白的纸撕裂，扔进废纸篓。她觉得自己的心，就像那些被撕裂的纸片一样，零乱而破碎。

一年里她却难得几天见到丈夫的踪影。一个人抚育女儿，她不怕；一个人承担生活的重力，她不怕，她怕的是孤独孤单。每当听着单位里的女同事夸张娇嗔地赞美着丈夫，她就有一种无法言说的羡慕与嫉妒，羡慕她们被丈夫呵护的幸福，嫉妒她们脸上涌起的那份羞红……

"请原谅，我是个普普通通的女人，需要情感，需要体贴，需要丈夫的陪伴……"橙黄的灯光下，妻子泣不成声。一纸签了名的离婚协议书推到了地质科学家的面前。

"你，你不要说了，是我对不起你们母女俩……"科学家深感欠妻子女儿的感情债太多太多。他几乎不敢看妻子流泪的脸庞，用颤抖的手在协议书上签上了自己的名字。他五味杂陈地说："我爱妻子、爱女儿，但我更爱我的事业。"

这就是地质人残缺的爱——博大而沉重，苦涩而浪漫，曲折而复杂。

这位科学家就这样单身过了20多年。科技部调研组前去考察时，有位领导发问，"他后来为什么不再找老婆？"西藏地调院院长刘鸿飞答道，"找不着啊，山上除了地调队员，基本上就只有牦牛。每次下山都如野人归来，也从没时间考虑个人问题，直到女儿大学毕业参加工作，他在山下的日子多了，才考虑组建家庭照顾生活起居。"

这位科学家就是我国唯一的藏族中国工程院院士、西藏自治区人大常委会副主任、西藏地矿局总工程师——多吉。

刘鸿飞院长介绍说，多吉院士捐款是出了名的，那么多年很多奖金都以各种名义捐了出去，"青藏高原大调查国家科技进步特等奖，奖金100万元，多吉和张洪涛一个倡议，所有获奖者一致同意，全部捐给西藏大学作为奖励基金，奖给热爱地质事业的优秀藏族学生！"

难怪在采访时，聊起捐资育人设立地质奖学金这件事，多吉引用了孟子"君子三乐：父母俱在，兄弟无故，一乐也；仰不愧于天，俯不怍于人，二乐也；得天下英才而教育之，三乐也"，家国情怀、天地正气尽显其中。

在这片圣洁的净土上，大爱的暖流与炽热的岩浆一起汇聚、一起奔涌。

"这就是爱，说也说不清楚……"。

第三节 "家国"的境界

"进入卓越宏大的山系，海拔高度就是一种境界。"这是军旅诗人周涛昆仑高原归来的著名诗句。

采访归来，我翻阅着厚厚一摞西藏地质人的采访素材，一个个普通而平凡的生命姿态顿时在眼前鲜活起来，于是陷入了久久的沉思。面对付出与收获、欲望与幸福，"境界"已变得空洞与贬值的今天，西藏地质人的境界是什么呢？

"如果有些人是以牺牲金钱幸福标出了自己的境界，那么，西藏地质人是以家国的情怀、燃烧的生命在青藏高原构筑着无字丰碑！"

难怪有人评价多吉院士是"一位高风亮节的藏族智者，一位中华民族的智者"，简洁洗练的话语概括出西藏地质人的"境界"高度与丰富内涵！

50 年代一首《勘探队之歌》，点燃了多吉青年时期"火焰般的热情"，1974 年成都地质学院地质专业一毕业，便迫不及待地来到西藏地质局，成为西藏地热地质大队一名普通技术员。短短几年，由一名普通技术员成长为地质教授级高工，成为我国为数不多的地热地质的专家。

走进多吉院士的办公室，作为西藏自治区人大常委会副主任，曾经的中央候补委员，室内的简陋令我们吃惊，除了一张硕大的办公桌，几把椅子，一架满是书籍、资料的木板书架，若干矿石标本，加上墙壁上的几张巨幅卫星地质分布图，就再没有任何奢侈的摆设。他用一生诠释了"读万卷书，行万里路"的内涵。

书橱里，一张"两会"上胡锦涛总书记与多吉紧紧握手的放大照片吸引了我的眼球，多吉微笑着说："就是这一次，胡锦涛总书记嘱咐我一定要将资源开发利用与西藏生态环境保护关系处理好，保护好雪域高原的碧水和蓝天。"

多吉没有辜负总书记的嘱托，他经常奔走呼吁"全社会都来重视西藏的地质工作"。在综合考虑西藏的政治、经济、环境等因素的基础上，多吉联合18位院士签名，拿出了一份关于加快西藏优势矿产资源勘查力度的提案，先后提交给西藏自治区、国家发改委、国土资源部。2004年，他参加十届全国人大二次会议，以全国人大代表的名义，向全国人大提出建议，并且连续提了四年。

这一天，我们"青藏高原采访组"一行，驱车来到了举世闻名的羊八井地热发电厂，只见冲破千米地层的热水在循环水池里雾气升腾。

唐古拉山脉素有"中华水塔、三江源头"之称。长江，黄河，澜沧江均发源于此。地表水资源丰富，那么地层下面的地热资源如何呢？羊八井从1974年被开发利用进行发电，一直局限于浅层地热资源。因为国内外大多专家认为，深部没有可供开采的资源！

国内地热资源钻探平均成功率是十分之一。而深藏于地下的地热资源，钻探能否成功谁有把握？更何况是在高海拔的青藏高原？如果钻探落空，100万元岂不是打了水漂？多吉并不是不清楚这个风险。但资料的占有，科学的分析，让他在关键时刻力排众议，大胆提出"羊八井有可供开采的高温流体存在"！

1996年，临危受命的多吉担任了羊八井Zk4001高温深井的设计、勘探重任，一举攻克了施工中特大井喷、深层热储温度高、地层极为破碎、深部特大井漏等技术难题，最终深井获得了单井发电潜力超过万千瓦级的高产地热流体，单井汽水流量达302吨／时。

如今，羊八井高温深井已成为国内温度最高、流量最大的可采地热井，结束了我国没有单井产量万千瓦级地热井的历史。这口井的地质成果获得了原地矿部找矿二等奖、勘查三等奖和储量二等奖。

1998年冬天，多吉在被当地人称为"世界屋脊的屋脊"阿里地区找矿。队友们不会忘记，多少次，为了多采集岩石样品，多吉不顾坡高岭险，从怪石嶙峋的山上滚下来，全身剐得都是血。尽管衣服磨得破破烂烂，脸晒得像炭一样黑，头发长得可以梳辫子，甚至被当地牧民当作山里的野人，他却始终没有退却，有时一出去就是几个月。终于，西藏规模最大的黄金储量10吨以上的金矿——阿里山金矿诞生了。

西藏，永远寄托着多吉的家国情怀，深沉的眷恋一直充盈胸臆。留美期间，他多次谢绝美方的盛情邀请和国外的优越条件，"党和国家自幼培养了我，我来学习就是为了建设家乡，我的责任和义务就是报效祖国"。

2006年7月，青藏铁路全线贯通，"养在深闺人未识"的5100西藏冰川矿泉水横空出世，沿着青藏铁路架起的"金桥"，成为世界了解"天上西藏"的一张流动名片，也成为世界了解中国民族政策、推动民族团结的典型案例。谁能想到，从发现、立项到产品问世，前后14年之久，多吉竟是"5100矿泉水"的发现者和全程参与者？

科学家的乐园在科研领域，地质人最大的乐趣，就是不断地有新发现！

厚厚一部《西藏自治区矿产资源对2010年国民经济建设保证程度论证》的理论书籍，引起了我的注意，多吉是重要的作者之一。我一页页地翻阅着，准确翔实的数字，无懈可击的论证……多吉的文字，是不是在四壁透风的帐篷里，借着昏暗的马灯抑或星月之光写就？

我的脑海里闪回着另一幅画面，为了一块岩石，一个准确的数据，多吉和他的同事在高寒缺氧的严重高山不适综合症中，背着岩石样品在峭壁悬崖艰难攀爬着，一个个脸色铁青，嘴唇乌紫，每前进一步都要大口地喘着气。实在走不动了，多吉挣扎着找到一把红枣大小的鹅卵石，让大家咯在太阳穴上……

谦虚谨慎，躬身驼背，奋力前行，这就是多吉的性格。西藏地调院院长刘鸿飞曾经介绍过一个细节。多吉不光捐利，连"名"也捐。本来在"青藏高原地质理论创新与找矿重大突破"国家科技进步特等奖获奖者名单中，多吉院士的名字排在第二位，他却坚决把名额让出来，说很多人一辈子可能都没机会获得一次大奖，50个名额很珍贵，年轻人进步更需要舞台，结果许多院士、专家纷纷效仿，中国工程院院士莫宣学、中国地调局发展研究中心主任严光生等科学家都主动让出了获奖指标，不少青年科研人才就这样脱颖而出。

"我呀，最爱听的就是铁锤与石头的撞击声，那是地质人生活中最美的音符，每次敲击我都好像能听到石头在说话，在说它们的秘密……"

说这话时，多吉显得特别富有诗意，谁能知道他与石头对话的故事背后，有多少挥不去的苦涩？从藏北无人区到藏南高山峡谷，他在雪原得过雪盲、亲密接触过山体塌方，从山上滚落摔伤、拇指与手腕之间的肌肉也撕开了。至今地调院副院长张金树都记得，20世纪90年代我国第一口高产地热井诞生了，多吉的头发长得可以扎辫子，身上留下了永久的烫伤疤痕。长年累月不是野外考察，就是整理、分析、研究课题，抽不出时间照顾家庭，导致了家庭危机。

在青藏高原，有多少像多吉这样"老西藏精神"的耕耘者、守望者、实践者？有多少地质人由南国远徙而来，将满头青丝在岁月中洗白？有多少地质人耗尽心血，磨尽激情，只为心中的梦想——为祖国寻找矿藏？

次旺多吉就是多吉这样的人。凡是熟悉他的人，无不欣赏他的儒雅气质和贵族风度，无不羡慕他的坦率真诚与豁达乐观。

1977 年毕业于成都地质学院的次旺多吉，成为第一代藏族石油物探专业技术人员。三十多年的地质生涯，他收获了一枚枚沉甸甸的果实：《含铯硅华区成矿地质条件及提取试验研究报告》《西藏自治区"一江两河"中部流域铬、金、铜成矿远景区规划及 1995 至 2010 年找矿地质工作部署建议》《西藏甲玛赤康多金属矿床的成矿条件及成矿模式研究》等，都先后捧来了省部级大奖。

从科技处副处长、地勘处副处长、矿管处处长，西藏国土资源厅副厅长、巡视员，西藏地质学会秘书长……次旺多吉在成长的阶梯上一步一个脚印地走来。谈及他的野外故事，次旺多吉多了一些幽默："那次我在野外采样，抱着工具包下山，不知怎么一脚踩着碎石头，一下子滚了下去。我下意识地把工具包紧紧抱在胸前，然后收腹、低头……结果，我采来的岩石样品一块没少，胳膊、膝盖都摔破了，把爱人吓得够呛！"事后，次旺多吉逗爱人说："嫁给我们干地质的人就嫁对了，地质人都知道，关键时刻，就要保住最重要的东西。"

为了西藏的地质事业发展和矿区生态环境保护，次旺多吉不知耗费了多少心血。他年年带着队员们走进阿里、那曲的砂金矿，经调查摸底，严格排查，并报自治区人民政府批准，坚决关闭了 29 个生产技术落后、浪费资源、严重破坏矿山环境的砂金矿山。在担任地勘处处长期间，他经常邀请专业技术人员，现场帮助解决冻结层出现的施工症结。施工单位和当地农民在利益问题上出现分歧，他又一马当先，上门和当地政府、藏族群众面对面的协商，不知道有多少制约施工单位进展的棘手问题，在和风细雨中得到解决。

曾经，将山石视为神灵的藏族群众，为地质队员的敲击声、钻击声而惊恐，他们用怒视的目光、铮亮的匕首面对地质队。每一次，地质单位向次旺多吉发出"救援"的信号，剑拔弩张的难题都会迎刃而解。

这次采访，我问及如何化解藏族群众与地质队员之间的纠纷时，次旺多吉用手舞足蹈、惟妙惟肖的表演，还原了一次化解藏族群众与地质队员激烈对峙的场景，充分展示出他三寸不烂之舌的威力：

"同胞们，山里的矿藏是神给咱的宝贝，咱就要用这些宝贝来照明来取暖，不然神灵就会生气，地质队帮咱找宝贝，是咱们的朋友啊，对朋友要奉上奶茶和美酒，是不是……"次旺多吉诙谐的语调，引起了我们一阵欢笑。

我们走进了位于拉萨北京中路的地调院。

两棵巨大伞状的苍柳，掩映着一栋破旧的办公小楼，给人一种穿越至上世纪八十年代的感觉。就是从这样一栋小楼里，诞生了《西藏雅鲁藏布江成矿带东段铜多金属勘查报告》《西藏自治区冈底斯东段、藏东三江、班怒带斑岩铜矿勘查规划部署研究》等一批代表着高原地质学最高水平的研究成果。

这里的灵魂人物是院士多吉，领军人物是院长刘鸿飞。

在院长办公室，我的目光投在墙面上一幅《西藏自治区地质图》，"冈底斯"清晰地映在图上。邦浦、尼木、驱龙、甲玛……一个个熟悉的矿产地名，像是一颗颗熠熠生辉的宝石镶在图中。星星点点的标识，圈出一个个矿点；五彩斑斓的色块，显示一片片矿区。

重庆出生的刘鸿飞告诉记者，他和地质相关的所有故事都滥觞于 1983 年，"我从昆明地质学校毕业那年，国家号召年轻人支边，我们一帮青春期的学生充满了激情，卷起行李就义无反顾地奔向了西藏。"

刘鸿飞自告奋勇到了最艰苦的阿里地区，参加了 1 ∶ 100 万区域地质调查填图扫面和日土幅、噶大克幅区调工作；1986 年后参加了西藏首批 1 ∶ 20 万区调填图，在拉萨幅、曲水幅等图幅区域地质调查中，作为项目主要技术骨干，对图幅的地层单元划分、构造格架建立贡献突出。特别是通过在林周县开展地层构架调查，刘鸿飞提出了冈底斯山脉广泛分布的"林子宗火山岩"划分方案，将发现的火山岩划分为三种类型，印证了冈底斯山脉火山活动的三个阶段，得以进一步反推板块构造演化形成火山活动过程。这一成果不仅得到国内专家的称赞，并在随后的冈底斯带地质填图中得到了广泛认可和应用。

年轻、奇特的地质构造和特殊的自然地理环境造就了西藏丰富的矿产资源。中央第五次西藏工作座谈会提出要将这里建成"重要的战略资源储备基地"。可在这圣土之下究竟蕴藏着多少资源？

2008 年，刘鸿飞率队完成了重要成矿区带斑岩找矿部署研究项目，对藏东三江、冈底斯、班怒三个成矿带成矿地质背景、斑岩铜矿特征、找矿靶区及潜力进行了研究，明确计算出冈底斯带驱龙铜资源量为 1036 万吨，成为我国单个铜资源量最大矿床，大大缓解了国家铜资源紧缺的现状。

这个将西藏山水融进心中的地质领军人物，说起哪些地方有什么矿，哪个矿区在哪里布了钻孔，从藏北到藏南，从藏东到藏西，他都成竹在胸，如数家珍。

刘鸿飞说，西藏地调院是一个团结战斗的集体，他与队友们对重要构造结合带的组成、演化，及相应的岩浆活动、成矿作用方面进行了探索性研究，在冈底斯成矿带范围、内部单元划分等方面不仅提出了团队自己的认识，还有部分成果具有原创性，这与以多吉院士为核心的西藏几代地质人引领是分不开的。

高原的风、霜、雨、雪，强烈的紫外线，如同一把把锋利的刻刀，雕刻着刘鸿飞的精神，却也损毁着他的容貌和身体；高原反应导致的常年高血压，长期缺氧导致的失眠，他一样不少。他在地调院的每一个号令，都宛如人格魅力跳跃的音符，构成了西藏地质人精神海拔的新高度！

采访期间，刘鸿飞小心翼翼捧出一个报纸包裹着的化石，不无自得地对我说，"上次出野外捡来的，不错吧！长寿龟，上亿年前的化石"，"这是爪子，这是头，这是一只即将破壳而出的雏鸟"，"这个鸟是在水边行走的类型"。

刘鸿飞机敏睿智的眼神，和蔼可亲的举止，深深地感染了青藏高原采访组的每一个人，纷纷捧着那只"长寿龟"和他合影留念。

在西藏待上几年，大多都有不同的病患，特别是心血管系统的疾病，刘鸿飞也不例外，显著的特征就是紫黑的嘴唇、凹陷的指甲、两团明显的高原红，还有看不见的那颗"博大"心脏和比豆腐脑还要浓稠的血液。每年转暖后，刘鸿飞团队在野外进行科研加生产成为生活常态，一进深山，少则三四个月，多则半年。有一次，刘鸿飞驱车野外，一个大坑开过去，尾椎软组织损伤，至今不时复发……面朝圣土背朝天，无怨无悔写人生，一次次重大发现的背后，是他们苦中作乐的忍耐和默默无闻的付出。这就是我在西藏地调院的感受。

这个团队里，张金树和吴华是多吉院士的学生，两人都是山东人，相差六岁，老婆孩子都在内地，平均一年能见孩子一两次。父母在山东，妻子和孩子在成都，工作在西藏，"家"在哪？这不是他俩的个别情况。另三位八十年代来藏的60后刘鸿飞、徐开峰、黄炜都是老婆孩子在四川，李全文老婆孩子在贵州，都是一年一次探亲假。在这里两地分居，甚至三地分居是再普通不过了。

献了自身献子孙，是西藏地质人的真实写照。严酷的高原环境，给西藏地质人的身体造成了严重的伤害，心脏病、高血压患病率竟高达三分之一，他们的付出绝不能单单以时间的长度和空间的跨度来计，做出牺牲的还有他们的后代乃至再后代，西藏出生的孩子，大多有先天性心脏病，至今北京儿童医院、协和医院每年都免费给几十个西藏孩子义务作心脏手术。

有个典型的例子，张金柱兄妹为了让西藏退休的父母安度晚年，便在北京买了一套房子。但适应了几十年的高原缺氧生活，到了内地反倒不适应，成天昏昏沉沉，疲倦乏力、嗜睡胸闷，结果不堪忍受"醉氧"的折磨，不得不重新返回了拉萨。这种典型的"有福不会享"，并不在少数！

"那么多人上高原来，绝大部分人都不适应，为了照顾职工的生活，我们在成都买了地，建起了生活基地。每逢节假日，地质队员就飞回成都团圆，我们的家属儿女们，都能如此平静地对待。"刘鸿飞介绍说。

领导把职工当成宝，职工把院当成家。地调院的人文关怀，内化为幸福感，升华为正能量，转化成广大职工的战斗力。刘鸿飞又赞不绝口地聊起张金树。

张金树，西藏地调院副院长，祖籍山东聊城，自幼随父母来到西藏，羡慕地质人穿着地质服、操控仪器，成都地质学院毕业便带着一腔热血回到了高原。他认为："根据掌握的理论知识和实践经验做出独立判断，一旦找到一个矿，那种兴奋、那种成就感是常人无法体会的。什么疲劳、什么饥饿，什么艰难困苦都扔到九霄云外了！"

张金树说，地质工作很艰辛，也暗藏着危险，"一次下山的时候，大概有三层楼那么高，九米多，我一下子从山上摔了来，当时运气还不错，底下全是沙地没有石头。我的同事都说，你学什么不好，怎么偏偏学地质专业呢！"

他们野外作业基本上都在平均海拔 4500 米以上，上山背干粮，下山背样品，平均负重 10 公斤，这还不包括打钻的设备。钻杆 30 多公斤，发电机 100 多公斤，都是肩扛人抬。吴华眉头皱着摇头说，"很多队员在海拔 5200 米的山上搭帐篷睡过，不光睡不着，那个头疼啊……"

张金树谈起他在野外的一次陷车。驱龙特大型铜矿是团队重大成果之一，探明储量 1036 万吨，亚洲第一。有一次勘测时遭遇了大雪封山，几天没吃上任何食物，只好驱车下山捡野蘑菇，途经一条河流时，车轮突然陷入泥中动弹不得，雪山冲下来的河水习性无常，上一分钟水深一米，下一分钟就有可能涨到两米。张金树当时一度绝望，"老婆和我都这么年轻，水流这么大，真要翻了老婆托付给谁啊？"正在走投无路，一辆路过车抛来钢丝绳，几人顺着爬出，才算有惊无险——这，就是西藏地质工作者的常态，艰苦、孤寂和危险是他们生活的一部分，三个轮胎着地、一个轮胎悬在悬崖外的情况屡见不鲜。

"在青藏高原，你的每一项成果，你的每一次征服，都会让你心胸豁然开朗。虽然高原条件很艰苦，比起老一辈地质人，我们已经很幸福啦！"

正是这份热爱和满足，在高原地质路程上走过了 20 多年的张金树，和刘鸿飞双双一道把自己的名字镌刻在青藏高原专项国家科技进步特等奖的奖杯上。

　　张金树自豪地告诉记者，在羊八井高温地热资源和驱龙特大铜矿被发现后，香港大学和澳大利亚悉尼大学等国际机构都主动寻求与西藏地调院合作，"以前国外专家老说，'你们不行'，现在是追着我们搞合作了！"

　　西藏自治区国土资源厅副厅长王军，曾经给我介绍了不少西藏历史、佛教流派、人文地理方面的知识，但更多的是地质人物以及可歌可泣的事迹，他说，每个西藏地质队员背后都有故事，你仔细观察观察，他们大都脸色酱紫，嘴唇乌黑龟裂，指甲严重凹陷，他告诉我，这是高原强烈紫外线和低压缺氧造成的。他说，西藏地勘局曾经做过一项统计，整个西藏地勘系统人员的平均寿命只有57岁。地调院总工程师潘凤雏曾经开玩笑着说，其实不需要退休了，干死在工作岗位上就好，也挺幸福。

　　活着干，死了算，这就是西藏地质人的幸福观！

　　有这样一个极为平常却又感人至深的"烛光宴"故事。

　　很多西藏地质队员找的对象在内地，大多安家在成都。有一次，两位地质人的妻子相约，一家是孩子生日，一家是丈夫生日，便各自带着孩子，趁着星期天结伴从成都飞到了拉萨与丈夫团聚。恰巧丈夫因出几百公里的野外，又恰好遇到雨雪泥石流，孩子等了两天假期到了，野外工作的爸爸还一直回不来。孩子刚刚买了第二天上午的返回机票，两位爸爸却从野外一身泥水匆匆赶了回来。两位地质队员的妻子没有一句怨言，没有一丝不满，平静地攥着返回的机票，像姐妹一样领着2个孩子平静地走向饭店，温馨的烛光下，两家人一起吃起了"生日团圆饭"。而地质队员面对妻子和孩子，眼角却闪烁着莹莹泪花。

　　一个或一群男人的事业成功，家庭或家族就会站到一个更高的平台上。敢嫁给西藏地质人的必定是有勇气的女人。西藏地质人也是更具男人气的男人。那么，这山一般汉子的眼里又是什么样的泪呢？

　　"这样的休假，这样的团圆，这样的奔波，这样的牺牲和奉献，我们的家属都习以为常了。"刘鸿飞平静地告诉记者。

　　"进藏干地质，就意味着要做出牺牲和奉献。"西藏自治区地质调查院遥感信息中心副主任吴华是个"80后"，他认真地给我解释，"西藏有着无限的魅力，它是我们遥感地球工作的天然实验室，在这里我们可以心无旁骛地搞研究，做自己喜欢做的事情，常年在高海拔地区工作，虽然几乎都患有心室肥大、风湿关节痛、神经衰弱等疾病，但地质人把这些病痛看得很淡。"

　　西藏干地质，待遇并不高，大学本科毕业生来此，月薪最多三四千元。即便是出野外，每天补助也远远低于内地同行。从 2008 年到西藏进行地质工作开始，六年多的高原艰辛给吴华的身体带来极大的挑战，无法照顾家人也让他觉得内疚。在我问起家人是否会担心工作危险时，吴华的笑容像窗外的阳光一样灿烂："他们也知道我要出野外，但我常常不跟他们讲，省得家人担心。只要能探到矿，这些又算什么呢？"

我的眼前幻化出一排排千年不死、千年不老、千年不倒的胡杨。在格尔木胡杨林，我与王丽副主任曾经陷入了久久的沉思，它顽强的意志让人震惊，高贵不屈的灵魂让人敬畏！胡杨不正是西藏地质人的缩影！一代代地质人的苦苦坚守与精神传承，演绎着他们高贵生命的纯粹与激情，证明着难以割舍的家国情怀与奉献。西藏地勘局提供的一份资料显示，从 1956 年成立西藏自治区地质局以来，西藏的地质勘查、找矿评价和矿业开发取得了巨大成就，同时造就了一支专业齐全、技术方法手段配套的地质矿产勘查队伍，形成了一大批具有基础地质、矿产、物化探、钻探、水文、工程、环境地质、地质测试、测量等诸多领域技术过硬的地质科技人才，具备了承担大规模勘查西藏矿产工作的能力。

罗曼·罗兰说得很透彻："生活中只有一种英雄主义，那就是在认清生活真相之后依然热爱生活。"在这被誉为共和国安全屏障的"生命禁区"，有多少地质人默默前行无怨无悔？有多少生命正常或非正常地灰飞烟灭？活着，他们是人间最能吃苦受罪的人；死了，他们是山上一抔平淡无奇的土。在寂寞孤独的世界屋脊上，在危机四伏的地质路上，他们坚守着神圣的家园，创造着新的历史……

历史，已经证明了这一切！

历史，还将继续证明！

第十四章 "青藏号"诺亚方舟

博士团队命悬一线,"草根上书"惊动中南海,总理紧急批示,"特事特办,三年拨款15亿元"。青藏高原迅疾构筑起一道道生命保障线!

第一节 生命,高于一切

没有人怀疑,中国地质人为共和国发展做出了巨大贡献。然而,再辉煌的历史总归是历史,它无法解决现实的难题。翻开中国地质工作史,我们不难看到地质人付出的一个个生命的代价:

死于高山病的彭鸿绶教授,死于车祸的记者郑长禄、研究生赵宪国,葬身于河流的地球物理学家梁家庆,隐匿于雪崩的5名保护科考队的战士,还有"彭加木失踪事件"给人们留下的难言之痛……从1929年第一位为地质勘探事业牺牲的赵亚曾,到20世纪全国人民为之扼腕的彭加木,100多年间已有150多人以挑战极限的悲壮永久躺在了西部科考路上。因此,中国地质学会设立的7项奖金中的5项,都是为了纪念在野外考察中牺牲的学者。

早在两千多年前,我国哲人庄周就曾说过,"藏金于山,藏珠于渊"。"山无蹊隧,渊不可测。"藏宝之地总是与险境结缘。青藏高原地质大调查,地质人"于山于渊"的穿梭是家常便饭,与危险相伴就是一种必然。

世界上，有哪座高原像青藏高原那样洒满恐怖，令人悸颤？有人把青藏高原称之为"魔鬼词典"，257万平方公里半数以上是令人生畏的无人区，海拔4000米以上区域的氧气含量仅为平原地区正常值的50%～60%，高寒、雪崩、缺氧、猝死、洪水、泥石流——世界级六大灾难时时释放着一股莫名的肃杀之气。19世纪初，瑞典地质学家斯文·赫定离开青藏空旷之地时，发出了惊魂未定的叹息："这里人类无法生存，是死神主宰的地方！"

然而，12年的地质大调查，野外地质工作年死亡人数竟然由1998年以前的年均66.42人下降至2.75人，减少了近96%，不能不说，对生命的尊重，对人性的关爱，创造了生命的奇迹！

青藏高原大调查的序幕刚刚拉开，如何减少不必要的牺牲，如何构筑地质人生命之上"安全"这片"天"，就摆上了中国地质调查局的重要议程。

西北风梦游人般地在夜幕下随意飘荡，一颗颗问号似的北斗星遮蔽在朦胧的月色里。中国地质调查局会议室，依然灯光闪亮。

"生命禁区"几个字，萦绕在中国地质调查局班子成员的脑海里，忧虑的神情也写在了眉宇间。地质人时时刻刻都要直面生与死的考验，生命的天空时刻都游弋着黑色的死神之翼。

"凡事预则立，不预则废。必须打造一个生命第一、安全至上的生命保障体系，彭加木的悲剧决不能重演！"作为青藏高原专项的一线总指挥，张洪涛在工作会议上首先发言。

张洪涛分析说，"历史和体制的原因，各单位野外作业的装备普遍陈旧落后，尤其是安全保障装备基本处于空白状态，如何保障地质人员的生命财产安全，应是当务之急。"

"驰车千驷，革车千乘，带甲十万，千里馈粮。"装备和后勤是打赢青藏高原地质大调查的重要条件。但当时资金极为短缺，仅有的资金用于大调查尚且不足，局机关办公地点经常更换，办公条件较差，六大区所更是问题多多，宜昌所家属宿舍已成危楼、沈阳所住房和办公条件令人唏嘘。更关键的问题，大地调需要更新装备和购买高新仪器，但囊中羞涩，怎么办？

张洪涛话音刚落，叶天竺马上不容置疑地说：

"青藏高原大调查点多面广线长，方方面面的关系协调，突发性事件的紧急救援，都是大事。后勤保障、应急救援是大事，我们要抓紧拿出方案来。经费再紧张，别的钱可以省，安全经费绝对不能省。"

1999 年 11 月，中国地质调查局野外安全保障建设专家论证座谈会在甘肃兰州举行，肖序常院士等著名专家在会上提出，必须为青藏高原的地质工作者打造新时代的"诺亚方舟"：

一是各省地调院要高度重视参战人员的医疗保障工作，选派临床救治经验丰富、心理素质好、身体健康的医务人员，带着卫生用品、医疗器械、急救药品、必要的手术和急救设备，随队奔赴青藏高原，认真积累高原医疗和高原病预防经验，最大限度地减少地质人员伤亡和健康危害。

二是提高安全意识：编制《高原艰险地区地质调查安全工作手册》《野外地质调查安全手册》《野外行车安全手册》《野外工作安全须知》《地质勘探安全操作规程》以及《地质调查安全保障与应急救援服务指南（西藏、青海、新疆）》，让每位地质队员了解身边的不安全因素，掌握保证生命、财产安全的举措，以防患于未然。

三是健全安全机制，实施《高寒艰险地区地质调查安全体系建设与紧急救援》。以"拉萨野外工作站"为中心，高原东部设立"西宁野外工作站""格尔木野外工作分站""玉树野外工作分站"，高原北部、西部设立"乌鲁木齐野外工作站""喀什野外工作分站"，以省区地矿局为依托的工作站为地质大调查单位（项目组）提供必要的后勤保障服务，对野外生产安全和人员卫生保健进行监督和检查，并调动社会资源，加强与当地政府、驻军及其他相关部门的联系，对野外生产过程中发生的突发性事件实施紧急救援。

四是建立救援信息网络，6 个工作站形成覆盖青藏高原的救援网络：一个信息化的网络，配备海事卫星电话、无线电台；一个救援网络，配备大功率牵引车，任何区域地质队员遇险可以随时救助……

李全文，别看个头不高，国土资源系统公认的野外救援专家，叶天竺拍板：让他先去组建拉萨野外救援工作站！

王富春，青海地调院副院长，精明强干，任劳任怨，让他负责西宁工作站；

孙玉勇，格尔木第三勘察院院长，兼格尔木分站站长；

吴华，新疆地勘局副局长，具有组织协调优势，兼任乌鲁木齐工作站站长；

崔洪彬，新疆地质二队队长，兼任喀什野外工作站站长；

……

中国地调局——工作站——项目组，三级联动的野外突发事件应急机制就这样快速建立起来。

"安全保障、服务登记、安全培训、安全检查、紧急救援、外部关系协调等，都是我们的职责范围。"

拉萨工作站站长李全文告诉我们，进入青藏高原从事地质调查的单位经登记后，工作站将依据相关制度和规定，对其必备物资情况进行检查，对人员进行安全培训，并为其提供有关服务。

"安全第一，生命至上"，洪钟大吕般轰响在青藏高原大调查的征途上。

2000年，"1∶25万青藏高原艰险区（B类区）区域地质调查"进入实施阶段，叶天竺下令：6个野外工作站（分站）筹备人员先行进入阵地，积极做好进藏地质队伍的各种救援装备和器材采购。"落实就是责任，责任就是落实！只能提速，不许延误！"

一场紧急调拨、采购、筹措、启动应急装备的后勤保障战役，开始了与时间的赛跑！

"需要服务的内容很多。"李全文举例道，"比如项目组需要什么物资，我们就要提前准备。还要建立仓库，供项目收工后进行车辆存放。甚至地质队员需要买火车票，我们都可以为其代买……"

忧心的是，从办公设备到野外救护防护装备、应急救援车辆、通信设备、医疗设备……所配备的设备难以满足正常的工作需求，每个工作站年经费仅有50万元，资金缺口太大，想增加安全保障设备的购置又无能为力。

叶天竺辗转反侧。不知是连续超负荷工作的疲倦，抑或是心愿未竟的耿耿于怀，窗外凉风习习，叶天竺沉沉睡去。恍惚间，他发现冰雪严寒笼罩的高原上圣洁冷艳，几个身穿红色工作服的地质队员袅袅飘至，有的渗血的胳膊抱着岩石样品，有的衣衫褴褛挂着树枝，一个个背着地质包神情庄重地向他汇报工作。叶天竺慌忙起身与其握手，不料蓦然梦醒……

一件意外的突发事件，让叶天竺、张洪涛忧心焦心放不下心的心事发生了重大转机。

2001年5月31日，中国地质科学院地质力学所当雄幅1∶25万填图地质调查项目组的一个填图小组，乘坐北京吉普沿着正在改造施工的山区公路颠簸前行，他们要将其填图资料送往拉萨。

从清晨出发，车在念青唐古拉山南麓蜗牛般爬行，高原反应加上颠簸、劳累，有两人呕吐不止，患了感冒的博士冯向阳更为严重。下午四点，来到羊八井过河，冰川融化的河水犹如狂龙夹带着泥石和树枝在咆哮，老式吉普车在齐胸深的水中突然"突突"两声熄火了，大伙推，用绳拉，车子纹丝不动。冰水中浸泡的冯向阳脸烧的通红，怀里抱着地质资料，手脚渐渐不听使唤，突然身子一歪昏倒在车座上。

群山在暴风骤雨中颤栗，吉普车在洪流旋涡中摇晃。叶培盛摸了摸冯向阳的手，几乎感觉不到脉搏，生命危在旦夕。

"赶紧送往拉萨！"大伙赶快架起冯向阳，举过头顶抬到岸边。

可是车陷水里，怎么办？

刘琦胜、叶培盛两位研究员当机立断——轮流背着冯向阳，徒步赶往拉萨。

他们含泪背着失去知觉的冯向阳，在崎岖蜿蜒的山路上踉跄前行，与时间和死神展开了较量。关键时刻，云南楚雄市来西藏考察的民营企业家贾树勋途经河边，此情此景让他立即改变了自己的行程："救人要紧，快上我的车！"

越野车拉上队员们一路狂奔，路上突然狂风大作，雪夹着冰雹砸在车厢上发出令人心悸的声响，心急如焚的贾树勋不停地拨打手机向拉萨"120"求助。

"快点，再快点！"叶培盛不停地催促着。突然"砰！"的一声爆响，车底盘钢板断了。大家傻眼了，怎么办？

天无绝人之路。正在这时迎面来了一辆车，原来是国家林业检查组路经此地，一位负责人果断表示："时间就是生命！立刻送拉萨！"

幸运的是，车上居然还配带着两个便捷式氧气瓶，叶培盛拿起来就往冯向阳嘴里输。

前行不远是正在改建的公路，一个大土堆突兀挡住了去路。二三十个修路工人跑过来，硬生生地把车抬了过去。又走了十几公里，两罐氧气输光了，拉萨120的急救车正好也赶到了。

一波三折，险象环生，经过西藏军区总医院精心救治，冯向阳终于得救了。

叶培盛连连向贾树勋道谢，又提出请求，"谢谢您！要不是遇上您，后果不堪设想。您能不能给您留守河边的朋友打个电话，请他转告我们的同事……"

不待叶培盛说完，贾树勋就掏出了手机。

"喂，我是叶培盛，你们现在怎么样？哦，塑料袋的图纸、资料抢救出来了？太好了！千万不要被水浸湿，野外观测资料要是损坏了，可就前功尽弃啊！"

哦，就是这么一群博士、研究员，危险时刻惦记担心的还是他们的图纸、资料啊。贾树勋听到这里，眼睛湿润了。

在国难当头、风雨如磐的1929年，我国著名地质古生物学家、区域地质学家赵亚曾，在"川广铁路沿线地质考察"中曾为了保护地质矿产资料和图件，付出了年仅 31 岁的生命。

今天，中国地质科学院的一群年轻科学家又以自己的生命为笔，热血为墨，在青藏高原谱写了一曲悲怆的英雄之歌！

写到这里，我想起中国地质调查局党组副书记、副局长王研曾经说过的那番话："每当我看央视'感动中国人物'颁奖的时候，就不由自主地想到我们一线的地质人。你知道我们的职工多么能吃苦、多么能战斗吗？你到一线跑跑吧，握着他们的手，就像木锉锯齿那样刮你掌心；雪域高原，睡觉搂着绵羊取暖；手摸钻杆就粘掉一层皮。像'铁人'王进喜那样冬天跳进泥浆池的事不知发生过多少次……你说，我们的职工是不是新时代最辛苦、最可爱的人？"

当社会上有人住在设施齐全的楼房尚嫌供暖不足牢骚满腹的时候，当有人坐在办公室电脑前玩着游戏感觉无聊的时候，当有人坐着豪华轿车花着公款游山玩水还叫苦叫累的时候，可曾想到，我们的地质人正顶着酷暑烈日，爬山涉水，一身泥浆一身汗，脱皮掉肉拼命干？可曾想到，我们的地质人正用钻机轰鸣代替新年钟声，高原探宝送贫穷，乐在天涯战恶风？

让我们把视线转向回到云南家乡的贾树勋。

"你怎么了，是不是发生了什么事？"贾树勋的妻子发现，远行归来的丈夫总是皱着眉头，背着手，一副心事重重的样子，不由地暗自忐忑。

"我要给中央写信，我要给总理写信！"

贾树勋郁结了多天的情绪终于爆发了，他挥舞着右手大声吼了起来："他们是国家的精英啊，条件那么艰苦，出生入死为国家，不光连像样的车都没有，没有急救药品，没有通讯工具，遇到危险，只能束手待毙！"

越说越愤怒的贾树勋，向妻子讲述着他的见闻。

一个普普通通的老百姓，竟然要给总理写信？妻子顿时惊出了一身冷汗："给总理写信，这能行吗？你没见那些写信告状人的后果吗？你捅出娄子怎么办啊！再说，这是国家的事，咱一个小老百姓管得了吗？"

妻子一迭声地问着，担心，忧虑，不安。但她太了解丈夫的性格了，一旦做出决定，再难也不会放弃。但他肯定是有一定思想准备的，也做好了最坏的打算。

"我憋在心里难受！如果遇到事情都躲着走，这个国家，这个社会能变好吗？我要写！大不了生意不做了！"

　　贾树勋奋笔直书，洋洋洒洒 2000 多字吐出了心中块垒。待他在信尾画上最后一个句号时，黎明的曙光静静地投进窗来，贾树勋推开窗，深深地舒口气，"天就要亮了！"

　　此时，台历显示：2001 年 6 月 8 日。

　　10 天之后。北京。

　　中南海的夏夜，静谧、安详。偶有紫光阁那百年苍松上小鸟的啁啾，打破了周围的寂静。已是更深时分，总理办公室仍是闪烁着明亮的灯光。

　　硕大的办公桌上，摆满了来自全国各条战线的情况信息。朱镕基总理太忙了，泱泱华夏大国，急需要办的事情总是那么多。他聚精会神地批阅着一个个急件。兀然，一封国家信访局的来信摘要引起了他的注意。

　　这份散发着油墨香味的《要闻摘登》，有个醒目的标题：《云南楚雄市贾树勋建议改善在西藏进行地质工作的科学家们的工作条件》。

　　总理把信展开，一个普通公民的仗义之言，闪入总理的眼帘——

敬爱的总理：

　　您好！请恕我在您百忙之中打扰您，但有一事让我寝食不安，不吐我忧思难平。

　　……

　　中国地质科学院地质力学研究所的几代人用汗水和热血为中华人民共和国的建设做出了巨大贡献，大庆油田，克拉玛依油田，"两弹一星"试验基地等等，中华人民共和国引以为豪的诸多工业成就，无一不是他们奠下第一块基石。他们大多是资深科学家和专业研究人员，是国家多年培养的优秀人才。可他们当中的一些同志，常年在离拉萨 400 多公里、海拔 5000 米以上的藏北纳木错周围的高寒无人区，从事艰苦的地质勘探和科研工作。在那里，普通的感冒就会导致肺水肿，一般劳累也极易引起缺氧休克，危及生命。若发生险情，只能将患者往拉萨送，而在两天多的艰难路程中，生死谁能把握？冯向阳博士的生命就是靠侥幸得救的！

　　前年，他们中就有一同志因无法救助牺牲在西藏，去年又有一同志因同样原因而耳聋。如果他们有较好的交通工具、通讯设备及医务条件，就可以避免这种悲剧。人的生命只有一次，请政府和社会关注他们，爱护他们！

　　我曾问过刘、叶两位科学家，为什么他们在野外的工作场地至今仍没有卫星电话，没有队医，他们黯然回答说经费紧张。这已不再是六七十年代的中国，为什么政府有钱买好车，有钱盖楼房，有钱供某些官员吃喝挥霍和以公务为由游山玩水，甚至贪污犯罪，却没有必要的经费拨给这些工作和战斗在第一线的科学家和研究人员？我们喊了那么多年的尊重知识，尊重人才，为什么到头来却不落在实处？

我含着眼泪请求总理：为中国地质科学院地质力学研究所的西藏总队配备专职救护车，分队配备队医和卫星电话及手机若干，并尽可能地改善他们的工作条件，同时呼吁媒体多关注这些英雄们。我以一个普通中国公民的身份向您致以最高的敬意。

另：随信附冯向阳博士遇险现场照片三张。

贾树勋　2001 年 6 月 8 日

文天祥诗云："在齐太史简，在晋董狐笔。"说的是春秋时代的两个史官秉笔直书，在书于竹帛之际弘扬天地正气。始于周朝的击柝声穿越了三千年时空，贾树勋言辞犀利而又情深意切的"呼吁"，猛烈地撞击着共和国总理的心扉，也缩短了草根百姓和政治家的距离。

朱镕基总理一字一句地反复阅读，手中的水笔不时在上面圈圈点点，越读，眉头蹙得越紧，越读，神情愈加凝重，尤其是那几张博士遇险的照片，愈加增添了总理对地质人生命安全的那份牵挂。

沉思片刻，总理换上了另一副眼镜，短暂沉吟之后，一行遒劲有力的字迹快速出现在《要闻摘登》的文头右上方：

请家宝同志批示。有关部门要给予支持。

朱镕基

瘦长的字体虽然有些歪斜，但字字千钧、句句珠玑。

总理落笔的时间，是 2001 年 6 月 18 日凌晨。

翌日上午，温家宝的批示送到了国土资源部：

"请国土资源部同志按总理批示办。要关心和爱护科研人员，努力改善他们的工作条件。"

温家宝

科学家的生命和政治家的权力再一次完成了最神圣的结合！

从贾树勋寄出"陈情表"到共和国总理批示，速度之快、效率之高，令人肃然起敬、感慨万千：一个尊重科学的民族，是前途不可限量的民族！

"我们从古以来，就有埋头苦干的人，有拼命硬干的人，有为民请命的人，有舍身求法的人，……虽是等于为帝王将相作家谱的所谓'正史'，也往往掩不住他们的光耀，这就是中国的脊梁。"

草根之人贾树勋大义凛然的风骨，不正是高耸的中国脊梁！

第二节　总理批示紧急下达

中南海的骀荡春风吹拂着广袤的雪域高原，地质人的生命尊严上升到了一个新的高度！

按照总理批示，中国地调局迅速上报《艰险地区调查和科研工作安全应急保障》项目申报书。主要内容是建立地质调查工作安全保障体系，一是完善野外作业人员的基本装备，包括现代化的交通、通讯、医疗和个人防护装备等；二是建立反应灵敏、通信顺畅、抢救及时、转运安全的三级应急救援系统。

2001年10月，财政部拨出3000万元专款"用于艰险地区地质调查安全保障系统建设"。

叶天竺在喜不自禁之余，心头依然不时漫过一片片阴云。他知道，区区3000万元资金，距离"生命保障体系"的建设依然遥远，"以人为本"也仅仅停留在意识层面。因此，虽然叶天竺即将退休，为改善野外地质人员的安全条件，他要御风追潮，继续呼吁、呐喊、奔波。

人类的发展史，就是与天灾人祸风险搏击的历史。势夺天宇之霸气，力破洪荒之伟力，宗教礼仪般的隆重而神秘，托出了青藏高原复杂的地形地貌，可它又带来了多么深沉的隐痛，刺伤了多少人的心灵？

一场场生命悲剧无不发出警示，"科学施救"不容等待！

就在这时，寿嘉华，这个用辛勤与汗水丈量着人生的浙江女子，与中国地调局新一届班子成员一起，走进了人们的视野。

2001年10月，叶天竺局长到了退休的年龄，国土资源部党组决定，寿嘉华作为副部长兼任中国地质调查局局长，负责对外合作、科技、地质环境工作，负责中国地质调查局全面工作，负责地质队伍"野战军"的组建工作，分管国际合作与科技司、地质环境司。

2001年11月，国土资源部健全完善中国地质调查局工作会议在北京召开，中国地质调查局第二届领导班子在时代聚光灯下亮相，寿嘉华成为中国地质调查局党组书记、局长，王达、汪民、张彦英、张洪涛、王学龙为副局长，周家寰为总工程师,李广湧为纪检组组长。

会上,国土资源部副部长兼中国地质调查局局长寿嘉华作题为《继往开来,与时俱进,开创新世纪国家地质工作新局面》的工作报告,系统提出了中国地质调查局今后的努力方向和奋斗目标。

在北京,记者采访了现为我国"观赏石协会"会长、国土资源部原副部长寿嘉华。

"当时啊,局长的任命,有点出乎我的意料。"圆脸,短发,外表看上去虽显普通,从她底气十足、简短明快的话语中,给我的感觉是干练与坦诚。

寿嘉华说:"我对自己有个评价,那就是有两方面的不足:第一,我虽然学的是地质,但是我的经历中近二十年,主要从事经济管理工作。所以对地质工作、地球科学的深入研究,尤其是野外调查工作的深入了解是不够的。第二,我当时的年龄快接近58岁,需要补充的知识太多,精力不及。如果说我在45岁还会有勇气重新去考一次研究生,去读一次经济管理,这一次显然来不及了。"

寿嘉华很认真地告诉我,她一直想当一个出色的地质科学家。中学时期,寿嘉华知识面就特别广,除了课堂学到的各种知识外,特别喜欢看各种地理著作,最让她爱不释手的是《徐霞客游记》,那浙江雁荡山的奇秀,云南玉龙雪山的雄伟,漓江山水的清丽……地理方位、地质知识的判断激起她好奇的欲望,她憧憬自己会像徐霞客,行走在壮丽的山川江河,为锦绣中华大地谱写一首动听的歌!

"大半辈子过去了,科学家的梦也没实现,哈哈"。

寿嘉华直言快语,朴素实在。

其实,寿嘉华退休并没有退岗,继我国现代地球科学和地质工作奠基人李四光以及程裕淇之后,寿嘉华还担当起了第三届全国地层委员会主任的重任。她经常参与研究如何合理开发资源,调查我国资源状况,并向政协递交提案、大会发言等。作为国家科技奖励评审委员会资源组组长,她又要山南海北到实地一一考察,忙得不亦乐乎就是必然。

寿嘉华拿出自己刚刚再版的专著——《我亲历改革中的中国地质工作》一书,拿起毛笔以苍劲浑厚的笔触给我签了名,风趣地说,"关于国土资源大调查的前前后后,以及我所经历的青藏高原地质调查的部分故事,这本书里有一些记载,有用的尽管引用,不要担心,我不会告你剽窃啊……哈哈。"

我迅速浏览了一下，这部历时 3 年撰写的专著 35 万字，分为我的地质情结、我接触的党和国家领导人、我经历的地质工作改革、我对地质工作方针的思考与实践、我心中的地质之歌等部分。她用平实而深刻的语言记录了波澜壮阔的地质改革历程，不仅是作者对从事几十年地质工作的系统总结，更是对中国地质事业改革发展历程的深刻思考。

我正愁素材不足，捧着饱沾女部长浓浓地质情愫的专著，真可谓心花怒放，这岂不是雪里送炭？

谈及当年这段岁月，寿嘉华感慨良多，她说，刚上任没几天，2001 年 11 月 25 日，寿嘉华接到国务院领导在程裕淇院士一封信上的批示："中国地质调查局的组建工作已经落实，标志着地质'野战军'的建设进入了实施阶段。要根据中央的要求，适应新的形势，积极推进地质工作的根本转变，使地质工作更加紧密地与国民经济与社会发展相结合，更加主动地为经济与社会发展服务。"

这位共和国的女部长感到了一种紧迫感，她看到，新世纪的地球村正发生着令人炫目的裂变，经济全球化、全球一体化、速度，成了炙手可热的词汇。

中国正在大提速，青藏高原地质大调查也必须大提速！

寿嘉华认为，资源的合理开发利用和生态环境保护，是西部大开发的重要突破点。西部有多少资源？在哪里开发？怎么开发？影响中国西部主要的地质条件是青藏高原，没有一个系统的调查认识，就会影响西部开发。再比如青藏铁路的修建，沿途有多少矿产资源？多大范围的矿产资源能放到一起？生态环境问题要注意哪些问题？每一个实际的问题，都需要地质基础数据的支持！

"要干就要大干，要跑就要快跑，十五期间区域填图全部完成！"寿嘉华与青藏高原地质专项总指挥张洪涛形成了共识。

于是，新班子亮相的工作会议上，寿嘉华明确提出："举全国之力，加速开展青藏高原 1∶25 万区调，并将这一工作作为全国援藏工作的一部分。"

舆论配合紧紧跟上。2002 年元旦刚过，《中国地质》第一期便发表了张洪涛、庄育勋、其和日格的文章《区调提速的紧迫性和可行性》。

提速，并不是一句简单的口号，首先要向改革要动力。

这时的中国地质调查局机关，正值上一届聘任制到期，而 2001 年 12 月 18 日，国土资源部又以 406 号文印发了《地质队伍"野战军"组建总体方案》。

"调整完善机关处室，从上到下重新聘任！"

根据 2002 年第 18 次部长办公会议精神及《中国地质调查局直属单位结构调整方案》，中国地质调查局对直属单位进行了业务结构调整及其定位。2004年，中央机构编制委员会印发《中国地质调查局主要职责内设机构和人员编制规定》（中编发〔2004〕2 号），明确：中国地质调查局为国土资源部直属的副部级事业单位，根据国家国土资源调查规划，负责统一部署和组织实施国家基础性、公益性、战略性地质和矿产勘查工作，为国民经济和社会发展提供地质基础信息资料，并向社会提供公益性服务。

2006 年，中央编办《关于国土资源部所属部分事业单位机构调整的批复》（中央编办复字〔2006〕131 号），批复大区所等 22 个机构归中国地质调查局统一管理，大区所更名为大区地质调查中心，保留了研究所名称。

六大区所的主要任务明确了——

一是直接承担国家基础性、公益性地质调查和战略性矿产勘查工作任务并负责大区地质调查项目集成和综合研究；二是受局委托承担有关项目管理和质量监督工作；三是提供地质资料信息服务。六大区所项目管理办公室整体并入大区所，同时把大区地质调查中心的牌子打出去。地质调查与地质科研分割、各自运行的局面就这样被打破，科学与技术一体化、调查与研究一体化、野外工作与室内工作一体化，多学科结合，多工种集成的局面出现了。

于是，一夜之间，数百名干部进入"待业"状态，许多对政治前途抱有热望的青年干部和"后备干部"，自此加入"等待重新分配工作"的行列。"工作需要"继续在岗位上尽责，就默默在岗位上坚守；不需要的，就默默清理好自己的办公桌，走上新的岗位。

如同凤凰涅槃，"一切的一切，一切的一切"，都在自衔的香木、自啄的火焰中焚烧，都在自我否定、自我扬弃的过程中更生。部室机关就像一部焕然一新的机器，经过短时间的"铆接"和啮合，便隆隆地高速运转起来……

一场场生命悲剧无不发出警示，"科学施救"不容等待！

"青藏高原地区地质调查后勤保障及紧急救援系统"项目，又摆上了重要议事日程。

青藏高原地质大调查的艰巨性、复杂性和高风险性，让寿嘉华时刻焦灼不安，财政部 3000 万元的专项资金，显然是杯水车薪，想为野外地质工作提供安全保障仅仅是一种愿望，更谈不上为室内分析测试设备的更新"分一杯羹"了。

这时，摆在中国地质调查局面前的有两条路：一是等和靠。二是运用"开放性思维"，寻找新的突破点。

反复合计，科学论证，条分缕析，经过审慎测算，寿嘉华大胆提出了一个30亿元的装备计划。

小车成了"第二办公室"，她带着汇报材料跑国务院、跑发改委、跑财政部，见缝插针，反复游说。汇报完毕，接着就是热情相邀，"请领导百忙当中到中国地质调查局现场考察，指导工作"。

另一方面，他们用影像资料声情并茂地向领导汇报，汇报青藏高原地质大调查的缘起、意义，汇报一线地质队员可歌可泣的感人事迹……

大屏幕上，那些领导们了解到1999年国土资源大调查实施以来，由于装备问题而导致的悲剧案例：

2000年7月6日，新疆银石山项目组三人去采购生活物资。因遇气候突变，车辆多次被陷，又无通讯工具，与外界失去了联系，历时8天才脱离危险。

2000年7月27日，西昆仑地区项目组在海拔5150米野外作业时，29岁的技术人员张建中突发高原性心脏病。由于车辆性能差，通讯设备落后，从作业地区到接应地点90公里的路程走了4天3夜，数次陷车，危象丛生。最终在当地政府、驻军的大力支持下，动用军用直升机抢救才抢救成功，开销达25万元。

2000年8月16日，酷暑难熬。西藏羌塘戈壁滩区调作业组没有车载通讯设备、电话处于盲区，孙楠一与另一位同志迷路，所带干粮和水均已用尽，只有喝尿止渴。晚上戈壁滩气温骤降，孙楠一脱下身上的衣服燃烧求救，第二天凌晨6时被同志们发现时，已奄奄一息。

2001年5月7日，西藏墨脱区调项目组在墨脱县甘代乡作业时，4名技术人员和12名民工在白狗熊区迷失方向，通过拉萨工作站，在当地政府帮助下获救。

2001年6月19日，西藏赤布张错区调项目组，在唐古拉无人区野外作业。一辆车途中抛锚，另一辆车陷入河沙中。7人徒步前行求救，偶遇另一项目组的吉普车，于次日凌晨3时才见到人烟得救。

2001年7月2日，西藏林芝、米林区域化探项目两个作业组6人，翻越丹娘拉山口前往墨脱工作区时，地质队员尽管有证件，依然被边防武警误认为偷渡边境者，身心遭受严重创伤……

丰富的信息和数据，触目惊心的画面和资料，一桩桩、一件件悲剧给相关领导留下了深刻印象。

生命至上是共产党人的一种境界，更是一种责任。如果说过去青藏高原地质科考死伤不少人，在那个特殊的年代，死了伤了感到很光荣；而在以人为本的今天，地质队员因为装备陈旧落后，死了伤了难道不是一种耻辱？

观念的转变比黄金、钻石更珍贵。增加地质工作安全保障经费达成了共识！

寿嘉华在《我亲历改革中的中国地质工作》一书中这样写道：

"发改委的同志们认为，解决装备问题的确迫在眉睫，但是年度国家基本建设投资统一部署，都已安排完了，只有国债投资项目正在安排中。但这些钱都是专款，谁也不敢擅自动用，怎么办？"

"最后汇报到曾培炎（时任中央财经领导小组副秘书长，国家发展计划委员会主任）同志那里。感谢曾培炎同志的果断决策：'安全为天，特事特办。就从国债投资中安排，3 年 15 亿元，每年 5 亿元。'地质调查和地质科研的装备更新计划终于启动实施了。"

紫气东来，绿灯大开！相关部委戮力同心，奏响了一曲笙磬同声、伯歌季舞的地质大调查安全保障的和谐奏鸣曲。

无怪乎寿嘉华是搞财务出身，她对数字有着独特的敏感和超常的记忆力，只要你需要，多年前的那些数据，她都会立即从大脑的"硬盘"里搜索出来：

2002 年，财政部再次批准中国地质调查局艰险地区野外工作应急装备采购项目，资金 1000 万元。

2003 年 9 月，财政部、国土资源部批准采购艰险地区野外应急装备 514 台套，野外工作服 600 套。

2004 年，财政部拨出 3000 万元专款，专门用于高寒艰险地区地质调查安全保障系统建设，其中 2000 万元用于改善地方地调科技人员野外安全保障装备；中国地质调查局使用了 1000 万元用于无人区的通讯设备，包括 24 部电台、60 部卫星电话、3 台牵引车、3 台应急指挥车。

中央财政对青藏高原地区野外工作站的专项资金有求必应，从来不打折扣，截止到 2009 年底，累计拨付项目专项资金 2580 万元，其中西藏 910 万元，青海 820 万元，新疆 610 万元，地质调查安全保障体系研究项目 240 万元……

雪域高原的"诺亚方舟"在逐步完善，一道道生命的防线在高原筑起！

2004 年 2 月 25 日，国土资源部新闻发布会在人民大会堂举行，寿嘉华在发布中国地质大调查成果时兴奋地宣告：

"青藏高原空白区的地质调查快速推进，野外地质工具基本完成了更新换代。目前已成功开发了 PRB 地质填图模式和 3S 集成技术，野外数据采集仪将 3S 技术浓缩于掌上电脑，实现了区域地质调查在野外、室内、综合分析等全流程的数字化和信息化，达到了世界领先水平，以该系统原型为基础，矿产资源、地下水、地质环境与灾害野外调查数据采集仪开发工作也已全面展开。"

培根有言："时间是衡量事业的标准"。当我们回望青藏高原地质大调查的累累硕果，仰望世界屋脊竖起的辉煌坐标时，不得不佩服决策者当时的"棋高一着"，这是何等的远见卓识！

披着午后阳光的温柔，我们在中国地质科学院叶培盛办公室促膝长谈，聊起青藏高原安全保障体系的建立、通信网络保障，野外紧急救援……

"看！这就是贾树勋给总理写信后给配的，当时还真不便宜呢。"

叶培盛从自己的衣兜里掏出摩托罗拉 V998 手机。带着时间印迹的手机，被我们传看着。这款曾经的经典手机，如今发短信如果超过 50 个字就会死机。

叶培盛感慨之余有一种满足的神情，谈吐间流露出一种"春风拂面"的感觉，智慧在红润的额头闪光，化成洋洋洒洒、滔滔不绝的感恩语言：

"嘿，你们不知道，大家领到手机时的那个激动啊，国家那么困难，还专门给我们配了这贵重的手机，你说，不努力工作，能行？"

望着叶培盛的言谈举止，我却想起媒体炒得沸沸扬扬的新闻：仅我国餐饮业一项，每年要倒掉约两亿人一年的口粮，每年喝掉的酒总量相当于杭州西湖之水。"金樽美酒千人血，玉盘佳肴万姓膏"。近乎天文数字的"三公消费"，哪怕是每年拿出一个小小的零头，难道不足以改善地质队员的安全保障？哪一座新建的办公楼耗资少于百万人民的血汗钱？

尊重生命的历史，是一部漫长的人类文明史。对于当今那些"要政绩不要命"的人，那些不去思考财富与生命真正关系和意义的人，那些被上帝屡屡耻笑的人，难道不该停住脚步来好好想一想？

第三节　生死大救援

凝聚着苦难和疼痛的青藏高原，也许注定就和凶险联系在一起。

时光回返，人们看到的是一幕幕惊天地泣鬼神的场景。

2000 年 7 月。

"一所二分队郭海龙报告，我们在尼雅河上游独乐山工区，二组组长李刚病危！山洪把下山的路封锁了，无法下山，无法下山！请求调用直升机救援，请求调用直升机救援！"

"山西省地调院新疆 1∶25 万拜热布错幅区调项目组张建中同志突发心脏病，病情十分严重，生命垂危，速速请求直升机救援！"

一声声呼救，一架架腾空而起的飞机，一部部电台、卫星电话，快速打通了生命的航线。

"海事卫星电话、北斗定位系统、卫星遥感与卫星导航设备、遥感技术和航空遥感飞机……有力的紧急救援保障系统，一个个紧急救援工作站，成为青藏高原地质大调查的一道风景线！"

中国地质调查局人教部综合处覃家海告诉我们，科学技术在安全保障的救援中发挥了重大威力。在拉萨野外工作站，我们看到了救援车辆整装待发；紧急救援物资、野外安全保障装备、劳保用品、生活用品，摆列整齐，似乎随时都能一跃而起，为救援服务。

没有想到的是，这个拯救了上百条生命、保证了 4000 多人次生命安全的雪域高原工作站，竟然只有 3 名专职人员：一名工程师、一名主治医师、一名驾驶员，另有由 16 名兼职人员组成的紧急救援队。

野外工作站，生命的航站。12 年间，仅西藏野外工作站就共计接待项目组 1295 个，人员 16373 人（次），工作车辆 3192 台次，开展安全生产培训 1041 次，安全检查 61 次，提供物资等后勤保障服务 544 次，实施紧急救援 61 次，挽救 200 余名身陷困境的地质队员。

"这是专用应急救援牵引车，这是大功率车载短波电台、应急专用海事卫星电话、全球卫星定位仪、便携式多功能发电机、太阳能电池板和应急救援医疗器械……"

李全文站长像首长检阅他的士兵，将一件件现代化的装备指给我们。

"这个只有 1 米 58 的小个子站长，这个被誉为高原'地质 120'的带头人，凭借怎样的毅力与信念，承受了那么繁重的救援任务？"

看着身边一直兴致勃勃、布着笑脸的小个子站长，我在心中暗自发问。

冰河陷车、雪中迷路、食物断绝、突发疾病……一场场命悬一线的救援，

335

是那样的刻骨铭心。西藏地调院院长刘鸿飞介绍说，一旦遇到紧急突发情况，团队成员李全文就会率救援队在全区范围内负责救援。不论远在阿里，还是那曲，他们都会连人带车星夜兼程。

2000年7月，"西藏1：20万林芝、米林幅区域化探"项目组的地调队员，被疑持枪非法捕猎而遭遇山丹边防站检查而与武警战士发生冲突。

"边防无小事！"站长苑举斌接到电话后大吃一惊。一定要让部队认识地质大调查的重要性，同时也要加强我们进藏项目组的学习培训，把两者的关系完美地协调好。苑举斌立刻和李全文驱车赶往边防总队。

三天后，西藏边防总队政治部领导专程来到工作站，就"山丹事件"一事的处理意见做了说明和解释，在工作站努力协调下，事件终于圆满解决。

2001年6月，在西夏邦马峰北坡带着助手在二叠纪标准剖面上采集古地磁岩石标本的朱同兴，突然遇到了麻烦。一群手里握着铁锹、木杈、棍棒，狂呼乱喊的藏族群众朝山上跑来，"这里是我们的神山，你们不能到这里来！"

村主任指着发电机与取样机，发火地吼道，"你们这些怪声音把山神惊动，一旦山神发怒，会给村里降下灾难的！"

"车，扣下了；证，扣下了；人，扣下了；不找来县长，你们就别想走！"

接到求助电话，李全文风风火火地跑到自治区政府找主管区领导汇报。扎西副县长、县公安局长带着一名干警驾驶警车，迅速开往现场。

终于，扎西副县长将村主任的手与朱同兴的手握在了一起，一场危机化解了。

一桩桩，一件件，类似解困的事很多很多，一座座连心桥梁架设在地质人与藏族群众间。

2001年8月11日，这是一个难得的好天气，又适逢周末。

"走，今天陪你去逛逛拉萨城。"早晨9点30分，李全文对来拉萨探亲的妻子说。妻子眼中满是惊喜，又将信将疑，半个多月的探亲假就要过去了，丈夫总是"一级战备"，何曾有过如此雅兴？

妻子赶忙找出一件外套让丈夫换上，两人一前一后正要走出房门，电话却骤然急促暴响起来，"叮铃铃……"

妻子知道，今天逛街又泡汤了。多少次都是如此，电话一响，丈夫就像接到命令一样飞奔出去。果然，丈夫满脸歉意："下次吧，我一定陪你去逛拉萨城。"不等话说完，人就风一样地旋了出去。

原来，成都地质矿产研究所青藏项目组负责人谭富文一行，10人三辆车在沱沱河上游被困半个月，生活物资几乎耗尽，情况危急，请求紧急救援。

"沱沱河上游？不管是哪里，只要接到求助，咱们就要全力以赴！"西藏地勘二队队长苑举斌兼管野外工作站，听着李全文的汇报，立刻部署救援。

由 16 名兼职救助队员中抽出的精壮人员，迅速组成救援小组，驾驶着专用应急牵引救援车，载着钢丝绳、木板、千斤顶等救援物资，载着专门为被困人员购买的八宝粥、火腿肠、方便面和矿泉水等，于午后 1 时出发。他们昼夜兼程，饿了，啃几口自带的干粮；渴了，喝几口矿泉水……20 多小时长途跋涉 700 多公里，终于来到谭富文被困地点。这时已是 13 日上午 9 时。

项目组连人带车被困在一米多深的沱沱河里。天奇冷奇冷，坐在驾驶室里的地质队员们，饿得眼冒金星，冻得面无人色，一个个神志恍惚，嘴唇发紫，牙齿得得抖响。救援队员旺扎和次仁旺休轮流下到河里探路，雪山上顺流而下的冰凌、冰碴寒冷刺骨。

那一刻，地质队员流下激动的泪，泪水，是对生命回还的感激，也是对救援队员无畏的感动。

"想起被困的日子，至今还心有余悸，要是没有拉萨野外工作站的及时救援，后果很难想象。"说起往事，谭富文依然唏嘘不已。

人生的天平两端，一端是事业，一端是家庭，能使这一天平始终处于平衡状态者，难！从拉萨工作站的副站长到站长一路走来，愧对父母妻儿的事情何止这一次？因为，救援，已成为李全文工作的全部。

2002 年 10 月 8 日 11 点多，一阵爆响的铃声，将正在值班的李全文惊得一跃而起："工作站，工作站，西藏第二地质大队'西藏雅鲁藏布江成矿区东段铜多金属矿勘查'项目组，我们遭遇暴雪，请求救援，请求救援！"

铃声就是命令！突如其来的灾难，缩短了生与死的距离。抢救，早一秒就多一分生的希望；晚一秒就多一分死的危险。

李全文迅速带领两名经验丰富的藏族驾驶员组成救援小组，携带救援所需用具和生活用品，于下午 1 时 30 分紧急赶往受灾地点。

此时，项目组成员已在暴雪中困了 30 多个小时。

8 日凌晨 4 时，项目部副技术负责史老虎被一阵怒吼的风声惊醒，一股冰寒直冲肺底，"要变天了！"史老虎果断地说："大家快收拾东西，赶快撤离！"

棉絮般的雪花从空中直扑下来，一时间，天地混沌，莫辨东西。车在雪地上来回地转着，史老虎心中大叫"不好！"高原风雪天迷路，意味着陷入绝境。

正在这时，车猛地哼了一声熄火了——没油了。已与风雪搏斗了 12 个小时的地质队员们，恐慌了。史老虎一面安慰着队员，一面心中想着脱险的对策。

"我去 109 国道求援，那里我路熟！"藏族司机达娃拍着胸脯请缨。

达娃与边久带着大家的希望和祝福，踏着膝盖深的积雪，消失在夜幕中……历尽无限艰辛，他们走过 20 多公里的无人区，中午 11 时，两个人"雪团"般撞开了古露镇政府值班室的大门滚了进来，值班人员惊呆了。

险情，顺着电波瞬即传到了拉萨野外工作站。听到达娃与边久的诉说，李全文心急如火，立即组织救援。

然而，他们一路疾驰找到谷霞乡，找到两位报告灾情的同志，已是晚上 10 时。要命的是，大雪覆盖了一切，救援队找不到项目组迷路的地点。

无奈中，李全文终于得到一位当地牧民的热心帮助，救援小组又是一路疾行。凄风雪雨，挡不住救援队的前行脚步；山高路远，拦不住牵挂战友的拳拳爱心；夜色浓重，遮不住搜寻生命的急切眼神。

这时，身处险境的史老虎一边焦急向着雪地眺望，一边向冰雪中蜷缩成了一团的队员们安慰着："千万不能睡，睡着了就醒不过来了，达娃一定能找到工作站，李站长一定会来救我们！"

四周死一样的静寂！大伙在咬紧牙关坚持！坚持，再坚持，坚持就是胜利！

一双双焦虑的眼睛，一张张无奈的面孔。冰天雪地里的地质队员饥寒交迫，一个个身体极其虚弱，几乎连挪动一下甚至张嘴都感到了吃力。

50 多个小时过去了。一束光，一束生命的光，透过风雪向着被困 60 小时的人们射来，扫除了积聚在人们脸上的乌云。

10 月 10 日凌晨 2 点。两台救援车发出雄浑而激越的轰鸣，从远方缓缓驶来。灯光映射中，是车头迎风招展的小红旗。整个大地变得那么壮美。两边的人们像疯了一样，分别从车上争先恐后地跳了下来。

修车，拖车，一番紧张的抢修，次日中午 11 点，冰天雪地历尽磨难的 10 名项目人员和工作车辆，终于踏上了 109 国道。晚上 8 点，安全撤回拉萨。

"那是永生难忘的 60 个小时啊！不仅让我们体验了生命的顽强，也让我们明白：等待和救援同时都需要信念支撑，那就是，不抛弃、不放弃！"时隔多年，曾经的项目负责人史老虎说起来，依旧感慨万分。

这就是以人为本的生命述说，这就是生命高于一切的诠释。

天苍苍，雪皑皑，又是一场与时间赛跑的生死大营救。2001 年 6 月 29 日，湖北宜昌地矿所"西藏赤布张错幅区调"项目组紧急呼救：

七台工作车陷入格拉丹东雪山脚下一条无名冰河。水，冰冷刺骨，肆无忌惮地吞噬着他们的知觉……稀薄的氧气使他们呼吸困难，胸闷、晕眩、极尽窒息……然后是饥饿，饥饿像恶狼一样撕咬着他们空饥的体腹和受尽折磨的神经。

"人命关天，刻不容缓，采取一切措施，抢救我们的弟兄！"

李全文带领救援车队立即出发，历经日夜兼程的"九九八十一难"，终于在 7 月 3 日下午 6 点 17 分到达出事地点。

艰苦卓绝的救援在紧张地进行。手沾在冰冷的机器铁柄上，马上就脱去一层皮；脚泡在刺骨的雪水里，肿得脱不下鞋子；身上的汗水浸透了棉衣，外面的雪花又霎时结成了冰。

惊心动魄的 8 天 8 夜过去了，7 台工作车和十多名地质队员安全脱险！

"……参与营救的同志不怕苦，不怕累，工作勤奋，不计报酬，整个工作行动迅速，协调有力，措施得当，成功地进行了营救。望再接再厉，发扬成绩，把大调查安全后勤保障工作做得更好！"

一个个成功的生命营救，一份份生命至上的情感泼洒……一年年就这样在紧紧张张地度过。

2008 年 7 月 3 日下午 18 时 40 分，李全文接到中国地质大学（北京）"西藏 1 ：5 万双湖区角木日地区四幅区调"项目组成员刘焰报告：一辆三菱越野车在距申扎县约 5 公里处发生翻车事故，车内有项目成员及司机共 5 人，伤亡情况不明，项目组正在查明情况。

人命关天，刻不容缓。工作站救援队车轮滚滚，披星戴月，终于在中午 12 时 10 分将伤员安全送到西藏军区总医院。经过及时治疗，5 人全部脱险。

青藏高原地质大调查的风雨历程，参与生死大救援的何止拉萨工作站？

西宁野外工作站、格尔木野外工作分站、玉树野外工作分站、新疆野外工作站……每当死神向地质人的生命扑来，每一个工作站都成了地质人生命安全的诺亚方舟，每个工作站都像燃烧的火苗，一次次斥退了逼近地质人的险情。

"哇……"薛立荣又吐了，几度陷入昏迷。

这是甘肃省地质调查院"青海 1 ：20 万乌兰乌拉湖幅、错达日玛幅区域化探"项目组。紧急中，他们想起了格尔木的野外工作站。工作站站长孙玉勇接到电话当即下达指令："通知医务所，派最好的医生，准备救人！"

孙海轩带着救援车在茫茫的风雪中沿乌兰乌拉山脉行进，一路险象环生。

遭遇着陷车、挖车、暴雪、风雨，司机、医生想的是快点，再快点，抢一分，生命就多一分希望。15个小时的奔袭，救援车队终于停在薛立荣帐篷前。

"你们终于来到了！再晚一点后果不堪设想！"刚刚做完手术的格尔木市医院医生说。

薛立荣得救了！

"地调局在西部艰险地区设立野外工作站是时势适然，发挥了其他机构不可替代的重要作用。"甘肃省地质调查院院长深切体会到什么是"以人为本"，什么是"生死竞速"，一面书有"生死相救，兄弟情深"的锦旗送到了工作站。

像这样刻骨感恩的并不仅仅一个甘肃地调院。每一次告急的电话响起，每一声救援车的低沉呼唤，都会伴随他们敏感的神经跃动，于是，一双双急匆匆的脚步，便奔向生死搏斗的第一线。

"格尔木工作站，我们是青海第五地质矿产勘查院项目组，因连日多雨，进出工区道路被冲毁，车辆无法通行，被困西藏安多县扎木地区已多日了，工区内生产生活物资短缺，亟须补充！我们请求速速补给！"

2009年8月20日10点许，一阵急促的铃声，将工作站值班员惊得几乎要跳起来。没有片刻耽搁，工作站队员迅速购买物资及给养于当日下午2点出发。一路艰难跋涉，行程600余公里，凌晨三点五十分顺利将物资运达项目组。

暗夜里车灯由远而近，几近绝望的项目组队员在旷野里拉住救援组人员的手，感激涕零："没有想到你们这么快，不愧是高原上的地质110，你们辛苦了！"

"我们是宁要一块石头落地，不争百面锦旗铺墙。"

看到我们凝视那一面面的锦旗，西宁工作站站长王富春对我们说，"从生产安全的要求出发，我们宁可不动声色地消灭事故隐患，也不希望大张旗鼓地宣扬和表彰。因为消灭隐患往往是不为人所知的平凡，表彰则是创造奇迹后的欢呼，但奇迹产生的背后却常常是事故和灾难！"

多么朴素的真理！就是这样，从2000年2月成立西宁工作站，随后又成立了格尔木、玉树工作分站，地质大调查10年间，青海野外工作站，接待地质调查单位43家，项目组214个，4849人，车辆1030台（次）。积极协调项目组外部工作环境关系21起，成功组织或参与完成紧急救援24次，40余名野外遇险人员化险为夷，为野外地质团队提供后勤保障服务172次，开展野外地质调查项目安全检查32次。

每一场救援的背后，又有多少感人肺腑的故事、可歌可泣的人物？

参加青藏高原救援的年轻一代和共产党员以自己的实际行动，表现了地质工作"三光荣"的传统美德和中华民族巨大的凝聚力！

这，就是我们党、我们人民的骄傲！

这，正是我们中华民族的希望所在！

高原将士的安危，时刻牵挂着历任中国地质调查局领导的心。

2001 年 8 月 4 日，中国地质调查局副局长张洪涛走进了拉萨野外工作站。

"大家辛苦了！"张洪涛握着一双双粗糙的手说，"前线的地质队员远离交通线，时刻面临着沼泽悬崖、野兽威胁、补给短缺的危险与困难，你们就是前方地质队员的坚强后盾！建站仅仅一年多，工作站就克服了无数艰难险阻，挽救了多名深陷绝境的地质工作者的宝贵生命，你们功不可没！"

时隔一年的 2002 年 8 月 7 日，国土资源部副部长、中国地质调查局第二任局长寿嘉华来到拉萨野外工作站。

"生命给予我们每个人只有一次。爱护生命、保护生命，是全世界的普世价值。来高原工作的各项目组的同志，远离家乡，远离亲人，我们有责任有义务把他们保护好！我代表青藏高原一线的地质队员们，向你们表示感谢！"看着墙上的锦旗，听着站长李全文的汇报，女部长感慨万分。

李全文不知道，眼前嘴唇发紫的女部长，刚刚从 5100 米的驱龙铜矿下来。

在驱龙铜矿施工现场后，随行人员介绍，国土资源部的寿嘉华副部长，来看咱们来了。

这个已近花甲之年的老人，真的是寿嘉华副部长？常年与岩石打交道的地质队员们惊诧了。在这个不适宜女人生存的地方，你看她挽起的裤脚，沾满泥雪的鞋子，看看她手拄的棍子，背上发白的地质包，分明就是个老地质队员啊！

"来，我们一起合唱《勘探队之歌》！"寿嘉华没有忘记她的保留节目，每次野外考察视察，她都会与一线地质队员"同唱一首歌"。看，女部长的双手又有节奏地舞动起来，高亢激越的歌声响了起来：

"是那山谷的风，吹动了我们的红旗，是那狂暴的雨，洗刷了我们的帐篷。我们有火焰般的热情，战胜了一切疲劳和寒冷……"

站在世界屋脊与共和国女部长的合唱，或许一生只有这一次。一个个地质队员纵情放歌，那起伏跳跃而又朝气蓬勃的旋律，如同滚滚波涛，掠过了高山峡谷，惊飞了天上白云……

第十五章 群龙腾空舞

驱龙、甲玛、玉龙、多龙、桑穷勒富铁矿、狮泉河铬铁矿……
一座座沉睡千年的铜金多金属矿横空出世，一个改写中国金属资
源历史的庞大矿群，犹如一条巨龙在西部天空腾舞！

第一节　神秘的孔雀河

越野车出了拉萨，沿着著名的 318 国道川藏线，一路向东疾
行，我们来到了墨竹工卡县的甲玛乡，这里是松赞干布的出生地。
路边不远是松赞干布故居纪念馆。

T 字形路口交汇点是不大的广场，松赞干布纪念碑置放其间。
我环绕着纪念碑，虔诚地与这位一千多年前的民族英雄寻找着心
灵的对话，一位满脸沧桑、手摇经筒的藏族老人向我走来，纵横
的皱纹，古铜色的脸膛，青筋暴起的手背，乌紫发黑的五指，这
是千千万万个藏族同胞的缩影。

我与他搭讪起来。老人那朴素且不流利的汉语，听起来很费力，
我还是听懂了，他说他经常诵经念佛。驱龙、甲玛发现了大铜矿，
这是神灵对这片土地的眷顾，他常常点燃香火默默祈祷，希望矿
田发现越来越多，道路越修越宽，游客年年增加，家家户户电灯
电话，当地人的日子越来越富。

他的心愿不就是中国地质人的心愿么？

我看到了文化的力量——文化冲击下的藏族同胞思想观念正

在发生着重大的裂变！

驱龙、甲玛特大铜矿矿田爆响的惊雷，已经成为西藏传统生活方式甚至是田园牧歌式的生存方式的挽歌。

海拔4000多米的苍莽群山，变成了一个沸腾喧嚣的海。轰轰隆隆的钻机声鸣，打破了青山绿水的宁静，建设者的号子声，震颤着亘古沉寂的雪域荒原。从拉萨河畔的水源地，到20多公里处的甲玛沟，中国黄金集团华泰龙公司全体员工和19家承建单位群雄逐鹿，144平方公里的矿区摆开了整装勘查与开发的战场，处处人声鼎沸，处处红旗招展，3000多名建设者夜以继日，吃苦奉献，一派"万马奔腾战甲玛"的壮观场面。

青藏高原地质大调查的政治经济意义不言自明，气势磅礴的文化意义，正在无形地影响着这块广袤的土地。

甲玛勘探区，成为西藏唯一一家一年之内打4个千米钻的单位，它是产、学、研最完美的结合，由此，甲玛铜金多金属矿获得了2009年度"中国矿业国际合作最佳开发奖""中国十大地质找矿成果"以及"国土资源部首批地质勘探、科学研究、工业旅游基地"等一系列荣誉称号。

纵观中国地质发展史，每一次大发现、大发展都离不开地质理论突破与技术革新。青藏高原地质大调查的丰硕成果、地质理论创新及勘探技术的突破，为驱龙甲玛的横空出世奠定了坚实的基础。

"印度大陆和欧亚大陆的碰撞造成的地壳、地幔的变化是西藏矿床形成的根本原因，现在发现的几大成矿带，都是由于地球板块碰撞造成的。古印度与欧亚大陆板块碰撞以来的地质事件，是西藏成矿的主导因素。"莫宣学院士的研究理论，在青藏高原早有应验。

早在20世纪80年代，西藏地质人智慧的目光就透过重重云雾，幽幽弹响了驱龙甲玛发现的前奏曲。但那时既缺理论指导，也无技术借鉴，诸多因素的掣肘，科学的发现像黑夜的萤火虫一样微弱，留下的只有深深的无奈和叹息。

在西藏地勘局明亮的办公室里，沉稳干练的地勘处处长杜光伟介绍了驱龙、甲玛的前世今生。

"你看，我们当年的这份勘查报告，应该是后来驱龙铜矿大突破的基础。"他从档案柜里拿给我一份纸页已经发黄的勘查报告，透过整洁的字迹，清晰的图例，似乎看到一个个西藏地质人在崇山峻岭中翻越跋涉的足迹。

"驱龙铜矿的地质工作，应该追溯到西藏地勘局1985年到1988年进行

1：20 万拉萨幅、曲水幅等图幅的区调和化探扫面工作。我和现在的地调院长刘鸿飞，还有黄炜都参加了 1：20 万拉萨幅的化探扫面工作，蒋光武与普布次仁则参加了 1：20 万曲水幅的地质调查，那时就发现了矿化异常。"杜光伟娓娓道来。

"1993 年，我和黄炜带人再上冈底斯北坡，扩大范围进行异常查证，圈定了矽卡岩外围的几个矿点。"

那是一个值得回味的年份！刚刚进入而立之年，杜光伟被任命为西藏区调队分队长兼项目负责，黄炜任技术负责，两人带着队伍向着冈底斯进发了。

7 月的一天，杜光伟和黄炜带领队员越过一座山，到达驱龙沟已是暮色四合，他们看到一条小河对面一块平坦的山坡草地，正是理想的宿营地。

这条小河吸引了杜光伟的目光——清澈泛绿的河水没有一丝杂质，沿着谷地碎石绵延而下。什么物质，能让一条清澈见底的河流，显出这样浓郁的绿意？什么元素有这么大的穿透力，竟然染绿了水底的石头，也染绿了涉河的脚趾？

杜光伟蹲在河边琢磨开了。他从河底捞出几块岩石仔细端详，似乎是铜离子长年累月地吸附在岩石表面，并不是真正的孔雀石。

"这么大的矿化度让河水发绿，可能与矽卡岩矿化关系不大，这应该是典型的斑岩铜矿带的暗示！"

杜光伟做出了大胆的判断。

年底，杜光伟将一份二级查证报告递交到西藏地矿局。报告明确提出冈底斯北坡为斑岩型矽卡岩复合矿化，并定性为斑岩型铜矿，提出成矿条件非常有利，具有找矿前景，建议更深入地开展地质工作。

冈底斯北坡蕴藏丰富的斑岩型铜矿资源，谁都不否认这一点。但"知道"是一回事儿，"找到"是另一回事儿，为何直到近年方见理想成果？

"原因是多方面的，找矿理论落后，经济上缺少资金，技术手段也跟不上，加之交通不便，即使开了矿，矿石也运不出去啊。"

杜光伟的话语中透着深深的惋惜。

其实当时还有一个不能忽略的制约因素，西藏独特的生态环境、地貌景观和工作条件，如何进行勘查技术组合以及探矿工艺的提高？还有，当时的钻头不管从硬度还是结构，在坚硬的岩石面前往往表现的无能为力，难以达到要求的深度和准确度，拿刘鸿飞的话说就是："没有金刚钻，难揽瓷器活！"

国土资源大调查的启动，青藏铁路的开通，给西藏的发展、驱龙的开发带来了契机，而清澈碧绿的孔雀河水，正是日后开启驱龙斑岩型铜（钼）矿床勘查的一枚金钥匙。

2000 年，张洪涛和他的战友们以"夸父逐日"的魄力，挺进了青藏高原，挺进了冈底斯。

张洪涛清楚，冈底斯成矿带、班公湖－怒江成矿区等重点成矿区带是我国地质工作程度最低的地区之一，多数矿产地仅开展过预查或普查工作，且有大面积的矿产远景调查空白区，对矿区成矿规律和资源潜力的认识有待提高和查明，有着巨大的找矿空间。

张洪涛此行的目标很明确，为共和国建设寻找稀缺的矿产——铜。

"中国的铜资源十分紧缺，经济发展中约三分之二的铜精矿石依赖进口，矿山铜高达 71% 的对外依存度，使中国失去了国际市场话语权，寻找资源接替区已成为当务之急。"

张洪涛这样说。在他眼里，地质找矿的一切决策以及每一个矿种，都要从国家战略的高度进行考量：

"国家战略需要什么，经济安全需要什么，中国地质人就要干什么！只要国家需要，地质人就责无旁贷！"

青藏高原过去一直在找浅层低温热液矿床，但找了多年都是"只见星星，不见月亮"。张洪涛敏锐地觉察到，"是不是走了弯路，找矿方向搞错了？"

新石器时代晚期就开始使用铜的华夏子孙，在认矿、找矿、采矿中有着卓越智慧与创造能力。《管子·地数》篇中这样记载："上有丹砂者，下有黄金；上有慈石者，下有铜、金；上有陵石者，下有铅锡赤铜；上有赭者，下有铁"。

拥有星空地一体化精准调查技术的我们，还不如古人？张洪涛不无疑惑地暗自思忖。

地层就像书的页码，循着地层这卷大书顺序寻找矿床的"页码"，已成了地质界的经典方法。然而,恰恰问题就出在这里，人们要么是陷入了"本本主义"的思维误区，对地层和构造没搞清楚，要么是陷入传统的套子跳不出来。

全球有三大成矿域，分别是古亚洲成矿域、特提斯－喜马拉雅成矿域和环太平洋成矿域，青藏高原恰处在特提斯－喜马拉雅成矿域。而在这一成矿域的西端，比如塔吉克斯坦、阿富汗、吉尔吉斯斯坦，都已经发现了超级大矿，矿种囊括了铬、锡、铜－金－钼，铅－锌－铜－银，而中国在成矿域的一角西藏也发现了玉龙大型铜矿，这无疑给中国地质人带来了希望：要找有色金属矿，必须了解地壳构造岩浆运动。

其实，为青藏高原地质找矿提供理论依据的科学家很多。

负责西藏项目的协调、监督和指导的成都地质矿产研究所资源评价与矿床研究室主任李光明，就是较为典型的"这一个"。

李光明，这个陈毓川院士的得意门生，丁俊手下的得力干将，是实施"青藏高原地质矿产调查与评价专项"的主要负责人之一，他将理论与实践紧密结合，不仅主持了"西藏一江两河地区成矿规律和找矿方向综合研究""西藏雅鲁藏布江成矿区重大找矿疑难问题研究""西藏冈底斯成矿带铜多金属矿成矿规律研究""西藏铜铅锌国家级矿产基地综合研究"等重大地质调查项目，对甲玛特大铜矿的发现也有着重大贡献。当人们为甲玛铜多金属矿"没有太大潜力"而争论不休时，他累积多年的研究成果，以一篇题目为《西藏冈底斯成矿带的斑岩－矽卡岩成矿系统：来自斑岩矿床和矽卡岩型铜多金属矿床的 Re-Os 同位素年龄证据》论文，详尽地论述证明：位于西藏冈底斯成矿带上的铜多金属矿为斑岩－矽卡岩型铜多金属矿床。

每一个成功突破的路径，都非同寻常。青藏高原理论创新与找矿突破，倾注了不知多少地质人的心血！

找准"支点"，才能"撬动地球"；要"解放"地层深处的矿产资源，关键是找准"支点"。这是张洪涛的观点。

"看来我们的找矿思路出了问题！青藏高原找矿的主要方向应该是斑岩型铜矿，而不是传统理论上的浅层低温热液矿床。"

张洪涛说，青藏高原隆起造成的地壳活动，岩浆热液带着深部成矿物质跑到了地壳浅处，我们要弄清楚的是，成矿物质通过断裂带上来是什么表现形式？它跟什么岩浆岩有什么关系，它跟什么构造有什么关系？

穿越 6 亿年时空，沿着沧海桑田的痕迹，摸索着远古高山海洋的隆起凹陷，张洪涛步履匆匆地行进在通往冈底斯山的雪路上。他左看看，右瞧瞧；东敲敲，西打打；这个山坡转转，那个山头站站。丰富的实践经验，敏锐的找矿视角，反复踏勘与思索，让他得出了结论：西藏冈底斯成矿带上的铜多金属矿，应该是斑岩－矽卡岩型铜多金属矿床！

这次采访，张洪涛神秘地递给我一张黑白照片——头顶是空中高悬的太阳，远处是逶迤连绵的雪山，周边是犬牙交错的石砾，一群身穿棉大衣、脸膛紫黑的地质人席地而坐，围成了环状，张洪涛就在其间。

张洪涛露出儒雅的微笑说，这幅照片很有保存价值，它记载着拉抗俄矿区技术分析现场会的真实场景，大伙正在仁者见仁，智者见智，畅所欲言，展开了热烈讨论，"这次讨论是青藏高原找矿的转折点！"

面对大家对传统理论的坚持，张洪涛在这次分析会上说："我不反对你们的观点和找矿方向，但你们必须能够拿出具有说服力的证据来！"

结果，传统理论遭遇了尴尬，每条"证据"都被地质事实否掉了。

他对围坐一圈的各个地质找矿项目负责人说："凭我在藏东的经验看，这一带的主要控矿因素应是斑岩带，听我的，今后一律找小岩体，其他的明年再说！"

张洪涛力排众议，一锤定音。

毕其一生的贡献和付出，专业上的训练有素和多学科的综合实践，使张洪涛形成了科学的多向思维。这就是地质人钦佩张洪涛的地方，他那种驾驭和统筹全局的勇气，跨学科的高度综合能力，不服不行，很多人说他总是能透过多方面的意见，敏锐而准确地从现象直达本质。

"如果不是这次分析会，如果不是洪涛同志及时改变了找矿方向，那一个个大型、超大型的铜多金属矿的找矿成果，至少要推迟五年才能取得。"在成都地调中心采访时，中心主任丁俊不无敬佩地说。

预测也好，推论也罢，只是见到了乌云缝隙中透出的一缕阳光，青藏高原地学理论的创新，必须在地质找矿的实践中去检验。

张洪涛把实践的观点引入了认识论，重点研究区域详细踏勘、地质编录、测量、系统采样，终日在高山峡谷之间往返奔波。当站在冈底斯山谷中的那条孔雀河边时，张洪涛犹如醍醐灌顶。难怪这些日子喝的"绿豆粥"颜色那么深，还总有一股腥味，原来竟是这孔雀河里硫酸铜水煮的粥！

张洪涛举目远眺，远处的山脉属于二长花岗岩，富含硫化物，天长日久，岩石逐渐风化，原本的山尖变成山谷，绿色铜氧化物沿溪而下，染绿了河水。

"嗨，这简直和玉龙铜矿一模一样！"

异常与异象相伴，张洪涛兴奋极了，陪同人员发现，一直在爆发与平静、激动与淡定之间徘徊的张洪涛，兴高采烈的笑容这时成了他唯一的表情。

张洪涛与随行人员聊起了青春的记忆。

张洪涛毕业的第二年，就跟芮宗瑶老师踏上了青藏高原，在海拔5000米的昌都地区江达县青泥洞乡玉龙铜矿，自然环境恶劣，无路无电无水，他却坚持了整整 7 个月。他用李四光地质力学的观点，从构造入手，进行铜矿岩体构造的探索研究，稀薄的空气让他头痛欲裂，强烈的紫外线使他脱皮"破相"，遭遇过狗熊，还被 30 多只藏獒追赶，"我拍马快跑，可马哪跑得过藏獒，鞋都被扯掉了，眼看一命呜呼，这时藏族队友奇迹般出现了。"想起那次死里逃生，张洪涛特别感谢队友……

玉龙特大型铜矿的发现，不仅在西藏，就是在中国地质领域也是一个重大事件，从 1966 年勘探发现以后，每年都开展地质工作，现已探明铜资源储量达 650 万吨，远景储量达 1000 万吨。金属储量居全国第二位（第一位是拉萨附近的驱龙铜矿，已探明铜资源储量 794.88 万吨）。位于玉龙成矿带上的还有多霞松多、马拉松多、莽宗等大中型铜矿，形成了一个规模宏大的有色金属矿群。

历史往往在它与机遇相遇时以奇迹的面目出现。实践让张洪涛又一次走进了新发现的门槛。

"玉龙铜矿地处'三江'特提斯成矿带北、中段，是我国著名的有色金属成矿带和海相火山沉积铁矿带。"曾参与玉龙铜矿技术报告编写的张洪涛，太熟悉玉龙铜矿成矿的地质环境了，几乎瞬间又回到了发现玉龙铜矿时的兴奋中。

他相信自己的判断，亘古流淌的孔雀河养育了河边黑色帐篷里的藏族群众，养育了闲散踱步的牦牛山羊，也孕育了地质人梦寐以求的矿床。

2001 年 8 月底，中国地质调查局资源评价部处长陈仁义，接到了张洪涛由西藏拉萨打来的电话。

"喂，仁义吧，请你马上组织专家前往冈底斯，那里有很好的找矿前景！"

这个电话让从事资源评价工作的陈仁义博士兴奋起来。他知道，正在冈底斯考察的张洪涛，一定有了重大新发现。

陈仁义，直接参与了《新一轮国土资源大调查纲要》和方案编写、修改工作，深深懂得冈底斯在共和国西部的分量，没有丝毫的犹豫推脱，2001 年 9 月 3 日，陈仁义和中国地质调查局发展研究中心总工程师严光生、原广东地矿局总工伍广宇、西藏地矿局教授级高级工程师夏代祥等人组成的专家组，在西藏地调院院长程力军、副院长刘鸿飞等人的陪同下，赶赴西藏与成都地质矿产研究所高级工程师杨家瑞会合，开始了为期一周的冈底斯成矿带的考察之旅。

第一次踏上这座世界高原，陈仁义特别兴奋。遥望九月的冈底斯山脉，犹如一条巨龙横卧在北部昆仑山脉与南部喜马拉雅山脉之间。除了巨岩重叠、大石磊磊外，就是雪的世界。

海拔和距离，无法阻挡人们对它的认知。陈仁义回忆说，来到这个生命的禁区，你的感受很快就会由神秘、神奇转化为对严酷现实的一种震撼。他们一路跋山涉水，虽然是九月的天气，一会儿狂风大作，暴雨滂沱；一会儿鹅毛大雪，冰雹交加；一会儿又已是雨过天晴，烈日晒烤。一般人别说干活，连思维都慢了许多。就这样，他们的足迹踏遍了数百平方公里的每座山峰，谁也说不清他们收集了多少个矿石样品，记不清做了多少次化验分析，只知道那一幅幅地质图，一页页地质报告，都被他们几乎翻烂。

所有重点地质剖面都留下了他们的脚印。

这一天，陈仁义、严光生一行爬上5300米的一处山谷中，看到了张洪涛描述的那条"孔雀河"。只见河水从远处的山峦奔涌而来，在分岔处一条支流的清澈河水突然由无色变成了绿色，就连河中遍布的石头都呈现出美玉般的碧绿。

已是午后两点，间或夹杂些零星飘飞的雪花，远远望去，天空竟是那么的宁静悠远。呼吸着微弱的氧气，陈仁义弯腰从水中捞起一块石头，手与石头都是绿的。

大自然总是以截然不同的状态和表情，向人类张扬着自己独特的个性。陈仁义一抬头，只见前方不远处，阳光照射下的山谷两侧山体通红，烈焰般的矿石大面积地裸露着。

"看，火烧皮！"陈仁义心里陡然涌动一股热流，对着严光生叫起来。

严光生怦然心动，顺着陈仁义的手臂望去，真是"梦里寻她千百度"啊，火红的岩浆正是在不断地堆积中造就了金山银山。那赫然发红的颜色，大面积的"火烧皮"，明显的斑岩铜矿铁帽露头啊！

一个个专家都清楚"火烧皮"的地质现象意味着什么，像阿里巴巴发现了宝藏，陪同前来的杨家瑞、王保生、刘鸿飞，无不孩童般地欢呼起来。

"这就是氧化淋滤作用形成的大规模褐铁矿化氧化带！这铜染的孔雀河完全具有寻找特大型斑岩铜矿的可能！"

空白的区域放牧羔羊，奇迹的出现既是偶然，也是一种必然。

发现、推断、确认。随着一块块珍贵矿石标本的收集，一个个含铜矿化物的出现，综合原有一系列令人振奋的地质资料数据，无不表明这里很可能抱出个大"金娃娃"！

陈仁义兴奋异常，他抬起右脚画了一个圆圈，脚尖点着圆心，当即坚定自信掷地有声地说道："钻孔，就在这里定位！争取赶在冰雪封山前下钻！"

随着陈仁义的脚尖一点，驱龙铜矿的第一钻，就这样披着科学的灵光，定格在中国西部的最高处。

地质人的想象力和创造力犹如两只神奇的大脚，在大自然的洪荒中踏出了一条通向现代工业文明的金光大道。

严光生以战略思维发出了如此评价：驱龙铜矿的发现与开发，是西藏矿业经济发展的转折点，它对后来甲玛多金属矿的突破起到了引导作用，对缓解我国铜矿资源供应、建立我国多金属矿产储备基地都有重要意义！

这一重大的发现，让刘鸿飞一改岩石般沉默的天性，多年积压在胸中的情感似乎呼啸而出，理想的浪漫冒出了诗意的语言："古老的群山，就要沸腾了！"

静静的孔雀河，在世界最高海拔处流淌出酣畅淋漓的乐章。驱龙铜矿田如同一支镀上夺目光彩的响箭，即将从大时代的弯弓上呼啸射出。

"这回我们西藏真要挖个金娃娃了！"西藏国土资源厅厅长王保生，几乎要手舞足蹈了。

"真是不虚此行！"沉浸在兴奋中杨家瑞喃喃自语。

"鸿飞啊，你要尽快把探矿权拿下来！这样就可以获取在规定的范围内勘查矿产资源的权利，不然，就难以摆脱咱们地质队员'打工'者的身份！"

返程路上，深知这个矿床的经济价值和政治价值的地质科学家们，纷纷对坐在越野车后排的西藏地调院院长刘鸿飞提出了建议。

"明白！"刘鸿飞简洁明了的语言，表达了自己的决心，憨厚的脸上露出了发自肺腑的微笑。

专家组一行回到拉萨。星光交映下布达拉宫壮观而神秘。接到好消息的西藏地矿局第六地质队的党委书记粟登奎，已布好了奶茶美酒，他要尽地主之谊。

觥筹交错，酒风粗犷，酒碗嘹亮的碰击声，荡漾在沉寂的天地间。

"驱龙的见证人啊，来，干一杯！"

严光生晃动着近一米八的身板，一手端着酒杯，一手抓着一根羊腿棒，眯着一双笑眯眯的眼睛，与热情好客的西藏主人频频举杯。

端起酒碗，自信人生二百年；举起酒碗，会当击水三千里！

陈仁义、王保生、杨家瑞、刘鸿飞、次旺多吉在微醺微醉中，跑了调地哼唱起来：

泥巴裹满裤腿

汗水湿透衣背

我不知道你是谁

我却知道你为了谁……

当今世上男人可醉的东西太多,醉权、醉钱、醉色、醉赌,或醉于各种"嗜好",而今天,一群铁打的地质汉子在为青藏高原惊天大发现而歌,为共和国的地下"龙脉"而醉!

刚烈、豪爽、醇香的青稞酒啊,如一股狂风巨涛,穿越了千年时空,翻涌着豪迈情怀,正在青藏高原激荡起一部部英雄史诗。

第二节 地火在涌动

历史总要把自己前进的每一步,都深深地烙在大地山川之上。

2002 年,对于西藏来说,又是一个不同寻常的年份。中国地质人再次赋予了这片曾经荒凉的高原以常青的生命。

这一年,"西藏冈底斯东段铜金多金属成矿带矿产资源调查评价"项目设立,中国地调局决定将驱龙铜矿化点作为冈底斯成矿带的一个重点勘查区,利用钻探和平硐工程进行了地质勘探。

"这是个艰难曲折的过程,出现了好多故事,比如成都地矿所丁俊所长多方斡旋,立项得以通过;驱龙铜矿的平硐工程,多吉院士功不可没啊。"

说起十几年前的往事,原西藏地调院院长程力军满是感叹,他说,由驱龙铜矿的平硐工程,到驱龙甲玛历史性突破,成为名副其实的亚洲大矿田,经历了一个思想解放的过程。开始的预测、推论,确定了矿脉,但地下深部矿脉如何展布?矿脉连续性怎么样?矿体的薄厚、走向以及品位的高低,都像一座山、一堵墙摆在地质人面前。

预测的正确性必须在实践中去证明。在如激情般燃烧着火烧皮的冈底斯山顶,螺旋状盘山道上,钻机拉来了,水泵、井架、钻杆抬上山了,平场地,竖钻塔,碾压机叽叽咔咔地徘徊着,装载机欢快奔腾地吼叫着,一时间彩旗猎猎、马达轰鸣、人头攒动。

西藏第六地质队队长、党委书记粟登奎,站在制高点下达着他的号令,一辆辆货车出出进进,一个个身影步履匆匆,人员和机械完美地融合在一起,每个环节的工作都是那么紧张有序,那么完美和谐。

为证实驱龙为斑岩矿体,为赶在工期结束前下钻,粟登奎暗自思忖:一个矿区的第一批钻孔、坑道的确定，都关系到矿区找矿工作的部署，关系到矿区的前景，关系到领导者的决策，关系到地质人员的找矿积极性，必须慎之又慎。

于是，粟登奎与黄卫总工程师、张金树副总工程师一起，与技术人员开始了设计编写，进行技术攻关。细心"吃"透图纸，反复斟酌钻孔的位置，一个个饱含着科学智慧的孔位终于敲定下来。

一轮红日从东方升起，巍然的井架披着金色的霞光，井场上一片繁忙，西藏地矿局第六地质大队的钻机长大步跨上钻台，握住冰冷的刹把，纵情地大吼一声：开钻了！

随着气壮山河的呐喊，一幅波澜壮阔的画卷徐徐展开：

高速旋转的钻头一路咕噜着钻向地层深处，人类的臂膀借助现代科技的力量，正以无可抵挡之势，触摸着亘古造化的精灵。

亿万年前，特提斯女神在这里显示着无穷张力，将一块块坚硬的岩石疯狂的震裂、撕开、破碎，来自地层深处炽热的岩浆血一样地向上溢流，迅速向一条条缝隙里灌入，似乎要将每一块开裂的岩石黏合……这种令人生畏的力量造就了驱龙大山，也造就了有色金属的成矿带。

大自然以其神奇的魔力，赋予了驱龙大山的这种生命状态，也给地质人带来了烦恼。一米，两米……钻杆在一米一米地往下钻进，焦虑也随着钻杆延伸变得愈来愈强烈。由于该项目钻孔所穿地段岩层复杂，地层风化、破碎、漏失严重，加之岩石软、硬交叉频繁，大部分钻孔要穿过断层，且断层两盘地层岩石破碎，大大增加了钻机的钻进难度，项目施工面临钻探效率低、护壁难度大、钻孔顶角和方位角难控制，岩心难取等困难。

比岩石硬的是钻头，比钻头硬的是钻井人的骨头。技术人员认真分析研究，制订了严密的施工组织方案，从设备选型、工艺方法、钻孔结构、质量保证、事故预防与处理等方面采取有效措施，确保了钻探工程的顺利进行。

蕴含了王者气息的圣地，终于出现了可喜的曙光——首钻见矿厚度234米，即使按0.3%及0.5%双指标圈定矿体，初步控制333＋3341资源量：铜564万吨；钼：40万吨；金：96吨；银：3633吨。

大山深处传出了欢乐的笑声！

更大的惊喜还在后面。地质开拓者脚下的青藏高原，正在从远古走向现代，驱龙群山在历史隧道的延伸中，却从现代走向了远古。在 I 号斑岩体上钻探的ZK001孔，孔深打至650.28米，从9.8米处开始见矿，见矿厚度403.44米，终孔时仍未穿过矿体（终孔品位 Cu : 0.93 %）；ZK002 孔，孔深打至 499.95 米，从 6.8 米处开始见矿，终孔时仍未穿过矿体。

这预示着什么？

下面不是一个"金娃娃"的问题，很可能是藏匿着一个伟岸的巨人！

"根据我们物探资料分析，矿体延长和延深都很大，看看后面几个钻孔的情况吧，我们期待着大型矿床的出现。"刘鸿飞掩饰不住自己的兴奋。

钻到矿体，是钻探队员最高的人生追求。这两孔的成功钻探，激发了钻探工人燃烧的火焰，望着雨后的彩虹，听着钻机的欢唱，浑身上下湿漉漉的钻工们露出了开心的微笑。他们加快了钻探进度，然而，II 号矿体上施工的 ZK1101 孔钻深达到了 662 米，同样未穿透矿体……

这是一个让中国人为之自豪的特大型铜矿啊，第六地质大队的群英们激动得简直要放歌一曲了。找到矿、找到大矿的欢欣鼓舞，是对地质队员长期坚韧毅力、精湛专业技能最好的回报与奖励。

"我们在崎岖的山坡上一蹦三尺高，抑制不住对着石头大喊'出矿啦'，崩裂而出的欢呼声在空荡荡的山谷中久久回荡。"

一位年轻的勘探队员在日记里这样形容见矿的那一刻，"巨大的喜悦仿佛能涨破心脏"。

黑色板块下压抑太久的"金娃娃"与现代文明的飓风紧紧相拥，"战天斗地"的双手从地球的腹腔中托起了一轮"金太阳"——亿万年的相思，亿万年的期待，亿万年的幽怨，亿万年的渴望，都得到了尽情的宣泄释放，绚丽得美轮美奂，辉煌得如同拍天而起的"金凤凰"！

当拉萨电视台播出了这一配有画面的消息时，在西藏引起了强烈的轰动。藏族群众仿佛看到了神话传说中的"神灯"，看到了致富的希望之光，一时间前往参观者络绎不绝。

有这样一个真实的故事：第一个带有矿脉的岩心刚刚送到井口，人们奔走相告，欣喜若狂。素有"铁打的硬汉"之称的一位老地质闻讯跌跌撞撞地跑来，刻满老茧的双手紧紧地抱着岩心，像抱着自己熟睡的孩子一样，眼角流出了泪花……他那坚强的身躯犹如一尊威严的石雕，瞬间定格在巍峨的雪域高原上。

这位退休的老地质的心情不难理解。作为地质人，一生能找一个大矿，就是幸运者，就能挺直腰杆做人做事！有人毕其一生都没能找到一个大矿，终生留下了遗憾。

"找矿有时候真需要运气！我们就特别幸运。"陈仁义喜不自胜。

"由于缺氧，柴油燃烧不充分，钻机'高原反应'严重，4个钻孔都是在矿体内终孔。也就是说，下面应该还有可观的资源量。我认为翻番没问题！"令人振奋的消息，让张洪涛又一次做出了准确的判断。

冈底斯山在奉献它宝藏的同时，也在考验着地质人的意志和智慧。

时光转眼旋进了2003年。

9月，驱龙项目指挥部的帐篷里，一只坐在火炉上的水壶，"咕嘟咕嘟"地鸣叫着吐出热气，似是要提醒人们对它的注意，烧得正旺的炉火，喷着紧张和焦虑。从西藏地矿局党委书记到工程师，所有的人都蹙着眉，想着心事，肃静中让人弥漫着一种不可遏止的压抑。

"就这样，我同意大家的意见，ZK801孔就定在山凹处！"扫过一张张焦虑的脸庞，党委书记李清波凭着对地质专家的信任，凭着对地质科学论断的肯定，最后斩钉截铁地做出了决定。

钻探孔位不是定在有明显矿体露头的山顶，而是定在深浅未知的山凹处，这需要科学的判断，更需要大气魄。因为，再经历一次失败不仅会涣散大家的斗志，最重要的是会给国家带来无可挽回的经济损失。

决断，给了所有人以信心和勇气，大家舒了口气。"好！开钻！"

钻台顿时发出巨大的轰鸣。这一次，个个钻探工人都充满了"底气"！

一系列地质钻探全液压动力头岩心钻机的研制，加快了我国地质钻探装备更新换代；2000米内地质钻探技术体系的初步建立，提高了我国地质钻探技术整体水平；具有国际先进水平的科学钻探技术形成了体系，为加速深部探矿提供了可能，我们的地质人当然底气十足了！

高速旋转的钻头温度太高，高压水流不断进行着滋润冷却，钻井架旁一摞摞摆放整齐的圆柱形岩心在不断增加。

ZK801孔果然不负众望，直打到510多米还未穿透矿层。夕阳余晖里，提上来的钻杆像是镀了一层金，黄灿灿亮闪闪的铜膜，几乎晃花了钻探工的眼睛。

驱龙矿区热闹起来了，测量、地质、绘图等技术人员都集中而来。物探、化探除了矿区内的详查、精查和精测剖面工作以外，也开始由矿区向外扩展大面积小比例尺综合普查。

大山陡峭，更增添了野外工作的难度。测量人员在布孔时，深一脚、浅一脚地前行着，有时为了布设一个钻孔，往返需几公里，累得他们筋疲力尽，汗水伴着雪水使他们的棉鞋与棉裤冻在了一起，脸上的汗水加之呼出的雾气给帽子挂上了白霜，好似圣诞老人来到了人间。每布一个孔，都是那么艰难，但他们全然不顾，硬是以惊人的毅力、超强的体能和无私的奉献精神，布完了全区的几十个孔位，有的孔位，因为各种原因重复布设了多遍，但他们从没因劳累过度而抱怨过，每次回到住地后，他们给人们的印象是，除身体显得疲惫外，脸上却写满了胜利和喜悦的微笑。

连接着历史与现实，铺展着希望与生机，一张张日历化为一张张金蛇狂舞般的捷报——

从 2002 年那第一声钻机的轰鸣到 2006 年，中国地调局在驱龙矿区累计投入勘查经费 1433.35 万元，累计投入钻探工作量 8863 米、槽探 6600 立方米、浅井 80 米、1 ∶ 1 万地质草测 124 平方公里、1 ∶ 2 千地质测量 2.03 平方公里、1 ∶ 1 万激电剖面 122 公里。

初步查明矿区内的黑云母二长花岗岩全岩铜钼矿化，地表风化淋滤作用形成铜矿氧化矿，矿体总矿石量 159305.54 万吨，铜资源量 789.65 万吨、伴生钼资源量 50.10 万吨，伴生银资源量 5931.80 吨。

惊天爆炸雷，"当惊世界殊"！

驱龙铜矿达到特大型规模，成为当前中国最大的千万吨级铜矿！

驱龙，那个藏语中意为"含大量孔雀石玉石的山沟"的地方，再也不是在地图册上用放大镜都难以找到的小牧村，它像一条龙，正欲振翅腾飞。

"西藏雅鲁藏布江成矿区东段铜多金属矿勘查"项目的实施，让人们看到了一个群龙腾舞的矿群——冲江、厅宫、朱诺大型斑岩铜矿床，雄村大型铜金矿床、甲玛大型铜多金属矿床、蒙亚啊大型铅锌矿床等大型矿床 6 处；还有中型矿床 15 处……

"当初以驱龙来命名矿区，就含有与藏东著名的玉龙铜矿相比较的意思。"

多吉院士兴奋地告诉我们，"驱龙铜矿的发现，实现了雅鲁藏布江成矿带的找矿突破，也为西藏矿业开发带来了数以亿计的商业性资本，搞活了西藏的矿业经济，成为 7 年来矿产资源评价工作中最闪亮的一颗星，成为公益性地质工作拉动商业性地质工作的典型范例。"

2006 年元月，西藏自治区人民政府常务会议对驱龙铜（钼）矿的勘查和开发进行了专题研究，并形成纪要。

2006 年 8 月 28 日，在日光城拉萨，格尔木藏格钾肥公司、西藏中胜矿业

公司、西藏地勘局第二地质大队、西藏墨竹工卡县大普工贸公司，在《西藏墨竹工卡县驱龙铜矿联合风险勘查开发协议书》上，郑重地签上了各自的名字，也签下了各自的责任。2006 年 12 月，西藏巨龙铜业有限公司成立。

商业性勘查资金（28 亿元人民币）的投入，加快了驱龙铜矿的勘查评价进程。这或许是驱龙铜矿成为西藏矿业经济发展"转折点"的真谛所在。

2007 年驱龙会战进入白炽化程度。西藏地质六队、地质二队、地热队专家、技术员；廊坊物探所、成都理工大学的科研人员；四川、陕西等十几家兄弟地勘单位的 30 多台钻机，一齐向着冈底斯高原进发。

冈底斯的岩石听到了最为雄壮的机器声，感受到了最为坚强执着的心跳声。

2007 年 8 月 3 日，徐绍史部长不顾高山反应，率领寿嘉华、孟宪来、张洪涛、周家寰，以及中国地质调查局资源评价部、成都地调中心有关负责人和领导，一道来到海拔 5100 多米的驱龙矿区，亲切看望慰问一线职工。59 岁的寿嘉华副部长完全忘记了疲劳和寒冷，忘记了高原反应。走进帐篷，与队员们一起吃了方便面，又齐声唱起了《勘探队之歌》。

激昂的歌声在雪域高原回响，地质队员的豪情壮志，直冲云霄，洒向天际……

第三节 "当惊世界殊"

甲玛是否也存在像驱龙那样的大型斑岩铜矿？

当驱龙铜矿像一颗耀眼的明珠升腾于中国西部高原，成为中国地质界关注的焦点时，萦绕在唐菊兴脑海中的甲玛影像，成了他无法排遣的一块"心结"。

唐菊兴，中国地质科学院矿产资源研究所研究员。魁梧的身材，浓浓的剑眉，透溢着这个壮汉特有的坚毅、干练与精明，黑红发紫的脸膛，略有青紫的嘴唇，烙下了长期青藏高原野外作业的印记。

有人说，性格决定命运，也有人说，思维决定命运。自 1984 年成都地质学院矿产地质调查专业毕业，他就与山川江河结下了深厚的情结。1995 年初入西藏，第一站就是著名的玉龙铜矿。在这里开展研究工作期间，他得知了玉龙铜矿那偶然的发现经历：一天，一位牧羊人拿着一块花花绿绿的石头标本交给原西藏地质一队的地质人员，由此直接导致了玉龙铜矿的发现。

"在青藏高原上有两种人：守望者和牧羊人。"唐菊兴说，牧羊人每天都会爬很多的山、涉很多的水，行走匆匆，但也过得悠闲；守望者会驻守在他自己的阵地上，付出更多的耐心去发现身边的惊喜，但有时候会显得孤独。"这是两种不同的生活，我们地质工作者就是青藏高原上的守望者。"

20 年间，唐菊兴几乎每年都有三分之一的时间在平均海拔 4500 米以上的青藏高原度过，最长的一次，他在西藏待了 200 多天，他的足迹踏遍了藏东和冈底斯的重要矿床（点）和山山水水，也因主持雄村铜金矿勘查与评价取得重大突破而声名远播。他和他的研究团队主持完成了甲玛、雄村、尕尔穷等多个大型、超大型矿床的勘探评价，探明并新增铜资源量超过 900 万吨，钼资源量 69 万吨，铅锌资源量 105 万吨，伴生金资源量超过 350 吨，伴生银资源量超过 1 万吨。

雄村铜金矿床，是唐菊兴科研团队在西藏冈底斯成矿带中的第一乐章，这座以铜 – 金为组合的斑岩型矿床伴生铜资源量 238 万吨，伴生金资源量 202.7 吨，伴生银资源量 1041.9 吨。这座矿床的发现，突破了前人海底喷流成矿理论的认识，结束了西藏冈底斯成矿带没有大型 – 超大型铜金矿床的历史，为在冈底斯成矿带寻找岛弧型斑岩铜金矿指明了新的找矿方向，经过资料对比，专家认为，有必要对这个地区的成矿规律进行重新认识。古造山运动中经历了多次裂变过程，不能排除岩浆再次从裂开的岩缝中挤出的可能，专家们打破过去一次成矿的固有思维，大胆提出了"多次成矿"的新观点。

结果好戏连台。利用新技术新方法"拔出萝卜带出泥"，在雄村铜金矿床北西约 3 公里处，纽通门铜金矿床出现了。

这是科学的又一个胜利——按照岛弧型斑岩铜金矿的空间分布特点，以及矿化与含眼球状石英斑晶的英安玢岩密切相关的新认识，这一重大成果，成了科学找矿的成功范例。

2008 年 6 月 15 日，甲玛勘探项目总指挥唐菊兴与粟登奎，登上位于冈底斯山脉东段郭喀拉日居山主峰果沙如则东北部的甲玛矿区。这里属高山深切割区，海拔 4160~5407 米，距拉萨市 68 公里处的墨竹工卡县甲玛乡境内，矿权面积为 144 平方公里。

甲玛地处拉萨河流域，气势磅礴的冈底斯山脉在境内绵延纵横。"甲玛"系藏语译音，意为"辽阔"。然而，甲玛沟却很小，小到你怎么都无法想象它曾是吐蕃王国的国都，是一个强大帝国的心脏地带，也无法想象这就是公元七世纪一代英主藏王松赞干布的出生地。

粟登奎望着余晖中的一道道古围墙，一座座古佛塔、古寺庙，依旧保留着贵族庄园特有的建筑风格和曾经的辉煌，登时心中涌动起一股诗兴；转身看到唐菊兴被风吹散的长发，既像金庸笔下的侠客，又像三毛笔下荷西般的潇洒形象，喜欢吟诗作词的粟登奎当即赋诗，以抒胸怀：

癸亥而立雄心壮，戊子不惑今夕阳。廿五载弹指间，独有豪情年少狂。榴月铜山彩旗扬，则古铅山钻机忙。斑岩铜矿将不盲，一代更比一代强。昔日罗盘引夏工，铁锤唤醒沉睡铜。卅年风餐露涉水，探地寻宝无怨悔。今朝科仪当向导，芳林新秀破土出。地勘少壮人才济，风流人物在今朝。

可以说，无论是冈底斯还是甲玛，唐菊兴与粟登奎两人都不陌生。

早在 1989 年，唐菊兴就与时任西藏地质六队总工程师的粟登奎及加拿大 Laval 大学教授鲍董银一道，登上了冈底斯。甲玛考察结束，唐菊兴就得出一个结论："众多散落的遗迹表明，甲玛地区在历史上可能开采过铜矿！"

唐菊兴的判断不无道理，世界上每个著名的矿床，几乎都有漫长的勘查历史。目前世界上最大的在产铜矿山——智利丘基卡玛塔斑岩铜矿，早在 1492 年哥伦布发现美洲之前，当地居民就已开采利用，但矿山正式生产却始于数百年后的 1915 年。甲玛铜多金属矿，也同样经历了曲折的发现和勘查历史。

1951 年，年仅 25 岁的李璞研究员和他的团队来到西藏，初步确定甲玛矿床为高温热液型铜多金属矿。至今保存在成都理工大学档案馆的两本野外记录本，仍清晰地记录着成都地质学院教授张倬元、任天培为甲玛发现做出的卓绝贡献。然而，在长达半个多世纪的时间里，甲玛铜多金属矿却被误认为"没有太大的潜力"，走过"大矿小开、一矿多开"的弯路。

1967 年，西藏第一地质大队完成了墨竹工卡县甲玛矿区多金属矿检查，他们提交的手写地质报告中，甲玛却仅为一个铅锌矿。但从六七十年代开始，多数地质研究者却认为，甲玛可能是矽卡岩型矿床，应该跟岩浆活动有关。

历史多情，历史也无情。随着 1999 年地质大调查，西藏驱龙、雄村等一个个新的铜、金大矿床发现，冈底斯成矿带吸引了全世界的眼球。遗憾的是，就在甲玛眼皮底下，隔沟相望的驱龙铜矿一举成名，历史却始终没有垂青甲玛。

2000 年，粟登奎团队提交了《西藏自治区墨竹工卡县甲玛矿区铜铅多金属矿详查报告》，对整个矿区做出了总体评价，提交铜＋铅矿产资源量 108 万吨。

"这个很不错的找矿成果，让我们看到了甲玛铜多金属矿这只'巨型猎豹'身上的一块'小斑纹'，甲玛应该还有巨大的找矿潜力！"

　　唐菊兴凭着在冈底斯成矿带找矿多年的经验，再一次做出了肯定判断。从那时起，他就一直没有停止寻找证据，也在不停地寻求合作的机遇。

　　2007年，橄榄枝出现了。全国两会期间，胡锦涛总书记参加十届全国人大五次会议西藏代表团审议时指出："着力转变经济增长方式，做大做强特色优势产业和优质矿产业，是实现西藏经济跨越式发展的战略重点。"

　　西藏自治区党委、政府迅速落实总书记讲话精神，决定"引进一些有实力、有信誉的国有企业参与西藏矿业勘探开发"。2007年10月21日，《关于联合整合开发西藏甲玛铜多金属矿的意向书》在北京钓鱼台国宾馆正式签订，中国黄金集团控股的西藏华泰龙公司具体实施甲玛铜多金属矿的开发建设。

　　唐菊兴盼来了渴望已久的印证机会。

　　2007年底，中国黄金集团以补充勘探和外围勘探为重点，与中国地质科学院签订了由矿产资源研究所作为勘查单位的技术合同，明确唐菊兴为勘探项目负责人，组织技术团队进行施工。同时，组成了以陈毓川、多吉、叶天竺、王瑞江、王登红等国内知名专家为成员的阵容强大的专家顾问团。

　　"地质找矿是一项应用知识与技术对自然界进行科学探索的工作，具有探索性、创新性、实践性。任何矿藏都有不同的地质构造环境，没有一成不变的模子可以套用，必须寻找适应于本矿床的成矿规律。"

　　中国工程院院士、矿床地质学家陈毓川，率先表明了自己的观点。

　　地质科学在其长期摸索发展进程中，逐渐形成了一整套成熟的成矿理论和勘查技术。一般说，判断什么岩石生什么矿，探索什么构造富集什么矿，采用什么方法和技术找矿最省时省力，都得依规出牌。但也常常出现意外，理论推断有矿的地方偏偏找不到矿，认为没有矿的地方却又成果颇丰；加上当时装备、技术和认识上的局限，漏矿、丢矿的事时有发生，还有不少地方受自然环境等条件限制，留下了大片大片的空白带、盲矿区。

　　这些都说明了什么？

　　创新和发展成矿理论、集成先进勘查技术方法，成了找矿突破的当务之急！

　　要有效部署勘查工作，首先得弄清甲玛矿床形成的地质背景、控矿因素和形成机理。但又谈何容易？

　　在我们采访时，唐菊兴介绍了甲玛铜矿重大突破的过程。为了让我们这些外行听懂那些地质专业理论和术语，他尽力做了通俗的解释。说到地层，他随手抓起桌子上的一本钻井工艺的书作比说，书页好比地层；弯一下，就是褶皱；

如果撕开，那就是断层……地层的形成原本是有序的、平整的。淀积在下面的自然是老的地层，它的上面又是依次生成的新地层。地层就像书的页码，矿床便是这卷大书中的几个页码。

要找到"页码"并非易事。唐菊兴形象地说，造物主既造就的地层、构造，有的是有序的，有的是复杂的。有的地层随着地质构造的变化，常常像揉搓过的软纸，有很多的褶皱，也有的甚至倒转，到处"一团糟"。面对复杂多变的地层和构造，不知有多少知名的地质学家好像进入了"迷魂阵"，转来转去就是走不出误区，找不到路径。

2007年底到2008年初，为揭开谜团，唐菊兴和专家顾问组以科学、冷静的态度，对前人留下的数据和甲玛成矿地质条件，进行了多学科交叉的深入分析、研究和论证，最终认定，甲玛的矽卡岩虽然整体上有似层状特点，但成因还是属于"高温热液充填交代"，进而确定用"斑岩—矽卡岩"成矿理论来指导甲玛找矿实践，明确了先易后难、先地表后深部分阶段寻找隐伏大型斑岩铜矿的目标，合理制定了勘查计划。

科研探索的道路永远是苦乐相叠，一个"山峰"跨过之后，更严峻的"山峦"往往会显现于脚下。唐菊兴深知这一点。找矿方向明确了，他并没有感到些许地轻松，他说，这一切还要在勘查实践中进一步检验。

"要查明深埋几百米上千米的地下矿产，必须发挥技术人员的积极性、主动性和创造性，否则有矿会变无矿，大矿也会变成小矿！"

唐菊兴决定集重兵强将即刻出击。

2008年的3月，在唐菊兴的带领下，由华泰龙公司组织的6支勘探队伍、30多名技术人员、33台钻机和400多名施工人员，驱赶着高原的寒流，迅速在甲玛矿区海拔4600米至5300米的崇山峻岭间展开了勘探作业。

西藏的山、河、沟，都被赋予了神秘的灵性。在唐菊兴的眼里，地球是活的，山上的石头是有生命的。每当他凝视一块岩石，就仿佛听到石头隐约诉说它的曾经和现在的故事，那来自地球深部的，一定是滚烫的熔融体啊！

三月的内地已是春暖花开，草长莺飞，高原上却天寒地冻、狂风肆虐，上山干活必须穿上厚厚的防寒服。唐菊兴带领着项目组队员，登上高原的每座山，趟过冈底斯的每条河，越过甲玛矿区的每道沟，开始开展地表踏勘填图、坑道和采空区编录等工作，采集了大量样品。

一次次地分析，一次次地比对，唐菊兴终于发现了关键性线索，有力地证明了找矿思路的正确性：

一是甲玛的矽卡岩中存在晶洞，说明属于"高温热液充填交代成因"而不是"海底喷流沉积成因"，矿区深部必然存在隐伏岩体，而岩体是"成矿之母"；二是甲玛矿体的角岩中存在钼化矿，肯定了新近纪中新世大规模的成矿作用不只发生在驱龙等铜矿床，也波及到了甲玛，这就意味着，不是单纯浅部存在铅锌矿的问题，深部很可能有更丰富的矿藏。

成矿理论研究的突破，使得甲玛的勘查工作，从"牛马塘—铅山—铜山"一带的浅表，一下子扩展到了则古郎一带的深部找矿。

跳出了传统思维的小圈子，拓展了科学找矿的大空间。

驱龙甲玛找矿突破留下的否定之否定S型轨迹，印证了哲学上的"原点"理论，即离开了原点，又回到了原点，离开是一种认识，回来又是一种认识，结果是认识在实践中得到了螺旋式提升，于是，矿区还是这些矿区，上去下来，下来又上去，盲区成了靶区，靶区又扩大了面积，储量却增长了几何倍数；

科学的数据足以决定一方地域的兴起。然而，地勘人没有火眼金睛，目光穿不透岩石，几千米的地下有什么？有多少？

这就必须依靠技术进步，让石头说话，让数据说话。

一台台钻机运到了海拔4700米的山上。一台钻塔10多吨，加上钻杆、水泵、柴油机等辅助设施有30多吨，从这山搬到那山，风吹若吼，大雪纷纷，坡陡山高，天凝地闭，寒气袭人，如进冰窖，人抬肩扛，没人叫苦，没人喊累！

中国地调局局长叶天竺、院士多吉、矿产资源所所长王瑞江、项目总工王登红，一一登上高原，走进矿区给予勘探指导。

2008年4月30日这一天，似乎天也作美，漫天飘舞的雪花挟着诗意，如同缤纷的礼花，洒在人们的脸上身上。

"开钻喽……"钻工们的铁锤在岩心管上"铛……铛……铛……"地敲了几下，钻机登时发出了神圣的呐喊。

欢乐的乐章激活了亘古死寂了的琴弦，旋进的钻头也旋紧了个个地质学家们的心。

"打破常规，才会有奇迹！"说这话的是谁？叶天竺！

2008年7月，勘探工作正处迷茫之际，李四光奖获得者、我国著名矿床专家叶天竺再次来到了甲玛矿区。40多年地质战线艰苦环境的磨炼，培养了叶天竺不怕困难、勇于接受挑战的性格，67岁的老人手拄着竹竿探路，与地质技术人员一起爬至 5000 米高处，老人的嘴唇失去了以往的红润而变得乌紫，严谨认真的工作态度感染了所有地质工作者。

"上天容易入地难"，地底下藏着什么，谁都捉摸不透。有时采样、钻孔的位置设计得稍偏一点，就很难有所发现。上千万元的投入，说不定就因此"打水漂"了，找矿人的压力可想而知。

叶天竺以其数十年矿产勘查实践中积累的经验，坚持打破常规，指出要向深部找矿，并亲自指导了 ZK1616 等深部探索孔。

一孔定局——ZK1616 孔，一举打开了甲玛勘探的局面。

钻机轰鸣，送走了多少个不眠之夜；灯光闪烁，迎来了多少个战斗的黎明？

在青藏高原钻孔施工，按照惯例，钻孔深度达到三四百米还不见矿就会放弃，然而，当唐菊兴现场看了岩心，认真研究分析后提出，角岩型矿体下面肯定有矽卡岩型和斑岩型矿体，于是果断决定继续施工。

所有参与钻探的找矿人员都在为一个终极目标等待。他们以大地为床，与日月为伴，日夜倾听着钻机穿透大地那永不变调的声响。

时间转瞬而过。钻机在甲玛奏出了回肠荡气的凯歌，甲玛以最醇厚的美酒回敬了他们——钻孔深度达到 500 米，钻台上的地质队员取了岩心，在崎岖的山坡上一蹦三尺高，崩裂而出的欢呼声在空荡荡的山谷中久久回荡，"见矿了！"

3 年钻探 13 万米，厚度达 252 米富铜钼金银矽卡岩型矿体——一座世界级超大型铜矿就这样揭开了神秘的面纱。

实践证明，任何一项科学试验都会有挫折。一旦地质人把挫折转化成了财富，一种不断再生的精神资源，就孕育出了地质人的大手笔大智慧大突破！

2010 年，唐菊兴团队又在甲玛铜山南坑发现一处矿体，仅这一处提交的铜资源量就接近原来 15 年提交的总和。到 2013 年 9 月，矿区新增的铜几乎是原来 15 年提交量的 14 倍。

奇迹随后在雄村、铁格隆南、尕尔穷等矿产勘探项目中不断发生，21 年来，唐菊兴团队创新找矿理论，采用产学研用一体化，在西藏探明并新增资源总量相当于 18 个大型铜矿、18 个大型金矿、6.9 个大型钼矿、11 个大型银矿、2 个大型铅锌矿。

找矿，不仅是对唐菊兴体力和耐力的考验，更重要的是对他意志和精神的考验。自 20 年前走上高原那天起，连轴工作与孤独生活就与唐菊兴团队相伴，夏天，暴晒的皮肤上渗出了脂肪油；冬天，朔风吹裂的手指上渗出了血。晴时紫外线强烈，脸晒脱皮，嘴角糜烂，还需防雪盲症、防滑落等。苦和累让一个个汉子咬紧了牙关，有一次，唐菊兴从山上下来，职工们为他泡上方便面，一转身，只见他嘴里含着方便面，已经倒在墙角睡着了。他们在四五千米海拔上熬出了一个又一个数据，只为攻下一座座科学的"山峰"。

"我们这群'爬山匠'啊，每年有4个月的时间都在高海拔山区，有的甚至半年8个月都在野外。但作为地质人，找到矿才是硬道理，能找到一个大矿，就是一生的幸运，吃再多的苦，都值！"

攻坚20年，苦不称其为苦，累不称其为累。唐菊兴的幸福指数就这么简单！

"地层是有裂缝的，但我们的思想和认识不能出现断层。"作为项目负责人，唐菊兴对甲玛铜矿的勘查既充满深情，又担惊受怕，用战战兢兢，如履薄冰来形容他，毫不为过。他说："这深部打钻，有可能一钻见矿，亦有可能一钻下来'打水漂'。地下看不见、摸不着，钻孔往哪儿打、往哪儿挪？何地进行详查加密？怎样确定钻孔线距？如何实现深部控制，何时上先进设备和物化探手段？都要周密地论证。打一钻要花上百万元，都是人民的血汗钱啊！"

不畏艰难的勇气，始终如一的追求，一大批像唐菊兴式的地质人踏冰卧雪，忍饥受冻，追踪着每一个异常，寻找着每一条矿脉，终于征服了亘古荒原，甲玛矿区终于向他们敞开了地下复杂、隐蔽的宝藏大门。

"至2013年，甲玛矿区探获工业矿体矿石量16.3亿吨，地质资源量折合成当量铜1500万吨。新增铜资源量700万吨，钼资源量69万吨，铅锌资源量105万吨，伴生金资源量152吨，伴生银资源量9995吨。通过进一步勘查评价，甲玛铜多金属矿，有望跻身'世界二十大'的超大型铜矿！"

结果，甲玛2010年7月投产，年创造利税近3亿元。

屋里很静，墙壁上的钟声嘀嗒嘀嗒轻轻作响。我随着他站在他研究成果的崇山峻岭峰顶上，看他指点江山地叙说着这次找矿突破的来龙去脉，顿时感到一个中国资源战略科学家的胸怀博大和知识浩瀚。唐菊兴如数家珍地说着说着，右手朝空中一挥：

"实践证明了科学决策的正确性，也证明了'胜利往往存在于再坚持一下之中'这一论断的历史功绩！"介绍到这里，唐菊兴朗声大笑起来，自豪的笑声冲破窗棂，飞进湛蓝的天宇间。

2010年8月26日，国土资源部一群专家型领导站在甲玛矿区的制高点上，望着火热的建设场面，频频颔首称赞：

"甲玛铜多金属找矿突破,显示了科技引领地质找矿的作用,建立了'产、学、研'三结合的勘查新模型,缔造了地质找矿'甲玛模式',值得推广!"

中国地质人用创新的理论,以精卫填海的精神,洞开了地球深处的大门,埋藏亿万年的秘密展露了真容:

——冈底斯成矿带:我国境内近 2000 公里长的东特提斯成矿带显露着与安第斯成矿带媲美的姿态,驱龙铜矿首战告捷,控制矿体长度 1825 米,最宽 1225 米,最厚超过 900 米,探获铜资源量 789 万吨;朱诺铜矿探获资源量 107 万吨,平均品位 0.83%,并将冈底斯成矿带向西延长 200 公里;而位于曲松县同属罗布莎超基性岩体的罗布莎、香卡山和康金拉铬铁矿,新增 20 万吨储量。

——念青唐古拉铅锌多金属带:已发现有亚贵拉、拉屋、尤卡朗、昂张等一批大中型铅锌银矿床,属于矽卡岩型,已探获铅锌资源量 800 万吨,远景 3000 万吨。

——班公 - 怒江成矿带:已发现多不杂、波隆、拿若等 3 处斑岩型铜矿,铜资源量 329 万吨,远景超过 500 万吨。

冈底斯 - 雅江、念青唐古拉、班公湖 - 怒江……一条条巨型成矿带,为区域矿产资源调查评价起到了重要的指导作用。

驱龙、甲玛、多龙、雄村、玉龙、桑穷勒富铁矿、狮泉河铬铁矿……联结着历史和现实,铺展着希望与生机,沉睡千年的地下宝藏呼啸而起,一个个特大型整装多金属矿石破天惊,一个将彻底改写中国有色金属资源现状的庞大矿群横空出世。

不能不说,青藏高原地质专项是一次带有"中国高度"的完美征服。一个个地质人用铮铮身躯构成了"中国梦"的一块块基石,在巍巍高原实现了一次完美的征服,一次完美的"秀"……

新发现一批矿产地和资源量——新发现和评价矿产地达 900 余处,大型以上勘查基地 150 余处。新发现矿(化)点和物化探异常万余个。国土资源大调查新增资源量:铁矿石 40 亿吨,铜 3800 万吨,铅锌 8300 万吨,铝土矿 5 亿吨,金 1800 吨,银 8 万吨,铀 ×× 万吨,煤炭 1300 亿吨,钾盐 4.6 亿吨。

基本形成十大后备资源基地——数十亿吨的铁矿,千万吨的铜矿,百吨的金矿陆续发现。基本形成 10 个可供国家规划和开发的资源基地:我国铜产能可望提高 30% 以上,进口量下降一半。

在海拔 4620 米的青海省祁连山永久冻土带，发现了现有能源最可靠的替代品——天然气水合物，即"可燃冰"，预测资源量达数百亿吨石油当量。在能源紧缺的今天，我国已成为世界上第三个在陆地区域采集到"可燃冰"的国家。

在大西北的东疆地区，煤炭资源整装勘查成果喜人，5 个预查区新探获煤炭资源量 1117 亿吨，煤质具有低灰、低硫、高热值特征，是优质的火力发电和煤化工用煤。内蒙古东胜煤田艾来五库沟—台吉召地段煤炭普查项目，成为 201 亿吨超大型煤田。

不可忽视的是，青藏高原地质大调查埋下了一个个伏笔，尤其是唐菊兴为首席科学家的"西藏主要成矿带大型－特大型矿床勘查评价科技创新团队"在阿里多龙发现了 600 万吨铜的储量，预示着整装勘查的巨大潜力和可喜前景……

壮哉，地球之巅的勇者！在离太阳最近的"世界屋脊"上，中国地调局几届领导班子带领广大干部职工风雨兼程 12 年，全面实现了青藏高原理论创新和找矿的历史性大突破，一张张日历化为了奋进的旗帜和纷飞的捷报。

这一伟大实践的过程，被新华社记者以激扬文字称为中国地质人寻梦、追梦、织梦、释梦、圆梦的过程——收获了春光无限，迎来了硕果满枝，梦想变成了现实，科学赢得了胜利！

第十六章　不息的江河

青藏高原地质理论创新和找矿重大突破，为我国赢得了青藏高原研究的国际话语权。钟自然令旗舞动，中国地质调查"野战军"向着"国际化、现代化的一流地质调查局"开始了新的冲刺。

第一节　向祖国报告

2010 年 7 月，首都北京。

在中国乃至世界，红墙掩映下的中南海无疑是一个政治代名词，是神秘、庄严的象征，在举国即将同庆党的 90 华诞的日子，一辆辆黑色轿车缓缓驶出中南海新华门，吸引了天安门广场众多游人的目光。

与中南海关联的新闻总能引起人们的集体兴趣，人们也往往会从蛛丝马迹中发现引人注目的敏感元素。在每时每刻都有奇迹诞生的中国、每时每刻都向世界发布新闻的北京，今天，中南海车队的出行，又预示着什么呢？

伴随逶迤前行的车轮轨迹，人们的视线在中国国家博物馆门前聚焦：

一波波潮涌般的人群，一只只腾空舞的彩球。国土资源部、国家发展和改革委员会、财政部联合举办的"基础先行——国土资源调查评价成果展"正在这里隆重开幕。

一幅幅图片，一张张图表，一件件实物，一段段视频，浓缩了中国地质工作史上一段跌宕起伏、波澜壮阔的难忘岁月。透过近在咫尺的这段历史，人们真真切切地触摸到了共和国大地的脉动，也感受到了中国地质人承载的光荣与使命，他们用青春和热血，用真诚和奉献，铸就了特有的地质"三光荣"精神，今天，他们正以高山的崇敬、大海的深情，把爱心、赤诚和执着一齐化作七月的颂歌，向党和全国人民献上一份丰盛的"厚礼"。

潮水般的参观人群徜徉在时光的隧道，犹如对轰轰烈烈的国土资源大调查进行了一次巡礼。中国地质工作者"上天、入地、下海、攀峰、登极"的壮举在这里再现，31个省（区、市）在土地、矿产、地质调查与地灾防治等方面的重要成果在这里汇集，中央地勘单位、矿业企业在地质找矿方面的辉煌成就在这里展示，17万字的文字，600多幅的图片，上百组的实物标本、模型、多媒体和动态图标，丰富多彩的内容组合、声光电的视觉效果……革故鼎新的轰鸣，民族复兴的梦幻，尽在波翻潮涌的国土资源大调查中显现。

"摸清家底，应对挑战"——滥觞于新世纪门槛、横跨两个世纪的新一轮国土资源大调查是中华人民共和国成立以来投资最大的基础科学项目之一，也是共和国建立以来一个事关国计民生、事关国运盛衰、事关政通人和、事关国基安稳的重大事件。这次展览催动了国家20多个部委的领导，以及10多个中央资源、能源企业负责人参观的脚步，同时也接受了众多中央领导的相继检阅。

"这是一代又一代地质矿产工作者发扬特别能吃苦、特别能战斗、特别能忍耐、特别能奉献精神的结果。"

李克强在一块块展板跟前时而凝神驻足观看，一个个大调查成果犹如千年古莲夺人眼球，他意味深长地指出，国土资源调查评价对于国计民生意义重大。对于我们这样一个有着13亿人口、正处于工业化城镇化快速推进关键时期的发展中大国，提高能源资源保障能力、化解瓶颈制约，必须进一步加强地质勘查。要在推进国际合作，利用"两个市场"、"两种资源"的同时，坚持立足国内，运用先进找矿技术，不断增加重要资源探明储量，形成一批资源战略接续区，把矿产资源潜力转化成经济社会发展的保障力。他勉励大家发扬团结协作、甘于奉献的时代精神，为国家为人民多找矿找大矿，取得更加丰硕的成果。

一茬茬地质人的接力搏击、一叠叠梦想的厚积薄发，藏掖中国地质人心底的瑰丽蓝图，在这里变成了可触可摸的美丽现实，从国土资源大调查、油气资源战略调查、危机矿山接替资源找矿、金土工程、数字中国等一系列重大专项成果的中央篇，到展示地方省（区、市）调查评价成果及转化应用成果展的地方篇，再到凸显中央地勘单位、矿业企业地质找矿成果的企业篇……这里是中国地质人人文精神的标高，这里是中国地质人鸟瞰八荒、俯视天下的灵魂家园。

中央领导人循着地质人的追求和攀援轨迹逐一观览，高度赞扬了勇闯禁区、艰苦卓绝的地质人志摘北斗的不朽业绩，肯定了国土资源调查评价工作取得的重大成果，以及这些成果在服务经济社会又好又快发展中发挥的重要作用。勉励国土资源及相关部门、各省（区、市）政府、中央地勘单位及资源企业，继续发挥各自优势，充分用好调查评价的各项成果，在资源调查评价、开发利用等领域取得更大成绩。

在展示青藏高原区域地质调查的大型景观模型前，在记录地质找矿新发展的分布图前，在反映耕地后备资源情况的展板前，在演示新能源开发利用的煤层气开采技术模型前……如此众多的高级别领导人，百忙之中相继参观了这场展览，并对展览和国土资源工作给予了高度的评价，说明了什么？

世纪之交的中国，人口负担过重，各类资源相对短缺，摸清资源家底的意义，远远超出了人们想象的程度。波澜壮阔的国土资源大调查，就是为共和国摸一摸资源的家底，就是对我国土地资源、矿产资源、海洋资源等国土资源，进行一次基础性、公益性、战略性的综合调查评价，唤醒沉睡的资源，使其服务于国家建设、服务于可持续发展战略，缓解我国面临的燃眉之急。

1999 年以来，全国上百家地勘单位和数万名地质工作者众志成城，对我国陆海资源环境展开全方位、宽领域调查评价，开展了国土资源大调查、油气资源战略调查、危机矿山接替资源找矿、金土工程、数字中国一系列重大专项以及土地资源监测调查工程等。这是中国凝聚力的新高度。世界上什么样的调查超过 12 年？中国历史上哪项调查有过如此大的时空跨度？

从 1999 年兔年出发到 2010 年的龙年这一个生肖轮回，放在漫漫的历史长河或许只是"白驹过隙"，但中国地质人的感觉则是五味杂陈，遭受的磨难之重、付出的代价之大，让他们委实体味到了时光的迅疾和春华秋实的深邃蕴意：

2000 年，美国 GDP10.3 万亿美元，中国 1.2 万亿美元，中国是美国的十分之一。

2010 年，美国 GDP14.8 万亿美元，中国 5.2 万亿美元，中国是美国的三分之一。

2010 年，中国超越日本成为世界第二大经济体。

2010 年，中国一跃成为全球制造业第一大国。世界 500 种主要工业品中，中国竟有 220 种产品产量位居全球第一位，一举掀翻了美国稳坐 114 年的制造业世界第一"宝座"。

2010 年，中国已成为矿产品生产和消费大国，煤炭、钢、十种有色金属、水泥等产量和消费量均居世界第一。

自 2006 年到 2010 年，中国原油从 1.85 亿吨增至 2.03 亿吨，增长 10%；天然气从 586 亿立方米增至 968 亿立方米，增长 65%；铁矿石从 5.9 亿吨增至 10.7 亿吨，增长 82%。

2010 年，中国煤炭生产和消费占全球比重接近一半，分别为 48.3% 和 48.2%，保持了自 1989 年以来原煤产量世界第一的地位。

2010 年，我国化工经济总量跃居世界第一。化工行业有 40 余种产品产量居世界第一或第二位……

数字就是力量，数字就是生命，数字就是历史，数字就是民族复兴的象征。

当玛雅人的世界末日预言成为空谈，当西方在"震荡的十年"为自己合上 21 世纪前十年书页之际，中国却用一个"不平凡"的十年，跨上了可持续科学发展的康庄大道。难怪一家外国媒体记者发出了惊诧的声音："置身中国，我现在比任何时候更加确信，当历史学家回顾 21 世纪头十年的时候，他们会认为最重要的事件不是经济大衰退，而是中国的绿色大跃进。"

我国 90% 以上的能源、80% 以上的工业原料、70% 以上的农业生产原料都来自矿产资源，共和国经济发展的哪一项重大成就，能够离开中国地质人的奉献？

徜徉在内容丰富的展览大厅，你会看到满天星光正辉耀于人类文明的天空，在国土资源调查评价成果展"中央篇"展览大厅，首先出现在视线里的是基础地质调查计划展区。基础地质调查，12 年的工作结出累累硕果：中比例尺区域地质调查陆域全覆盖，重点地区大比例尺调查程度大幅提高，农业地质和城市地质调查全面推进，海洋基础地质调查已经启动……一个模型吸引了不少人驻足观看，记者走近才发现，原来是西藏念青唐古拉山和纳木错湖地区的沙盘模型。上面标注着纳木错海拔 4738 米，念青唐古拉山海拔 7164 米。就是在这片雪域高原，地质工作者挑战生命极限，填补了我国中比例尺区域地质调查的最后空白。

一群戴着"中国地质大学"校徽的男女学生走来，望着琳琅满目的国土资源大调查成果个个露出了惊诧神情。在茫茫雪原的大兴安岭，在新疆"358"地质找矿专项展区，在油气资源战略调查展区，在中央地勘基金展区，在危机矿山接替资源找矿展区，在抗震抗旱救灾展区以及大陆科学钻探工程、海洋、测绘地理信息服务等展区……孕育着火、放射着光、喷薄着惊雷的共和国热土上，地质事业接班人看到了中国东西部的鞭炮在对唱，中华民族的复兴梦在放飞。

"摸清家底、提高保障"，这是矿产资源调查评价工程展区的主题标语。我国矿产资源生成条件模拟剖面被摆放在醒目位置。旁边，十面大展板整整占据了一面墙，气势非凡地向观众介绍我国十大新的资源储备基地。

中国矿业联合会副会长曾绍金、国土资源部地质勘查司司长彭齐鸣和几位专家站在国土资源大调查矿产地分布图前，正在查看新发现矿产的分布区域，科学技术部一位专家用手在触摸屏上轻轻一点，代表各种矿产颜色的电子灯瞬间就在雪域高原版图上频频闪烁，密密麻麻的光亮，直观反映出我国矿产资源调查评价取得的丰硕成果：新发现 900 余处矿产地，新增大批资源量，铁、铜、铝等国家紧缺矿产资源，实现了找矿重大突破……

还有一组令人振奋的照片：一块块如冰样的白色晶体，正在喷射着纯净而美丽的蓝色火焰……这是被誉为 21 世纪人类"希望之光"的天然气水合物——新能源"可燃冰"！

2005 年 8 月 20 日，木里"可燃冰"钻探现场总指挥、首席科学家祝有海团队在海拔 4062 米处的青海省天峻县木里镇，成功钻获了"可燃冰"样品！这是中国首次在陆域上发现，也是目前世界上找到的埋藏最浅的"可燃冰"，130 ~ 198 米的埋深，为"可燃冰"开采带来很有利条件。

2007 年 5 月 1 日凌晨，中国地质调查局在我国南海北部成功钻获天然气水合物实物样品，中国成为继美国、日本、印度之后第四个通过国家级研发计划采到水合物实物样品的国家。

中国陆海两域获取天然气水合物样品的成功，证实了我国南海北部蕴藏有丰富的天然气水合物资源，也标志着我国在天然气水合物资源基础调查、勘探技术、钻探方法研究上，从零起步到赶超国际先进水平，20 多年走过了国外近200 年的发展历程，并形成了具有自主知识产权的理论技术体系。

无疑，青藏高原是一扇观察和了解中国科学发展、走向民族复兴的重要窗口，"青藏高原地质专项"展区，以强烈的感染力和冲击力吸引了更多的参观人群。

一位位国家领导人在巨大的共和国版图沙盘面前凝神驻足，随着解说人员熟练地电子模块演示，苍莽的青藏高原迎面扑来，一幅幅前无古人的地质填图瞬时再现，一个个地学理论的创新夺人眼球，一个个找矿突破如惊天响雷，一条条成矿区带似巨龙腾舞。

青藏高原地质大调查专项，无论是区域地质填图、地学理论创新，还是地质找矿的重大突破，其意义都堪为我国地质史的一个里程碑，对于我国现在以及未来的经济发展，无不具有重大的战略意义。

曾几何时，全世界都知道青藏高原，但恐怕很少有人知道，青藏高原至今还在一天天长高，青藏高原的研究我们却没有国际话语权；

曾几何时，人人都知道中国有青藏高原，但恐怕很少有人知道，青藏高原一直是区域地质填图的空白区，也是中国地图上的"盲点"；

曾几何时，许多人都知道1999年开始了新一轮国土资源大调查，但又有多少人知道，地质大调查瞄准的重点就是青藏高原？

"1999年国家启动国土资源'地质调查'专项，将重点聚焦在青藏高原，配套实施了'973'、'863'等重大科技专项。国土资源部统筹规划，科学部署，整体推进，全国近万人的队伍、上百家地质勘查单位及科研院所齐集雪域高原，开展了空前规模的产学研用联合攻关，核心目标是地质填图填补空白，实现找矿战略重大突破，抓手则是新理论和新技术……"

在"青藏高原专项"的一块块展板上，人们看到了一个个闪烁着科技之光的创新成果——

创新点一：研发了适合高原特点的快速地质调查技术，首次填补青藏高原中比例尺地质调查空白，解决了一批制约找矿突破的重大地质问题；

创新点二：建立了大陆增生－碰撞造山构造理论，重塑了青藏高原形成演化的全过程，解决了"在哪里找大矿"的问题；

创新点三：提出了陆缘增生－大陆碰撞成矿理论，揭示了青藏高原区域成矿规律，解决了"找什么矿"的问题；

创新点四：自主研发了3套适合高寒缺氧环境的矿产勘查关键技术和1套预测评价系统，解决了"如何找大矿"的问题。

……

"青藏高原项目中，我们发现了3条巨型成矿带和7个超大型、25个大型矿床，一举改变了我国金属矿产资源基地的分布格局，确立青藏高原为我国重要的战略资源储备基地。"

"项目研发的一整套适合高寒山区缺氧环境下的航空磁测、地球化学勘查、遥感异常信息提取等关键技术和方法组合，具有国际先进水平。"孙枢、李廷栋、常印佛等院士专家如是说。

是的，新理论和"3S"技术等高新技术的运用，加快了青藏高原地质大调查速度，成果表达全部实现了信息化，大大提高了区域地质调查的成果质量，使得区域地质科学研究获得快速发展。

击缶而歌，衔枚疾走。中国地质人12年的"量天"脚步，至少跨越了西方国家50年的路程。

这就是中国地质人用青藏精神创出的青藏速度。

中国地质人的身影在丰满。世界地学界的目光在改变。不同肤色、不同信仰、不同习惯的人们，面向华丽转身的中国地学高度发出了惊诧的赞叹。

美国科学院院士伯奇费尔感慨地说，这是"世纪之交全球地学界前所未有的重大行动！"

国际地学组织权威人士评价说，这是"近10年来推动喜马拉雅－西藏－帕米尔造山系国际研究和理解的最重要的贡献。"

"新一轮国土资源大调查像一部规模雄伟的交响乐，青藏高原地质专项，就是其中的'华彩篇'！"国务院参事、国土资源部总工程师张洪涛如是说。

国土资源部科技与国际合作司马岩的介绍，让一个个参观者频频点头，无不露出赞赏的微笑。青藏高原地质理论创新和找矿重大突破，颠覆了构造理论上的"西方模式"，打破了传统成矿的理论局限，赢得了我国在青藏高原研究中的话语权，起到了引领全球大陆成矿理论研究方向的重要作用。

马岩富有强力磁性的声音充满了中国地质人的从容与自豪："这些创新性重大理论成果和找矿实践的突破，必将为我国西部开发战略实施、生态环境保护以及青藏地区经济社会发展做出重要贡献！"

共和国的领导人凝神聆听，发散性思维早已飞向了世人仰慕的世界屋脊，是啊，奔腾不息的雅鲁藏布江，带走了50多年前农奴痛苦的呻吟和绝望的怒吼；巍峨挺立的珠穆朗玛峰，见证了50多年来西藏的沧桑巨变，见证了火车进藏的神话奇迹，也必将见证青藏高原地质大调查带给西藏人民的幸福未来！

世界经济学家曾经预言：21世纪，将是亚太世纪。地处太平洋地区中轴线上的中国，作为亚太经济战略圈的主要成员，无疑应该做出义不容辞的贡献。

共和国领导人依稀看到了与南极、北极并雄的地球第三极——青藏高原的地质之光、科学之光、希望之光……一双双深邃的目光越过喜马拉雅的峰峦，越过了风云迭起的太平洋，倍感欣慰的脸上展示给世界一种充满底气的自信！

国土资源调查评价、青藏高原地质专项、找矿突破战略……一个个夺人眼球的关键词载入了中国发展大词典，一项项重大成果带着民族的梦想在起飞，这，难道不正是中国沉着稳健走出"历史的三峡"的动力之源？！

青藏高原是地理的高度，更是有志者攀登的高度。

中国地质人以国外探险家闻所未闻的大量第一手资料与精辟的分析，首次系统地揭示了青藏高原隆起的原因及其对自然环境与人类活动的影响。外国学者叹服了：中国科学家征服了"第三极"，创造了世界奇迹。

在李四光理论的指导下，中国甩掉了贫油的帽子；在青藏高原研究成果的指导下，中国赢得了世界地学领域的话语权。

中国地质人用 12 年的速度，跨过了国际上大约 50 年的工作历程，重塑了青藏高原沧海桑田的演化史。

中国地质人在青藏高原的完美答卷，蕴涵着中国共产党对历史方位的战略判断，徐绍史以凝练的语言进行了概括：

"青藏高原地质理论创新与找矿重大突破"项目，圆满完成了国家赋予我国地质人的历史使命，取得了一系列重大成果，使我国地质科技实力和资源储备产生了质的飞跃。地学理论的创新加速了我国从现代高科技地学领域中走向世界先进大国的步伐，极大地提高了我国地质科学的综合实力和国际地位！

第二节　阿里，又是一片辉煌

使命，是对未来的美好向往，更是对历史的郑重承诺。

青藏高原地质大调查的结束，意味着青藏高原地质找矿进入了加速期！

青藏项目建立的"多岛弧盆系构造理论"，重塑了青藏高原形成演化过程，确立了中国科学家在青藏高原研究中的主导地位；"陆缘增生－大陆碰撞成矿理论"，揭示出青藏高原的区域成矿规律，这一成果得到联合国教科文组织和国际地质科学联合会肯定，并被列入"全球对比研究计划"。

然而，很久以来，我国探明一座大型矿山周期很长，长则一二十年，短则七八年，那么，如何探索出一条既符合地质工作规律，又符合市场经济发展方向的、又好又快的找矿新路子？

每一个地质找矿的突破都是独特的，每一个都创出了自己成功的道路，拿出了有益的经验。泥河模式、嵩山模式、"三五八"模式、多布扎模式……这些名词对局外人来说，或许感到有些陌生，而对中国地质人来说，产生这些模式的地方都是他们魂牵梦绕、可以大书特书的神奇宝地。

正是在这里，实现了我国找矿的一个个大突破，创造了一个个科学的找矿模式，有的矿床使我国某种矿产资源储量跃居世界第一，有的改写了区域找矿的历史，有的甚至颠覆了长久以来的找矿理论……可以说，这些模式在体制机制创新、技术方法上的丰富实践，必将对推动我国找矿战略的突破、扩大找矿成果具有重大的指导意义。

"思想走在行动之前，就像闪电走在雷鸣之前。"每一个重大而深刻的变革背后，都有思想的先导。

安徽，一个由中国地质调查局、安徽省国土资源厅、安徽省地质矿产勘查局和中国五矿集团公司统一部署、四方联动、整装勘查的铁矿深部探采项目，取得了重大突破，成功地探明了 1.2 亿吨磁铁矿、3000 多万吨硫铁矿以及一个 500 万吨中型石膏矿。

"政府指导、四方联动、公商衔接、整装勘查、探采一体、企业运作。"中央和地方、地勘单位和企业有效衔接资源勘查和矿山开发的首次尝试，被业内称为"泥河模式"。

"'嵩县模式'将矿业权、资本、技术、管理等地质找矿要素结合起来，构建了多方共赢的找矿利益共同体，符合地质工作规律和市场经济规律，短时间取得找矿突破，找到了一个做大地质找矿平台的有效途径。"多元社会必须多种"模式"并存，才会带来地质找矿的繁荣。

翻阅《西藏多龙斑岩型铜金矿找矿预测》图表，沿着地质图弯弯曲曲的线条，我们可以看到班怒西段，这是西藏第三条斑岩型铜多金属成矿带。据多年来区域地质、典型矿床初步研究，多龙勘查区内存在着斑岩型＋角砾岩型＋浅成低温热液型"三位一体"矿体组合，外围还存在寻找独立浅成低温热液铜金矿的巨大潜力，有望取得更大的找矿成果，体制、机制和投资的约束，一直缺乏更大的找矿突破。瓶颈如何打破？

2010 年 12 月的一天，中国地调局资源评价部主任陈仁义一行来到了国有大型企业中铝集团公司。

"阿里多龙铜矿整装勘查区潜力很大，地质大调查已经发现了 600 万吨的地质储量，很有可能弄出个大家伙。怎么样？敢不敢向西藏进军？"

一边放出了诱饵，一边是"激将法"。

"好啊！怎么不敢？"中铝资源公司总经理王东生、副总经理兼总地质师汪东波、副总经理陈晓春、副总经理兼中铝西藏总经理王思德凭着专业直觉，敏锐地捕捉到西藏班－怒成矿带具有世界级铜矿潜力的信息，又听陈仁义详细地介绍多龙矿区的勘查经过，他们心情荡漾了！

随后，陈仁义又带领相关部室技术人员多次来到中铝矿产资源开发公司，围绕靶区选择、合作对象、合作模式等进行了深入探讨，理出了企业、地方政府、地勘单位三方合作的思路，王东升得到了中铝公司的大力支持，终于决定：进军阿里，争取多龙突破！

2012年8月26日，国土资源部、西藏自治区人民政府、中国铝业公司在西藏拉萨签署《关于加速推进西藏多龙矿集区整装勘查合作框架协议》。

这一协议的签署，开启了"部、省（区）、企业合作新模式""事业（地勘单位）、企业合作模式""政府、社区、矿权人利益融为一体的共赢模式"以及"技术引进"的四种模式，实现了公益性与商业性地质工作紧密结合。使中铝的援藏工作实现了由"输血"向"造血"的转变。

中铝公司董事长熊维平，身着黑色西装，鼻梁上架着一副金丝眼镜，精干而儒雅，采访时，他温和沉静地告诉我们说，"西藏多龙项目是深入贯彻落实中央第五次西藏工作座谈会精神、加快推进西藏矿产资源勘查开发的重要举措，是国土资源部、西藏自治区党委政府积极倡导、信任和支持民族工业的大胆尝试，也是中铝公司努力践行国家找矿新机制的具体体现。如果没有当初中国地调局的推荐，也就没有今天的'中铝模式'了。"

《协议》如同号角，奏响了我国第一个部、区、企合作项目的建设序曲。2012年9月21日，在国土资源部、中国地调局、西藏国土资源厅等有关领导的见证下，中铝公司在北京与西藏地矿局正式签署了9宗矿权合作合同。紧接着中铝公司向西藏地勘局第五地质大队划拨勘查资金3000万元，正式启动合作。

11月29日，中铝西藏矿业有限公司与西藏地勘局第五地质大队组建了西藏金龙矿业股份有限公司——金龙公司在青海格尔木共同发起成立。

一场新的战役又在藏北高原打响。

青藏高原是世界屋脊，而阿里是屋脊上的屋脊。平均近5000米的海拔，即使在夏季，夜晚也只有零度左右，当地干部一年要发 11 个月的取暖费。就在这里，中国地质科学院矿产资源研究所唐菊兴西藏矿产勘查评价创新团队，开展了引领中铝资源公司和西藏地矿局负责勘察评价工作。

仅一年时间，中铝资源公司在西藏多龙整装勘查区首批靶区荣那和拿若矿区大规模开展铜金矿地质普查、详查工作，投入勘查经费 7000 多万元；与西藏地矿局第五地质大队密切配合，组织地质技术、工程施工等人员约 400 名，钻机 20 多台，实现了找矿重大突破。截至 2013 年底，金龙公司共获得铜金属资源量 717 万吨、金 151 吨、银 1780 吨（并购前铜金属量 125 万吨、金 27 吨）。该成果被评为 2013 年"中国地质调查十大进展"。

"多龙矿区之所以实现快速突破成为我国首个千万吨级斑岩铜矿床，当归功于公益先行。"文质彬彬的王东生总经理推推鼻梁上的眼镜说，"我们仅一年时间就实现了'框架协议'五年的目标！公益性与商业性地质工作的无缝隙衔接，为多龙矿区插上了腾飞的翅膀。"

"多龙矿区的突破是中铝西藏公司和西藏地质五队践行找矿新机制，实施资本优势与技术优势有机结合的典范。十几年来，西藏地质五队一直将班怒成矿带西段作为重要工作区，对整个成矿带有独特认识，但受投资能力限制，这些线索一直难以转化为找矿成果。与中铝合作后，西藏地质五队得到了强力的资金支持，双方合作的 9 宗探矿权当初并不被业内人士看好，但中铝西藏公司在合作当年即投入 3000 米的钻探工作量，使找矿前景进一步显现。"西藏地质五队第二勘查院副院长李彦波，则从另一个角度阐述了矿区巨大的找矿潜力。

副总经理兼总地质师汪东波介绍说，中铝公司董事会下设立了技术委员会，聘请熟悉西藏地质工作的院士、专家做技术顾问，建立了项目现场与公司总部直线沟通的机制。

这次勘查评价完善了青藏高原矿床成矿系列，创新了西藏斑岩—浅成低温热型矿床勘查模型，建立了班怒成矿带与早白垩世岛弧型中酸性火山岩—浅成岩组合有关的铜、金、银、铅锌矿床成矿亚系列，明确了斑岩—高硫化型浅成低温热液型矿床作为主攻矿床类型，提出了铁格隆南矿床中浅部浅成低温型矿体叠加在中深部斑岩型矿体之上的新认识。

事实印证了中国地质人的判断，一个世界级铜矿果然在世界海拔最高的阿里出现了——在多龙矿集区，西藏地质五队握有 12 宗矿权，除与中铝合作的 9 宗探矿权外，另 3 宗与四川宏达公司合作的多不杂、波龙两个探矿权也已探获铜金属量 700 多万吨。因此，整个多龙矿集区铜金属量已超过 2000 万吨。

经检索，无论是按矿田或按矿集区算，全球铜资源储量超过 2000 万吨的世界级超级铜矿只有 24 个。"多龙矿集区虽然只对其中的 4 宗探矿权进行了勘查工作，但探获的铜金属量已超过 2000 万吨，名副其实地成为世界级超级铜矿矿集区（矿田）俱乐部的第 25 位成员。"

技术顾问唐菊兴表示，千万吨级铁格隆南矿床的发现和勘查评价，结束了西藏没有超大型斑岩—高硫化浅成低温热液型铜（金银）矿床的历史，开辟了找矿新方向。

而王东生则自豪地说，多龙矿集区找矿突破的实现，打破了人们的一贯常识：中国不仅有世界级大矿，而且有世界级超级大矿！

"目前探获的 2000 多万吨铜金属量，还只是多龙矿集区资源潜力的一部分，未来还有巨大的扩容空间。"王东生的信心主要来自以下两点：

一是 12 宗矿权达到详查程度的仅有 4 宗，其余矿权区域均已发现良好的找矿线索，但多种因素制约均未开展系统地质工作，资源潜力没有得到释放。

二是荣那和拿若两个矿段的矿体均未圈闭，虽然钻探工程钻遇 800 多米厚矿体但并未穿透矿体，深部、外围还有巨大的找矿潜力。

如何将多龙这一良好的前景变成现实呢？王东生拿出了自己的建议：继续实施整装勘查。王东生说，铜是我国紧缺的重要矿产，每年消费量缺口巨大，且有逐年上升的趋势。仅以多龙目前探获的铜金属量计算，如果在此设计年处理矿石 4500 万吨的采选厂，2000 万吨的含量能保证这一产能稳定生产 100 年。这对缓解我国铜资源紧缺局面，将是极大的利好消息。

"多龙铜资源的开发，还能为阿里地区打造一个强大的造血机，为众多藏胞彻底摆脱游牧生活进入现代社会创造机会。"王东生说完，算了一笔账：年处理矿石 4500 万吨的采选厂可为当地提供数千个就业机会，年创利税 25 亿元。当地牧民可围绕矿山提供运输、餐饮、商业零售等三产服务，"有了这样的造血机，阿里地区藏胞与全国人民同步奔小康将不再是梦。"

当土地不再沉睡时，沉睡的将是贫困，然而，科学的发展和进步是人类的胜利，也常常是人类的悲哀。

采访时，多吉院士曾引经据典地讲了汉章帝刘炟西部视察的故事：刘炟一路上教育随从和地方官吏都要爱护树木，不准砍伐，不准碾压，并且以身作则，自己坐的车子，遇到发芽的树木也要绕行。他说，2000 多年前，我们的列祖列宗对生态环境的保护就达到这样的高度，今天我们有什么理由不去好好地保护自己的生态家园？

多吉院士有个形象的"羊理论"：一只羊需要50亩草地来支撑，一个人至少需要50只羊才能过上一般的生活，一家五口人，几千或上万亩的草地支撑一家人的生活，不仅环境承受的压力很大，西藏人民付出的代价也太大。西藏生态环境的保护，是人类的一个重大课题。

"注入绿色的环保理念，加上高新技术的采用，就可以收到保护中开发、开发中保护的成效。"多吉院士充满了自信地说：

"驱龙、甲玛、多龙等一系列大型矿床的发现，将使西藏成为我国的资源后备基地。一年产值达到近百个亿元，西藏富余劳动力能够得到安置，开了矿，牧民们可以到矿山工作，从而改变几百年来的传统生存方式，不用再从事畜牧业，植被得到保护，环境也会得到改善。草场不再增加，畜牧量就这么大，西藏的生态还是比较好的，社会关注度也是比较大的，我们要保持可持续发展。"

一个个具有生态功能、经济功能、社会功能、文化功能的绿色、环保型大型现代化矿山的亮相，将使西藏逐渐远离洪荒，向着现代化大步进发，"建一座矿山，扶一方经济，富一方百姓"正在西藏变成现实。

"522""新疆358"、青藏专项……12年探索实践，"公益先行，基金衔接，商业跟进，整装勘查，快速突破"的地质找矿新机制基本形成，以"地方政府、地勘单位、企业相互联动，公益性、商业性勘查和地勘基金有机衔接，地质勘查与矿产开发紧密结合，地质找矿、矿业权管理与地勘队伍改革协调推进"为主要内容的地质勘查新机制探索，有力拉动了后续的商业性矿产勘查及开发，推进了矿产勘查成果及时转化，为完成中央领导"加大地质勘查力度，立足国内开发利用资源"要求奠定了坚实基础，为我国经济社会的可持续发展提供了有力的支撑和保障。

中国现代地质勘查史上真正意义的美学现象就此出现——理论和实践，主观与客观，都达到了完美的和谐与统一。

"新机制的探索并不是一朝一夕一人能完成的，搞地质的，哪个不是把自己全身心地交给了地质事业？无论是专家、队员，还是领导，都在探索总结，都有做不完的事！就像我们的总工程师周家寰……"

钟自然的一席话点燃了我对周家寰的敬仰和浓厚兴趣，"哦？能不能对他进行采访？"

"想要采访他不容易！他很低调，退休这几年，只在去年新春茶话会上露过一面。他这个人啊，工作时尽职敬业，退休后安于平静简单的生活。他说，退下来了，就放手让年轻人干去，不要再指手画脚妨碍年轻人工作……"

说着，钟自然递过厚厚一沓资料，"这些重要的资料，都是周家寰的心血。"《国土资源大调查矿产勘查工作介绍》《战略性矿产勘查》《战略性矿产远景调查技术要求》解读……我一篇篇地翻阅着这些泛着时光印迹的文字，似乎看到了周家寰不断探索的心路历程，心系中国地质事业的赤诚。

"如果地质调查行业一心指望国家派活给钱，肯定会陷入更大的困境，地质调查部门只有主动出击，面向经济建设的主战场，打好服务牌，才会有出路！"

这是 2003 年 2 月 21 日，在中国地质调查局主办、中国地质大学（武汉）承办的第二期地质高新技术培训上，作为中国地质调查局总工程师的周家寰，在地质行业处于困境时向地质人发出的呼吁。

"矿产开发，不能只摘果不施肥！"这是 2005 年"战略性矿产远景调查项目"启动时，周家寰看到资源紧缺将会危及国家经济安全，而提出的忠告。

"拳拳之心，苍天可鉴啊。"钟自然喃喃自语。

这何尝不是所有地质人的真实写照？

从《决定》的出台，到地质找矿大讨论，一切都是为了探索并完善找矿机制，而实施找矿突破战略行动，最关键的是运用新机制推进地质找矿。

2014 年 7 月升任国土资源部党组成员、中国地质调查局局长、党组书记的钟自然，用略带安徽桐城乡音的普通话向我们讲述着找矿突破战略行动的经验：我们不仅要研究制定支持找矿突破战略行动的政策措施，更要总结查找每个模式的经验与不足，还要为建设绿色矿山保驾护航！这样我们探索新机制的路才能走得更远。而推进整装勘查，是实现找矿重大突破、尽快形成重要矿产资源开发基地和生产能力的关键措施。

极富生命力的地质勘查新机制，促生了一系列激动人心的找矿成果。

贵州省铜仁锰矿通过构建"地方政府、地勘单位、企业"三位一体地质找矿机制，在整装勘查中实现了快速突破。3 年找到锰矿 6000 万吨、页岩气 1.2 亿立方米，并创造"铜仁找矿模式"。

江西大湖塘钨矿缔造了地质工作规律和市场经济规律相统一、资本与技术完美结合的"大湖塘模式"——基础先行，整合推进，优选队伍，集中投入，创新思路，合作共赢。

湖南锡田"公益先行、商业跟进；统一部署、有序推进；矿权整合、地方支持；快速突破、多方共赢"，成为"锡田模式"最为突出的亮色。

安徽沙坪沟"地质与资本"的完美结合，则催生了沙坪沟钼矿……

一组组数据不断刷新，一条条矿脉争相闪亮。每一个找矿突破都是独特的"这一个"，每一次成功都释放着创造的不同凡响。

机制创新，在找矿战略行动中放射着迷人的光彩。

新的奇迹，又将在中国地质人奋进的开拓中爆响！

第三节　未来在挑战

一曲曲渔歌唱晚，伴随着地质大调查的云舒云卷。

一波波潮起潮落，激荡着中国地质人的情悲情喜。

荷马史诗《伊利亚特》曾描述过一场战役，几十万大军在攻打卡夫丁峡谷时，结局是全军覆没。马克思曾把卡夫丁峡谷比喻为发达国家向社会主义过渡的巨大障碍。然而，在转型期的社会主义中国，中国地质调查局的几任决策层却以党心的凝聚，民心的组合，率领一支英勇的团队胜利地跨越了"卡夫丁峡谷"，创造了青藏高原的一个个传奇。

古希腊科学家阿基米德说："给我一个支点，我就能撬起整个地球。"这个口气未免大了一些。但中国地质人尽管没能"撬动整个地球"，却着着实实拨动了地球的胎心，创造出了一个个令人惊诧的传奇。

我似乎真切地触摸到了中国地质调查局跨越发展的脉跳——这是一个用理想和信念造就的斯巴达克方阵，这是一个由智慧和意志铸就的铁甲集团军。雄关雾列遮不住他们高远的目光，奇峰云横挡不住他们进击的脚步，那么，奇迹的出现也就成为一种必然。他们在青藏高原有过缺氧的痛苦，雪崩的掩埋，但他们以失败焊接作梯，以赤子之心开道，终于操纵着科学的罗盘闯入远古地层；以创新的青藏高原地质理论研究，丰富着富有中国特色的地学理论体系……

时间勾勒着新的年轮，也镌刻着一个东方民族躬耕前行的足印。当我们站在国家资源能源安全的高度，站在可持续发展的高度，理性观察这场波澜壮阔的青藏高原地质大调查时，不能不深深感到党中央、国务院决策的英明和伟大。无论是高层决策者立足民族复兴的前瞻思维、战役指挥者的科学务实精神，还是地质人国家利益高于一切的主人翁责任感，所折射的意义都已远远超越了事件本身，社会价值和历史意义也将会随着时空的转移愈发显示出更为宏阔与厚重。

难怪在中国地调局采访时，众多的科技专家、学者，以及每一个工作人员，无不浮现出耐人寻味的微笑。这是胜利者的微笑——中国地质人有这个权利！

"我看见一座座山，一座座山川相连，啊！呀拉索，那就是青藏高原……"

当这部长篇即将杀青时，一曲激昂、优美的旋律从窗外夜空飘来，让我精神为之一振，不禁想起泰戈尔的那句话："当我离开这里时，让我能讲这样一句道别的话：我所见到的景象是无与伦比的。"

随着一段硝烟弥漫的岁月锁进人们的记忆，青藏高原地质大调查的场景也永远地存入了中国地质史册。但历史并没死去，耀眼的群星仍在历史的天空闪烁，人间的英雄气概仍在驰骋纵横。在与青藏高原的促膝对话里，你会感觉到一个个普通地质人的故事依然鲜活如初，千江有水千江月的青藏高原，仍在发出摄人心魄的轰鸣，那是中国地质人从卑微走向崇高的轰鸣。

青藏高原地质专项成就辉煌，彪炳史册，但张洪涛并没有沉醉。作为国务院参事，国际市场石油、铁矿石、稀有金属价格大起大落，"矿产资源战略储备"这个关键词的频频出现，让他思考最多的是中国的矿产资源战略。

在美国，20 世纪初就建立了国家紧急物资储备制度的思想与实践，1939年正式制定了战略物资储备法。虽然美国石油储藏丰富，却只探不采，《能源政策法》要求能源部长将战略石油储存量由 2005 年的 7.27 亿桶增加到 10 亿桶，用于购买原油储备的投资高达 220 亿美元。

在日本，始于 1972 年实施的石油企业民间储备，至 2009 年 4 月国家储备量达到相当于 103 天的原油进口量，加上民间储备量已达 7370 万吨，相当于 184 天的原油进口量。而 7 种稀有金属钒、锰、钴、镍、钼、钨、铬的储备总量，已达 60 天的国内基本消费量。

在韩国，则实行了官民并举的国家战略资源储备制度，截至 2008 年底石油储备已达 1.38 亿桶。到 2012 年，稀有金属储备种类由 2008 年的 12 种增加到 22 种，规模由 2008 年的满足国内 19 日使用量，增加到 60 日使用量……

张洪涛心间萦绕的是，目前，美国、日本、法国、德国、瑞典、英国、韩国等 10 多个国家纷纷建立了较为完善的矿产品战略储备制度。中国地质人如何为国家建立更多的战略资源储备基地，增加更多的战略资源储量？我们对青藏高原的研究如何进行新的发现，新的突破？

2007 年 6 月 20 日上午，中国地质科学院的青藏科学家和来自中国科学院青藏高原研究所、地质与地球物理研究所、中国地质大学、北京大学以及加拿大达霍西大学的国内外百余名研究青藏的同仁一起，共庆"中国地质科学院青藏高原大陆动力学研究中心"成立。

青藏高原地质调查关系着全球变化和人类未来，也是一个国家综合国力、高科技水平在国际舞台上的展现和角逐。青藏高原大陆动力学研究中心主任许志琴院士指出，建立"中心"就是要把"牌子打出去，旗子竖起来，占领青藏阵地，瞄准地学前沿，服务社会需求，走上国际舞台"。

又是一年芳草绿。

和煦的春风掠过中南海湖面，千万条低垂的柳丝冒出嫩黄细叶，追逐嬉闹的水鸭溅起欢乐的浪花，苍松翠柏的针叶冒出蓬勃奋进的绿意，海棠树上萌动着旺盛活力的细芽，浓浓的春意流向广袤的山川江河，无限的春光洒向祖国的四面八方，处处释放着勃勃的生机，处处律动着生命的希望。

2011年3月，"在全国设立首批47片找矿突破战略行动整装勘查区"的公告由北京发出，一个磅礴大气的经典序幕就此拉开。

西藏驱龙铜矿、雄春铜金矿、冲江－厅宫铜矿、多不杂铜矿、拉屋铅锌矿、亚贵拉铅银矿、拉诺玛铅锌矿，榜上有名；青海的祁漫塔格、沱沱河、大场、然者涌－莫海拉亨等四片找矿重点，列入"国家战略"整装勘查区，青藏高原仍是我国地质找矿主战场！

2011年10月19日，国务院常务会议审议通过了《找矿突破战略行动纲要（2011—2020年）》（以下简称《纲要》）。

曾几何时，"找矿不如买矿"的论调占了上风，国内地矿工作失去了应有的重要地位，远远不如农业、水利、公路。

"找矿突破"上升为国家战略、国家意志，在新中国历史上还是第一次。

"举全国之力实现找矿突破"传递出一种什么信息？

穿行在曾经的记忆里，我们在延续的历史中听到了太平洋的涛声，风云雷电的轰响；翻开20世纪人类文明史，资源危机中看到的是血淋淋的掠夺，遍地哀鸿的废墟。不择手段地抢占资源能源，成了强权国家发动战争的重要主题。

"中国作为一个发展中大国，增强资源保障能力，必须立足国内。"李克强副总理在2010年中国国际矿业大会上发出了强音。我国矿产需求进入高速增长期，找矿机制如何创新，找矿方案如何"落子"，国家管理体系怎样推进，中国地质人会"啃"哪些"硬骨头"，如何交出首份"答卷"？

经过转型期的阵痛，青藏高原风雨的洗礼，中国地质人正在乘风扬帆，鼓棹荡桨，听，中国地质科学家们的发言严谨缜密，慷慨激昂——

"李克强副总理强调'立足国内'具有战略眼光。"中科院院士李廷栋感慨不已地说："就拿地质大调查来说，我国幅员辽阔，有陆又有海，一年的大调查经费只有10多亿元。相当于在北方修20公里的高速公路！实在是少得可怜！"

中国科学院院士许志琴这样说："美国这么发达的国家，对本国的勘探、开采都很重视。我国工业和国防事业发展必需的铀矿、钾盐、铬铁矿等紧缺矿种，却大量依赖进口，风险太大，靠我们自己才是正确的方向！"

矿床学家、中国工程院院士裴荣富一再呼吁，"大多项目急功近利，非常危险。要实现找矿突破，必须进行基础研究或应用基础研究，特别是在地质工作程度高的地区。地科院要抓住一些重大的基础地质问题，争取重点突破。"

中国工程院院士郑绵平深有感触地说："矿床学属于经济地质学，是建立在基础地质上的。我学基础地质学了53年，现在还觉得学得不够。要解决找矿的问题，基础地质就是基础。不要把地质科学看得一钱不值啊！"

中国工程院院士赵文津的发言向来喜欢直击主题："找大矿，我们缺乏'总导演'。我们只有从国家角度从战略角度对地质工作统筹规划，统一思路，统一部署，建立找矿责任制，分工明确，协作有序，才能结束'打乱仗'状态！"

找矿突破战略行动，犹如一曲烂漫春天的雄浑交响。

2012年，国土资源部会同国家发改委、科技部、财政部贯彻落实《找矿突破战略行动纲要》，精心组织，大力推进，找矿突破战略行动迈出了坚实一步。

2月9日，四部委联合召开找矿突破战略行动动员部署电视电话会议，吹响了举全国之力实现找矿突破的号角。加强统筹协调，创新管理模式，持续不断地推进找矿突破战略行动，提高我国资源保障能力，形成了社会的广泛共识。

3月初，《找矿突破战略行动实施方案》出台，明确了如何从全局统筹考虑政府、市场、企业、地勘单位和地勘基金等各方面在找矿突破战略行动中的作用。

3月底，四部委共同组建的找矿突破战略行动领导小组正式成立。国土资源部牵头组建"找矿突破战略行动办公室"，中国地质调查局筹建"找矿突破战略行动技术指导中心"，负责找矿突破战略行动部署研究、动态评价、布局调整、技术指导和政策研究等技术支撑工作。组织机构的完善形成了多层面合力，确保了战略行动的顺利实施。

4月17日，全国整装勘查推进会在京召开，对第一批47片整装勘查区项目的实施情况进行了评估。针对有关问题和薄弱环节，国土资源部出台《关于加快推进整装勘查实现找矿重大突破的通知》。

……

"三年有重大进展，五年有重大突破，八到十年重塑矿产资源勘查开发格局"，时间表和路线图，醒目地标注着找矿突破战略行动的阶段性目标；

"公益先行、商业跟进、基金衔接、整装勘查、快速突破"，适应社会主义市场经济要求的商业性矿产勘查，成为找矿突破战略行动的鲜明特色。

"四部委"如同高速运转的机器齿轮，唇齿相依，环环相扣，密切协作，在找矿突破战略行动步入规范有序的运行轨道上，发出了整体推进的和谐奏鸣。

中央第五次西藏工作座谈会明确提出，要把西藏建设成为我国重要战略资源储备基地。快速增加我国资源储量，形成新的资源储备基地，增强国家资源保障能力，是找矿突破战略的落脚点。

站在历史、现实与未来的交汇点回望和瞩望，几代共和国领袖忧心的"球籍"问题或许可以放下，但未来正向崛起的中国挑战，向中国地质人挑战——70亿人口的拥挤，霸权主义的肆虐，地球村发出了痛苦的呻吟，危机形式也在转换，山坳之后出现了新的山坳，资源短缺、生态恶化、环境变暖、产能落后、结构调整，无不与地质事业密切相关。

在忧患中面对现实，在开拓中探索新路，是钟自然的性格特质。作为中国地质调查局的掌门人，钟自然最清楚中国地质人的苦难辉煌，他恍惚觉得自己正手持新的接力棒站在泰山中天门上的十八盘下，从山脚到中天门的路中国地质人已经辉辉煌煌地走过来了。但面对眼前的十八盘，他却不能有丝毫的犹豫，实现民族复兴的"两个一百年"目标，中国地质人如何不忘初心，实现从传统到现代的"历史跨越"？在未来的接力赛中，如何跑出最快、最好的成绩，实现量变到质变的"惊人一跃"，攀援世界一流地质调查的标杆？

作为地质科学家，钟自然的目光始终在扫描着世界地学高地，对国内外新的知识、信息、技术、动态了如指掌；作为党的高级干部，强烈的使命意识、危机意识又催动他矢志超越的脚步，他要带领中国地质大军重新谱写无愧于时代的彩色旋律。钟自然说，目前我国主要矿产资源不仅在中西部还存在大量勘查空白区，也普遍存在深部找矿空间。虽然东部工作程度较高，开采深度多在500米左右，但与发达国家普遍开发800~1000米、最深达4000米的能力相比还有很大差距。比如澳大利亚的芒特艾萨铜多金属矿，开采深度达到2600米后，加大了人力财力投入，结果在3000米深度发现了储量大于300万吨的富铜矿床。

顺风而呼者易为气，因时而行者易为力。钟自然认为：科技创新，深部找矿势在必行。他特别赞同中国工程院院士赵文津"找深部金属矿产"的观点，一是要加强深部矿的找矿理论和成矿规律研究。着重研究3000~10000米深度范围内会有什么矿？产出情况怎样？分布规律是什么？二是加强深部找矿方法的研究，包括物探、化探、钻探、遥感等。三是要积极为2000~5000米深的固体矿产绿色开采技术工程作准备。

"习近平总书记一直强调，中国要增强在国际上的话语权。"钟自然强烈的责任感、紧迫感溢于言表，"一带一路"为中国地质人实现梦想带来了难得的战略机遇，中国地质人必须立足于"服务保障国家能源资源安全，加快科技创新步伐，推动地质找矿工作取得新突破！"

中华民族伟大的复兴梦点燃着地质人的梦想与激情。一支充满活力的地质"野战军"又跨上了新的壮丽征程。

旌旗猎猎，鼓角争鸣，新班子长袖善舞，新思路高屋建瓴。钟自然透露，"中国在崛起，加快地质调查工作战略性结构调整，才能更好地为服务于国家能源资源安全保障，服务于生态文明建设，适应新型城镇化、工业化、农业现代化和重大工程建设。我们必须加快实施'三深一土'科技创新战略，提升科技创新水平和能力，实现建设世界一流的新型的地质调查局目标"！

云帆蔽日，百舸争流。保障国家能源资源安全，围绕国土资源管理中心工作，中国地质人自当以行践言，奋楫争先。未来6年地质调查规划迅速出台，十大计划，50项工程、300多个项目齐齐亮相。下一步的青藏高原地质研究方向就这样确定——

开展青藏高原地质、资源、环境综合研究，编制和出版青藏高原全域的地质报告、青藏高原地质与区域可持续发展研究报告，搭建为中央和有关各省（区、市）政府和社会各界服务的基础地质数据平台。

找矿突破战略行动的实施，省部企联动，多元化投入，雪域高原再一次奏响了矿产勘查的激昂乐章。

"中华民族到了最危险的时候……我们万众一心……前进！"撼天动地的吼声，威武雄壮的队伍，形成了一个个推动中国地质找矿"巨轮"前行的磅礴巨浪。

听啊，在资源危机的警报轰响之中，中国地质人跨过了奇峰云横的艰险，穿越了雄关雾列的屏障，唱出了一首高亢雄浑、倍洒风流的希望之歌，老一辈浩歌长发，歌声粗犷浑厚；新一代雏声迭起，歌喉清婉动人……歌声里，人们听到了地质人不忘初心、牢记使命的铿锵誓言，感受到了一个伟大民族的奋力崛起。

看啊，在中南海的运筹帷幄之中，中国地质人在广袤的国土上腾挪跳跃，无数双青铜般的巨手托起一轮希望的太阳——那太阳，照亮了华夏民族自强不息的雄姿，也辉映着充满希望的大地原野，普照着前程似锦的祖国山河！

中国经济，孕育着一场明天的飞跃。

华夏民族，拥抱着一轮希望的太阳。

2013 年 11 月初稿

2015 年 6 月送审稿

2016 年 12 月终审稿

2017 年 11 月终稿

附录

Fu lu

著名作家杨晓升在《探秘第三极》
审稿会上的发言（2015年6月25日）

非常高兴出席今天的"青藏高原"长篇报告文学审稿会。我是第一次走进咱们中国地质调查局大院，也是第一次见到这么多地质科学家，首先对在座的各位科学家表示敬意，尤其是听了诸位的发言，我觉得在座的不仅仅是优秀科学家，而且对文学也很懂行，提出的意见都很到位很专业，使我心生敬意。

《探秘第三极》这部书稿，我认真地看了前面那一稿，就是那个彩色封面的，这个白色封面的我又大致看了一遍，因为特别忙，看得不是特别细，但总体感觉是有的。

《探秘第三极》我认为有广泛的读者基础。表面上是地质题材，却是个重大题材，带有国际性，现在世界各国之间的关系，很大程度上都是围绕资源争夺与控制来展开的。所以，这个题材的深层次是应对共和国资源危机，地质人进行的"摸家底"行动；地点又是在令人关注的青藏高原，是生命禁区，国家的安全屏障，有着鲜明的民族特色，浓厚的神秘色彩，在国际话题里一直很敏感。同时在地质科学方面，一个是资源环境的聚宝盆，一个是地质填图的空白区，又是一个地质科学上的高度，既是前无古人的，也是带有世界性的，所以我认为是个重大题材，值得我们作家去写，更值得我们读者关注。

我长期从事杂志编辑和管理工作，我认为这是个非常有价值的重大题材，找什么样的作家去写，是很有讲究的，不是任何一

杨晓升，中国报告文学学会副会长、《北京文学》杂志总编、社长。

个作家都适合写这个题材的，现在作家很多，如果是写小说、诗歌、散文的，可能有的作家适合写，更多的人就不适合写，哪怕作家名气很大。报告文学相比于其他文体的写作，因为需要采访，需要对人物、事件、问题、历史、现状等等多方面的把握，对作家素质的要求，比如视野、格局、经验、修养等等综合素质的要求更高。像一些散文、小说、诗歌，可能中学生就能写，但驾驭报告文学很不容易，需要丰富的阅历和修养，需要综合的文学水平，需要有综合素养的作家来把握。

实话说，我知道张亚明这个名字，但对他并不了解，我编这么长时间的《北京文学》，每期都发报告文学作品，但他从来没有作品给我，所以一直没有进入我的视野。这次他自己找上门来让我提意见，到今天为止是第二次见面。他给我的感觉是非常低调朴实，只管耕耘，不问收获；还有种韧性韧劲，锲而不舍。他送给我好几本书，写了几百万字，那么多，让我很吃惊。光是这部书稿，厚厚的就是几十万字，这么厚一本书要付出多少精力多少代价？要有多少知识积累知识储备？所以我觉得中国地调局能够找到张亚明来写是非常有眼光的。客观的真实如何与文学嫁接，是很复杂的事情，我读了这部书稿，里面那么多的专业知识、技术知识、国家政策、战略决策，既有思想性，也有知识性，感觉张亚明可能原来是从事地质矿产工作的，要么对地质矿产工作有充分了解，没有这些准备、没有宏观的认知、丰富的阅历、没有对地质工作的了解，我觉得要把握好这个题材是很难的。另外前面说了，报告文学最辛苦的在于采访过程，材料收集过程，这要付出大量的心血和时间，很多作家现在都不愿意去做这个事了。特别是到青藏高原采访，很不容易，好像是美国作家斯诺说过："当你到高原找真实时，可能不幸找到死亡"。所以从某种意义上说，张亚明敢拿下这个事，愿意接受这个任务，愿意去写这么重大的一个题材，他所做的一切，他的付出，他的意义，我觉得不亚于在座的各位科学家对青藏高原地质调查所做的付出。我是这么感觉的。

我看了这个稿，虽然长达 40 多万字，但他是用文学的语言来写的，没有那种业余作者常见的毛病，一上来就是那种大白话，写总结材料的那种，没有深厚的文学功夫恐怕是不行的。因为他没有公文材料的堆砌，因为他深刻的思想蕴涵、鲜活的形象塑造、富有激情而又有理性的表述，高屋建瓴地写出了中国地质人在生命禁区的奉献，填补了中国地质调查史上的空白，缓解了国家矿产资源供需矛盾，地质工作者付出了难以想象的代价，承受了超乎常人的压力，洋洋洒洒写了几十万字，让我真的很震撼，因为以前对此不了解。

我的总体感觉是，这是一部成熟的作品，一部有厚重感、历史感的作品。作者宏观布局把握得好，从架构到表述到具体内容，站得高看得远，用生动形象来写作，可以说是宏大叙事波澜壮阔，既有激情又有理性，既有面又有点，有宏观有微观，里面写了青藏高原的前世今生，也写了青藏科考的历史风云，上到中南海总理一级的战略决策，下至地质科学家和普通地质人的奉献追求，还有地质科学的历史和现状，包括地质系统内部的改革，应该说有质感有灵魂，很全面很完整，就像一座优美的立体建筑，环环相扣又很丰富生动，我们看到的是中国地质人的英雄群像，读下来的感觉，用厚重大器来描述绝不为过，真正写出了青藏高原是地域海拔的高地，也是精神成长的高地，又是科研层次很高的地学高地。地质科学家在雪域高原生命禁区这么一个特殊气候、特殊环境里面，有这么一种特殊的奉献，确实可歌可泣，作者用真实的纪事反映美的本真，激情的抒写汇聚时代精神，抓住读者阅读的感知、审美的欲望进行心灵碰撞，实在令人感动和震撼。总体上，我要打分的话，我认为应该是接近 90 分了。

当然，这部作品还可以做得更好、更加完善。刚才很多科学家提的建议很到位，从专业的角度，怎么样更严谨，材料怎么取舍，我觉得还有探讨价值。

关于"青藏高原地质大会战"的提法，仁者见仁，智者见智。前面有位老师说不要叫"大会战"，我的认为是，内容决定形式，不管他叫不叫"会战"，反正这么重大的一个战略决策，这么重大的一个国家行动，怎么能够更好地更准确地来归纳这一次行动，作者借用"大会战"来表现地质精神，把最实质的核心提炼出来，把特别响亮的口号，最崇高的精神内涵放在书的扉页，我觉得这样的艺术传播，对于作品的生命力、影响力可能会更好一些。

正像刚才傅老师所说的，作品的语言很有激情，很大器，高大上，很有感染力，题材也很有新鲜感，深入到人物内心有血有肉的章节，这些我一直都在关注。但从整本书比例来看，前面是较大篇幅的描述，地质人物、科学家都集中在后面，虽然这是一种结构的表现方式，但大的东西多了，细的深层次展现地质工作者精神面貌、灵魂深处的东西就稍嫌少了一些。

我不知道中国地调局要写什么，不要写什么，作者有作者的标尺，地质局领导有地调局领导的考虑。这么大的国家行动，每年上千人参与，每个人都提到实在不容易，面面俱到也不可能，我认为还是要围绕主要事件写人物，抓住特点写重点人物，主要人物。我印象很深的是，作品里面讲到苦，怎么结合地质工作的特点，多写地质人有别于其他行业的苦，就是地质科学的探索，相比其他行业，它不仅仅是精神上的，还是体力上的，这种特殊环境下的科学探索，怎么更准确、更有血有肉地表现，修改的时候还可以再下点功夫。

还有小标题，不要拘泥于"什么什么的"，有点常规化，不精彩，不生动。小标题应该是这一小节里面所描述的主要内容，甚至是人物最闪光的语言，或者最精彩的细节、最核心内容的一种精确形象的高度归纳，因为本身是写地质探索，我刚才讲，这个题材带有大众性甚至是国际性，你的标题就要尽可能用有感染力的标题来体现，这样让人翻开一看小标题能看下去。

总体来说瑕不掩瑜，这是一部讲述历史的书，但又不仅仅是历史，这是一部文学作品，但又不仅仅是文学，无论是主题开掘、人物塑造，还是艺术表现，都有着不同凡响的审美品格，是近年来报告文学作品中值得关注和珍视的作品。作为长篇报告文学，有名有姓的人物就有二三百人，内容容量那么大，又下了这么大力气，不管是作为中国地质改革的史诗，还是作为中国地质工作者的文学丰碑，这样评价都不为过。至于说写领导与普通地质工作者的内容比例，可以两步走，出书的话，我建议还是尽可能地全面些，丰富一些，让它成为中国地质事业发展的历史记录，地质工作者几十年来的奉献画卷。

另一个就是我向中国地调局领导表个态，《北京文学》可以推一个中篇。我们《北京文学》有个"现实中国"栏目，也是我们的品牌，传播很广泛，读者关注度也很高。我认为张亚明这部作品很有价值，地质工作者多年来的奉献，确实值得让更多的读者来了解，所以我愿意拿出几万字的篇幅浓缩这部长篇，围绕青藏高原会战的核心来展开，把最有血有肉的、最有感染力的内容放在中篇报告文学里，也算我们《北京文学》为地质事业做些力所能及的贡献。

因为这部书是地质人的丰碑，有珍贵的史料和教科书性质，本身就有很大的感染力；地调局又下了这么大力气，作者也付出了这么大力气，是史诗，是丰碑，有史料价值，一定会受到地质人和广大读者的喜爱。在宣传推广上，可能中国地调局已经有了推广策划，或者新闻发布。我有个建议，书中地质工作者可歌可泣的事迹，献身科学的崇高精神，弘扬了时代主旋律，我们完全可以借助行政的力量，运用更多的形式宣传，可以在国土资源系统的内部报刊连载，也可以主动去联系地质之外的媒体，在大众媒体上推出传播，这样效果更好。比如说，可以借助行政力量在地质系统的某高校做一些推广工作、签售工作，中国地质大学，中国矿业大学，一些著名的科学家有号召力，作家也可以做一些简单的演讲。如果学生花那么多钱来买可能性小的话，能不能半价，或者作为课外读物，直截了当地发也可以，人手一册，一个是让学地质的学生，能更多地了解地质发展的现状、国内外地质科研的现状，再一个就是青藏高原地质调查的内容，地质构造的研究成果，青藏高原历史现实的内容，都值得他们关心和了解，这样可以激发年轻大学生投入地质工作的热情。

我想到的就是这些，仅提供参考。

著名作家李一鸣在《探秘第三极》审稿会上的发言（2015年6月25日）

　　第一次来地调局，刚才听到各位地质学家的论述，感觉确实是地质学家对文学创作提出的意见也齐头并进，最初的感觉是这项事业让人震撼，这部作品让人震惊，我们的作家让人震动。我也是第一次见亚明同志，我们作协书记处书记白庚胜本来要来的，因有事不能离开，就推荐了我。像这样一项事业，文学不能缺席，作家应该关注，社会应该了解。读了这部大书，我感觉，这是一部大格局、大气象、大情怀、大笔力的、具有诗史性质的大成果和大作品，揭开了青藏高原的神秘，呈现了地域文化的神奇，引发了读者美的神往。

　　我感觉有这样几个特点：意境高远，意义深厚。作者站在历史的节点，民族高度，用全球视野，历史眼光，地质胸襟，来谈地质看地质写地质，拒绝就事论事，不是就这个成果本身来看这个成果，而是切开来，深下去，望过去，浓墨重彩地反映了整个中国地质事业。

　　第二个特点，是背景深重，内涵丰富。改革的背景，市场的背景，开发的背景，资源环境的背景，仅仅从时间上空间上的大跨度来写。时间上，从古而今而未来。从空间上，有国外有中国，有我们国家更深层次的聚焦镜头。如我们著名报告文学作家杨主编所说，有散点的有重点的，有广角镜头，有特写镜头，有最高层的，有最低层的，有面有点的。背景深准。可以说，整个作品宏观透

李一鸣，中国传记文学学会副会长、鲁迅文学院常务副院长。

视了百年地质的曲折历程，反映出中国地质人不忘初心的苦难辉煌。

第三个特点，是吊古论今，思考深邃。作品对青藏高原地质研究的历史进行了梳理发掘，有沧桑感的回顾，有时代感的褒贬，有灼痛感的剖析，也有对未来方向的思考。浓郁的地质文化贯穿跨世纪工程的始终，切入肌理的议论抒情给人以寻思回虑的理性认知。不仅展示了青藏高原的神秘深奥，也抒写了地质人的科学探索精神，呈现出厚重的历史感和现实感。

第四个特点，是书写深邃，气势恢宏，笔力雄健，激情四溢，语言瑰丽，是近年来不可多得的好作品。看到这样一部大部头作品，能想到我们的作家与地质科学家一样，付出了巨大的劳动和心血，从而可以想到文学确实是天力的赋力，定力的较量，体力的跋涉，智力的远行，确实也是思想力的沉淀，情感力的沸腾，要写出这样一部作品要花费多少的精力，体力，智力，情力，思力。

法国文学家狄德罗说："没有感情这个品质，任何笔调都不能打动人心。"这部作品的各个篇章，都饱含着挥之不去的真情实感。作者用炽热的感情抒写，反映了地质人挑战极限的悲壮与豪迈，也就感染了读者。作品里场景线索很多，数百个人物，很多重笔浓彩，精心勾勒的人物形象呼之欲出，家国情怀渗透到地质人的血脉，场面抒写如睹目前，感人故事催人泪下，读来直抵心灵深处。

每一个作家往往都有自己的风格，这部作品用散文笔法营造了独特意境和语言，有许多优秀出彩的地方，跌宕起伏的情节、引人入胜的细节，表现了科技人物的精魂与胆魄、性格与风采、信念与追求，像第一、第二章非常好，有叙事，有情节。像细节的描写，像第六章第三节人物的刻画，有血有肉有骨头，形象很鲜活；第九章的第一节、二节，第十章，性格风貌写得非常好，细节让人怦然心动。一个细节胜过一万句语言。我们说创作是用一根针去画一幅锦，目的就是用一个细节说出很多话。不少章节成功地展示了一幅绚丽多姿的科技群像，一个个立体人物亲切可感地走进我们的视野。

一部作品写好一个人物并不难，难得是写好一组群像，要是进一步打开修改空间的话，宣传与报告与文学的结合还可以再密切一些，重点人物的形象还可以更丰满一些。文学本身是反映人与自然社会的关系，展示人的内心世界，人物刻画的重点是心理、精神，我建议不要平均用力，可以调动多种手段，多用典型细节刻画人物、刻画重点人物，当然，重点人物不一定就是领导了，甚至司机、最前沿的普通工人，都可以成为重点人物。

另外，地质工作专业性很强，在科普语言处理上总体不错，既有科学性，又有艺术性，内行感兴趣、外行读得懂，但还有地方不如人意，科学语言，科学数据，科学总结，还要尽量避免罗列，尽量化为形象的语言，生动形象的语言。比如，第十四章的第三节，一些枯燥的总结，可以去掉，应该避免。

窥斑可知豹，审微可揽巨。总的来说，这是一部很好的作品，有价值的作品，有底蕴的作品，也是较为成熟的作品。我完全赞同杨晓升社长的意见，从整个地质事业来讲，这么波澜壮阔的战场，这部书太短了，一百万字都不嫌长。当然作为一部长篇报告文学，我们可以把它拿出来，分成几个中篇的报告文学作品来绣花，细细地写，深深地挖，慢慢地聊，在这样的基础上再进一步地凝练，就像大家谈的，更鲜明、更突出地把地质精神写出来，把这部作品打造成一部真正的文艺精品。而时机呢，是地质百年，在地质百年推出这部作品，是一个很好的选择，有很好的时代意义、教育意义。

我就谈这些。

"青藏高原地质理论创新与找矿重大突破"项目
国家科学技术进步奖特等奖先进个人、先进集体名录

项目主要完成人

张洪涛、潘桂棠、侯增谦、唐菊兴、丁俊、王建平、郑有业、李荣社、王保生、陈仁义、翟刚毅、王立全、谢国刚、黄树峰、张克信、王小春、刘鸿飞、李光明、庄育勋、李才、王秉璋、熊盛青、赵志丹、计文化、李超岭、郭文秀、张振利、张金树、吴珍汉、陈红旗、王二七、刘文灿、夏代祥、王永和、周珍琦、尹福光、薛迎喜、张华、姚华舟、朱同兴、杜光伟、韩芳林、燕长海、刘凤山、岳昌桐、陈惠强、杨竹森、陆济璞、魏荣珠、曲晓明

项目主要完成单位

中国地质调查局

西藏自治区地质矿产勘查开发局

中国地质调查局成都地质调查中心

中国地质科学院矿产资源研究所

中国地质调查局西安地质调查中心

中国地质科学院地质研究所

西藏自治区地质调查院

河南省地质调查院

中国地质大学（北京）

青海省地质调查院

中国冶金地质总局第二地质勘查院

陕西省地质调查院

江西省地质调查研究院

中国国土资源航空物探遥感中心

河北省地质调查院

吉林大学

福建省地质调查研究院

新疆维吾尔自治区地质调查院

中国地质大学（武汉）

吉林省地质调查院

中国地质科学院地质力学研究所

四川省地质调查院

中国科学院地质与地球物理研究所

成都理工大学

四川省冶金地质勘查局

中国地质调查局武汉地质调查中心

山西省地质调查院

中国黄金集团公司

中国地质科学院地球物理地球化学勘查研究所

贵州省地质调查院

国土资源部通报表扬"青藏高原地质理论创新与找矿重大突破"项目单位和人员名单

单位名单（74 个）

中国地质调查局

中国地质调查局天津地质调查中心

中国地质调查局南京地质调查中心

中国地质调查局武汉地质调查中心

中国地质调查局成都地质调查中心

中国地质调查局西安地质调查中心

中国国土资源航空物探遥感中心

中国地质调查局发展研究中心

中国地质调查局水文地质环境地质调查中心

中国地质科学院

中国地质科学院地质研究所

中国地质科学院矿产资源研究所

中国地质科学院地质力学研究所

中国地质科学院地球物理地球化学勘查研究所

国家地质实验测试中心

中国地质科学院勘探技术研究所

中国地质科学院探矿工艺研究所

中国国土资源经济研究院

河北省地质调查院

山西省地质调查院

辽宁省地质调查院

吉林省地质调查院

安徽省地质调查院

安徽省勘查技术院

福建省地质调查研究院

江西省地质调查院

山东省地质调查院

河南省地质矿产勘查开发局

河南省地质调查院

湖北省地质调查院

广东省地质调查院

广西壮族自治区地质调查研究院

四川省地质调查院

四川省地质环境监测站

贵州省地质调查院

云南省地质调查局

西藏自治区国土资源厅

西藏自治区地质矿产勘查与开发局

西藏自治区地质矿产勘查与开发局第五地质大队

西藏自治区地质矿产勘查与开发局第六地质大队

西藏自治区地质调查院

西藏自治区地质环境监测站

陕西省地质调查院

陕西省地质矿产勘查开发局第二综合物探大队

甘肃省地质调查院

青海省国土资源厅

青海省地质矿产勘查开发局

青海省柴达木综合地质矿产勘查院

青海省第一地质矿产勘查大队

青海省地质调查院

青海省地质环境监测站

青海省国土规划研究院

青海省环境地质勘查局

新疆维吾尔自治区地质调查院

武警黄金指挥部

武警黄金地质研究所

核工业 203 研究所

核工业 280 研究所

中国冶金地质总局

中国冶金地质总局二局

中国冶金地质总局第二地质勘查技术院

四川省冶金地质勘查局

有色金属矿产地质调查中心

青海省有色地质矿产勘查局

甘肃省有色金属地质勘查局

中国煤炭地质总局

四川省煤田地质局

中国地质大学（武汉）

中国地质大学（北京）

成都理工大学

吉林大学

中国科学院地质与地球物理研究所

中国科学院青藏高原研究所

中国黄金集团

个人名单（387 名）

中国地质调查局（4人）：张洪涛、翟刚毅、薛迎喜、刘凤山

中国地质调查局天津地质调查中心（2人）：王惠初、辛后田

中国地质调查局南京地质调查中心（1人）：董永观

中国地质调查局武汉地质调查中心（6人）：姚华舟、段其发、牛志军、

邱瑞照、黄圭成、万勇泉

中国地质调查局成都地质调查中心（20人）：丁俊、尹福光、潘桂棠、朱同兴、王立全、李光明、郑来林、刘宇平、谭富文、王全海、陈华安、李生、耿全如、唐文清、杨家瑞、李宗亮、冯心涛、于远山、张启跃、王剑

中国地质调查局西安地质调查中心（9人）：王永和、计文化、李荣社、伍跃中、刘宽厚、李宝强、赵仁夫、张照伟、贾群子

中国国土资源航空物探遥感中心（11人）：熊盛青、王德发、于学政、陈显尧、方洪宾、张洪瑞、唐文周、张德润、甘甫平、乔春贵、王治华

中国地质调查局发展研究中心（8人）：陈仁义、李超岭、杨东来、袁炳强、赵金水、张明华、颜世强、张雍

中国地质调查局水文地质环境地质调查中心（1人）：佟元清

中国地质科学院（2人）：吴珍汉、赵文津

中国地质科学院地质研究所（18人）：侯增谦、姚建新、肖序常、许志琴、杨经绥、季强、郭宪璞、张建新、吴才来、戚学祥、张泽明、曾令森、杨志明、闫全人、杨天南、李海兵、孟繁聪、纪占胜

中国地质科学院矿产资源研究所（9人）：唐菊兴、杨竹森、曲晓明、郑绵平、张德全、赵元艺、杨建民、祝有海、王瑞江

中国地质科学院地质力学研究所（7人）：朱大岗、王宗秀、赵越、陈群策、周显强、赵志中、胡道功

中国地质科学院地球物理地球化学勘查研究所（3人）：张华、孙忠军、马生明

国家地质实验测试中心（1人）：庄育勋

中国地质科学院勘探技术研究所（1人）：张永勤

中国地质科学院探矿工艺研究所（1人）：张文英

中国国土资源经济研究院（1人）：王国丰

河北省地质调查院（3人）：张振利、张双增、张计东

山西省地质调查院（2人）：魏荣珠、周继华

辽宁省地质调查院（3人）：庞宏伟、李治福、孙仁民

吉林省地质调查院（5人）：郭文秀、曲永贵、王永胜、刘忠、李洪茂

安徽省地质调查院（1人）：钟华明

安徽省勘查技术院（1人）：黄志远

福建省地质调查研究院（5人）：周珍琦、张克尧、陈珍宝、章振国、韩胜康

江西省地质调查院（7人）：谢国刚、谢勇、袁建芽、吴旭玲、肖业斌、胡为正、凌联海

山东省地质调查院（1人）：倪振平

河南省地质矿产勘查开发局（1人）：王建平

河南省地质调查院（15人）：燕长海、张振海、卢书伟、胡永华、白朝军、赵石良、赵建敏、王亚平、杜欣、张哨波、赵波、杨长青、崔霄峰、李新法、岳国利

湖北省地质调查院（10人）：朱杰、曾明中、徐景银、项建桥、董高翔、张祖送、屠江海、周仁君、高少逸、方明

广东省地质调查院（1人）：李新宁

广西壮族自治区地质调查研究院（2人）：陆济璞、李斌

四川省地质调查院（11人）：岳昌桐、周明伟、江元生、汪友明、陈玉禄、许东梛、王显峰、何显刚、林高原、徐天德、刘宗祥

四川省地质环境监测站（1人）：李云贵

贵州省地质调查院（2人）：牟世勇、熊兴国

云南省地质调查局（3人）：尹光侯、樊同伦、王铨宇

西藏自治区国土资源厅（3人）：王保生、多吉、苑举斌

西藏自治区地质矿产勘查与开发局（3人）：夏代祥、杜光伟、李清波

西藏自治区地质勘查开发局第五地质大队（1人）：陈红旗

西藏自治区地质勘查开发局第六地质大队（2人）：严刚、章奇志

西藏自治区地质调查院（29人）：陈惠强、张金树、刘鸿飞、胡进仁、曾庆高、向树元、谢尧武、尼玛次仁、强巴扎西、普布次仁、黄卫、李全文、徐志忠、冯德新、王建坤、李玉昌、李金高、赵守仁、郭建慈、陈凌康、巴桑、格桑尼玛、成华云、索朗更才、李正焕、杜少平、李玉彬、程力军

西藏自治区地质环境监测站（8人）：刘伟、白玛次仁、吕文明、周成灿、范相德、马和平、成民、赵炜

陕西省地质调查院（10人）：蔡分良、吉万法、万兆发、樊会民、张省举、李百顺、侯满堂、石尊应、张文峰、金平

陕西省地质矿产勘查开发局第二综合物探大队（2人）：叶柱才、洪海军

甘肃省地质调查院（4人）：张兴源、杨重信、陈永彬、刘文辉

青海省国土资源厅（1人）：韩生福

青海省地质矿产勘查开发局（2人）：杨站君、杨生德

青海省柴达木综合地质矿产勘查院（2人）：许文鼎、陈学明

青海省第一地质矿产勘查大队（1人）：张炳元

青海省地质调查院（49人）：王秉璋、张智勇、陈正兴、寇玉才、马明珠、王毅智、孟军海、王发明、拜永山、张珍林、刘长征、许光、孙延贵、邓中林、郭通珍、刘玉军、叶占福、苗国文、宋泰忠、邓元良、李东生、汪明道、李健、赵双喜、徐尚礼、付建龙、孙王勇、温德银、刘志勇、高永旺、田三春、石维栋、薛万文、陈建州、巨生成、王磊、杨延兴、安守文、曹世泰、张林、鲁海峰、张昆宏、郭宏业、王永文、马生龙、郝维杰、付宝侠、常有英、朱建立

青海省地质环境监测站（10人）:毕海良、任永胜、赵家绪、吕宝仓、李长辉、张力征、罗银飞、冯林传、安勇、胡贵寿

青海省国土规划研究院（2人）：李熙鑫、曾广文

青海省环境地质勘查局（2人）：吴国禄、李小林

新疆维吾尔自治区地质调查院（8人）:杨万志、杨子江、郑国平、冯玉武、刘正荣、潘维良、吕金刚、马华东

武警黄金指挥部（1人）：路彦明

武警黄金地质研究所（4人）：葛良胜、郭晓东、王科强、金宝义

核工业203研究所（1人）：刘林

核工业280研究所（1人）：王四利

中国冶金地质总局（4人）：赵祖应、刘延年、王平户、江善元

中国冶金地质总局二局（1人）：秦志平

中国冶金地质总局第二地质勘查技术院（1人）：黄树峰

四川省冶金地质勘查局（4人）：王小春、刘荣、李仕荣、柏万灵

有色金属矿产地质调查中心（5人）：王旭东、肖文进、张建国、李占龙、张普斌

青海省有色地质矿产勘查局（9人）：张绍宁、施根红、司永红、李宏录、梁海川、申勇胜、田跃斌、王旭春、保广英

甘肃省有色金属地质勘查局（1人）：王造成

中国煤炭地质总局（6人）：孙顺新、谢志清、鞠崎、张发德、高占明、高会军

四川省煤田地质局（1人）：徐锡惠

中国地质大学（武汉）（8人）：张克信、郑有业、殷鸿福、王国灿、李德威、朱云海、周爱国、马昌前

中国地质大学（北京）（8人）：赵志丹、刘文灿、万晓樵、白志达、王根厚、莫宣学、邓军、王成善

成都理工大学（3人）：刘登忠、伊海生、李勇

吉林大学（5人）：李才、杨德明、程立人、姜琦刚、孙丰月

中国科学院地质与地球物理研究所（3人）：秦克章、张忠杰、王二七

中国科学院青藏高原研究所（1人）：丁林

中国黄金集团（2人）：宋鑫、姜良友

跋

Ba

写在《探秘第三极》出版之际

又是一个凌晨，半轮残月钻进我的书房，月亮是昨天的，日历却揭开了新的一天。

任何作品都是时代的折光与投影，无不带有作者各自的情感意识与文化印记。50多万字的《探秘第三极》即将付印，出版社郑长胜副总编一个电话打来，让我再补个后记。抚摸着这部命运多舛而即将面世的新书大样，面对众多的朋友和即将评判她的读者，我思绪万千，说什么呢？又从哪里说起？

人类的每一次大合唱，都是围绕着特定的社会环境、独特的时代主题所展开。审视中国地质百年的风雨历程，回望史无前例的青藏高原地质大调查，一幕幕感天动地的镜像瞬时在大脑屏幕上闪回叠映，我仿佛又置身离太阳最近的亘古荒原上，一个个蓬头垢面的熟悉身影正从面前匆匆走过，耳边又骤然响起国务院参事张洪涛动情的声音：

"青藏高原区域填图的全覆盖，中国地质人占据的是精神高原，挺起的是中国脊梁，竖起的是中国高度！"

"地缘政治"的遐想

资源是地缘政治的核心，战略是刀尖上的哲学。

假如从青藏高原之巅俯瞰，我们会发现，延绵数千年的我国古代两条丝路正从亚洲由东迤西伸向欧洲，海上丝路关键地段由东向西迤逦于青藏高原之南，陆上丝路核心地段则由东向西迤逦于青藏高原之北，两条丝路就像环绕青藏高原南北的两条彩带，而屹立其中的青藏高原则像护卫着两条丝路上往来人民的冲天石堡。

2017年8月19日，第二次青藏高原综合科学考察研究在拉萨启动，中共中央总书记、国家主席、中央军委主席习近平在贺信中精辟概括了青藏高原是"地缘政治与资源政治的统一"这一本质特征——青藏高原是世界屋脊、亚洲水塔，是地球第三极，是我国重要的生态安全屏障、战略资源储备基地，是中华民族特色文化的重要保护地。

雄浑苍莽的青藏高原，凝聚了我们民族太多的感慨和记忆——无论是雄视千古的"背负青天朝下看"，还是一往无前的"不废江河万古流"，无论是"大音希声"的圣洁与唯美，还是"大象无形"的绝杀与冷峻，无论是荡魂摄魄的宗教圣地，还是舍我其谁的"万山之祖"，无论是人文的高原还是地理的高原，那种意蕴的多元性、深邃的哲理性，无不给人们留下了丰富的遐想空间。

在这片充满了佛性灵光的土地上，中华民族总是那么幸运：在远洋技术尚不发达的古代，中原人民背靠大海有力抵抗着来自西北铁骑的南犯；在远洋技术兴起、西方列强和日本帝国主义从东部海陆侵犯中国时，中华民族依据青藏高原的庇护聚起二次反击的力量，最终赢得反侵略战争的伟大胜利。

在狮王争霸的丛林法则下，资源密集的青藏高原无疑是世界地缘政治的天然中心。距今8000万年欧亚大陆的"燕山运动"和距今1000万年的"喜马拉雅造山运动"，印度板块与欧亚大陆的激烈碰撞与挤兑，隆起了北缓南陡、居高临下的青藏高原，一道垂天的拱形石盾给洪荒中走来的中华先民注入了巨大的心理安全屏障，也给中华民族的生存与发展以巨大的战略影响，山岭代替了长城，险峰构成了要塞，外敌西不能进、东不能攻，我则西可"依山"、东可"傍水"的独特优势，足以避免我国背腹受敌的困境，故而在1964年3月5日，毛泽东主席与金日成谈到罗马尼亚时自信满满地说："中国地势比较完整，东面是大海，西面是高山，统一起来帝国主义不易进来。"

青藏高原之于中国的地缘政治意义如何高估都不为过。在一贯的丛林法则已被核威慑这个恐怖的平衡新法则取代之时，世纪之交开展的青藏高原地质大调查，无论是从准确地把握国家战略目标与资源危机的匹配节点上解读，还是从我国百年地质人文与地理的发展史上考量，都没有摆脱浓郁的地缘政治色彩。从喜马拉雅到喀喇昆仑，一座座险峻耸峙的山峰，约9000米的垂直落差，世界罕见的多元景观与物种，占有中国国土面积70%以上的山区，160多条纵横起伏的山脉，构成了地球第三极的壮丽景观，也让中国成为一个不可思议的国度。

青藏高原的前世今生犹如一部雄浑厚重而悲壮悲怆的史诗，壁立千仞的群山隐藏着说不尽的秘密，也隐匿着的魔幻般的灾难，因而前无古人的青藏高原地质大调查，势必是一场惊涛骇浪般的历史壮举。地质人的12年浴血奋战也将彪炳史册，如何高蹈宏阔地展示青藏高原人文地理的独特价值与中华文明的基因传承？如何透过我国资源危机和西方"中国威胁论"，理性辨析这场地质大调查凸显的战略高度？如何梳理青藏高原不同时段的重大地质事件和重要历史节点，客观还原青藏高原地质科考的百年沧桑？如何披沙拣金地艺术再现新时代中国地质的"李四光精神""三光荣"精神？当我以延续或断点、悲或欢、离或合、耀眼或黯淡的方式连缀一个个片段时，将嫁接出怎样的宏大叙事，刻画出怎样的历史痕迹？

这一切，对我的写作生涯来说，都不啻为一次严峻的挑战和考验。

寻找"真实"的代价

真实是报告文学的生命，没有青藏高原自然环境的切身体验，没有地质人弯弓劲射的镜像还原，便难以洞幽烛微地反映出这场大调查的时代精神、史学意义和文学价值，也难以产生思想的冲击力与灵魂的震撼力。

寻找"真实"成了作品成功与否的关键。于是我以"行走"的名义，怀着朝圣般的敬畏与虔诚，一步步登上了历经沧桑、被泪水浇过、被烈焰灼过、被暴雨泼过的冰川高原。

如果说气候恶劣是"世界屋脊"的名片，那么条件艰苦则堪称"生命禁区"的标签。在空旷无垠的罗布泊我徘徊着，在逶迤连绵的祁连山我跋涉着，在荒草遍地的格尔木我蹒跚着，在冷峻萧瑟的昆仑山下我凝视着，在涣漫悠闲的甲玛牛群中我顾盼着，在清澈见底的青海湖边我沉思着，在唐古拉山的英雄雕像前我仰视着……苍莽雄浑的高原宛若一架硕大无朋的七弦古琴，没有镂金错彩的音符，没有出水芙蓉的乐句，没有繁弦促索的节奏，没有浮华萎靡的旋律，唯有自然、历史与中国地质人构成的宏大时代主题，在释放着蓬勃豪迈的民族精神、强劲强大的浩然之气和生存生长之力。地质人舍生忘死的感人事迹时常让我电击般地灵魂悸颤，险象环生挑战极限的鏖战场景磁场般地吸引着我的脚步，从冬走到夏，从夏又到冬，我走过了高原内外10多个省、市、自治区的20多个地调院、科研院所、大专院校，采访了200多名参战的地质科技工作者，密密麻麻记满了20多本采访日记，收集购买了一千多万字的相关书籍、理论资料和录音、光盘。

我背着大包小包的采访素材，回到了繁华喧嚣的京畿之地。钢筋水泥的世俗迷宫，斑驳陆离的幻象世界，形形色色的芸芸众生，物欲的诱惑如彤云流火般的艳丽，脑海里却依然被密集的青藏元素和情感信息所笼罩。每当晨曦吐露，我总是情不自禁地念兹在兹，遥望千里之外给我留下窒息般生命体验的那片高原——冰川，雪原，险峰，峡谷、河流，冻土，湖泊，戈壁、沼泽；年均两三个月无霜期带来的严寒、仅及海平面50%至60%的含氧量、几百公里不见人烟的孤寂、地处偏远交通不畅造成的封闭、雪崩泥石流滑坡塌方潜藏的威胁……就在如此远离尘嚣远离世俗的生命禁区，我曾走马观花般地感受过"一年四季"的喜怒无常，体味过无所遁形的孤独与恐惧，地质人却以信仰的力量年复一年地向残酷的生存空间挑战，向生命的体能极限挑战——无数的审美具象渐次远去，却又如此清晰鲜活如睹目前，一个个炼狱般的科学探索，都在我心灵的河床溅起涟漪，一个个悲壮悲怆的感人故事，都在我灵魂的深处掀起波澜。

毫不讳言，四年多的创作打磨是一场艰辛而漫长的文学苦旅。青藏高原的每一处褶皱，都堆叠着厚厚的文化层，每一座奇峰峻崖，都讲述着我们民族生存的故事，每一片广袤天空，都映射着人类思维的自由思考。遗憾的是，林林总总的历史与现实的原因，国际与国内的客观因素，青藏高原一度成为宣传禁区，写作的"度"很难把握；大多碎片式的历史人物与事件的钩沉，常常使我陷入去伪存真的迷茫与困惑；很多没头没尾的概念化科考信息，又时常把我引入"前不见古人后不见来者"的幽深断裂带；而某些重要节点人物"红与黑"的命运沉浮，则让我多次推倒重来"另起炉灶"。一次次伤筋动骨的"技术处理"，一次次惨不忍睹的删减，一次次的解构与重构，让我饱尝了"创作休克"的虚脱与忍痛割爱的无奈。

美国作家斯诺说："当你到高原找真实时，可能不幸找到死亡"。在青藏高原采访，我聆听了一个个地质队员献身中国地质事业的悲壮故事，没想到我在河南省采访途中，前胸后背及腰部突却发持续性撕裂性疼痛，突兀袭来的一场"肠主动脉血管夹层且血栓"给我留下了几乎"壮烈"的铭心记忆。惊心动魄的紧急抢救之后，301医院著名血管专家郭伟主任宣布我跨越了生死线，但警告我是"千不抽一的怪病，创造了千不抽一的奇迹"，需要绝对的长期静养。生命的脆弱，让我心情沮丧到极点，在四壁洁白的医院一隅，我真真切切体验到了炼狱的滋味："身体竟如此糟糕，还能不能坚持写下去？凭着自己的心血、汗水与文学力度，还能不能讲好具有地质文化特色的青藏故事？能不能文史兼容地反映出这段历史的思想力量与地质人的思想光辉？"

几十年的文字生涯，写作成了我的主要生命方式，抑或是抒写过众多光彩照人的英模人物，也或许见惯了那些纸糊彩绘的"英雄"，我的心理常常出现大相径庭的审美落差，每每想起在冰川峡谷、悬崖峭壁攀援蠕动的身影，一群有血有肉的地质人形象便瞬间鲜活灵动起来。在金钱与权力变成最高意识形态的时候，正是这些埋头苦干的人、这些拼命硬干的人，以一个拒绝平庸的群体挺立高原，以不忘初心的崇高照亮"正史"，铸成了一排排顶天立地的"中国脊梁"——与地质人灵魂共舞，与时代歌哭与共，是时代的赠予和召唤，也是作家的责任与使命，我没有任何"半途而废"的理由！

突破了心理的围城，我重新找回了灵感与源泉，康复治疗尚未结束，便带着一个个药瓶子跑向了祖国各地。青藏高原地质大调查的12个春秋在记忆中是浑然一个整体，二度采访又牵出许多具体的枝枝蔓蔓，一个个充满艺术张力的史实发掘澄清了不少的思维误区。结合寿嘉华副部长及众多院士专家的地质生涯回忆录、中国地质改革的解密档案和中国地质图书馆的百年地质独家资料，加上众多青藏高原大调查的参与者、见证者，包括高层领导者和决策者的口述，以及我在中国矿业报从业多年的资料积累，许多地质事件的来龙去脉得以详细考辨，许多重要史实的逻辑关系得以厘清。于是，对青藏高原地理、历史和文化的审视，对中国地质百年沧桑的回望，对新中国地质"三光荣"精神的思考，便构成了作品宏观叙事的内核与轴心。

孤独是文学的宿命，寂寞是写作的狂欢。在一个个清静神幽的日子，我沉浸在浩繁如海的青藏高原地质史料和调查成果之中，地质人搅起的喧天涛声一波强过一波地冲击着心房，远古声音与当今的音调相撞，我的思维便愈加活跃与汇通，朝圣背影与藏地的密码相联，我的心灵便愈加豁然与宁静。于是文学照亮了文献的暗影，文史拨开了历史的迷雾，地理廓清了文明的肌理，我进入了一个如癫似狂的魔幻之旅，身体在文字里享受寂寞，灵魂在文字里品味孤独，时而为地质人的惊天突破心旌荡漾，时而为地质人的隐忍献身泪流满面；眼熬肿了，我在写，胃病犯了，也在写，痛风病复发，我还在写，两腿肿的一按一个深"坑"，我仍在连天加夜地写。人因共鸣而动情，文因动情而酣畅，每天两三包香烟、七八包咖啡拉长了我的生命链条，12年的波翻潮涌仿佛灿然独立一片辉煌之上，茫茫的苍穹和万道的霞光作氛围，齐鸣的号角和猎猎的旌旗相呼应，青藏高原的地理与标高，地学圣殿的鲜花与荆棘，地质精神的浓凝与升华，便犹如一幅幅清晰的时代镜像从我矩阵文字中奔泻重现；女娲补天裂、刑天舞干戚、愚公搬大山等一系列超越自然力的古老神话，也便谱成我对地质人的炽热心曲，在悦耳的键盘敲击中激情地翻飞。

于是便有了一幅幅中国地质人穿越历史和未来的心灵图像，也便有了这部蘸着情、和着泪、浸着血的《探秘第三极》的问世。

"忘不了"的"东方精神"

夜幕迷蒙，万籁俱寂。遥望青藏高原高高竖起的地学标杆，我下意识地点燃了一颗烟，静静地思索着这样一组命题：

面对金钱的爆炸、物欲的横流，为什么中国地质人会不忘初心血洒高原？他们的精神向度会为灵魂荒漠化的时代带来什么样的启迪？

面对理想信念的虚无化、文化内涵的空洞化，我们应该怎样认识新时期地质人对民族复兴、中华崛起的巨大贡献？

报告文学是在历史的天空下严肃地再现历史。我在文本架构中，曾力图以近代地质先驱人物、地质调查事件为经，以现代青藏高原地质大调查为纬，纵横捭阖地真实回放地质人绝地搏击的生命舞蹈，总想以兼具社会学上的编年意义、精神上的心灵史意义的文学抒写，在"钙质流失"的当今给读者留下一些思考的余韵，然而禀赋所限，我笨拙的笔力能够说清楚吗？

极度的疲惫让我把目光转向了幽邃的夜空，发现无数的星辰正在天宇大幕上争奇斗艳，蓦然间，一颗流星划过夜幕的一道长长弧线，让我思绪伴着诗意，勾出了零星的想象——这道弧线无声无息地飘向了祖国的大西南——"天上无飞鸟，地上不长草，风吹石头跑，氧气吃不饱，常年生火炉，四季穿棉袄"，那片"棕褐色"高地给中国地质人留下了多少刻骨铭心的记忆？

直面央视"谁曾经让你怦然心动，谁又曾经让你眼含热泪"之"感动中国年度人物评选"宣传语，我的脑海里就情不自禁地浮现出我国首份因公殉职的地质人名单，一个个血荐轩辕的鲜活生命似乎正向浮华的当今发出灵魂的拷问。20世纪50年代，巍巍一篇报告文学让"最可爱的人"成了志愿军的代名词，在世界的目光都向东方古国聚焦的今天，是谁在感动中国？当代中国，谁是最可爱的人？

当年朝鲜战场上，"钢铁武装到牙齿"的美军部队为什么会老老实实退回

"三八线"？伟人毛泽东幽默地告诉我们："志愿军打败了美国佬，靠的是一股气，美军不行，钢多气少。"这"一股气"，后来被美军称为"谜一样的东方精神"。

横跨两个世纪的青藏高原地质大调查，中国地质人怀揣民族复兴的梦想，迎着波峰浪谷衔枚疾进，终于以国外探险家闻所未闻的大量第一手资料与精辟分析，首次系统地揭示了青藏高原隆起的原因及其对自然环境与人类活动的影响，赢得了青藏高原理论创新及找矿的重大突破，缓解了共和国资源危机，成就了自己的光荣和梦想。他们用不甘平庸的创新创造，崛起了中华民族大智大勇的生命高原，这不正是我们要寻找的东方精神？他们，难道不正是当今最可爱的人？

这场人类历史上挑战自然的非凡壮举，历程之曲折、耗时之漫长、规模之巨大，场面之壮阔，在世界地质调查史上绝无仅有，历史与现实，智慧与思想，卑微与崇高，创新与突破，都在奔涌的时代浪涛中泛溢出斑斓色彩。遗憾的是，尽管书中每一个人物都是我精心筛选的典型，每一个故事都是生活原生态的再现，毕竟林林总总的制约因素太多，一个个义薄云天长歌当哭的场景画面，一个个具有珍贵史料价值的人物与章节，不得不在一次次"瘦身"中"割爱"，如今摆在读者面前的文字表述，充其量是九牛拔下的一根毛，大海舀出的一瓢水。

昨天是今天的历史，今天是明天的基石。

12年的青藏高原地质大调查落幕了，历史却永不落幕，青藏高原的探索仍在继续，我又看到许许多多让我敬重的地质人身影——中华民族裸着血色脊梁，正拉着一个伟大梦想奋然前行，"李四光精神""三光荣"精神正在古老的东方高地放射着灼灼光华，于是乎，一句挥之不去的话语脱口而出："谜一般的东方精神"，历史不能忘记！

共和国的地质尖兵——青藏高原不会忘记，长江黄河不会忘记，共和国更不会忘记！

不能不说的"忘不了"

"有心人，天不负，破釜沉舟，百二秦关终属楚；有志者，事竟成，卧薪尝胆，三千弱甲可吞吴。"

反反复复的轮番审稿终于结束，曾经的艰辛、喜悦的泪水皆成过眼云烟，重温这句经典不禁感慨万千——这句经典镜鉴青藏高原地质大调查完美收官恰如其分，用在这部作品上似乎也不为过。国土资源部、中国地质调查局为我提供了采写这部作品的机缘和帮助，许多领导和科学家都对书稿给予了热情肯定，中国作家协会、地质出版社的相关领导与编辑也均对书稿给予了高度赞扬，可我的心却惴惴不安；在商潮涌动市声盈天的时代，我以一种不识时务的"另类"姿势完成了这部长篇创作，总算敝帚自珍地了却了我的一桩心愿。但在如释重负的同时，方方面面的鼎力相助和支持，让我不能不说几句"忘不了"……

忘不了，国务院参事张洪涛、中国地质调查局局长钟自然、副局长王研、李金发等领导对这部作品的高度重视，对采访人物、重点内容、采访路线周密细致地制定采访方案；采访组西上高原时，王研每天一次电话，询问采访进程，根据情况变化随时调整采访路线与议程；

忘不了，西安地质调查中心党委书记杜玉良，在我们去格尔木采访前夕从敦煌野外风尘仆仆赶来，不仅送来保暖内衣和"红景天"，还亲自陪同前往青海省地调院采访；忘不了河南省地矿局副局长王建平，中冶二局副局长、第二勘察院院长黄树峰与我彻夜长谈，他们饱含期待地说：你为中国地质事业、为地质人树碑立传，我们有责任有义务帮你一起留住这段历史；

忘不了，采访组刚到格尔木引起的高原反应，个个头晕耳鸣，嘴唇乌紫干裂，胸闷恶心，采访组组长王丽呼吸困难，头痛欲裂，我和国土资源部新闻处处长谢辉不得不轮流敲击她的头部以减压；忘不了，在海拔4800多米的驱龙甲玛矿区，西藏地调院办公室主任顾和命、司机东东陪我前往寻找甲玛铜矿突破的第一个钻孔时，冒着飘雪蹒跚前行的情景；

忘不了，西安地质调查中心党委书记杜玉良为原中心主任李向累死在工作岗位发出的扼腕长叹；忘不了，西藏区调队工程师毛国政谈及地质队员邱中原野外殉职时的泪花迷眼；还有吴珍汉博士团队九死一生的冰河遇险，潘桂棠、唐菊兴不能为老人奔丧的"高原跪拜"……

忘不了，中国工程院院士多吉字斟句酌地含泪阅读书稿，并废寝忘食写出了国家高层领导人关心西藏地质工作的感人故事；国土资源部咨询研究中心常务副主任王宝才、地质力学研究所党委书记余浩科提供了大量鲜为人知的珍贵史料；中国地质科学院党委书记严光生、副院长吴珍汉、国家地质实验测试中心主任庄育勋等领导帮我分析问题，把关定向；中国地调局姚华舟、唐菊兴、刘纪选、王平、刘鸿飞、刘文灿等科学家严谨认真的审稿，不厌其烦地提出宝贵的修改意见；

难忘的是，中国作家协会副主席、中国报告文学学会会长、著名作家何建明多次给我鼓劲，"《探秘第三极》题材宏大，气势磅礴，凝聚了中国力量，弘扬了民族精神，是地质题材少见的史诗性作品，也是报告文学创作的重要收获，要精心打造，争取申报中国作协重点扶持项目"；中国报告文学学会常务副会长兼秘书长、著名文学评论家李炳银不仅从选题立意就开始给作品"设标定位"，我作品成稿后，他又忍着病痛挑灯夜战，高屋建瓴地写下了堪为《探秘第三极》锦上添花之作的长序；

更难忘的是，在我主动脉血管栓塞康复治疗情绪消沉期，全国政协委员、中国作协副主席白庚胜让我"抓住重大题材，打造时代精品"，激起我讲好中国故事的信心；中国报告文学副会长、著名作家杨晓升不仅在审稿会上对作品高度评价，对小标题制作、章节调整提出具体的修改意见，还多次电话安慰，帮我挣脱了纠结的心态；原鲁迅文学院常务副院长李一鸣则以高度负责的文学评价与分析，为我注入了精益求精完成创作的激情与动力；

尤为难忘的是，宁夏作家张福华不顾自己患有类风湿关节炎，一边照顾年迈多病的父母，一边默默无闻地参与搜集整理素材资料，并在我大病缠身时毅然投入后续采访与写作，为作品的问世付出了难以想象的心血；还有，我的家人为了这本书做出的倾情付出，妻子怕影响我写作天天看哑巴电视，每天凌晨为我端来夜宵；两个儿子既要完成自己的学业，又要负责大学学生会的活动，还要给我收集青藏高原的网上资料，一遍一遍地校对几十万字的书稿……

有人说，时间像残忍的刷子，会不显山不露水地抹去人们的琐碎记忆。然而往事并不如烟。如果没有方方面面的支持和帮助，没有许多同行学者先行出版物的史料参考与借鉴，就不会有《探秘第三极》的问世。

还有很多难以结束的"结束语"，还有很多值得感怀的人和事，还有很多很多的"忘不了"，在此一并深深地致谢吧！

作 者
2017年11月于北京